Η Κόρη Των Λειψών
Μυθιστόριμα

Πάττι Αποστολίδες

ISBN 978-1-63868-086-4

Άλλα βιβλία γραμμένα από Πάττι Αποστολίδες

Lipsi's Daughter (English version)
The Lion and the Nurse
The Greek Maiden and the English Lord (Greek and English
version)
Helena's Choice
Candlelit Journey: Poetry from the Heart
Glimpses of Our World (editor and contributor)

Αναγνωρίσεις

Θα ήθελα να ευχαριστήσω τους μεταφραστές και τους επιμελητές, Ματίνα Δεμελή, Χρήστο Νάρκις, Τζειμς Καμάρας, Ρίγας Καππάτος, Δρ Πολύβια Παραρά, Δρ Σαμ Τσέκουας, Γιώργος Καραιβάσις, Ιωάννης Παραδείσης, και Ειρήνη Παραδείσης. Είμαι, επίσης, ευγνώμων για το γιο μου Αντώνη και όλη μου την οικογένεια.

ΚΕΦΑΛΑΙΟ 1

Σταμάτησε ο χρόνος, όταν πρωτοσυναντηθήκαμε
Όπως έκανε η καρδιά μου όταν σε είδε;

Το ιστιοπλοϊκό πλοιάριο ταξίδεψε μέσα στη μαύρη νύχτα την ώρα που το χτυπούσαν οι άνεμοι και η δυνατή βροχή. Ο Τόνι εγκατέλειψε τη θέση του χτυπημένος ανελέητα από το ανεμόβροχο και σκόνταψε πάνω στο τιμόνι του καπετάνιου.

«Κύριε Πλακή, δόξα τω Θεό! Ήρθατε!» φώναξε ο καπετάν Χάρης, προσπαθώντας να κυβερνήσει το ιστιοφόρο. «Δεν μπορούμε να πολεμήσουμε άλλο την καταιγίδα. Μία από τις μηχανές μας χάλασε».

«Πού βρισκόμαστε;» ρώτησε ο Τόνι, παλεύοντας με την πόρτα και προσπαθώντας να την κλείσει ενάντια στον ισχυρό άνεμο.

«Είμαστε κοντά στους Λειψούς. Είναι πιο ασφαλές να μείνουμε εκεί τη νύχτα».

*****

Η Υπατία στάθηκε στην αυλή, αγναντεύοντας τους κυρτούς λόφους και τις βαθιές κοιλάδες των Λειψών. Τα ζωηρά πράσινα κλαδιά των κυπαρισσιών έσπαζαν το ανοιχτό πράσινο τοπίο και τα ασβεστωμένα σπίτια, τόσο παρθένα χρώματα, φαίνονταν σχεδόν άγια.

Πιο πέρα, το ήρεμο Αιγαίο λαμποκοπούσε κάτω από τις ακτίνες του ήλιου.

Η χθεσινή καταιγίδα είχε χτυπήσει όλο το νησί με βροχή και ανέμους αναγκάζοντας τους κατοίκους να μείνουν κλεισμένοι

1

και ασφαλείς στα σπίτια τους. Η Υπατία είχε μάθει πολύ καιρό πριν ότι η θάλασσα μπορούσε να γίνει ύπουλη. Σήμερα, όλα φαινόντουσαν φυσιολογικά, καθώς πολλά λευκά αλιευτικά σκάφη γέμισαν τη θάλασσα.

«Έλα, Κίτσο! Ο παππούς θέλει να πάρουμε ψωμί, πριν κλείσει ο φούρνος» είπε εκείνη χτυπώντας χαϊδευτικά τον γάιδαρο και ισιώνοντας του την κόκκινη μεταξωτή γραβάτα, μέχρι να περαστεί χαριτωμένα γύρω από το λαιμό του. «Είσαι ο πιο όμορφος γάιδαρος στο χωριό».

Φέρνοντας στο σπίτι το λάθος γάιδαρο πριν από χρόνια, το μπέρδεμα της Υπατίας είχε προκαλέσει μεγάλη σύγχυση. Έτσι, έλυσε το πρόβλημα φορώντας στον Κίτσο την κόκκινη γραβάτα του πατέρα της.

Στην αρχή, ο παππούς της έκανε μούτρα αλλά με τον καιρό το αποδέχθηκε. Η γραβάτα ήταν πλέον του Κίτσου και τον ξεχώριζε από τα υπόλοιπα γαϊδούρια.

Περιπλανήθηκαν στο στενό πέτρινο μονοπάτι, στον απόκρημνο λόφο δίπλα από τον καταπράσινο λαχανόκηπο του παππού της και τους ελαιώνες, και πέρασαν τα χωράφια με τα πέτρινα σύνορα. Ένας δυνατός άνεμος τράβηξε τα πλεγμένα μαλλιά της και σήκωσε τη μαύρη φούστα της. Συνηθισμένη στο ιδιότροπο αεράκι του νησιού πέρασε τα λυτά μαλλιά της πίσω από τα αυτιά. Οι σκέψεις της τριγυρνούσαν στο αυριανό ταξίδι.

Αυτή θα ήταν η πρώτη φορά που θα επέστρεφε στον Πειραιά, το κεντρικό λιμάνι της Ελλάδας, μετά τον θάνατο των γονιών της. Η θεία της είχε κληρονομήσει το σπίτι τους και η Υπατία λογάριαζε να ζήσει εκεί μαζί της. Η Υπατία είχε, επίσης, σκοπό να σπουδάσει στο Πανεπιστήμιο του Πειραιά. Το γεγονός ότι η θεία δεν είχε απαντήσει στο γράμμα της, μείωσε τον ενθουσιασμό της για το επικείμενο ταξίδι.

Τα αργά και βαριά βήματα του γαϊδάρου σταμάτησαν μπροστά από το σπίτι του Τσάτσικα. Οι βόλτες της Υπατίας στο χωριό περιλάμβαναν στάσεις και συζητήσεις με τη νονά της Κατερίνα, την οποία αποκαλούσε Νονά.

Η νονά της είχε συνήθως κάποιο ζουμερό κουτσομπολιό να της πει συνοδευόμενο από ένα φλιτζάνι καφέ και κουλουράκια.

Στη συνέχεια, η Υπατία έδινε περισσευούμενες λιχουδιές στον Κίτσο κι εκείνος έγλειφε τα χείλη του με ικανοποίηση. Ο

Κίτσος γύρισε το κεφάλι του και κοίταξε με ανυπομονησία την κλειστή πόρτα. Η κλειστή πόρτα υποδείκνυε πώς η οικογένεια κοιμόταν ή έλειπε από το σπίτι.

Ακόμη όμως και να ήταν εκεί, η Υπατία δεν μπορούσε να σταματήσει, για να τους δει. Είχε ήδη αργήσει. «Θα πρέπει να περιμένεις για το κέρασμά σου» είπε η Υπατία γελώντας και σκουντώντας τον με το πόδι της.

Έφτασαν στο κάτω μέρος του λόφου και μπήκαν στον κεντρικό δρόμο. Η Υπατία ανέβηκε δίπλα στον υπέροχο θολωτό ναό της Παναγίας του Χάρου και έκανε ευλαβικά το σταυρό της. Την περασμένη εβδομάδα, χιλιάδες τουρίστες επισκέφθηκαν το νησί των Λειψών, για να δουν το θαύμα των ανθισμένων κρίνων της εικόνας της Παναγίας του Χάρου και να συμμετάσχουν στην παρέλαση και τους εορτασμούς.

Μια δυνατή ριπή ανέμου χτύπησε το πρόσωπο της και τράβηξε τα λυμένα μαλλιά της. Άκουσε έναν ήχο να βγαίνει από την εκκλησία κοιτώντας την πόρτα να κουνιέται πέρα δώθε από τον άνεμο.

Ο αγέρας πρέπει να άνοιξε την πόρτα, σκέφτηκε. Σταμάτησε, κατέβηκε από τον γάιδαρο κι έτρεξε γρήγορα προς την είσοδο. Έριξε μια ματιά μέσα. Μια έντονη μυρωδιά από λιβάνι γαργάλησε τη μύτη της.

«Γεια σας» είπε.

Το μέρος ήταν άδειο εκτός από τις εικόνες που την παρακολουθούσαν σιωπηλά. Θα μπορούσε να μείνει και να ανάψει ένα κερί, αλλά είχε αργήσει.

Η Υπατία έκλεισε ασφαλίζοντας την πόρτα.

«Έλα, Κίτσο! Πρέπει να πάμε στο φούρνο προτού κλείσει» είπε και ανέβηκε πάνω στο γάιδαρο. Προχωρώντας με θόρυβο, πέρασε γρήγορα από τους ψηλούς πετρόκτιστους τοίχους που προφύλασσαν τις παλιές αμυγδαλιές με τα κλαδιά τους, τους ελαιώνες και τις συκιές. Μπροστά, ήταν ένας κόλπος με νερά του χωριού. Ο Κίτσος επιβράδυνε αρκετά το βήμα του.

«Θα σταματήσουμε στο γυρισμό» του υποσχέθηκε η Υπατία χτυπώντας τον παρηγορητικά στην πλάτη.

Έφτασαν στην πλατεία. Η Υπατία πήδηξε από το γάιδαρο, τον έδεσε σε ένα στύλο και ανέβηκε ζωηρά τα ασβεστωμένα σκαλιά του στενού, για να κάνει τη δουλειά της. Η πλαγιά ήταν απότομη και λαχάνιασε μέχρι να φτάσει στο φούρνο.

Προς απογοήτευση της, η Υπατία βρήκε την πόρτα κλειδωμένη. Χτύπησε δυνατά το παράθυρο με την ελπίδα να ήταν κάποιος μέσα. Το χτύπησε ξανά. Η κυρία Πούλου, η σύζυγος του φούρναρη, άνοιξε την πόρτα και η Υπατία μύρισε τις μυρωδιές του ζεστού ψημένου ψωμιού.

«Υπατία, έλα μέσα. Μόλις έκλεινα το μαγαζί».

Η Υπατία διάλεξε τρεις φρατζόλες ζεστό ξεροψημένο ψωμί και τις τοποθέτησε στην τσάντα της. Έβγαλε τις δραχμές από την τσέπη της φούστας της και άρχισε να μετράει τα νομίσματα.

«Όχι, όχι καλό μου κορίτσι! Αυτό είναι το αποχαιρετιστήριο δώρο μου» είπε η κυρία Πούλου, σπρώχνοντας το χέρι της. Αγκάλιασε θερμά την Υπατία τυλίγοντας την σε ένα απαλό μαξιλάρι ανθρώπινης ευγένειας.

«Σε ευχαριστώ. Θα μου λείψεις κι εσύ και η οικογένεια σου» είπε η Υπατία νιώθοντας μια θλίψη και ανεξήγητα συναισθήματα. Είχε περάσει αρκετός καιρός από τότε που κάποιος την είχε αγκαλιάσει.

Η κ. Πούλου σκούπισε τα δάκρυα από τα κοκκινισμένα μάτια της. «Θυμάμαι που έπαιζες μαζί με τις κόρες μου. Παρόλο που ήσουν η μικρότερη, είχες την καλύτερη συμπεριφορά. Όταν παντρεύτηκαν και έφυγαν από το νησί ήμουν λυπημένη. Τώρα, μας αφήνεις και λυπάμαι ξανά».

«Μην ανησυχείτε, κυρία Πούλου. Θα γυρίσω κάποια μέρα και θα σας επισκεφθώ».

Στο δρόμο για το σπίτι, η Υπατία ένιωθε ενοχές. Το νησί δεν είναι και τόσο άσχημο εδώ που τα λέμε. Μερικές φορές στενοχωριόμουν, γιατί μου έλειπαν οι γονείς μου, αλλά οι τόσο ευγενικοί άνθρωποι εδώ με βοήθησαν με πολλούς τρόπους. Και τι να πω για τον παππού; Είναι ό,τι έχω και θα μου λείψει πολύ. Εκτός αυτού, μεγαλώνει. Με χρειάζεται εδώ. Αχ, γιατί να θέλω να φύγω;

Οι προβληματισμοί της συνεχίστηκαν για λίγο ακόμη. Έπειτα, θυμήθηκε, γιατί ήθελε να φύγει.

«Δεν υπάρχει μέλλον εδώ για μένα εκτός από τον γάμο» είπε δυνατά. Κάθισε σε όρθια θέση στο γαϊδούρι και η πλάτη της έγινε σκληρή σαν βέργα. Η αποφασιστικότητα της να φύγει από το νησί επέστρεψε ξανά. Για κάποιον παράξενο τρόπο άρχισε να νιώθει χαρούμενη. Μήπως, γιατί θα πήγαινε την άλλη μέρα στον Πειραιά και θα ήταν πιο κοντά στο να πάρει το πτυχίο της;

Έφτασαν πάλι στον κόλπο με τα νερά. Το γαϊδούρι σταμάτησε ακουμπώντας γερά τα πόδια του στο έδαφος. Η Υπατία γέλαγε, καθώς τον παρακολουθούσε να ρουφάει το νερό κάτω από τη σκιά της παλιάς σπασμένης ελιάς.

Θα μείνει εδώ κάμποση ώρα. Κοίταξε τριγύρω. Δεν υπήρχε κανείς.

Αυθόρμητα πήδηξε από την άκρη του κολπίσκου, έπιασε ένα κλαδί και κάθισε απέναντι στον κορμό του δέντρου. Αυτή θα ήταν η τελευταία φορά που καθόταν στον αγαπημένο της, απομονωμένο χώρο ανάπαυσης, διαβάζοντας το αγαπημένο της βιβλίο.

Η Υπατία έβγαλε το λεπτό βιβλίο με το αγγλικό μυθιστόρημα από την τσέπη της φούστας της και άρχισε να το διαβάζει δυνατά. Ένα παλιό δώρο από τον καθηγητή των αγγλικών που οι φθαρμένες άκρες του μαρτυρούσαν τις πολλές φορές που το είχε διαβάσει.

Είχαν περάσει αρκετοί μήνες από την τελευταία φορά που είχε ανοίξει το βιβλίο, γιατί ήταν πολύ απασχολημένη. Λίγες μόνο σελίδας είχαν μείνει πριν το τέλος, και η Υπατία προσπάθησε με κόπο να μεταφράσει το κείμενο στα ελληνικά.

Πώς θα βγει η ηρωίδα του μυθιστορήματος από τη δύσκολη θέση αυτή τη φορά; Η Υπατία πήρε την απάντηση. Η ηρωίδα εξέφρασε τα πραγματικά της συναισθήματα στον άντρα που αγαπούσε. «Σε αγαπώ. Σε αγαπούσα πάντα!» είπε στα αγγλικά η Υπατία. Η φωνή της ακούστηκε δυνατά και θριαμβευτικά. Ο ήρωας εξέφρασε και αυτός την αγάπη του για εκείνη και έκανε πρόταση γάμου στην ηρωίδα.

Τέλος.

Νιώθοντας παράξενα δυσαρεστημένη, η Υπατία έκλεισε το βιβλίο. Η πρόσφατη απόφαση της να σπουδάσει στο πανεπιστήμιο αντί να παντρευτεί συγκρούστηκε με το τέλος της ιστορίας. Αναστέναξε. *Έχω ξεπεράσει το βιβλίο;*

Κάτι θρόισε από πάνω της και έριξε μια ματιά προς τα πάνω νομίζοντας ότι μπορεί να είναι ένα πουλί. Η ανάσα της πνίγηκε στο λαιμό της. Πάγωσε. Ένα μεγάλο, μαύρο φίδι γλίστρησε αργά από τον κορμό του δέντρου και κατευθυνόταν προς το μέρος της. Τρομοκρατημένη, καθώς φοβόταν τα φίδια, έτρεξε στα τυφλά, για να ξεφύγει. Η Υπατία έσπρωξε το σώμα της από το παχύ κλαδί περιμένοντας να πέσει στο έδαφος. Αντ' αυτού βρέθηκε να αιωρείται στον αέρα. Της πήρε ένα λεπτό μέχρι να συνειδητοποιήσει τι είχε συμβεί. Η μακριά της φούστα είχε πιαστεί στο κλαδί και την κρατούσε αιωρούμενη. Έστριψε απεγνωσμένα το κεφάλι της, για να δει αν το φίδι γλιστρούσε προς το μέρος της. Ερχόταν πιο κοντά της.

Πανικόβλητη, η Υπατία ξεμπέρδεψε με τα χέρια και τα πόδια της προσπαθώντας να απεγκλωβιστεί από το κλαδί. Η καρδιά της χτυπούσε με φόβο και φώναξε, «Βοήθεια! Βοήθεια!».

Ένας άντρας εμφανίστηκε από το πουθενά.

*****

Η πρώτη αντίδραση του Τόνι ήταν να βάλει τα γέλια με την κωμική σκηνή που έβλεπε μπροστά του. Το κορίτσι κουνιόταν από το κλαδί σαν μαϊμού, με τα χέρια της να κουνιούνται και τα πόδια της να διασταυρώνονται σαν το ψαλίδι.

Ωστόσο, όταν είδε το φίδι, ο Τόνι ξεκίνησε τη δράση. Πήρε ένα κλαδί από το έδαφος και έτρεξε προς το μέρος της.

«Μην κουνιέσαι! Μην πεις τίποτα!» είπε στο κορίτσι, ενώ τα μάτια του παρακολουθούσαν έντονα το φίδι. Το κορίτσι σταμάτησε να κινείται. Σαν να αισθάνθηκε τον κίνδυνο, το φίδι σταμάτησε, επίσης, να κινείται. Ο Τόνι σήκωσε το κλαδί και έσπρωξε το φίδι. Αυτό κινήθηκε γρήγορα προς το κορίτσι. Με ένα γρήγορο, δυνατό πιάσιμο με το ξύλο του, ο Τόνι πέταξε με δύναμη το φίδι στον αέρα. Αυτό έπεσε με ένα χτύπημα στο έδαφος, γλίστρησε γρήγορα και εξαφανίστηκε στους κοντινούς θάμνους.

Ο Τόνι πήδηξε στον κόλπο, ξεμπέρδεψε την φούστα της και την έβγαλε από το κλαδί σαν ώριμο μήλο. Το απαλό κορμί της φώλιασε στην αγκαλιά του, δημιουργώντας του ένα συναρπαστικό συναίσθημα. Άνοιξε τα μάτια της.

«Είσαι ασφαλής τώρα» είπε ο Τόνι καθησυχαστικά, κοιτώντας το όμορφο πρόσωπο της.

Η κοπέλα ανατρίχιασε και έσπρωξε τον εαυτό της από το στήθος του, πέφτοντας άχαρα στο έδαφος σαν ένα τσουβάλι πατάτες. «Ω!» ψέλλισε και σηκώθηκε. Τίναξε τα χώματα από το πρόσωπο και τα χέρια της.

Ο Τόνι έχασε την ισορροπία του από την δύναμη της ώθησης της και προσγειώθηκε στο νερό. Προσπαθώντας να σηκωθεί γλίστρησε κι έπεσε ξανά στο νερό.

«Εγώ, εγώ σας ευχαριστώ. Πρέπει να φύγω» τραύλισε. Έπιασε το χαλινάρι του γαϊδάρου και τον χτύπησε από πίσω φωνάζοντας, «Άντε, πήγαινε!»

«Περίμενε! Περίμενε ένα λεπτό!» φώναξε ο Τόνι, καθώς σηκωνόταν.

Ο γάιδαρος μπήκε σε τροχιά, τραβώντας την μαζί του.

Ο Τόνι παρακολουθούσε το κορίτσι να φεύγει, καθώς οι μακριές ηλιοφιλημένοι μπούκλες της ανέμιζαν πίσω της. Του θύμισε ένα φοβισμένο ελάφι.

Βγήκε αργά έξω από τον κόλπο, ενώ κρατιόταν από το πλάι, για να στηριχτεί. Το λευκό βαμβακερό πουκάμισο του και το μαύρο βαμβακερό παντελόνι του ήταν μούσκεμα. Κούνησε τα πόδια του, για να φύγει το νερό, έβγαλε τα μουλιασμένα παπούτσια του, και άδειασε το νερό από μέσα. Έβρισε σιωπηλά. Όχι μόνο το κορίτσι έφυγε τρέχοντας, αλλά είχε και το θράσος να τον σπρώξει να πέσει στο νερό.

Ας είμαστε ειλικρινείς. Αυτή ήταν η πρώτη φορά που ένα κορίτσι έφυγε από κοντά μου και δεν είχα την ευκαιρία να της μιλήσω. Μου χάλασε το εγώ. Στα είκοσι εννέα μου χρόνια, η καλή μου εμφάνιση έκανε πάντα τα κορίτσια να συνωστίζονται. Ακόμη και η νταντά μου με λάτρευε.

Το βλέμμα του έπεσε στο καφέ βιβλίο που ήταν στο έδαφος. Έπρεπε να έπεσε από το κορίτσι. Το σήκωσε με τα βρεγμένα χέρια του.

«Ένα αγγλικό μυθιστόρημα!» είπε κάπως έκπληκτος με την ανακάλυψη. Από περιέργεια, άνοιξε το εξώφυλλο. Στο εσωτερικό του έγραφε: «Στην Υπατία Κουρή. Να απολαύσεις αυτό το βιβλίο. Σου εύχομαι επιτυχία και ευτυχία σε όλη τη ζωή σου! Με αγάπη, κυρία Ρόδου».

Ξεφύλλισε τις σελίδες, παρατηρώντας το σκαρίφημα κατά μήκος των πλευρών. Ένα κομμάτι χαρτί ξεπετάχτηκε από το

7

βιβλίο. Ο αδέξιος γραφικός χαρακτήρας, σαν να ήταν ενός παιδιού, είχε το σχήμα ενός ποιήματος με τίτλο: «Στον πατέρα μου, Καπετάν Μανώλη Κουρή». Οι απλές στροφές του αποκάλυψαν τον θαυμασμό και την αγάπη μιας κόρης για τον πατέρα της. Ο Τόνι σταμάτησε και συλλογίστηκε. Το όνομα ήταν οικείο.

Θα μπορούσε αυτός ο άνθρωπος να είναι ο ίδιος ο καπετάν Κουρής που είχε κάποτε εργαστεί για τον πατέρα;

Ο Τόνι θυμήθηκε ότι ένιωσε να τον κυριεύει μια θλίψη όταν έμαθε για το μοιραίο ταξίδι του καπετάνιου με την οικογένεια του. Θα μπορούσε αυτό το κορίτσι, ανεπτυγμένο για την ηλικία του, ψηλό κορίτσι να είναι η επιζούσα κόρη του καπετάν Κουρή; Το γεγονός ότι φορούσε ακόμη μαύρα αρκετά χρόνια μετά το θάνατο τους ήταν ένα σημάδι ότι δεν είχε ξεπεράσει το πένθος της.

Ένα περίεργο συναίσθημα γέμισε το στήθος του και συνεχίστηκε από μια λαχτάρα να την ξαναδεί. Ο Τόνι έβαλε το ποίημα προσεκτικά πίσω στο βιβλίο, προσπαθώντας να μην το βρέξει. Έλεγξε το ρολόι του. Έπρεπε να συναντήσει τον Μάικλ μπροστά από το γιοτ στις πέντε η ώρα.

Αυτά που είχε δει για την ημέρα, είχαν τελειώσει.

*****

Η Υπατία έτρεξε με τον Κίτσο μέχρι να φτάσουν σε ασφαλή απόσταση από τον άντρα. Λαχανιασμένη, άρχισε πλέον να περπατάει αργά.

Επέπληξε τον Κίτσο, λέγοντας: «Γιατί έπρεπε να διψάς τόσο πολύ; Αν δεν είχαμε σταματήσει, για να πιείς νερό, δεν θα είχα πάθει όλα αυτά!»

Τα μεγάλα γεμάτα εμπιστοσύνη μάτια του γαϊδάρου την κοιτούσαν λοξά.

Νιώθοντας ενοχές, η Υπατία τον χάιδεψε στο κεφάλι και αναστέναξε, λέγοντας: «Δεν είμαι θυμωμένη μαζί σου. Με τον εαυτό μου είμαι. Θα έπρεπε να ξέρω καλύτερα από το να σκαρφαλώνω σε δέντρα».

Θυμήθηκε την εποχή όταν ήταν εννέα ετών και είχε πέσει από το ίδιο δέντρο και είχε στραμπουλήξει τον αστράγαλο της. Ο

8

παππούς της την είχε επιπλήξει και της είχε απαγορέψει να ανέβει ξανά σε αυτό το δέντρο. Η παρορμητικότητα της είχε βγει στην επιφάνεια για άλλη μια φορά, όπως είχε γίνει στο παρελθόν.

Η Υπατία είδε σε επανάληψη όλα τα γεγονότα στο μυαλό της. Αφού προσπάθησε να ξεφύγει από το φίδι, βρέθηκε κρεμασμένη στο δέντρο σαν νυχτερίδα, χτυπώντας τα χέρια της στον αέρα και τσιρίζοντας για βοήθεια. Χαμογελώντας νευρικά για εκείνη την αμήχανη στιγμή, η Υπατία χτένισε τα μαλλιά της με τα δάχτυλα της για άλλη μια φορά. Ο όμορφός άγνωστος είχε έρθει πάνω στην ώρα, για να τη σώσει από το φίδι. Πρέπει να λιποθύμησε, γιατί δεν θυμόταν τίποτα, αφού ο άντρας χτύπησε το φίδι. Τη μια στιγμή κρεμόταν από το κλαδί και την επόμενη ο άντρας την κρατούσε στην αγκαλιά του.

Νιώθοντας ευγνωμοσύνη που την έσωσε αλλά φοβισμένη που την είχε κρατήσει τόσο κοντά, η Υπατία δεν ήξερε τι να σκεφτεί. *Τι θα έλεγε ο κόσμος αν με είχε δει στην αγκαλιά του;*

Ονειροπολώντας ότι ήταν στα δυνατά χέρια του νεαρού άντρα, υπέκυψε στα συναισθήματα που διαπερνούσαν το σώμα της. Ένα μέρος της ήθελε να παραμείνει μακριά του, ενώ ένα άλλο την απόπαιρνε που ήταν τόσο τολμηρή. *Μήπως πίεσα τον εαυτό μου λόγω των αυστηρών κανόνων του παππού για τα αγόρια ή το έκανα, επειδή δεν εμπιστευόμουν τα δικά μου συναισθήματα; Φοβόμουν ότι θα τον ερωτευτώ;*

«Υπατία Κουρή, πώς μπόρεσες να πέσεις τόσο χαμηλά και να σκεφτείς ότι επειδή κάποιος σε σώζει θα τον ερωτευτείς;» ψέλλισε η Υπατία έντονα, συνειδητοποιώντας ότι τα συναισθήματα της πρόδιδαν την αποφασιστικότητα της να μην εμπλακεί σε καμία σχέση μαζί του.

Ναι, αλλά αυτός δεν είναι ο οποιοσδήποτε. Ποτέ πριν δεν ήμουν στην αγκαλιά ενός όμορφου νεαρού άντρα.

ΚΕΦΑΛΑΙΟ 2

Κυματιστοί λόφοι και καταγάλανος ουρανός
Η θάλασσα έμεινε ακίνητη, για να μπορέσω να πετάξω

Παίρνοντας μια γεύση από την ήρεμη γαλάζια θάλασσα στα αριστερά του, ο Τόνι έκανε μια βόλτα σε ένα λιθόστρωτο μονοπάτι. Είχε κάνει καλή επιλογή και αυτό τον οδήγησε στον κεντρικό δρόμο. Τόσο ο φιλόξενος ήλιος που έπεφτε πάνω του, όσο και το αεράκι του νησιού που αναστάτωσε τα σκούρα μαλλιά του, είχαν στεγνώσει γρήγορα τα ρούχα του.

Αυτό το όμορφο νησί ήταν ένας τόσο διαφορετικός κόσμος από τις απαθείς τάξεις της Οξφόρδης. Εδώ υπήρχε ένας μαγικός κόσμος, όπου άνθρωποι σαν την Υπατία, που κάποτε θεωρούνταν νεκροί, ζωντάνεψαν.

Οι σκέψεις του Τόνι στράφηκαν στον καπετάν Κουρή, τον οποίο είχε γνωρίσει, όταν ήταν έφηβος. Ο πατέρας του Τόνι ήθελε να εργαστεί στη ναυτιλιακή του επιχείρηση και τελικά να γίνει ο ιδιοκτήτης της εταιρίας. Αποφασισμένος να πάει στο πανεπιστήμιο, ο Τόνι είχε αντισταθεί. Ο πατέρας του τον απείλησε ότι δεν θα πλήρωνε για την εκπαίδευση του, αν δεν έκανε πρώτα ένα ταξίδι με ένα από τα φορτηγά πλοία του. Σε μια τελευταία προσπάθεια να κατευνάσει τον πατέρα του, είχε δεχθεί να πάει στο ταξίδι. Εκείνο το ταξίδι, αποτυπωμένο στο μυαλό του σαν να συνέβη χθες, ήταν το πώς γνώρισε τον καπετάν Κουρή.

Ο καπετάν Κουρής ήταν ψηλός και αδύνατος, είχε μαύρο μουστάκι και όμορφο πρόσωπο. Οι γοητευτικοί του τρόποι και η όρεξη του για ζωή είχαν προσελκύσει τον Τόνι. Ο καπετάνιος είχε ενθαρρύνει τον Τόνι να γίνει μέλος του πληρώματος, πιστεύοντας πώς δουλεύοντας εκεί θα μπορούσε να μάθει αν του άρεσε αυτή η δουλειά ή όχι.

Ο Τόνι ενσωματώθηκε στις καθημερινές δουλειές του πλοίου και εργαζόταν δίπλα στους άντρες του πληρώματος. Η δουλειά ήταν εντατική και φρικτή και ο Τόνι βαρέθηκε. Σύντομα άρχισε να ονειροπολεί για το πανεπιστήμιο.

Κάθε φορά που ο καπετάνιος τον καλούσε να παίξει τάβλι μαζί του τα βράδια, ο Τόνι άρπαζε την ευκαιρία. Ανυπομονούσε για αυτές τις συναντήσεις, όχι μόνο για το παιχνίδι αλλά για τις ιστορίες που του έλεγε ο καπετάνιος. Μετά από ένα παιχνίδι τάβλι, ο Τόνι ρωτούσε τον καλοπροαίρετο καπετάνιο αν είχε κάποια ιστορία να μοιραστεί μαζί του. Ο καπετάν Κουρής καθόταν στην καρέκλα του, καπνίζοντας σκεπτικά την πίπα του. Τότε, αναπόφευκτα έβαζε τα πόδια του πάνω στο γραφείο, κάτι που σήμαινε ότι είχε βρει μια ιστορία να πει. Με μια λάμψη στα μάτια του, έφτιαχνε μια ιστορία τόσο πυκνή με περιπέτεια που πολλές φορές ο Τόνι αναρωτιόταν κρυφά αν ο καπετάνιος τις έφτιαχνε αντί να είναι πραγματικές. Παρόλα αυτά, ήταν ένας επιτυχημένος αφηγητής, κάνοντας τον Τόνι να ξεφύγει για μερικές ώρες.

Μια ημέρα πριν δέσουν στο λιμάνι, ο καπετάνιος ρώτησε τον Τόνι αν του άρεσε το ταξίδι και αν σκόπευε να ασχοληθεί με τη ναυτιλιακή επιχείρηση του πατέρα του. Ο Τόνι τον εμπιστεύτηκε, περιγράφοντας του τα σχέδια του για το πανεπιστήμιο.

Ο καπετάνιος άκουγε ήσυχα με συμπαθητικό πρόσωπο, δείχνοντας κατανόηση. Η συμβουλή του ήταν, «Κράτα τις πόρτες ανοιχτές, γιατί δεν ξέρεις πότε θα τις χρειαστείς».

Καθώς το πλοίο έμπαινε στο λιμάνι του Πειραιά την επόμενη ημέρα, ο Τόνι στάθηκε στο πλευρό του καπετάνιου, παρακολουθώντας τον να μανουβράρει επιδέξια το πλοίο. Ο καπετάν Κουρής χαιρόταν να μιλάει για την οικογένεια του. Ήταν περήφανος για τα επιτεύγματα της μικρής του κόρης και για την αγάπη της για τη μουσική.

Μόλις αγκυροβόλησαν, ο Τόνι παρακολουθούσε με μια μελαγχολία από το κατάστρωμα τον καπετάν Κουρή να βγαίνει από το πλοίο και να φιλάει την αγαπημένη του σύζυγο και να αγκαλιάζει την ξανθιά κόρη του που χοροπηδούσε πάνω κάτω ενθουσιασμένη. Καθώς ο καπετάνιος και η οικογένεια του απομακρύνονταν κρατώντας χέρια, ο Τόνι θυμήθηκε πώς ευχόταν να είχε μια τέτοια οικογένεια.

Αυτή η συγκινητική εικόνα είχε μείνει στο μυαλό του όλα αυτά τα χρόνια. Ο πατέρας του, εργασιομανής, ήταν πάντα πολύ απασχολημένος, για να δώσει σημασία στα επιτεύγματα του γιου του και χρησιμοποιούσε τα χρήματα, για να τον καλμάρει. Με αυτές τις ανησυχητικές σκέψεις, ο Τόνι σταμάτησε να σκέφτεται όσα συνέβησαν με την Υπατία. Εκτός από τον παππού της, εκείνη δεν είχε γονείς, ενώ αυτός είχε.

Θα έπρεπε να είναι ευγνώμων τουλάχιστον για αυτό.

*****

Στο δρόμο για το σπίτι, η Υπατία αποφάσισε να σταματήσει στο σπίτι των Ξυλούρη. Η κ. Ξυλούρη είχε πει την άλλη μέρα ότι θα πήγαινε ταξίδι στον Πειραιά, και η Υπατία έπρεπε να της μιλήσει, για να ταξιδέψουν μαζί. Το ασβεστωμένο σπίτι στεκόταν στο λόφο, εκτεθειμένο στις δυνατές ακτίνες του ήλιου. Η Υπατία κατέβηκε από τον Κίτσο και τον έδεσε στο δοκάρι.

Εκείνος ξεφύσησε δυνατά.

«Τι είναι, Κίτσο;»

Η Υπατία πήρε την απάντηση της. Πήδηξε, μόλις είδε τον γυαλιστερό σκορπιό να τρέχει πλάγια προς το μέρος τους με την ουρά του στον αέρα. Το ευλύγιστο σώμα της Υπατίας κινήθηκε να ξεφύγει. *Νωρίτερα ήταν το φίδι και τώρα είναι ο σκορπιός.*

Θυμήθηκε τότε που ήταν οκτώ χρόνων και είχε επισκεφθεί τη Μαρία, τη νέα της φίλη. Μια τεράστια σαρανταποδαρούσα με χιλιάδες πόδια είχε εμφανιστεί μπροστά της. Πανικόβλητη, άλλαξε δρόμο και έτρεξε προς το σπίτι. Η Μαρία, που την περίμενε στην πόρτα, γέλασε με την ξέφρενη πορεία της Υπατίας για να γλιτώσει.

Την επόμενη μέρα η Υπατία είχε μάθει ότι οι γονείς της είχαν πεθάνει στη θάλασσα. *Μήπως αυτός ο σκορπιός ήταν ένας κακός οιωνός;*

Συνοφρυωμένη η Υπατία ανέβηκε στο πέτρινο μονοπάτι προς το σπίτι. Έμεινε ελαφρώς έκπληκτη, όταν βρήκε την πόρτα κλειστή. Συνήθως, ήταν ανοικτή και κάποιος θα ήταν μέσα.

Αναρωτήθηκε αν η οικογένεια κοιμόταν. Καθώς γύρισε να φύγει, άκουσε κάποιον να φωνάζει το όνομα της.

«Υπατία».

Γύρισε να δει.

Ήταν η κ. Ξυλούρη. Εμφανίστηκε απογοητευμένη, καθώς έσπευσε στο μονοπάτι προς το μέρος της, τραβώντας τον μικρό της γιο. «Υπατία, χαίρομαι πολύ που ήρθες» ξεφώνισε, λαχανιάζοντας βαριά.

Η Υπατία όρμησε προς την αδύναμη γυναίκα. Σοκαρίστηκε, βλέποντας το μπράτσο του μικρού Νίκου τυλιγμένο σε ένα ματωμένο πανί και το πρόσωπο του γεμάτο με δάκρυα. Έκλαιγε.

«Κυρία Ξυλούρη, τι έγινε;»

«Αχ, ο μικρός μου Νίκος» είπε, κλαίγοντας η κ. Ξυλούρη, κάνοντας ξέφρενες χειρονομίες. «Έπεσε και έκοψε το χέρι του άσχημα σε ένα κομμάτι σπασμένο γυαλί. Πήγα στην κλινική, αναζητώντας τον Θανάση το γιατρό αλλά δεν είναι εκεί».

«Μπορώ να δω; Ελπίζω να μην είναι μεγάλο το κόψιμο» αναφώνησε η Υπατία ανήσυχη. Το χέρι της έτρεμε, καθώς έπιασε το χέρι του αγοριού και έβγαλε το κόκκινο λερωμένο πανί. Σοκαρίστηκε, βλέποντας μια μεγάλη πληγή κάτω από τον καρπό. Αιμορραγούσε πολύ.

«Ω!» Η Υπατία κατάπιε δύσκολα, προσπαθώντας να αγνοήσει την ξαφνική ναυτία που της ερχόταν αλλά, όταν είδε το φοβισμένο πρόσωπο του Νίκου, ξέχασε τα δικά της συναισθήματα. *Χρειάζεται βοήθεια.*

«Φοβάμαι ότι θα χρειαστεί ράμματα. Πρέπει να σταματήσουμε την αιμορραγία» είπε η Υπατία. Θυμούμενη τα όσα είχε διαβάσει στο ιατρικό εγχειρίδιο που της είχε δανείσει ο γιατρός Θανάσης, τύλιξε το πανί σφιχτά γύρω από την πληγή και την πίεσε δυνατά, για να σταματήσει η αιμορραγία.

«Τώρα, πίεσε έτσι» είπε η Υπατία στο αγόρι, προσπαθώντας να παραμείνει ήρεμη. «Θα βοηθήσει να σταματήσει η αιμορραγία».

Έκανε ό,τι του είπε και εκείνη σήκωσε απαλά το δεμένο χέρι του προς το στήθος του.

«Κράτα το χέρι ψηλά. Είσαι καλό παιδί».

«Δεν ξέρω τι πρέπει να κάνω. Ο σύζυγος μου είναι στον Πειραιά, και δεν έχω κανέναν εδώ να με βοηθήσει» είπε, κλαίγοντας η κ. Ξυλούρη.

«Ο γιατρός Θανάσης μπορεί να είναι κάτω στην αποβάθρα».

Η κ. Ξυλούρη έγνεψε ενθουσιασμένη. «Ναι, πιθανότατα εκεί είναι. Θα πάμε εκεί».

Η Υπατία γνώριζε ότι η κ. Ξυλούρη δεν είχε γάιδαρο. «Γιατί δεν αφήνεις τον μικρό Νίκο να κάτσει στον Κίτσο; Είναι πολύ μακριά, για να περπατήσει» είπε η Υπατία προσπαθώντας να την καθησυχάσει. «Αν θέλεις, μπορώ να έρθω μαζί σου».

«Σε ευχαριστώ, Υπατία. Ο Θεός σε έστειλε!» φώναξε η κ. Ξυλούρη και το πρόσωπο της πήρε μια χαρούμενη έκφραση.

«Ο λόγος που πέρασα ήταν για το αυριανό ταξίδι».

Η κ. Ξυλούρη δεν απάντησε. Ήταν απασχολημένη, σηκώνοντας το Νίκο στο γαϊδούρι και δεν πρέπει να την άκουσε.

«Ω, ω!» αναφώνησε ο Νίκος, κλαίγοντας και δείχνοντας φοβισμένος.

Η Υπατία χάιδεψε καθησυχαστικά το πόδι του. Γύρισε και μίλησε στη μητέρα του. «Κυρία Ξυλούρη, γιατί δεν κάθεσαι μαζί του; Νομίζω ότι θα νιώσει καλύτερα».

Η κ. Ξυλούρη την ευχαρίστησε και ανέβηκε και αυτή πίσω από τον γιο της, αγκαλιάζοντας τον. «Εδώ, στηρίξου επάνω μου».

Ο Νίκος ακούμπησε υπάκουα το κεφάλι του στο στήθος της και έκλεισε τα μάτια του. Αυτό φαίνεται να τον γαλήνεψε.

Η Υπατία περπάτησε δίπλα στο γαϊδούρι, τραγουδώντας ένα γνωστό τραγούδι, προσπαθώντας να τους φτιάξει τη διάθεση. «Θα είσαι μια χαρά Νίκο. Απλά να θυμάσαι να κρατάς το χέρι ψηλά».

Άνοιξε τα μάτια του και σήκωσε το χέρι του πιο ψηλά.

«Σωστά» είπε η Υπατία. «Ξέρεις, έκοψα το πόδι μου, όχι πολύ καιρό πριν, και ο καλός γιατρός μου το έκανε καλά. Όλα είναι εντάξει τώρα. Κοίτα πώς μπορώ να τρέξω». Έκανε ένα γρήγορο πλασάρισμα.

Όταν επέστρεψε, ο Νίκος την αντάμειψε με ένα χαμόγελο.

Η κ. Ξυλούρη χαμογέλασε με τα αστεία της Υπατίας.

*****

Ο Τόνι πλησίασε σε μια μικρή πλατεία. Τα πλαϊνά σοκάκια ξεπηδούσαν προς διαφορετικές κατευθύνσεις ακτινοειδώς. Στη γωνία βρισκόταν ένα καφενείο και έβλεπε στην πλατεία. Μια μεγάλη βελανιδιά το προστάτευε από τις καυτές ακτίνες του ήλιου. Διψασμένος, όπως ήταν, αποφάσισε να σταματήσει, για να πιει κάτι. Ο Τόνι κοίταξε μέσα στο μαγαζί, ρυθμίζοντας τα μάτια του στο σκοτάδι. «Γεια σας».

Ένας γουρλομάτης άντρας ήρθε στην πόρτα. Χασμουρήθηκε, έξυσε το στομάχι του και έδειχνε σαν να είχε μόλις ξυπνήσει.

«Με συγχωρείτε, αλλά θα ήταν μεγάλος κόπος να παραγγείλω ένα ποτό;» ρώτησε ο Τόνι ευγενικά.

«Βεβαίως, βεβαίως. Στέλιος Περικλής στη διάθεση σας» είπε ο Στέλιος, κάνοντας μια υπόκλιση και δείχνοντας το λαμπερό φαλακρό του κεφάλι του. Πήρε την παραγγελία και χάθηκε μέσα στο μαγαζί.

Ο Τόνι κάθισε σε ένα από τα τραπεζάκια έξω, λυγίζοντας τα δάχτυλα του, και κοιτώντας τριγύρω. Κανείς άλλος δεν ήταν εκεί. Οι ντόπιοι πιθανότατα είχαν πιει τον καφέ τους νωρίτερα ή θα τον έπιναν αργότερα το απογευματάκι, όταν ο καιρός θα ήταν πιο δροσερός. Μικρά στρογγυλά τραπέζια και λεπτές καρέκλες κοσμούσαν την μικρή αυλή του καφενείου. Ζωγραφισμένες κεραμικές γλάστρες, γεμάτες με όμορφα κόκκινα λουλούδια ήταν παραταγμένες στα λιγοστά σκαλοπάτια που οδηγούσαν στην είσοδο. Ένα μεγάλο ασυνήθιστο βάζο βρισκόταν δίπλα στην πόρτα. Οι γεωμετρικές γραμμές και οι μαύρες φιγούρες φαίνεται να έλεγαν μια ιστορία. Το βάζο έδειχνε σαν να είναι από μίαν άλλη εποχή με την ομορφιά του να τον μαγνητίζει. Ο Τόνι το κοίταξε κατάματα. Στο μάθημα τέχνης που είχε κάνει στο πανεπιστήμιο είχε μάθει για την ελληνική τέχνη και το σχέδιο των αγγείων. Εάν η μνήμη του ήταν σωστή, το γεωμετρικό ύφος που ήταν εμφανές σε αυτό το βάζο θα μπορούσε να αποδείξει ότι επρόκειτο για ένα πολύ αρχαίο σκεύος, τουλάχιστον δύο χιλιάδων χρόνων, αν όχι παλαιότερο. Θα έπρεπε να είναι σε μουσείο.

Ο κ. Περικλής επέστρεψε γρήγορα με ένα μπουκάλι παγωμένη Κόκα Κόλα και ένα ποτήρι, λέγοντας: «Με όλο το σεβασμό, είχατε ατύχημα;» Κοίταξε τα βρεγμένα ρούχα του Τόνι.

Εκείνος είχε ξεχάσει τα ρούχα του. Γέλασε. «Ναι, έχουν σχεδόν στεγνώσει». Ρούφηξε την Κόκα Κόλα, απολαμβάνοντας την ανθρακούχα δροσιά της.

«Δεν είσαστε από εδώ. Η προφορά σας μου λέει ότι είσαστε από την Κρήτη. Σωστά, κύριε;»

Ο Τόνι ένιωσε έκπληκτος με την οξυδέρκεια αυτού του ανθρώπου. Τόσα χρόνια στην Οξφόρδη είχε συνδυάσει τα αγγλικά με τα ελληνικά με ένα βρετανικό στυλ. «Τόνι. Τόνι Πλακής. Ναι, ήρθα με το γιοτ χθες το βράδυ. Έπρεπε να αγκυροβολήσουμε εδώ λόγω της καταιγίδας» είπε. Κοίταξε τον κ. Περικλή με μισόκλειστα μάτια και διαπίστωσε ότι αυτός ο άνθρωπος φαινόταν αρκετά ειλικρινής. Ωστόσο, είχε μάθει εδώ και πολύ καιρό να μην δίνει ελεύθερα προσωπικές πληροφορίες, ειδικά όταν κάποιος ήταν πλούσιος. Ο πλούτος ήταν σαν μαγνήτης. Τραβούσε κάθε είδος ανθρώπου, ιδιαίτερα όσους είχαν ανάγκη. Συνήθως ήθελαν χάρες ή χρήματα.

«Ναι, η καταιγίδα ήταν άσχημη, αλλά είμαστε συνηθισμένοι» είπε ο κ. Περικλής, κουνώντας το κεφάλι του. «Έχουμε πολλές αυτή την εποχή».

«Με συγχωρείται, αλλά μήπως τυχαίνει να γνωρίζετε κάποια με το όνομα Υπατία Κουρή;» ο Τόνι ρώτησε. «Έχω κάτι που της ανήκει».

«Ναι, ναι φυσικά. Τους ξέρω όλους εδώ. Βρίσκομαι εδώ όλη μου τη ζωή» καμάρωνε ο κ. Περικλής. «Βλέπετε αυτό το λόφο εκεί πάνω, κύριε Τόνι;» Έδειξε προς έναν λόφο σε απόσταση.

Ο Τόνι κοίταξε προς εκείνη την κατεύθυνση, κλείνοντας τα μάτια του από τον ήλιο και έγνεψε καταφατικά.

«Ζει εκεί με τον παππού της, τον Χρήστο Ροδάκη. Κατεβαίνει κάθε πρωί και σταματά εδώ για καφέ».

«Είναι αρκετά εύκολο να πάω εκεί;»

«Θα χρειαστείτε ένα άλογο ή ένα γαϊδούρι και τουλάχιστον μια ώρα, για να πάτε και να επιστρέψετε. Διαφορετικά, είναι πολύς δρόμος» είπε ο κ. Περικλής, κουνώντας το κεφάλι του, καθώς έριξε μια ματιά στα παπούτσια του νεαρού άντρα.

«Ω, κατάλαβα» είπε ο Τόνι. Τα παπούτσια του δεν ήταν και τα καλύτερα για μια ώρα περπάτημα σε βραχώδη μονοπάτια.

Για μια ακόμη φορά ένιωσε περιέργεια, κοιτώντας πάλι το βάζο. «Κύριε Περικλή που το βρήκατε αυτό το βάζο;» του είπε δείχνοντάς το.

«Πριν από μερικά χρόνια, ο κύριος Ροδάκης χρειαζόταν ένα άλογο. Βλέπετε πουλάω άλογα. Είναι ένας γέρος με περιορισμένα μέσα και το μόνο που είχε να μου δώσει εκείνη τη στιγμή ήταν αυτό το βάζο. Δεδομένου ότι είμαστε φίλοι, καταλήξαμε σε μια συμφωνία. Του έδωσα το άλογο και το βάζο χρησιμοποιήθηκε ως εγγύηση, μέχρι που βρήκε τα χρήματα, για να το πληρώσει».

«Βλέπω ότι έχετε ακόμα το βάζο».

«Ο κύριος Ροδάκης είναι ηλικιωμένος, και δεν έχει πολλά χρήματα. Τα βγάζει πέρα με τα λίγα που έχει. Πριν από χρόνια, όταν πέθανε η γυναίκα του, βρήκα έναν αγοραστή που ενδιαφερόταν για τη γη του, αλλά την τελευταία στιγμή έκανε πίσω και αποφάσισε να την κρατήσει». Ο κ. Περικλής σήκωσε τους ώμους του. «Ακόμα χειρότερα, το άλογο που του έδωσα πέθανε πάνω του και αρνείται να μου το πληρώσει. Τώρα, έμεινα με το βάζο. Είναι καλό μόνο για τα φυτά».

«Το βάζο πρέπει να βρίσκεται σε μουσείο».

«Έχουμε ένα μικρό μουσείο εδώ στο νησί» είπε ο κ. Περικλής, γνέφοντας καταφατικά. «Ο ιερέας το επιβλέπει και φιλοξενεί αρκετά ενδιαφέροντα αντικείμενα. Έδειξε ενδιαφέρον για το βάζο, αλλά ακόμη δεν τον έχω καταφέρει».

«Είναι σωστό αυτό;» Ο Τόνι ρώτησε. Αν είχε περισσότερο χρόνο στο νησί θα μπορούσε να επισκεφθεί το μουσείο. «Πώς ήρθε στα χέρια του κυρίου Ροδάκη το βάζο;»

«Ήταν ένα δώρο από τον γαμπρό του, τον καπετάν Μανώλη Κουρή. Ταξίδευε σε όλο τον κόσμο και όποτε ερχόταν στους Λειψούς του έφερνε δώρα. Τώρα, η κόρη και ο γαμπρός του κυρίου Ροδάκη είναι και οι δύο στη θάλασσα. Ο Θεός ας αναπαύσει τις ψυχές τους».

Ο κ. Περικλής έσκυψε ευλαβικά και έκανε το σταυρό του.

Στενοχωρήθηκε από την ιστορία, ο Τόνι έβγαλε το δερμάτινο πορτοφόλι του και άφησε μερικά χαρτονομίσματα στο τραπέζι. «Πρέπει να φύγω κύριε Περικλή. Σας ευχαριστώ για την ευγενική εξυπηρέτηση».

Ο κ. Περικλής πήρε τους λογαριασμούς και γούρλωσε τα μάτια του από το ποσό.

«Παρακαλώ, κρατήστε τα ρέστα».

«Ευχαριστώ κύριε Τόνι» είπε ο κ. Περικλής, ακτινοβολώντας.

«Τι ώρα περιμένετε αύριο τον κύριο Ροδάκη;»

«Γύρω στις εννέα. Περάστε από δω κύριε Τόνι. Θα είναι μεγάλη χαρά μας να σας εξυπηρετήσουμε» απάντησε ο κ. Περικλής, κουνώντας το κεφάλι του.

ΚΕΦΑΛΑΙΟ 3

Το βιβλίο που μου ανήκε
Άλλαξε το πεπρωμένο μου

Η Υπατία περπάτησε δίπλα στον Κίτσο, τραγουδώντας σιγανά και κρατώντας το χαλινάρι του, ενώ η κ. Ξυλούρη καθόταν ήσυχα με τον γιο της στο γαϊδούρι.

«Κοίτα! Ο κύριος Περικλής!» φώναξε η κ. Ξυλούρη. «Ίσως να ξέρει που είναι ο γιατρός».

Ο κύριος Περικλής στάθηκε έξω από το καφενείο του, γυρνώντας την πλάτη του. Φάνηκε να συνομιλεί με κάποιον.

Η Υπατία έδωσε τα ηνία στην κ. Ξυλούρη και έτρεξε προς το μέρος του. «Κύριε Περικλή, κύριε Περικλή».

«Γεια σου, Υπατία. Τώρα, μιλούσαμε για σένα και- »

«Ο μικρός Νίκος ο Ξυλούρης έπεσε και κόπηκε άσχημα» θόλωσε η Υπατία, διακόπτοντας τον κ. Περικλή και δείχνοντας του το αγόρι πάνω στο γαϊδούρι.

«Θεέ μου» αναφώνησε ο κ. Περικλής. Έτρεξε προς το αγόρι και την μητέρα του. Καθώς η Υπατία παρακολουθούσε τον κ. Περικλή να μιλάει με την κ. Ξυλούρη και να εξετάζει το χέρι του αγοριού, ένιωσε την παρουσία κάποιου πίσω της. Περίεργη, γύρισε πίσω και είδε ένα ζευγάρι ζεστά υγρά καστανά μάτια που την κοιτούσαν. Η ανάσα της κόπηκε. *Ήταν ο ίδιος άνθρωπος που με έσωσε νωρίτερα από το φίδι.* Κοκκίνησε που το θυμήθηκε και ένιωσε ντροπιασμένη που τον ξαναείδε.

Η Υπατία έφυγε προς το γαϊδούρι και τον κ. Περικλή, μην ξέροντας τι να πει. Ο άντρας, επίσης, δεν είπε τίποτα.

Κρυμμένη κάπως πίσω από τον γάιδαρο κοίταξε καλά, καλά τον ξένο. Για πρώτη φορά, παρατήρησε την εξαιρετική όμορφη

19

φυσιογνωμία του. Ήταν ψηλός για Έλληνας και είχε αθλητικό σώμα ολυμπιακών διαστάσεων. Η λεπτή μύτη ευγενής και το σφιχτό πηγούνι προσέθεταν στα όμορφα χαρακτηριστικά του.

Είχε στρέψει το βλέμμα του στο τραυματισμένο παιδί, τα εκφραστικά του μάτια αποκάλυπταν μια θλίψη που άγγιζε την εσωτερική της ύπαρξη. Ένιωσε αδύναμα τα γόνατα της. Το θλιμμένο βλέμμα του άντρα της θύμισε τον πατέρα της, όταν την είχε κοιτάξει με τον ίδιο τρόπο, όταν είχε τραυματιστεί ως παιδί. Οι αναμνήσεις του πατέρα της βγήκαν ορμητικά στην επιφάνεια. Η απώλεια τους απείλησε να την κυριεύσει και σκούπισε τα δάκρυα από τα μάτια της. Προσπαθώντας να παραμείνει συγκεντρωμένη σε αυτά που έλεγε η κ. Ξυλούρη, έστρεψε το βλέμμα της στην αναστατωμένη γυναίκα.

«Κύριε Περικλή, μήπως ξέρεις που μπορούμε να βρούμε τον γιατρό;» είπε η κ. Ξυλούρη, κλαίγοντας με ανησυχία. «Ο μικρός έχει χάσει πολύ αίμα και δεν ξέρω τι να κάνω. Πες μου σε παρακαλώ. Σε παρακαλώ».

«Ήταν εδώ, στο μαγαζί μόλις σήμερα το πρωί. Είπε ότι θα πήγαινε στην Πάτμο, για να φέρει ιατρικά εφόδια» απάντησε ο κ. Περικλής, ξύνοντας το κεφάλι του και δείχνοντας ανήσυχος. «Δεν ξέρω πότε θα επιστρέψει».

«Πήγε στην Πάτμο;» είπε κλαίγοντας η κ. Ξυλούρη, σφίγγοντας τα χέρια της. «Τι να κάνω;»

Ο όμορφος ξένος τους πλησίασε. «Κυρία, συγνώμη που παρεμβαίνω στη συνομιλία σας, αλλά ξέρω έναν γιατρό που μπορεί να σας βοηθήσει».

«Τι;» είπε η κ. Ξυλούρη, κοιτάζοντας τον μπερδεμένη.

«Ο γιατρός Χατζής ήρθε στο πλοίο χθες το βράδυ και υποτίθεται ότι θα τον συναντήσω στην αποβάθρα. Μπορώ να σας δείξω που βρίσκεται» προσφέρθηκε ο Τόνι.

Η κ. Ξυλούρη κοίταξε τον άγνωστο και έπειτα είπε στον κ. Περικλή αμήχανα. «Ποιος είναι αυτός;»

Ο κ. Περικλής έκανε τις κατάλληλες συστάσεις χαμογελώντας. «Κυρία Ξυλούρη, αυτός είναι ο κύριος Τόνι. Είναι φίλος μου, θα σε βοηθήσει».

«Ευχαριστώ πολύ» είπε η κ. Ξυλούρη στον Τόνι με τη φωνή της γεμάτη συγκίνηση.

Αποχαιρέτησαν τον κ. Περικλή και κατηφόρισαν το μονοπάτι προς την αποβάθρα. Η Υπατία έμεινε στην αριστερή πλευρά του γαϊδουριού, ελαφρώς κρυμμένη, ενώ ο κύριος Τόνι περπατούσε δεξιά του.

*****

«Κυρία Ξυλούρη, μπορείτε να μου πείτε λίγα λόγια για το νησί;» ρώτησε ο Τόνι, προσπαθώντας να απομακρύνει τη συζήτηση από το τραυματισμένο χέρι του αγοριού.

Με δυνατή φωνή που αποκάλυψε την αποτυχημένη προσπάθεια της να τιθασεύσει τα συναισθήματα της, η κ. Ξυλούρη τον ενημέρωσε για το νησί. «Στην αρχαιότητα αυτό το νησί ονομαζόταν Καλυψώ. Παλιότερα ήταν πολύ μεγαλύτερο από τώρα. Δύτες έχουν ανακαλύψει ένα μέρος του νησιού θαμμένο κάτω από το νερό. Έχουν βρει παλιά αγγεία και νομίσματα» είπε, δείχνοντας προς τη θάλασσα.

«Επίσης, γιγάντια κόκκαλα, τόσο μεγάλα, έχουν ανακαλυφθεί στο νησί» ξεφούρνισε η Υπατία, απλώνοντας τα χέρια της σε μήκος δύο ποδιών.

Ο Τόνι ξαφνιάστηκε όταν το άκουσε αυτό. «Αλήθεια;» ρώτησε, ανασηκώνοντας τα φρύδια του. «Είναι ανθρώπινα οστά;»

«Ο παππούς είπε ότι κάποτε ζούσαν γίγαντες εδώ. Επίσης, κάποιοι αγρότες ανακάλυψαν θησαυρούς πειρατών, χρυσό, θαμμένο στη γη τους».

«Υπατία, ας μην παρασυρθούμε» απάντησε η κ. Ξυλούρη, γελώντας νευρικά. «Ξέρετε πώς κυκλοφορούν οι φήμες εδώ. Κάποιος βρίσκει ένα χρυσό νόμισμα και ξαφνικά αυτό γίνεται θησαυρός πειρατών».

«Χμμ, όπως και να 'χει, ακούγεται ενδιαφέρον» είπε ο Τόνι, παρατηρώντας το συγκρατημένο βλέμμα της κοπέλας. «Πόσοι άνθρωποι ζουν στο νησί;»

«Ω, περίπου εφτακόσιοι υποθέτω, αλλά έχουμε πολλούς τουρίστες κατά τη διάρκεια των διακοπών και ιδιαίτερα το καλοκαίρι» απάντησε η κ. Ξυλούρη. «Αλλά για εκατοντάδες χρόνια αυτό το νησί ανήκε στη Μονή του Αγίου Ιωάννη του

Θεολόγου στο νησί της Πάτμου και οι μοναχοί συντηρούσαν τη γη».

«Υπάρχει μια σπηλιά στην Πάτμο, στα μισά του βουνού, όπου έζησε ο Άγιος Ιωάννης και έγραψε το βιβλίο της Αποκάλυψης» είπε η Υπατία. «Το σπήλαιο κρατά τον κεραυνό που είδε ο Άγιος και υπάρχουν εσοχές στον τοίχο από τότε που έσκυβε το κεφάλι στον τοίχο όταν προσευχόταν».

«Καταπληκτικό» είπε ο Τόνι. «Πώς κατέληξαν λοιπόν οι άνθρωποι να εγκατασταθούν στο νησί;»

«Κατά τη διάρκεια του επαναστατικού πολέμου, τη δεκαετία του 1800, οι Λειψοί έγιναν καταφύγιο. Μετά την ανεξαρτητοποίηση της Ελλάδας από την τουρκική κυριαρχία πολλοί άνθρωποι που είχαν έρθει εδώ κατέληξαν να μείνουν, συμπεριλαμβανομένων των συγγενών μου. Μόλις όμως μεγαλώσουν τα παιδιά, πολλά φεύγουν από το νησί, είτε, για να βρουν καλύτερη δουλειά είτε, για να παντρευτούν κάποιον από άλλο νησί» απάντησε η κ. Ξυλούρη.

Ο Τόνι χάρηκε που η κ. Ξυλούρη είχε ηρεμήσει. Η συνομιλία τους είχε αποσπάσει την προσοχή της από τον τραυματισμό του γιου της. «Πόσο μακριά είναι τα άλλα νησιά από τους Λειψούς;» ρώτησε ο Τόνι.

Η κ. Ξυλούρη έστριψε το ηλιοκαμένο της πρόσωπο σκεφτική. «Το νησί της Πάτμου είναι βορειοδυτικά από εδώ και στα νότια μας είναι η Λέρος» απάντησε. «Το σκάφος του καπετάν Γιάννη μπορεί να φτάσει σε τρία έως σαράντα λεπτά σε οποιοδήποτε νησί, ανάλογα με τον καιρό. Οι περισσότερες προμήθειες μάς έρχονται από αυτά τα δύο νησιά. Το χειμώνα, λόγω του καιρού και των μεγάλων κυμάτων, τα δρομολόγια είναι περιορισμένα και τα καύσιμα και οι προμήθειές μας θα πρέπει να μας φτάσουν για το χειμώνα».

Ο Τόνι έριξε μια ματιά στην Υπατία, αναρωτώμενος αν θα συμμετείχε στη συζήτηση, όμως εκείνη παρέμεινε σιωπηλή. «Ακούω ότι έχετε, επίσης, μερικούς Κρητικούς που ζουν εδώ;»

«Ω, ναι. Η οικογένεια μου είναι από εκεί και υπάρχουν κι άλλες οικογένειες από την Κρήτη» είπε η Υπατία. «Ήρθαν πολλά χρόνια πριν».

«Σχεδόν όλοι εδώ είναι συγγενείς, είτε μέσω γάμου είτε λόγω γέννησης» είπε η κ. Ξυλούρη, γελώντας νευρικά.

«Έχετε πολλούς τουρίστες το καλοκαίρι;» ρώτησε ο Τόνι.

«Ναι, πολλοί επισκέπτες είναι συγγενείς που ταξιδεύουν από το εξωτερικό, άλλοι από τη Γερμανία, τη Σουηδία, ή από άλλες χώρες. Όταν τα ξενοδοχεία είναι γεμάτα, μερικές φορές μας χτυπάνε, ζητώντας δωμάτιο».

Πέρασαν από μια μικρή εκκλησία. Και οι δύο γυναίκες έκαναν το σταυρό τους.

«Για ένα νησί με τόσες λίγες οικογένειες, μου έκανε εντύπωση ότι υπάρχουν τόσες πολλές εκκλησίες» παρατήρησε ο Τόνι.

«Υπάρχουν σχεδόν σαράντα εδώ» είπε η κ. Ξυλούρη με υπερηφάνεια. «Οι μοναχοί από την Πάτμο έχτισαν εκκλησίες και έκτοτε για διάφορους λόγους πολλοί έχτισαν τα δικά τους παρεκκλήσια».

«Η κεντρική εκκλησία στους Λειψούς φέρει το όνομα του Αγίου Ιωάννη και βρίσκεται δίπλα στην Κεντρική Πλατεία, κοντά στο λιμάνι. Παρακολουθούμε τη λειτουργία της Κυριακής εκεί, αλλά όχι κάθε φορά» είπε η Υπατία.

«Γιατί όχι;» ρώτησε ο Τόνι, μελετώντας τη ζωηρή έκφραση της. Φαινόταν σαν να απολάμβανε τον εαυτό της.

«Όταν η ονομαστική γιορτή ενός αγίου πέφτει Κυριακή, τότε παρακολουθούμε την Κυριακάτικη λειτουργία στην εκκλησία που είναι αφιερωμένη σε αυτόν τον άγιο» είπε η Υπατία.

«Ενδιαφέρον» είπε ο Τόνι.

«Μερικές εκκλησίες βρίσκονται σε αρκετή απόσταση, όπως ο Άγιος Σπυρίδωνας και ο Άγιος Παντελεήμων στη Κατσαδια. Σε μια συγκεκριμένη γιορτή των αγίων, ο παππούς μου και εγώ φύγαμε από το σπίτι νωρίς, για να φτάσουμε εγκαίρως. Κάποιες φορές φεύγαμε και δύο ώρες νωρίτερα».

«Δύο ώρες;» ρώτησε ο Τόνι. «Δυσκολεύομαι να το πιστέψω».

«Ο παππούς μου καβαλάει το γάιδαρο και εγώ περπατάω μαζί του» εξήγησε η Υπατία.

Ο Τόνι χτένισε με τα δάχτυλα του τα κυματιστά μαύρα μαλλιά του συγκινημένος από τον σεβασμό του κοριτσιού για τον παππού της και την δυνατή πίστη της. Μήπως έπρεπε να αναφέρει ότι επισκέφθηκε την εκκλησία της Παναγίας του

23

Χάρου νωρίτερα σήμερα; Αντ' αυτού ο Τόνι έδειξε κάποια τοποθεσία στο βάθος και ρώτησε: «Που οδηγεί αυτό;»

«Στον Πλατύ Γιαλό, μέχρι την άλλη πλευρά» είπε η κ. Ξυλούρη με υπερηφάνεια. «Δεν υπάρχουν κεντρικοί δρόμοι και είναι βραχώδης ο δρόμος και μακριά, οπότε συνήθως κάποιος περνάει με γάιδαρο. Το νερό είναι πολύ καθαρό και ρηχό εκεί και τείνει να είναι ένα αγαπημένο μέρος για πικ νικ. Συχνά, βλέπουμε τουρίστες να κάνουν καταδύσεις εκεί».

Η κ. Ξυλούρη μίλησε για το υπόλοιπο νησί, χωρίς να χρειάζεται καμία προτροπή από τον Τόνι. Είπε για τις παραλίες στην Λιεντού και όταν άρχισε να μιλάει για την Κατσαδιά που βρίσκονταν πιο μακριά, δίστασε.

«Τι θα λέγατε για την Κατσαδιά;» την παρακίνησε ο Τόνι.

«Υπάρχουν δύο πλευρές σε όλα» είπε η κ. Ξυλούρη. «Το ίδιο με αυτό το νησί. Μπορεί να έχουμε εκκλησίες, αλλά έχουμε και τους γυμνιστές. Η Κατσαδια για κάποιο λόγο προσελκύει τουρίστες που τους αρέσει να κολυμπούν χωρίς τα ρούχα τους».

«Φοβάμαι ότι οι Λείψοι δεν έχει το μονοπώλιο» είπε ο Τόνι, γελώντας με την καρδιά του. Έπιασε την Υπατία να κοκκινίζει και να δείχνει ντροπιασμένη. *Πιθανότατα θεώρησε πώς είναι ανάρμοστο η κ. Ξυλούρη να συζητά αυτό το θέμα μαζί μου.*

Ο Νίκος γκρίνιαξέ και η κ. Ξυλούρη σταμάτησε να φλυαρεί. Επικεντρώθηκε σε αυτόν, μιλώντας με ανήσυχη φωνή. «Πονάει;» τον ρώτησε με αγωνία.

«Ο δρόμος είναι ανώμαλος» μουρμούρισε ο Νίκος.

«Ας σταματήσουμε εδώ για ένα λεπτό» είπε η κ. Ξυλούρη.

Σταμάτησαν και τότε ο Τόνι θυμήθηκε ότι κουβαλούσε μαζί του το μικρό βιβλίο που βρήκε νωρίτερα. Το σήκωσε, αποκαλύπτοντας τον τίτλο στα μάτια της Υπατίας. «Υποθέτω ότι αυτό είναι το βιβλίο σου που κουβαλάω, Υπατία;» ρώτησε ο Τόνι στα αγγλικά.

Τα μάτια της μεγάλωσαν όταν το είδε. «Ναι, αλλά πώς ξέρατε το όνομα μου, ότι ήξερα αγγλικά, και ότι αυτό ήταν το βιβλίο μου;» ρώτησε η Υπατία στα αγγλικά.

«Πρώτα απ' όλα γλυκό μου κορίτσι, έτυχε να περπατάω στο δρόμο, όταν άκουσα την όμορφη φωνή σου να τραγουδάει από το δέντρο» παραδέχθηκε. «Νομίζω ότι άκουσα τις ακόλουθες λέξεις, 'Σ 'αγαπώ με όλη μου την καρδιά'».

24

Εκείνη έμεινε έκπληκτη.

«Φυσικά, ενθουσιάστηκα με αυτό που άκουσα, ήρθα πιο κοντά και ανακάλυψα ότι καθόσουν στο δέντρο, διάβαζες το βιβλίο και έλεγες αυτές τις λέξεις. Δεν περίμενα ότι θα σου πέσει το βιβλίο, θα κρεμαστείς από το δέντρο και θα χρειαστεί να σωθείς και από ένα φίδι». Την κορόιδευε και γελούσε μέσα από την καρδιά του, απολαμβάνοντας τα κοκκινισμένα της μάγουλα και τα φουρτουνιασμένα μάτια της.

«Θα μου δώσετε, σας παρακαλώ, πίσω το βιβλίο μου;»

«Από εκεί που κατάγομαι, όταν οι άνθρωποι σώζονται από τα φίδια, ο διασώστης λαμβάνει σε ένδειξη εκτίμησης ένα δώρο» την πείραξε. «Το να σώζεται η ζωή σου δεν είναι και μικρό πράγμα».

Εκείνη έμεινε σιωπηλή. «Τι δώρο θα θέλατε;» ρώτησε δειλά.

«Δεν έχω αποφασίσει ακόμα, οπότε μέχρι τότε υποθέτω ότι θα κρατήσω το βιβλίο ως εγγύηση». Τοποθέτησε το βιβλίο μέσα στο πουκάμισο του και άρχισε να σφυρίζει. Αυτό το βιβλίο ήταν ένα κομμάτι της Υπατίας και δεν ήθελε ακόμα να την αφήσει.

Είχαν φτάσει στη μεγάλη αποβάθρα. Ένα νεαρό ζευγάρι στεκόταν μπροστά στο ξένο γιοτ.

«Αυτός εκεί είναι ο γιατρός Χατζής, οικογενειακός φίλος. Το κορίτσι δίπλα του είναι η αδελφή μου, η Μελίσσα» είπε ο Τόνι, δείχνοντάς τους. «Περιμένετε εδώ ένα λεπτό».

Ο Τόνι τους άφησε όλους κάτω από τη σκιά ενός δέντρου και πλησίασε το ζευγάρι.

«Γεια σου, Τόνι!» φώναξε η Μελίσσα.

«Συγνώμη που άργησα» είπε ο Τόνι, σκύβοντας, για να φιλήσει το μάγουλο της αδελφής του. Χτύπησε τον Μάικλ Χατζή στην πλάτη.

«Η μικρή σου αδελφή ήταν η τέλεια οικοδέσποινα και μου έκανε παρέα όσο έλειπες» είπε ο Μάικλ, χαμογελώντας.

Το κοκκίνισμα της Μελίσσα επιβεβαίωσε την υποψία του Τόνι ότι η μικρότερη αδελφή του είχε κάτι περισσότερο με τον αγαπημένο του φίλο.

«Πού είναι οι άλλοι;» ρώτησε ο Τόνι, κοιτώντας τριγύρω με ανυπομονησία.

«Αφήσαμε τους γονείς πίσω στο ξενοδοχείο. Η Μπόνι και ο Τσακ, δηλαδή ο κύριος Ντάρα, προχώρησαν και μας περιμένουν στην ταβέρνα» εξήγησε η Μελίσσα.

«Προχώρα αδελφή. Πρέπει να δανειστώ τον Μάικλ για κάτι ιατρικό επείγον». Ο Τόνι εξήγησε την κατάσταση του μικρού Νίκου στον Μάικλ.

«Θα πρέπει να πάρω την ιατρική μου τσάντα από το γιοτ» είπε ο Μάικλ. «Μάλλον θα χρειαστεί ράμματα».

«Η καμπίνα του καπετάνιου είναι διαθέσιμη, αν τη χρειάζεσαι» τον ενημέρωσε ο Τόνι.

Τα γαλάζια μάτια της Μελίσσας επικεντρώθηκαν στον Μάικλ. «Θα σε δω αργότερα στην ταβέρνα;» ρώτησε γλυκά.

«Ναι» απάντησε ο Μάικλ.

«Μην αργήσεις πολύ» είπε η Μελίσσα, πετώντας τα ξανθά μαλλιά της, καθώς απομακρυνόταν.

ΚΕΦΑΛΑΙΟ 4

Είτε από τη μοίρα ή από τύχη
Τώρα θα πάρω θέση

Καθώς η Υπατία και η κ. Ξυλούρη περίμεναν τον Τόνι να φέρει τον γιατρό, η κ. Ξυλούρη την επέπληξε. «Υπατία, δεν κατάλαβα ούτε λέξη από τα αγγλικά που έλεγες σ'αυτόν τον άντρα» είπε κοφτά. «Αν μάθαινε ο παππούς σου ότι συνομιλούσες τολμηρά μαζί του στα αγγλικά, θα είχε νευριάσει».

Η Υπατία ένιωσε το πρόσωπό της να ζεσταίνεται. Δεν πρόλαβε να απαντήσει, γιατί ο κύριος Τόνι είχε φτάσει με το νεαρό γιατρό.

«Κυρία Ξυλούρη, από δω ο γιατρός Χατζής. Είπε ότι μπορεί να βοηθήσει τον μικρό Νίκο» είπε ο Τόνι.

«Ευχαριστώ, γιατρέ Χατζή» είπε η κ. Ξυλούρη, κουνώντας το κεφάλι της πάνω κάτω.

Ο Μάικλ τη χαιρέτησε, γνέφοντας της και μετά πλησίασε το αγόρι, αγγίζοντας το χέρι του, για να δει την κατάσταση του. «Και τι έγινε εδώ, μικρέ Νίκο;»

Ο μικρός Νίκος μουρμούρισε ότι έκοψε το χέρι του με ένα σπασμένο γυαλί. Ο Μάικλ στράφηκε στην κ. Ξυλούρη. «Η ιατρική μου τσάντα είναι στο γιοτ. Ας τον μεταφέρουμε εκεί, για να τον περιποιηθώ».

«Υπατία, σε παρακαλώ έλα μαζί μου» ψιθύρισε η κ. Ξυλούρη, κρατώντας σφιχτά το χέρι της Υπατίας. «Ξέρεις πώς κουτσομπολεύουν οι άνθρωποι εδώ».

Η Υπατία συμφώνησε σιωπηλά, γνωρίζοντας ότι οι γλώσσες θα πήγαιναν πάνω κάτω, αν έβλεπαν την κ. Ξυλούρη να μπαίνει στο γιοτ με αυτόν τον παράξενο άντρα.

27

«Μη φοβάσαι. Έλα, θα σε μεταφέρω μέσα, για να σε βοηθήσει ο γιατρός» είπε ο Τόνι, σηκώνοντας απαλά τον Νίκο.

Η Υπατία παρακολουθούσε τον Τόνι, νιώθοντας ένα έντονο αίσθημα ασφάλειας σαν να κουβαλούσε εκείνη και όχι τον Νίκο στα στιβαρά του χέρια. Έδεσε τον Κίτσο στο δέντρο.

Η κ. Ξυλούρη έσφιξε το μπράτσο της, καθώς ακολουθούσαν τους άντρες στη ράμπα και μπήκαν στο γιοτ. Η Υπατία κοιτούσε έκπληκτη το μέγεθος και την πολυτέλεια του σκάφους. Μπήκαν σε ένα σαλόνι με μοκέτα και μεγάλα παράθυρα σε κάθε πλευρά. Υπήρχε ένας λευκός δερμάτινος καναπές με δύο αντίστοιχες πολυθρόνες και δύο στρογγυλά τραπέζια με καρέκλες και ένα μπαρ. Πέρασαν από το σαλόνι και μπήκαν στην τραπεζαρία.

Πρέπει να ήταν η τραπεζαρία, γιατί στο κέντρο υπήρχε ένα μεγάλο τραπέζι με καρέκλες που χωρούσε τουλάχιστον δώδεκα άτομα. Τα ανατολίτικα χαλιά, οι κινέζικοι πίνακες, τα βάζα και τα ανατολίτικα έπιπλα την μετέφεραν σε ένα εξωτικό κόσμο.

Κατέβηκαν μερικά σκαλοπάτια και πέρασαν από ένα διάδρομο με πόρτες σε κάθε πλευρά. Η Υπατία σχεδόν γλίστρησε στο γυαλιστερό δάπεδο από τικ ξύλο.

Ο γιατρός μπήκε σε ένα δωμάτιο και επέστρεψε, κρατώντας τη μαύρη ιατρική του τσάντα. Περπάτησαν μερικές πόρτες και σταμάτησαν μπροστά στην καμπίνα του καπετάνιου. «Θα μπορούσατε να περιμένετε εδώ; Θα σας καλέσω αφού τελειώσω» είπε ο γιατρός Χατζής στην κ. Ξυλούρη και την Υπατία.

«Σας ευχαριστώ για τη βοήθεια σας» είπε η κ. Ξυλούρη. Φίλησε το γιο της στο μέτωπο, ψιθυρίζοντας δακρύβρεχτα γλυκόλογα πριν φύγει.

«Ο γιος σας είναι σε καλά χέρια, κ. Ξυλούρη» είπε ο Τόνι.

Ο γιατρός μπήκε στην καμπίνα του καπετάνιου με τον Τόνι και το αγόρι.

«Ήσουν ένα γενναίο αγόρι» είπε ο Τόνι, βάζοντας το αγόρι στην καρέκλα του καπετάνιου. Καθάρισε το τραπέζι και έκανε χώρο για την τσάντα του Μάικλ. «Ο γιατρός Χατζής είναι καλός γιατρός. Θα έχεις την καλύτερη περιποίηση».

Ο γιατρός έκλεισε την πόρτα.

Οι δύο γυναίκες περίμεναν έξω. Η κ. Ξυλούρη έκλεισε τα μάτια της και αγκάλιασε τα χέρια της σφιχτά σαν να προσευχόταν.

Η Υπατία είπε σιωπηλά μια προσευχή για το αγόρι. «Πώς περνάνε οι κόρες σας, η Μαρία και η Ιωάννα στην Κρήτη;» ρώτησε την κ. Ξυλούρη. «Έγραψα στη Μαρία αλλά ακόμη δεν έχω λάβει γράμμα της».

«Η Μαρία και η Ιωάννα; Είναι καλά. Η Μαρία μου είναι τριών μηνών έγκυος» είπε η κ. Ξυλούρη. «Μάλλον δεν σου έγραψε, γιατί έπασχε από πρωινές αδιαθεσίες και δεν ένιωθε καλά. Η Τζοάνα την βοηθάει όμως».

«Η Μαρία είναι έγκυος. Τι υπέροχο!» αναφώνησε η Υπατία. «Θα τους επισκεφθείτε;»

«Φοβάμαι ότι δεν είναι τόσο απλό» είπε η κ. Ξυλούρη, αναστενάζοντας. «Ο Νίκος μου είναι στον Πειραιά και με περίμενε για αυτό το ταξίδι, αλλά τώρα θα πρέπει να περιμένω μέχρι να γίνει καλύτερα ο μικρός Νίκος. Στη συνέχεια θα δούμε αν θα επισκεφθούμε τα κορίτσια».

«Ω, έλπιζα ότι θα μπορούσατε να έρθετε μαζί μου αύριο» ψιθύρισε η Υπατία, συνειδητοποιώντας τον αντίκτυπο όσων είπε η γυναίκα.

«Λυπάμαι πολύ» είπε η κ. Ξυλούρη, πιάνοντας απολογητικά το χέρι της Υπατίας. «Γιατί δεν περιμένεις να πάμε μαζί αργότερα;»

«Δεν είναι τόσο εύκολο. Έγραψα στη θεία μου ότι θα φύγω αύριο» είπε η Υπατία.

«Να σε ρωτήσω κάτι, κορίτσι μου. Γιατί πηγαίνεις στον Πειραιά; Δεν θέλεις να παντρευτείς μια μέρα; Υπάρχουν τόσοι ωραίοι νεαροί εδώ, όπως ο Σταμάτης».

«Ο Σταμάτης, το μπαλόνι;» ξεφούρνισε η Υπατία, καθώς θυμήθηκε το ψευδώνυμο που του είχε δώσει όταν ήταν παιδιά.

«Πρέπει να τον δεις τώρα» είπε η κ. Ξυλούρη περήφανα. «Γύρισε από τις σπουδές του και τον προσέλαβαν στο ταχυδρομείο ως υπάλληλο. Δεν είναι πια το αγόρι που σε πείραζε και σου τραβούσε τις πλεξούδες. Αν δεν ήταν ανιψιός μου θα τον ήθελα για ένα από τα κορίτσια μου».

Η Υπατία κούνησε το κεφάλι της. «Ξέρω τι εννοείς, αλλά δεν με ενδιαφέρει να παντρευτώ. Όταν πέθαναν οι γονείς μου, ένιωσα μεγάλη θλίψη και πόνο και μου πήρε πολύ καιρό, για να το ξεπεράσω. Δεν θέλω να νιώσω ξανά τόσο πόνο, αν πεθάνει κάποιος που αγαπώ».

«Καταλαβαίνω, αλλά δεν μπορείς να περάσεις τη ζωή σου με τον φόβο» είπε αργά η κ. Ξυλούρη. «Οι γονείς σου είναι κάπου στον παράδεισο, σε ένα καλύτερο μέρος από εδώ. Ο Θεός τους πήρε για κάποιο λόγο, αν και δεν το βλέπουμε πάντα».

Ο ήχος από τα τακούνια μιας γυναίκας διέκοψε τη συνομιλία τους. Μια λαμπερή γυναίκα, σαν αυτές που βλέπει η Υπατία στα διεθνή περιοδικά μόδας στη Ρόδο, τις πλησίασε με τους γοφούς της να κουνιούνται.

«Είναι εδώ ο Τόνι;» ρώτησε η Μπόνι. Τα γαλανά της μάτια έλαμψαν προς τις δύο γυναίκες.

Η Υπατία ένεψε καταφατικά, δείχνοντας προς την κλειστή πόρτα. «Εκεί μέσα είναι» είπε.

Η απροσδόκητη είσοδος της γυναίκας, ακολουθούμενη από αυτή την ερώτηση, έριξε το ηθικό της Υπατίας. Την παρατήρησε, καθώς προχωρούσε προς την πόρτα. Το αψεγάδιαστο δέρμα της είχε μια χρυσή απόχρωση και τα ίσια, κατάξανθα μαλλιά της χτυπούσαν στους ώμους της.

Το κοντό κομψό τιρκουάζ καλοκαιρινό φόρεμα της αποκάλυπτε το πλούσιο στήθος της και τα καλλίγραμμα πόδια της.

Η Μπόνι άνοιξε με θάρρος την πόρτα. «Γεια σας» ξεστόμισε, χαιρετώντας τους δύο άντρες.

«Μπόνι;» είπε ο Τόνι, κοιτάζοντας έκπληκτος. «Όλα καλά;»

«Ναι. Η Μελίσσα μου είπε τι συνέβη και ήρθα να δω αν χρειάζεσαι βοήθεια» είπε η Μπόνι, ακουμπώντας προκλητικά στην πόρτα.

«Εξαρτάται από τον Μάικλ εδώ» απάντησε ο Τόνι.

«Ευχαριστώ, αλλά όλα είναι υπό έλεγχο» είπε ο Μάικλ, κοιτώντας ψηλά για λίγο. «Πρέπει να κάνω γρήγορα, πριν σταματήσει να λειτουργεί η αναισθησία. Τόνι είσαι ελεύθερος να φύγεις».

«Εντάξει, Μάικλ. Ευχαριστώ για όλα» απάντησε ο Τόνι. Γύρισε προς το αγόρι και το χαιρέτησε. Ο Τόνι βγήκε στο διάδρομο.

Η Μπόνι τον πλησίασε και έβαλε το χέρι της στο μπράτσο του.

Η φλογερή επιθυμία να μάθει τι σχέση είχε αυτή η γυναίκα με τον Τόνι κυρίευσε την Υπατία. Θα μπορούσε αυτή να είναι η γυναίκα του; Φερόταν σαν να είναι.

Η κ. Ξυλούρη άπλωσε το χέρι της στον Τόνι. «Και πάλι, σας ευχαριστώ πολύ για τη βοήθεια σας, κύριε Τόνι».

Εκείνος χαμογέλασε και της έσφιξε το χέρι. «Χαίρομαι που μπόρεσα να βοηθήσω, κυρία Ξυλούρη, αλλά δεν έκανα πολλά. Τον καλό γιατρό πρέπει να ευχαριστήσεις». Τα όμορφα εκφραστικά μάτια του Τόνι κατέληξαν στην Υπατία. Φαινόταν σαν να ήθελε να της πει κάτι.

Η Υπατία ένιωσε κι αυτή την ανάγκη να του πει κάτι, οτιδήποτε, ακόμη και να τον ρωτήσει για το βιβλίο της, αν και ήξερε την απάντηση.

Οι σκέψεις της διακόπηκαν από τον έντονο βήχα της κ. Ξυλούρη. Ήταν σαν μια μητέρα που προστάτευε τα μικρά της.

«Αντίο» είπε ο Τόνι και έφυγε με την Μπόνι.

Η Υπατία έγνεψε μουδιασμένα, βλέποντας τους να απομακρύνονται. Ήταν ωραίο ζευγάρι. Αφού έφυγαν, ένιωσε άδεια και κρύα σαν να είχε πάρει τη δική της ζεστασιά μαζί του.

Ο γιατρός Χατζής φώναξε δυνατά, «Κυρία Ξυλούρη, μπορείτε να έρθετε γρήγορα εδώ;»

Εκείνη έτρεξε μέσα στο δωμάτιο.

Η Υπατία κοίταξε μέσα. Το αγόρι έκλαιγε και κλωτσούσε τα πόδια του στον αέρα. Η κ. Ξυλούρη τον κράτησε και ο ήρεμος τόνος της τον βοήθησε να χαλαρώσει, επιτρέποντας στο γιατρό να τελειώσει το ράψιμο της πληγής.

Το στομάχι της Υπατίας ανακατεύτηκε όταν είδε το αίμα να τρέχει από το τραύμα. Κλείνοντας την πόρτα έγειρε πάνω της, νιώθοντας να της έρχεται ναυτία.

*****

Η Μπόνι πίεσε ελαφρά τον Τόνι, καθώς της κρατούσε το χέρι, οδηγώντας την έξω από το πλοίο. Το έντονο άρωμα της ήταν υπερβολικό. Την κοίταξε με ανάμεικτα συναισθήματα. Ήταν μια ελκυστική γυναίκα και το ήξερε και η ίδια.

Μια ισχυρή ριπή του ανέμου σάρωσε την περιοχή, ανακατώνοντας τα μαλλιά του και το νερό, με αποτέλεσμα τα μικρά σκάφη που ήταν αγκυροβολημένα να σκάνε πάνω κάτω στο κύμα. Σκέφτηκε τότε ότι η Μπόνι ήταν σαν αυτή τη ριπή του ανέμου που έμπαινε μέσα και ξεσήκωνε τα πάντα.

Χτένισε τα μαλλιά του προς τα πίσω νευρικά και αναρωτιόταν τι να σκέφτηκε η Υπατία όταν παρατηρούσε την δυναμική είσοδο της Μπόνι.

«Έμεινα έκπληκτος που σε είδα» είπε ο Τόνι σφιχτά.

Η Μπόνι χαμογέλασε. «Ελπίζω να μην σε πειράζει που ήρθα να σου προσφέρω βοήθεια. Ήθελα μια δικαιολογία, για να ζητήσω συγγνώμη για το ξέσπασμά μου τις προάλλες» είπε με βραχνή φωνή. «Λίγες μόνο μέρες πριν από την επιστροφή σου στην Αγγλία, δεν ήθελα να περάσει ο υπόλοιπος χρόνος με πικρία ανάμεσα μας».

«Δέχομαι τη συγγνώμη σου» είπε ο Τόνι. «Παρεμπιπτόντως, η διαφωνία μας ήταν επειδή παραπονιόσουν για την επιστροφή μου στην Αγγλία. Δεν πηγαίνω σε άλλο πλανήτη. Η Αγγλία απέχει μόλις λίγες ώρες με το αεροπλάνο».

«Ο τρόπος που με απέφευγες από τότε που τσακωθήκαμε, Τόνι Πλακή, με κάνει και νιώθω κάποιες φορές ότι βρίσκεσαι σε άλλο πλανήτη» απάντησε.

Ο Τόνι θυμήθηκε τον καβγά τους πριν από δύο ημέρες. Ο εξουσιαστικός χαρακτήρας της είχε εμφανιστεί, όταν του δήλωσε ότι ήθελε να παραμείνει στην Ελλάδα και να ασχοληθεί με τη ναυτιλιακή επιχείρηση του πατέρα του. Εκείνος αρνήθηκε κατηγορηματικά, λέγοντας ότι οι προθέσεις του ήταν να φύγει για την Αγγλία. Αντί να ακολουθήσει την απόφαση του, εκείνη συνέχισε να τον πιέζει. Εκείνος αντιστάθηκε στην συμπεριφορά της να τον ελέγξει, η οποία του θύμισε τον πατέρα του και επανέλαβε πεισματικά την επιθυμία του να φύγει για την Αγγλία.

Όταν η Μπόνι είχε ξεσπάσει στα κλάματα, είχε βάλει το χέρι του γύρω στη μέση της, προσπαθώντας να την παρηγορήσει. Η αδυναμία του για τις γυναίκες που κλαίνε τον έκανε να υποσχεθεί ότι θα έρθει να την επισκεφθεί στην Ελλάδα. Αυτό ήταν μια ανατροπή που έκανε τη Μπόνι να βρει ευκαιρία να τον φιλήσει, δηλώνοντας την αγάπη της για αυτόν. Έκπληκτος από την τολμηρή της κίνηση, ο Τόνι έκανε πίσω απότομα.

Δεν είχε μιλήσει μαζί της από τότε, αποφεύγοντας την.

«Νομίζω ότι υπήρξε μια παρεξήγηση μεταξύ μας, Μπόνι. Όταν έκλαιγες, προσπαθούσα να σε παρηγορήσω ως φίλος» είπε ο Τόνι. «Βλέπεις, δεν μου αρέσει να βλέπω γυναίκες να κλαίνε».

Η Μπόνι έμεινε σιωπηλή για μια στιγμή και χαμήλωσε τα μάτια. «Υποθέτω δε νιώθεις το ίδιο για μένα, όπως εγώ για σένα».

Ο Τόνι αποφάσισε να μην της απαντήσει, μη θέλοντας να μπει σε έναν ακόμη καβγά. Αντ' αυτού ρώτησε ευγενικά, «Θα επιστρέψεις στην ταβέρνα;»

«Όχι» είπε εκείνη τρεμάμενα. «Δεν πεινάω. Άλλωστε ο Τσακ και η Μελίσσα περνάνε καλά χωρίς κανέναν άλλον εκεί».

«Ε;» ρώτησε ο Τόνι. Ένας πλούσιος ιδιοκτήτης πλοίων γύρω στα σαράντα, ο Τσακ Ντάρας είχε προσκληθεί στο ταξίδι, για να συζητήσει την αγορά πλοίου από τη Ναυτιλιακή Εταιρία Πλακής. Ο Τόνι δεν τον θεωρούσε πιθανό ταίρι για την Μελίσσα, αφού εκείνη είχε δείξει μεγάλο ενδιαφέρον για τον Μάικλ εδώ και καιρό.

Αναρωτήθηκε τι άλλο επινόησε στο μυαλό της η μικρή του αδελφή.

«Ποια είναι τα σχέδια σου για απόψε;» ρώτησε η Μπόνι.

«Πρώτα, πρέπει να δω τον πατέρα μου, μετά να κάνω μπάνιο και να ξεκουραστώ για απόψε» απάντησε ο Τόνι κουρασμένος, δείχνοντας τα τσαλακωμένα ρούχα του.

«Σε πειράζει να έρθω μαζί σου;» ρώτησε, πιάνοντάς του επιτακτικά το χέρι. «Μπορούμε να αναπληρώσουμε το χαμένο χρόνο».

Περπάτησαν προς το ξενοδοχείο.

Ο Τόνι ήταν σιωπηλός, έχοντας ανάμεικτα συναισθήματα για αυτή τη γυναίκα, σκεπτόμενος τι να πει. Είχε επίγνωση ότι το σώμα της έκλεινε σαγηνευτικά προς τα πάνω του. «Δεν μου είπες ποτέ τι σε έκανε να γίνεις σχεδιάστρια μόδας» ρώτησε, θέλοντας να κάνει κουβέντα.

«Πάντα μου άρεσαν τα ρούχα, από τότε που ήμουν κορίτσι. Όταν τελείωσα τις σπουδές μου, για να γίνω σχεδιάστρια, πήγα στο Παρίσι. Εκεί, έγινα μοντέλο και δούλεψα σε μια μπουτίκ» είπε.

«Α, σου άρεσε;» ρώτησε ο Τόνι, παρακινημένος από τη σιωπή της.

33

«Φυσικά, αγαπητέ μου» είπε, φιλώντας τον ελαφρά στο μάγουλο. «Βλέπεις αυτό το φόρεμα που φοράω; Το σχεδίασα αφού πέρασα κάποιο χρόνο στο Παρίσι».

Πόζαρε προκλητικά, γυρίζοντας αργά το κεφάλι της σε γωνία και δείχνοντας το φόρεμα της.

«Το φόρεμα σου πάει, αλλά το κόψιμο στο λαιμό δεν είναι λίγο χαμηλό;»

«Αυτό είναι το στυλ, ανόητε» είπε η Μπόνι, γελώντας ερωτιάρικα. «Νόμιζα ότι σου άρεσαν τα ντεκολτέ».

Εκείνος διαφώνησε σιωπηλά. Τα ντεκολτέ δεν είναι για δημόσια προβολή.

Μπήκαν στο ξενοδοχείο. Ο Τόνι αναγνώρισε την Ειρήνη, την Ελληνοαμερικανίδα διευθύντρια του ξενοδοχείου που στεκόταν πίσω από τον πάγκο κουβεντιάζοντας με την Χριστίνα, τη θετή του μητέρα.

Η Ειρήνη τον χαιρέτησε και την χαιρέτησε κι αυτός. Ήταν πολύ χρήσιμη για το νησί, γιατί εκτός από φιλική, μπορούσε να μιλήσει καλά ελληνικά και αγγλικά.

Η Χριστίνα γύρισε και τους κοίταξε. Όταν ο πατέρας του παντρεύτηκε την 38χρονη κληρονόμο πριν από τέσσερα χρόνια, ο Τόνι είχε σοκαριστεί. Υπέθετε πώς ο πατέρας του δεν θα ξαναπαντρευόταν. Δεν μπορούσε ποτέ να σκεφτεί τη Χριστίνα ως θετή μητέρα.

«Γεια στους δύο σας» είπε η Χριστίνα, πηγαίνοντας να τους συναντήσει. «Τόνι, ο πατέρας σου σε περίμενε».

«Θα πάω να τον δω» είπε ο Τόνι, δικαιολογώντας ευγενικά τον εαυτό του.

*****

Ο γιατρός Χατζής τελείωσε, τυλίγοντας τον επίδεσμο γύρω από την πληγή του αγοριού. «Έτοιμος» είπε στην κ. Ξυλούρη.

«Ευχαριστώ πολύ, γιατρέ. Ο Θεός και η Παναγία να σε ευλογούν». Η κ. Ξυλούρη έκλαιγε με δάκρυα στα μάτια, καθώς κράταγε τον ώμο του γιου της.

Αυτός χαμογέλασε. «Χαίρομαι που μπόρεσα να βοηθήσω. Υπάρχει νερό εδώ; Κάποια κανάτα ίσως;»

Η κ. Ξυλούρη βρήκε μια κανάτα με νερό σε ένα μικρό τραπέζι και του την έδωσε.

Έβγαλε ένα λινό ύφασμα από την τσάντα του, το έβρεξε και άρχισε να καθαρίζει τους λεκέδες αίματος από το τραπέζι. Στη συνέχεια πήρε ένα μικρό μπουκάλι με αλκοόλ από την τσάντα του, το έριξε στο υπόλοιπο πανί και σκούπισε ξανά το τραπέζι. Έβγαλε ένα καθαρό μαντήλι από την τσέπη του και σκούπισε τα γυαλιά του.

Η κ. Ξυλούρη άνοιξε την πόρτα και έκανε νόημα στην Υπατία να έρθει.

Η Υπατία δίστασε πριν μπει στο δωμάτιο. Εκείνη γνώριζε πώς η κ. Ξυλούρη δεν ήθελε να βρίσκεται μόνη στο δωμάτιο με το γιατρό, αλλά ταυτόχρονα δεν ήταν σίγουρη πώς θα αντιδρούσε το στομάχι της στην περίσταση.

Ευτυχώς, ο μικρός Νίκος κάθισε ήσυχα στην καρέκλα με το δεμένο χέρι του. Αν και το πρόσωπο του ήταν ακόμη υγρό από τα δάκρυα, δεν φαινόταν αίμα πουθενά. Όλα είχαν καθαριστεί.

Η Υπατία χαλάρωσε.

«Δεν υπάρχει τίποτα να φοβηθείτε, κύρια Ξυλούρη. Αν και έχασε λίγο αίμα, ο μικρός Νίκος θα αναρρώσει γρήγορα» είπε ο γιατρός Χατζής. Πριν βάλει τα γυαλιά του, παρατήρησε την Υπατία με τα κρύα γαλάζια μάτια του. «Είσαι αδελφή του;»

«Όχι, είμαι οικογενειακή φίλη» απάντησε δειλά η Υπατία, ενώ η ανάσα της κοβόταν μέχρι το λαιμό από την διερευνητική ματιά του. Την μελετούσε σαν να ήταν κάποιο έντομο.

«Κατάλαβα» είπε, χαμογελώντας φιλικά. Έβαλε ξανά τα γυαλιά του και έβγαλε ένα μικρό μπουκάλι από την τσάντα του. «Κ. Ξυλούρη, έραψα την πληγή και του έδωσα μια δόση αντιβιοτικών. Εδώ έχει αρκετό υγρό για μια εβδομάδα. Δεν θέλουμε να μολυνθεί».

«Ευχαριστώ, γιατρέ» είπε η κ. Ξυλούρη, σφίγγοντας του το χέρι όταν της έδωσε το φάρμακο.

«Η τοπική αναισθησία θα φύγει σύντομα. Θα πρέπει να τον ξαναδεί ο γιατρός του νησιού».

«Εντάξει, γιατρέ. Τι σας χρωστάω;» ρώτησε η κ. Ξυλούρη, βάζοντας προσεκτικά το φάρμακο στην τσέπη της.

Δίστασε, και μετά της είπε την τιμή του φαρμάκου.

Έψαξε τις τσέπες της. «Ωχ» μουρμούρισε η κ. Ξυλούρη, κοκκινίζοντας. «Δεν έφερα χρήματα μαζί μου. Μπορώ να σας τα φέρω σε μερικές μέρες;»

«Δεν πειράζει. Φεύγουμε αύριο».

Η Υπατία βύθισε το χέρι της στην τσέπη, βγάζοντας τα ρέστα που είχε από τον φούρνο και τα μέτρησε. «Εδώ είναι όλα τα χρήματα που έχω» είπε, βάζοντας όλες τις δραχμές στο χέρι του γιατρού. «Είναι λίγα, αλλά…».

«Ω, ευχαριστώ Υπατία» αναφώνησε η κ. Ξυλούρη. «Θα τα επιστρέψω στον παππού σου».

Ο γιατρός Χατζής έγνεψε ευχαριστημένος. «Ευχαριστώ, κοπέλα μου, αυτά είναι αρκετά. Πώς σε λένε είπαμε;»

«Κουρή» απάντησε εκείνη. Την κοίταξε ξανά. Εκείνη κοκκίνησε.

«Υπατία;» ρώτησε. «Νομίζω ότι αυτό το όνομα άνηκε σε μια διάσημη γυναίκα, μαθηματικό και φιλόσοφο. Έζησε στην Αλεξάνδρεια περίπου το 400, σωστά;»

Η Υπατία έγνεψε σιωπηλά, γνωρίζοντας την ιστορία. «Ο κύριος Τόνι και η σύζυγος του θα φύγουν μαζί σας αύριο;»

Στην αρχή, ο γιατρός απόρησε. «Ναι, θα φύγουμε όλοι μαζί αύριο, αλλά ο κύριος Τόνι δεν είναι παντρεμένος» απάντησε. «Τι σε έκανε να το σκεφτείς αυτό;»

«Η γυναίκα που ήρθε νωρίτερα», άρχισε να λέει η Υπατία, μέχρι που η κ. Ξυλούρη της τσίμπησε το χέρι να πάψει.

«Ω! Η Μπόνι! Είναι καλή φίλη της αδελφής του,» είπε ο γιατρός.

«Ο κύριος Τόνι ήταν ευγενικός μαζί μας! Δεν θα ξεχάσουμε ποτέ ότι βοήθησε τον μικρό Νίκο μας» είπε περίχαρη η κ. Ξυλούρη.

«Ναι, είναι καλός άνθρωπος» είπε ο γιατρός.

Η κ. Ξυλούρη αποχαιρέτησε τον γιατρό, ευχαριστώντας τον αρκετές φορές.

Λίγα λεπτά αργότερα, η Υπατία και η κ. Ξυλούρη μετέφεραν τον Νίκο πάνω στον Κίτσο και η κ. Ξυλούρη κάθισε στο σαμάρι πίσω του αγκαλιάζοντάς τον.

«Ας πάμε από τον κεντρικό δρόμο» είπε η Υπατία. «Πρέπει να πάω σπίτι, γιατί είναι αργά και έχω να δώσω εξηγήσεις».

ΚΕΦΑΛΑΙΟ 5

Τι σημασία έχουν τα πλούτη
Αν κάποιος δεν έχει την υγεία του;

Ο Τόνι πέρασε από το λόμπι του ξενοδοχείου και ανέβηκε τις σκάλες για το δωμάτιο του πατέρα του. Μπήκε στη σουίτα και πήγε κατευθείαν στο μπαλκόνι, όπου βρήκε τον πατέρα του ακουμπισμένο στην κουπαστή να ακούει με προσοχή έναν εργάτη να του μιλάει. Πέρα από το μπαλκόνι, τα γαλάζια νερά της Λιεντού έλαμπαν σαν ελαιογραφία του Μονέ.

Τα παρατηρητικά μάτια του Γρηγόρη Πλακή έπεσαν πάνω στην ατημέλητη εμφάνιση του Τόνι. «Πήγαν όλα καλά με την βόλτα σου στο νησί;» ρώτησε, διακόπτοντας τον άντρα δίπλα του.

Ο Τόνι τού περιέγραψε περιληπτικά τα γεγονότα, έχοντας υπόψιν του τον ψιλόλιγνο εργάτη που άκουγε τη συνομιλία τους. Κάποια στιγμή ο εργάτης έβηξε ευγενικά. Ο Γρηγόρης έβγαλε το πορτοφόλι του και του έδωσε αρκετά χαρτονομίσματα, λέγοντας: «Εδώ είναι η πληρωμή σου για τον κόπο σου και για το νέο κομμάτι, Άλεξ».

Ο Άλεξ τον ευχαρίστησε και έφυγε.

«Διόρθωσαν το πρόβλημα του κινητήρα;» ρώτησε ο Τόνι τον πατέρα του και κάθισε σε μια καρέκλα.

«Όχι» ομολόγησε ο Γρηγόρης. «Ο Άλεξ μου είπε ότι ο κινητήρας επηρεάστηκε από τη θύελλα και δεν μπόρεσε να τον επισκευάσει, οπότε παραγγείλαμε νέο εξάρτημα. Το εξάρτημα δεν θα είναι εδώ για αρκετές εβδομάδες».

«Τι γίνεται με τον άλλο κινητήρα;»

37

«Ούτε αυτό δουλεύει καλά. Δεν έχουμε άλλη επιλογή από το να αφήσουμε το γιοτ και να ταξιδέψουμε πίσω με το πλοίο».

«Να υποθέσω ότι δεν έρχονται αεροπλάνα εδώ» είπε ο Τόνι ξερά.

«Ω, όχι, όχι» είπε ο Γρηγόρης, κουνώντας το κεφάλι του. «Αυτό το μικρό νησί δεν έχει αεροδρόμιο. Θα αναχωρήσουμε με το πλοίο για Πειραιά αύριο το απόγευμα».

«Αυτό μου αρκεί. Πρέπει να είμαι στην Αθήνα μέχρι την Τρίτη, για να πάρω την πτήση για Αγγλία».

Ο Γρηγόρης κοίταξε το γιο του σκεπτόμενος. «Τόνι, γιατί μου το κάνεις αυτό; Δεν θέλω να επιστρέψεις στην Αγγλία. Σε χρειάζομαι δίπλα μου».

«Τα πήγες καλά όλα αυτά τα χρόνια χωρίς εμένα» απάντησε ο Τόνι.

Οι λέξεις βγήκαν γρήγορα, αιφνιδιάζοντας τον Τόνι. Αν και σχετικές με τη συζήτηση, αυτές οι λέξεις είχαν βαθύτερο νόημα για αυτόν. Ο πατέρας του τον είχε στείλει στο οικοτροφείο, όταν είχε πεθάνει η μητέρα του. Ποτέ δεν είχε αφιερώσει χρόνο, για να παρακολουθεί τις σχολικές εκδηλώσεις και τις αποφοιτήσεις του Τόνι, επειδή ήταν πολύ απασχολημένος. Αντ' αυτού του έστελνε χρήματα. Όταν είχε αρρωστήσει, ο πατέρας του είχε στείλει μια νοσοκόμα να τον βοηθήσει και ποτέ δεν τον επισκέφθηκε στο νοσοκομείο. Τώρα, ο πατέρας του δεν του ζητούσε κάτι απλό. Του ζητούσε να αλλάξει τρόπο ζωής.

«Επίτρεψέ μου να είμαι ειλικρινής μαζί σου, γιε μου. Τον τελευταίο καιρό δεν τα πάω καλά με την υγεία μου» είπε ο Γρηγόρης, τρίβοντας το κεφάλι του.

«Τι εννοείς;» ρώτησε ο Τόνι απορημένος. Αυτό ήταν κάτι καινούργιο.

Ο Γρηγόρης σιώπησε. «Θυμάσαι όταν σχεδόν έπεσα στην τραπεζαρία του γιοτ πριν από μερικές ημέρες και με έπιασες; Είχα πει ως δικαιολογία ότι παραπάτησα. Δεν ήταν αυτή η αλήθεια» αναστέναξε. «Τελευταία έχω αυτές τις ζαλάδες, τις λιποθυμίες, και όλα μαυρίζουν».

Ο Τόνι τον κοίταξε κατάματα, νιώθοντας αβοήθητος. Πάντα πίστευε ότι ο παντοδύναμος πατέρας του θα ήταν εκεί, να διαχειρίζεται την οικογενειακή επιχείρηση. Τώρα, του ζητούσε βοήθεια, ζητούσε συγχώρεση. «Γιατί δεν μου το είπες νωρίτερα;»

«Δεν είχα συνειδητοποιήσει πόσο σημαντικό ήταν εκείνη τη στιγμή» απάντησε ο Γρηγόρης, ανασηκώνοντας του ώμους του. «Μίλησα με τον Μάικλ το πρωί, γιατί είχα πάλι ζαλάδες. Πιστεύει ότι πρέπει να δω έναν γιατρό που γνωρίζει, όταν επιστρέψουμε σπίτι. Λέει πώς αυτές οι άσχημες ζαλάδες μπορεί να προκληθούν από κάτι σοβαρό».

Ο Τόνι ένιωσε το στομάχι του να ανακατεύεται από το άγχος. «Κάτι σοβαρό; Σαν τι;»

Ο πατέρας του έμεινε σιωπηλός, κοιτώντας προς τη θάλασσα.

«Σου είπε πόσο σοβαρό;» Ο Τόνι επέμενε και η καρδιά του άρχισε να χτυπάει δυνατά.

Η συνεχόμενη σιωπή του πατέρα του απειλούσε να καταστρέψει κάθε γαλήνη που είχε μέσα του. «Πες μου, πατέρα».

«Θα μπορούσε να είναι όγκος στον εγκέφαλο» απάντησε τελικά ο Γρηγόρης με χαμηλή και βαριά φωνή.

Το να έχεις όγκο στον εγκέφαλο ήταν σαν να σου έχει δοθεί θανατική ποινή. Νιώθοντας ένα προαίσθημα να εγκαθίσταται στην καρδιά του, ο Τόνι αφομοίωσε αυτήν την ανησυχητική είδηση. «Ίσως δεν είναι τόσο σοβαρό όλο αυτό» είπε αισίως.

«Είτε είναι σοβαρό είτε όχι, θα είμαι πολύ απασχολημένος με τους γιατρούς που θα με υποβάλλουν σε μια σειρά από εξετάσεις, για να μπορώ να διαχειρίζομαι και την επιχείρηση».

«Αυτός ήταν ο λόγος που μου ζήτησες πρόσφατα να συμμετέχω στην επιχείρηση;» ρώτησε ο Τόνι.

Ο Γρηγόρης έγνεψε καταφατικά και κοίταξε τον Τόνι με τα μάτια του κοκκινισμένα. «Η εταιρία χρειάζεται έναν επικεφαλής και ποιος είναι καλύτερος από τον γιο μου;»

Η καρδιά του Τόνι πλημμύρισε από συμπόνοια για τα όσα περνούσε ο πατέρας του. «Θα σε βοηθήσω» είπε με φωνή γεμάτη συγκίνηση. Σε μια ασυνήθιστη επίδειξη ζεστασιάς πήγε στον πατέρα του και τον αγκάλιασε σφιχτά.

«Ωραία. Ήξερα ότι θα ανταποκριθείς». Η φωνή του Γρηγόρη κλονίστηκε, καθώς χάιδεψε το γιο του στην πλάτη.

«Ωστόσο, δεν έχω μεγάλη εμπειρία με φορτηγά πλοία» παραδέχθηκε ο Τόνι, όταν τα συναισθήματα του καταλάγιασαν.

«Μόνο αν με άκουγες όταν ήσουν νέος. Θα σε είχα βάλει να διαχειρίζεσαι την επιχείρηση πριν από χρόνια. Αλλά ήθελες να πάρεις το μεταπτυχιακό σου στα οικονομικά στην Οξφόρδη» τον μάλωσε ο Γρηγόρης, κουνώντας το κεφάλι του.

Ο Τόνι έγνευσε το κεφάλι του μετανοητικά, γνωρίζοντας ότι δεν είχε την πολυτέλεια να μαλώσει με τον άρρωστο πατέρα του. Δεν ήθελε να επιδεινώσει την κατάσταση του.

«Ωστόσο, δεν υπάρχει λόγος να ανησυχείς. Θα σε συμβουλεύω όποτε μπορώ» συνέχισε ο Γρηγόρης μαλακώνοντας. «Επίσης, θα υπάρχει άφθονη βοήθεια και από άλλους. Ο Σάρκαλος, ο διαχειριστής του στόλου μας, έχει την καθημερινή διαχείριση. Ο Σπίθας, ο δικηγόρος μας, χειρίζεται τα νομικά έγγραφα και πολλοί άλλοι από το προσωπικό μας είναι έμπειροι και καταρτισμένοι. Θα σε βοηθήσουν».

Η Χριστίνα κινήθηκε προς το μπαλκόνι.

«Γεια σου, γλυκιά μου» της είπε ο Γρηγόρης, χαμογελώντας της με αγάπη.

«Γεια σου, αγαπημένε» είπε η Χριστίνα γλυκά, φιλώντας τον στο μάγουλο. «Δεν πρέπει να πάμε μαζί με τους άλλους στην ταβέρνα; Ίσως σου κάνει καλό να φας λίγο».

«Ποιος είναι στην ταβέρνα;» ρώτησε ο Γρηγόρης και σηκώθηκε.

«Η Μπόνι μου είπε ότι ο Τσακ και η Μελίσσα είναι εκεί» απάντησε η Χριστίνα.

«Και πού είναι η Μπόνι;» ρώτησε ο Γρηγόρης.

«Πήγε στο δωμάτιο της. Είπε ότι είχε πονοκέφαλο».

«Τι;» ρώτησε έκπληκτος ο Γρηγόρης. «Τόνι, τι της είπες αυτή τη φορά;»

Όλοι προχώρησαν προς την πόρτα.

Ο Τόνι σήκωσε τους ώμους του. «Πατέρα, σου είπα πριν την προσκαλέσεις στο ταξίδι ότι δεν είναι ο τύπος μου. Είναι ωραίο να την κοιτάς, αλλά για το μόνο που μιλάει είναι ο εαυτός της και τα ρούχα της. Δεν με άκουσες».

«Αυτή είναι η ευκαιρία σου να παντρευτείς σε μια πλούσια οικογένεια και το καλύτερο που μπορείς να κάνεις είναι να πεις ότι δεν είναι ο τύπος σου» παραπονέθηκε ο Γρηγόρης.

«Μπορείς σε παρακαλώ να σταματήσεις αυτή τη φασαρία;» είπε η Χριστίνα.

«Τι είναι λάθος σε αυτό που είπα;» ρώτησε ο Γρηγόρης, ανασηκώνοντας τους ώμους του. «Τώρα έχω τον Τσακ Ντάρας να μου εμπιστεύεται ότι ενδιαφέρεται για τη Μελίσσα. Ξέρετε ότι έχει στην κατοχή του πολλά πλοία και είναι ειδικός στις επιχειρήσεις;»

«Όσο ο Μάικλ είναι τριγύρω, δε νομίζω ότι η Μελίσσα θα παντρευτεί τον Τσακ» είπε ξερά ο Τόνι.

«Μπορεί να έχεις δίκιο» απάντησε ο Γρηγόρης σκεπτικός.

«Τόνι, θα έρθεις μαζί μας για δείπνο;» ρώτησε η Χριστίνα.

«Φοβάμαι πώς όχι. Νιώθω εξαντλημένος από τα σημερινά γεγονότα» είπε ο Τόνι κουρασμένα.

«Τότε ξεκουράσου. Θα συνεχίσουμε την κουβέντα μας άλλη στιγμή» είπε ο Γρηγόρης, γνέφοντας καταφατικά. Άνοιξε την πόρτα στη Χριστίνα, χαμογελώντας της. Του χαμογέλασε κι εκείνη. Έβαλε απαλά το χέρι του στη μέση της και έφυγαν μαζί.

Ο πατέρας του ήταν ακόμη όμορφος και είχε μια όμορφη παρουσία, ενώ τα ελκυστικά χαρακτηριστικά της Χριστίνας συμπλήρωναν τα δικά του. Ήταν καλοί ο ένας για τον άλλον.

Ο Τόνι μπήκε στο δωμάτιο του που ήταν δίπλα και πήγε στο μπαλκόνι. Κοίταξε το όμορφο ηλιοβασίλεμα σκεπτόμενος τη συνομιλία που είχε με τον πατέρα του και αναρωτιόταν τι θα του επιφύλασσε το μέλλον.

Στάθηκε εκεί για πολλή ώρα.

*****

Η Υπατία περπάτησε αργά, κρατώντας το καπίστρι του Κίτσου, ενώ η κ. Ξυλούρη και ο μικρός Νίκος καθόντουσαν στο σαμάρι. Έφτασαν στο σταυροδρόμι που οδηγούσε στο σπίτι της κυρίας Ξυλούρη.

«Κυρία Ξυλούρη, μπορείς να συνεχίσεις χωρίς εμένα; Άργησα και ο παππούς θα ανησυχεί. Είναι πιο γρήγορα για μένα να κόψω μέσα από τα χωράφια».

Η κ. Ξυλούρη κατέβηκε και την αγκάλιασε. «Σ' ευχαριστώ για όλη τη βοήθεια» είπε. «Λυπάμαι που δεν μπορώ να ταξιδέψω μαζί σου».

«Δεν πειράζει» είπε η Υπατία. «Μην ανησυχείς για μένα. Θα δεις, ο Νίκος θα γίνει καλά και σύντομα θα είσαι στον Πειραιά με τον άντρα σου».

«Τι θα γίνει με το γαϊδούρι σου;»

«Στείλτε τον Κίτσο πίσω, όταν τελειώσετε μαζί του. Ξέρει τον δρόμο».

Η Υπατία έλυσε τη σακούλα με τα ψωμιά από τη σέλα, καθώς η κ. Ξυλούρη κάθισε αναπαυτικά πίσω από το Νίκο.

«Καλό ταξίδι να έχεις» είπε η κ. Ξυλούρη. Κράτησε γερά τα λουριά και φώναξε στον Κίτσο. Αυτός πήγε μπροστά. Εκείνη γύρισε και χαιρέτησε την Υπατία. Ο μικρός Νίκος έκανε το ίδιο.

Η Υπατία τους κούνησε το χέρι και χαμογέλασε. «Αντίο σας».

Μόλις χάθηκαν από το βλέμμα της, άρχισε να τρέχει όσο πιο γρήγορα μπορούσε. Τα λεπτά πόδια της την ανέβασαν στο λόφο, έξω από τον κεντρικό δρόμο. Έτρεξε ανάμεσα στα χωράφια, πηδώντας πάνω από τους πέτρινους τοίχους, κρατώντας σφιχτά την σακούλα με τα ψωμιά.

Τα πόδια της συνέχισαν με τον γρήγορο ρυθμό τους. Έφτασε στην άκρη του οικοπέδου τους σε χρόνο ρεκόρ. Η βαριά αναπνοή και τα κουρασμένα πόδια της την παρακαλούσαν να σταματήσει. Σχεδόν έφτασα. Επιβράδυνε, προσπαθώντας να πάρει ανάσα. Ο ήλιος έδυε λούζοντας τα πάντα γύρω της με ζεστά χρώματα. Ακόμα και τα ασβεστωμένα σπίτια που βρίσκονταν στους λόφους ήταν μια χρυσή απόχρωση. Ο ήχος από τα κουδουνάκια των κατσικιών που χτυπούσαν από μακριά ήταν ανακουφιστικός.

Μπροστά, το ψάθινο καπέλο του παππού ανεβοκατέβαινε στην απόσταση με τα λαχανικά. Σήμερα, δούλευε μέχρι αργά. Του φώναξε, χαιρετώντας τον. Την κοίταξε κάτω από το καπέλο του και την χαιρέτησε κι αυτός.

Καθώς η Υπατία πλησίασε τον παππού της, ο ήλιος έριξε μια περίεργη, χρυσή λάμψη γύρω του, κάνοντας το πρόσωπο του να φαίνεται παραπλανητικά ευχάριστο, αν και είχε προβλέψει το θυμό του για την αργοπορία της.

42

«Έλα εδώ, Υπατία. Πες μου γιατί άργησες τόσο» απαίτησε ο παππούς Χρήστος να μάθει.

«Η κυρία Πούλος μάς φύλαξε τρία καρβέλια ψωμί» είπε η Υπατία με τρεμάμενη φωνή, ενώ προσπαθούσε να ακούγεται χαρούμενη. Κράτησε ψηλά τη σακούλα με τα ψωμιά. «Δεν ήθελε λεφτά. Είπε ότι ήταν αποχαιρετιστήριο δώρο».

«Χμμ, να θυμηθώ να της δώσω ένα μπουκάλι κρασί την επόμενη φορά που θα την δω. Τι έγινε μετά;» ρώτησε ο παππούς Χρήστος.

«Θυμάσαι το δέντρο κοντά στον κόλπο για το φούρνο που πάντα ο Κίτσος θέλει να σταματά και να πίνει νερό;» είπε η Υπατία.

Ο παππούς έγνεψε ανυπόμονα.

«Λοιπόν, έπινε νερό ο Κίτσος και ενώ περίμενα ανέβηκα στο δέντρο, για να ξεκουραστώ στη σκιά. Τότε, είδα ένα φίδι σε ένα κλαδί από πάνω μου. Καθώς βιάστηκα να κατέβω, η φούστα μου πιάστηκε σε ένα κλαδί και ήμουν κολλημένη εκεί μέχρι που πέρασε ένας άντρας και με έσωσε και, και» έλεγε, φλυαρώντας και μετά ξέσπασε σε κλάματα.

«Εντάξει, εντάξει, Υπατία μου. Είσαι ακόμα νέα και μερικές φορές κάνεις πράγματα χωρίς να τα σκέφτεσαι» είπε ο παππούς Χρήστος. Έψαξε στην τσέπη του και της έδωσε ένα μαντήλι και την χτύπησε αδέξια στην πλάτη.

Σκούπισε τα μάτια της με το χαρτομάντηλο, ρουφώντας τη μύτη της. «Λυπάμαι, παππού. Έπρεπε να το σκεφτώ πριν ανέβω στο δέντρο» είπε η Υπατία συγκινημένη.

«Έχεις καλή καρδιά και είσαι δίκαιη όπως ήταν και η μητέρα σου, αλλά δεν θυμάμαι να ήταν απερίσκεπτα παρορμητική. Πρέπει να το έχεις πάρει από τον πατέρα σου. Χρειαζόσουν το άγγιγμα μιας μητέρας όλα αυτά τα χρόνια και δεν μπορούσα να σου το δώσω». Έβγαλε ένα ακόμα μαντήλι από την τσέπη του, σκούπισε τα χέρια του και σήκωσε το καλάθι.

«Έλα, άσε με να σε βοηθήσω» είπε η Υπατία, κρατώντας το βαρύ καλάθι με το ελεύθερο χέρι της και μοιράζοντας το βάρος του.

Περπάτησαν μαζί, κρατώντας το καλάθι και κατευθύνθηκαν προς το σπιτάκι.

«Είπες πώς σε έσωσε ένας άντρας;» ρώτησε ο παππούς. «Τον ξέρουμε;»

«Είναι ένας τουρίστας από το γιοτ που ήρθε χθες το βράδυ» απάντησε. «Το όνομα του είναι κύριος Τόνι».

Είπε το υπόλοιπο της ιστορίας και ολοκλήρωσε, λέγοντας με περηφάνια, «Η κυρία Ξυλούρη είπε ότι ο Θεός πρέπει να με έστειλε, για να βοηθήσω το μικρό Νίκο».

«Καλά έκανες και τους βοήθησες, αλλά πρέπει να θυμάσαι να σκέφτεσαι πριν κάνεις κάτι» την επέπληξε ο παππούς Χρήστος. «Το ανέβασμα σε αυτό το δέντρο σε έβαλε σε μπελάδες, Υπατία Κουρή, και, όπου κι αν βρίσκεσαι στη ζωή και ό,τι και αν κάνεις να θυμάσαι ο μόνος στον οποίο είσαι πάντα υπόλογος είναι ο Θεός». Έδειξε τον ουρανό.

Εκείνη έγνεψε καταφατικά. Όποτε τον άκουγε να την φωνάζει το επώνυμό της, ήξερε πώς θα της κάνει κήρυγμα. Και αυτό έκανε σε όλο το δρόμο για το σπίτι. Μίλησε για την προσευχή και τη σημασία της, ιδιαίτερα όταν τα πράγματα δεν πήγαιναν καλά και ακόμη και όταν τα πράγματα πήγαν καλά, ήρθε το κακό.

Ο ήλιος είχε δύσει, και το χέρι της Υπατίας πονούσε μέχρι να φτάσουν στο σπίτι. Έβαλαν το μεγάλο καλάθι με τα λαχανικά πάνω στον πάγκο. Ο παππούς της μπήκε στην κρεβατοκάμαρα, για να πλυθεί και να αλλάξει.

Αφού ζέστανε τη φασολάδα που είχε ετοιμάσει νωρίτερα, η Υπατία την έβαλε στα μπολ με την ελπίδα ότι ο θυμός του παππού θα φύγει μετά το φαγητό. Παίρνοντας ένα καρβέλι ψωμί από τη σακούλα, το άρωμα του γέμισε το δωμάτιο και το έκοψε σε χοντρές φέτες.

Αφού έκαναν την προσευχή τους, η Υπατία και ο παππούς άρχισαν να τρώνε.

Κάποιος χτύπησε στην πόρτα.

ΚΕΦΑΛΑΙΟ 6

Όλα αυτά τα αφήνω πίσω
Ακολουθώντας τη μοίρα, τι θα βρω;

Ο Χρήστος πήγε να ανοίξει την πόρτα μουρμουρίζοντας, «Ποιος να είναι τέτοια ώρα;» Άνοιξε την πόρτα.

Το ψυχρό βραδινό αεράκι έκανε την Υπατία να τρέμει.

Η Κατερίνα Τσάτσικα και ο μικρότερος γιος της Θωμάς στέκονταν στην πόρτα. Αναπνέοντας βαριά, η Κατερίνα τους υποδέχθηκε με το συνηθισμένο φιλί.

«Κουμπάρα, καλώς ήρθες» είπε ο Χρήστος.

Η Υπατία ένιωσε τα μάγουλα της νονάς της δροσερά στο πρόσωπο της, καθώς τη φίλησε.

«Δεν θα το πιστέψετε αλλά το γαϊδούρι σας στεκόταν μπροστά στο σπίτι μας, έτσι το ταΐσαμε και το φέραμε εδώ» εξήγησε η Κατερίνα Τσάτσικα. «Με την ευκαιρία έφερα μερικές από τις αγαπημένες τυρόπιτες της Υπατίας».

Η Κατερίνα χαμογέλασε πλατιά, καθώς σήκωνε την τσάντα με τις τυρόπιτες. Ήταν μια μεγαλόσωμη γυναίκα και κάποια από τα δόντια της έλειπαν, αλλά όλη την ασχήμια της την αντιστάθμιζε με την καλοσύνη της.

«Σε ευχαριστώ για τις τυρόπιτες» είπε η Υπατία, παίρνοντας την τσάντα από τη νονά της. «Στον Κίτσο αρέσει πάντα να σταματά μπροστά στο σπίτι σας. Ξέρει ότι τον ταΐζεις καλά».

«Ετοιμαζόμαστε να φάμε. Θέλετε να μείνετε για δείπνο;» ρώτησε ο Χρήστος.

«Ευχαριστώ, φάγαμε ήδη. Θα καθίσουμε μόνο λίγα λεπτά» απάντησε η Κατερίνα.

Μπήκαν στο σπίτι, γεμίζοντας τη μικρή κουζίνα.

«Κάθισε» είπε ο Χρήστος, τραβώντας μια καρέκλα για την Κατερίνα.

Το μεγάλο της σώμα κάθισε στην καρέκλα, και η καρέκλα έτριξε.

Η Υπατία κράτησε το γέλιο της, ελπίζοντας ότι η καρέκλα δεν θα σπάσει. Είχαν μείνει μόνο τρεις καρέκλες, καθώς η νονά της είχε σπάσει μια στην τελευταία της επίσκεψη.

«Θωμά έλα, κάθισε σε παρακαλώ» είπε η Υπατία, δίνοντας του μια καρέκλα.

«Είμαι καλά έτσι» είπε ο Θωμάς, κουνώντας αμήχανα το κεφάλι του. Έμεινε όρθιος. «Αυτή η σακούλα ήταν δεμένη στη σέλα». Ο Θωμάς την έδωσε στο Χρήστο. «Επίσης, έβαλα ήδη τον Κίτσο στο στάβλο του».

Ο Χρήστος τον ευχαρίστησε και πήρε την τσάντα. Μέσα υπήρχαν δύο στρογγυλές ξερές μυζήθρες και ένα σημείωμα. Διάβασε το σημείωμα δυνατά. «Ευχαριστώ για όλα, Υπατία. Ελπίζω να σας αρέσει το τυρί. Και πάλι λυπάμαι που δεν μπορώ να έρθω μαζί σου στο ταξίδι αύριο. Χαιρετισμούς στον παππού σου, κύρια Ξυλούρη».

«Χαίρομαι που ο μικρός Νίκος είναι καλά» είπε η Υπατία.

«Τι του συνέβη;» ρώτησε η Κατερίνα έκπληκτη.

«Πήγα στο σπίτι τους σήμερα, για να δω αν η κύρια Ξυλούρη θα ταξίδευε μαζί μου στον Πειραιά και είδα ότι είχε κόψει άσχημα το χέρι του ο Νίκος» εξήγησε η Υπατία.

«Το φρόντισε ο γιατρός Θανάσης;» ρώτησε η Κατερίνα.

Η Υπατία κούνησε το κεφάλι της. «Ήταν στην Πάτμο, όταν έγινε το κακό και κάποιος από το γιοτ που ήρθε χθες το βράδυ μας είπε για τον γιατρό Χατζή, ο οποίος ταξίδευε μαζί τους» είπε η Υπατία.

«Ο γιατρός Χατζής; Σαν να θυμάμαι αυτό το όνομα. Είναι από τη Λέρο;» ρώτησε η Κατερίνα.

«Κουμπάρα» είπε απολογητικά ο Χρήστος που γνώριζε για την ακόρεστη περιέργεια και το ταλέντο της Κατερίνας για κουτσομπολιά. «Ξέρεις πώς μιλούν οι άνθρωποι εδώ. Ό,τι σου είπε η Υπατία θα μου υποσχεθείς ότι θα μείνει εδώ;»

«Φιλάω σταυρό, έχεις το λόγο μου» αναφώνησε η Κατερίνα, κάνοντας το σχήμα του σταυρού με τον αντίχειρα και το δάχτυλο της και φιλώντας τα δύο της δάχτυλα αλλά φάνηκε αναστατωμένη.

Συνειδητοποιώντας ότι είχε πει πάρα πολλά, η Υπατία ασχολήθηκε με το να σερβίρει στη νονά της ένα ποτήρι νερό μαζί με ένα γλυκό κυδώνι. Στη συνέχεια έκανε το ίδιο και για το Θωμά. Ο Θωμάς το πήρε αδέξια σχεδόν χύνοντας το ποτήρι με το νερό.

Η Κατερίνα κοίταξε το πιάτο με το κυδώνι. «Γνωρίζατε ότι κάλεσαν τον μεγαλύτερο γιο μου Άλεξ σήμερα το πρωί, να δει μήπως μπορεί να επισκευάσει τον κινητήρα του σκάφους;»

«Χμμ, σε ποιόν ανήκει το γιοτ;» ρώτησε ο Χρήστος, στρίβοντας σκεπτικός το μουστάκι του.

«Ο κύριος Γρηγόρης Πλακής» είπε ο Θωμάς με το μήλο του Αδάμ να κινείται πάνω κάτω κατά μήκος του λεπτού λαιμού του. «Όταν πήγα με τον Άλεξ, για να δει τον κινητήρα, τους άκουσα να λένε το όνομα του».

Η Υπατία έγειρε στον πάγκο της κουζίνας, ακούγοντας με προσοχή.

«Άκουσα ότι ταξίδευε με την οικογένεια του από την Κρήτη και σταμάτησε εδώ λόγω της καταιγίδας. Το πιο σημαντικό είναι πώς είναι πλούσιος. Εκτός από το σκάφος, έχει πολλά πλοία» είπε η Κατερίνα. Φάνηκε να απολαμβάνει την προσοχή που είχε από το ενθουσιασμένο κοινό της.

«Παλιά γνώριζα έναν εφοπλιστή από την Κρήτη. Ποιος θα περίμενε ότι θα ερχόταν σε αυτό το μικροσκοπικό νησί;» αναφώνησε ο Χρήστος.

«Θα πρέπει να δείτε το εσωτερικό του σκάφους» είπε ο Θωμάς με μάτια που έλαμπαν. «Είναι σαν το παλάτι ενός βασιλιά με λαμπερά πατώματα, όμορφα έπιπλα και χαλιά. Μακάρι να είχα κι εγώ ένα τέτοιο πλοίο κάποια μέρα».

«Θωμά, ονειρεύεσαι πάλι. Αυτοί οι άνθρωποι είναι εντελώς διαφορετικοί από εμάς» είπε η Κατερίνα, διακόπτοντας τον. Έπιασε την καρέκλα, για να στηριχτεί και σηκώθηκε. «Λοιπόν, πρέπει να πηγαίνομε, να φάτε το φαγητό σας, πριν κρυώσει».

Ο Χρήστος σηκώθηκε. «Επιτρέψτε μου να σας δώσω λίγο κρασί». Πήγε στην κρεβατοκάμαρα του, όπου φύλαγε πολλά μπουκάλια σε ένα μπαούλο.

Η Κατερίνα γύρισε και κοίταξε την Υπατία. «Τώρα που η κυρία Ξυλούρη δεν θα ταξιδέψει μαζί σου, μήπως θέλεις να ξανασκεφτείς το ενδεχόμενο να πας στον Πειραιά. Ξέρεις πώς μιλάει ο κόσμος εδώ».

Η Υπατία έκανε έναν μορφασμό. Αναπόφευκτα, η νονά της που ήταν σαν μητέρα της όλα αυτά τα χρόνια και την προστάτευε, ανησυχούσε. «Θα γίνω δεκαοκτώ σε λίγες βδομάδες, νονά, και όταν ταξίδευα από και προς την Ρόδο, ταξίδευα μόνη μου».

«Καλά. Γράψε μου τα νέα σου, ότι έφτασες με ασφάλεια» είπε η Κατερίνα, κάνοντας της μια σφιχτή αγκαλιά.

«Καλό ταξίδι μικρή αδελφή» είπε ο Θωμάς στοργικά, τσιμπώντας της το μάγουλο.

«Ναι, αδελφέ» τον πείραξε. Ήταν δύο χρόνια μεγαλύτερος και πείραζαν ο ένας τον άλλον από τότε που τον θυμάται μικρή.

Ο παππούς επέστρεψε με ένα μπουκάλι κρασί και το έδωσε στην Κατερίνα.

Η Κατερίνα τον ευχαρίστησε. Είχε δάκρυα στα μάτια, καθώς πήγαινε προς την πόρτα. «Μην ανησυχείς Υπατία,» είπε. «Θα προσέχουμε τον παππού σου».

Η Υπατία έγνεψε καταφατικά, καθώς σκούπιζε τα δάκρυα από τα μάτια της. Τους χαιρέτησε βλέποντάς τους να γίνονται ένα με τη νύχτα. Θα της έλειπαν.

Ο παππούς της την άγγιξε απαλά στον ώμο υπενθυμίζοντας της το δείπνο που τους περίμενε. Αφού έφαγε η Υπατία καθάρισε το τραπέζι και έπλυνε τα πιάτα, τελειώνοντας την ημέρα της.

Καθώς ξεκουραζόταν στο κρεβάτι της, σκέφτηκε όλα όσα συνέβησαν εκείνη τη μέρα. Αυτή ήταν η πρώτη φορά που ένιωσε τόσο μεγάλο ενθουσιασμό σε μια ημέρα. Της πήρε πολύ χρόνο, για να κοιμηθεί εκείνο το βράδυ.

*****

Η Υπατία ένιωσε μια ανατριχίλα στα χέρια, καθώς κούμπωνε την μπλούζα της νωρίς το πρωί. Ακόμη είχε σκοτάδι έξω. Έτρεμε από το κρύο ή ήταν εξαιτίας του σημερινού ταξιδιού;

Μπήκε πρόθυμα στην κουζίνα και έπιασε τη μεγάλη κατσαρόλα. Ο παγερός κρύος άνεμος την καλωσόρισε, καθώς έκλεινε την πόρτα πίσω της. Σκοτάδι και κρύος αέρας την υποδέχθηκαν. Βυθίζοντας το πρόσωπο της στο λαιμό του πουλόβερ, και κουβαλώντας την κατσαρόλα, έτρεξε τυφλά προς το μονοπάτι με τα πόδια της να την οδηγούν. Κάνοντας το αυτό για χρόνια, έφτασε στο στάβλο με τις κατσίκες χωρίς προβλήματα.

Οι δύο μητέρες κατσίκες έσπρωξαν τον ξύλινο φράχτη, και βέλαζαν δυνατά, παραπονεμένες.

«Γεια σας, αγαπημένες μου» είπε η Υπατία. Μπήκε γρήγορα μέσα και έκλεισε την πύλη πίσω της.

Οι ζεστές χνουδωτές μουσούδες τους μπερδεύτηκαν πάνω της που έτρεμε. Τράβηξε το μικρό σκαμνί προς το μέρος της και κάθισε να αρμέξει τις κατσίκες.

«Σήμερα θα πάω πολύ μακριά» είπε η Υπατία με καθησυχαστική φωνή, ρίχνοντας ρυθμικά το αφρώδες ζεστό γάλα στην κατσαρόλα.

Η αυγή έριξε λίγο φως, αρκετό, για να την δει, και παρατήρησε τα χέρια της. Δάγκωσε τα χείλη της. Πριν έρθει στο νησί, τα χέρια της ήταν απαλά και καθαρά, κάνοντας ελαφριές εργασίες, όπως να παίζει πιάνο και να βάζει κορδέλες στα μαλλιά της.

Τώρα, μετά από χρόνια σκληρής δουλειάς και μόχθου είχαν σκληρύνει σαν τη φλούδα των δέντρων και με μυτερά μαύρα νύχια. Έσφιξε τα δάχτυλα της. Όχι πια. Θα πήγαινε πίσω στον Πειραιά, όπου είχε ζέστη το χειμώνα και οι άνθρωποι λούζονταν συχνά με ζεστό νερό.

Η κατσίκα ανταποκρίθηκε, γυρνώντας το κεφάλι της προς το μέρος της, κοιτάζοντας την ανήσυχη.

«Μην ανησυχείς, δεν θα σε ξεχάσω. Θα επιστρέψω όταν πάρω το πτυχίο μου, θα δεις» είπε η Υπατία, γελώντας και ξεκουράζοντας το χέρι της.

Η κατσίκα στάθηκε ακίνητη, κοιτώντας ικανοποιημένη. Η δεύτερη κατσίκα ήταν κι αυτή ακίνητη. Ικανοποιημένη από τα αποτελέσματα, η Υπατία πήρε τις κατσίκες στον επόμενο πάγκο, όπου περίμεναν τα κατσικάκια τους. Τα μικρά ρούφηξαν πεινασμένα θυμίζοντας στην Υπατία το δικό της πρωινό.

49

Γρήγορα επέστρεψε στο σπίτι. Το βάρος της κατσαρόλας απειλούσε να χύσει το περιεχόμενο της, καθώς η καταπόνηση στα χέρια της έγινε αφόρητη. Η πόρτα άνοιξε μαγικά μπροστά της.

«Είσαι κιόλας εδώ με το γάλα. Έπρεπε να περιμένεις να το κάνω εγώ» την επέπληξε ελαφρά ο παππούς της. Πήρε την κατσαρόλα από τα πονεμένα χέρια της σαν να ήταν ένα καρβέλι ψωμί.

«Δεν πειράζει, παππού. Έπρεπε να αποχαιρετήσω τις κατσίκες» απάντησε η Υπατία, βγάζοντας τα λασπωμένα παπούτσια της έξω από την πόρτα.

Ο Χρήστος Ροδάκης κοίταξε μέσα στην κατσαρόλα κι έκανε ένα νεύμα. «Αυτό θα κρατήσει για κάμποσο καιρό. Είσαι καλό κορίτσι όπως ήταν και η μητέρα σου».

Τοποθέτησε την κατσαρόλα με το γάλα στο γκάζι και άρχισε να το ανακατεύει, ενώ η Υπατία έκοψε το ψωμί σε χοντρές φέτες και μετά την μυζήθρα.

«Φέρε τα φλυτζάνια» της είπε ο παππούς, κάνοντας ένα νεύμα προς το ντουλάπι.

Ξάφρισε με το κουτάλι τον αφρό από την κρεμώδη λευκή επιφάνεια. και ικανοποιημένος, έριξε το ζεστό γάλα στα φλυτζάνια. Το σπίτι ήταν ζεστό και άνετο με τη μυρωδιά του ζεσταμένου γάλακτος. Μόλις κάθισαν, έσκυψαν το κεφάλι τους κι έκαναν την προσευχή τους.

Η Υπατία βύθισε το ψωμί της στο ζεστό γάλα και το έφαγε κόβοντάς το με το κουτάλι. Ο κόκορας λάλησε από μακριά, υπενθυμίζοντας τη νέα μέρα που έρχεται.

Η Υπατία κοίταξε παιχνιδιάρικα τον παππού της. «Ο πετεινός πατάει την κόρνα του πάλι».

Ο παππούς της γέλασε, σκουπίζοντας το γάλα από το μουστάκι του. «Ναι, και θυμάμαι όταν λάλησες έξω από την πόρτα πριν λίγο καιρό και έτρεξα έξω, νομίζοντας πώς ο κόκορας ήταν ελεύθερος».

Συνέχισε να εξιστορεί όλες τις πονηριές που είχε κάνει όλα αυτά τα χρόνια. Μίλησαν για την ώρα που κρέμασε την κόκκινη γραβάτα στο λαιμό του γαϊδουριού κι έκανε παρέλαση και μίλαγε όλο το χωριό για αυτόν. Μια άλλη φορά, θάφτηκε στην άμμο με ένα μεγάλο καπέλο που κάλυπτε το κεφάλι της και όταν ανυποψίαστοι τουρίστες πήγαν για μπάνιο, γύρισε το κεφάλι της να τους δει. Όταν είδαν το καπέλο να κινείται, ανησύχησαν. Γέλια ξέσπασαν στην κουζίνα, κάνοντάς τους ευδιάθετους.

Μετά το πρωινό, η Υπατία καθάρισε το τραπέζι, μουρμουρίζοντας μια αγαπημένη μελωδία.

«Υπατία, κορίτσι μου, πρέπει να μιλήσουμε για το ταξίδι σου» είπε με σοβαρό ύφος ο παππούς, σφίγγοντας τα χέρια του και ακουμπώντας στην καρέκλα του.

«Ναι;»

«Ανησυχώ που η θεία σου δεν απάντησε στο γράμμα σου. Και αν πας εκεί και δεν είναι εκεί;»

«Μιλήσαμε για αυτό, παππού. Έστειλα το γράμμα στην θεία Σοφία, πριν από ένα μήνα» είπε η Υπατία. «Μάλλον απάντησε, αλλά το ταχυδρομείο είναι αργό αυτή την εποχή εξαιτίας του καιρού».

«Η νονά σου έκανε μια εύστοχη παρατήρηση χθες βράδυ, ότι δεν πρέπει να ταξιδεύεις μόνη σου».

«Ήμουν πολύ μικρότερη όταν ταξίδεψα μόνη μου στη Ρόδο, για να πάω εκεί σχολείο και ήμουν μια χαρά».

«Ήσουν μια πεισματάρα τότε, θέλοντας να πας εκεί σχολείο ακόμη και όταν είπα όχι. Ευτυχώς τα ξαδέλφια σου ήταν πολύ ευγενικά και σε φιλοξένησαν. Τώρα, θέλεις να με αφήσεις ξανά». Ο παππούς Χρήστος σώπασε και χάθηκε στους συλλογισμούς του.

«Σχεδιάζω αυτό το ταξίδι όλο το καλοκαίρι» επέμεινε η Υπατία. «Παππού, μην ανησυχείς. Όλα θα πάνε καλά».

«Σε ένα μήνα θα γίνεις δεκαοκτώ και θα πηγαίνεις για τα δεκαεννέα. Η μητέρα σου παντρεύτηκε στα δεκαοκτώ. Θυμήσου πώς υπάρχουν περισσότερα στη ζωή από το σχολείο» είπε ο παππούς αγριεύοντας. «Υπάρχουν υπέροχοι νέοι, όπως ο Θωμάς Τσάτσικας, έτοιμοι να δημιουργήσουν οικογένεια».

«Ο Θωμάς είναι σαν αδελφός μου» είπε η Υπατία, αναστενάζοντας.

«Μεγαλώνω και όταν φύγω σκοπεύω να αφήσω όλη τη γη μου σε σένα».

Η Υπατία γνώριζε για τη γη. Στολισμένη με περιβόλια, εκατό ελιές, πολλές δεκάδες συκιές και λεμονιές που τους έτρεφαν, καλύπτοντας τις περισσότερες ανάγκες τους. Κοντά στο σπίτι ήταν και η γη με τα λαχανικά, το κοτέτσι και ο στάβλος με τις κατσίκες.

«Παππού, μη μιλάς έτσι. Θα είσαι εδώ για πολλά χρόνια».

«Υποσχέσου μου αυτό» είπε ο παππούς αυστηρά. «Πώς μια μέρα, με την ευχή του Θεού, θα παντρευτείς. Θέλω να πεθάνω με την ψυχική ηρεμία ότι μια μέρα όλο αυτό θα περάσει στα παιδιά σου». Σταμάτησε απότομα, αναπνέοντας βαριά, και προσπαθώντας να πάρει ανάσα.

«Ναι, παππού» είπε υπάκουα, γνωρίζοντας ότι δεν μπορούσε να του αλλάξει γνώμη. Τα είχε ξαναπεί όλα αυτά αρκετές φορές στο παρελθόν και ότι και του έλεγε, εκείνος δεν την άκουγε.

Σηκώθηκε ο παππούς Χρήστος αργά, όχι μόνο από τα γηρατειά του, αλλά, και γιατί ήταν εν μέρει θλιμμένος και άπλωσε το χέρι του στο μπουφάν του που ήταν κρεμασμένο στον τοίχο.

«Τώρα, πρέπει να δω τις προμήθειες. Το πλοίο σου για τον Πειραιά φτάνει το απόγευμα» είπε βαριά. «Θα επιστρέψω, για να σε πάω στο λιμάνι. Τελείωσες με το πακετάρισμα;»

«Σχεδόν».

«Αργότερα, θα σου δώσω και τα επίσημα έγγραφα σου και κάποια πράγματα να δώσεις στη θεία σου» είπε με την φωνή του να σπάει. Σκούπισε σιωπηλά τα υγρά τα μάτια του.

«Σε παρακαλώ, μην κλαις» είπε η Υπατία. Τον αγκάλιασε, παίρνοντας παρηγοριά από το οικείο άρωμα του βουνού που κολλούσε στο σακάκι του.

Την χάιδεψε απαλά στην πλάτη, προκαλώντας της δάκρυα.

«Δεν χρειάζεται να φύγω. Μπορώ να μείνω εδώ μαζί σου» είπε η Υπατία, ρουφώντας τη μύτη της. Σκούπισε το υγρό πρόσωπο της πολύ λυπημένη.

«Όχι. Θα σου κάνει καλό να είσαι με τη θεία σου. Χρειάζεσαι την καθοδήγηση μιας γυναίκας».

Τον ακολούθησε έξω και τον παρακολουθούσε να δένει το μικρό καρότσι στο γαϊδούρι.

«Ω, παραλίγο να το ξεχάσω!» φώναξε η Υπατία. «Μπορείς να δώσεις στο γιατρό Θανάση το ιατρικό βιβλίο που μου δάνεισε;»

«Ο γιατρός είπε ότι μπορείς να το κρατήσεις ως αποχαιρετιστήριο δώρο».

«Πότε το είπε;»

«Χθες, όταν τον είδα να κατεβαίνει, για να πάρει το καράβι για την Πάτμο. Σταμάτησε στο καφενείο και μου το είπε».

«Είναι τόσο καλός άνθρωπος».

«Προσπάθησε να κάνεις όσα περισσότερα μπορείς πριν φύγεις» είπε ο παππούς, πριν βγει.

Η Υπατία στάθηκε εκεί, παρακολουθώντας τον παππού της να κινείται με το καρότσι του, με τους παλιούς τροχούς να τρίζουν. Το καρότσι κατέβηκε το μονοπάτι με τις στροφές, κατευθυνόμενο προς το λιμάνι.

ΚΕΦΑΛΑΙΟ 7

Το δώρο που θα σου δώσω
Όταν θα φύγω, να με θυμάσαι

Η Υπατία παρακολουθούσε το καρότσι του παππού της να κατεβαίνει μέχρι το λόφο, έως ότου έγινε μια σκούρα κουκίδα στο πράσινο τοπίο. Σε απόσταση, η θάλασσα φαινόταν ήρεμη. Δεήθηκε να παραμείνει έτσι για το ταξίδι της το απόγευμα.

Θα ανάψω ένα κερί στην εκκλησία και θα προσευχηθώ για μια ήρεμη θάλασσα είπε μέσα της. Είχε ακόμα χρόνο.

Καθώς η Υπατία βάδιζε κάτω από το λόγγο προς την εκκλησία της Παναγίας του Χάρου, έβλεπε τους ανθρώπους να εργάζονται στη γη Τσάτσικα. Το μεγάλο σώμα της νονάς της ξεχώριζε ανάμεσα στα οπωροφόρα δέντρα, καθώς κινούνταν αργά.

Λίγα λεπτά μετά, η Υπατία μπήκε στην κρύα άδεια βυζαντινή εκκλησία, απολαμβάνοντας το αμυδρό άρωμα του λιβανιού. *Κάποιος πρέπει να ήταν εδώ νωρίτερα*, σκέφτηκε.

Κοίταξε με αγάπη την εικόνα της Παναγίας, από την οποίαν πήρε το όνομά της η εκκλησία, που απεικονίζει την εικόνα της Παναγίας να κρατά τον γιο της, τον εσταυρωμένο Χριστό. Η εικόνα, γνωστή για τα θαύματά της, ήταν καλυμμένη με γυαλί που κάλυπτε το θαυματουργό κρίνο. Αυτή έφερνε πολλούς επισκέπτες στο νησί. Ο κρίνος, μαραμένος και ξερός με το πέρασμα του χρόνου, άνθισε ως εκ θαύματος κάτω από το σφαλιστό τζάμι της εικόνας τον Αύγουστο που γιόρταζε η χάρη της.

Η Υπατία προσευχήθηκε να την οδηγεί και φίλησε την εικόνα, κάνοντας ευλαβικά το σταυρό της, και νιώθοντας γαλήνη.

Άναψε ένα κερί και το τοποθέτησε στο κηροπήγιο. Ανάβοντας το κάρβουνο με το κερί της, το έριξε στον καυστήρα και τοποθέτησε μερικά κομμάτια από λιβάνι στο αναμμένο κάρβουνο. Η ζέστη από το κάρβουνο ζέστανε το λιβάνι και ένα γλυκό άρωμα πλημμύρισε τον αέρα, καθώς προσευχόταν.

Σήκωσε το λιβανιστήρι, και κάνοντας το σχήμα του σταυρού αρκετές φορές, περπάτησε γύρω από την εκκλησία προσευχόμενη.

«Είθε ο Κύριος να ευλογεί τον παππού μου, τους νεκρούς γονείς μου, τη νονά μου και τη θεία μου» είπε η Υπατία. «Προσεύχομαι, επίσης, να πάρω πίσω το βιβλίο μου, γιατί ήταν ένα ξεχωριστό δώρο από την κυρία Ρόδου».

Η Υπατία έμεινε εκεί, προσευχόμενη για λίγο ακόμη. «Βοήθησε με να έχω ένα ασφαλές ταξίδι, Θεέ μου» ολοκλήρωσε.

Έφυγε από την εκκλησία και οι ακτίνες του ήλιου τη ζέσταναν, καθώς ανέβαινε το στριφτό μονοπάτι προς το σπίτι. Όταν η Υπατία έφτασε στην αυλή, σταμάτησε και γύρισε να δει την γαλήνια θέα. Οι ακτίνες του ήλιου έκαναν τη θάλασσα να λάμψει σαν εκατομμύρια διαμάντια. *Γιατί να μην δώσω στον κύριο Τόνι τον πολύτιμο λίθο;*

Αυτό ήταν ένα δώρο του πατέρα της από ένα ταξίδι του. Θα του έκανε ένα καλό δώρο για το βιβλίο που της επέστρεψε.

Η Υπατία πήρε βαθιές ανάσες από τον καθαρό αέρα, απολαμβάνοντας το αεράκι του νησιού. Παρατήρησε τις γλάστρες με τα κατακόκκινα γεράνια στον τοίχο του σπιτιού. Τα λεπτά κόκκινα πέταλα των λουλουδιών φαίνονταν πολύ όμορφα σήμερα, δημιουργώντας αντίθεση με τον λευκό τοίχο του σπιτιού. Τα πότισε.

Γεμίζοντας έναν κουβά με νερό, μπήκε στο δροσερό σκοτεινό σπίτι και έπλυνε τα πιάτα. Στη συνέχεια πήγε στο δωμάτιο της. Μια φωτεινή πορτοκαλί κουβέρτα ήταν απλωμένη στο κρεβάτι. Πλεκτό από την μητέρα της, πρόσθετε ένα φιλόξενο χρώμα στο χλιαρό δωμάτιο. Μια μικρή λεκάνη με νερό ήταν πάνω στο τραπέζι. Δίπλα υπήρχε μια κορνίζα της, όταν ήταν έξι χρόνων, κρατώντας του γονείς της από τα χέρια.

Η Υπατία άνοιξε το παράθυρο να μπει αέρας στο δωμάτιο. Στον τοίχο υπήρχε μια εικόνα της Παναγίας που κρατούσε τον Ιησού μωρό. Ήταν μάρτυρες στα πολλά δάκρυα της Υπατίας και τις άγρυπνες νύχτες της μετά τον πρόωρο θάνατο των γονιών της.

Άνοιξε το μπαούλο που ήταν στον τοίχο. Όλα όσα της ανήκαν βρίσκονταν εκεί μέσα. Η μαύρη μπλούζα και η μακριά μαύρη φούστα της Υπατίας, ήταν πάνω πάνω. Τα μετακίνησε, σκοπεύοντας να τα φορέσει στο ταξίδι. Παρόλο που ο παππούς την επέπληττε συχνά που φορούσε μαύρα, εκείνη συνέχισε να τα φοράει στη μνήμη των γονιών της.

Το ιατρικό εγχειρίδιο βρισκόταν κάτω από πολλά στρώματα ρούχων. Άγγιξε το καφέ εξώφυλλο και το έβγαλε έξω με ευλάβεια. Το βιβλίο αυτό την είχε εμπνεύσει να συνεχίσει την εκπαίδευση της στον τομέα της υγείας. Το έβαλε πίσω απαλά.

«Πού έβαλα αυτό τον πολύτιμο λίθο;» αναρωτήθηκε σιγαλά η Υπατία.

Βρήκε το κουτί με τα στολίδια που της είχε δώσει ο πεθαμένος πατέρας της, όταν ήταν μικρή. Μέσα υπήρχαν πολλά κοσμήματα. Κάτι έλαμψε στο κάτω μέρος του κουτιού. Ήταν το πολύτιμο λίθο.

«Εδώ είσαι!» αναφώνησε. Αυτό το δώρο από τον πατέρα της τής θύμισε πόσο γοητευμένη ήταν, όταν η πέτρα άλλαζε χρώμα από ανοιχτό πράσινο την ημέρα σε κόκκινο το βράδυ. Το έβαλε στην τσάντα της. *Πρέπει να δω τον κύριο Τόνι σήμερα, πριν φύγω. Θα του το δώσω, για να πάρω πίσω το βιβλίο μου.*

Άρχισε να τον ονειρεύεται, καθώς έβαζε όλα τα πράγματα πίσω στο μπαούλο.

Έσκυψε, ψάχνοντας το κουτί του καπέλου της κάτω από το κρεβάτι. Η νονά της τής είχε κάνει δώρο ένα καπέλο, για να το φορέσει στο ταξίδι. Καθώς τράβηξε το κουτί προς το μέρος της, αυτό χτύπησε σε κάτι άλλο, φέρνοντας το μπροστά. Ήταν το φωτογραφικό της άλμπουμ. Τα είχε ξεχάσει όλα. Καθισμένη στο κρεβάτι, η Υπατία ξεφύλλισε τις φωτογραφίες κοιτώντας τες με νοσταλγία.

Αναγνώρισε την ασπρόμαυρη φωτογραφία του ομορφάντρα πατέρα της, ντυμένος με στολή που στεκόταν μπροστά σε ένα πελώριο μεγαλοπρεπές πλοίο. Της θύμισε τις φορές που εκείνη και η μητέρα της πήγαιναν να τον υποδεχτούν, όταν επέστρεφε.

Σε μια άλλη φωτογραφία στεκόταν με τους γονείς της και τη θεία Σοφία μπροστά από το διώροφο σπίτι στον Πειραιά.

Πιθανόν να ήταν γύρω στα τεσσάρων με πέντε, τότε. Πρέπει να ήταν Κυριακή, γιατί φορούσαν τα καλά τους ρούχα, κομψά καπέλα και γάντια. Οι γονείς της ήταν ένα όμορφο ζευγάρι. *Πολύ νέοι, για να πεθάνουν.*

Η Υπατία σκούπισε τα δάκρυα της, καθώς οι αναμνήσεις την διαπέρασαν σαν ανοιξιάτικη βροχή. Της έλειπαν οι γονείς της. Η μνήμη τους θα ήταν για πάντα ένα μέρος από αυτήν. Είχε περάσει τα πρώτα οκτώ χρόνια με τους γονείς της και την θεία Σοφία στον Πειραιά. Θα επέστρεφε εκεί. Πώς θα αισθανόταν χωρίς αυτούς εκεί; Δεν το είχε σκεφτεί μέχρι τώρα. Τουλάχιστον θα είχε τη θεία Σοφία.

Κοίταξε μια φωτογραφία της που φορούσε ένα ροζ φόρεμα και ένα μεγάλο λευκό φιόγκο στο κεφάλι, καθώς έπαιζε το πιάνο. Αφού ο πατέρας της τής έκανε δώρο το πιάνο όταν έγινε πέντε ετών, άρχισε να κάνει μαθήματα. Η δασκάλα του πιάνου την χάιδευε ελαφρά στο κεφάλι και της έλεγε ότι είχε πολύ ταλέντο και έπρεπε να συνεχίσει τα μαθήματα της. Οταν πέθαναν οι γονείς της, σταμάτησε η Υπατία να παίζει.

Η Υπατία αναστέναξε αναρωτώμενη αν θυμόταν πώς να ξαναπαίξει πιάνο. Αισθάνθηκε ότι είχε περάσει τόσος καιρός από τότε.

Στη συνέχεια είδε μια φωτογραφία της δασκάλας των αγγλικών, της κ. Ρόδου. Φορώντας τα γυαλιά περασμένα σε σύρμα, η κ. Ρόδου κρατούσε ένα βιβλίο μπροστά στο στήθος της. Είχε δώσει στην Υπατία αυτή τη φωτογραφία δώρο μαζί με το αγγλικό μυθιστόρημα για τα όγδοα γενέθλια της. Η Υπατία ήξερε ότι κάτω από αυτό το αυστηρό παρουσιαστικό κρυβόταν μια ζεστή τρυφερή καρδιά.

Αφού κοίταξε για λίγο τις φωτογραφίες, τοποθέτησε το άλμπουμ μέσα στο μπαούλο και το κλείδωσε. Δε γινόταν να μην νιώσει ότι παρόλο που έχασε τους γονείς της, είχαν μπει άλλοι άνθρωποι στη ζωή της και την είχαν βοηθήσει: ο παππούς της, η νονά της και οι φίλοι της.

Η Υπατία ντύθηκε με τα ρούχα της δουλειάς, μια μπλε βαμβακερή μπλούζα, κι ένα σκούρο παντελόνι. Είδε την αντανάκλαση της στον καθρέφτη που ήταν στον τοίχο. Το φως που έμπαινε από το παράθυρο έκανε τα μάτια της να λάμψουν. Είχαν το χρώμα των πράσινων ελιών με κουκίδες από κομμένα αμύγδαλα. Έκλεισε το ένα της μάτι, προσπαθώντας να δει πόσες κίτρινες κηλίδες είχε. Αναρωτήθηκε τι χρώμα είχαν την ώρα που την είδε ο Τόνι.

Η Υπατία έριξε μια ματιά στο λεπτό κορμί της. Αν και αργούσε να αναπτυχθεί όπως τα άλλα κορίτσια, η μπλούζα της γινόταν στενή. Την τράβηξε, συνειδητοποιώντας ότι πλέον δεν μπορούσε να αγνοήσει το γεγονός ότι σιγά, σιγά αλλά σίγουρα, γινόταν γυναίκα. Ακόμη και το παντελόνι εργασίας που φορούσε - αυτό είχε θυμώσει τον παππού της, όταν η νονά της, τής το είχε κάνει δώρο πριν από δύο χρόνια, επειδή ο πάππους πίστευε ότι οι γυναίκες δεν πρέπει να φορούν παντελόνια- ήταν τώρα μια ίντσα πιο κοντό και την στένευε.

Βγήκε έξω να ταΐσει τον κόκορα και τα κοτόπουλα. Ο κόκορας την κυνήγησε, οριοθετώντας τον χώρο του, ενώ οι κότες κακάρισαν.

Έχοντας στο νου της την εποχή, έβγαλε τα λινά και τα βρώμικα ρούχα στην αυλή. Γεμίζοντας το στρογγυλό μεταλλικό σκεύος πλυσίματος με κουβάδες νερό, σήκωσε τα μανίκια της κι άρχισε να πλένει τα ρούχα. Τα έτριβε με το σαπούνι ελιάς, τρίβοντας και τα νύχια της, καθαρίζοντας τη ζωή της. Μετά τα ξέπλυνε. Κάποια στιγμή η Υπατία παρατήρησε τα καθαρά νύχια της. Φαινόταν πολύ καλύτερα. Αργότερα, θα έπρεπε να θυμηθεί να τους βάλει λίγο ελαιόλαδο, για να μαλακώσουν.

Ο ήχος των κουδουνιών χτυπούσε απαλά από μακριά. Στο κάτω μέρος του λόφου έβλεπε έναν βοσκό και το κοπάδι με τα πρόβατα του, να κινείται αργά. *Ο παππούς θα έπρεπε να επιστρέφει τώρα*, σκέφτηκε. Είχε σχεδόν τελειώσει.

Τα μάτια της χτένιζαν περιοδικά κατά διαστήματα τον ορίζοντα, κοιτώντας για τον παππού της, και θυμήθηκε τότε που είχε σταθεί στο ίδιο σημείο, περιμένοντας τους γονείς της να επιστρέψουν εκείνο το μοιραίο καλοκαίρι.

Κάθε καλοκαίρι, από τότε που μπορούσε να θυμηθεί, η Υπατία και οι γονείς της έφευγαν από τον Πειραιά και επισκέπτονταν τον παππού στους Λειψούς. Ήταν σαν να πηγαίνεις πίσω στο χρόνο και να απολαμβάνεις τη φύση και τους καλούς ανθρώπους. Ωστόσο, λίγο μετά την άφιξη τους εκείνο το μοιραίο καλοκαίρι, όταν εκείνη ήταν οκτώ ετών, έμαθαν πώς ο πατέρας του πατέρα της στην Κρήτη ήταν πολύ άρρωστος και θα πέθαινε. Οι γονείς της, τής είπαν ότι έπρεπε να πάνε κοντά του αμέσως. Τη φίλησαν και της υποσχέθηκαν ότι θα επέστρεφαν σύντομα πίσω.

Κάθε μέρα που περνούσε, αφότου έφυγαν, στεκόταν υπομονετικά έξω, τους έψαχνε και περίμενε την επιστροφή τους. Καθώς οι μέρες μετατράπηκαν σε εβδομάδες, το μικρό της σώμα άρχισε να πηγαινοέρχεται νευρικά, ελπίζοντας σε μια κλεφτή ματιά τους.

Είχε περάσει ένας μήνας, όταν ο ιερέας, ντυμένος στα μαύρα, ανέβηκε στο λόφο με το γαϊδούρι του, για να τους επισκεφθεί. Τους είπε με τρόπο τα νέα. Ότι το πλοίο των γονιών της έπεσε σε καταιγίδα και δεν υπήρχαν επιζώντες. Της είπε ότι και οι δύο ήταν τώρα με τον καλό Κύριο και δεν θα επέστρεφαν ποτέ. Από εδώ και στο εξής θα ζούσε με τον παππού της. Έκλαιγε στην αγκαλιά του, σφίγγοντας τα μικρά της χέρια με θυμό, μη θέλοντας να δεχτεί τα νέα για το θάνατο των γονιών της.

Η Υπατία σκούπισε τον ιδρώτα από το πρόσωπο της, ή ήταν δάκρυα; Πιέζοντας το νερό από το τελευταίο πουκάμισο, το κρέμασε γρήγορα στη σειρά με τα άλλα ρούχα. Η ώρα περνούσε.

Πρέπει να βιαστεί και να τελειώσει με την υπόλοιπη δουλειά της. Μέσα σε λίγα λεπτά, ήταν κάτω στα γόνατα και έπλενε το πάτωμα της κουζίνας.

*****

Ο Τόνι ξύπνησε νωρίς εκείνο το πρωί. Η γαλήνια ησυχία του δωματίου τού ήταν ευχάριστη. Ξάπλωσε στο κρεβάτι απολαμβάνοντας τη στιγμή. Το ρολόι έδειχνε επτά η ώρα, πολύ νωρίς για οτιδήποτε. Άλλαξε πλευρό προσαρμόζοντας τα μαλακά μαξιλάρια και έβαλε το κεφάλι του μέσα. Τότε συνέβη κάτι ενοχλητικό. Δεν μπορούσε να κοιμηθεί ξανά. Αντ' αυτού πολλές σκέψεις στριφογύριζαν στο μυαλό του, ζητώντας απάντηση.

Χθες, για πρώτη φορά στη ζωή του, είχε δει τον πατέρα του με άλλα μάτια. Μετά τις ειδήσεις για την ασθένεια του, ο Τόνι ένιωσε πιο συμπονετικός, φροντίζοντας το ίδιο άτομο που ήταν παγερό μαζί του και απομακρυσμένο από αυτόν σε όλη του τη ζωή. Ένιωθε σαν να είχε συμβεί μια αντιστροφή ρόλων. Συμπεριφερόταν σαν πατέρας στον πατέρα του.

Μια ενοχλητική σκέψη μπήκε στο μυαλό του. *Ξέρω ότι ο πατέρας είναι δαιμόνιος και πραγματιστής. Όλα όσα έκανε στο παρελθόν ήταν για τον Γρηγόρη Πλακή, και κανέναν άλλον. Μη νομίζεις πώς επειδή είναι άρρωστος θα αλλάξει από τη μία μέρα στην άλλη.*

Θα ήταν πιθανόν ο πατέρας του να χρησιμοποιούσε την ασθένεια του, για να τον χειραγωγήσει, ώστε να ενταχθεί στην οικογενειακή επιχείρηση και να παντρευτεί την Μπόνι, για να φέρει κι άλλα χρήματα; Το σαγόνι του Τόνι σφίχτηκε σε αυτή τη σκέψη. *Του έδωσα όμως το λόγο μου. Δεν μπορώ να τον πάρω πίσω. Όχι τώρα.*

Ανεξάρτητα από τις προθέσεις του πατέρα του, ήταν ο μοναχογιός του και είχε δεσμευθεί να τον βοηθήσει είπε στον εαυτό του.

Μετά σκέφτηκε την Υπατία, την όμορφη κόρη των Λειψών, και το βιβλίο της. Είχε φανεί τόσο αβοήθητη, όταν κρεμόταν από το δέντρο κι εκείνος ένιωσε μεγάλη ικανοποίηση που την έσωσε από το φίδι.

Παραδέχθηκε, όταν την κράτησε στην αγκαλιά του ότι ο πειρασμός να τη φιλήσει ήταν έντονος. Έπειτα θυμήθηκε τα θυελλώδη πράσινα μάτια της, όταν διαπίστωσε ότι εκείνος είχε το βιβλίο της. *Η κοπέλα προφανώς θέλει το βιβλίο της πίσω, κι εγώ ο Αντώνιος Πλακής, πρέπει να το επιστρέψω.*

Μια ώρα αργότερα, ο Τόνι βγήκε από το ξενοδοχείο, νιώθοντας ζωντανός και σφυρίζοντας απαλά. Κουβαλούσε το λεπτό βιβλίο στο δεξί του χέρι. Κατέβηκε τον πλακόστρωτο λόφο.

Στα δεξιά του, πιο κάτω, ένας ηλιοκαμένος άντρας στεκόταν δίπλα σε ένα μεγάλο βράχο, χτυπώντας ένα χταπόδι στα βράχια, για να το μαλακώσει. Στο σχοινί κρέμονταν αρκετά χταπόδια, για να στεγνώσουν.

Το στόμα του Τόνι υγράθηκε, μόλις θυμήθηκε τη χυμώδη γεύση του ψητού χταποδιού. Αυτό το επίπονο έργο άξιζε τον κόπο. Ο άντρας τον χαιρέτησε και έκανε κι αυτός το ίδιο.

Κοιτώντας μπροστά, ο Τόνι εντόπισε τον πατέρα του να στέκεται δίπλα στο γιοτ, μιλώντας με τον καπετάνιο. Μέχρι να φτάσει σε αυτόν, ο πατέρας του ήταν μόνος του, βυθισμένος, σε σκέψεις.

«Καλημέρα, πώς και έτσι νωρίς;» ρώτησε ο Γρηγόρης, χτυπώντας τον γιο του στοργικά στην πλάτη.

«Ήθελα να δω περισσότερα πράγματα από το νησί, οπότε ξεκίνησα νωρίς» απάντησε ο Τόνι. «Πώς αισθάνεσαι;»

«Τώρα μια χαρά. Το δύσκολο είναι ότι ποτέ δεν ξέρω πότε θα με χτυπήσει» είπε ο Γρηγόρης. Κοίταξε με περιέργεια το βιβλίο. «Τι έχεις εκεί; Ένα βιβλίο;»

«Ανήκει στην Υπατία Κουρή, κόρη του αείμνηστου καπετάνιου Κουρή».

«Είναι σωστό αυτό;» ρώτησε ο Γρηγόρης, κοιτάζοντας έκπληκτος. «Πώς το βρήκες;»

Ο Τόνι τού εξήγησε την ιστορία, ενώ ο πατέρας του γελούσε.

«Σκοπεύω να συναντήσω τον παππού της, τον Χρήστο Ροδάκη» ομολόγησε ο Τόνι. «Αν και δεν το ξέρει. Έμαθα ότι επισκέπτεται το καφενείο τα πρωινά και ελπίζω να τον βρω εκεί».

«Τον Χρήστο Ροδάκη;» ρώτησε ο Γρηγόρης ευχάριστα έκπληκτος. «Ώστε ο Χρήστος ζει εδώ! Τον ήξερα πριν από χρόνια από το Ηράκλειο της Κρήτης, όταν έφτιαχνε το περίφημο κρασί. Είναι αυτός που μου έστειλε τον γαμπρό του, τον καπετάν Κουρή. Πες του να έρθει να με δει. Έχουμε πολλά να πούμε».

«Θα το κάνω» είπε ο Τόνι, γνέφοντας καταφατικά.

«Ω, και μην ξεχνάς, φεύγουμε στις δύο!»

«Το ξέρω» απάντησε ο Τόνι. «Θα επιστρέψω νωρίτερα. Παρεμπιπτόντως, πότε θέλεις να μιλήσουμε για τη δουλειά;»

«Μπορούμε να το συζητήσουμε στην επιστροφή για τον Πειραιά» είπε ο Γρηγόρης, χαμογελώντας. «Πήγαινε να χαρείς τη μέρα, γιατί σου υπόσχομαι ότι θα έχεις πολλή δουλειά από αύριο».

Χωρίς τί καταλάβει, ο Γρηγόρης παραπάτησε, χάνοντας την ισορροπία του. Τα χέρια του σηκώθηκαν ψηλά στον αέρα και παραλίγο θα έπεφτε στο νερό, αν δεν τον έπιανε εγκαίρως ο Τόνι.

61

Η καρδιά του Τόνι χτυπούσε δυνατά, καθώς προσπαθούσε να τον κρατήσει. Τον κράτησε δυνατά. «Είσαι καλά;» ρώτησε τον πατέρα του, κοιτώντας τον ανήσυχος.

Τα στιβαρά χαρακτηριστικά του πατέρα του είχαν ξεθωριάσει σαν φύλλο χαρτιού. Με ορθάνοιχτη την γαμψή του μύτη και τα μάτια του κρυμμένα κάτω από τα βλέφαρα. Όταν τελικά άνοιξε τα μάτια του, κοίταξε ανέκφραστος μπροστά του.

Ο Τόνι επανέλαβε την ερώτηση του.

Ο Γρηγόρης κάρφωσε τα μάτια του στον Τόνι. «Ναι, είμαι καλά» είπε τρεμάμενος. «Μπορείς να με αφήσεις».

«Ας φύγουμε μακριά από το νερό».

Ο Γρηγόρης συμφώνησε, και ο Τόνι άφησε το μπράτσο του.

Ο Γρηγόρης πέρασε το χέρι του πάνω από τα μάτια του, κουνώντας το κεφάλι του συνοφρυωμένος. Έχω αυτές τις ζαλάδες πιο τακτικά τώρα».

«Νομίζω ότι πρέπει να έχεις κάποιον όλη την ώρα μαζί σου τώρα που υποφέρεις από αυτά τα επεισόδια» είπε αυστηρά ο Τόνι.

«Γιατί δεν επιστρέφουμε στο ξενοδοχείο, να σε κοιτάξει ο Μάικλ;»

«Θα είμαι καλά. Μην ανησυχείς» είπε ο Γρηγόρης, καθώς είχε ανακτήσει την ισορροπία του.

«Πατέρα, δε νομίζω ότι πρέπει να είσαι μόνος σου σε περίπτωση που έχεις κι άλλη ζαλάδα» επέμεινε ο Τόνι.

«Αν σε ανακουφίζει αυτό, έλα μαζί μου στο ξενοδοχείο» απάντησε ο Γρηγόρης. Ήταν ταραγμένος από τη ζαλάδα.

Ο Τόνι περπάτησε αργά μαζί του. Είδε τον Μάικλ να βγαίνει από το ξενοδοχείο. «Να, ο Μάικλ».

Εκείνος ήρθε προς το μέρος τους και τους χαιρέτησε.

Ο Τόνι είπε στο φίλο του τι είχε συμβεί.

«Κύριε Πλακή, γιατί δεν έρχεστε μαζί μου;» είπε ο Μάικλ.

«Τόνι, θα είμαι μια χαρά με τον Μάικλ» είπε ο Γρηγόρης, διώχνοντας τον. «Πήγαινε να τελειώσεις αυτό που έκανες».

Ο Τόνι είδε τους δύο άντρες να περπατούν αργά προς το ξενοδοχείο. Θαύμαζε που ο φίλος του μπορούσε να τα κάνει όλα καλά. Όταν ο Μάικλ του είπε να πάει μαζί τους στο ταξίδι, δεν ήξερε πόσο πολύ θα τον χρειαζόταν.

Ταραγμένος συνέχισε το δρόμο του.

ΚΕΦΑΛΑΙΟ 8

Αναζητώντας τον καλύτερο τρόπο
Για να της επιστρέψω το βιβλίο της σήμερα

Ο Τόνι πλησίασε στο καφενείο του Περικλή. Δύο ηλικιωμένοι άντρες καθόντουσαν σε ένα από τα μικρά τραπέζια, πίνοντας καφέ και συζητώντας κάτω από τη σκιά ενός δέντρου. Ο νεότερος από τους δύο φορούσε ένα μαύρο καπέλο καπετάνιου και έπαιζε ένα κομπολόι κάθε μερικά δευτερόλεπτα.

Ο κ. Περικλής έγειρε πάνω στην πόρτα, μιλώντας με τους δύο άντρες. Φαινόταν να είχε πει κάτι αστείο, γιατί το γέλιο ξέσπασε από την μεριά του μικρού τραπεζιού. Όταν ο κ. Περικλής είδε τον Τόνι, τον πλησίασε ανυπόμονος, ενώ η μεγάλη κοιλιά του έτρεμε ακόμα από το βαθύ γέλιο.

«Καλημέρα, κύριε Τόνι! Βλέπω ότι τα κατάφερες και ήρθες, φίλε μου!» φώναξε ο κ. Περικλής. Το πλατύ χαμόγελό του και η εγκάρδια χειραψία του επιβεβαίωσαν τα λόγια φιλίας.

«Καλημέρα, κύριε Περικλή» απάντησε ο Τόνι, χαμογελώντας. «Έκανα αυτό που μου είπατε και αποφάσισα να έρθω σήμερα το πρωί να δω τον κύριο Ροδάκη. Είναι εδώ;»

«Ναι, σε περιμένει».

Ο κ. Περικλής τον οδήγησε σε έναν ηλικιωμένο ασπρομάλλη άντρα που γελούσε και σκούπιζε τα μάτια του με ένα μαντήλι. Έμοιαζε σαν να ήταν ο παππούς της Υπατίας, γιατί ήταν όμορφος, με μεγάλα μάτια πράσινα ελιάς και σφιχτό πηγούνι. Καθώς έγιναν οι συστάσεις ο Χρήστος Ροδάκης σηκώθηκε, για να του σφίξει το χέρι χαμογελώντας. «Κάθισε μαζί μας» είπε, τραβώντας του μια καρέκλα.

64

«Νίκος Καλογιώργος» είπε ο άλλος άντρας και έδωσε το χέρι του στον Τόνι.

«Στέλιο, έναν καφέ για τον κύριο Πλακή» είπε ο Χρήστος στον ιδιοκτήτη του καταστήματος.

Ο κ. Περικλής στράφηκε προς τον Τόνι. «Πώς θέλετε τον καφέ σας;»

«Βαρύ γλυκό» είπε ο Τόνι.

«Αμέσως!» Ο κ. Περικλής μπήκε μέσα στο μαγαζί.

Ο κ. Καλογιώργος ήταν ακόμη όρθιος.

«Νίκο, δεν θα μείνεις λίγο ακόμα;» ρώτησε ο Χρήστος.

«Μπάρμπα Χρήστο, ξέρεις τη γυναίκα μου. Αν δεν φύγω τώρα, σίγουρα θα έρθει να με ψάξει. Ανυπομονούσε να πάρει τα εφόδια, ξέρεις. Σταμάτησα απλά να πω ένα γεια» είπε. Στη συνέχεια στράφηκε προς τον Τόνι και είπε, «Ελπίζω να απολαύσετε το νησί όσο μείνετε εδώ. Γειά σου, μπάρμπα Χρήστο». Χτύπησε ο κ. Καλογιώργος την πλάτη τον Χρήστο, και απομακρύνθηκε, παίζοντας το κομπολόι.

«Κύριε Ροδάκη, έσωσα την εγγονή σας την Υπατία χθες από ένα φίδι» είπε ο Τόνι.

«Α, λοιπόν, είσαι ο Τόνι για τον οποίο μίλησε. Συγχαρητήρια που την βοηθήσατε να γλιτώσει από αυτή την κατάσταση» είπε ο Χρήστος, γελώντας.

Ο Τόνι γέλασε μαζί με τον κ. Ροδάκη, νιώθοντας άνετα. Το καφενείο άρχισε να έχει δουλειά, καθώς ερχόταν κόσμος.

Ο κ. Ροδάκης υποδεχόταν κάθε νεοφερμένο με εγκάρδια υποδοχή, προφανώς ήταν εξοικειωμένος μαζί τους. Έφτασε ο ελληνικός καφές σύντομα και ο Τόνι ήπιε, απολαμβάνοντας τη γλυκιά υπέροχη γεύση του.

«Ήρθα να σας βρω, γιατί βρήκα ένα βιβλίο που ανήκει στην εγγονή σας. Της έπεσε, καθώς έφευγε» είπε ο Τόνι, και του το παρέδωσε.

«Ναι, ευχαριστώ. Ο Στέλιος ανάφερε κάτι πάνω σε αυτό. Από τότε που ήταν μικρή, η Υπατία αγαπούσε το διάβασμα. Έπεισε μάλιστα τον γιατρό Θανάση να δανειστεί το ιατρικό του βιβλίο» είπε ο κ. Ροδάκης, ξεφυλλίζοντάς το βιβλίο.

«Φαίνεται πώς έχετε μια ακαδημαϊκό κοντά σας» είπε ο Τόνι, χαμογελώντας. Όσο περισσότερα άκουγε για την Υπατία, τόσο του έξαπτε την περιέργεια.

«Ναι, αλλά ένα κορίτσι στην ηλικία της πρέπει να σκέφτεται το γάμο και όχι τα βιβλία» είπε ο κ. Ροδάκης. Έκλεισε το βιβλίο και το έσπρωξε προς τον Τόνι.

Ο Τόνι αποφάσισε να αλλάξει θέμα. «Κύριε Ροδάκη, θέλω να σας ζητήσω μια χάρη. Καταλαβαίνω ότι δώσατε το βάζο που είναι δίπλα στην πόρτα στον κύριο Περικλή για ένα άλογο;»

Ο Χρήστος γύρισε και κοίταξε το βάζο. «Ναι, ο πατέρας της Υπατίας μου το είχε κάνει δώρο. Ο Θεός να αναπαύσει την ψυχή του, αλλά τώρα ανήκει στο Στέλιο».

«Με ενδιαφέρουν τα αρχαία βάζα. Αυτό συγκεκριμένα» απάντησε ο Τόνι. «Καταλαβαίνω, επίσης, ότι κάποιος χρειάζεται άλογο, για να ανέβει στο σπίτι σου στο λόφο;»

Ο κ. Ροδάκης στράφηκε στον κ. Περικλή που στεκόταν εκεί κοντά και άκουγε με προσοχή. «Στέλιο, καλέ μου άνθρωπε, γιατί λες σε ωραίους ανθρώπους σαν τον κύριο εδώ ότι κάποιος χρειάζεται άλογο, για να επισκεφθεί το σπίτι μου; Προσπαθείς να του πουλήσεις το κακόφημο άλογο σου;» έκλεισε το μάτι του και όλοι γέλασαν.

Γύρισε στον Τόνι και είπε, «Ο φίλος μας εδώ προσπαθεί να πουλήσει το άλογο του εδώ και πολύ καιρό. Αλλά η τιμή του ήταν τόσο υψηλή που κανείς δεν θα το αγόραζε».

«Είναι εδώ το άλογο;» ρώτησε ο Τόνι τον κ. Περικλή.

«Βεβαίως, κύριε Τόνι» απάντησε ο κ. Περικλής.

Ο Τόνι τον ακολούθησε πίσω, όπου στεκόταν μια λευκή φοράδα, δεμένη σε ένα κοντάρι. Αφού κοίταξε προσεκτικά το άλογο, ο Τόνι ένευψε ικανοποιημένος για την κατάστασή του. Ήταν μια φοράδα νέα και υγιής.

Ο Τόνι χάιδεψε απαλά τη χαίτη της φοράδας, έμεινε σκεφτικός για ένα λεπτό, και γύρισε στον κ. Περικλή, κάνοντας την προσφορά του. «Εδώ είναι τα χρήματα για το άλογο όσο και για αυτό το βάζο κοντά στην πόρτα» είπε ο Τόνι, βγάζοντας το πορτοφόλι του και βάζοντας μια δεσμίδα από χαρτονομίσματα στο χέρι του άλλου.

Ο κ. Περικλής τα μέτρησε και τον ευχαρίστησε θερμά. Σέλωσε με ανυπομονησία το άλογο. «Θα σου δώσω τη σέλα, χωρίς επιπλέον κόστος».

Όταν ο Τόνι και ο κ. Περικλής επέστρεψαν μπροστά με τη φοράδα, ο Τόνι βρήκε τον κ. Ροδάκη καθισμένο στο κάρο του.

«Δεν ήθελα να φύγω χωρίς να σας αποχαιρετήσω» είπε ο κ. Ροδάκης στον Τόνι. Σηκώθηκε, κοιτώντας με δέος το άλογο. «Βλέπω ότι συμφωνήσατε στην τιμή».

«Ευχαριστώ, κύριε Ροδάκη. Φεύγετε κιόλας;» ρώτησε απογοητευμένος ο Τόνι με την αναχώρηση του Χρήστου Ροδάκη.

«Ναι, πρέπει να πάω σπίτι. Η εγγονή μου φεύγει σήμερα με το πλοίο για τον Πειραιά και πρέπει να την πάω στο λιμάνι».

«Πριν φύγεις, θέλω να σας πω κάτι. Γνωρίζατε ότι το βάζο που δώσατε στον κύριο Περικλή άξιζε περισσότερα από το γέρικο άλογο που σας έδωσε;»

«Μα πώς γίνεται ένα παλιό βάζο σαν αυτό, που κάθεται και μαζεύει σκόνη να έχει μεγαλύτερη αξία από ένα άλογο;»

Ο Χρήστος γέλασε κοροϊδευτικά. «Επειδή το άλογο θα μπορούσε να αναπαράγει περισσότερα άλογα. Μπορώ να ταξιδέψω παντού με αυτό και θα μπορούσε να με βοηθήσει στη μεταφορά προμηθειών, ακόμα και να μεταφέρει χώμα».

«Το κόστος για αυτό το λευκό άλογο ταιριάζει περισσότερο με την αξία του βάζου από το παλιό άλογο που σας έδωσε» επέμεινε ο Τόνι, παραδίδοντας τα ηνία στον ηλικιωμένο άντρα.

«Τι είναι αυτό;» είπε ο κ. Ροδάκης έκπληκτος. «Δεν χρειάζεσαι το άλογο;»

Όχι. Αναχωρώ σήμερα για τον Πειραιά. Αυτό το άλογο ανήκει δικαιωματικά σε εσάς. Σκοπεύω να πάω το βάζο στο μουσείο της Αθήνας» είπε ο Τόνι.

Ο κ. Περικλής σφύριξε έκπληκτος.

Άφωνος, ο κ. Ροδάκης κοίταξε για λίγο τον Τόνι, καθώς συνειδητοποιούσε τι έγινε. Ξεκαβαλίκεψε και με κατακόκκινα μάτια έσφιξε δυνατά το χέρι του Τόνι και τον χάιδεψε στην πλάτη. «Χίλια ευχαριστώ, κύριε Τόνι. Είσαι ένας αληθινός λεβέντης. Πώς μπορώ να σου το ανταποδώσω;»

«Αν μπορούσατε να μου προτείνετε ένα καλό εστιατόριο, αυτό θα ήταν αρκετό» γέλασε ο Τόνι. «Δεν έχω φάει από χθες το πρωί».

«Γιατί δεν έρχεσαι σπίτι μου για μεσημεριανό; Αυτό είναι το λιγότερο που μπορώ να κάνω, για να στο ανταποδώσω!» φώναξε ο κ. Ροδάκης.

Ο Τόνι δίστασε, σκεπτόμενος το μακρύ δρόμο στο λόφο και πίσω.

«Κύριε Τόνι». Ο κ. Περικλής πήρε τον Τόνι στην άκρη και του ψιθύρισε, «Εμείς οι Λειψιώτες, είμαστε πολύ φιλόξενοι άνθρωποι. Θα ήταν προσβολή να μην δεχθείς την πρόσκληση του».

Ο Τόνι έγνεψε καταφατικά, εκτιμώντας την υπόδειξη του κ. Περικλή.

«Σας ευχαριστώ, θα δεχθώ την ευγενική σας πρόσκληση» είπε ο Τόνι στον κ. Ροδάκη. *Θα ήταν, επίσης, μια καλή ευκαιρία να επιστρέψω το βιβλίο στην Υπατία, σκέφτηκε.*

«Ωραία» είπε ο κ. Ροδάκης. «Μπορείτε να ανεβείτε στο λόφο με το άσπρο άλογο. Απλά ακολουθήστε με».

Ο Τόνι τράβηξε τον κ. Περικλή στο πλάι. «Παρακαλώ, ετοιμάστε μου το βάζο και τυλίξτε το σε ένα πανί. Θα επιστρέψω σύντομα να το πάρω».

«Μην ανησυχείς, καλέ μου φίλε. Θα σου το ετοιμάσω».

Ο Τόνι ανέβηκε στο άσπρο άλογο και ακολούθησε το καρότσι του Χρήστου στο στενό λιθόστρωτο δρόμο, πέρα από τα μαγαζιά και τους πεζούς.

Αρκετοί τους χαιρέτησαν και ο Τόνι τους χαμογέλασε. Όλοι φάνηκαν φιλικοί.

Ο κ. Ροδάκης σταμάτησε για λίγο να μιλήσει με μια ηλικιωμένη, χωρίς δόντια, γυναίκα, ντυμένη στα μαύρα από το κεφάλι μέχρι τα νύχια που κρατούσε ένα καλάμι. Αργότερα, σταμάτησε να μιλήσει με έναν άντρα με ηλιοκαμένο και ταλαιπωρημένο πρόσωπο. Μετά τους χαιρετισμούς, ο κ. Ροδάκης κράτησε τις συνομιλίες σύντομες, και στη συνέχεια προχωρούσε.

Ο Τόνι περίμενε πώς μέχρι το τέλος της ημέρας, όλο το χωριό θα είχε ακούσει για αυτόν.

Ο δρόμος συνέχιζε να ανηφορίζει και τους οδήγησε έξω από το χωριό σε ένα κεντρικό δρόμο. Ο Τόνι αναγνώρισε το δέντρο και τη γούρνα του νερού, από την προηγούμενη μέρα. Χαμογέλασε, καθώς θυμήθηκε τη σκηνή με την Υπατία.

Ο δρόμος έγινε ακόμα πιο πλατύς, επιτρέποντας τους να οδηγούν δίπλα, δίπλα και διευκολύνοντας την συνομιλία.

«Κύριε Ροδάκη, ήθελα να σου πω κάτι. Ο πατέρας μου Γρηγόρης Πλακής λέει ότι σας γνωρίζει από το Ηράκλειο. Είναι αλήθεια;»

«Αχά!» είπε ο Χρήστος αυτάρεσκα. «Ήξερα ότι υπήρχε κάποια ομοιότητα! Το μήλο πέφτει κάτω από τη μηλιά».

Ο Τόνι ξαφνιάστηκε, όταν το άκουσε αυτό. Ο κόσμος έλεγε συνήθως ότι μοιάζει περισσότερο με την μητέρα του παρά με τον πατέρα του. «Πώς γνωρίσατε τον πατέρα μου;»

Ο Χρήστος γέλασε. «Μεγαλώσαμε στην ίδια γειτονιά, στο Ηράκλειο. Η οικογένεια μου είχε οινοποιείο, και ο πατέρας μου έδινε συχνά κρασί σε συγγενείς και φίλους. Ο πατέρας σου έτυχε να δοκιμάσει το κρασί μας σε μια φιλική μάζωξη και είχε ρωτήσει ποιος το έφτιαξε. Στη συνέχεια, έψαξε να μας βρει».

«Ναι, αυτό θυμίζει τον πατέρα μου. Προσπάθησε να κάνει δουλειές μαζί σας;» είπε ο Τόνι, χαμογελώντας.

«Τον ξέρεις καλά. Ήταν ανύπαντρος τότε και ενδιαφερόταν να μάθει πώς φτιάχνουμε το κρασί. Σχεδόν με έπεισε να ξεκινήσω μια επιχείρηση μαζί του, αλλά τότε είχα άλλα σχέδια. Ποιος ξέρει, μπορεί να είχε ασχοληθεί με τα κρασιά αντί με τη ναυτιλία».

«Τι σε έκανε να έρθεις εδώ;»

«Ήμουν ήδη αρραβωνιασμένος όταν γνώρισα τον πατέρα σου. Η αρραβωνιαστικιά μου ήταν από τους Λειψούς. Ο θείος της από την Κρήτη κανόνισε το γάμο. Ήρθα να τη δω και ερωτεύτηκα και αυτήν και το νησί. Η Μαρία μου ήταν μια όμορφη και ενάρετη γυναίκα και ζούσε με τη χήρα μητέρα της. Είχα κάνει σχέδια να φύγουμε από εδώ μετά τον γάμο, αλλά δεν ήθελε να αφήσει τη μητέρα της που ήταν αδύναμη. Έτσι, μείναμε εδώ».

«Πρέπει να την αγάπησες, για να αφήσεις την Κρήτη και να έρθεις εδώ» είπε ήρεμα ο Τόνι.

Ο κ. Ροδάκης ένευσε καταφατικά. «Ναι. Ήταν ευγενική, συμπονετική και πάντα βοηθούσε τον κόσμο. Όταν παντρευτήκαμε αγόρασα ένα οικόπεδο δίπλα στο σπίτι της μητέρας της και φύτεψα ένα αμπέλι. Αργότερα φύτεψα κι ένα λιοστάσι. Η γυναίκα μου δούλευε σκληρά, δίπλα μου. Αρχίσαμε να βγάνουμε ελαιόλαδο. Πουλούσα αρκετά μπουκάλια κρασί και λάδι, αρκετά, για να ζήσουμε» είπε ο κ. Ροδάκης, ανασηκώνοντας τους ώμους του. Έπειτα από αυτή την εξομολόγηση, έμεινε σιωπηλός.

Πέρασαν δίπλα από συκιές και αμυγδαλιές που τα κλαδιά τους έφταναν μέχρι πάνω από το δρόμο, δημιουργώντας σκιές πάνω από τα κεφάλια τους.

«Τι συνέβη στη γυναίκα σου;» ρώτησε ο Τόνι.

«Πέθανε από πνευμονία, ο Θεός να αναπαύσει την ψυχή της. Η κόρη μας η Ειρήνη, ζούσε με τον σύζυγο της στον Πειραιά και ήταν έγκυος τότε. Έτσι, δεν μπορούσε να έρθει για παρηγοριά. Έφυγα για την Κρήτη, για να ξεφύγω για λίγο, αλλά τίποτα δεν ήταν το ίδιο. Οι γονείς μου είχαν πεθάνει. Είχα έναν εξάδελφο που είχε ζήσει στο σπίτι μας όλα αυτά τα χρόνια. Είναι εργένης, μεγαλύτερος από μένα, γύρω στα εβδομήντα επτά. Κατάλαβα ότι το σπίτι μου ήταν εδώ, στους Λειψούς, όταν επέστρεψα» παραδέχθηκε ο κ. Ροδάκης.

«Πώς έτυχε ο γαμπρός σου να δουλέψει για τον πατέρα μου;»

«Ο Μανώλης μόλις είχε πάρει το πτυχίο του καπετάνιου, όταν παντρεύτηκε την κόρη μου, αλλά δεν είχε δουλειά. Ήξερα για τη ναυτιλιακή εταιρία του πατέρα σου, οπότε του έστειλα το Μανώλη με αρκετά μπουκάλια από το καλύτερο κρασί μου. Ο πατέρας σου με θυμήθηκε και τον προσέλαβε επί τόπου. Άκουσα Πώς ο Μανώλης έγινε ένας από τους καλύτερους καπετάνιους του».

«Ξέρω, γνώρισα τον καπετάν Κουρή» είπε λυπημένα ο Τόνι. «Ήμασταν καλοί φίλοι».

«Ω, ναι, ο Μανώλης ήταν καλός άνθρωπος! Δεν έχασα μόνο την κόρη μου αλλά τον καλύτερο γαμπρό που θα μπορούσα ποτέ να ζητήσω» είπε ο κ. Ροδάκης. Έβγαλε ένα μαντήλι και σκούπισε τα κατακόκκινα μάτια του. «Τώρα, θα χάσω και την εγγονή μου που θα φύγει για τον Πειραιά σήμερα. Ο Θεός να είναι μαζί της να τη συντροφεύει στο ταξίδι. Δεν θέλω να της συμβεί τίποτα. Είναι ό,τι έχω».

«Γιατί φεύγει;»

«Μένει εκεί η θεία της η Σοφία, και θέλει να πάει στο πανεπιστήμιο. Έχω ανάμεικτα συναισθήματα για αυτό».

«Θα ταξιδέψει μόνη της;»

«Ήταν να ταξιδέψει μαζί με την κ. Ξυλούρη, αλλά τώρα δεν μπορεί λόγω της κατάστασης του γιου της. Πρέπει να μείνω εδώ, για να προσέχω τα ελαιόδεντρα και τον αμπελώνα μου. Νιώθω ότι η Υπατία είναι ακόμα πολύ μικρή για να ταξιδέψει μόνη της».

Ο Τόνι άκουγε σιωπηλά, φέρνοντας στο μυαλό του την εικόνα του κοριτσιού να κουνιέται σαν τη μαϊμού από το δέντρο. «Θα πάρω το ίδιο πλοίο για τον Πειραιά, κύριε Ροδάκη. Αν συμφωνείτε, θα φροντίσω εγώ να φτάσει στη θεία της».

«Πολύ ευγενικό εκ μέρους σου, νεαρέ. Θα ταξιδέψει και ο πατέρας σου μαζί; Αν ναι, τότε θα ήθελα να του δώσω λίγο από το καλύτερο κρασί μου» είπε ο κ. Ροδάκης, χρησιμοποιώντας αυτή την δικαιολογία, για να διασφαλίσει ότι η εγγονή του θα ταξιδεύει και με κάποιον μεγαλύτερο.

«Ναι, θα ταξιδέψει, και τώρα που το θυμήθηκα, ζήτησε να σε δει. Είναι κάτω στην αποβάθρα. Μπορώ να σας πάω αργότερα εκεί» είπε ο Τόνι.

«Καλώς! Θα πάμε μετά το μεσημεριανό!» είπε εγκάρδια ο Χρήστος.

Η συνομιλία τους συνεχίστηκε με γενικά θέματα. Μίλησαν για την ιστορία της Ελλάδας, την πολιτική της, την παραγωγή κρασιού και την κηπουρική. Εντυπωσιασμένος από τις γνώσεις του κ. Ροδάκη, ο Τόνι απολάμβανε τη ζωντανή συζήτηση τους. Σύντομα, το θέμα άλλαξε για το ψάρεμα.

«Δεν είμαι ψαράς» παραδέχθηκε ο Χρήστος. «Παθαίνω ναυτία. Αλλά αν η θάλασσα είναι αρκετά ήρεμη, ψαρεύω για καλαμάρια. Είναι ένα γαλήνιο συναίσθημα, καθώς το σκάφος κάθεται, και ο ήλιος δύει, και ολόγυρα έχει ησυχία. Έχεις πάει ποτέ να ψαρέψεις καλαμάρια;»

«Όχι» είπε ο Τόνι. Του άρεσε η ιδέα.

Το μονοπάτι τούς οδήγησε τελικά στο σπίτι. Το απλό λευκό του χρώμα, τα μπλε παντζούρια, και τα κόκκινα λουλούδια τραβούσαν το μάτι. Η σκιερή αυλή ήταν δροσιστική μετά από τον δρόμο που έκαναν μέσα στη ζέστη. Λευκές πέργκολες απλώνονται μαζί με τα αναρριχώμενα αμπέλια.

Του Τόνι του άρεσε πολύ εκεί.

«Καλώς ήρθες στο ταπεινό μας σπίτι».

ΚΕΦΑΛΑΙΟ 9

Η καρδιά μου με οδήγησε στην πόρτα σου
Για να σου δώσω το βιβλίο που λατρεύεις

Η Υπατία είχε τελειώσει με το καθάρισμα του πατώματος στην κουζίνα και το σκούπιζε με ένα πανί, όταν άκουσε να χτυπάει η πόρτα.

«Υπατία, Υπατία!»

«Ναι, παππού!» είπε τραγουδώντας, καθώς σηκωνόταν. «Έρχομαι αμέσως!»

Άνοιξε την πόρτα και βγήκε έξω να χαιρετήσει τον παππού της. Δίπλα του ήταν ο Τόνι καθισμένος πάνω σε ένα λευκό άλογο, ο άντρας που την έσωσε, πριν μερικές ημέρες.

Η Υπατία έμεινε άφωνη. Ξαναζούσε το όνειρο που είχε δει το προηγούμενο βράδυ, να έρχεται ένας ιππότης με άσπρο άλογο.

«Υπατία, γλυκιά μου, πιστεύω ότι έχεις ήδη γνωρίσει τον κύριο Τόνι» είπε ο παππούς Χρήστος, θυμίζοντας της προσεκτικά τους τρόπους της

«Καλησπέρα, κύριε Τόνι» είπε η Υπατία, ξαναβρίσκοντας τη φωνή της και κουνώντας ευγενικά το κεφάλι της. Έχοντας στο μυαλό της την ατημέλητη εμφάνιση της, τράβηξε νευρικά πίσω τα μαλλιά από το πρόσωπο της. Αυτός ο άντρας την έκανε να νιώσει τη γλώσσα της να έχει δεθεί κόμπος.

«Χαίρομαι που σε ξαναβλέπω, Υπατία» είπε ο Τόνι, και κατέβηκε με μια γρήγορη κίνηση από το άλογο. «Θα χαρείς να μάθεις ότι ήρθα να σου επιστρέψω το βιβλίο».

«Ευχαριστώ!» φώναξε η Υπατία, περιμένοντας για το βιβλίο που της το έδινε, τεντώνοντας το χέρι του. Τα δάχτυλα της τον άγγιξαν ελαφρά.

Κράτησε την αναπνοή της, έκανε ένα βήμα πίσω, σφίγγοντας το βιβλίο κοντά στο στήθος της, νιώθοντας έκπληξη που ήρθε τόσο δρόμο, για να της το επιστρέψει. *Γιατί δεν το έδωσε στον παππού να μου το φέρει; Πού γνώρισε τον παππού, στο καφενείο ή καθ' οδόν για εδώ;* σκέφτηκε.

«Χαρά μου» απάντησε ο Τόνι, χαμογελώντας.

Ο κ. Ροδάκης τού έδειξε την ανοιχτή πόρτα, λέγοντας: «Παρακαλώ, περάστε μέσα».

Ο Τόνι τον ακολούθησε μέσα στο σπίτι. Το ύψος του τον ανάγκασε να σκύψει, καθώς περνούσε από την πόρτα.

«Παππού, τι θα γίνει με τις προμήθειες;» ρώτησε η Υπατία, προσπαθώντας να βρει μια δικαιολογία, για να μην μπει αμέσως στο σπίτι. Ο νεαρός άντρας εξέπεμπε μια ισχυρή δύναμη που την έκανε να τρέμει ελαφρά.

«Οι προμήθειες μπορούν να περιμένουν. Ο κύριος Τόνι θα μείνει να φάμε μαζί».

Τον ακολούθησε σιωπηλά.

Ο κύριος Τόνι κάθισε στο τραπέζι και το ψηλό του παρουσιαστικό έκανε το δωμάτιο να φαίνεται μικρό. Η Υπατία τού προσέφερε ένα ποτήρι νερό.

Ενώ εκείνος μιλούσε με τον παππού της, η Υπατία ετοίμασε ενσυνείδητα το μεσημεριανό γεύμα, κινούμενη ακολουθώντας το ρυθμό της κουβέντας. Σκεφτόταν διαρκώς να μην ακουμπήσει τον κύριο Τόνι, καθώς η κουζίνα ήταν μικρή.

Μέσα σε λίγα λεπτά, το τραπέζι ήταν στολισμένο με χρώματα, με μια μεγάλη σαλάτα με κομμένες ντομάτες, αγγούρια και κρεμμύδια περιχυμένα με ελαιόλαδο, ένα πιάτο με μαύρες ελιές και μυζήθρα, και ένα πιάτο με ντολμαδάκια. Σέρβιρε και τις τυρόπιτες της νονάς της και ένα φρέσκο ψωμί.

Ο παππούς πήγε στην κρεβατοκάμαρα του και έφερε ένα μπουκάλι κόκκινο κρασί. «Αυτό το απλό σπιτάκι, κύριε Τόνι, είναι παλιό και έχει ταλαιπωρηθεί από καταιγίδες, αλλά έχει καλό κρασί» είπε με περηφάνια.

Έριξε κρασί σε τρία μικρά ποτήρια, δίνοντας από ένα στον Τόνι και στην Υπατία. Μετά σήκωσε το ποτήρι του.

«Αχ, ανυπομονώ να δοκιμάσω το περίφημο κρασί σου» είπε ο Τόνι, σηκώνοντας το ποτήρι του.

«Μια πρόποση για σένα, καλέ μου άνθρωπε, που με βοήθησες να ανεβάσω τα εφόδια αλλά και για το υπέροχο άλογο. Σου χρωστάμε» είπε ο Χρήστος και ήπιε στην υγειά του.

Ήπιαν όλοι σιωπηλά.

Η Υπατία ίσα που άγγιξε το ποτήρι ελαφρά με τα χείλη της. Σπάνια έπινε κρασί. Αναρωτήθηκε τι να εννοούσε ο παππούς για το άλογο.

«Ναι, αυτό είναι εξαιρετικό κρασί» είπε ο Τόνι, ευχαριστημένος.

«Δεν υπάρχει μεγαλύτερη χαρά από το να βλέπω έναν επισκέπτη στο σπίτι μου να απολαμβάνει το κρασί μου» είπε ο Χρήστος, ευχαριστημένος.

Καθώς έτρωγαν το μεσημεριανό φαγητό, η Υπατία παράμενε σιωπηλή, παρατηρώντας τους δύο άντρες που συνομιλούσαν.

«Τα ντολμαδάκια είναι νόστιμα. Εσύ τα έφτιαξες, Υπατία;» είπε ο Τόνι, δείχνοντας το πιάτο του.

Η Υπατία σήκωσε το κεφάλι της έκπληκτη από το κομπλιμέντο. Ένευψε ντροπαλά. «Ναι». Η μαγειρική ήταν κάτι που περίμεναν από εκείνη, και σπάνια έπαιρνε κομπλιμέντα από τον παππού της. «Τα φύλλα των σταφυλιών είναι φρέσκα, από τον αμπελώνα μας, και τα βότανα από τον κήπο μας» είπε.

«Όλα τα κορίτσια στο νησί μαθαίνουν να μαγειρεύουν από νεαρή ηλικία» είπε ο κ. Ροδάκης.

«Οι γυναίκες που γνωρίζω σπάνια μαγειρεύουν» είπε ο Τόνι. «Ακόμα και η αδελφή μου και η θετή μου μητέρα δεν ξέρουν να μαγειρεύουν».

«Η γη έχει μεγάλη αξία και καλύπτει τις ανάγκες μας. Χρησιμοποιούμε τα σταφύλια για το κρασί και τα φύλλα των σταφυλιών για τους ντολμάδες. Παράγου, επίσης, το δικό μας λάδι και έχουμε περίπου εκατό ελαιόδεντρα. Κάθε χρόνο, από τις αρχές Νοεμβρίου, τα αγόρια της οικογένειας Τσατσίκα, με βοηθούν να μαζέψω τις ελιές» είπε ο κ. Ροδάκης.

«Συνήθιζα να βοηθάω κι εγώ, όταν ήμουν πιο μικρή» είπε η Υπατία.

«Θα σας πω μια ιστορία. Όταν η Υπατία ήρθε στο νησί για πρώτη φορά ένα καλοκαίρι με τους γονείς της, ήταν περίπου πέντε ή έξι χρονών» είπε ο παππούς Χρήστος, με μια λάμψη στα μάτια. «Μια μέρα το μικρό κορίτσι ήρθε κοντά μου, κοιτώντας με σοβαρά. Μου τράβηξε το μανίκι και μου είπε εμπιστευτικά ότι είδε πολλές μαύρες ελιές στο έδαφος, και ότι ίσως έπρεπε να τις μαζέψουμε. Όταν κοίταξα κάτω, είδα να μου δείχνει περιττώματα από κατσίκες».

Όλοι ξέσπασαν σε γέλια.

«Η Υπατία έγινε ο καλύτερος βοηθός μου» είπε ο παππούς Χρήστος, σκουπίζοντας τα μάτια του από το γέλιο. Συνέχισε, περιγράφοντας τις προετοιμασίες για την παρασκευή του ελαιόλαδου.

Μπαίνοντας στον πειρασμό να συμμετάσχει στη συζήτηση, η Υπατία δίστασε, επισημαίνοντας την επίσκεψη του γιατρού Θανάση, πριν από μερικούς μήνες. Είχε ανοίξει μια συζήτηση μαζί του για ιατρικά θέματα, και ο παππούς της την είχε επιπλήξει. Είχε πει ότι θα έρθει η ώρα της, όταν παντρευτεί. Εν τω μεταξύ, θα έπρεπε να είναι ήσυχη, αλλιώς ο κόσμος θα την χαρακτήριζε ως τολμηρό και μοιραίο κορίτσι.

«Υπατία, έχεις ετοιμάσει τα πράγματα σου; Πρέπει να φύγουμε σύντομα, για να αγοράσουμε τα εισιτήρια. Το πλοίο φεύγει στις δύο».

«Ναι, παππού».

«Ωραία. Ο κύριος Τόνι και η οικογένεια του ταξιδεύουν, επίσης, με αυτό το πλοίο. Είπε ότι θα δει Πώς έφτασες με ασφάλεια στον Πειραιά».

Τα μάτια της Υπατίας πετάχτηκαν έξω από την κατάπληξη. *Αυτός ήταν ο λόγος που ο παππούς Χρήστος ήταν τόσο φιλικός με αυτόν τον άνθρωπο;* Ο παππούς της δεν πίστευε ότι μπορούσε να διαχειριστεί μόνη της το ταξίδι, αλλά χρειαζόταν βοήθεια.

Η Υπατία δικαιολογήθηκε και έφυγε στην κρεβατοκάμαρα της. Ένιωθε ελαφρώς μετανιωμένη. Ο τόνος της φωνής του παππού της ήταν σαν ενός ενήλικα που μιλούσε σε ένα άτακτο παιδί, και εκείνη ήταν σχεδόν δεκαοκτώ χρονών. Έκλεισε την πόρτα και στάθηκε εκεί για μια στιγμή, περιμένοντας να πέσουν οι παλμοί της καρδιάς της. Ποτέ δεν είχε νιώσει έτσι στο παρελθόν. Τους άκουγε να μιλάνε.

Περίεργη, άνοιξε ελαφρώς την πόρτα, ελπίζοντας να μην την ακούσουν να τρίζει και κοίταξε στην κουζίνα. Η πλάτη του κυρίου Τόνι ήταν προς το μέρος της, και δεξιά του καθόταν ο παππούς της.

Καθώς άλλαζε ρούχα, η Υπατία παρατήρησε τον κύριο Τόνι μέσα από τη ρωγμή της πόρτας. Τα όμορφα χαρακτηριστικά του ζωντάνεψαν, καθώς μιλούσε με τον παππού, και χειρονομώντας, καθώς μιλούσε. Ήταν στη φαντασία της ή η κουζίνα φαινόταν πιο ζεστή και γεμάτη, καθώς γέμιζε με τη φωνή του Τόνι να γελάει;

Έπειτα, όσο γρήγορα ξεκίνησε η συζήτηση τόσο γρήγορα τελείωσε. Έκλεισε την πόρτα βιαστικά, μη θέλοντας να καταλάβουν ότι τους παρακολουθούσε. Έπιασε τα τελευταία λόγια του παππού της. «Πρέπει να ξεφορτώσω τις προμήθειες από το καρότσι, για να βάλουμε το μπαούλο της Υπατίας μέσα».

Μετά επικράτησε ησυχία. Οι δύο άντρες πρέπει να βγήκαν έξω.

Η Υπατία τελείωσε με το ντύσιμο και έπιασε τα μακριά, κυματιστά μαλλιά της σε ένα κότσο, στερεώνοντάς τα με δύο μεγάλες καρφίτσες. Κοιταζόμενη στον καθρέφτη, τοποθέτησε το καπέλο στο κεφάλι της. Όταν της το είχε δείξει η νονά της, της είχε πει ότι όλες οι γυναίκες στον Πειραιά το φορούσαν.

Η Υπατία έκανε ένα μορφασμό, καθώς το καπέλο σκέπασε το κεφάλι της. Το στήριξε καλύτερα και προσευχήθηκε να μην έχει αέρα σήμερα.

Έλεγξε την τσάντα της για τα λεφτά της και το κλειδί του μπαούλου. Όλα ήταν εκεί. Τότε, θυμήθηκε τον πολύτιμο λίθο. Τον βρήκε και τον κράτησε ψηλά, χαζεύοντάς το και λατρεύοντας την ομορφιά του. Το τοποθέτησε ξανά προσεκτικά στο πορτοφόλι της. Στη συνέχεια φόρεσε τα μαύρα κυριακάτικα παπούτσια της. Έσπρωξε τα πόδια της μέσα. Της ήταν λίγο μικρά, γιατί την πονούσαν λίγο, αλλά δεν είχε άλλα εκτός από τα σανδάλια της. Περπατούσε στο δωμάτιο, προσπαθώντας να μην κάνει μορφασμούς. Θα τα έβγαζε, όταν ανέβαινε στο πλοίο, υποσχέθηκε στον εαυτό της.

Έριξε μια ματιά έξω από την πόρτα. Η πόρτα της κουζίνας ήταν ορθάνοιχτη και κουτιά με εφόδια ήταν ήδη στοιβαγμένα στην κουζίνα. Άκουγε τους δύο άντρες να μιλάνε έξω.

*****

Ο κ. Ροδάκης τακτοποίησε έντεχνα και γρήγορα το καρότσι και το γαϊδούρι. «Θα φέρω ένα κουτί με κρασιά μου, να το δώσεις στον πατέρα σου» υποσχέθηκε στον Τόνι.

Ο Τόνι τον ευχαρίστησε, κοιτώντας τον να πηγαίνει προς το σπιτάκι, για να φέρει τα μπουκάλια. Πήρε μια βαθιά ανάσα από τον καθαρό αέρα και κοίταξε γύρω του, συνειδητοποιώντας ότι αυτό το απλό, απομονωμένο σπίτι που βρίσκεται στο λόφο, είχε μια πανοραμική θέα με την κοιλάδα από κάτω, τον γαλάζιο ουρανό από πάνω, και τη θάλασσα πέρα. Το τοπίο τού άνοιξε την καρδιά, απελευθερώνοντας μια ανεξήγητη αίσθηση χαράς.

Λίγα λεπτά αργότερα, η Υπατία βγήκε από το σπίτι, τραβώντας το μπαούλο της. Είχε ένα σουφρωμένο βλέμμα στο πρόσωπό της.

« Άφησε να σε βοηθήσω» είπε ο Τόνι, πηγαίνοντας προς το μέρος της. Καθώς, ο Τόνι πήρε το μπαούλο, εκείνη κοίταξε ψηλά χαμογελώντας, και το καπέλο της έπεσε, καλύπτοντας το πρόσωπο της. Σήκωσε το καπέλο συνοφρυωμένη και η τσάντα της γλίστρησε και έπεσε στο έδαφος.

Ο Τόνι γέλασε με την καρδιά του, ενώ εκείνη έσκυψε να πιάσει την τσάντα της, το μαλακό της καπέλο έπεσε, όπως, επίσης, έπεσαν τα μαλλιά της. Η Υπατία κοκκίνησε με μανία, γύρισε την πλάτης της και μάζεψε τα μαλλιά της σε κότσο.

Το γέλιο του σταμάτησε, όταν κατάλαβε την απόγνωσή της να παραμείνει αξιοπρεπής. Είχε κάνει κάτι παράξενο που δεν αρμόζει σε έναν κύριο, να γελάει για τα μαλλιά της. Νιώθοντας ένα αίσθημα ενοχής, ο Τόνι έσκυψε κι έπιασε το καπέλο της, τινάζοντας τα χώματα. Περίμενε μέχρι εκείνη να τελειώσει σηκώνοντας τα μαλλιά της. «Έχεις ένα ωραίο μεγάλο καπέλο» της είπε με σοβαρό ύφος, και της το έδωσε.

«Ευχαριστώ» μουρμούρισε η Υπατία, με τα μάτια χαμηλωμένα. Φόρεσε το καπέλο της πιο προσεκτικά, σπρώχνοντάς το ίσαμε κάτω από τα φρύδια της. Τον κοίταξε κάτω από το καπέλο. Τα μάτια της τρεμόπαιξαν από δάκρυα και πληγωμένη περηφάνεια.

Η καρδιά του Τόνι έλιωσε. «Λυπάμαι αν γέλασα. Όλα έγιναν ταυτόχρονα, βλέπεις» εξήγησε, κάνοντας κωμικές χειρονομίες και προσπαθώντας να την κάνει να νιώσει καλύτερα.

Εκείνη άρχισε να γελάει και η τσάντα της έπεσε για δεύτερη φορά κάτω, προκαλώντας γέλια και στους δύο.

Όταν σταμάτησαν να γελάνε, ο Τόνι μετέφερε το μπαούλο στο πίσω μέρος του καροτσιού. Η Υπατία τον ακολούθησε. Εκείνος τοποθέτησε το μπαούλο μέσα στο καρότσι.

«Έχετε υπέροχη θέα στη θάλασσα, καλύτερη από το σπίτι του πατέρα μου» σχολίασε ο Τόνι. «Είναι ασφαλές να κολυμπάς σε αυτά τα νερά, Υπατία;»

«Ναι, είναι» απάντησε εκείνη. «Συνήθως κολυμπάμε κοντά στην παραλία όμως. Μερικές φορές έχουμε δει καρχαρίες να έρχονται προς τα έξω».

«Καλό είναι να υπάρχουν δελφίνια τριγύρω» είπε ο Τόνι. «Βοηθούν να μένουν οι καρχαρίες μακριά».

«Κάποτε είδα ένα κοπάδι από δελφίνια να παίζουν κοντά» είπε η Υπατία, χαμογελώντας. «Ήταν το ωραιότερο θέαμα που μπορούσε να δει κανείς. Ήταν τόσο παιχνιδιάρικα και φαίνονταν να το διασκεδάζουν».

Ο Τόνι χαμογέλασε που την είδε να ανοίγεται.

«Ω, σχεδόν ξέχασα!» είπε η Υπατία. Έβαλε το χέρι της μέσα στην τσάντα της. «Θέλω να σου δώσω αυτό». Με περηφάνια έβαλε κάτι στο χέρι του.

Ο Τόνι κοίταξε το λαμπερό πετράδι που είχε το μέγεθος ενός αμυγδάλου. Ήταν ανοιχτό πράσινο, με κίτρινες κηλίδες, και έλαμπε έντονα.

«Είναι πολύ ευγενικό εκ μέρους σου» απάντησε ο Τόνι, συγκινημένος από την χειρονομία της. «Έχει ενδιαφέρον χρώμα».

«Μου το έδωσε ο πατέρας μου, από ένα ταξίδι του στη Ρωσία. Το ονόμασε 'το μάτι της γάτας.' Είπε ότι του θύμιζε τα μάτια μου, παρόλο που πιστεύω τα μάτια μου είναι πιο πράσινα. Το έχω δει να αλλάζει χρώμα από ανοιχτό πράσινο σε κόκκινο, ανάλογα με το πόσο φως δέχεται».

Ο Τόνι έριξε ένα γρήγορο βλέμμα στα μάτια της και μετά μελέτησε την πέτρα που του γέννησε το ενδιαφέρον. Υπήρχε μια ομοιότητα, αν και τα μάτια της ήταν πιο όμορφα από το πετράδι. «Ω, ναι! Αυτό θα μπορούσε να είναι ένα Αλεξανδρινό κομμάτι, το οποίο έχει πιο πολύ πράσινο από κίτρινο όπως παρατηρούμε στο μάτι της γάτας».

«Αλεξανδρινό;» τον ενθάρρυνε.

«Έτσι πιστεύω. Ανακαλύφθηκε στα Ουράλια όρη, υποτίθεται ότι πήρε το όνομα του από τον Ρώσο τσάρο Αλέξανδρο τον Β', για την ενηλικίωση του το 1830» της απάντησε.

Το κοίταξε ξανά και ήταν έτοιμος να της το δώσει, αλλά εκείνη κούνησε το κεφάλι της. «Είναι δώρο» του είπε.

Εκείνος δίστασε, αναρωτώμενος εάν γνώριζε την αξία του. «Δεν ξέρω αν πρέπει να το δεχτώ, αφού σου το έδωσε ο πατέρας σου».

«Ω, πρέπει» ξεφούρνισε εκείνη. «Θέλω να πω, σου χρωστάω τόσα πολλά που με έσωσες και που έφερες πίσω το βιβλίο μου. Είναι το λιγότερο που θα μπορούσα να κάνω. Σε παρακαλώ, αποδέξου το».

Την ευχαρίστησε και το έβαλε προσεκτικά στην τσέπη του. Ο πατέρας της προφανώς διάλεγε ξεχωριστά αναμνηστικά κομμάτια, πρώτα το αρχαίο βάζο και τώρα αυτή την πολύτιμη πέτρα. Θα το έλεγχε, αλλά πίστευε ότι αυτός ο τύπος πέτρας δεν ήταν συνηθισμένος.

Ο Χρήστος έφερε ένα κουτί στους ώμους του, κατευθυνόμενος προς το μέρος τους.

«Εδώ είναι το κρασί για τον πατέρα σου» είπε με περηφάνεια.

Ο Τόνι τον ευχαρίστησε. Έσπρωξε το μπαούλο στο πλάι, για να κάνει χώρο, και στη συνέχεια βοήθησε το Χρήστο να τοποθετήσει το κουτί με το κρασί δίπλα του.

Η Υπατία ανέβηκε στο καρότσι και κάθισε στο μικρό κάθισμα, κρατώντας στο ένα της χέρι το καπέλο.

Κατέβηκαν από το μικρό μονοπάτι με τον Τόνι να τους ακολουθεί με το άσπρο άλογο. Όταν έφτασαν στον κεντρικό δρόμο, ο Τόνι προχώρησε μπροστά και άρχισε να μιλάει με τον Χρήστο.

Καθώς πλησίαζαν στο καφενείο, ο Τόνι θυμήθηκε το αρχαίο βάζο. «Κύριε Ροδάκη, πρέπει να σταματήσω εδώ μια στιγμή για το βάζο. Εσείς προχωρήστε».

«Θα σε βρούμε στο λιμάνι» είπε ο Χρήστος και συνέχισαν.

ΚΕΦΑΛΑΙΟ 10

Οι κύκλοι της ζωής, ένας, ένας,
Ξεδιπλώνονται σαν ένα κρεμμύδι

Η Υπατία άρχισε τις ερωτήσεις που κράταγε μέσα της. «Πώς ήρθε εδώ ο κύριος Τόνι με το βιβλίο, και ποιος πλήρωσε για το άλογο; Γιατί ήσουν τόσο καλός μαζί του, και γιατί...».

«Περίμενε, περίμενε!» είπε ο παππούς Χρήστος, γελώντας. «Θα τις απαντήσω μία, μία».

Μίλησε για την επίσκεψη του κύριου Τόνι το πρωί στο καφενείο, για να επιστρέψει το βιβλίο και πώς έφτασε η κουβέντα στο να τον καλέσει για φαγητό. Την ενημέρωσε, επίσης, ότι ο κύριος Τόνι αγόρασε και το αρχαίο βάζο από τον κύριο Περικλή, για να το βάλει σε μουσείο και πώς αγόρασε, επίσης, το άλογο.

«Έμεινα έκπληκτος, όταν μου πρόσφερε το άλογο, λέγοντας ότι η αξία του αγγείου ήταν πολύ μεγαλύτερη από το παλιάλογο που μου είχε δώσει ο κύριος Περικλής. Ο κύριος Τόνι πρέπει να άκουσε ότι το γέρικο άλογο είχε πεθάνει και ότι χρειαζόμουν ένα νέο. Είναι καλός άνθρωπος» είπε, κουνώντας το κεφάλι του.

«Ναι, είναι» έγνεψε καταφατικά η Υπατία, ενώνοντας το παζλ.

Ο παππούς την κοίταξε σκεφτικός.

Σταμάτησαν σε μικρή απόσταση από το καράβι. Ο παππούς έβγαλε από το καρότσι το μπαούλο και της έδωσε μια τσάντα από καμβά. «Περίμενε εδώ. Πάω να δω για το εισιτήριό σου».

Η Υπατία κοίταξε τριγύρω. Ο κόσμος έφτανε σιγά, σιγά σε μικρές παρέες κατά μήκος του λιμανιού. Στα αριστερά της, κάποιοι ταλαιπωρημένοι άντρες καθόντουσαν στο έδαφος με τα δίχτυα τους απλωμένα γύρω τους σαν ιστούς αράχνης. Διόρθωναν επιδέξια τα δίχτυα και συνομιλούσαν, ενώ κάποιοι άλλοι έβγαζαν φρέσκα ψάρια από τα πλοιάριά τους.

Το βλέμμα της στάθηκε σε μια παρέα που στεκόταν κοντά στο καράβι. Η Υπατία αναγνώρισε την Μελίσσα, την αδελφή του Τόνι, την Μπόνι, και τον γιατρό Χατζή. Η καρδιά της χτύπησε δυνατά, όταν είδε τον Τόνι να πλησιάζει με το άσπρο άλογο ευχαριστημένος. Κουβαλούσε ένα μεγάλο τυλιγμένο αντικείμενο.

Ο Χρήστος διακόπτοντας τις σκέψεις της. «Υπατία, φύλαξε τα καλά αυτά. Το ένα είναι για το επιβατικό σκάφος, και το άλλο για το πλοίο» είπε. Της έδωσε τα εισιτήρια.

«Ναι, παππού».

«Τι έκανες τα χρήματα σου;»

«Είναι στην τσάντα μου».

«Καλώς. Τώρα, άκου προσεκτικά. Εδώ είναι τα νομικά έγγραφα που έστειλε η θεία σου μετά τον θάνατο των γονιών σου. Όταν κλείσεις τα δεκαοχτώ, θα συναντηθείς με τον τραπεζίτη στον Πειραιά. Ο πατέρας σου έχει φυλάξει χρήματα σε καταπίστευμα και τα χαρτιά έχουν τον αριθμό του λογαριασμού. Φύλαξε τα καλά».

Η Υπατία τα τοποθέτησε προσεκτικά στην τσάντα της.

«Κοίτα, παππού! Ο κύριος Τόνι έρχεται προς τα εδώ και φέρνει κάποιον μαζί του» ψιθύρισε, κοιτώντας τον κύριο Τόνι να πλησιάζει μαζί με έναν κοντύτερο ηλικιωμένο άντρα.

«Γρηγόρη Πλακή! Πρέπει να έχουν περάσει τουλάχιστον δεκαπέντε χρόνια από την τελευταία φορά που σε είδα, και δεν έχεις γεράσει καθόλου» αναφώνησε ο Χρήστος, χτυπώντας τον στην πλάτη.

«Χρήστο Ροδάκη, παλιόφιλε! Χαίρομαι που σε βλέπω!» φώναξε ο Γρηγόρης, χαμογελώντας παιδιάστικα.

Έσφιξαν τα χέρια τους με δύναμη.

«Ο Τόνι μου είπε ότι ήσουν εδώ και δεν μπορούσα να φύγω χωρίς να πω ένα γεια σε έναν παλιό φίλο» είπε ο κ. Πλακής. Κοίταξε με περιέργεια την Υπατία.

«Να σου γνωρίσω την εγγονή μου, την Υπατία» είπε με υπερηφάνεια ο Χρήστος.

Η Υπατία χαμογέλασε και άπλωσε το χέρι της στον κ. Πλακή, λέγοντας: «Τι κάνετε;»

«Είναι η κόρη του καπετάν Κουρή» εξήγησε ο Χρήστος.

«Α, ναι, ναι. Μου φάνηκε γνωστή φυσιογνωμία. Έχεις γίνει μια όμορφη νεαρή κοπέλα από τότε που σε είδα τελευταία φορά» της είπε, χαιρετώντας την και έπειτα κρατώντας της θερμά τα χέρια.

«Είσαι ψηλή σαν τον πατέρα σου, αλλά το ωραίο σου πρόσωπο είναι της μητέρας σου. Δεν θα μπορούσα ποτέ να ξεχάσω την ομορφιά της».

Η Υπατία κοκκίνησε με το κομπλιμέντο. «Ο πατέρας μου δούλευε για εσάς;»

«Ναι, χάρη στον παππού σου. Ο πατέρας σου ήταν ένας από τους καλύτερους και πιο θαρραλέους καπετάνιους μου. Ήταν καλός άνθρωπος. Λυπόμαστε που τον χάσαμε».

Ο Τόνι στάθηκε σιωπηλός, παρατηρώντας αυτή την συζήτηση.

«Ευχαριστώ, Γρηγόρη. Αλλά το πιο σημαντικό είναι ο χαρακτήρας της. Η ομορφιά είναι μόνο δέρμα» απάντησε ο Χρήστος με τα μάτια του να αστράφτουν. «Και τώρα, θα την χάσω. Ταξιδεύει στον Πειραιά, για να μείνει με την θεία της τη Σοφία».

«Όχι! Τη Σοφία Κουρή;» ρώτησε ο Γρηγόρης. «Ήταν η καλύτερη μοδίστρα που είχαμε ποτέ».

«Ναι, είναι η θεία μου» είπε η Υπατία.

«Να της πεις πώς ο Γρηγόρης Πλακής της στέλνει χαιρετίσματα».

Η Υπατία έγνεψε ντροπαλά.

«Ο Τόνι είχε την καλοσύνη να προσφερθεί να σιγουρέψει ότι η Υπατία θα φτάσει εκεί με ασφάλεια. Τώρα που ξέρω ότι πηγαίνετε κι εσείς μαζί, νιώθω μεγαλύτερη σιγουριά ότι η εγγονή μου είναι σε καλά χέρια».

«Ναι, ο γιος μου πάντα βοηθούσε τους άλλους. Μην ανησυχείς, φίλε μου, μπορείς να είσαι ήσυχος ότι θα φτάσει με ασφάλεια» είπε ο Γρηγόρης, κοιτώντας ξερά τον Τόνι.

Ο Τόνι χαμογέλασε και κοίταξε την Υπατία.

«Ταξιδεύετε με την υπόλοιπη οικογένεια;» ρώτησε ο Χρήστος τον Γρηγόρη.

«Ναι, η σύζυγος μου η Χριστίνα και η κόρη μου η Μελίσσα είναι εκεί με μερικούς οικογενειακούς φίλους» είπε ο Γρηγόρης, δείχνοντας προς το μέρος τους.

Ο Χρήστος κοίταξε την παρέα, και έγνεψε με ευγνωμοσύνη. «Έχετε μια υπέροχη οικογένεια. Τώρα, δες τι σου έχω, Γρηγόρη. Μερικά μπουκάλια με το καλύτερο κρασί μου». Έδειξε με υπερηφάνεια το κουτί με τα κρασιά.

«Ευχαριστώ, φίλε μου!» είπε ο Γρηγόρης, χτυπώντας κεφάτος την πλάτη του Χρήστου.

«Χαρά μου. Άκουσα ότι επισκέφθηκες το Ηράκλειο. Πώς είναι η ζωή εκεί;»

«Από πού να ξεκινήσω; Τα πράγματα δεν είναι όπως παλιά».

Αντάλλαξαν νέα, συζητώντας για θανάτους, γάμους, και γεννήσεις από κοινούς γνωστούς.

Η Υπατία στεκόταν αμήχανα κοντά τους και άκουγε. Ο κ. Τόνι στάθηκε κοντά της, παρακολουθώντας και αυτός την συζήτηση. Ένιωθε την ζεστασιά του να εκπέμπεται προς το μέρος της, σχεδόν σαν να την αγκάλιαζαν τα χέρια του.

Ο παππούς τής είχε πει ότι ο Τόνι θα πρόσεχε να φτάσει ασφαλής στον Πειραιά. Αναρωτήθηκε τι σήμαινε αυτό. *Θα κάτσει μαζί μου και θα με παρακολουθεί;* Της άρεσε η ιδέα. *Και αν έχει καμπίνα και μου ζητήσει να πάω εκεί μαζί του;* Έβγαλε αυτή την αγχωτική σκέψη από το μυαλό της.

Ο ήχος από την σειρήνα του πλοίου ακούστηκε από μακριά. «Το πλοίο έφτασε» είπε η Υπατία, δείχνοντας το. «Ελπίζω να μην αργήσουμε».

«Μην ανησυχείς, δεν θα φύγει μέχρι να φτάσει το επιβατηγό σκάφος» είπε ο Τόνι, κοιτάζοντας την και χαμογελώντας.

Μια γυναικεία φωνή ακούστηκε από μακριά: «Τόνι, Τόνι».

Η Υπατία είδε την Μπόνι και την Μελίσσα να τους κάνουν νόημα. Μπήκαν στην ουρά που είχε σχηματιστεί, για να επιβιβαστούν στο επιβατηγό σκάφος.

«Πατέρα, επιβιβάζονται στο επιβατηγό σκάφος» είπε ο Τόνι.

Ο κ. Πλακής έσφιξε το χέρι του κ. Χρήστου Ροδάκη τελευταία φορά και είπε: «Αν χρειαστείς κάτι, μη διστάσεις να μου το πεις».

Στη συνέχεια έσφιξε το χέρι του Χρήστου ο Τόνι. «Χαίρομαι που σας γνώρισα, κύριε Ροδάκη. Εδώ είναι το άλογο σας. Θα επιστρέψω για την εγγονή σας».

«Σας ευχαριστώ για όλα, και ο Θεός να σε έχει καλά» απάντησε ο Χρήστος, παίρνοντας τα ηνία από τα χέρια του Τόνι.

Οδήγησε το άλογο στην καρότσα και το έδεσε.

Ο Τόνι πήρε το κουτί κρασί, και είπε στην Υπατία: «Περίμενε με εδώ».

Η Υπατία θαύμαζε την ευκολία με την οποία κουβαλούσε το βαρύ κουτί. Εκείνη τον κοιτούσε, ενώ εκείνος σφύριζε σιγανά, περπατώντας με τον πατέρα του προς την Μπόνι που είχε μείνει πίσω και τους περίμενε.

Όταν ο Τόνι έπιασε τις αποσκευές της Μπόνι με το άλλο του χέρι και ανέβηκε μαζί της στη ράμπα για το πλοίο, η Υπατία έστρεψε αλλού το βλέμμα της, απογοητευμένη. Δεν ήθελε να βλέπει άλλο.

«Έλα, πάμε πιο κοντά στο πλοίο» της είπε ο παππούς Χρήστος. Προχώρησαν αργά προς τα εκεί, και ο παππούς κουβαλούσε το μπαούλο της. «Να θυμηθείς να μου γράψεις και να με ενημερώσεις για το τι συμβαίνει».

«Μην ανησυχείς, παππού. Θα σου γράψω».

Έφτασαν στην ράμπα μέχρι το σκάφος. Η Υπατία τον αγκάλιασε σφιχτά, ενώ κυλούσαν τα δάκρυα της.

«Έλα καλή μου τώρα, μην κλαις, αλλιώς θα κλάψω κι εγώ. Θα τα πούμε σύντομα, έτσι δεν είναι;» είπε ο παππούς, χαϊδεύοντας την στην πλάτη. Έβγαλε ένα μαντήλι και σκούπισε τα υγρά μάτια του.

Ο Τόνι τούς πλησίασε. «Θα σιγουρευτούμε ότι θα φτάσει στη θεία της. Δώστε μου το μπαούλο, να το κουβαλήσω εγώ».

«Ευχαριστώ, Τόνι για τα καθησυχαστικά σου λόγια» είπε ο Χρήστος.

Ο Τόνι χαμογέλασε, καθώς οδήγησε την Υπατία στην πλαϊνή ράμπα, μεταφέροντας το μπαούλο της. Έδωσαν τα εισιτήρια τους στον υπάλληλο. Το μπροστινό μέρος του σκάφους ήταν γεμάτο κόσμο. Η Υπατία έριξε μια ματιά στην οικογένεια του κυρίου Τόνι.

«Πάμε στο πίσω μέρος, όπου έχει λιγότερο κόσμο» της είπε ο Τόνι.

Καθώς κατευθύνονταν στο πίσω μέρος του πλοίου, το πλήρωμα τράβηξε τη ράμπα και το μικρό σκάφος προχώρησε.

Η Υπατία έπιασε την κουπαστή, καθώς η βάρκα κουνιόταν. Μπορούσε να δει τον παππού της από μακριά και τον χαιρέτησε, νιώθοντας ένα κύμα θλίψης να την κατακλύζει. Την χαιρέτησε κι εκείνος. Γιατί δεν είχε σκεφθεί νωρίτερα το ότι θα έμενε ο παππούς μόνος του; *Ποιος θα του έπλενε τα ρούχα και θα του μαγείρευε;*

Ο Τόνι άφησε το μπαούλο της κάτω. Το σκάφος χτύπησε στα κύματα, κάνοντας την Υπατία να της έρχεται ναυτία. Έπιασε την κουπαστή ακόμη πιο σφιχτά και έγειρε μπροστά, καθώς της ήρθε ζαλάδα. Δεν είχε κληρονομήσει την ισορροπία που είχε ο πατέρας της στο νερό.

«Είσαι καλά; Μπορώ να μείνω μαζί σου, αν θέλεις» είπε ο Τόνι, κοιτάζοντας την ανήσυχος.

Η Υπατία πήρε μια βαθιά ανάσα. «Θα είμαι μια χαρά. Είναι απλώς μια μικρή βόλτα» είπε τρεμάμενα.

«Έλα, γιατί δεν κάθεσαι;» Το άγγιγμα του ήταν καταπραϋντικό, καθώς της έπιασε το χέρι και την οδήγησε να καθίσει στο μπαούλο.

Η Υπατία τον ευχαρίστησε και κάθισε. Η ναυτία επέστρεψε, και έσκυψε. Ο Τόνι συνέχισε να της κρατάει το χέρι, ενώ μιλούσε απαλά. Δεν θυμόταν τι της είπε, μόνο πώς το ζεστό του άγγιγμα την έκανε να νιώσει καλά, και η ευχάριστη φωνή του ήταν καταπραϋντική στα αυτιά της.

Στη συνέχεια, ο Τόνι πήγε μπροστά να δει τι κάνει η οικογένεια του.

Όταν η βάρκα έφτασε στο πλοίο, η Υπατία σηκώθηκε τρέμοντας, πρόθυμη να κατέβει. Εκείνη ταλαντεύτηκε μπροστά, τραβώντας το μπαούλο της. Μπροστά, η ράμπα του πλοίου είχε κατέβει, και οι επιβάτες την ανέβαιναν σιγά σιγά και έμπαιναν στο πλοίο.

Σε λίγα λεπτά, ο Τόνι εμφανίστηκε μπροστά της. «Α, εδώ είσαι. Όπως βλέπω, δεν θα χρειαστεί να σε μεταφέρουμε από τη βάρκα. Ακολούθησε με» είπε χαρούμενος, προχωρώντας μπροστά και κουβαλώντας το μπαούλο της.

Τον ακολούθησε στη ράμπα, το στομάχι της ακόμη ανακατευόταν.

«Πώς αισθάνεσαι;» τη ρώτησε ο Τόνι, γυρίζοντας ελαφρά προς το μέρος της.

«Θα νιώσω καλύτερα τώρα που κατεβαίνω από αυτό το σκάφος».

Γέλασε ο Τόνι, λέγοντας: «Το πλοίο είναι πολύ μεγαλύτερο και δεν κουνάει όπως αυτό το σκάφος».

Καθώς επιβιβάστηκαν, η Υπατία παρατήρησε τους επιβάτες στο πλοίο, και τους τουρίστες με πολύχρωμα ρούχα που κουβαλούσαν κάμερες και μιλούσαν ξένες γλώσσες. Οικογένειες Ελλήνων έκαναν βόλτες με τα παιδιά τους και ομάδες φοιτητών γελούσαν και κουβέντιαζαν.

Κάποιοι την προσπέρασαν, βιαστικά κρατώντας κούτες με κοτόπουλα που τσίριζαν. Χάρηκε που αυτό το πλοίο ήταν μεγαλύτερο από εκείνο με το οποίο είχε ταξιδέψει στη Ρόδο.

«Υπατία, έχεις το εισιτήριό σου;» ρώτησε ο Τόνι.

Έβγαλε το απόκομμα έξω και του το έδωσε, νιώθοντας μια νευρικότητα. *Γιατί θέλει να δει το εισιτήριο μου;* σκέφθηκε.

Ο Τόνι κοίταξε το εισιτήριο και δάγκωσε τα χείλη του. «Ο παππούς σου σού πήρε εισιτήριο Γ΄ θέσης. Θα προτιμούσες να πας σε μια καμπίνα; Δεν είναι αργά να πιάσουμε μία».

«Μια καμπίνα;» ρώτησε η Υπατία, θυμώνοντας ξαφνικά. *Τι με πέρασε; Είμαι καλό κορίτσι. Πώς τολμά να προσπαθεί να με βάλει σε καμπίνα;* «Όχι, όχι ευχαριστώ. Αυτό το εισιτήριο είναι εντάξει».

Ο Τόνι σήκωσε τα φρύδια του σκεπτικός. «Θα ήταν καλύτερα να κοιμηθείς σε μια καμπίνα, ειδικά αν το στομάχι σου είναι ευαίσθητο σε κάθε κούνημα».

«Μπορείς να μου δώσεις πίσω το εισιτήριό μου;» επέμενε η Υπατία, σχεδόν φωνάζοντας.

«Εντάξει, εντάξει. Πάμε από 'δω» είπε ο Τόνι, δίνοντάς της το εισιτήριο απρόθυμα.

Η Υπατία τον ακολούθησε στις σκάλες, καθώς εκείνος κουβαλούσε το μπαούλο της. Αρκετός κόσμος που κατέβαινε από τις σκάλες σταμάτησε και άφησε τον Τόνι να περάσει με το μπαούλο. Κάποιοι άντρες ντυμένοι με λευκές στολές, επιβράδυναν το ρυθμό τους, κοιτώντας την τολμηρά.

Η Υπατία κατέβασε γρήγορα το κεφάλι της, κοκκινίζοντας, και κοιτάζοντας τα σκαλιά. Μπήκαν σε ένα μεγάλο λόμπι και προχώρησαν προς έναν εξωτερικό διάδρομο.

Ο Τόνι σφύριζέ, καθώς περπατούσαν αργά στο διάδρομο.

Η Υπατία έριξε μια ματιά προς τα αριστερά της, προς το νησί και τον τρούλο του Αγίου Ιωάννη που στεφάνωνε το λιμάνι και χαλάρωσε, όταν είδε την εκκλησία. Έκανε το σταυρό της. Είδε τις άσπρες βάρκες να κουνιόνται στο νερό, αγκαλιάζοντας την αποβάθρα σαν κοραλλένιο κολιέ, ενώ η θάλασσα άστραφτε σαν διαμάντι σε μπλε ελαιογραφία. *Πρέπει να θυμηθώ να περιγράψω εκείνη την εικόνα σε ένα ποίημα μια μέρα.*

«Εδώ είμαστε» είπε ο Τόνι.

Μπήκαν σε ένα τεράστιο σαλόνι στα δεξιά τους, γεμάτο από κόσμο που καθόταν ή ήταν όρθιος. Χάος βασίλευε παντού. Η Υπατία και ο Τόνι πέρασαν μέσα από τον κόσμο, αναζητώντας μια άδεια θέση.

Στο πίσω μέρος της αίθουσας, ο Τόνι βρήκε μια θέση δίπλα σε ένα ηλικιωμένο ζευγάρι. Άφησε το μπαούλο κάτω. *«Εδώ φαίνεται να είναι καλά» είπε στην Υπατία. «Σε παρακαλώ, κάθισε στη θέση σου. Θα είμαι στον κάτω όροφο σε μια καμπίνα. Προσπάθησε να κοιμηθείς, αν μπορείς».*

«Ευχαριστώ» είπε η Υπατία. Κάθισε στη θέση της. Τον κοίταξε και χαμογέλασε.

Της χαμογέλασε και εκείνος. «Παρακαλώ».

Η Υπατία τον παρακολουθούσε να φεύγει, νιώθοντας περηφάνεια που την συνόδευε. Ήταν ψηλός και όμορφος και είχε έναν αέρα στην περπατησιά του που έκανε όλους να τον κοιτάζουν. Το ηλικιωμένο ζευγάρι της χαμογέλασε, κάνοντας την να νιώσει άνετα με την διάταξη των καθισμάτων.

Όταν ο Τόνι έφτασε στην πόρτα, γύρισε, την κοίταξε και την χαιρέτησε. Ντροπιασμένη που την έπιασε να τον κοιτάζει, κοίταξε κάτω με το καπέλο να καλύπτει το πρόσωπο της.

Στη συνέχεια, η Υπατία έβγαλε το καπέλο της. *Τα στενά της παπούτσια ήταν τα επόμενα που θα έβγαζε.* Δεξιά της, το ηλικιωμένο ζευγάρι συζητούσε ήσυχα και οι φωνές τους χαμήλωσαν.

Κάποιοι που κάθονταν μπροστά της μάλωναν για πολιτικά, χειρονομούσαν με έμφαση, προσπαθώντας να πουν την άποψη τους.

Στα αριστερά της, μια ομάδα φοιτητών, αγόρια και κορίτσια, αστειεύονταν και γελούσαν σαν να μην τους ένοιαζε ο κόσμος γύρω τους.

Τους παρατήρησε και τους θαύμασε. Ίσως μια μέρα να ήταν φοιτήτρια και να ταξίδευε κι αυτή με μια τέτοια παρέα. Φαίνεται να επέστρεφαν από κάποια εκδρομή. *Ναι, αλλά τι με κάνει να πιστεύω ότι ο παππούς θα με άφηνε να ταξιδέψω με αγόρια;*

Μπροστά στην αίθουσα, ένας άντρας έπαιζε σαντούρι και τραγουδούσε λαϊκά τραγούδια, ενώ ένας άλλος έπαιζε βιολί. Όταν το πλοίο ξεκίνησε, ο θόρυβος σταθεροποιήθηκε σε ένα χαμηλό βουητό.

Μετά από λίγη ώρα, η κυρία Ποδίτη, η γυναίκα δίπλα της, άρχισε να της μιλάει.

Η Υπατία έμαθε την ιστορία της ζωής της. Ταξίδευε με τον σύζυγο της στον Πειραιά, επειδή η υγεία του δεν πήγαινε καλά.

«Εσύ; Γιατί πηγαίνεις στον Πειραιά;» ρώτησε την Υπατία.

Η Υπατία τής είπε την ιστορία της. Η κ. Ποδίτη υποσχέθηκε ότι θα την ενημερώσουν, όταν φτάσουν στον Πειραιά.

Ένας άντρας με στολή τους διέκοψε, ζητώντας τα εισιτήρια τους. Όταν προχώρησε, η Υπατία συνέχισε να μιλάει με τη γυναίκα.

ΚΕΦΑΛΑΙΟ 11

Αγαπημένε μου, η γλυκιά θεία δεν εμφανίστηκε,
Αλλά εσύ νοιάστηκες και με πλησίασες.

Ο Τόνι μπήκε στην τραπεζαρία του πλοίου με την οικογένεια του και τους καλεσμένους τους. Κάθισαν γύρω από ένα μεγάλο τραπέζι, έτρωγαν και μιλούσαν. Αργότερα, η παρέα σκορπίστηκε προς διαφορετικές κατευθύνσεις και ο Τόνι έμεινε πίσω, συζητώντας με τον πατέρα του για την ενασχόλησή του στην οικογενειακή επιχείρηση.

«Μπορώ να καθίσω μαζί σας;»

Ο Τόνι σήκωσε το βλέμμα του. Ο Τσακ Ντάρας στεκόταν, ήρεμος και ευγενικός.

«Φυσικά» είπε ο Γρηγόρης Πλακής, δείχνοντας ευχαριστημένος, όταν είδε τον Τσακ. «Συζητούσαμε για το ναυτιλιακό γραφείο. Ήρθες πάνω στην ώρα».

Ο Τσακ Ντάρας τον ευχαρίστησε και κάθισε. Έβγαλε ένα πακέτο τσιγάρα από την τσέπη του πουκάμισού του και, αφού τους πρόσφερε, άναψε ένα τσιγάρο.

«Ακούω ότι θα γίνεις το δεξί χέρι του πατέρα σου» είπε ο Τσακ στον Τόνι.

«Ναι. Μπορώ να ρωτήσω ποιος σας το είπε;»

«Η μικρή σου αδελφή» είπε απολογητικά ο Τσακ.

«Ήμασταν στο επάνω κατάστρωμα και συζητούσαμε για τη ναυτιλιακή επιχείρηση. Ομολογώ ότι γνωρίζει πολλά πράγματα για την επιχείρηση. Παραλίγο να μου πουλήσει ένα πλοίο τώρα».

«*Χαχαχα!*» γέλασε ο Γρηγόρης, χτυπώντας ενθουσιασμένος το τραπέζι. «Σας λέω, αυτό το κορίτσι μπορεί να διευθύνει την επιχείρηση». Μίλησε για την ομορφιά και τα επιτεύγματα της Μελίσσας, κάνοντας την να φαίνεται σχεδόν υπεράνθρωπη.

Ο Τόνι άκουσε ήσυχα τα λόγια του πατέρα του για την αγγελική Μελίσσα, που φρόντιζε τα αδέσποτα ζώα και ήθελε να βοηθάει τους άλλους. *Ο πατέρας ήθελε να φτάσει κάπου.*

«Η Μελίσσα δεν ήταν μόνο καλή κόρη, αλλά και γιος για εμένα» συνέχισε ο Γρηγόρης, κουνώντας έντονα το κεφάλι του. «Ήταν πιο αφοσιωμένη στη ναυτιλιακή επιχείρηση από τον Τόνι. Από την αρχή, εκείνος δεν ήθελε να έχει σχέση με τα πλοία, αλλά να πάει στο πανεπιστήμιο».

Ο Τόνι είχε ακούσει αρκετά. Δικαιολογήθηκε και πήγε στην καμπίνα του. Το πρόσωπο του βυθίστηκε στο μαλακό στρώμα. Είχε ανάγκη να ηρεμήσει. *Λίγα λεπτά πριν εμφανιστεί ο Τσακ Ντάρας, ο πατέρας με επαινούσε για την ανάμειξη στην οικογενειακή επιχείρηση. Μόλις ο Τσακ έδειξε ενδιαφέρον για τη Μελίσσα, ο πατέρας ήταν πρόθυμος να με «ρίξει», ώστε η Μελίσσα να φαίνεται καλή στα μάτια του Τσακ. Ο πατέρας δεν άλλαξε. Όσο κι αν προσπαθώ να τον δω θετικά, θα είναι πάντα ένας εγωκεντρικός, σκληρός άντρας που σκέφτεται μόνο τον εαυτό του και την επιχείρηση του.*

Στη συνέχεια, ο Τόνι βγήκε έξω να χαρεί το λαμπερό ηλιοβασίλεμα, ενώ τα ζευγαράκια περνούσαν δίπλα του, πιασμένα χέρι, χέρι. Γλάροι γλιστρούσαν στον αέρα, κάνοντας φασαρία, ακολουθώντας το πλοίο. Κοίταξε την αφρισμένη θάλασσα που έβγαινε από το πίσω μέρος του πλοίου, καθώς την χτυπούσε η προπέλα. Ένιωθε κι αυτός ταραγμένος όπως και το νερό.

Τα σχέδια που συζήτησε με τον πατέρα του σχετικά με την επιχείρηση ήταν σταθερά, αλλά, όταν ο Τσακ Ντάρας εμφανίστηκε, έβαλε μέσα στη συζήτηση την αδελφή του και η στάση του πατέρα του άλλαξε. Ο Τόνι αναρωτήθηκε για το ρόλο της αδελφής του σε αυτό.

Στάθηκε εκεί για πολλή ώρα, σκεπτόμενος τα ανάμεικτα συναισθήματα που απειλούσαν να τον καταπιούν. Αυτή η μεταβατική περίοδος δεν θα ήταν εύκολη.

Οι επιχειρήσεις του πατέρα του μπορούσαν να ελέγξουν τη ζωή του, καταστρέφοντας όλα όσα για τα οποία είχε εργαστεί, την εκπαίδευση του και την ελευθερία του. *Ωστόσο, είναι καθήκον μου ως πρωτότοκος, να είμαι υπεύθυνος.*

Σκέφτηκε την Υπατία και ανέβηκε στο κατάστρωμά της, παρακάμπτοντας μια παρέα ανθρώπων έξω από τη μεγάλη αίθουσα. Μπήκε μέσα. Είδε ότι η Υπατία είχε βγάλει το καπέλο της και κοιμόταν ήσυχα. Δεν ήθελε να της διακόψει τον ύπνο.

Αποφάσισε να πάει στο σαλόνι και καθ' οδόν έπεσε πάνω στην αδελφή του. Φαινόταν χαρούμενη.

«Πού ήσουν, Τόνι; Σε έψαχνα παντού. Κοίτα τι έχω στο χέρι μου» αναφώνησε η Μελίσσα. Άπλωσε το χέρι της περήφανα.

«Τι έχεις στο χέρι σου;»

«Δεν μπορείς να δεις το δαχτυλίδι πάνω στο δάκτυλό μου, χαζέ; Ο Μάικλ μού έκανε πρόταση γάμου. Θα παντρευτούμε».

«Συγχαρητήρια, μικρή αδελφή. Το ξέρει ο πατέρας;» ρώτησε έκπληκτος ο Τόνι, σχετικά με την χρονική στιγμή που έγινε αυτό. Γνώριζε καλά τον μεθοδικό και λογικό φίλο του. Ο Μάικλ δεν ήταν ο τύπος που θα το πρότεινε αυτό εύκολα, ειδικά μέσα σε ένα πλοίο.

Φίλησε την αδελφή του στο μάγουλο.

«Όχι ακόμα. Ήθελα να είσαι ο πρώτος που θα το μάθει. Τώρα που έχω την έγκρισή σου, ξέρω ότι ο πατέρας θα ευχαριστηθεί πολύ».

«Και γιατί να μην ευχαριστηθεί; Ο Μάικλ είναι ο καλύτερος φίλος που έχω γνωρίσει» την καθησύχασε.

Του χαμογέλασε.

«Πού είναι ο τυχερός γαμπρός;» ρώτησε ο Τόνι, κοιτάζοντας τριγύρω ανυπόμονα.

«Πήγε στο μπαρ. Σε περιμένει».

Ο Τόνι βρήκε τον Μάικλ, καθισμένο στο μπαρ. Φάνηκε να πίνει ένα ποτό. Ο Τόνι τον συγχάρηκε.

Έκανε ο Τόνι μια πρόποση, σηκώνοντας το ποτήρι του. «Για το ευτυχισμένο ζευγάρι. Μακάρι να έχετε πολλά, πολλά χρόνια ευτυχίας μαζί».

Έπιναν και συζητούσαν μέσα στη νύχτα, αναλογιζόμενοι το παρελθόν και τη φιλία τους.

*****

Ο ήχος της σειρήνας ξύπνησε την Υπατία. Έτριψε τα μάτια της και είδε σκοτάδι. Καθώς τα μάτια της συνήθιζαν το σκοτάδι, έβλεπε τον κόσμο να μαζεύει τα πράγματα του και να φεύγει. Σύντομα ήρθαν άλλοι. Το ηλικιωμένο ζευγάρι που καθόταν δίπλα της κοιμόταν ήσυχα.

Η Υπατία τεντώθηκε και το στομάχι της γουργούρισε. Λίγα λεπτά αργότερα, τρώγοντας μια τυρόπιτα σκεφτόταν τον παππού της και τη νονά της και αναρωτιόταν τι γινόταν πίσω στο νησί. Αφού τελείωσε, κατάλαβε ότι διψούσε. Είχε ξεχάσει να φέρει νερό μαζί της.

Η Υπατία θυμήθηκε το λόμπι που ανήκε στη θέση της. Κάποιος εκεί θα μπορούσε να την κατευθύνει να βρει λίγο νερό. Έβαλε την τσάντα της στο κάθισμα της και βγήκε στο διάδρομο.

Στο λόμπι υπήρχε ησυχία. Ένας άντρας του πληρώματος με στολή καθόταν πίσω από τον πάγκο. Αφού του ζήτησε οδηγίες, της έδειξε ευγενικά προς το μπαρ.

Αναρωτήθηκε τι είχε συμβεί στον Τόνι. Πήρε την απάντηση της, όταν πλησίασε το μπαρ. Ήταν άδειο εκτός από τον κύριο Τόνι και τον γιατρό Χατζή που στέκονταν στο μπαρ, με την πλάτη τους γυρισμένη προς εκείνη και συνομιλούσαν. Στάθηκε αμήχανα στην είσοδο, μη θέλοντας να μπει μέσα.

Ο γιατρός Χατζής έλεγε στον κύριο Τόνι: «Ήθελα να σε ρωτήσω ποια είναι τα σχέδια σου για την Μπόνι; Η Μελίσσα μου είπε ότι η κοπέλα είναι ερωτευμένη μαζί σου».

Η Υπατία μπερδεύτηκε, δεν ήταν σίγουρη να μείνει ή να φύγει. Αν έμπαινε μέσα θα εισέβαλε στη ιδιωτική τους συνομιλία και αν έφευγε, θα διψούσε ακόμα. Κάτι την κράτησε εκεί για λίγο ακόμα.

«Έκανα γνωστό με σαφήνεια στη Μελίσσα ότι δεν με ενδιαφέρει μια μακροχρόνια σχέση με την Μπόνι» απάντησε ο Τόνι.

«Η Μπόνι είναι ένα ωραίο, ελκυστικό κορίτσι».

«Μπορώ να την δω μια μέρα να παντρεύεται κάποιον πλούσιο και να τον κάνει ευτυχισμένο, αλλά δεν είμαι εγώ αυτός ο άνθρωπος. Είμαι πολύ απασχολημένος με τη ναυτιλιακή επιχείρηση του πατέρα μου».

Ο Μάικλ ύψωσε τη φωνή του. «Τόνι, ήσουν καλός φίλος όλα αυτά τα χρόνια, ο καλύτερος φίλος που θα μπορούσε να έχει ποτέ κανείς. Με βοήθησες πολλές φορές, όταν χρειάστηκε, και το εκτιμώ. Αλλά υπάρχει κάτι που πρέπει να ξέρεις για τον εαυτό σου. Φαίνεται ότι προσελκύεις όμορφες, πλούσιες γυναίκες με την ωραία εμφάνιση σου και δεν υπάρχει κάτι κακό σε αυτό, αλλά...»

Σταμάτησε, πίνοντας το ποτό του, σαν να ήθελε να του δώσει κουράγιο για αυτό που επρόκειτο να πει.

«Συνέχισε» είπε ο Τόνι.

«Είσαι ο τέλειος κύριος, τζέντλεμαν, αντιμετωπίζοντας τις φίλες της Μελίσσας σαν βασίλισσες, με την αμέριστη προσοχή σου, τα κομπλιμέντα σου, τα χαμόγελα σου, κάνοντας τις πάντα να νιώθουν η καθεμία τους μοναδική. Όταν αρχίσουν να σε ερωτεύονται, ένα άλλο κορίτσι εμφανίζεται στο προσκήνιο και φαίνεται να χάνεις το ενδιαφέρον σου για αυτές. Στη συνέχεια, τρέχουν στη Μελίσσα για βοήθεια, λέγοντας της τα πάντα και μετά έρχεται εκείνη σε μένα και μου λέει τι συνέβη».

Πιθανότατα κάνεις το ίδιο και στη Μπόνι αυτή τη στιγμή. Δεν είναι σαν τις άλλες, ξέρεις. Έχει φινέτσα και ο πατέρας της είναι τόσο πλούσιος που θα μπορούσε να αγοράσει όλη την οικογενειακή σας επιχείρηση».

«Δεν αντιμετώπισα τη Μπόνι ή οποιαδήποτε άλλη φίλη της Μελίσσα σαν βασίλισσα, όπως λες, και τα κομπλιμέντα μου δεν έχουν σκοπό να τις κάνουν να με ερωτευτούν. Αν φαίνεται ότι χάνω το ενδιαφέρον μου για αυτές, επειδή μια άλλη κοπέλα εμφανίζεται, είναι επειδή δεν υπήρχε τίποτα μεταξύ μας άπω την αρχή».

«Τι γίνεται με αυτό το νέο κορίτσι, πώς την λένε, Υπατία; Είδα πώς σε κοίταξε τις προάλλες, και φαίνεται ότι θα μπορούσε να πληγωθεί, αν αποφασίσεις να ασχοληθείς μαζί της».

«Η Υπατία δεν είναι θέμα για συζήτηση. Ανήκει σε μια εντελώς διαφορετική κατηγορία ανθρώπων» απάντησε ο Τόνι, υψώνοντας τη φωνή του.

Η Υπατία έφυγε από το δωμάτιο με την καρδιά της να χτυπά δυνατά.

Είμαι σε μια εντελώς διαφορετική κατηγορία ανθρώπων.

Πήγε πίσω στη θέση της, προσπαθώντας να βγάλει νόημα από όλα όσα άκουσε. Δεν ήξερε ποιον να πιστέψει, τον γιατρό

Χατζή ή τον κύριο Τόνι. Ένα πράγμα ήταν σίγουρο, η αδελφή του κύριου Τόνι είχε ανακατευτεί.

*****

Ο Μάικλ ζήτησε αμέσως συγνώμη. «Τόνι, συγνώμη αν σε πρόσβαλα. Καταλαβαίνω ότι, όταν πίνω λίγο παραπάνω, μερικές φορές λέω πράγματα που μπορεί να είναι προσβλητικά».

Ο Τόνι τον συγχώρησε αμέσως. Τον χτύπησε στην πλάτη, λέγοντας: «Όχι, όχι εντάξει, Μάικλ! Νομίζω ήπια κι εγώ λίγο παραπάνω. Είμαστε πολύ καιρό φίλοι, για να αφήσουμε κάτι τέτοιο να μπει ανάμεσα μας. Όλα είναι εντάξει. Νομίζω ότι θα πάω για ύπνο».

Ο Μάικλ συμφώνησε μαζί του και οι δύο τους χώρισαν συμφιλιωμένοι σαν καλοί φίλοι. Ο Τόνι πήγε στην καμπίνα του και έμεινε εκεί για το υπόλοιπο του ταξιδιού.

Μετά από κάμποση ώρα ακούστηκε το προειδοποιητικό σφύριγμα για τον κατάπλου στον Πειραιά. Ο Τόνι και η οικογένεια του ήταν από τους πρώτους που βγήκαν από το πλοίο. Κουρασμένοι και νυσταγμένοι, κανείς τους δεν μιλούσε πολύ. Μόλις βγήκαν στην αποβάθρα, ο Τόνι κάλεσε ταξί για την οικογένεια του.

Πρώτος αποχώρησε ο κύριος Δάρας. Φαινόταν ήσυχος, αν και ήταν αναστατωμένος για κάτι, καθώς αποχαιρετούσε τους υπόλοιπους. Η επόμενη που έφυγε ήταν η Μπόνι, η οποία έμοιαζε νυσταγμένη και κουρασμένη. Χασμουρήθηκε, καθώς τους αποχαιρετούσε.

Οι οδηγοί έβαλαν τις αποσκευές του Γρηγόρη Πλακή στο πορτ μπαγκάζ.

Ο Γρηγόρης τράβηξε τον γιο του στο πλάι και του μίλησε σιγά. «Τόνι, τι θα γίνει με την εγγονή του Χρήστου;»

«Πέρασα νωρίτερα να τη δω αλλά κοιμόταν. Είναι στη Γ' θέση και δεν έχουν βγει ακόμα. Υποσχέθηκα στον παππού της να πάει σπίτι με ασφάλεια».

Ο Γρηγόρης φάνηκε σκεπτικός, καθώς μπήκε στο ταξί. Η Χριστίνα και η Μελίσσα ήταν ήδη μέσα και τον περίμεναν. Η Χριστίνα κοίταξε από το παράθυρο και ρώτησε τον Τόνι αν θα πάει μαζί τους.

«Θα έρθω αργότερα».

Ο Τόνι έβλεπε το αμάξι να φεύγει προς την Κηφισιά. Ο Μάικλ στάθηκε δίπλα του, χαιρετώντας τους, καθώς έφευγαν.

Ο Τόνι είπε στον Μάικλ: «Καλύτερα να πας σπίτι, πριν η οικογένεια σου ανησυχήσει για σένα».

«Καλά, καλά. Θα τα πούμε αύριο τότε. Γειά σου, καλέ μου φίλε».

Όταν έφυγε ο Μάικλ, ο Τόνι βρήκε ένα ταξί, και πηγαίνοντας αργά, άρχισε να ψάχνει για ένα ψηλό κορίτσι με ένα μεγάλο χαζό καπέλο.

*****

Η κυρία Ποδίτη σκούντησε την Υπατία να ξυπνήσει. «Έλα, Υπατία, φτάσαμε στον Πειραιά».

Το ρολόι της Υπατίας έδειχνε δέκα. Είχε κοιμηθεί μετά την σφύριγμα της σειρήνας; Σηκώθηκε γκρινιάζοντας και ακολούθησε το ζευγάρι, σέρνοντας το μπαούλο πίσω της.

Αρκετός κόσμος περίμενε στην ουρά μπροστά τους και πολλοί άλλοι βρέθηκαν πίσω της, καθώς περίμεναν να ανοίξει η μεγάλη πόρτα.

Μετά από λίγη ώρα, αν και φάνηκε σαν να πέρασε περισσότερος χρόνος, η μεγάλη μπουκαπόρτα του πλοίου, που έμοιαζε σαν στόμα με φαρδιά σαγόνια, άνοιξε αργά.

Η Υπατία ακολούθησε το πλήθος και βγήκε στην προκυμαία.

Ο κόσμος βγήκε από το πλοίο, σαν ένα μεγάλο κινούμενο κύμα που πήγαιναν προς διαφορετικές κατευθύνσεις.

Η δροσερή σκοτεινή νύχτα έπεφτε, καθώς η Υπατία τραβούσε το μπαούλο της, νιώθοντας αδύναμη και κουρασμένη.

Περίμενε για πολλή ώρα στην ουρά και τα στενά της παπούτσια της είχαν χτυπήσει στα πόδια, με αποτέλεσμα να κατεβαίνει αργά στη μπουκαπόρτα του πλοίου.

Ο κόσμος πίσω της την έσπρωχνε και την προσπερνούσε, κάνοντας την να χάσει την ισορροπία της και να πέσει μπρούμυτα.

«Προσέξτε το κορίτσι!» φώναξε μια αντρική φωνή. Φώναζαν όλοι μαζί.

Δυνατά χέρια σήκωσαν την Υπατία, και την κατέβασαν από τη μπουκαπόρτα και την πήγαν στο πλάι, μακριά από το πλήθος. Κάποιος έβαλε το μπαούλο δίπλα της.

Ευχαρίστησε νυσταγμένη τους δύο άντρες που την βοήθησαν. Ήταν μεσήλικες και της χαμογελούσαν. Τους είδε να επιστρέφουν στις οικογένειες τους και να εξαφανίζονται μέσα στη νύχτα.

Η κ. Ποδίτη και ο σύζυγος της την είδαν και πήγαν δίπλα της, ρωτώντας την αν είναι καλά.

«Ναι, ευχαριστώ» είπε η Υπατία. «Είμαι μια χαρά. Θα περιμένω να έρθει η θεία μου να με πάρει».

Έφυγαν με ταξί, αφού τους καθησύχασε δύο φορές ότι ήταν καλά.

Τρέμοντας από τη βραδινή δροσιά, η Υπατία έβαλε τα χέρια γύρω στο κορμί της αγκαλιάζοντάς το, καθώς καθόταν στο μπαούλο, κοιτάζοντας γύρω και νιώθοντας κάπως χαμένη.

Αγνόησε τη δίψα και την κούραση της, καθώς άρχισε να κοιτάει τον κόσμο γύρω της. Αφού το πλοίο άδειασε από επιβάτες, τα αυτοκίνητα και τα μικρά φορτηγά κατέβηκαν αργά από τη μπουκαπόρτα, ένα-ένα.

Η Υπατία επέτεινε την όρασή της, αναζητώντας συνεχώς τη θεία της, προσπαθώντας να εντοπίσει μέσα στο πλήθος μια ψηλή, αδύνατη γυναίκα με μακρουλό πρόσωπο και κοντά μαλλιά. Μια βασανιστική σκέψη ήρθε στο μυαλό της. *Η θεία δεν είχε απαντήσει στο γράμμα μου. Πώς μπορώ να ξέρω αν το πήρε;*

Η καρδιά της άρχισε να χτυπά δυνατά, όταν είδε ένα αυτοκίνητο να σταματάει μπροστά της. Σηκώθηκε, περιμένοντας τη θεία της να βγει από αυτό. Αντ' αυτού, βγήκε ο Τόνι. Φαινόταν ανήσυχος.

«Υπατία, γιατί είσαι ακόμα εδώ; Δεν έπρεπε η θεία σου να έρθει να σε πάρει;» ρώτησε απότομα ο Τόνι.

«Ναι, και την περιμένω» απάντησε η Υπατία αποφασιστικά.

«Είναι αργά. Μπορώ να σε πάω εγώ σπίτι της» προσφέρθηκε.

«Όχι, ευχαριστώ, γιατί αν έρθει και δεν είμαι εδώ θα ανησυχήσει» είπε, κουνώντας το κεφάλι της.

Ο Τόνι επέμενε να πάει μαζί του, εκείνη αρνήθηκε κατηγορηματικά κάθε βοήθεια, εξηγώντας ότι η θεία της ήταν κάπου εκεί κοντά.

Ο Τόνι αναστέναξε κι έφυγε με το αυτοκίνητο.

Η ώρα πέρασε και ο τόπος ερήμωσε τόσο που η Υπατία άρχισε να ανησυχεί πολύ. Ίσως κάτι συνέβη στην θεία της. Είχε αρχίσει να αμφισβητεί την ιδέα να ταξιδεύει μόνη της χωρίς την κ. Ξυλούρη. *Τώρα τι θα κάνω;*

Το ρολόι της έδειχνε έντεκα η ώρα. Άρχισε να σκέφτεται το ενδεχόμενο να καλέσει ταξί. Σηκώθηκε, αναρωτώμενη πού θα βρει ένα. Κάποιος την χτύπησε στον ώμο. Γύρισε και αντίκρισε έναν κοντό άντρα με στολή και καπέλο.

«Είσαι η Υπατία Κουρή;»

Πρέπει να τον έστειλε η θεία Σοφία. Ήξερε το όνομα μου.

«Θα σε πάω στο σπίτι της θείας σου Σοφίας» είπε κοφτά. «Παρακαλώ, να μου δώσετε τη διεύθυνση της;»

Νιώθοντας ανακούφιση, η Υπατία έβγαλε το χαρτί με τη διεύθυνση της θείας της και τη διάβασε δυνατά. Ο οδηγός έγνεψε καταφατικά και πήρε το μπαούλο της βάζοντας το στο αυτοκίνητο.

Οδήγησαν μέσα στη νύχτα. Όταν έφτασαν στο σπίτι της θείας της, το διώροφο σπίτι στο οποίο ζούσε η Υπατία, όταν ήταν μικρή, έκανε μια κίνηση να τον πληρώσει. Ο οδηγός αρνήθηκε τα χρήματα.

Πήρε το μπαούλο από το πορτ μπαγκάζ και την ακολούθησε.

Η Υπατία χτύπησε την πόρτα, αλλά δεν απάντησε κανείς.

Χτύπησε ξανά. Νομίζοντας ότι η θεία της ίσως κοιμάται, δίστασε. Της ήρθε μια σκέψη. Γύρισε προς τον ταξιτζή με τρεμάμενη φωνή: «Κύριε, σας έστειλε η θεία μου;»

«Όχι, δεσποινίς. Ο κύριος Τόνι Πλακής με έστειλε. Είμαι ο οδηγός του. Με λένε Τιμ. Μου ζήτησε να σας φέρω στο σπίτι της θείας σας».

«Ω». Η Υπατία έψαξε μέσα στην τσάντα της, βγάζοντας μερικά ψιλά. «Κύριε Τιμ, επιμένω να αποδεχθείτε τα χρήματα για τη διαδρομή και να πείτε στον κύριο Τόνι ότι μπορώ να φροντίσω τον εαυτό μου».

Ο Τιμ πήρε τα χρήματα, ντροπιασμένος. «Ευχαριστώ δεσποινίς, αλλά έχω εντολή να μείνω μαζί σας μέχρι να μπείτε στο σπίτι. Θα σας βοηθήσω με τα πράγματα σας. Οι εντολές είναι εντολές».

Περίμενε μέχρι να χτυπήσει η Υπατία ξανά την πόρτα.

Η πόρτα άνοιξε ελαφρώς, και η Υπατία φώναξε με χαρά το όνομα της θείας της, έπεσε πάνω στα τεντωμένα χέρια της γυναίκας και λιποθύμησε εξαντλημένη.

Όταν ξύπνησε, η Υπατία ήταν ξαπλωμένη σε ένα καναπέ. Σηκώθηκε, έτριψε τα μάτια της ανοιγοκλείνοντας τα. Μπροστά της καθόταν η θεία της, μιλώντας σιγανά με τον οδηγό. Η Υπατία την μελέτησε πιο προσεκτικά, συνειδητοποιώντας προς απογοήτευση της, Πώς δεν ήταν η θεία της.

«Είναι εδώ η θεία μου;» ρώτησε η Υπατία, ρίχνοντας μια ματιά γύρω, αναρωτώμενη ποια είναι αυτή η γυναίκα.

«Λυπάμαι, αγαπητή μου κοπέλα, αλλά όπως βλέπεις δεν είναι εδώ. Αυτό εξηγούσα στον οδηγό. Νοικιάζω το διαμέρισμα, στον κάτω όροφο. Με λένε Μαρίκα. Ξέρω πώς μοιάζουμε και καταλαβαίνω πώς με μπέρδεψες με εκείνη, αλλά κατάλαβε, σε παρακαλώ, ότι δεν είναι εδώ».

«Δεν είναι εδώ;» επανέλαβε η Υπατία, νιώθοντας άγχος. Ξαφνικά, άρχισε να κλαίει ανεξέλεγκτα.

«Ε, μην κλαις τώρα καημένο κορίτσι. Σε παρακαλώ μην κλαις» είπε η Μαρίκα, σφίγγοντας της τα χέρια.

Το κλάμα της Υπατίας λιγόστεψε. Ρουφώντας τη μύτη της, ρώτησε: «Πώς μπορώ να την βρω;»

«Το μόνο που ξέρω είναι πώς είναι στην Αμερική και θα επιστρέψει σε τρεις εβδομάδες. Δεν ανάφερε ότι θα ερχόσουν» απάντησε η Μαρίκα.

«Είναι στην Αμερική; Τι θα γίνει με εμένα;» Η Υπατία έβαλε τα κλάματα. Έχωσε το κεφάλι της στα χέρια της, κλαίγοντας.

«Δεσποινίς, ακούστε με. Έχω εντολή να σας οδηγήσω στο σπίτι του κύριου Πλακή, εάν η θεία σας δεν είναι εδώ» την ενημέρωσε ο Τιμ.

Η Υπατία τον κοίταξε, ζαλισμένη ακόμα. Κατέβηκε μαζί του τις σκάλες και επέστρεψε στο αυτοκίνητο.

Νιώθοντας εξαντλημένη, αποκοιμήθηκε, καθώς το αμάξι έτρεχε μέσα στη νύχτα.

«Δεσποινίς, είμαστε στην Κηφισιά. Φτάσαμε» της είπε ο Τιμ.

Λίγα λεπτά αργότερα, το αυτοκίνητο σταμάτησε. Η Υπατία μόλις που μπορούσε να διακρίνει το λευκό περίγραμμα μιας μεγάλης βίλας στο σκοτάδι. Φόρεσε τα παπούτσια της. Χασμουρήθηκε, βγήκε από το αμάξι, και στάθηκε πίσω από τον Τιμ, καθώς εκείνος ακουμπούσε το μπαούλο της μπροστά την είσοδο.

Παρά την κούραση της, μύρισε το απαλό άρωμα γιασεμιού που ερχόταν προς το μέρος της ως βάλσαμο παρηγοριάς, καταπραΰνοντας την ψυχή της. Ταλαντεύτηκε αλλά δεν παρατήρησε τα πόδια της να υποχωρούν και το έδαφος να σηκώνεται, για να τη συναντήσει.

Είχε ήδη πέσει σε βαθύ ύπνο.

ΚΕΦΑΛΑΙΟ 12

Τραγουδάω με τα πουλιά μια χαρούμενη μελωδία
Γιατί ξέρω πώς θα σε δω σύντομα

Η Υπατία ονειρεύτηκε ότι οι γονείς της ήταν ζωντανοί και καλά και περπατούσαν σε ένα μεγάλο, καταπράσινο βοσκότοπο μακριά της και μέσα από μια ανοιχτή πόρτα. Έτρεξε πίσω τους. Χτύπησε την πόρτα και άνοιξε, αλλά αντί για τους γονείς της, στεκόταν εκεί ο κύριος Τόνι και της χαμογελούσε. Πίσω του υπήρχε ένα δωμάτιο γεμάτο φαγητό και από τη μυρωδιά του ζεστού ψωμιού τής έτρεχαν τα σάλια. Εκείνος έσκυβε να τη φιλήσει, όταν η Υπατία ξύπνησε από το όνειρο.

Χουχουλιάζοντας περισσότερο στο κρεβάτι της, η Υπατία έθαψε το πρόσωπο της στο μαξιλάρι, προσπαθώντας να δει το υπόλοιπο όνειρο, όμως χωρίς αποτέλεσμα. Ο κύριος Τόνι είχε εξαφανιστεί και εκείνη είχε μείνει να αγκαλιάζει το μαλακό αφράτο μαξιλάρι. Τα μάτια της πετάριζαν ανοιχτά, καθώς το φως περνούσε μέσα από το παράθυρο.

Καθώς έπνιγε το χασμουρητό της, άκουσε μια πόρτα να κλείνει. «Έρχομαι, παππού» είπε και τεντώθηκε νωχελικά.

Δεν πήρε απάντηση.

Τα μάτια της Υπατίας άνοιξαν. Είδαν το φως της ημέρας και ανησύχησε ότι άργησε να αρμέξει τις κατσίκες. Πήδηξε από το κρεβάτι, χάνοντας την ισορροπία της και προσγειώθηκε στο αριστερό της πόδι. Ένας οξύς πόνος χτύπησε το πόδι της, και η Υπατία φώναξε με αγωνία από τους πόνους. Κάθισε στο κρύο μαρμάρινο πάτωμα, τρίβοντας τον χτυπημένο της αστράγαλο.

Δεν είμαι στους Λειψούς και ο παππούς δεν φαίνεται πουθενά. Έπεσα, γιατί κοιμήθηκα σε ένα περίεργο κρεβάτι που ήταν ψηλότερο από το δικό μου.

Το ελβετικό ρολόι-κούκος στον τοίχο χτύπησε δώδεκα η ώρα. Είχε κοιμηθεί τόσο πολύ; Ένα άρωμα φρέσκο ψημένου ψωμιού τής ξύπνησε το πεινασμένο στομάχι. Κοίταξε γύρω της και βρήκε από πού ερχόταν το άρωμα.

Ένα μικρό στρογγυλό τραπέζι βρισκόταν στην άκρη του δωματίου, γεμάτο με φαγητά. Κάποιος πρέπει να το έφερε. *Ήταν αληθινό το όνειρο;* Σχεδόν πίστεψε ότι ο κύριος Τόνι ήταν στο δωμάτιο, πριν από ένα λεπτό, σκύβοντας να τη φιλήσει. Κοκκίνησε με την ιδέα.

Το στομάχι της γουργούρισε περιμένοντας.

Καθώς σηκώθηκε η Υπατία, παραπάτησε με το μεγάλο βαμβακερό λευκό νυχτικό της και κόντεψε να πέσει μπροστά. Ισορροπώντας, δίπλωσε προσεκτικά το άφθονο ύφασμα γύρω από το μικρό της σώμα και κουτσαίνοντας, πήγε προς το τραπέζι. Τα μάτια της έπεσαν πάνω στις χοντρές φέτες ψωμιού, το βούτυρο, τη μαρμελάδα, τα μπισκότα, τα δύο βραστά αβγά, το τυρί και τα κόκκινα στρογγυλεμένα σταφύλια. Στο τραπέζι υπήρχε και ένα ποτήρι γάλα.

Δίπλα βρισκόταν και ένα διπλωμένο σημείωμα με το όνομα της. Η αγγλική γραφή ήταν έντονη και καθαρή.

«Αγαπητή Υπατία, ελπίζω να κοιμήθηκες καλά. Όταν φας, σε παρακαλώ μη φύγεις, γιατί θέλω να σου μιλήσω. Τόνι».

Η Υπατία πάγωσε, αναρωτώμενη αν ο κύριος Τόνι είχε φέρει το φαγητό μαζί με το σημείωμα. *Σταμάτα να φαντάζεσαι πράγματα,* σκέφτηκε.

Το στομάχι της γουργούρισε για ακόμα μια φορά θυμίζοντας της ότι ήταν αργά. Αφού είπε την προσευχή της, η Υπατία απόλαυσε το πλουσιοπάροχο πρωινό. Καθώς έτρωγε τα ζουμερά σταφύλια, προσπάθησε να θυμηθεί τι είχε συμβεί το προηγούμενο βράδυ. Υπήρχε ένα κενό από τότε που έφτασε στο σπίτι του Πλακή.

Άρχισε να κάνει ερωτήσεις στο μυαλό της. Ποιος την έγδυσε και ποιανού το νυχτικό φορούσε; Ποιος της έφερε το φαγητό το πρωί; Πού ήταν η θεία της και γιατί δεν τους είχε γράψει, για να τους ενημερώσει ότι ήταν στην Αμερική;

101

Στη συνέχεια, η Υπατία έψαξε στο μπαούλο της να φορέσει καθαρά ρούχα. Έβγαλε έξω ένα κίτρινο μεταξωτό φόρεμα με κοντά μανίκια που της είχε χαρίσει η νονά της, επιμένοντας να σταματήσει να φοράει μαύρα. Η Υπατία δεν το είχε φορέσει ακόμα. Το υπόλοιπο μπαούλο είχε ρούχα εργασίας και μαύρα. Χάιδεψε το μεταξωτό φόρεμα και φαντάστηκε τον εαυτό της μέσα σε αυτό. Ίσως έπρεπε να το φορέσει.

Κοίταξε τριγύρω, για να βρει νιπτήρα, αλλά δεν τον είδε. Ίσως είχαν τουαλέτα όπως στη Ρόδο, όπου υπήρχαν νιπτήρες και μπανιέρες. Το πόδι της είχε πρηστεί από το διάστρεμμα, και δεν χωρούσε στο παπούτσι.

Κρατώντας το φόρεμα και καθαρά εσώρουχα στο ένα χέρι, η Υπατία έριξε μια ματιά στο διάδρομο. Δεν υπήρχε κανείς. Ωραία. Κανείς δεν θα έβλεπε ότι ήταν ξυπόλητη. Στράφηκε δεξιά, βαδίζοντας προσεκτικά στο μεγάλο διάδρομο, ακούγοντας το ρυθμικό χτύπημα ενός ρολογιού που ερχόταν από κάπου μπροστά.

«Μπορώ να σας βοηθήσω;»

Έκπληκτη, η Υπατία γύρισε και είδε μια ηλικιωμένη γυναίκα να στέκεται στην πόρτα και να την κοιτάζει με καλοσύνη. Ήταν ανοιχτόχρωμη και παχουλή και φορούσε μια ποδιά. Η ξανθιά πλεξούδα της ήταν τυλιγμένη σφιχτά γύρω από το κεφάλι της. Ανακάτευε κάτι σε ένα μπολ.

«Γεια σας. Ποια είστε;» ρώτησε η Υπατία.

Ακούστηκε ένα εγκάρδιο γέλιο, ακολουθούμενη από μια ξένη προφορά. «Είμαι η Τζίλντα, η οικονόμος και η μαγείρισσα. Αυτό το σπίτι ανήκει στην οικογένεια Πλακή. Ανησυχήσαμε για σένα χθες το βράδυ, όταν λιποθύμησες».

«Λιποθύμησα; Δεν θυμάμαι τίποτα».

«*Yah*, λιποθύμησες ακριβώς μπροστά στην πόρτα και ο καθηγητής, δηλαδή ο κύριος Τόνι, σε πήρε απαλά αγκαλιά και σε πήγε κατευθείαν στο υπνοδωμάτιο μου. Φεύγοντας, μου ζήτησε να σε ντύσω με ένα νυχτικό».

«Ευχαριστώ, Τζίλντα» είπε η Υπατία, τυλίγοντας το νυχτικό γύρω από το σώμα της.

Η Τζίλντα γέλασε. «Δεν είχα τίποτα να σου δώσω παρά μόνο ένα από τα νυχτικά μου. Η δεσποινίς Μελίσσα κοιμόταν ήδη, οπότε δεν μπορούσα να τη ρωτήσω».

«Σε ευχαριστώ για όλα».

«Παρακαλώ, αλλά πρέπει να ευχαριστήσεις τον καθηγητή. Έμεινε ξύπνιος μέχρι αργά, για να βεβαιωθεί ότι φτάσατε με ασφάλεια».

Καθηγητής;

«Ω, πολύ ευγενικό εκ μέρους του. Είναι εδώ;» ρώτησε η Υπατία, τραβώντας το νυχτικό της πιο προστατευτικά, καθώς κοιτούσε τριγύρω. Δεν ήθελε να τη δουν με το νυχτικό της.

«Όχι, όχι, μη φοβάσαι. Έφυγε πριν από λίγα λεπτά με τον Τιμ τον οδηγό. Είπε ότι θα επιστρέψει σύντομα. Δεν είναι κανείς άλλος εδώ εκτός από την δεσποινίδα Μελίσσα, και εκείνη είναι πάνω στο δωμάτιο της».

«Να σε ρωτήσω κάτι, Τζίλντα;»

«*Yah*».

«Ποιος έφτιαξε το πρωινό;»

«Γιατί, ήταν κάτι λάθος;» ρώτησε η Τζίλντα, γουρλώνοντας τα μάτια της.

«Ω, όχι, όλα ήταν πολύ νόστιμα» είπε με νευρικότητα η Υπατία. «Σας ευχαριστώ που το φτιάξατε. Απλά, δεν είμαι συνηθισμένη να τρώω τόσο πολύ».

«*Yah*, έβαλα λίγο παραπάνω φαγητό στο δίσκο, γιατί φαινόταν να το χρειάζεσαι. Ζήτησα από τον καθηγητή να το μεταφέρει, γιατί ήταν βαρύ».

«Αυτός το έφερε;» είπε η Υπατία, νιώθοντας αδύναμα τα γόνατα της.

«Α, μην ανησυχείς. Χτύπησα και έλεγξα να δω αν ήσουν ευπαρουσίαστη. Κοιμόσουν, όταν έφερε το φαγητό στο δωμάτιο» είπε η Τζίλντα, ακτινοβολώντας.

«Γιατί τον λέτε καθηγητή;»

«Ω, επειδή έχει διδακτορικό δίπλωμα και δίδαξε οικονομικά στο πανεπιστήμιο της Αγγλίας» είπε με υπερηφάνεια η Τζίλντα. «Τώρα, ο πατέρας του είναι άρρωστος και τον θέλει να διαχειριστεί την επιχείρηση». Η φωνή της είχε χαμηλώσει και ψιθύριζε.

«Ο πατέρας του είναι άρρωστος;» επανέλαβε η Υπατία.

«*Yah*, τον άκουσα να λέει στην κυρία Χριστίνα ότι δεν αισθάνεται καλά και έφυγαν για το νοσοκομείο στην Αθήνα» είπε η Τζίλντα, ανοίγοντας διάπλατα τα μάτια της.

«Ω, λυπάμαι που το ακούω» είπε η Υπατία. Συμπαθούσε τον πατέρα του Τόνι. «Ποια είναι αυτή η κυρία Χριστίνα;»

«Η δεύτερη σύζυγος του, φυσικά» είπε η Τζίλντα. «Υπάρχει κάτι άλλο που χρειάζεσαι;»

«Ναι. Πού μπορώ να πλυθώ;»

«Πόσο χαζό εκ μέρους μου που μιλάω μαζί σου έτσι και στέκεσαι εκεί χωρίς τίποτα παρά ένα νυχτικό» είπε η Τζίλντα. «Έλα, ακολούθησε με στη βιβλιοθήκη. Είναι το πιο κοντινό μέρος».

Προχώρησαν στο διάδρομο, πέρασαν από αρκετά δωμάτια και σταμάτησαν μπροστά σε δύο γυάλινες πόρτες. Η Τζίλντα τις άνοιξε και στην Υπατία άρεσε αυτό το ηλιόλουστο δωμάτιο. Τα δύο παράθυρα είχαν θέα σε ένα ανθισμένο κήπο και στην βεράντα. Ένα όμορφο περσικό χαλί βρισκόταν στο κέντρο του δωματίου και πάνω του ένα μεγάλο γραφείο με μια άνετη καρέκλα.

Η καρδιά της γέμισε χαρά, όταν είδε ένα πιάνο να στέκεται σε μια γωνιά του δωματίου. Ένα βάζο με λουλούδια ήταν πάνω. Αναρωτήθηκε ποιος έπαιζε πιάνο στην οικογένεια.

Βιβλιοθήκες γεμάτες βιβλία βρίσκονταν σε σειρά στον τοίχο αριστερά της, ενώ ο άλλος τοίχος είχε ακριβές ελαιογραφίες που απεικόνιζαν διάφορες εποχές και εξωτικά μέρη.

Τα μάτια της Υπατίας μεγάλωσαν, όταν είδε το τηλέφωνο στο γραφείο. Τα τηλέφωνα ήταν δύσκολο να έρθουν στο νησί, και όσοι ζητούσαν έπρεπε να περιμένουν χρόνια, για να πάρουν ένα. Εκτός από τη θεία της, δεν γνώριζε κανέναν άλλον που να είχε ένα στο σπίτι του. Το μόνο τηλέφωνο στο νησί ήταν στο ταχυδρομείο και χρέωναν πολλά χρήματα, για να το χρησιμοποιήσουν. Ίσως να μπορούσε να καλέσει τον παππού της στο τηλέφωνο. Θα ρωτούσε τον κύριο Τόνι.

Η Τζίλντα τής έδειξε μια πόρτα στα δεξιά. «Αυτό είναι το μπάνιο. Βλέπω έχεις μαζί σου τα ρούχα σου, οπότε μη διστάσεις να κάνεις μπάνιο. Οι πετσέτες είναι εκεί. Θα πλύνω τα άλλα σου ρούχα αργότερα, αλλά τώρα πρέπει να βγάλω κάτι από το φούρνο πριν καεί».

Η Υπατία την ευχαρίστησε και στη συνέχεια μπήκε στο μπάνιο. Κοίταξε με θαυμασμό τη λευκή αλαβάστρινη μπανιέρα. Αριστερά της, όλος ο τοίχος ήταν ένας μεγάλος καθρέφτης.

104

Άνοιξε το νερό και έπειτα γδύθηκε. Μπήκε στη μπανιέρα και βυθίστηκε σιγά, σιγά στη ζεστασιά της. Έτρεμε, καθώς ένιωσε ένα αεράκι που ήρθε από το λίγο ανοιχτό παράθυρο στην άλλη πλευρά του δωματίου. Ε, δεν θα σηκωνόταν τώρα να το κλείσει, όχι τώρα.

Άρχισε να μουρμουρίζει, απολαμβάνοντας το ζεστό με αφρούς νερό. Το μουρμουρητό μετατράπηκε σε τραγούδι και μπορούσε να ακούσει τα πουλιά να κελαηδούν έξω, συνοδεύοντας την. Το νερό που χρησιμοποιούσαν στο νησί ήταν καλό και κρύο και ποτέ δεν μπορούσε να το ζεστάνει αρκετά όπως τώρα.

*****

Όταν ο Τόνι γύρισε σπίτι από το νοσοκομείο, πήγε στο πίσω μέρος του σπιτιού και κάθισε στη βεράντα, διαβάζοντας την εφημερίδα. Ήταν όμορφή μέρα, και η βεράντα ήταν το αγαπημένο του μέρος για διάβασμα και σκέψη. Σταμάτησε το διάβασμά του, για να σκεφτεί τον πατέρα του, ο οποίος υποβαλλόταν σε πολλές εξετάσεις, και ήταν εμφανώς αναστατωμένος για αυτά. Αποδείχθηκε ότι ήταν μια σύντομη επίσκεψη. Η νοσοκόμα διέκοψε της συνομιλίες τους κάθε λίγα λεπτά και, αφού πήγαν τον πατέρα του για εξετάσεις, ο Τόνι επέστρεψε σπίτι.

Συνέχισε το διάβασμά του. Κάποια τραγουδούσε, και ο Τόνι κοίταξε με περίεργια προς την κατεύθυνσή της. Περιστασιακά, η Τζίλντα τραγουδούσε, αλλά αυτή ήταν μια φωνή σοπράνο. Δεν θα μπορούσε να ήταν η αδελφή του. Δεν τραγουδούσε ποτέ έτσι χαρούμενα.

Νιώθοντας περίεργος, ο Τόνι προχώρησε αργά προς τη μουσική. Το βλέμμα του έπεσε στο ανοιχτό παράθυρο που ήταν κοντά της τριανταφυλλιές. Αυτός χαμογέλασε. Η Υπατία είχε ξυπνήσει.

Ο Τόνι επέστρεψε στη θέση του και προσπάθησε να συνεχίσει το διάβασμά του, αλλά οι σκέψεις του περιπλανήθηκαν προς το κορίτσι. Είχε μιλήσει στον πατέρα του γι' αυτήν, και είπε διστακτικά ότι θα μπορούσε να μείνει μαζί τους προσωρινά.

*****

Η Υπατία βγήκε από την μπανιέρα. Στέγνωσε πρώτα τα μαλλιά της, μετά το σώμα της με την πετσέτα του μπάνιου, μουρμουρίζοντας απαλά. Κοίταξε τον εαυτό της στον καθρέφτη. Δεν είχε ξαναδεί τον εαυτό της σε ολόσωμο καθρέφτη. Χάρηκε που είδε ότι είχε το βάρος που έπρεπε σε όλα τα σωστά σημεία. Αφού ντύθηκε, η Υπατία κοίταξε ξανά τον εαυτό της στον καθρέφτη, κοιτώντας το φόρεμα που την έκανε να φαίνεται πιο γεμάτη και λίγο μεγαλύτερη. Χτένισε με τα δάχτυλά της τα βρεγμένα μαλλιά της.

Στο διάδρομο μπορούσε να ακούσει γυναικείες φωνές. Αναγνώρισε τη φωνή της Τζίλντα, αλλά όχι τη φωνή της άλλης γυναίκας. Μάλλον αυτή ήταν η Μελίσσα.

Η Υπατία πήγε στη βιβλιοθήκη και άνοιξε το παράθυρο, αγναντεύοντας τον μεγάλο θάμνο από γιασεμί που κοιτούσε προς το παράθυρο. Μπήκε μέσα στο δωμάτιο ένα αεράκι με το μεθυστικό άρωμα του γιασεμιού. Έπειτα, κάθισε στο πιάνο, χτυπώντας νευρικά τα δάχτυλά της στα πλήκτρα. Δεν ήξερε τι να κάνει τώρα. Πότε θα επέστρεφε ο κύριος Τόνι, για να μπορέσουν να μιλήσουν; Άκουσε τον ήχο ενός αυτοκινήτου και πήγε να κοιτάξει στο παράθυρο. Είδε τον Τιμ και τη Μελίσσα να φεύγουν με το αυτοκίνητο.

Το σπίτι έπεσε πάλι σε ησυχία. Ήταν μόνη.

Οι ακτίνες του ήλιου ξεχύθηκαν στο δωμάτιο από το ανοιχτό παράθυρο, καλώντας την να παίξει. Ξεφύλλισε τις παρτιτούρες, επιλέγοντας ένα κομμάτι του Μότσαρτ. Μέσα σε λίγα λεπτά, το είχε παίξει αρκετές φορές και απέκτησε αρκετή αυτοπεποίθηση, για να αυξήσει την ταχύτητα και να πλέξει επιδέξια τις νότες σε μια ομαλή αλληλουχία.

Καθώς έπαιζε η Υπατία, μεταφέρθηκε πίσω στο χρόνο, όταν ήταν πιο νέα, χαρούμενη και ξέγνοιαστη. Σε μια εποχή που οι γονείς της ήταν ζωντανοί και εκείνη είχε νιώσει ότι την αγαπούσαν.

Επιτέλους, είχε ηρεμήσει.

ΚΕΦΑΛΑΙΟ 13

Νότες αγάπης αιωρούνταν σαν το φιλί
Για να φυτευτούν στα χείλη μου

Οι τελευταίες νότες αντήχησαν στο δωμάτιο, καθώς τα δάχτυλα της Υπατίας ακουμπούσαν στα πλήκτρα. Έψαξε μέσα στις παρτιτούρες για κάτι πιο εύκολο, για να παίξει, όταν τα αυτιά της έπιασαν μια κίνηση πίσω της.

Η Υπατία γύρισε και είδε τον κύριο Τόνι να κάθεται στο γραφείο και να την κοιτάζει με μια περίεργη έκφραση στο πρόσωπο του.

«Ω» είπε, νιώθοντας το πρόσωπο της να ζεσταίνεται. *Πόσο καιρό ήταν εδώ;*

«Συγνώμη αν σε ξάφνιασα» είπε ο Τόνι. «Η πόρτα ήταν ανοιχτή και σε άκουσα να παίζεις».

Ανησυχώντας ότι είχε ξεπεράσει τα όρια της, η Υπατία τινάχτηκε πάνω. *«Άουτς»* αναφώνησε, κάνοντας έναν μορφασμό από τον πόνο στον αστράγαλο. Κάθισε πίσω στο μπάγκο του πιάνου, και έσκυψε και έτριψε τον αστράγαλο της.

«Είναι όλα καλά με το πόδι σου;» ρώτησε ο Τόνι, καθώς σηκώθηκε και προχώρησε προς το μέρος της.

«Έπεσα πάνω στο πόδι μου και είναι λίγο πρησμένο» εξομολογήθηκε.

«Επίτρεψε μου να ρίξω μια ματιά». Έσκυψε ο Τόνι και την ακούμπησε απαλά στον αστράγαλο.

«Άουτς».

Σηκώθηκε ο Τόνι. «Φαίνεται πρησμένο. Μάλλον πρέπει να δεις γιατρό. Εν τω μεταξύ, πρέπει να αποφεύγετε το περπάτημα, αν γίνεται».

«Μάλιστα, κύριε» είπε η Υπατία υπάκουα, χωρίς να ξέρει τι να κάνει και χωρίς να μπορεί να πάρει τα μάτια της από τα δικά του. Πρέπει να σηκωθεί να φύγει ή να καθίσει εκεί; Δεν ήταν συνηθισμένη να βρίσκεται μόνη σε ένα δωμάτιο με ένα νεαρό άντρα στο παρελθόν.

«Παίζεις καλά πιάνο, Υπατία. Συγχαρητήρια για την καλή σου απόδοση».

«Σε ευχαριστώ για το κομπλιμέντο, αν και έχουν περάσει πολλά χρόνια από την τελευταία φορά που έπαιξα» είπε η Υπατία, χαμογελώντας. «Εσύ παίζεις;»

«Δεν έχω παίξει εδώ και πολύ καιρό, αλλά άσε να δω τώρα» είπε ο Τόνι, ξεφυλλίζοντας τις παρτιτούρες. «Τι θα έλεγες για λίγο Μπετόβεν; Τι λες για το *Fur Elise;*»

Νιώθοντας ευχαριστημένη, η Υπατία είπε, «Είναι ένα από τα αγαπημένα μου κομμάτια».

Κάθισε στο σκαμπό δίπλα της και σήκωσε τα λευκά μανίκια του. Άγγιξε τα πλήκτρα απαλά στην αρχή, τα χάιδεψε και μετά πιο τολμηρά, πέρασε στη μουσική με τα δάχτυλα του να κινούνται έντονα.

Η Υπατία έκλεισε τα μάτια της, απολαμβάνοντας την παλίρροια και την άμπωτη της μουσικής. Τα μάτια της άνοιξαν, όταν τον αισθάνθηκε να την αγγίζει. Είχε σκύψει, πιάνοντας τις χαμηλές νότες. Η μουσική τελείωσε, αφήνοντας το δωμάτιο με μια πνευματική πληρότητα που δεν είχε πριν.

«Λοιπόν, πώς τα πήγα, μαέστρο;» ρώτησε ο Τόνι με βραχνή φωνή, τα χέρια του ακουμπούσαν στα πλήκτρα, καθώς την κοιτούσε με μισόκλειστα μάτια.

Λύνοντας τα μάγια, η Υπατία σηκώθηκε και ακούμπησε στον τοίχο. «Τα πήγες καλά εκτός από το μεσαίο τμήμα. Πρέπει να εξασκείσαι πιο συχνά. Πρέπει να ρέει, σαν κυματισμοί στη θάλασσα. Μου το έλεγε ο δάσκαλος της μουσικής μου, επειδή αυτό είναι το πιο δύσκολο σημείο του κομματιού».

Ο Τόνι σηκώθηκε, γέρνοντας προς το μέρος της.

Η Υπατία ήταν σφιγμένη, καθώς δεν είχε πώς να ξεφύγει. Της έκλεινε το δρόμο.

«Μου φαίνεται ότι το πιο δύσκολο πέρασμα πρέπει να το ζήσεις ακόμα» ψιθύρισε ο Τόνι. Τη φίλησε απαλά στα χείλη της, χρονοτριβώντας να κάνει *πίσω*.

Η Υπατία απόλαυσε τη στιγμή, νιώθοντας ευχαρίστηση και ζεστασιά. *Αλλά δεν ήταν σωστό.* «Γιατί το έκανες αυτό;» κατάφερε να ψιθυρίσει, αφού επέστρεψε στη γη.

Τα μάτια του έλαμπαν με μια ιδιαίτερη γοητεία.

«Ήθελα να σε ευχαριστήσω για το όμορφο δώρο, την αλεξανδρινή πέτρα. Αλλάζει χρώμα, όπως είπες. Υπατία, δεν μπορώ να μην το δω, αλλά τα πράσινα μάτια σου έχουν άλλο χρώμα τώρα, σχεδόν καστανοπράσινα».

«Δεν χρειαζόταν να με ευχαριστήσεις με ένα φιλί» τον επέπληξε απαλά. «Δηλαδή, φιλάς τους άντρες, όταν θέλεις να τους ευχαριστήσεις έτσι;»

Ο Τόνι γέλασε με την αντίκρουσή της. «Υπατία, δεν έχεις φιληθεί ποτέ από άντρα, έτσι;»

Κούνησε προκλητικά το κεφάλι της, προσπαθώντας να συγκρατήσει τα δάκρυα της. Εισχωρούσε πολύ στενά στην προσωπική της ζωή.

«Πόσων χρονών είσαι;»

Η Υπατία ανοιγόκλεισε τα μάτια της. Δεν είχε συνηθίσει οι άντρες να της κάνουν τολμηρές ερωτήσεις. *Αλλά δεν είναι ένας συνηθισμένος άντρας.*

Ξαναβρήκε το κουράγιο της, ανασηκώθηκε και τον κοίταξε σταθερά στα μάτια. «Πρώτα απ' όλα, σε ευχαριστώ για τα ωραία κομπλιμέντα. Ωστόσο, από εκεί που κατάγομαι, θεωρείται αγένεια για έναν άντρα να φιλήσει ένα κορίτσι, πριν αρραβωνιαστεί μαζί του και ακόμη πιο αγενές να ρωτήσει ένα κορίτσι την ηλικία της».

«*Mea culpa*» είπε ο Τόνι. Κάνοντας πίσω, έσκυψε ελαφρά το κεφάλι του.

Η Υπατία άρπαξε την ευκαιρία να χαλαρώσει, οι κινήσεις της περιορίστηκαν στον πονεμένο αστράγαλο. Δεν επρόκειτο να μείνει εκεί και να τσακωθεί με αυτό τον άντρα. Ένιωθε τον εαυτό της να χάνεται επικίνδυνα, όλο και πιο μακριά από την ανατροφή της κάθε φορά που ήταν κοντά του.

«Δεν ξέρω τι σημαίνει αυτό, αλλά νομίζω ότι εκμεταλλεύεσαι την κατάσταση μου» απάντησε εκείνη, προχωρώντας προς την πόρτα.

«Υπατία, σε διαβεβαιώ, οι προθέσεις μου μέχρι τώρα ήταν καθαρά φιλανθρωπικές» είπε ο Τόνι. «Ζητώ συγνώμη, εάν πρόσβαλα τις ευαισθησίες σου. Στο μέλλον, μπορείς να είσαι σίγουρη ότι δεν θα πλησιάσω στο ένα *πόδι* από σένα». Κοίταξε κάτω, χιουμοριστικά το πρησμένο πόδι της.

Εκείνη γέλασε με το λογοπαίγνιο. «Ευχαριστώ» κατάφερε να πει.

«Τώρα, σχετικά με τη διαμονή σου εδώ».

«Ναι;»

Ο Τόνι πηγαινοερχόταν στο δωμάτιο. «Καταλαβαίνω ότι η θεία σου θα επιστρέψει σε τρεις εβδομάδες;»

«Αυτό μου είπε η γυναίκα που μένει κάτω από το σπίτι της».

«Μίλησα με τον πατέρα και συμφωνήσαμε ότι μπορείς να μείνεις εδώ για τρεις εβδομάδες» είπε ο Τόνι, σταματώντας στο παράθυρο, για να κοιτάξει έξω, με την πλάτη του γυρισμένη προς το μέρος της.

Εκείνη σταμάτησε. Πριν το φιλί του, θα ήταν πρόθυμη να δεχθεί την προσφορά του. Το μόνο που μπορούσε να φανταστεί τώρα ήταν να περιορίζεται καθημερινά με τις τρυφερότητες του. Θα μπορούσε να διατηρήσει την απόσταση της; *Αλλά δεν έχω και πού να πάω να μείνω.*

«Ευχαριστώ» κατάφερε να πει. «Είναι ο πατέρας σου εδώ, για να τον ευχαριστήσω κι αυτόν;»

«Όχι, πήγε στο νοσοκομείο σήμερα το πρωί, επειδή δεν ένιωθε καλά» παραδέχθηκε ο Τόνι. «Επέστρεψα πριν λίγο από εκεί».

«Ω, λυπάμαι που είναι στο νοσοκομείο» είπε η Υπατία, ενθυμούμενη τα λόγια της Τζίλντα νωρίτερα το πρωί. «Θα ήθελα να μιλήσω πρώτα με τον παππού μου, πριν σου απαντήσω».

«Εντάξει. Εάν υπάρχει τηλέφωνο στο νησί, μπορούμε να καλέσουμε εκεί» είπε ο Τόνι σοβαρά.

«Μου ζήτησε να τον καλέσω στο ταχυδρομείο, όταν φτάσω με ασφάλεια. Έχω τον αριθμό στην τσάντα μου».

Βγήκε η Υπατία γρήγορα έξω από την πόρτα κουτσαίνοντας.

*****

Ο Τόνι την έβλεπε να βγαίνει από το δωμάτιο. Αναρωτήθηκε αν έπρεπε να ζητήσει από ένα γιατρό να κοιτάξει το πόδι της, πριν κάνουν οτιδήποτε άλλο. Ήταν περίεργος για την ηλικία της.

110

Αν και είχε τα πρώτα σημάδια στήθους και γοφών, της έλειπαν οι κοινωνικές χάρες μιας γυναίκας. Ήταν παρορμητική, πεισματάρα σαν μουλάρι και ντροπαλή, που κοκκίνιζε κάθε φορά που της μιλούσε. Πόσες νεαρές γυναίκες στριφογύριζαν στα δέντρα φωνάζοντας για βοήθεια και στη συνέχεια έφευγαν, τρέχοντας από αυτόν που τις έσωσε; *Είμαι αναστατωμένος, επειδή μου ζήτησε να μην τη φιλήσω;*

Κούνησε το κεφάλι του, χαμογελώντας. Φαινόταν και φερόταν σαν νέα, ωστόσο ένα κομμάτι της την έκανε να δείχνει μεγαλύτερη, πιο ήπια, πιο ευγενική Υπατία. Εξάλλου, ο παππούς της είπε ότι θα έπρεπε να σκέφτεται το γάμο και όχι τα βιβλία.

Στη συνέχεια θυμήθηκε πώς ένιωσε εκείνο το πρωί, σχεδόν σαν μαθητής που μπήκε στο υπνοδωμάτιο με το δίσκο του φαγητού και πήγε στο κρεβάτι της, περίεργος, να της ρίξει μια ματιά. Η εικόνα του ήρεμου, αγγελικού προσώπου της με τις χρυσές μπούκλες να κυματίζουν γύρω της ήταν ακόμα φρέσκια στη μνήμη του. Μαγεμένος από την ομορφιά της, την κοίταξε, μπήκε στον πειρασμό να κλέψει ένα φιλί, αλλά, όταν η Υπατία κουνήθηκε, έφυγε γρήγορα. Η καρδιά του είχε χτυπήσει δυνατά, καθώς έφευγε, γιατί νόμιζε ότι την είχε ακούσει να λέει το όνομα του.

Ας το παραδεχτούμε, είχε συνηθίσει τις μεγαλύτερες, πιο εξεζητημένες γυναίκες να κάνουν την πρώτη κίνηση, να τον ερωτεύονται και να τον ενθαρρύνουν να τις φιλήσει. Γι' αυτές, ήταν απλώς ένα παιχνίδι. Δεν είχε πείρα με νεαρά, αφελή κορίτσια. Για την Υπατία, ένα φιλί ήταν ίσως τόσο καλό όσο μια πρόταση γάμου.

Από εδώ και πέρα θα πρέπει να είμαι πιο προσεκτικός με το κορίτσι, σκέφτηκε.

*****

Η Υπατία επέστρεψε γρήγορα, δίνοντας στον κύριο Τόνι ένα χαρτί με έναν αριθμό τηλεφώνου. «Ο παππούς μου δεν κατεβαίνει συνήθως στο ταχυδρομείο παρά μόνο τα πρωινά» εξήγησε. «Ας κανονίσουμε να είναι εκεί αύριο το πρωί γύρω στις 9:30;»

«Ναι, είναι καλή ιδέα. Ξέρω ότι είναι στο καφενείο του κύριου Περικλή μέχρι τις εννέα, οπότε δεν θα είναι μεγάλο πρόβλημα να πάει στο ταχυδρομείο από εκεί και-» η Υπατία σταμάτησε, σκεφτική. «Ξέχασα να ρωτήσω, πόσο θα κοστίσει;»

«Μην ανησυχείς γι' αυτό». Ο Τόνι γέλασε, καθώς καλούσε τον αριθμό. Κανόνισε με τον ταχυδρομικό υπάλληλο να ενημερωθεί ο κ. Ροδάκης για το τηλεφωνικό ραντεβού.

Αφού έκλεισε το τηλέφωνο, ο Τόνι κοίταξε την Υπατία. «Έγινε. Αύριο το πρωί θα τηλεφωνήσουμε στον παππού σου. Στο μεταξύ, θα σε πείραζε να πιούμε ένα φλυτζάνι καφέ στη βεράντα; Είναι τόσο όμορφα όσο η θέα που βλέπεις από το σπίτι σου στους Λειψούς, στο εγγυώμαι» της είπε.

Η Υπατία ένιωθε τόσο ενθουσιασμένη με την προοπτική να μιλήσει στον παππού της και είπε παρορμητικά, «Ναι, εννοώ, δεν ξέρω. Τι εννοούσες, όταν είπες 'Μέα κούλπα,' ή ότι κι αν ήταν αυτό;»

«Το ήξερα ότι θα ρωτούσες» είπε γελώντας ο Τόνι και διασκεδάζοντας. «Αλλά από πού κατάγεται, είναι αγενές να ρωτάει ένα κορίτσι».

Η Υπατία κοκκίνησε, συνειδητοποιώντας ότι ερχόταν νέα αντιπαράθεση.

«Όχι, σοβαρά. *Mea Culpa,'* μια λατινική φράση, σημαίνει 'λάθος μου,' ή με άλλα λόγια, συγχώρεσέ με» απάντησε ο Τόνι.

«Ω!» απάντησε εκείνη, ευχαριστημένη με την εξήγηση.

Περπάτησε, κουτσαίνοντας δίπλα του στον διάδρομο. Είχαν φτάσει στο δωμάτιο της. «Θα με συγχωρέσεις για ένα λεπτό; Έχω κάτι να κάνω πρώτα και θα σε συναντήσω έξω σε λίγο».

Την κοίταξε για μια στιγμή, της έγνεψε καταφατικά και έφυγε.

Η Υπατία μπήκε στο δωμάτιο της, κρατώντας την ανάσα της. Αυτός ο άντρας προχωρούσε πολύ γρήγορα για εκείνη. Έπιασε το χαρτί με τον αριθμό του τηλεφώνου και κάθισε στο κρεβάτι σκεπτόμενη όλα όσα είχαν συμβεί εκείνο το πρωινό. Δεν είχε συνηθίσει να περνάει τόσο χρόνο μόνη της με ένα νεαρό άντρα, και πόσο μάλλον να φιλιέται μαζί του.

Ήταν επειδή είχε μιλήσει τολμηρά με τον κύριο Τόνι στη βιβλιοθήκη ότι ενθάρρυνε ακούσια τις προόδους του; *Θυμήσου τι*

112

είπε ο παππούς για τις συνομιλίες με τους νέους άντρες. Θα πρέπει να είναι πιο προσεκτική στο μέλλον.

*****

Ο Τόνι σταμάτησε στην κουζίνα και κοίταξε μέσα. «Τζίλντα; Α, εδώ είσαι. Μπορείς να μας φέρεις δύο καφέδες και μερικά γλυκά στη βεράντα;»

«*Yah*, κύριε καθηγητά» είπε η Τζίλντα, χαμογελώντας πλατιά. «Να σας πω ότι η κυρία Μελίσσα μου είπε ότι θα έρθει μαζί με τον γιατρό Χατζή για δείπνο».

«Ευχαριστώ που μου το είπες. Βεβαιώσου ότι υπάρχει αρκετό φαγητό και στρώσε το τραπέζι».

«Θα έρθει το κορίτσι μαζί σου για φαγητό;»

«Υποθέτω πώς θα έρθει. Βάλε ένα ακόμη πιάτο για εκείνη έτσι κι αλλιώς. Επίσης, πιθανότατα θα μείνει μαζί μας για τρεις εβδομάδες, οπότε θα χρειαστεί να την μεταφέρεις στον ξενώνα, πριν φύγεις σήμερα».

«Θα μείνει εδώ; Ωχ όχι! Όχι!» φώναξε η Τζίλντα, κουνώντας το κεφάλι της. «Σήμερα φεύγω για τις διακοπές μου. Η νέα οικονόμος δεν θα είναι εδώ μέχρι αύριο. Ποιος θα την προσέχει μέχρι τότε;»

«Η αδελφή μου και η θετή μου μητέρα θα είναι εδώ».

«Δεν σου είπε η κυρία Μελίσσα; Φεύγει μετά το δείπνο με τον γιατρό Χατζή, για να επισκεφθούν την οικογένεια του. Σχεδιάζουν να μείνουν εκεί τη νύχτα και η κυρία Χριστίνα θα μείνει σε ξενοδοχείο στην Αθήνα, κοντά στον πατέρα σου. Κανένας άλλος δεν θα είναι εδώ».

«Ξέχασα τις διακοπές σου» είπε ο Τόνι, ξύνοντας το κεφάλι του. «Ούτε ήξερα ότι η Μελίσσα θα πήγαινε στο σπίτι του Μάικλ».

«Επίσης, είσαι ελεύθερος άντρας, σωστά; Είναι μόνο ένα κορίτσι και δεν πρέπει να μείνει μόνη σε αυτό το σπίτι μαζί σου. Τι θα γίνει αν το μάθουν οι γονείς της;»

«Δεν έχει γονείς. Έχει μόνο έναν παππού που ζει μακριά, στο νησί των Λειψών. Δεν υπάρχει κανείς άλλος για αυτήν τώρα. Είμαστε η οικογένεια της προς το παρόν, μέχρι να δούμε πώς θα την πάμε στη θεία της».

«Ω, πόσο λυπηρό. Το φτωχό το κορίτσι δεν έχει οικογένεια. *Tsk, tsk*» είπε η Τζίλντα, κουνώντας το κεφάλι της. «Ίσως μπορώ να δω αν η ανιψιά μου η Όλγα μπορεί να έρθει να μείνει απόψε».

«Τζίλντα, είσαι διαμάντι» είπε ο Τόνι, φιλώντας την πεταχτά στο μάγουλο. Σφύριζε, καθώς έβγαινε στη βεράντα.

*****

Η Υπατία κάθισε στο κρεβάτι και τα σκεφτόταν όλα. Κάποιος χτύπησε την πόρτα. Αναρωτήθηκε αν ήταν ο Τόνι. «Περάστε». Η Τζίλντα κρυφοκοίταξε στο δωμάτιο.

«Δεσποινίς Υπατία, ο καθηγητής μού είπε ότι θα μείνετε απόψε εδώ. Θα σας δείξω ένα άλλο δωμάτιο, γιατί αύριο έρχεται η νέα οικονόμος και πρόκειται να χρησιμοποιήσει αυτό το δωμάτιο».

«Νέα οικονόμος; Φεύγετε;»

«Μόνο για τέσσερις εβδομάδες. Θα ζητήσω από την ανιψιά μου την Όλγα να έρθει και να μείνει για μια νύχτα σε περίπτωση που χρειαστείς κάτι. Σε παρακαλώ, έλα μαζί μου και μην ανησυχείς για τίποτα».

Η Υπατία την ακολούθησε αργά στο διάδρομο. Πέρασαν από την κουζίνα και πέρασαν σε άλλο διάδρομο, πηγαίνοντας προς την είσοδο. Εκεί βρισκόταν μια μεγάλη σκάλα που οδηγούσε επάνω στο δεύτερο όροφο. Κοίταξε με δέος τα μαρμάρινα σκαλοπάτια, τις άσπρες κολώνες στις πόρτες, τις προτομές των ελληνικών αγαλμάτων και τους όμορφους πίνακες στους τοίχους.

Έστριψαν αριστερά και συνέχισαν στον άλλο διάδρομο και τελικά σταμάτησαν μπροστά από μια πόρτα.

«Εδώ είμαστε. Αυτό είναι το δωμάτιο και είναι ακόμη μεγαλύτερο και ωραιότερο από το δωμάτιο μου, ναι;» είπε η Τζίλντα, χαμογελώντας, καθώς άνοιγε την πόρτα. Ένα ρεύμα ηλιακού φωτός έπεσε πάνω τους, λούζοντας το δωμάτιο με το πρώτο απογευματινό φως.

«Είναι υπέροχο» αναφώνησε η Υπατία. Δεν είχε ξαναδεί τόση ομορφιά και κομψότητα σε ένα υπνοδωμάτιο. Είχε ακόμη και το δικό του μπάνιο. «Θα χρειαστεί να φέρω και τα ρούχα μου εδώ».

114

«Μην ανησυχείς, θα στα φέρουμε. Σε άκουσα να παίζεις πιάνο και όμορφη μουσική γέμισε το σπίτι ξανά. Παίζεις καλά κι εσύ». Το πρόσωπο της Τζίλντα είχε μια χαρούμενη έκφραση, καθώς έσφιγγε τα χέρια της Υπατίας.

«Ευχαριστώ, Τζίλντα» είπε η Υπατία, χαμογελώντας. Άκουσε το ρολόι του κούκου να χτυπάει τέσσερις.

«Να πάλι, πιάνω την κουβέντα και έχω τόσες δουλειές να κάνω, πριν φύγω» είπε η Τζίλντα, κουνώντας το κεφάλι της και τα χέρια της στον αέρα. «Ω, ο κύριος Τόνι είπε ότι σας περιμένει έξω. Θα φέρω τον καφέ και τα γλυκά σε ένα λεπτό».

Η Τζίλντα άφησε ένα αεράκι πίσω της, καθώς βγήκε από το δωμάτιο, με το παχουλό κορμί της να κινείται σβέλτα στο διάδρομο.

Η Υπατία ένιωθε ήδη καλύτερα. Το ευχάριστο δωμάτιο ήταν μεγάλο, με δύο παράθυρα με κομψές χρυσές κουρτίνες πάνω από λευκές δαντελένιες κουρτίνες. Ένα περσικό χαλί κάλυπτε το μαρμάρινο πάτωμα, ενώ υπήρχαν τοιχογραφίες στον τοίχο. Ένα όμορφο, κρυστάλλινο βάζο, γεμάτο λουλούδια καθόταν πάνω σε μια συρταριέρα. Τα σατέν κλινοσκεπάσματα του κρεβατιού είχαν περίπλοκα κεντήματα που έμοιαζαν με δύο μεγάλα πολύχρωμα πουλιά.

Η Υπατία πήγε κουτσαίνοντας προς το παράθυρο και κοίταξε έξω. Είδε τη μεγάλη βεράντα γεμάτη με όμορφα λουλούδια και ελληνικά αγάλματα σε κανονικό μέγεθος. Ο κύριος Τόνι καθόταν μόνος του σε ένα τραπέζι και διάβαζε εφημερίδα. Φάνηκε να σκέφτεται βαθιά.

Πιο πέρα, μπορούσε να δει την θέα στη θάλασσα.

Η Υπατία βγήκε αργά έξω, ακολουθώντας το μονοπάτι που οδηγούσε πίσω στη βεράντα. Κανονικά, θα είχε απολαύσει τη βόλτα, τις μυρωδιές και τα λουλούδια, όμως το πόδι της πονούσε κάθε φορά που το πίεζε.

Καθώς πλησίαζε τον κύριο Τόνι, μπορούσε να δει πίσω του τα σκαλιά που οδηγούσαν στο μεγάλο χώρο της πισίνας. Ψηλά κυπαρίσσια ήταν περιστοιχισμένα γύρω από την πισίνα, παρέχοντας ιδιωτικότητα, ενώ εκεί κοντά υπήρχε και ένα γήπεδο τένις. Από εκεί και μετά, υπήρχε μια πλαγιά, προσφέροντας μια εκπληκτική πανοραμική θέα της Αθήνας και της θάλασσας.

Σήκωσε το βλέμμα του, δείχνοντας έκπληκτος που την είδε.

Η Υπατία αποφάσισε να μην είναι η πρώτη που θα ξεκινούσε τη συζήτηση. Είχε επίγνωση, αναμένοντας νευρικά, τι επρόκειτο να πει ή να κάνει εκείνος στη συνέχεια.

«Νόμιζα πώς άλλαξες γνώμη» είπε ο Τόνι, χαμογελώντας.

«Η Τζίλντα με μετέφερε στο δωμάτιο των επισκεπτών και αυτό πήρε λίγο χρόνο. Ευχαριστώ για το όμορφο δωμάτιο».

«Χαίρομαι που σου αρέσει. Ελπίζω να μπορέσεις να μείνεις τις τρεις εβδομάδες, για να το απολαύσεις περισσότερο» είπε ο Τόνι με τα μάτια του να γελούν.

«Ευχαριστώ για τη φιλοξενία, αλλά πρέπει πρώτα να μιλήσω στον παππού μου, για να δω τι θα πει» απάντησε η Υπατία σφιγμένα και νιώθοντας ξαφνικά ντροπή.

Η Τζίλντα έφτασε, κουβαλώντας το δίσκο. «Σας έφερα τα αναψυκτικά» είπε, σερβίροντας το καφέ και τα γλυκά.

ΚΕΦΑΛΑΙΟ 14

Μου μίλησες για τη ζωή σου
Αυτό ξεδίπλωσε πιθανότητες

Αφού έφυγε η Τζίλντα, ο Τόνι παρακολουθούσε την Υπατία να πίνει το ζεστό φλυτζάνι καφέ ήσυχα και να τρώει δειλά το γλυκό της. Ένιωσε τη νευρικότητα της και έπιασε την εφημερίδα του, προσπαθώντας να βυθιστεί στις ειδήσεις. *Πρέπει να θυμάμαι να διατηρώ μια σεβαστή στάση, ώστε να μπορεί να νιώθει άνετα μαζί μου.*

Τα μάτια του έπεσαν σε ένα άρθρο σχετικά με μια πιθανή συγχώνευση μεταξύ του Τσακ Δάρα και του Τζον Μερικλή, του πατέρα της Μπόνι. Του πήρε ένα λεπτό να αντιληφθεί τις συνέπειες που θα είχε αυτό. «Δεν μπορώ να το πιστέψω» αναφώνησε αναπάντεχα. Ο Μερικλής ήταν μεγιστάνας των σούπερ μάρκετ. Δεν υποτίθεται πώς ο Ντάρας θα συνεργαζόταν με τον πατέρα του; Θα έπρεπε να μιλήσει στον πατέρα για αυτό.

Δίπλωσε την εφημερίδα και προσπάθησε να συνέλθει. Συνήθως δεν αντιδρούσε έτσι υπερβολικά. *Μήπως επειδή θέλω να της μιλήσω, αλλά δεν ξέρω τι να πω μετά από εκείνη τη σκηνή στη βιβλιοθήκη;*

«Τι έγινε;» ρώτησε η Υπατία, κοιτάζοντας το πίσω μέρος της εφημερίδας.

«Τα νέα είναι πάντα τα ίδια, είτε υπάρχει ένα σκάνδαλο, είτε πεθάνει κάποιος, είτε κάποιος αγοράζει την επιχείρηση κάποιου άλλου» είπε ο Τόνι πιο ήρεμα.

«Ο παππούς μου έλεγε τα ίδια» απάντησε η Υπατία.

Εκείνος χαμογέλασε, έκθαμβος από την αθώα ομορφιά της. «Υπατία, ας μιλήσουμε για κάτι πιο ευχάριστο. Πρώτον, πες μου λίγα πράγματα για σένα».

«Δεν θα το πιστέψεις αυτό, αλλά γεννήθηκα στην Αμερική».

«Αλήθεια;» ρώτησε ο Τόνι, ανασηκώνοντας το φρύδι του.

«Ο πατέρας μου ήταν στη Βαλτιμόρη για ένα από τα ταξίδια του, μεταφέροντας φορτία. Η μητέρα μου συχνά ταξίδευε μαζί του και ήταν λίγο παραπάνω από επτά μηνών έγκυος, όταν άρχισαν οι πόνοι της και το πλοίο ετοιμαζόταν να δέσει στο λιμάνι της Βαλτιμόρης. Γεννήθηκα δύο ώρες αργότερα, στο νοσοκομείο της Βαλτιμόρης και έπρεπε να μείνω εκεί για έξι βδομάδες, γιατί ήμουν πρόωρο μωρό».

«Έτσι είναι;» ρώτησε ο Τόνι, προσπαθώντας να απεικονίσει αυτό το υγιέστατο κορίτσι ως ένα μικρό, πρόωρο μωρό.

«Ο πατέρας μου είχε ήδη φύγει, οπότε η μητέρα μου κι εγώ επιστρέψαμε πίσω στην Ελλάδα με αεροπλάνο». Συνέχισε την ιστορία της. «Οι γονείς μου με φώναζαν Αμερικανάκι. Ήταν το παρατσούκλι που μου έδωσαν, επειδή γεννήθηκα στην Αμερική. Η κυρία Ρόδου, καθηγήτρια αγγλικών που ζούσε στον ίδιο δρόμο με εμάς στον Πειραιά, μου έμαθε αγγλικά. Είναι αυτή που μου έδωσε το βιβλίο που βρήκες».

«Ναι, θυμάμαι» είπε ο Τόνι. «Πώς καταλήξατε στους Λειψούς;»

«Πηγαίναμε στους Λειψούς κάθε καλοκαίρι. Όταν ήμουν οκτώ ετών, ο πατέρας μου έλαβε νέα από ένα συγγενή μας από την Κρήτη που μας επισκέφθηκε. Ο παππούς Κουρής ζούσε στην Κρήτη, και είχε υποστεί σοβαρό εγκεφαλικό επεισόδιο και ήταν στο κρεβάτι ετοιμοθάνατος» είπε η Υπατία.

Η φωνή της άρχισε να τρέμει. «Οι γονείς μου έφυγαν αμέσως για την Κρήτη, αφήνοντάς με πίσω με τον παππού μου. Ένα μήνα αργότερα μάθαμε ότι στο ταξίδι της επιστροφής τους από την Κρήτη έπιασε θύελλα και το πλοίο βυθίστηκε. Δεν υπήρξαν επιζώντες».

«Λυπάμαι για αυτό».

Ο ήχος από τις γόβες στο πεζοδρόμιο διέκοψε τη συνομιλία τους. Η Μελίσσα, η Μπόνι, και ο Μάικλ πλησίαζαν.

Η Υπατία σηκώθηκε γρήγορα. «Νιώθω κάπως κουρασμένη. Θα ήθελα να πάω να ξαπλώσω για λίγο».

«Σε παρακαλώ, μείνε λίγο ακόμα. Θέλω να δει το πόδι σου ο γιατρός Χατζής μήπως έχεις πρόβλημα» είπε απαλά ο Τόνι, αγγίζοντας το χέρι της, πριν πάει να χαιρετήσει την παρέα.

Το κορίτσι κάθισε αποφασιστικά στη θέση του.

«Γειά σου, Τόνι» είπε η Μελίσσα, φιλώντας τον απαλά στο μάγουλο. «Γυρίσαμε από επίσκεψη στον πατέρα. Σε περιμένει απόψε. Είπε ότι έχει κάτι να σου πει. Έχει να κάνει με την επιχείρηση».

«Ω» απάντησε ο Τόνι ήσυχα, και χαιρέτησε τους υπόλοιπους.

Η Υπατία τούς χαμογέλασε και παρέμεινε σιωπηλή, ενώ η παρέα στεκόταν και συζητούσε.

Ο Τόνι μπήκε μέσα και είπε στη Τζίλντα να φέρει περισσότερα ποτά και αναψυκτικά. Στη συνέχεια φώναξε τον Μάικλ μέσα να τον βοηθήσει να βγάλουν καρέκλες στην βεράντα.

«Πώς πάει με την Υπατία;» ρώτησε με ενδιαφέρον ο Μάικλ, καθώς σήκωνε μια καρέκλα.

Έκπληκτος από την ερώτηση του φίλου του, ο Τόνι ήταν σε εγρήγορση. *Ο Μάικλ σπάνια έδειχνε ενδιαφέρον για τις γυναίκες.* «Έπεσε πάνω στο πόδι της και φαίνεται πρησμένο. Δεν έχει δει ακόμη γιατρό».

«Πρέπει να το κοιτάξω τότε» είπε αμέσως ο Μάικλ.

Έφεραν τις καρέκλες γύρω από το τραπέζι και κάθισαν όλοι. Ο Τόνι παρατήρησε πώς η Μπόνι και η Μελίσσα αγνοούσαν την Υπατία και μιλούσαν για τα νέα της μόδας.

Η Τζίλντα έφτασε με ένα δίσκο από αναψυκτικά, τα ακούμπησε στο τραπέζι και τα σέρβιρε.

«Υπατία, ο γιατρός Χατζής ξέρει για το πρησμένο πόδι σου και θέλει να το εξετάσει» είπε ο Τόνι.

Η Υπατία κοκκίνησε, καθώς ο Μάικλ έσκυψε να εξετάσει το πρησμένο πόδι της. «Πώς συνέβη;» την ρώτησε.

«Όταν ξύπνησα σήμερα, δεν ήξερα πού ήμουν, πήδηξα από το κρεβάτι και προσγειώθηκα στο πόδι μου».

«Δεν μπορώ να πω με βεβαιότητα αν είναι διάστρεμμα ή αν το έσπασε» είπε ο Μάικλ, και σηκώθηκε. «Πρέπει να πας αύριο στο νοσοκομείο, να βγάλεις μια ακτινογραφία και μετά να έρθεις στο ιατρείο μου».

Ο Μάικλ κοίταξε τον Τόνι. «Τόνι, μπορείς να την φέρεις;»

Ο Τόνι έγνεψε καταφατικά. Το αυτοκίνητο του ήταν στο συνεργείο. Θα έπρεπε να δανειστεί το αμάξι του Τιμ.

«Αγάπη μου, μου υποσχέθηκες ότι δεν θα δεις ασθενείς αύριο» είπε η Μελίσσα στο Μάικλ. «Υποτίθεται ότι θα πηγαίναμε να αγοράσουμε τα δαχτυλίδια των αρραβώνων».

«Ω, το ξέχασα τελείως! Συγνώμη» είπε ο Μάικλ, κάνοντας ένα μορφασμό. «Δεν ενημέρωσα το προσωπικό μου, και έχουν ήδη προγραμματίσει ασθενείς. Τι λες για την επόμενη μέρα;»

«Συνέχεια το αναβάλλεις» παραπονέθηκε η Μελίσσα.

Μετά από παζάρια, κανόνισαν να συναντηθούν το απόγευμα της επόμενης μέρας για τα δαχτυλίδια.

«Θα με συγχωρήσετε; Το πόδι μου πονάει λίγο και θα ήθελα να ξεκουραστώ» είπε η Υπατία και σηκώθηκε.

«Βάλε λίγο πάγο, για να υποχωρήσει το πρήξιμο και προσπαθήστε να αποφύγετε το περπάτημα» είπε ο Μάικλ.

Η Μπόνι όρμησε μπροστά, κι έπιασε το χέρι της Υπατίας. «Έλα Υπατία, θα σε πάω εγώ» είπε γλυκά.

Ο Τόνι παρακολουθούσε έκπληκτος. Υπήρχε μια γλυκιά πλευρά στην Μπόνι που δεν είχε ξαναδεί.

*****

Η Υπατία και η Μπόνι περπατούσαν αργά, μπαίνοντας στο σπίτι. Η Υπατία ένιωσε τα αιχμηρά νύχια της Μπόνι να χώνονται στο μπράτσο της. Χαλάρωσε αλλά το επώδυνο κράτημα ήταν σφιχτό. Έφτασαν στην κρεβατοκάμαρα.

«Εκεί» είπε η Μπόνι, κρατώντας σφιχτά την Υπατία, οδηγώντας την στο κρεβάτι. «Ξάπλωσε και ξεκουράσου. Αν χρειαστεί να σηκωθείς, κάλεσε με να έρθω να σε βοηθήσω».

Η Υπατία την ευχαρίστησε με επιφύλαξη και την παρακολουθούσε, καθώς έφευγε, με τα τακούνια της να κάνουν κλικ στο πάτωμα. Η Υπατία έτριψε το πονεμένο της χέρι, βλέποντας τα σημάδια που του προκάλεσαν τα αιχμηρά νύχια της Μπόνι. Ένιωσε άβολα. Μήπως η Μπόνι φέρθηκε έτσι εξαιτίας του κυρίου Τόνι; *Μήπως ζήλεψε που ήμουν μαζί του;*

Καθώς η Υπατία ξεκουράστηκε στο κρεβάτι της, είδε τις ακτίνες του ήλιου να πέφτουν στο δωμάτιο. Ένα αίσθημα ηρεμίας την είχε κυριεύσει. Άρχισε να της αρέσει αυτό το δωμάτιο. Η Τζίλντα ήρθε με ένα μπολ με παγάκια και μια πετσέτα.

«Δεσποινίς Υπατία, ο κύριος Τόνι μου είπε να σου φέρω πάγο για το πόδι σου».

Της άρεσε η Τζίλντα και της άρεσε και ο κύριος Τόνι. Της χαμογέλασε νωχελικά.

«Θα πάτε μαζί τους για δείπνο;» ρώτησε η Τζίλντα.

Η Υπατία τεντώθηκε και θυμήθηκε την θερμή συζήτηση που είχε η Μελίσσα με τον γιατρό Χατζή, όσο και την δόλια συμπεριφορά της Μπόνι. Ένα άβολο συναίσθημα αντικατέστησε την ηρεμία της. Δεν ένιωθε άνετα στην παρέα τους.

«Ο γιατρός είπε να ξεκουράσω το πόδι μου, οπότε πιστεύω είναι καλύτερα να μείνω εδώ».

«Θα φύγω αμέσως μετά το δείπνο για διακοπές. Η ανιψιά μου η Όλγα θα περάσει αργότερα από εδώ να δει αν χρειάζεσαι κάτι».

Όταν έφυγε η Τζίλντα, η Υπατία τύλιξε την πετσέτα γύρω από τον πάγο και την έβαλε στο πόδι της. Ξεκουράστηκε στο κρεβάτι, νιώθοντας το αεράκι να μπαίνει από το παράθυρο και θόρυβο των πουλιών να κελαηδούν χαρούμενα απ' έξω.

Ένιωθε τόσο γαλήνια. Σκέφτηκε όλα αυτά που συνέβησαν εκείνη τη μέρα και πώς ένιωσε που ήταν με τον κύριο Τόνι. Χαμογέλασε, όταν θυμήθηκε τον εαυτό της να κάθεται μαζί του στη βεράντα και να μιλάει για τη ζωή της. Είχε δείξει ενδιαφέρον, την κοιτούσε με τα μεγάλα καφέ σοκολατένια μάτια του και τις έκανε ερωτήσεις.

Ένα χτύπημα στην πόρτα την ξύπνησε. Άνοιξε τα μάτια της. *Πρέπει να κοιμήθηκα.*

«Γεια σας, γεια σας. Είμαι η Όλγα» είπε μια γυναίκα, ανοίγοντας την πόρτα και κουβαλώντας ένα δίσκο με φαγητό. Αυτή ήταν η νεότερη εκδοχή της Τζίλντας, εκτός που ήταν πιο αδύνατη και τα σκούρα ξανθά μαλλιά της έφταναν μέχρι τους ώμους της.

«Γεια σας, είμαι η Υπατία».

«Ξέρω. Είστε η γλυκιά νεαρή κοπέλα για την οποία μου είπε η θεία μου» είπε η Όλγα χαρούμενη, βάζοντας το δίσκο με το φαγητό στο τραπέζι. «Σας έφερα φαγητό. Θα είμαι εδώ μόνο απόψε. Δουλεύω σε σαλόνι ομορφιάς και πρέπει να είμαι στη δουλειά νωρίς το πρωί, στις επτά και μισή».

«Τι κάνετε, δηλαδή;»

«Ω, τα πάντα» άρχισε η Όλγα και ακούστηκε σπουδαία. Περιέγραψε τη δουλειά που έκανε ως μαθητευόμενη και πώς σχεδίαζε μια μέρα να ανοίξει το δικό της σαλόνι αισθητικής. «Λοιπόν, θα σας αφήσω να φάτε».

«Όχι, περίμενε. Γιατί δεν κάθεσαι για δείπνο;» ρώτησε η Υπατία, απελπισμένη για παρέα.

«Ευχαριστώ, αλλά έφαγα ήδη. Μπορώ, όμως, να σας κάνω παρέα».

Η Υπατία κάθισε στο μικρό τραπεζάκι. Είπε την προσευχή της και άρχισε να τρώει.

Η Όλγα την παρατήρησε για ένα λεπτό. «Ξέρετε δεσποινίς, θα μπορέσατε να κάνετε ένα κούρεμα. Το στυλ αυτή την εποχή είναι πιο κοντό και παρόλο που μπορεί να σας κάνει να δείχνετε μεγαλύτερη, θα σας κάνει να φαίνεστε πιο σοφιστικέ».

«Είχα πάντα τα μαλλιά μου μακριά. Δεν ξέρω πώς θα ήταν κοντά».

«Γιατί όχι;» είπε η Όλγα, ανασηκώνοντας τους ώμους. «Είναι λιγότερη δουλειά και πιο εύκολο να τα χτενίσεις. Ακόμη κι αν δεν σας αρέσουν, θα μεγαλώσουν ξανά».

Καθώς η Υπατία έτρωγε το δείπνο της, η Όλγα συνέχισε να εξηγεί τα θετικά του να έχει κοντά μαλλιά και τελικά την έπεισε να τα κόψει.

Η Όλγα πήγε και πήρε τα ψαλίδια και τη χτένα της και άρχισε να κόβει τις μπούκλες της Υπατίας. Σύντομα, οι μακριές της μπούκλες βρίσκονταν στο πάτωμα και η Όλγα έβαζε τις τελευταίες πινελιές.

«Ελπίζω να σας αρέσουν» είπε η Όλγα, και της έδωσε ένα καθρέφτη.

Η Υπατία κοίταξε τον εαυτό της στον καθρέφτη με ανάμεικτα συναισθήματα. Είχε συνηθίσει τα μακριά μαλλιά της, αλλά από την άλλη η Όλγα είχε δίκιο. Τα κοντά μαλλιά της γύρω από το πρόσωπο της την έκαναν να δείχνει μεγαλύτερη.

Δεν μπορούσε να αποφασίσει αν της άρεσε αυτό το κούρεμα.

«Σε περίπτωση που δεν σας αρέσει, σας έφερα ένα μαντήλι που μπορείτε να το φορέσετε» είπε η Όλγα, κάνοντας λίγο πλάκα, καθώς το έβγαλε από την τσέπη της και της το έδωσε.

«Αυτό ήταν ευγενικό εκ μέρους σου» γέλασε η Υπατία. Ξεδίπλωσε το μαντήλι, θαυμάζοντας τα έντονα χρώματα του. «Πώς μπορώ να στο ανταποδώσω;»

«Μην ανησυχείτε για αυτό» είπε η Όλγα, παίρνοντας την τσάντα με τα εργαλεία της και βάδισε προς την πόρτα. «Θα μείνω στο δωμάτιο της θείας μου απόψε σε περίπτωση που χρειαστείτε κάτι. Η νέα οικονόμος υποτίθεται θα φτάσει αύριο το πρωί. Διαφορετικά, καλό βράδυ».

*****

Το ίδιο βράδυ, αμέσως μετά το δείπνο, η Μελίσσα και ο Μάικλ δικαιολογήθηκαν σκοπεύοντας να φύγουν.

«Μελίσσα, τι σχέδια έχεις για απόψε;» ρώτησε ο Τόνι.

«Θα επισκεφθώ την οικογένεια του Μάικλ και θα επιστρέψω αργά το πρωί. Ο Μάικλ έχει ραντεβού αύριο το πρωί και εγώ έχω ψώνια να κάνω».

Ο Τόνι έγνεψε καταφατικά, αποχαιρετώντας το ζευγάρι, καθώς έφευγε.

«Πρέπει να φύγω κι εγώ» είπε η Μπόνι.

Ο Τόνι τη συνόδεψε στην έξοδο του σπιτιού, με τα χέρια στις τσέπες του.

«Τώρα που θα είσαι στην Ελλάδα, ελπίζω να βλεπόμαστε περισσότερο». είπε η Μπόνι, ρίχνοντας πίσω τα μαλλιά της.

«Ο λόγος που διάλεξα να μείνω εδώ είναι επειδή ο πατέρας μου είναι πολύ άρρωστος, για να διευθύνει την επιχείρηση».

Η Μπόνι γύρισε και τον κοίταξε στα μάτια. «Ελπίζω η απόφαση σου να μην έχει να κάνει με εκείνο το κορίτσι από το νησί που μένει εδώ».

Είχε ήδη φύγει, πριν προλάβει να της απαντήσει ο Τόνι, τα τακούνια της όμως χτυπούσαν θυμωμένα στο δρόμο. Κοίταξε επίμονα την φιγούρα της να απομακρύνεται, πληγωμένος από την τοξική της παρατήρηση, όμως παραδέχθηκε σιωπηλά ότι υπήρχε κάποια αλήθεια σε αυτά που είπε.

Όταν ο Τόνι μπήκε στο δωμάτιο του πατέρα του, τον βρήκε να κοιμάται. Η Χριστίνα καθόταν δίπλα του και διάβαζε ένα περιοδικό.

«Πώς είναι τα πράγματα με τον πατέρα;» ρώτησε ο Τόνι. Τράβηξε μια καρέκλα και κάθισε δίπλα της.

«Του έδωσαν κάποια φάρμακα, για να τον βοηθήσουν να κοιμηθεί. Εξακολουθεί να παραπονιέται για αυτές τις ζαλάδες» είπε η Χριστίνα σιγά.

«Γνωρίζουν τι του συμβαίνει;»

«Όχι, όχι ακόμα. Του κάνουν κι άλλες εξετάσεις. Έχουν προγραμματίσει να του κάνουν βιοψία αύριο».

«Ακόμα δεν ξέρουν τι έχει;» ρώτησε με δυσπιστία ο Τόνι. «Ξέρουμε για πόσο καιρό θα μείνει εδώ;»

«Όχι, ούτε αυτό το έχουν αποφασίσει. Προτιμώ να είναι εδώ προς το παρόν, έτσι, ώστε να μην πέσει και χτυπήσει» είπε η Χριστίνα, ανασηκώνοντας τους ώμους.

«Καλή ιδέα. Η Μελίσσα είπε ότι ήταν αναστατωμένος με κάτι και ήθελε να με δει;»

Εκείνη σταμάτησε. «Έλαβε ένα επαγγελματικό τηλεφώνημα σήμερα το πρωί και φάνηκε αναστατωμένος μετά, αλλά δεν μου ανέφερε τίποτα».

«Μπορώ να του μιλήσω αύριο που θα ξαναέρθω».

«Θα απογοητευτεί που ήρθες και κοιμόταν. Ήθελε να σου μιλήσει».

«Δεν πειράζει. Καλύτερα να γίνει καλά. Θα επιστρέψω αύριο».

«Έλα αργά το πρωί, αφού έχουν κάνει τη βιοψία. Μπορείς, επίσης, να μιλήσεις και με τους γιατρούς αν έχεις απορίες».

Ο Τόνι έμεινε λίγο ακόμη, ελπίζοντας να μιλήσει με τον πατέρα του, αλλά δεν ξύπνησε, οπότε επέστρεψε στο σπίτι.

ΚΕΦΑΛΑΙΟ 15

Δύο κύριοι πέρασαν χρόνο μαζί μου.
Αναρωτιέμαι πού θα οδηγήσει όλο αυτό

Το επόμενο πρωί, η Υπατία ξύπνησε από τον ήχο των πουλιών που κελαηδούσαν έξω από το παράθυρό της. Έτριψε τα μάτια της και τεντώθηκε. Οι σκέψεις της στράφηκαν στα χθεσινά γεγονότα. Χαμογέλασε νωχελικά, ενθυμούμενη να παίζει πιάνο και το φιλί του κυρίου Τόνι. *Σταμάτα αυτές τις σκέψεις αμέσως. Ήταν λάθος εκ μέρους του να με φιλήσει.*

Τράβηξε τα σκεπάσματα από πάνω της. Καθώς ήταν έτοιμη να σηκωθεί από το κρεβάτι, θυμήθηκε τον πρησμένο αστράγαλό της. Πόσο ανόητη ήταν να πεταχτεί από το κρεβάτι χθες και να τραυματίσει το πόδι της.

Ένα χτύπημα στην πόρτα διέκοψε τις σκέψεις της. Η καρδιά της χτύπησε δυνατά, καθώς φανταζόταν τον κύριο Τόνι να της φέρνει το δίσκο, όπως χθες το πρωί. Δεν ήθελε να τη δει με το νυχτικό της. Μπήκε κάτω από τα σκεπάσματα και τα τράβηξε μέχρι το πηγούνι της. «Περάστε μέσα.»

«Καλημέρα, δεσποινίς Υπατία. Είμαι η Σούλα, η μαγείρισσα, με το πρωινό σας» είπε η Σούλα. Ήταν μια φιλική, μεσήλικη γυναίκα, με γερά μπράτσα, αρκετά δυνατά, για να μεταφέρει το βαρύ δίσκο με το πρωινό στο δωμάτιο.

«Καλημέρα, κυρία Σούλα».

«Ελπίζω να μην σας ξύπνησα, αλλά η κυρία Όλγα μου είπε πριν φύγει σήμερα το πρωί ότι θα θέλατε το πρωινό σας νωρίς».

«Ευχαριστώ» είπε η Υπατία, χαμογελώντας και κάθισε στο κρεβάτι, νιώθοντας ξεχωριστή. «Είναι κανείς άλλος ξύπνιος;»

«Α, εννοείτε τον κύριο Τόνι; Νομίζω ότι έφυγε με τον Τιμ, τον οδηγό, νωρίτερα σήμερα το πρωί, και η δεσποινίς Μελίσσα δεν έχει επιστρέψει ακόμα» είπε η κυρία Σούλα, καθώς έφευγε από το δωμάτιο. «Απολαύστε το πρωινό σας, δεσποινίς Υπατία».

Δεν υπήρχε κανένα σημείωμα σήμερα στο δίσκο. Η Υπατία ένιωσε ελαφρώς απογοητευμένη, ελπίζοντας κρυφά ότι ο κύριος Τόνι θα έγραφε κάτι ξανά. Έφαγε το πρωινό της, αναρωτώμενη πώς θα τηλεφωνούσε στον παππού της αν ο κύριος Τόνι δεν ήταν εκεί, για να την βοηθήσει.

Κάποιος χτύπησε στην πόρτα της.

Η καρδιά της Υπατίας άρχισε να χτυπάει ξανά και αναρωτήθηκε μήπως ήταν ο κύριος Τόνι. Αντίθετα, μια αδύνατη νευρική γυναίκα στάθηκε στην πόρτα και παρουσιάστηκε ως η νέα οικονόμος, η κυρία Κατίνα.

«Δεσποινίς Υπατία, χρειάζεστε τίποτα;» ρώτησε η κ. Κατινά.

«Όχι, ευχαριστώ. Όλα είναι καλά.»

Η κυρία Κατίνα φάνηκε ανακουφισμένη και δικαιολογήθηκε λέγοντας ότι είναι απασχολημένη, αφού ήταν νέα στο σπίτι και προσπαθούσε να τα τακτοποιήσει όλα.

Η Υπατία πλύθηκε και φόρεσε τη μαύρη φούστα της και μακρυμάνικη μπλούζα. Ήθελε να κρύψει τα σημάδια στα νύχια της και τις μαύρες και μπλε περιοχές γύρω τους που προκλήθηκαν από την Μπόνι. Περίμενε με αγωνία να πάει η ώρα εννέα και μισή. Έτρεξε κουτσαίνοντας προς την βιβλιοθήκη, σκεπτόμενη αν ο Τόνι θα θυμόταν το τηλεφώνημα που επρόκειτο να κάνει στον παππού της.

Οι διπλές πόρτες στη βιβλιοθήκη ήταν ανοιχτές. Νιώθοντας αισιόδοξη ότι ο κύριος Τόνι θα ήταν εκεί. Κοίταξε μέσα.

Το δωμάτιο ήταν άδειο, επιδεινώνοντας το άγχος της. Ήξερε ότι ο παππούς της δεν ήθελε να περιμένει, αλλά τι μπορούσε να κάνει; Δεν μπορούσε να κάνει το τηλεφώνημα χωρίς τον κύριο Τόνι.

Η Υπατία πήγε κοντά στα ράφια, κοιτάζοντας τα βιβλία, αλλά δεν χρειάστηκε να περιμένει πολύ.

«Καλημέρα, Υπατία, συγνώμη που άργησα» είπε ο Τόνι, προχωρώντας με γρήγορο βήμα στο δωμάτιο. «Έπρεπε να πάρω το αυτοκίνητό μου». Σταμάτησε, όταν την είδε. Το πρόσωπο του έμεινε έκπληκτο. «Τι έπαθαν τα μαλλιά σου;»

Η Υπατία άγγιξε τις μπούκλες της, ενθυμούμενη το κούρεμά της. «Ω, ε, η ανιψιά της Τζίλντα, η Όλγα, μου έκοψε τα μαλλιά. Σκέφτηκε ότι θα φαίνονταν καλύτερα κοντά».

«Μου άρεσαν περισσότερο μακριά. Δεν πρέπει να αφήνεις τους άλλους να σε επηρεάζουν» της είπε απότομα.

Το πρόσωπό της κοκκίνησε και σηκώθηκε με δυσκολία. «Κύριε Τόνι, είχαμε μια υποχρέωση να καλέσουμε τον παππού μου, έτσι δεν είναι;»

Την κοίταξε επίμονα στα μάτια. «Σε παρακαλώ, φώναζέ με Τόνι» είπε με βραχνή φωνή.

Εκείνη μαλάκωσε. «Εντάξει, Τόνι».

Καθάρισε το λαιμό του. «Πριν του τηλεφωνήσεις, θα ήθελα να σου υπενθυμίσω ότι είσαι περισσότερο από ευπρόσδεκτη να μείνεις εδώ, Υπατία. Η Μελίσσα επέστρεψε σήμερα, οπότε μπορείς να πεις στον παππού σου ότι δεν θα είσαι μόνη. Έχεις τον αριθμό; Μπορώ να τον καλέσω εγώ για σένα».

Του έδωσε το χαρτί με τον αριθμό τηλεφώνου.

Αφού τον πήρε, της έδωσε το τηλέφωνο, έπιασε ένα βιβλίο από ένα ράφι και βγήκε από το δωμάτιο.

«Γεια σας, είμαι η Υπατία Κουρή. Είναι ο παππούς μου εκεί, ο Χρήστος Ροδάκης;»

«Ένα λεπτό, παρακαλώ» είπε η φωνή ενός νεαρού άντρα.

«Υπατία, κορίτσι μου, πώς είσαι;» ρώτησε ο παππούς. Η φωνή του έτρεμε από συγκίνηση.

Η Υπατία χάρηκε που άκουσε τη φωνή του. Του είπε ότι ήταν στο σπίτι του Πλακή, εξηγώντας του πώς κατέληξε εκεί. Όταν τελείωσε, τον ρώτησε: «Τι να κάνω; Να μείνω εδώ;»

«Αν ήξερα μόνο ότι η θεία σου δεν θα ήταν εκεί, δεν θα σε άφηνα να φύγεις» την μάλωσε.

Η Υπατία ένιωσε μετανοιωμένη και δεν ήξερε τι να πει. *Έχει δίκιο*, σκέφτηκε

«Άκουσέ με. Πρέπει να πας στο σπίτι του ξαδέρφου σου Τζορτζ. Ζει σε προάστιο του Πειραιά με την οικογένειά του».

«Είναι αυτός που μας επισκέφτηκε μερικές φορές με τη σύζυγό του Πόλα;»

«Ναι. Δεν ξέρω αν είναι εκεί, όμως, γιατί ταξιδεύουν συχνά, αλλά τουλάχιστον δοκίμασε» είπε ο παππούς. «Τώρα, πάρε στυλό και χαρτί, γιατί θα σου δώσω τη διεύθυνσή τους. Αν είναι πρόθυμοι να σε φιλοξενήσουν, μάζεψε τα πράγματα σου και πήγαινε να μείνεις εκεί μέχρι να έρθει η θεία σου».

Έγραψε η Υπατία τη διεύθυνση. «Κι αν δεν είναι εκεί ή δεν μπορώ να μείνω μαζί τους;»

«Τότε, ας είναι. Θα πρέπει να μείνεις με την οικογένεια Πλακή» είπε ο παππούς, αναστενάζοντας. «Ενημέρωσε με τι θα κάνεις. Παρεμπιπτόντως, δώσε τους χαιρετισμούς μου στα ξαδέλφια σου αν τα δεις, και στον κύριο Τόνι και την οικογένειά του».

«Εντάξει. Πώς είναι τα πράγματα εκεί;»

«Καλά, καλά. Μας λείπεις και όλοι ρωτάνε για σένα» απάντησε ο παππούς. Η φωνή του είχε αρχίσει να μαλακώνει.

Τον ρώτησε για την κ. Ξυλούρη και τον μικρό Νίκο.

«Τους είδα σήμερα το πρωί. Από όσο είδα, το αγόρι ήταν καλά και η κ. Ξυλούρη ρωτούσε για σένα».

«Ωραία. Πώς τα πας μόνος σου, παππού;»

«Η νονά σου και η οικογένειά της με βοηθάνε. Ο Θωμάς θα έρθει αργότερα, σήμερα, για να με βοηθήσει στις δουλειές. Πώς ήταν ο κύριος Τόνι μαζί σου;»

Του είπε για το πόδι της και ότι επρόκειτο να την πάει στο γιατρό να το κοιτάξει. «Είναι πολύ ευγενικός μαζί μου. Ήξερες ότι είναι πολύ μορφωμένος και καθηγητής σε πανεπιστήμιο;»

«Χμμ» είπε ο παππούς της. Έπειτα, της υπενθύμισε αυστηρά να συμπεριφέρεται σαν το καλό κορίτσι που ήταν και να μην μιλάει πολύ παρουσία του κυρίου Τόνι. «Δεν θέλουμε να πιστεύουν ότι τα κορίτσια μας από το νησί είναι τολμηρά» είπε ο Χρήστος. «Τώρα πρέπει να κλείσω το τηλέφωνο, γιατί υπάρχουν κι άλλοι εδώ που περιμένουν να χρησιμοποιούν το τηλέφωνο».

Η Υπατία τον αποχαιρέτησε με δάκρυα. Πήγε στο διάδρομο και βρήκε τον Τόνι ακουμπισμένο στον τοίχο, να διαβάζει το βιβλίο.

«Πώς πήγε;» τη ρώτησε, μελετώντας τη προσεκτικά.

«Ο παππούς μου έχει έναν ξάδερφο που ζει κάπου στον Πειραιά και μου είπε τη διεύθυνσή του. Θα μείνω μαζί τους» είπε η Υπατία, προσπαθώντας να φανεί χαρούμενη.

128

«Θέλω να ξέρεις ότι είσαι πάντα ευπρόσδεκτη να μείνεις εδώ».

«Ευχαριστώ, αλλά θα μείνω με τα ξαδέλφια μου».

«Ωραία, αλλά πρώτα πρέπει να δούμε αν θα κάνουμε ακτινογραφία στο πόδι και θα επισκεφτούμε το γιατρό».

«Εντάξει, και μπορούμε να σταματήσουμε μετά και στα ξαδέλφια μου;» επέμεινε εκείνη.

«Πιστεύω ότι μπορούμε να το κανονίσουμε».

Καθώς οδηγούσαν στον δρόμο, η Υπατία παρατήρησε ένα λεωφορείο να σταματά μπροστά σε μια στάση λεωφορείων.

«Πού πάει αυτό το λεωφορείο;» ρώτησε εκείνη με περιέργεια.

«Πηγαίνει μέχρι τις αποβάθρες στον Πειραιά» είπε ο Τόνι, δείχνοντας το δρόμο. «Γιατί;»

«Ρώτησα από περιέργεια» απάντησε η Υπατία. Έμεινε σιωπηλή μετά από αυτό, κοιτάζοντας το τοπίο, παρατηρώντας πόσο αριστοτεχνικά οδηγούσε ο Τόνι. Συνειδητοποίησε ότι ήταν ψηλά σε ένα λόφο, γιατί ο δρόμος με στροφές τους οδήγησε στην πλαγιά του, περνώντας από όμορφες μεγάλες βίλες με ευρύχωρα οικόπεδα.

Ο Τόνι έδειξε την πόλη κάτω τους. «Εκεί είναι η Αθήνα, όπου είναι το νοσοκομείο».

Κοίταξε την διάσημη πόλη, με τα ακατάστατα, τα ψηλά κτίρια, τους πολυσύχναστους δρόμους και τον πολυσύχναστο τρόπο ζωής, τόσο διαφορετικό από το αγροτικό σκηνικό και αργό ρυθμό του νησιού των Λειψών.

Ο Τόνι άνοιξε το ραδιόφωνο και άκουγαν μουσική. Ήταν πολύ ντροπαλή, για να μιλήσει και ένιωθε ότι ήταν πιο συγκρατημένος από ό,τι συνήθως.

Σύντομα, έφτασαν στην πόλη. Ο Τόνι έκανε την οδήγηση να φαίνεται εύκολη, καθώς έκανε ελιγμούς με το αυτοκίνητο στους πολυσύχναστους δρόμους της Αθήνας.

Σταμάτησαν στο νοσοκομείο για την ακτινογραφία στον αστράγαλό της. Περπατώντας στους διαδρόμους, γεμάτους κόσμο και νοσηλευτικό προσωπικό, η Υπατία ένιωθε συγκλονισμένη. Δεν είχε ξαναπάει σε τόσο μεγάλο νοσοκομείο. Τα μάτια της άνοιξαν διάπλατα με απορία, καθώς είδε ασθενείς να περπατούν, να κουτσαίνουν ή να τους περιφέρουν με καροτσάκια.

«Ορίστε, ας πάμε στο σωστό μέρος». Ο Τόνι την οδήγησε στο τμήμα ακτινογραφίας.

«Θα επιστρέψω σύντομα. Πρέπει να κάνω μια παραγγελία» είπε ο Τόνι, αφού την άφησε στο δωμάτιο.

Μετά από πολλή ώρα, ένας τεχνικός φώναξε την Υπατία, για να της κάνει την ακτινογραφία. Το δωμάτιο με τις ακτίνες ήταν κρύο και σκοτεινό, και η Υπατία έτρεμε σε όλη τη διάρκεια της διαδικασίας.

Στη συνέχεια, κάθισε περιμένοντας την επιστροφή του Τόνι με το άγχος της να μεγαλώνει. Ο Τόνι είχε φύγει απότομα από το νοσοκομείο και εκείνη αναρωτήθηκε αν ήταν θυμωμένος μαζί της. Ίσως δεν ήθελε να τη βοηθήσει και του είχε γίνει βάρος, ωστόσο η καρδιά της ένιωθε ότι δεν ήταν έτσι. Έφτασε στην ώρα του για το τηλεφώνημα στο παππού, και της ζήτησε να τον λέει Τόνι. Την έφερε κιόλας εδώ. Ήταν συγκρατημένος μαζί της λόγω του κουρέματός της; Άγγιξε τα μαλλιά της σκεφτική. Αισθανόμενη δυστυχία, η Υπατία κάθισε και περίμενε.

«Υπατία!»

Η Υπατία στράφηκε προς τη φωνή του Τόνι, με την καρδιά της να φουσκώνει από χαρά. *Ήρθε ο Τόνι.*

Την πλησίασε, χαμογελώντας με αυτόν τον γοητευτικό τρόπο που την έκανε να νιώθει ξεχωριστή. Του ανταπέδωσε το χαμόγελο. Κάπως έτσι, ο Τόνι έκανε τα πάντα να είναι καλά.

«Πρέπει να επισκεφτούμε τον γιατρό Χατζή και να δούμε τα αποτελέσματα των εξετάσεων» την ενημέρωσε ο Τόνι, βοηθώντας τη να κατέβει κουτσαίνοντας στο διάδρομο.

Την οδήγησε στο κτίριο, όπου βρισκόταν ο γιατρός Χατζής, όχι πολύ μακριά από το νοσοκομείο.

Το λόμπι ήταν κρύο με τα μαρμάρινα δάπεδα, καθώς έμπαιναν στο κτίριο. Το γραφείο ήταν στον πρώτο όροφο.

Ο Τόνι τής κράτησε την πόρτα ανοιχτή, καθώς μπήκε κουτσαίνοντας στην αίθουσα αναμονής. Το απλό, αποστειρωμένο δωμάτιο ήταν μικρό και είχε μερικές καρέκλες, όπου κάθονταν ένα ηλικιωμένο ζευγάρι και μια ηλικιωμένη γυναίκα. Στο πλάι υπήρχε ένα ράφι με περιοδικά.

Ο γιατρός Χατζής βγήκε από το δωμάτιο εξέτασης και τους χαιρέτησε. «Μπορεί να περάσει λίγη ώρα μέχρι να έρθουν οι ακτίνες. Ελπίζω να μην σας πειράζει να περιμένετε» τους είπε.

«Πρέπει να πάω να δω τον πατέρα μου. Θα ήθελες να περιμένεις εδώ, Υπατία;» ρώτησε ο Τόνι την Υπατία. «Θα έρθω αργότερα».

Το άγχος της Υπατίας επέστρεψε. *Ο Τόνι με αφήνει πάλι μόνη σε ένα παράξενο μέρος.* Εκείνη έγνεψε καταφατικά.

«Θα σε πάρω τηλέφωνο, όταν τελειώσει» του είπε ο γιατρός Χατζής.

Μια νοσοκόμα κάλεσε τον γιατρό στο γραφείο.

Αφού έφυγε ο Τόνι, η Υπατία ξεφύλλισε κάποια από τα περιοδικά που ήταν παραταγμένα στο ράφι. Η ώρα περνούσε και οι ασθενείς πηγαινοέρχονταν, καθώς εκείνη επικεντρωνόταν στο διάβασμά της.

Η Υπατία είχε αρχίσει να πεινάει. Χασμουρήθηκε. Λίγο αργότερα, μια νοσοκόμα μπήκε στην αίθουσα αναμονής και φώναξε το όνομά της. Το γραφείο του γιατρού Χατζή ήταν στο τέρμα του διαδρόμου και, όταν μπήκε σε αυτό, ήταν απασχολημένος γράφοντας κάτι σε μια ιατρική καρτέλα.

Σήκωσε το βλέμμα του και της χαμογέλασε.

«Έχω καλά νέα, Υπατία. Οι ακτίνες δείχνουν ότι δεν έχεις κατάγματα ή σπασίματα σε κανένα από τα κόκαλα του ποδιού» είπε ο γιατρός. «Θα επιστρέψεις γρήγορα στην κανονικότητα».

«Ω, αυτό είναι υπέροχο, γιατρέ! Δεν ξέρεις πόσο χαρούμενη με κάνει αυτή η είδηση» αναφώνησε η Υπατία, χαρούμενη.

«Και εγώ χαίρομαι για σένα, Υπατία» είπε ο Μάικλ απαλά. Της εξήγησε την κατάλληλη φροντίδα για τον πρησμένο αστράγαλό της, υπενθυμίζοντάς της να τον ξεκουράσει. «Αν χρειάζεσαι κάτι άλλο, ενημέρωσέ με».

Κάποιος χτύπησε την πόρτα και μια νοσοκόμα μπήκε στο γραφείο. «Γιατρέ, σε χρειαζόμαστε».

«Έρχομαι αμέσως».

«Πριν φύγετε, γιατρέ, θα μπορούσαμε να τηλεφωνήσουμε στον Τόνι;» ρώτησε η Υπατία.

«Ναι, φυσικά». Ο γιατρός κάλεσε τον αριθμό στο τηλέφωνο.

Η Υπατία εκτίμησε πολύ τη φροντίδα του γιατρού. Αφού της έδωσε το τηλέφωνο, δικαιολογήθηκε φεύγοντας να πάει να εξετάσει έναν ασθενή.

Η Κατίνα, η νέα οικονόμος στο σπίτι του Πλακή απάντησε στο τηλέφωνο. Είπε ότι ο κύριος Τόνι δεν ήταν εκεί. Η Υπατία τής ζήτησε να του πει να της τηλεφωνήσει στο ιατρείο, όταν φτάσει.

Η Υπατία επέστρεψε στην αίθουσα αναμονής. Κάθισε και διάβασε κάποια άλλα περιοδικά. Η αίθουσα αναμονής είχε αδειάσει. Το πόδι της παλλόταν από το πρήξιμο και ένιωθε άθλια.

Ο γιατρός Χατζής βγήκε από το γραφείο του και έκπληκτος την είδε εκεί. «Δεν έπρεπε να σε πάρει ο Τόνι;» ρώτησε.

«Όταν τηλεφώνησα στο σπίτι του, η κυρία Κατίνα μού είπε ότι δεν είχε φτάσει ακόμα» μουρμούρισε.

«Αν δεν σας πειράζει να περιμένετε εδώ, μπορώ να σας πάω εγώ πίσω στο σπίτι αργότερα, όταν τελειώσω με τους ασθενείς. Θα πάω εκεί, ούτως ή άλλως, για να δω την Μελίσσα».

«Δεν είναι τόσο εύκολο. Μετά από εδώ πρέπει να πάω κάπου αλλού» εξήγησε, κοκκινίζοντας με την πρόσκλησή του. Του μίλησε για τα ξαδέλφια της.

«Γνωρίζω τον Γιώργο Μαστρογιάννη και την οικογένειά του» είπε ο γιατρός, με τα γαλάζια μάτια του να φωτίζονται. «Τελευταία φορά τους είδα, πριν από ένα μήνα και μου είπαν ότι θα πήγαιναν στην Ιταλία για περιήγηση, αλλά δεν θυμάμαι πότε θα έφευγαν».

Το τηλέφωνο χτύπησε και ο γιατρός Χατζής απάντησε. «Γεια σου, κυρία Κατίνα. Ναι, περιμένει εδώ τον Τόνι. Θα της το πω. Παρεμπιπτόντως, η Μελίσσα είναι εκεί; Παρακαλώ πείτε της ότι θέλω να της μιλήσω».

Η Υπατία άκουσε με περιέργεια τη συνομιλία του με την Μελίσσα. Έμοιαζε σαν να σφίχτηκε ελαφρώς η φωνή του.

«Ναι, μπορούμε να πάμε για τα δαχτυλίδια. Νομίζω ότι πρέπει να δούμε πολλά, πριν αποφασίσουμε, έτσι δεν είναι;» Ο γιατρός Χατζής έκλεισε το τηλέφωνο, μετά γύρισε στην Υπατία και είπε, «Ο Τόνι θα είναι εδώ γύρω στη μία, για να σε πάρει. Τελείωσα και με τον τελευταίο μου ασθενή. Θέλεις να φάμε μαζί μέχρι να έρθει;»

«Ω, δεν ξέρω» άρχισε η Υπατία, κοκκινίζοντας για άλλη μια φορά. Αν και ένιωθε άνετα να είναι μαζί του, η ιδέα να γευματίσει μαζί του της φαινόταν πολύ οικεία.

«Ξέρω ότι το πόδι σου δεν είναι καλά και μάλλον πεινάς, οπότε θα πάω δίπλα, θα πάρω σουβλάκια και θα τα φέρω εδώ. Εντάξει;»

Έγνεψε σιωπηλά καταφατικά, απορώντας πώς σε τόσο σύντομο χρονικό διάστημα, είχε μείνει μόνη με δύο ανύπαντρους νεαρούς άντρες και δεν ένιωθε τόσο άσχημα.

Μέσα σε λίγα λεπτά, ο γιατρός Χατζής επέστρεψε με τα σουβλάκια τυλιγμένα σε πίτα. Κάθισαν και έφαγαν το μεσημεριανό τους.

Η Υπατία τον ρώτησε για το επάγγελμά του και εκείνος απάντησε, αναφέροντας τις εμπειρίες του στην ιατρική. Συνεπαρμένη από αυτά που άκουσε, η Υπατία θαύμασε τα μικρά θαύματα που έκανε στους ανθρώπους, βοηθώντας τους να ζήσουν. Γέλασαν με ένα περιστατικό που είχε με έναν από τους ασθενείς του, όταν άνοιξε η γυάλινη πόρτα του γραφείου.

*****

Ο Τόνι ξαφνιάστηκε, όταν άκουσε γέλια να έρχονται από το γραφείο. Όταν μπήκε μέσα, είδε την Υπατία και τον Μάικλ να γελούν δυνατά. Το ραντάρ του πήρε φωτιά.

«Γεια και στους δύο σας. Τι κάνετε;» ρώτησε ο Τόνι, προσπαθώντας να ακουστεί χαρούμενος. Δεν είχε δει ποτέ τον Μάικλ να κάνει σαν χαρούμενο παιδί. Τον επηρέασε η Υπατία με το νεανικό της κέφι;

«Έλεγα στην Υπατία αυτή την ιστορία με τον γέρο που είχε πρόβλημα ακοής, την θυμάσαι;»

«Α, ναι, και του ζήτησες να καθίσει κι εκείνος κατέβασε το παντελόνι του;»

Όλοι έσκασαν στα γέλια για άλλη μια φορά.

«Πώς είναι το πόδι σου, Υπατία;» ρώτησε ο Τόνι, όταν σταμάτησαν να γελάνε.

«Πολύ καλά, ευχαριστώ. Ο γιατρός είπε ότι δεν υπάρχουν κατάγματα και σε λίγο θα επανέλθει στην φυσιολογική του κατάσταση».

Ο Μάικλ βγήκε έξω μαζί με τον Τόνι και την Υπατία, κατευθυνόμενοι προς το κόκκινο ξεσκέπαστο σπορ αυτοκίνητο του Τόνι.

«Παρεμπιπτόντως, πώς είναι ο πατέρας σου;» ρώτησε ο Μάικλ τον Τόνι.

Ο Τόνι αναστέναξε. «Όταν έφτασα στο νοσοκομείο, η νοσοκόμα μου είπε ότι έκανε εξετάσεις».

«Και η Χριστίνα;»

«Ούτε αυτή ήταν εκεί. Από τη νοσοκόμα έμαθα ότι είχε φύγει νωρίτερα για το ξενοδοχείο. Περίμενα λίγο, ελπίζοντας ότι θα έβλεπα τον πατέρα μου, αλλά δεν εμφανίστηκε μέχρι να φύγω. Θα μάθω αργότερα, όταν ξαναπάω».

Ο Τόνι άνοιξε την πόρτα για την Υπατία κι εκείνη μπήκε στο αυτοκίνητο. Έγνεψε στον Μάικλ, καθώς έφευγαν.

Ο Τόνι κοίταξε την Υπατία. «Μπορείς να μου δώσεις τη διεύθυνση που θα πάμε;»

Εκείνη έβγαλε το χαρτί από την τσάντα της και το διάβασε δυνατά.

«Ξέρω πού είναι. Είναι κοντά στο γραφείο μου» είπε ο Τόνι.

«Ω, αυτό είναι ωραίο» απάντησε η Υπατία νωχελικά εκείνη και σιώπησε. «Εννοούσα ότι είναι ωραίο που ξέρεις πού μένουν».

Κατέβασε την οροφή του αυτοκινήτου. Κατευθύνθηκαν στους πολυσύχναστους δρόμους, ελισσόμενοι γύρω από τα άλλα αυτοκίνητα. Εκείνος έριξε μια ματιά στο όμορφο προφίλ της Υπατίας με την ίσια μύτη και το μικρό, στέρεο πηγούνι της, καθώς εκείνη χάζευε τα κτίρια και τους ανθρώπους που περπατούσαν στους δρόμους. Ήταν πιο συγκρατημένη από ό,τι συνήθως.

Ο Τόνι άνοιξε το ραδιόφωνο, σκεπτόμενος πώς την είχε επικρίνει που έκοψε τα μαλλιά της και μετά, όταν του είπε ότι θα πήγαινε στο σπίτι των εξαδέλφων της, είχε μείνει ήσυχος. Την είχε αφήσει, επίσης, μόνη στο νοσοκομείο και στο γραφείο του Μάικλ όλο το πρωί. *Μήπως της συμπεριφέρθηκα όπως θα μου φερόταν ο πατέρας μου, με αδιαφορία;*

Της έριξε μια ματιά ξανά. Παράμενε ήσυχη. *Πολύ ήσυχη.* Λίγες στιγμές νωρίτερα, την είχε βρει να γελάει εγκάρδια με τον Μάικλ.

Στο ραδιόφωνο ακουγόταν ένα γνωστό αγαπημένο τραγούδι.

«Άστα τα μαλάκια σου» τραγούδησε κι εκείνη μαζί του. Η πλούσια φωνή του βαρύτονου έδενε καλά με το τραγούδι, πνίγοντας τους ήχους από τους θορύβους του δρόμου. Οι στίχοι αφορούσαν τα μαλλιά μιας γυναίκας και τις εποχές της ζωής.

Έριξε μια ματιά στην Υπατία και την έπιασε να τον κοιτάζει, κάνοντας την να κοκκινίσει όμορφα. Έσπρωξε τις μπούκλες των μαλλιών από το πρόσωπό της και μετά έψαξε την τσάντα της. Βγάζοντας ένα κασκόλ από μέσα και το τύλιξε γύρω από το κεφάλι της.

«Σε άκουσα να μιλάς με τον γιατρό Χατζή για τον πατέρα σου» άρχισε η Υπατία. «Ελπίζω να μην είναι πρόβλημα που έμεινα στο σπίτι σου όσο ο πατέρας σου ήταν στο νοσοκομείο».

«Η επίσκεψή σου δεν είναι καθόλου ταλαιπωρία. Ο πατέρας μου συχνά προσκαλεί κόσμο να μείνει μαζί μας, ακόμα, κι όταν δεν είναι εκείνος εκεί».

Λίγη ώρα αργότερα, έφτασαν στη διεύθυνση των ξαδέρφων της. Μπήκαν στην αυλή του τριώροφου σπιτιού και βρήκαν μια ηλικιωμένη γυναίκα να σκουπίζει την διπλανή αυλή.

«Με συγχωρείστε, κυρία, ξέρετε πού μένει η οικογένεια Μαστρογιάννη;» τη ρώτησε η Υπατία.

«Ναι, μένουν στον κάτω όροφο, αλλά δεν είναι εδώ. Έφυγαν πριν από δύο ημέρες σε ένα ταξίδι και δεν θα επιστρέψουν για ένα μήνα».

Εκείνη την ευχαρίστησε και γύρισε δειλά στον Τόνι, κοιτώντας τον με ανυπομονησία.

«Τότε τακτοποιήθηκε. Μένεις μαζί μας προς το παρόν» είπε ο Τόνι, νιώθοντας μια ορμή ανεξήγητης ευτυχίας.

Η Υπατία χαμογέλασε, καθώς επέστρεφε με το αυτοκίνητο μαζί του. «Σε ευχαριστώ» είπε.

Βγήκαν στον κεντρικό δρόμο και μετά από μερικά τετράγωνα, μπήκαν σε μια περιοχή που είχε καταστήματα. Όταν σταμάτησαν έξω στο φως, της έδειξε το ψηλό, μοντέρνο κτίριο δεξιά τους. «Αυτό είναι το κτίριο των γραφείων μας» είπε ο Τόνι.

«Τι μεγάλο κτίριο» αναφώνησε η Υπατία.

«Ναι, είναι όπως το λες» απάντησε ο Τόνι, κουνώντας καταφατικά το κεφάλι του. «Μας ανήκει όλο το κτίριο. Το

135

γραφείο μου είναι στον τρίτο όροφο και τριάντα άτομα απασχολούνται».

Ο Τόνι έστριψε στη γωνία, σκεπτόμενος τι θα γινόταν μετά. Μόλις άφηνε την Υπατία στο σπίτι, θα έπρεπε να φύγει, για να επισκεφτεί τον πατέρα του. Δεν ήθελε αυτός ο χρόνος με την Υπατία να τελειώσει ακόμα, επιπλέον έπρεπε να της μιλήσει.

«Υπάρχει ένα μέρος εκεί κοντά, όπου φτιάχνουν τους καλύτερους λουκουμάδες. Ας σταματήσουμε εκεί να πάρω μερικούς και για τον πατέρα μου. Θα τον επισκεφτώ αργότερα στο νοσοκομείο. Θα ενθουσιαστεί. Τρελαίνεται για τους λουκουμάδες». Γέλασε.

Η Υπατία γέλασε μαζί του.

Λίγα λεπτά αργότερα κάθισαν σε ένα τραπεζάκι έξω από το μαγαζί με τους λουκουμάδες, απολαμβάνοντας τις γλυκές στρογγυλές μπάλες με ένα ποτήρι κρύο καφέ φραπέ κάτω από τη σκιά ενός δέντρου. Οι ήχοι του κελαηδίσματος των πουλιών χάριζαν μια γαλήνια ατμόσφαιρα.

«Χμμμ. Είχες δίκιο, αυτοί είναι οι καλύτεροι λουκουμάδες που έχω φάει» μουρμούρισε η Υπατία, καθώς έτρωγε έναν από τους λουκουμάδες βουτηγμένο στο μέλι και ήταν ακόμα ζεστός. «Σ’ ευχαριστώ πάρα πολύ για την απόλαυση».

Οι ακτίνες του ήλιου φιλτράρονταν μέσα από τα φύλλα των δέντρων, δημιουργώντας μια ζεστή ατμόσφαιρα.

Η Υπατία σήκωσε τα μανίκια της, έβγαλε το κασκόλ της και το έβαλε στην τσάντα της. Τα δάχτυλά της χτένισαν τα κοντά μαλλιά της, τραβώντας τα προς τα κάτω σαν να ήθελε να τα κάνει πιο μακριά.

Αυτή η απλή χειρονομία άγγιξε την καρδιά του Τόνι. «Υπατία, ήθελα να σου μιλήσω για σήμερα».

Αυτό τράβηξε την προσοχή της. Τον κοίταξε με ορθάνοιχτα μάτια.

«Καταρχάς, λυπάμαι που έκανα σχόλια νωρίτερα για τα κοντά μαλλιά σου. Ήμουν απαράδεκτος».

«Δεν πειράζει» είπε εκείνη, πιάνοντας νευρικά τα μαλλιά της. «Επίσης, δεν έχω συνηθίσει να τα κόβω τόσο κοντά».

«Επίσης, πέρασες μια κουραστική μέρα, από το τηλεφώνημά σου στον παππού, μετά έβγαλες την ακτινογραφία στο πόδι σου και περίμενες όλες αυτές τις ώρες στο ιατρείο. Ζητώ συγνώμη που σε άφησα μόνη τόσες ώρες».

Ο Τόνι δεν ήταν προετοιμασμένος για τα δάκρυα που έτρεχαν στα μεγάλα μάτια του κοριτσιού. Τον κοίταξε επίμονα, με τα υπέροχα ανοιχτοπράσινα μάτια της να λάμπουν από τα δάκρυα, και μετά κοίταξε κάτω ντροπιασμένη.

Είχα αγγίξει μια χορδή.

*****

Η Υπατία σκούπισε τα μάτια της και φύσηξε τη μύτη της. «Συνήθως δεν κλαίω έτσι» μουρμούρισε, νιώθοντας στενοχωρημένη και ευάλωτη ταυτόχρονα.

«Δεν πειράζει, μάλλον είσαι κουρασμένη. Ίσως δεν έπρεπε να σε είχα φέρει εδώ, αλλά να σε είχα πάει στο σπίτι, για να ξεκουραστείς» είπε ο Τόνι, αγγίζοντας απαλά το χέρι της.

«Ω, όχι» αναφώνησε, τραβώντας το χέρι της και κουνώντας το κεφάλι της. «Το χάρηκα πραγματικά, σου ομολογώ».

Η Υπατία παρατήρησε ότι το βλέμμα του έπεσε στα σημάδια που είχαν απομείνει από τα νύχια της Μπόνι στο μπράτσο της. Τα είχε ξεχάσει.

Μια σκιά πέρασε από το πρόσωπό του. «Υπατία, τι σημάδια είναι αυτά;» ρώτησε, δείχνοντας το μπράτσο της, με τη φωνή του να είναι επικίνδυνα χαμηλή.

Τα σκέπασε με το χέρι της. «Δεν είναι τίποτα σοβαρό. Συνέβη, όταν η Μπόνι με βοήθησε να πάω στο δωμάτιό μου. Τα νύχια της ήταν λίγο αιχμηρά» είπε.

Μουρμούρισε κάτι σιγά κάτω από την αναπνοή του.

Αφού τελείωσαν, ο Τόνι παρήγγειλε μια μεγάλη μερίδα λουκουμάδες, για να πάρουν μαζί τους. Καθώς οδηγούσε στο σπίτι, τραγούδησε μαζί με το ραδιόφωνο, κάνοντας το ταξίδι διασκεδαστικό και αστείο για την Υπατία.

Η Υπατία απολάμβανε το τραγούδι του. Επέστρεψαν στο σπίτι των Πλακή γύρω στις τρεις και μισή.

«Δεν θα μπω» είπε ο Τόνι, βγαίνοντας έξω και της άνοιξε την πόρτα. «Ο πατέρας με περιμένει και πρέπει να τον δω». Της έγνεψε, καθώς απομακρύνθηκε γρήγορα.

Η Υπατία ένιωσε ένα κύμα ευτυχίας, καθώς έμπαινε στο σπίτι. Ο Τόνι είχε έναν τρόπο να κάνει μια γυναίκα να νιώθει ξεχωριστή και ευχάριστα. Ακόμα και το πόδι της το ένιωθε καλύτερα. *Ναι, αλλά φέρεται έτσι σε όλα τα κορίτσια. Θυμήσου το φιλί του τις προάλλες και τη συνομιλία του γιατρού Χατζή μαζί του στο σαλόνι του πλοίου.* Νιώθοντας μελαγχολία, μπήκε στο διάδρομο, κουτσαίνοντας προς το δωμάτιό της. Το πόδι της πονούσε αρκετά. Πρέπει να θυμηθεί να το ξεκουράσει και να το παρακολουθεί.

Η Μελίσσα την είδε και ήρθε προς το μέρος της. «Υπατία, ο αδελφός μου ήταν αυτός που έφυγε;» ρώτησε η Μελίσσα κάπως απότομα.

«Ναι, πηγαίνει να επισκεφτεί τον πατέρα σου στο νοσοκομείο».

«Χμμ» έκανε Μελίσσα, μισοκλείνοντας τα μάτια. «Ήθελα να μιλήσω μαζί του πριν πάει».

Απομακρύνθηκε, μουρμουρίζοντας κάτι στον εαυτό της. Η Υπατία ένιωσε ότι τα πράγματα δεν ήταν καλά και χώθηκε γρήγορα στην ασφάλεια του δωματίου της. Ξάπλωσε στο κρεβάτι, νιώθοντας ταραγμένη. Η Μελίσσα ήταν τόσο διαφορετική από τον αδελφό της.

Η Υπατία έπεσε γρήγορα σε έναν ελαφρύ ύπνο.

ΚΕΦΑΛΑΙΟ 16

Άκουσα την ευχή της οικογένειάς σου για σένα.
Αντίο προς το παρόν, τόλμησε να είναι αληθινό;

Ο Τόνι ανέβηκε τις σκάλες του νοσοκομείου φτάνοντας στον όροφο του πατέρα του και περπάτησε στον αμυδρά φωτισμένο διάδρομο, ευαίσθητος στη μυρωδιά της φορμαλδεΰδης που διαπερνούσε τον αέρα. Κουβαλούσε με λαχτάρα το κουτί με τους λουκουμάδες, εκτιμώντας τη γλυκιά μυρωδιά τους. Ήταν μια ωραία υπενθύμιση ενός άλλου κόσμου από τον οποίο μόλις είχε βγει.

Βρήκε τον γιατρό Βάσκανο να μιλά με τη νοσοκόμα στο διάδρομο. Τον ρώτησε για τον πατέρα του.

«Πρέπει να μιλήσουμε ιδιαιτέρως. Παρακαλώ, ακολουθήστε με» απάντησε σοβαρά ο γιατρός Βάσκανος.

Ο Τόνι τον ακολούθησε σε ένα δωμάτιο. Κάθισαν.

«Επιτρέψτε μου να μιλήσω ανοιχτά, κύριε Πλακή» άρχισε ο γιατρός Βάσκανος. «Εξακολουθούμε να λαβαίνουμε αποτελέσματα από τις εξετάσεις και δεν μπορούμε να είμαστε εκατό τοις εκατό βέβαιοι μέχρι να οριστικοποιηθούν. Αυτό που μπορώ να σας πω είναι ότι δεδομένων των συμπτωμάτων του πατέρα σας και όσων δείχνουν οι έως τώρα εξετάσεις, υπάρχει μεγάλη πιθανότητα να έχει όγκο στον εγκέφαλο, στην κάτω πλευρά του εγκεφάλου. Δεν θα ξέρουμε με βεβαιότητα έως ότου βγουν τα αποτελέσματα της βιοψίας».

Ο Τόνι προβληματίστηκε με τα νέα και έκανε πολλές ερωτήσεις. Μίλησαν για λίγο, ευχαρίστησε το γιατρό, του έσφιξε το χέρι και του έβαλε κι ένα μάτσο χρήματα μέσα σε αυτό.

Βρήκε τον πατέρα του να κάθεται στο κρεβάτι του, μόνος και ξύπνιος, φορώντας τα γυαλιά του και να διαβάζει την εφημερίδα.

Ο Τόνι προσπάθησε να είναι ευδιάθετος, καθώς έδινε στον πατέρα του το κουτί με τους λουκουμάδες. «Για σένα, πατέρα».

Ο πατέρας του τους πήρε διστακτικά και μετά τους άφησε στην άκρη. «Περιμένω εξηγήσεις, Τόνι. Έπρεπε να έρθεις σήμερα το πρωί και να μιλήσεις με τον γιατρό. Αντίθετα, τριγυρνούσες στην πόλη με ένα κορίτσι από ένα νησί, σχεδόν στα μισά σου χρόνια. Πέρασες περισσότερο χρόνο με εκείνο το κορίτσι παρά με την Μπόνι». Ο Γρηγόρης έβγαλε τα γυαλιά του και έτριψε τα μάτια του.

«Φαντάζομαι ότι μίλησες με τη Μελίσσα» είπε ο Τόνι ήσυχα.

«Μόλις έκλεισα το τηλέφωνο μαζί της» γκρίνιαξε ο Γρηγόρης. «Είπε ότι ήσουν όλη μέρα με την Υπατία».

«Να σε ενημερώσω πώς άφησα την Υπατία στο γραφείο του Μάικλ το πρωί λόγω του πρησμένου αστράγαλού της και ήρθα αμέσως εδώ, αλλά μου είπαν ότι έκανες εξετάσεις και ο γιατρός Βάσκανος δεν είχε έρθει ακόμα. Μετά επέστρεψα στο γραφείο του Μάικλ και πήγα την Υπατία στο σπίτι, πριν έρθω εδώ».

«Και οι λουκουμάδες;» είπε ο Γρηγόρης. «Ξέρω την αγάπη σου να πηγαίνεις τα κορίτσια εκεί».

«Τους πήρα για σένα. Ξέρω ότι σου αρέσουν».

«Χμμ. Τι είπε ο γιατρός; Έχω όγκο στον εγκέφαλο, έτσι δεν είναι;» ρώτησε ο Γρηγόρης, αλλάζοντας θέμα.

«Δεν έχουν βγει όλες οι εξετάσεις, αλλά δεδομένων των συμπτωμάτων που έχεις και του σημείου στο φιλμ των ακτινών, πιστεύει ότι αυτό είναι μια ισχυρή πιθανότητα» απάντησε ο Τόνι, προσπαθώντας να μην χρησιμοποιήσει τη λέξη 'όγκος στον εγκέφαλο'.

«Το ήξερα. Όταν συνέχιζε να καθυστερεί, κατάλαβα ότι μου έκρυβε κάτι σοβαρό» είπε ο Γρηγόρης σφίγγοντας το στόμα του. «Ανάφερε κάτι για χειρουργείο;»

«Η θεραπεία περιλαμβάνει χειρουργική επέμβαση, εάν τα τεστ είναι θετικά, αλλά δεν σας συνιστά να την κάνετε εδώ. Αντ' αυτού, μου έδωσε το όνομα ενός κορυφαίου νευροχειρουργού στις Ηνωμένες Πολιτείες. Έχουν αυτά τα χειρουργικά μηχανήματα που είναι πολύ πιο προηγμένα εκεί».

«Το φαντάστηκα ότι θα έλεγε κάτι τέτοιο. Θα πάρω μια δεύτερη γνώμη, πριν αποφασίσω οτιδήποτε» μουρμούρισε ο Γρηγόρης. «Κάθισε, θέλω να σου μιλήσω».

«Ναι;» ρώτησε ο Τόνι και βολεύτηκε στη μεγάλη πολυθρόνα κοντά στο κρεβάτι. Αυτή ήταν μια ειδική αγορά που έκανε ο πατέρας του για τη Χριστίνα, ώστε να κάθεται άνετα στο πλευρό του.

Ο Γρηγόρης έβηξε νευρικά, πριν αρχίσει να μιλάει. «Όταν υποσχέθηκα στον Χρήστο Ροδάκη ότι ο γιος μου θα βοηθήσει την εγγονή του να έρθει στον Πειραιά, κράτησα την υπόσχεσή μου. Ωστόσο, δεν συνειδητοποίησα ότι ο γιος μου θα περνούσε όλη την μέρα μαζί της δείχνοντάς της την πόλη. Ξέχασες ότι είσαι πρακτικά αρραβωνιασμένος με την Μπόνι;»

Ο Τόνι περίμενε μέχρι ο πατέρας του σταματήσει να φωνάζει. Είπε ήσυχα: «Βοήθησα την Υπατία, όπως θα έκανα με οποιονδήποτε χρειαζόταν τη βοήθειά μου, και για ενημέρωσή σου, η Μπόνι γνωρίζει τα αληθινά μου συναισθήματα γι' αυτή».

«Μου είπε η Μελίσσα ότι η Μπόνι έκλαιγε στο τηλέφωνο, και είχε πάρει ηρεμιστικά. Προφανώς, το κορίτσι είναι ερωτευμένο μαζί σου. Που είναι το κακό να παντρευτείς την Μπόνι; Προέρχεται από μια καλή πλούσια οικογένεια, είναι ελκυστική, και είναι ένα καλό κορίτσι».

«Δεν είχα σκοπό να πληγώσω τα συναισθήματα της Μπόνι» είπε ο Τόνι σκεφτικός. «Είναι ένα υπέροχο κορίτσι και έχει καλά χαρακτηριστικά, εκτός από ένα».

«Και ποιο είναι αυτό;»

Ο Τόνι σφίχτηκε. «Η Μπόνι είναι ζηλιάρα. Έβλεπα τα σημάδια από τα νύχια που έμπηξε στην Υπατία τις προάλλες, προσποιούμενη ότι τη συνόδευε στο δωμάτιό της. Υπήρχαν, επίσης, μελανιές γύρω από τις νυχιές».

Ο Γρηγόρης γέλασε. «Αυτό δείχνει ότι ενδιαφέρεται για σένα».

Ο Τόνι έσφιξε τα χείλη του. «Δεν με ενδιαφέρει να παντρευτώ την Μπόνι».

«Φτάνεις τα τριάντα, γιε μου. Αυτή είναι μια καλή ηλικία γάμου» απάντησε ο Γρηγόρης.

«Ναι, αλλά εσύ δεν παντρεύτηκες μέχρι τα τριάντα τρία».

«Α, ναι, και θυμάμαι τον πατέρα μου που με πίεζε να παντρευτώ μια συγκεκριμένη κληρονόμο, όταν ήμουν, επίσης, τριάντα ετών» θυμήθηκε ο Γρηγόρης. «Ήμουν πεισματάρης τότε, όπως εσύ τώρα, και δεν τα παράτησα. Παντρεύτηκα την πιο όμορφη γυναίκα της Κρήτης.

«Ναι, και, δεν ήταν ούτε κληρονόμος».

«Έχεις δίκιο σε αυτό. Υποθέτω ότι δεν μπορώ να σε αναγκάσω να κάνεις κάτι που δεν θέλεις».

Ο Τόνι άλλαξε θέμα. «Διάβασες τις εφημερίδες πρόσφατα;»

«Ο Τσακ Ντάρας παίζει παιχνίδια» απάντησε ο Γρηγόρης. «Είπε ότι θα σκεφτόταν να υπογράψει συμβόλαιο μαζί μας, και τώρα θέλει να κάνει δουλειές με τον Μερικλή που έχει μια αυτοκρατορία από σούπερ μάρκετ. Νομίζω ότι το έκανε αφού έμαθε για τον αρραβώνα της Μελίσσας με τον Μάικλ».

«Ποιος ξέρει γιατί το έκανε» είπε ο Τόνι, νιώθοντας ενοχλημένος. «Επίσης, ο πατέρας της Μπόνι είναι έξυπνος άνθρωπος και δεν θα κάνει καμία συμφωνία με τον Τσακ Ντάρα εκτός αν είναι σίγουρος ότι θα κάνει μια καλή συμφωνία».

Ο Γρηγόρης έγειρε πίσω κι έβαλε το χέρι του στο μέτωπό του. Έκλεισε τα μάτια του.

«Να καλέσω τη νοσοκόμα;» ρώτησε ο Τόνι και σηκώθηκε.

«Όχι, όχι, ζαλάδα είναι και θα περάσει» είπε ο Γρηγόρης, αναπνέοντας βαθιά. «Μην φύγεις ακόμα. Πρέπει να σου μιλήσω για κάτι άλλο. Δέχτηκα ένα τηλεφώνημα από το λιμάνι της Θεσσαλονίκης. Κρατούν ένα από τα φορτηγά μας πλοία για έλεγχο. Δεν ξέρω τις λεπτομέρειες, αλλά θέλω να πας και να διερευνήσεις το πρόβλημα. Τυπικά, θα πήγαινα, αλλά όπως βλέπεις δεν είμαι σε κατάσταση να ταξιδέψω. Επίσης, μπορεί να χρειαστεί να συμβουλευτείς τον δικηγόρο μας, εάν παραστεί ανάγκη».

«Ο;» είπε ερωτηματικά ο Τόνι και επεξεργάστηκε τις πληροφορίες. «Πότε πρέπει να πάω;»

«Κανόνισε να φύγεις με το πρώτο αεροπλάνο για Θεσσαλονίκη. Έχουμε ήδη καθυστερήσει μια μέρα και κάθε λεπτό που περνάει και το πλοίο κάθεται στο λιμάνι μάς κοστίζει χρήματα».

Όταν έφτασε η Χριστίνα, συζήτησε μαζί της για την υγεία του πατέρα του. Αργότερα, ο Τόνι πήγε στο γραφείο του ταξιδιωτικού πράκτορα κι έκανε τις απαραίτητες ρυθμίσεις για το ταξίδι. Ήταν προγραμματισμένο να φύγει το επόμενο πρωί.

*****

Η Υπατία ξύπνησε αργότερα, εκείνο το απόγευμα, από φωνές στο διάδρομο. Της πήρε μια στιγμή, για να καταλάβει πού βρισκόταν. Σηκώθηκε, προσέχοντας να μην πατήσει το πονεμένο της πόδι, πλύθηκε και ντύθηκε, μετά πήγε και στάθηκε κοντά στο παράθυρο. Ο ήλιος έδυε και κάλυπτε τα πάντα με μια πορτοκαλί λάμψη. Υπήρχε κάτι παρήγορο στο ηλιοβασίλεμα. Έβγαλε μερικά χαρτιά από το μπαούλο της κι άρχισε να γράφει τις σκέψεις της.

Ήρθε η κ. Σούλα και είπε ότι το δείπνο ήταν έτοιμο. Η Υπατία άφησε στην άκρη το γράψιμό της και την ακολούθησε στη μεγάλη τραπεζαρία.

Το κομψό δωμάτιο με τις βελούδινες κουρτίνες στο χρώμα του κρασιού, το μεγάλο περσικό χαλί και το μακρύ τραπέζι της τραπεζαρίας έδειχνε ακριβό γούστο. Ο αναμμένος πολυέλαιος αντανακλούσε το φως του στον μεγάλο καθρέφτη με χρυσό πλαίσιο στον τοίχο.

Η Μελίσσα και ο γιατρός Χατζής ήταν οι μόνοι που κάθονταν στο τραπέζι. Η Υπατία τούς χαιρέτησε.

«Βλέπω ότι περπατάς καλύτερα» είπε ο γιατρός, χαμογελώντας της.

Η Μελίσσα την κοίταζε επίμονα.

Η Υπατία δεν είχε συνηθίσει να έχει όλη την προσοχή στραμμένη πάνω της και κοκκίνισε, κουνώντας σιωπηλά το κεφάλι.

Ο μάγειρας μπήκε στο δωμάτιο, βάνοντας λευκό κρασί στα κρυστάλλινα ποτήρια.

Το δείπνο αποτελούνταν από ψητή σφυρίδα με σάλτσα ντομάτας, ψητές πατάτες, σαλάτα και φρέσκο ψωμί.

«Πού είναι ο Τόνι;» ρώτησε ο γιατρός Χατζής, κοιτάζοντας τη Μελίσσα.

«Δεν προλάβαινε να έρθει για δείπνο» είπε η Μελίσσα, σκουπίζοντας το στόμα της με μια χαρτοπετσέτα. «Είναι απασχολημένος με την προετοιμασία ενός επαγγελματικού ταξιδιού. Η υγεία του πατέρα δεν είναι και η καλύτερη αυτές τις μέρες, οπότε ο Τόνι εκπροσωπεί την εταιρεία τώρα».

Ο Μάικλ έριξε μια ματιά απορίας στη Μελίσσα. Εκείνη έσκυψε και του ψιθύρισε στο αυτί, λέγοντας: «Θα σου πω αργότερα».

Η Υπατία ανυπομονούσε να δει ξανά τον Τόνι και αισθάνθηκε απογοητευμένη που δεν θα ήταν εκεί. Το δείπνο τελείωσε γρήγορα, με τον γιατρό Χατζή και τη Μελίσσα να συζητούν. Φαινόταν ότι δεν μπορούσαν να συμφωνήσουν σε πολλά πράγματα σχετικά με τον γάμο τους.

Η Υπατία έφαγε το φαγητό της, ακούγοντας το ζευγάρι να έχει μια έντονη συζήτηση για τα δαχτυλίδια. Ο γιατρός Χατζής αρκέστηκε σε ένα απλό, χρυσό δαχτυλίδι, ρωτώντας τι ήταν το κακό με αυτό, αφού είχε ξοδέψει ένα σημαντικό ποσό για το δαχτυλίδι των αρραβώνων.

«Το μεγάλο διαμαντένιο δαχτυλίδι που θέλω με όλη μου την καρδιά είναι αυτό που πραγματικά θέλω» επέμεινε η Μελίσσα.

«Πόσο κοστίζει;» αντέτεινε εκείνος.

Όταν η Υπατία άκουσε την τιμή του διαμαντένιου δαχτυλιδιού, της έπεσε το πιρούνι από το χέρι. Ζήτησε συγνώμη, ενώ το ζευγάρι σταμάτησε να την κοιτάζει.

Εκτός από το διαμαντένιο δαχτυλίδι, η Μελίσσα ήθελε να ταξιδέψει σε όλο τον κόσμο για το μήνα του μέλιτος. Εκείνος προτιμούσε να πάει στο Παρίσι ή σε κάποιο από τα ελληνικά νησιά για το μήνα του μέλιτος. Η Μελίσσα επέμενε σε ένα ταξίδι του γύρου του κόσμου. Δεν θα μπορούσε να το κάνει διαφορετικά.

Μετά το δείπνο, το ζευγάρι σηκώθηκε να φύγει και η Υπατία δικαιολογήθηκε, λέγοντας ότι έπρεπε να πάει να ξεκουράσει το πόδι της.

Η Μελίσσα είπε, «Έλα, Μάικλ, ας κάνουμε μια βόλτα στη βεράντα. Με κάνει να νιώθω πως βγαίνω βόλτα».

Εκείνος την ακολούθησε απρόθυμα, καθώς τον οδηγούσε έξω.

*****

Η Υπατία μπήκε στην κρεβατοκάμαρά της κι ένιωσε αμέσως το δροσερό αεράκι της βραδιάς να έρχεται από το ανοιχτό παράθυρο. Έτρεμε, καθώς πήγε να το κλείσει. Σταμάτησε, όταν άκουσε τον γιατρό Χατζή να συνομιλεί με τη Μελίσσα στη βεράντα.

Η Υπατία απομακρύνθηκε από το παράθυρο αλλά μπορούσε ακόμα ν' ακούσει τη συνομιλία τους.

«Τι εννοείς ότι ο Τόνι είχε τσακωθεί με τον πατέρα σου;» ρώτησε ο γιατρός Χατζής.

«Τηλεφώνησα στον πατέρα λίγο πριν το δείπνο, για να δω πώς τα πάει και φάνηκε αναστατωμένος που ο Τόνι είχε περάσει όλη τη μέρα με το κορίτσι από το νησί, ξέρεις. Είχαν πάει ακόμη και στο μαγαζί με λουκουμάδες κι έφαγαν εκεί, και ο Τόνι πήρε λουκουμάδες για τον πατέρα» είπε η Μελίσσα.

«Ε, και ποιο είναι το κακό;»

«Ξέχασες τον Τόνι και την Μπόνι; Ο πατέρας ήθελε να μείνει εδώ όχι μόνο, για να διευθύνει την επιχείρηση, αλλά επειδή τον ήθελε να είναι κοντά στην Μπόνι».

«Ναι, αλλά δεν νομίζω ότι ο Τόνι ενδιαφέρεται για αυτήν».

«Μα πώς κι έτσι; Η Μπόνι μού είπε ότι ο Τόνι τη φίλησε στο ταξίδι» επέμεινε η Μελίσσα. «Ξέρω τον Τόνι. Συνήθως δεν φιλάει τις γυναίκες εκτός και αν ενδιαφέρεται πολύ».

«Είσαι σίγουρη ότι η Μπόνι δεν ήταν αυτή που τον φίλησε;»

«Τέλος πάντων, ο πατέρας λέει ότι αν ο Τόνι παντρευτεί τη Μπόνι, αυτός ο γάμος μπορεί να φέρει πολλά χρήματα στην οικογένεια».

«Αρχίζω να καταλαβαίνω τα πάντα τώρα» είπε ο Μάικλ.

Η Υπατία είχε ακούσει αρκετά. Μπήκε στην τουαλέτα της και έκλεισε την πόρτα, προσπαθώντας να μην ακούσει άλλο τη συζήτηση. Δεν ήθελε ο Τόνι να μαλώνει με τον πατέρα του για εκείνη.

Μετά, ξάπλωσε στο κρεβάτι, σκεφτόταν πράγματα, χωρίς να μπορεί να κοιμηθεί. Σκέφτηκε τη συζήτηση του ζευγαριού αρκετές φορές. Κάθε φορά, κατέληγε να σκέφτεται το ίδιο πράγμα. Δεν ένιωθε άνετα να μένει πια εδώ.

Πρέπει να φύγω από αυτό το μέρος, σκέφτηκε.

Αν η μοίρα του Τόνι ήταν να παντρευτεί μια πλούσια κοπέλα, γιατί η Υπατία να μπει εμπόδιο στο πεπρωμένο του; Πού θα μπορούσε να πάει; Τα ξαδέλφια της έλειπαν σε ένα ταξίδι και η θεία της ήταν στην Αμερική. Στη συνέχεια παρουσιάστηκε η επιλογή μπροστά της. Ανακάθισε στο κρεβάτι, νιώθοντας ενθουσιασμένη.

Φαντάστηκε τη γυναίκα που νοίκιαζε το σπίτι κάτω από τη θεία της να της μιλάει και να της λέει ότι η θεία της δεν ήταν εκεί και θα επέστρεφε σε τρεις εβδομάδες. *Θα μπορούσα να μείνω μαζί της μέχρι να επιστρέψει η θεία μου.* Ο μόνος τρόπος, για να σιγουρευτώ είναι να την επισκεφτώ και να της το προτείνω.

Η Υπατία σηκώθηκε γρήγορα και άρχισε να μαζεύει τα ρούχα της, φροντίζοντας να είναι όλα έτοιμα, προσπαθώντας να μην αφήσει τίποτα πίσω της. Έβγαλε ένα στυλό και ένα κομμάτι χαρτί από την τσάντα της.

Καθισμένη στο τραπεζάκι, συλλογίστηκε για μια στιγμή, διστάζοντας και αναρωτήθηκε αν αυτό ήταν το σωστό. *Πρέπει να ενημερώσω τον Τόνι τι συνέβη.* Ναι, αλλά τι γίνεται αν κάποιος άλλος βρει αυτό το γράμμα; Θα μπορούσε να το σφραγίσει.

Χωρίς περαιτέρω σκέψη, άρχισε να γράφει, «Αγαπητέ Τόνι, σε ευχαριστώ πολύ για όλα όσα έχεις κάνει για μένα και που έκανες τη διαμονή μου εδώ ευχάριστη. Δεν θα το ξεχάσω ποτέ. Νομίζω ότι είναι καλύτερα να φύγω. Ειλικρινά δική σου, Υπατία».

Αφού δίπλωσε το σημείωμα, έψαξε στο μπαούλο της για έναν φάκελο. Είχε φέρει μερικούς φακέλους μαζί, για να γράψει γράμματα στον *παππού της.* Αφού βρήκε αυτό που έψαχνε, έβαλε το σημείωμα μέσα, έγραψε το όνομα του Τόνι στον φάκελο και το άφησε πάνω στο τραπέζι.

Η Υπατία στριφογύριζε πάνω στο κρεβάτι, μη μπορώντας να κοιμηθεί για πολλή ώρα. Όταν τελικά κοιμήθηκε, τα δάκρυα ήταν ακόμα υγρά στα μάγουλά της.

*****

Ο Τόνι επέστρεψε στο σπίτι αργά εκείνο το βράδυ. Είχε περάσει την υπόλοιπη μέρα, αγοράζοντας τα αεροπορικά του εισιτήρια και βλέποντας τον δικηγόρο τους. Το σπίτι ήταν ήσυχο, καθώς ανέβηκε πάνω στο υπνοδωμάτιό του. Μέσα στην κρεβατοκάμαρά του, άλλαξε και μετά ξάπλωσε στο κρεβάτι, χωρίς να μπορεί να κοιμηθεί. Το φως του φεγγαριού έμπαινε μέσα, ρίχνοντας τη μαγική του λάμψη στη σκοτεινή κρεβατοκάμαρα.

Ο Τόνι θυμήθηκε τον πολύτιμο λίθο που του είχε δώσει η Υπατία. Σηκώθηκε να τον πάρει, στάθηκε κοντά στο παράθυρο, κρατώντας στο φως του φεγγαριού. Έλαμψε και έγινε κόκκινος στο σκοτεινό δωμάτιο, όπως η Υπατία έλαμπε στη ζωή του. Χαμογέλασε απαλά.

Η μικρή Υπατία τού είχε προκαλέσει βαθιά συναισθήματα. Είχε αισθανθεί πραγματικά ευτυχισμένος, όταν την άκουσε χθες, αρχικά να τραγουδάει χαρούμενα και αργότερα να παίζει πιάνο. Το φιλί που της έδωσε ήταν κάτι που υπερχείλισε αυθόρμητα από τα βαθιά συναισθήματα που είχε γι' αυτήν. Δεν θυμόταν να είχε νιώσει έτσι για μια γυναίκα ποτέ. Όταν του ζήτησε να μην τη ξαναφιλήσει, κατάλαβε πόσο σήμαινε για εκείνον αυτό το αίτημα. Επίσης, συνειδητοποίησε τώρα ότι είχε φορέσει τη μακρυμάνικη μπλούζα, για να κρύψει τα σημάδια από τα νύχια της Μπόνι. *Αυτό το κορίτσι είχε αξίες.*

Η ευτυχία του συνεχίστηκε, καθώς τραγούδησε δίπλα της στο αυτοκίνητο και μετά, όταν την είδε να απολαμβάνει τις λουκουμάδες της. Ένιωθε σαν να ήταν πάλι αγόρι, χωρίς να τον νοιάζει τίποτα στον κόσμο.

Είχε ζήσει σε έναν δομημένο κόσμο, από όσο μπορούσε να θυμηθεί, όπου όλα λειτουργούσαν σαν ρολόι. Τα μαθήματά του, τα προγράμματά του, οι καλοκαιρινές του διακοπές είχαν όλα μια αίσθηση τελετουργίας προσαρμοσμένη στην κοινωνία. Αυτά τα τελετουργικά είχαν πνίξει κάθε συναίσθημα που είχε μέσα του, αντικαθιστώντας το με έναν βαρετό εφησυχασμό που του έλειπε η ουσία.

Τις τελευταίες μέρες, όλα αυτά είχαν αλλάξει. Η μοίρα, ή μια ανώτερη δύναμη, είχε κάνει το γιοτ τους να πέσει σε κακοκαιρία, αναγκάζοντάς τους να προσθαλασσώσουν στο νησί των Λειψών. Ήταν για να μπορέσει να σώσει το κορίτσι από το φίδι ή για να βοηθήσει ένα νεαρό αγόρι που έκοψε το χέρι του; Ή ήταν να φέρει το κορίτσι στο σπίτι του;

Τώρα, η μοίρα έκανε πάλι τον πατέρα του να αρρωστήσει, απαιτώντας τη βοήθεια του Τόνι και αναγκάζοντάς τον να φύγει για τη Θεσσαλονίκη. Κοίταξε ξανά την πέτρα, αναρωτιόταν αν μια κοπέλα που ονομαζόταν Υπατία, που είχε τάσεις φυγής, θα ήταν εκεί, όταν επέστρεφε, ή θα γινόταν απλώς μια όμορφη ανάμνηση.

*****

Το επόμενο πρωί, η Υπατία σηκώθηκε γρήγορα στις τέσσερις και μισή. Είχε συνηθίσει να σηκώνεται νωρίς, για να αρμέξει τα κατσίκια και είχε μάθει να κυκλοφορεί στο σκοτάδι. Είχε μαζέψει τα υπάρχοντά της το προηγούμενο βράδυ.

Καθώς το ρολόι στο δωμάτιό της έδειχνε πέντε, η Υπατία βγήκε από το δωμάτιο αθόρυβα, με την καρδιά της να χτυπάει δυνατά στη σκέψη ότι μπορεί να πέσει πάνω σε κάποιον. Περπάτησε με τις μύτες των ποδιών στο διάδρομο, τραβώντας ήσυχα το μπαούλο πίσω της, σταματώντας κάποιες φορές, για να ανακουφίσει τον πόνο στο πόδι της και να βεβαιωθεί ότι δεν ερχόταν κανείς. Της φάνηκε πολύς ο χρόνος μέχρι να φτάσει στη μεγάλη μπροστινή πόρτα. Με ανακούφιση βρέθηκε έξω, κλείνοντας προσεκτικά την πόρτα πίσω της.

Όταν έφτασε στη στάση του λεωφορείου, ανάπνεε βαριά και το πόδι της πονούσε.

Η Υπατία κάθισε πάνω στο μπαούλο και προσευχήθηκε να έρθει γρήγορα το λεωφορείο, ώστε να μην την αναγνωρίσει κανείς.

Το λεωφορείο έφτασε μετά από είκοσι λεπτά. Η Υπατία, με τη βοήθεια ενός επιβάτη, επιβιβάστηκε στο λεωφορείο με το μπαούλο της. Έδειξε τη διεύθυνση της θείας της στον οδηγό.

Ο οδηγός του λεωφορείου έγνεψε καταφατικά. «Θα σας ενημερώσω, όταν φτάσουμε».

*****

Στις έξι η ώρα εκείνο το πρωί ο Τόνι σηκώθηκε ξάγρυπνος. Όλη τη νύχτα είχε στο μυαλό του την Υπατία. Ένιωθε ένοχος που την είχε προσκαλέσει να μείνει στο σπίτι τους και τώρα έφευγε ξανά. Η αίσθηση ότι ακολουθούσε τα βήματα του πατέρα του είχε αρχίσει να τον ενοχλεί, αλλά δεν είχε άλλη επιλογή.

Καθώς πλενόταν και ντυνόταν, του ήρθε η ιδέα να γράψει στην Υπατία ένα σημείωμα, για να εξηγήσει την απουσία του. Αυτό ήταν το λιγότερο που μπορούσε να κάνει. Αποφάσισε ότι δεν επρόκειτο να ενημερώσει την Μελίσσα για τα σχέδιά του. Τον τελευταίο καιρό ανακατευόταν πάρα πολύ στη ζωή του.

Μια ώρα αργότερα, ο Τόνι σταμάτησε μπροστά στην πόρτα της Υπατίας, κρατώντας το σημείωμα. Μπήκε στον πειρασμό να την ξυπνήσει και να της μιλήσει. *Τι θα της πω;* Μάλλον θα τη σόκαρε με τα συναισθήματά του. Αντί γι αυτό, έριξε το σημείωμα κάτω από την πόρτα της πριν φύγει για το αεροδρόμιο.

ΚΕΦΑΛΑΙΟ 17

Η ζωή με έφερε πίσω στον Πειραιά
Να διδάξω την Αγγλική γλώσσα

Το λεωφορείο σταμάτησε απότομα στη μέση του πουθενά. Η Υπατία κοίταξε έξω από το παράθυρο, βλέποντας σκοτάδι. Το ταξίδι ήταν αρκετά μακρύ, και την είχε πάρει ο ύπνος στο δρόμο, ωστόσο ένιωθε κάπως ανανεωμένη. Λίγοι επιβάτες βρίσκονταν μέσα στο λεωφορείο και κοιμόντουσαν κι αυτοί.

Ο οδηγός του λεωφορείου γύρισε και κοίταξε την Υπατία. «Κατεβαίνετε εδώ, δεσποινίς» είπε, ανοίγοντας την πόρτα.

Η Υπατία μάζεψε τα υπάρχοντά της και πήγε στην πόρτα. Ο οδηγός του λεωφορείου τοποθέτησε το μπαούλο της στο πεζοδρόμιο και μετά έδειξε προς τα σταθμευμένα ταξί. Τον ευχαρίστησε. Το λεωφορείο έστριψε στη γωνία και χάθηκε από τα μάτια της.

Η Υπατία περπάτησε αργά στον δρόμο, τραβώντας το μπαούλο πίσω της. Ο αστράγαλός της πονούσε ακόμα. Βρήκε ταξί και το ταξίδι της συνεχίστηκε για λίγο ακόμα. Το σκοτάδι νωρίς το πρωί άρχισε να μειώνεται. Παρέες παιδιών, κρατώντας τα βιβλία τους, πήγαιναν στο σχολείο. Στην αρχή μιας ανηφόρας υπήρχε ένα μικρό παντοπωλείο.

«Σχεδόν φτάσαμε» είπε η Υπατία ενθουσιασμένη, αναγνωρίζοντας το μαγαζί. «Είναι κάτω από το λόφο. Εκεί που είναι η παιδική χαρά. Μπορείτε να με αφήσετε εκεί».

Λίγο αργότερα, χτύπησε την πόρτα της θείας της, περίεργη για το τι θα γινόταν. Προς μεγάλη της χαρά, η θεία της άνοιξε την πόρτα.

«Θεία Σοφία!» αναφώνησε η Υπατία, έκπληκτη που την είδε.

«Υπατία, σχεδόν δεν σε αναγνώρισα!» είπε η θεία Σοφία, καθώς αγκάλιασε την ανιψιά της με συγκίνηση. Σκούπισε τα δάκρυα χαράς από τα μάτια της. «Χαίρομαι πολύ που επέστρεψες. Επέστρεψα χθες, όταν η δεσποινίς Μαρίκα, μου έστειλε το γράμμα σου. Μου είπε τα πάντα για την επίσκεψή σου. Αλλά δεν ήξερε πού θα έμενες».

«Συγνώμη. Δεν σκεφτόμουν καθαρά εκείνο το βράδυ, για να της πω» παραδέχτηκε η Υπατία. «Αλλά, είμαι πολύ χαρούμενη που επέστρεψες».

«Αυτό μας κάνει δύο» είπε η θεία Σοφία, με τα μάτια της υγρά. Μετά έγινε επαγγελματίας. «Λοιπόν τώρα, ας σε τακτοποιήσουμε πρώτα. Μόνο αυτό έχεις;»

«Ναι, Θεία, μόνο εγώ και το μπαούλο μου. Α, παραλίγο να ξεχάσω. Εδώ είναι το κρασί που έκανε ο παππούς. Είναι για σένα» είπε η Υπατία, βγάζοντας το μπουκάλι από την τσάντα της.

Η θεία της την ευχαρίστησε και τη βοήθησε να μεταφέρει το μπαούλο μέσα. Το διώροφο σπίτι αποτελούταν από δύο πατώματα. Μια σουίτα ήταν στον κάτω όροφο και μια άλλη στον επάνω όροφο.

«Η Μαρίκα, η ένοικος που γνώρισες, νοικιάζει τον κάτω όροφο. Έτσι, θα μένουμε στον επάνω όροφο» την ενημέρωσε η θεία Σοφία. Επίτρεψε μου να σε βοηθήσω να το μεταφέρεις αυτό».

Η θεία Σοφία ανέβασε το μπαούλο πάνω.

Η Υπατία ανέβηκε αργά τις γυριστές μαρμάρινες σκάλες, έχοντας υπόψη τον πονεμένο αστράγαλό της.

«Το σπίτι είναι πολύ μεγάλο για μένα, και έχω νοικιάσει τον κάτω όροφο όποτε μένω στον επάνω όροφο».

Καθώς η θεία της ξεκλείδωσε την πόρτα, οι αναμνήσεις από της νεότητα της Υπατίας επέστρεψαν και την κυρίευσαν. Έπνιξε μια κραυγή, προσπαθώντας να συγκρατήσει τα συναισθήματά της. «Το θυμάμαι τόσο καλά!» είπε, νιώθοντας ενθουσιασμένη.

Η Υπατία ακολούθησε ανυπόμονα τη θεία της στο σαλόνι. Στα δεξιά της εισόδου ήταν η κουζίνα και στα αριστερά τους υπήρχε ένας μικρός διάδρομος που οδηγούσε στα υπνοδωμάτια.

Η Υπατία μπήκε στην κρεβατοκάμαρα των γονιών της και σχεδόν μπορούσε να μυρίσει το άρωμα της μητέρας της που υπήρχε στον αέρα, θυμίζοντάς της μίαν εποχή ελευθερίας και ευημερίας και μια υπενθύμιση των ακριβών δώρων του πατέρα της. Η λευκή συρταριέρα, εισαγμένη από τη Γαλλία, με τον μεγάλο καθρέφτη, στεκόταν ακόμα εκεί.

Δύο πορσελάνινες γυναικείες κούκλες, ντυμένες με εξωτικά ρούχα, κάθονταν στο κρεβάτι. «Θεία Σοφία, κράτησες τις κούκλες μου. Σε ευχαριστώ πάρα πολύ!». Η Υπατία όρμησε στις κούκλες και τις άγγιξε με αγάπη.

«Τις κράτησα, για να τις δώσεις στα παιδιά σου μια μέρα».

Η Υπατία πήγε στο συρτάρι και σήκωσε τη χρυσή χτένα που υπήρχε εκεί. Την κοίταξε νοσταλγικά. «Αυτή ήταν η χτένα της μητέρας μου. Της ζητούσα επίμονα να χτενίζομαι με αυτή, όταν ήμουν παιδί. Ήθελα να κάνω και να χρησιμοποιώ όλα όσα έκανε εκείνη».

«Δεν άγγιξα τίποτα» είπε η θεία Σοφία, δείχνοντας τα πράγματα στο δωμάτιο λυπημένη. Κάποια στιγμή, θα πρέπει να αποφασίσεις τι θέλεις να κάνεις με αυτά. Παρεμπιπτόντως, εσύ θα κοιμηθείς εδώ, κι εγώ θα κοιμηθώ στο άλλο υπνοδωμάτιο, αυτό που ήταν κάποτε το υπνοδωμάτιό σου».

Η θεία Σοφία έφυγε, για να ετοιμάσει το φαγητό.

Η Υπατία ξεπακέταρε και έβαλε με ευλάβεια τις φωτογραφίες των γονιών της στη συρταριέρα και μετά έλεγξε τα συρτάρια. Ήταν γεμάτα με τα ρούχα των γονιών της, τα έβγαλε προσεκτικά και τα αντικατέστησε με τα δικά της. Ο πόνος στην καρδιά της γινόταν αφόρητος.

«Υπατία, το φαγητό είναι έτοιμο».

«Έρχομαι». Η Υπατία άλλαξε βιαστικά, βάζοντας άλλα ρούχα, κρέμασε το κυριακάτικο φόρεμά της στην ντουλάπα και πήγε στη θεία της, στην κουζίνα. Το στρογγυλό τραπέζι είχε πιάτα με ομελέτα και τοστ, μπισκότα, τυρί φέτα και μαύρες ελιές. Η θεία της έβαλε τον καφέ στα φλιτζάνια. Έκαναν μια προσευχή και άρχισαν να τρώνε.

«Υπατία, πες μου τα νέα από το νησί. Πώς είναι ο παππούς σου και η νονά σου;»

Η Υπατία υποχρέωσε τη θεία της και μίλησε για τον παππού της, τους ανθρώπους και τη ζωή στο νησί. «Ο παππούς σχεδόν δεν με άφησε να έρθω. Ανησυχούσε που δεν είχες λάβει το γράμμα μου» ολοκλήρωσε η Υπατία.

«Ήμουν στην Αμερική, όταν έφτασε το γράμμα σου εδώ. Η Μαρίκα μού έστειλε όλα μου τα γράμματα. Έτσι, όταν το παρέλαβα, άλλαξα τα εισιτήρια, για να επιστρέψω αμέσως. Δεν ήξερε ότι θα ερχόμουν μέχρι πριν από λίγες μέρες».

«Α, αυτό εξηγεί γιατί είπε ότι θα επέστρεφες σε τρεις εβδομάδες» είπε η Υπατία. «Λοιπόν, γιατί πήγες στην Αμερική;»

«Έχουμε ξαδέλφια στο Σικάγο, τον Αντώνιο και τη σύζυγό του Στασούλα, που έρχονται συχνά εδώ και συνεχώς με προσκαλούν να πάω κι εγώ εκεί».

«Πώς είμαστε συγγενείς;»

«Λοιπόν, ο πατέρας του Αντώνιου και ο πατέρας μου είναι αδέλφια. Είμαι πρώτη ξαδέλφη με τον Αντώνιο. Ήθελαν να γνωρίσω κάποιον εκεί. Έτσι αποδέχτηκα την προσφορά τους και πήγα αυτό το καλοκαίρι».

«Τον γνώρισες;»

«Ναι» είπε η θεία Σοφία, με τα μάτια της να λάμπουν. «Τον λένε Τζον. Είναι καλός φίλος του Αντώνιου και μένει δίπλα. Είναι Έλληνας και χήρος, χωρίς παιδιά. Πρόσφατα γιόρτασε τα πενήντα του γενέθλια με ένα πάρτι. Ήμασταν όλοι καλεσμένοι και πήγα κι εγώ».

«Σου αρέσει;» την ρώτησε η Υπατία.

«Τι λες, να σου τα πω κάποια άλλη στιγμή» απάντησε η θεία Σοφία, χαμογελώντας της με αγάπη. «Ο παππούς σου δήλωσε στο γράμμα του ότι ήθελες να συνεχίσεις τις σπουδές σου. Πες μου γι' αυτό, Υπατία».

Η Υπατία εξήγησε πώς οι δάσκαλοί της στη Ρόδο τής συνέστησαν να συνεχίσει τις σπουδές της στο πανεπιστήμιο, επειδή τα είχε πάει καλά στο σχολείο.

«Είναι δύσκολο να μπεις στα πανεπιστήμια εδώ στην Ελλάδα. Ο γιος μιας φίλης μου έδωσε εισαγωγικές εξετάσεις πέρυσι και παρόλο που πήρε υψηλούς βαθμούς, δεν έγινε δεκτός σε κανένα από τα πανεπιστήμια» την προειδοποίησε η θεία Σοφία. «Σπουδάζει στην Ιταλία».

«Αλήθεια;» ρώτησε η Υπατία, ρουφώντας το γάλα της νευρικά.

153

«Ναι, αλλά και πάλι, η ανιψιά της Μαρίκας μπήκε στο πανεπιστήμιο εδώ, οπότε κανείς δεν ξέρει».

«Έμαθα ότι οι εισαγωγικές εξετάσεις δίνονται στα τέλη της άνοιξης».

«Ναι, κάποια στιγμή τον Ιούνιο. Μπορούμε να πάρουμε όλες αυτές τις πληροφορίες από πριν» παρατήρησε η θεία Σοφία. «Λοιπόν, πες μου, ήταν ωραίο το ταξίδι σου;»

Η Υπατία ένευσε καταφατικά, περιγράφοντας τις λίγες μέρες πριν από το ταξίδι και την εμπλοκή της με την οικογένεια Πλακή. «Πήγα στο σπίτι τους στην Κηφισιά» ολοκλήρωσε η Υπατία.

«Τυχαίνει να γνωρίζω την οικογένεια Πλακή» είπε η θεία Σοφία».

«Σωστά. Ο κύριος Πλακής είπε ότι σε ξέρει» αναφώνησε η Υπατία με τα μάτια της να μεγαλώνουν. «Ήσουν η μοδίστρα τους, έτσι δεν είναι;»

«Ναι, αλλά πρώτα, γιατί δεν τελειώνεις την ιστορία σου;»

Η Υπατία συνέχισε λέγοντάς της τα πάντα. Τελείωσε με τη συζήτηση που άκουσε ανάμεσα στη Μελίσσα και τον γιατρό Μάικλ έξω από το παράθυρό της.

«Η Μελίσσα είναι πιστή στον πατέρα της και θα κάνει ό,τι λέει» είπε η θεία Σοφία σκεφτική, σταυρώνοντας τα χέρια της. «Ξέρουν ότι ήρθες εδώ;»

Η Υπατία κούνησε το κεφάλι της. «Άφησα ένα αποχαιρετιστήριο σημείωμα, αλλά δεν είπα πού θα πάω».

Η θεία της σήκωσε τα φρύδια. «Νομίζω ότι πρέπει να τους τηλεφωνήσουμε αμέσως και να τους ενημερώσουμε που βρίσκεσαι, νεαρή μου κυρία. Το φαρμακείο έχει ένα τηλέφωνο κάτω στη γωνία. Ακολούθησε με».

«Μπορούμε να τηλεφωνήσουμε και στον παππού, για να μάθει τι έχει συμβεί;» ρώτησε η Υπατία, πιάνοντας την τσάντα της που είχε μέσα τον αριθμό τηλεφώνου.

Η θεία της ένευσε καταφατικά.

Η βόλτα τους στο φαρμακείο ήταν ευχάριστη. Πέρασαν από μερικά σπίτια με γλάστρες και φανταχτερά λουλούδια στις εισόδους τους. Διέσχισαν το δρόμο και μπήκαν στο διώροφο κτίριο που βρίσκεται στη γωνία.

154

Το φαρμακείο ήταν άδειο εκτός από έναν άντρα που στεκόταν πίσω από τον πάγκο και φορούσε μια λευκή ρόμπα εργαστηρίου.

«Γεια σας, κύριε Βασίλη. Πρέπει να χρησιμοποιήσω το τηλέφωνο» είπε η θεία Σοφία, χαρούμενη.

«Εκεί, δεσποινίς Σοφία» είπε ο Βασίλης, χαμογελώντας και δείχνοντας το τηλέφωνο. «Πλήρωσέ με, όταν τελειώσετε».

Η θεία Σοφία έψαξε τον τηλεφωνικό κατάλογο και μετά κάλεσε την κατοικία του Πλακή.

«Γεια σας, είμαι η Σοφία Κουρή, η θεία της Υπατίας». Η θεία Σοφία σταμάτησε, ακούγοντας. «Α, είσαι η νέα οικονόμος; Υπάρχει κάποιος από την οικογένεια Πλακή; Όχι; Θα μπορούσατε να τους ενημερώσετε ότι η δεσποινίς Υπατία επέστρεψε με ασφάλεια στη θεία της, και θα θέλαμε να τους ευχαριστήσουμε για όλα».

Αφού έκλεισε το τηλέφωνο, η Υπατία τής έδωσε το χαρτί με τον αριθμό τηλεφώνου. «Αυτός ο αριθμός είναι για το ταχυδρομείο στους Λειψούς. Μπορούμε να αφήσουμε ένα μήνυμα στον ανιψιό της κυρίας Ξυλούρη, που εργάζεται εκεί, να πει στον παππού μου ότι θα καλέσουμε αύριο το πρωί στις 9:30».

Η θεία Σοφία ένευσε καταφατικά και έκανε την κλήση, αφήνοντας το μήνυμα στο νεαρό.

Γύρισαν ήσυχα πίσω στο διαμέρισμα.

«Λοιπόν, πες μου, θεία Σοφία, πώς έγινε και πήγες να δουλέψεις στην οικογένεια Πλακή;»

«Πάμε πολύ πίσω με την οικογένεια. Πρώτα, ο παππούς σου γνώριζε τον Γρηγόριο Πλακή, από το Ηράκλειο της Κρήτης. Τότε, ο πατέρας σου δούλευε για αυτούς ως καπετάνιος, και τους είπε καλά λόγια για μένα. Κατέληξα να ράβω ρούχα για όλη την οικογένεια, και για οποιονδήποτε άλλον ήθελε».

«Τι έγινε με την πρώτη γυναίκα του κυρίου Πλακή;»

«Πέθανε πριν αρχίσω να δουλεύω εκεί. Είδα φωτογραφίες της, όμως. Ήταν μια όμορφη γυναίκα, και ο Τόνι τής μοιάζει με το σκοτεινό, όμορφο βλέμμα του. Η Μελίσσα, από την άλλη, έχει το ύψος και τα ξανθά μαλλιά του πατέρα της. Ήταν άτακτη, όμως. Πολλές φορές δεν έβρισκα τις κλωστές ή τις βελόνες μου, γιατί τις είχε κρύψει» είπε η θεία Σοφία, γελώντας.

«Ήταν και ο Τόνι άτακτος;» ρώτησε η Υπατία.

«Όχι, όχι σαν την αδελφή του. Ως νεαρό αγόρι, ήταν ο τέλειος μικρός κύριος, έλεγε πάντα ευχαριστώ και με βοηθούσε. Θυμάμαι, έλεγα ότι ήταν τόσο όμορφος και πιθανότατα θα ράγιζε τις καρδιές πολλών γυναικών μια μέρα». Η θεία Σοφία γέλασε.

«Αλήθεια;» ρώτησε η Υπατία, και η καρδιά της χτυπούσε γρήγορα φέρνοντας στο μυαλό της τα χαρακτηριστικά του Τόνι. «Ποιος φρόντιζε τα παιδιά;»

«Είχαν μια νταντά. Ο Τόνι, ο μεγαλύτερος από τους δύο, πήγε σε ένα οικοτροφείο στην Αγγλία. Ο πατέρας του ήθελε να μάθει την αγγλική γλώσσα λόγω των ναυτιλιακών του επιχειρήσεων. Ο κύριος Πλακής έλεγε συνεχώς ότι ο γιος του θα γινόταν επικεφαλής της επιχείρησης μια μέρα. Ποτέ δεν είδα τον Τόνι, αφότου έφυγε για το οικοτροφείο, αλλά έγραφε και ρωτούσε για μένα περιστασιακά. Εξακολουθούσα να ράβω για την οικογένεια, και μερικές φορές η νταντά του μου έλεγε τα νέα του. Δούλεψα μέχρι τη στιγμή που πέθαναν οι γονείς σου» απάντησε η θεία Σοφία νηφάλια.

Έφτασαν στο σπίτι και ανέβηκαν τις σκάλες.

«Τα πράγματα είναι πολύ καλύτερα τώρα. Ράβω για λίγους καλούς πελάτες» είπε η θεία Σοφία ξεκλειδώνοντας την πόρτα. «Έλα, ας πάμε στο σαλόνι».

Πέρασαν από μια γυάλινη πόρτα που οδηγούσε στο σαλόνι με έναν καναπέ στο χρώμα ώριμου ροδάκινου και δύο λευκές επικαλυμμένες καρέκλες. Ένα γυάλινο τραπεζάκι σαλονιού με ένα μικρό κρυστάλλινο μπολ βρισκόταν στο κέντρο του δωματίου. Στον τοίχο υπήρχαν πολλές κορνίζες.

Η Υπατία αναγνώρισε τον πατέρα της σε μια από τις φωτογραφίες. «Αυτός είναι ο πατέρας μου;»

«Ναι, ήταν δώδεκα χρονών σε αυτή τη φωτογραφία. Υπάρχει και κάτι άλλο σε αυτό το δωμάτιο, Υπατία. Ξέχασες;»

Η Υπατία κοίταξε τριγύρω. Πίσω από την ανοιχτή μπαλκονόπορτα, κάπως κρυμμένο, στεκόταν ένα όρθιο πιάνο. Έτρεξε κοντά του, χαρούμενη. «Το πιάνο μου!» φώναξε, περνώντας τα δάχτυλά της πάνω από τα πλήκτρα.

«Σου το φύλαγα όλα αυτά τα χρόνια, γιατί ήξερα ότι θα επέστρεφες μια μέρα» είπε η θεία Σοφία.

Το δωμάτιο γέμισε με ζωηρές νότες που κυλούσαν διαδοχικά, μεταφέροντας την πίσω σε έναν άλλο κόσμο, όπου δεν υπήρχαν έγνοιες, ανησυχίες, αλλά όμορφα συναισθήματα. Όταν η Υπατία τελείωσε το παίξιμο, ανταμείφθηκε από τον ήχο του χειροκροτήματος.

ΚΕΦΑΛΑΙΟ 18

Η αναζήτησή σου για μένα με έκανε να ξεκινήσω,
Ένα σημείωμα που έστειλες άγγιξε την καρδιά μου.

Η Υπατία και η θεία της κάθισαν έξω στο μπαλκόνι, απολαμβάνοντας τα αναψυκτικά τους, το αεράκι και τη θέα. Στα αριστερά της, πέρα από τις κορυφές των κτιρίων, η Υπατία είδε ένα κομμάτι μπλε. «Αυτό πρέπει να είναι το λιμάνι του Πειραιά» είπε δείχνοντάς το.

«Ναι» είπε η θεία Σοφία.

Στα δεξιά της, η Υπατία έριξε μια ματιά στην παιδική χαρά και τον ανοιχτό χώρο, κάτι που της θύμισε τη παιδική της ηλικία. Παιδιά έτρεχαν τριγύρω, φωνάζοντας και γελώντας. Οι μητέρες τους στέκονταν εκεί κοντά και κουβέντιαζαν.

Ακούστηκε ο ήχος ενός μπουζουκιού που έπαιζε ρεμπέτικα από μια κοντινή κατοικία. Το εκφραστικό τραγούδι μπήκε στην ψυχή της Υπατίας, κάνοντάς την να νιώσει μια θλίψη που δεν μπορούσε να φύγει από πάνω της.

«Ο γέρος, ο κύριος Δαμάσκης, παίζει ξανά το μπουζούκι του» είπε η θεία Σοφία. «Ζει μόνος. Έχασε τη γυναίκα του και την κόρη του σε τροχαίο δυστύχημα πριν από μερικά χρόνια».

«Μάλλον του κάνει καλό που παίζει μουσική». Η Υπατία άκουσε λίγο ακόμα. «Θεία Σοφία, πώς ήρθες να ζήσεις εδώ;»

«Ένας νεαρός από τον Πειραιά φταίει» είπε η θεία Σοφία. «Δεν ήμουν πολύ μεγαλύτερη από εσένα, όταν ένας ξάδελφος της φίλης μου επισκέφθηκε το Ηράκλειο για το καλοκαίρι. Έβγαινε μαζί μας και ήταν ένας συμπαθής και γοητευτικός νέος. Αρραβωνιαστήκαμε και ήθελε να έρθω μαζί του στον Πειραιά στο τέλος του καλοκαιριού».

158

«Πήγες μαζί του;» ρώτησε η Υπατία.

Η θεία Σοφία κούνησε έντονα το κεφάλι της. «Ο πατέρας μου είδε πόσο ερωτευμένη ήμουν και ήρθε μαζί μας στον Πειραιά. Ο πατέρας σου, ο Μανώλης, βοήθησε τον πατέρα μου να αγοράσει αυτό το σπίτι ως προίκα. Η σουίτα στον κάτω όροφο ήταν δική μου, ενώ αυτή η σουίτα εδώ ανήκε στον πατέρα σου. Αλλά την τελευταία στιγμή, ο αρραβωνιαστικός μου αποφάσισε ότι δεν ήθελε να παντρευτεί».

«Ω, αγαπημένη μου, αυτό πρέπει να ήταν απαίσιο για σένα» είπε η Υπατία. «Ξέρεις θεία Σοφία, δεν νομίζω ότι θέλω να παντρευτώ».

«Μην είσαι ανόητη. Μην αφήσεις μια γεροντοκόρη σαν εμένα να σε επηρεάσει. Αν εμφανιστεί κάποιος καλός, τον αρπάζεις, γιατί αυτές οι ευκαιρίες δεν έρχονται πάντα. Ξέρω» απάντησε η θεία Σοφία.

«Θέλω να πάω στο πανεπιστήμιο και να μορφωθώ, για να βοηθήσω τους ανθρώπους. Ίσως διαλέξω τη νοσηλευτική ή την επιστήμη της υγείας».

«Δεν σκέφτηκες το γάμο;»

«Ναι, αλλά δεν νομίζω ότι θα γινόμουν καλή σύζυγος» είπε η Υπατία, κουνώντας το κεφάλι της. «Θα ανησυχούσα όλη την ώρα μήπως του συμβεί κάτι».

«Στη νοσηλευτική, θα συναντήσεις κάθε είδους άρρωστους. Δεν επιβιώνουν όλοι από την ασθένειά τους, για τον ένα ή τον άλλο λόγο».

«Ξέρω. Γι' αυτό με ενδιαφέρει η νοσηλευτική, γιατί θέλω να βοηθήσω τους ανθρώπους να ζήσουν υγιείς».

Η θεία Σοφία αναστέναξε. «Ναι, το να βοηθάς άλλους είναι θαυμάσια ιδέα, αλλά τι θα κάνεις, όταν ο άρρωστος είναι καλύτερα από εσένα. Θα έχουν την οικογένειά τους συγκεντρωμένη γύρω του, για να δείξουν την αγάπη και την υποστήριξή τους. Θα πας σπίτι κουρασμένη από τη δουλειά όλη μέρα, και ποιος θα είναι εκεί να σε περιμένει, να σε αγαπήσει και να ακουμπήσεις το κεφάλι σου στον ώμο του;»

Η Υπατία συλλογίστηκε, απεικονίζοντας όσα είπε η θεία της.

«Θεία Σοφία, θα γινόσουν καλή δικηγόρος». Η Υπατία γέλασε, χαλαρώνοντας την μελαγχολική ατμόσφαιρα.

«Όχι, ευχαριστώ» είπε η θεία Σοφία, γελώντας. «Υπατία κορίτσι μου, πάω για έναν ύπνο. Είσαι από το ταξίδι. Γιατί δεν κάνεις μπάνιο, πριν ξεκουραστείς;»

*****

Ο Τόνι έφτασε στη Θεσσαλονίκη το πρωί της Τρίτης και συναντήθηκε με τον καπετάνιο του πλοίου. Ο καπετάνιος κατήγγειλε ότι οι λιμενικές αρχές κρατούσαν το πλοίο χωρίς λόγο.

Όταν ο Τόνι πήγε να βρει τους λιμενικούς, δεν ήταν εκεί. Του είπαν ότι οι υπάλληλοι θα επικοινωνούσαν μαζί του. Χωρίς να κάνει τίποτα άλλο παρά να περιμένει, επέστρεψε στο ξενοδοχείο αργότερα εκείνο το πρωί.

Στις έντεκα και μισή, τηλεφώνησε στο σπίτι του και μίλησε με την οικονόμο. Η Μελίσσα ήταν έξω και ο πατέρας του στο νοσοκομείο. Ρώτησε για το πού βρίσκεται η Υπατία.

«Δεν ξέρω, κύριε» είπε η Κατίνα. «Δεν την έχω δει όλο το πρωί και σήμερα η Σούλα έχει ρεπό».

«Μπορείς να κοιτάξεις στο δωμάτιό της, σε παρακαλώ;»

Ο Τόνι περίμενε λίγα λεπτά.

«Κύριε Τόνι, το κορίτσι δεν είναι στο δωμάτιό της. Βρήκα έναν φάκελο που έχει πάνω το όνομα της στο πάτωμα, κοντά στην πόρτα».

Ο Τόνι ανησύχησε. Αυτό ήταν το σημείωμα που της είχε αφήσει. *Πρέπει να έφυγε πριν από μένα.* «Θα ήθελα να μιλήσω με τον Τιμ, τον σοφέρ».

Λίγα λεπτά αργότερα, ο Τόνι εξήγησε την κατάσταση στον Τιμ. «Είναι δική μου ευθύνη, όπως ξέρεις καλά, Τιμ. Εξαφανίστηκε χωρίς να πει πού πήγε».

«Αν μπορώ να κάνω μια πρόταση, κύριε, η Όλγα, η ανιψιά της οικονόμου μας, μπορεί να ξέρει κάτι για την εξαφάνιση της Υπατίας».

«Καλή ιδέα. Παρεμπιπτόντως, γιατί δεν περνάς από το σπίτι της θείας της Υπατίας να ελέγξεις μήπως αποφάσισε να πάει εκεί. Τηλεφώνησέ μου, όταν έχεις νέα».

«Υπάρχει κάτι άλλο που μπορεί να χρειαστείτε, κύριε;»

«Ω, σχεδόν ξέχασα, ένα γράμμα που απευθύνεται στην Υπατία είναι στο δωμάτιό της. Σε παρακαλώ φρόντισε να το πάρει».

«Εντάξει. Πού μπορώ να σας βρω;»

Ο Τόνι τού έδωσε τον αριθμό τηλεφώνου του δωματίου του. Αφού έκλεισαν, τηλεφώνησε στο νοσοκομείο. Ρώτησε τη νοσοκόμα πώς ήταν ο πατέρας του. Είπε ότι κοιμόταν ακόμα. Ο Τόνι ζήτησε να μιλήσει στην Χριστίνα.

«Ένα λεπτό, παρακαλώ» είπε η νοσοκόμα.

«Γεια σου, Χριστίνα. Ο Τόνι είμαι. Πώς είναι ο πατέρας;»

«Τα ίδια, μόνο που είναι λίγο πιο οξύθυμος. Τέλος πάντων, νομίζουν ότι ξέρουν τι έχει. Θα σου πει, όταν επιστρέψεις. Εν τω μεταξύ, αύριο θα βγει».

Η φωνή της ακούστηκε κουρασμένη. Ο Τόνι την ενημέρωσε για την κατάστασή του. Σχεδίαζε να επικοινωνήσει με τον κ. Σπίθα, τον δικηγόρο τους, αφού διαπίστωσε ποιο ήταν το πρόβλημα με το φορτηγό πλοίο. Υπολόγιζε ότι θα τελείωνε σε μια ή δύο μέρες. Αφού έκλεισε το τηλέφωνο, πήγε στο εστιατόριο απέναντι για φαγητό.

*****

Μετά το μπάνιο, η Υπατία πήγε στην κρεβατοκάμαρά της. Η πόρτα της θείας της ήταν κλειστή, δείχνοντας ότι κοιμόταν. Αφού φόρεσε το νυχτικό της, δε νύσταζε, οπότε έψαξε να βρει κάτι να διαβάσει. Βρήκε το αγγλικό μυθιστόρημα που της είχε δώσει η κυρία Ρόδου. Η Υπατία πήρε το βιβλίο στο μπαλκόνι και άρχισε να διαβάζει, νιώθοντας το αεράκι να ανακατώνει τα βρεγμένα μαλλιά της, καθώς βρισκόταν σε έναν άλλο κόσμο.

Χτύπησε ένα κουδούνι, ξαφνιάζοντας την Υπατία η οποία είχε απορροφηθεί από την ιστορία του βιβλίου. Η Υπατία σηκώθηκε να ανοίξει, καθώς η θεία της κοιμόταν. Άνοιξε την πόρτα και ξαφνιάστηκε, όταν είδε την Όλγα, την ανιψιά της Τζίλντα. «Όλγα, τι κάνεις εδώ;»

«Ο Τιμ, ο σοφέρ με οδήγησε εδώ» εξήγησε η Όλγα, που φαινόταν ευχαριστημένη. «Με πήρε τηλέφωνο στη δουλειά, ξέρεις, για να μου πει ότι έχεις εξαφανιστεί και αν ήξερα κάτι για αυτό. Φυσικά, δεν το ήξερα, αλλά ένιωσα υπεύθυνη για σένα,

161

οπότε ζήτησα να έρθω να μάθω τι κάνεις. Βλέπεις, θυμήθηκα τη διεύθυνση της θείας σου».

Ο Τιμ ανέβηκε τις σκάλες και πλησίασε. «Γεια σας, δεσποινίς Υπατία. Ανησυχούσαμε για εσάς» είπε, βγάζοντας το καπέλο του.

«Σας ευχαριστώ που μπήκατε στον κόπο να με αναζητήσετε. Άφησα ένα σημείωμα στον κύριο Τόνι και τηλεφωνήσαμε με τη θεία μου στο σπίτι, πριν από λίγο, λέγοντας στην οικονόμο πού βρισκόμουν».

«Δεν έμαθα τα νέα. Μπορεί να είχα ήδη φύγει» είπε ο Τιμ, ξύνοντας το κεφάλι του.

«Παρακαλώ, γιατί δεν έρχεστε μέσα;» είπε η Υπατία.

«Ευχαριστώ, αλλά πρέπει να φύγουμε. Περάσαμε μόνο, για να δούμε αν είστε καλά» είπε ο Τιμ βιαστικά. «Ω, σχεδόν ξέχασα. Αυτό είναι από τον κύριο Τόνι».

Της έδωσε τον φάκελο.

Η Υπατία ταράχτηκε, ευχαριστώντας τον, καθώς έπαιρνε τον φάκελο από το τεντωμένο χέρι του.

Αφού έφυγαν, η Υπατία μπήκε στην κρεβατοκάμαρά της και διάβασε το σημείωμα. Έγραφε:

«Αγαπητή Υπατία, λυπάμαι που δεν θα μπορέσω να σε δω σήμερα. Έπρεπε να φύγω για επαγγελματικό ταξίδι. Δεν ξέρω πόσο θα λείψω. Πραγματικά, απόλαυσα να σε ακούω να παίζεις πιάνο. Μου έφερε αναμνήσεις από τα νιάτα μου. Σε περίπτωση που έχεις ήδη φύγει για τη θεία σου μέχρι να επιστρέψω, καλή τύχη σε όλα, Τόνι».

Το διάβασε αρκετές φορές και μετά το έσφιξε στο στήθος της. Η καρδιά της άρχισε να χτυπά με τη σκέψη ότι νοιάστηκε αρκετά, για να της γράψει ένα σημείωμα, πριν φύγει για το ταξίδι. *Πώς ήξερε ότι θα ήμουν στο σπίτι της θείας μου; Λες και μπορούσε να διαβάσει τις σκέψεις μου.* Ήταν πανευτυχής.

Τότε θυμήθηκε τη συνομιλία της Μελίσσας με τον γιατρό για τη Μπόνι και ξαφνικά η ευτυχία της δεν έμοιαζε αληθινή. Πώς θα μπορούσε να είναι ευτυχισμένη με ένα πλέιμποϊ, που πήγαινε από τη μια γυναίκα στην άλλη σαν να ήταν μεταχειρισμένα ρούχα; Είχε φιλήσει την Μπόνι, όπως είχε φιλήσει και εκείνη. Τώρα η Μπόνι έκλαιγε, γιατί τον αγαπούσε και εκείνος την απέρριπτε, για να κάνει την Υπατία ευτυχισμένη.

162

Πώς ξέρω ότι μια μέρα δεν θα γυρίσει να μου κάνει το ίδιο πράγμα, να με κάνει να κλάψω και να κάνει μια άλλη γυναίκα ευτυχισμένη;

Η ευτυχία της Υπατίας μετατράπηκε σε δάκρυα.

*****

Ο Τόνι επέστρεψε στο ξενοδοχείο αργά το απόγευμα μετά από τη συνάντηση με τους λιμενικούς. Τηλεφώνησε στον δικηγόρο του και του είπε τα νέα. Το πλοίο τους δεν είχε άδεια να μεταφέρει το φορτίο που μετέφερε και υπήρχαν αυστηρές ποινές. Μετά από μια μακρά συζήτηση, έκλεισε το τηλέφωνο.

Ο κ. Σπίθας διαβεβαίωσε τον Τόνι ότι θα χειριστεί από εδώ, στο εξής, το θέμα και θα τον κρατά ενήμερο για την κατάσταση.

Αφού έβγαλε το κοστούμι και τη γραβάτα του, ο Τόνι κοίταξε έξω από το παράθυρο, σκεπτόμενος όλα όσα είχαν συμβεί εκείνη τη μέρα.

Το τηλέφωνο χτύπησε.

«Κύριε Τόνι, Τιμ εδώ» είπε ο Τιμ. «Βρήκα τη δεσποινίδα Υπατία. Είναι στο σπίτι της θείας της, η οποία επέστρεψε από το ταξίδι της στην Αμερική. Η δεσποινίς Υπατία είπε ότι σας άφησε ένα σημείωμα και είπε ότι τηλεφώνησε νωρίτερα σήμερα στο σπίτι, για να σας ενημερώσει πού βρίσκεται».

«Ευχαριστώ, Τιμ. Φρόντισε να βάλεις το σημείωμά της στην κρεβατοκάμαρά μου».

Αργότερα εκείνο το απόγευμα, η θεία Σοφία σηκώθηκε από τον ύπνο της και βρήκε την Υπατία να κάθεται στο μπαλκόνι και να διαβάζει το βιβλίο της.

«Ω, εδώ είσαι» είπε η θεία Σοφία, πνίγοντας ένα χασμουρητό. «Συνεχίζω να θέλω να κοιμάμαι στη διάρκεια της ημέρας και λιγότερο τη νύχτα. Νομίζω ότι φταίει το τζετ λαγκ». Κάθισε δίπλα της.

Η Υπατία τής είπε για το περιστατικό με τον Τιμ και την Όλγα.

«Είναι περίεργο που δεν τους το είπε η οικονόμος».

«Ο Τιμ είπε ότι μάλλον είχε φύγει πριν τηλεφωνήσουμε».

«Ναι, μπορεί να είναι έτσι».

Ο θόρυβος του βιβλίου της Υπατίας που έπεσε στο πάτωμα την ξάφνιασε. Είχε γλιστρήσει από την αγκαλιά της.

«Τι διάβαζες;» ρώτησε η θεία Σοφία, κοιτάζοντας με περιέργεια το βιβλίο.

«Ένα αγγλικό μυθιστόρημα που μου έδωσε η κυρία Ρόδου, πριν από χρόνια. Η ηρωίδα καταλήγει με τον άντρα που αγαπά».

«Ακούγεται ωραία ιστορία» είπε η θεία Σοφία. «Πάντα σε ενδιέφεραν τα βιβλία, Υπατία, από τότε που ήσουν μικρό παιδί. Πώς διαβάζεις ιστορίες αγάπης, αλλά δεν σκέφτεσαι να ερωτευτείς και να παντρευτείς;»

Η Υπατία γέλασε, λέγοντας: «Είναι πολύ πιο εύκολο να το ζήσεις αυτό μέσα από ένα βιβλίο παρά να το ζήσεις στα αλήθεια».

«Παρεμπιπτόντως, είδα την κυρία Ρόδου πριν φύγω για την Αμερική, και με ρώτησε για σένα».

«Τι ωραίο εκ μέρους της. Θα ήθελα να την ξαναδώ» είπε η Υπατία με νοσταλγία.

«Γιατί δεν την επισκεπτόμαστε σήμερα; Θα χαιρόταν να σε δει» είπε παρορμητικά η θεία Σοφία.

Η Υπατία πετάχτηκε με ανυπομονησία και αγκάλιασε τη θεία της. Μετά από λίγο έφυγαν. Στο δρόμο, σταμάτησαν στο φούρνο και αγόρασαν μια τούρτα σοκολάτας.

Λίγα λεπτά αργότερα, χτύπησαν το κουδούνι της κυρίας Ρόδου.

Η κ. Ρόδου άνοιξε την πόρτα, φορώντας το ίδιο γκρι φόρεμα που φορούσε πάντα. Τα έντονα γκρίζα μάτια της τις κοίταξαν μέσα από τα ασημένια γυαλιά της.

«Καλησπέρα, κυρία Ρόδου. Κοίτα ποια έφερα να σε δει» είπε η θεία Σοφία, φέρνοντας μπροστά, περήφανα, την Υπατία.

Η κ. Ρόδου χρειάστηκε μια στιγμή, για να την αναγνωρίσει. «Υπατία Κουρή! Δεν μπορώ να πιστέψω ότι είσαι εσύ!» αναφώνησε. «Μετά από τόσα χρόνια, ήρθες επιτέλους να με επισκεφτείς!».

Μετά τους θερμούς χαιρετισμούς τους, η κ. Ρόδου τις οδήγησε με ανυπομονησία μέσα στο σπίτι. Κάθισαν στο σαλόνι. Η Υπατία παρατήρησε τα ράφια με τη γνώριμη μυρωδιά των βιβλίων, ενώ η θεία της και η κυρία Ρόδου κουβέντιαζαν. Τίποτα δεν είχε αλλάξει εδώ. Ένιωθε ότι μόνο αυτή είχε αλλάξει.

«Με συγχωρείτε για μια στιγμή. Θα φτιάξω λίγο τσάι. Μπορούμε να φάμε λίγο από το νόστιμο κέικ σας» είπε η κυρία Ρόδου. Είχε φύγει πριν προλάβουν να αντισταθούν.

Λίγα λεπτά αργότερα, η Υπατία ήπιε το τσάι και δοκίμασε μια μικρή φέτα από το κέικ.

«Πες μου, Υπατία, τελείωσες το σχολείο;» ρώτησε η κυρία Ρόδου στα αγγλικά.

Η Υπατία ένευψε καταφατικά. Απαντώντας στα αγγλικά, της είπε την ιστορία της ότι είχε πάει στο νησί της Ρόδου, για να τελειώσει το σχολείο της.

«Κυρία Σοφία, θα πρέπει να είσαι περήφανη για την ανιψιά σου. Είναι ένα ταλαντούχο κορίτσι, και τα αγγλικά της είναι άψογα».

«Πάντα ήξερα ότι η Υπατία ήταν έξυπνη» είπε η Θεία Σοφία.

«Θα ήθελα να ρωτήσω κάτι την Υπατία, με τη συγκατάθεσή σας, φυσικά» είπε η κ. Ρόδου. «Βλέπετε, η βοηθός μου παραιτήθηκε πριν από λίγες μέρες και χρειάζομαι κάποιαν να με βοηθάει. Τα μαθήματα γίνονται κάθε Δευτέρα, Τετάρτη και Παρασκευή βράδυ, από τις πέντε και μισή έως τις επτά, περίπου. Υπατία, τι πιστεύεις; Θα σε πληρώνουμε για τις υπηρεσίες σου».

«Θα μου άρεσε αυτό!» φώναξε η Υπατία. Έπειτα, ντροπιασμένη από το ξέσπασμά της, κοίταξε απογοητευμένη τη θεία της για έγκριση.

Η θεία της ένευψε καταφατικά και της χαμογέλασε.

«Καλώς. Έλα αύριο στις πέντε. Έτσι θα μας δοθεί χρόνος να προετοιμαστούμε, πριν έρθουν οι μαθητές» είπε η κ. Ρόδου, επιστρέφοντας στις ζωηρές κινήσεις της.

ΚΕΦΑΛΑΙΟ 19

Τον δέκατο όγδοο χρόνο μου βρήκα ότι πρέπει
Να κερδίζω τα χρήματά μου χωρίς πίστωση

Το επόμενο πρωί, ημέρα Τετάρτη, η Υπατία και η θεία της πήγαν στο φαρμακείο κι έκαναν το τηλεφώνημα στον παππού της. Εκείνος περίμενε την κλήση της. Ακουγόταν ανακουφισμένος που ήταν με τη θεία της.

Σύντομα, η Υπατία και η θεία της επέστρεφαν στο σπίτι.

«Υπατία, θέλω να σου μιλήσω για το τι ρούχα να φορέσεις για το μάθημα των Αγγλικών. Φοράς μαύρα από τότε που έφτασες».

«Αυτά έχω μόνο να φορέσω» εξήγησε η Υπατία.

Η θεία της κοιτούσε τα πόδια της σαστισμένη. «Δεν πάνε αυτά τα σανδάλια, έτσι δεν είναι;»

«Τα φοράω, γιατί το πόδι μου είναι ακόμα πρησμένο».

«Αυτό θα το τακτοποιήσουμε, νεαρή κυρία. Σήμερα, θα πάμε να αγοράσουμε καταλληλότερα ρούχα κι ένα καινούργιο ζευγάρι παπούτσια».

«Ευχαριστώ, θεία Σοφία, αλλά δεν θα ήταν καλύτερα να ράβαμε τα ρούχα μου; Θέλω να πω, θα ήθελα να μάθω να ράβω, όπως εσύ, και πιθανότατα θα κοστίσει πολύ λιγότερο να το κάνουμε μόνοι μας».

«Φυσικά, αγαπητή μου, αλλά χρειάζεσαι ρούχα και παπούτσια για απόψε».

Πήραν το λεωφορείο για το κέντρο της πόλης και η χαρά της Υπατίας ήταν απερίγραπτη. Η φασαρία της πόλης την αναζωογόνησε, με κάθε λογής κόσμο, κτίρια και φασαρία που την κρατούσαν σε εγρήγορση. Η θεία Σοφία την οδήγησε στους

166

πολυσύχναστους δρόμους, όπου υπήρχαν πολλά καταστήματα με ρούχα.

Το πρώτο κατάστημα ήταν μικρό και σκοτεινό, και γεμάτο παντού με ράφια από ρούχα. Η Υπατία και η θεία Σοφία τα κοίταξαν. Η Υπατία δεν είδε τίποτα που να της άρεσε. Η θεία Σοφία σήκωσε μια μίνι φούστα από ένα ράφι και της την έδειξε.

«Αυτό είναι πιο κατάλληλο για ένα μικρότερο σε ηλικία κορίτσι» ψιθύρισε η Υπατία.

«Έχεις δίκιο». Η θεία Σοφία το έβαλε πίσω. «Νομίζω ότι αυτά είναι τα νέα στυλ και αυτό το κατάστημα απευθύνεται σε πιο κοντές γυναίκες».

Τελικά, βρήκαν ένα κατάστημα που ταίριαζε στο γούστο και τον προϋπολογισμό τους. Τα παπούτσια ήταν, επίσης, δύσκολο να βρεθούν, καθώς τα πόδια της Υπατίας ήταν μεγαλύτερα από το κανονικό. Τέλος, συμβιβάστηκαν με ένα ζευγάρι καφέ, δερμάτινα παπούτσια. Αφού τελείωσαν τα ψώνια τους, σταμάτησαν στο κατάστημα με τα υφάσματα και αγόρασαν μερικά υφάσματα και προμήθειες.

Έφτασαν σπίτι νωρίς το απόγευμα. Η Υπατία πήρε έναν ελαφρύ υπνάκο και μετά άρχισε να ετοιμάζεται για το μάθημά της. Τραγουδούσε απαλά, καθώς φορούσε τη νέα λευκή μπλούζα και την μπλε φούστα της.

Η θεία της χτύπησε την πόρτα του δωματίου της. «Υπατία, σε ενημερώνω, για να ξέρεις ότι είναι σχεδόν πέντε η ώρα, αγαπητή μου» της θύμισε η θεία Σοφία.

«Έλα μέσα, θεία» είπε η Υπατία. «Πώς σου φαίνεται αυτό;» Στριφογύρισε στο δωμάτιο με τα καινούργια της ρούχα.

«Θαυμάσια επιλογή» γέλασε η θεία Σοφία, χτυπώντας παλαμάκια. «Μοιάζεις με δασκάλα, μπορώ να πω. Το μόνο που χρειάζεσαι τώρα είναι αυτά τα γυαλιά που φοράει η κυρία Ρόδου».

Γέλασαν και οι δύο με την σύγκριση.

Η βόλτα στο σπίτι της κυρίας Ρόδου ήταν σύντομη, καθώς η Υπατία είχε υπόψη της την ώρα. Γρήγορα απορροφήθηκε στη νέα της εργασία. Ήταν υπεύθυνη να μοιράζει το υλικό στα παιδιά και να τα βοηθάει στα μαθήματά τους, αν χρειαζόταν. Το μάθημα πέρασε γρήγορα και η Υπατία διασκέδασε απίστευτα.

*****

Ο Τόνι έφτασε στην Κηφισιά νωρίτερα εκείνη την ημέρα. Η Κατίνα άνοιξε την πόρτα. «Καλησπέρα, Κατίνα. Ο πατέρας μου είναι σπίτι;»

Η Κατίνα έγνεψε φοβισμένα. «Ναι, είναι, στη βεράντα».

Η Μελίσσα έτρεξε να τον χαιρετήσει. «Τόνι, χαίρομαι πολύ που είσαι σπίτι!» φώναξε.

«Τι συμβαίνει; Είναι όλα καλά;» ρώτησε ο Τόνι, βλέποντας το δακρυσμένο πρόσωπό της. Σπάνια τον υποδεχόταν στην πόρτα. Κάτι είχε συμβεί. Άκουσε φωνές από την κατεύθυνση της βεράντας.

«Πώς να είναι καλά;» ξέσπασε η Μελίσσα, κλαίγοντας ανεξέλεγκτα. «Χώρισα με τον Μάικλ σήμερα το πρωί, και ο πατέρας είναι αναστατωμένος για το θέμα!»

«Θα πίστευε κανείς ότι θα ήταν ευτυχισμένος» παρατήρησε ξερά ο Τόνι, ενθυμούμενος την προτίμηση του πατέρα του για τον Τσακ Ντάρας.

Ήταν έτοιμος να τη ρωτήσει, γιατί χώρισε με τον Μάικλ, όταν η Μελίσσα φώναξε «Ωχ!» κι έφυγε στο δωμάτιό της.

«Μελίσσα, Μελίσσα!» είπε ο Τόνι, μετανιωμένος αμέσως για τα λόγια του, αλλά εκείνη είχε ήδη εξαφανιστεί. Η Μελίσσα είχε τη συνήθεια να ερωτεύεται και να αλλάζει γνώμη γρήγορα, και αυτή δεν ήταν η πρώτη φορά που διέκοψε τον αρραβώνα. Αυτό που το έκανε ενοχλητικό αυτή τη φορά ήταν ότι ο Μάικλ ήταν ο καλύτερος φίλος του.

Ο Τόνι βρήκε τον πατέρα του να κάθεται έξω, να κουνάει τα χέρια του ταραγμένος, ενώ η Χριστίνα προσπαθούσε να τον ηρεμήσει.

«Στο τέλος, δεν θα έχει κανέναν» γρύλισε ο Γρηγόρης.

Ο Τόνι τους χαιρέτησε.

«Τόνι, επέστρεψες εγκαίρως, για να μάθεις τα καλά νέα» είπε σαρκαστικά ο πατέρας του.

«Τα έμαθα» απάντησε εκείνος.

«Ο πατέρας σου είναι θυμωμένος επειδή η Μελίσσα δεν ήθελε να παντρευτεί τον Τσακ εξαιτίας του Μάικλ, και τώρα χώρισε με τον Μάικλ επειδή ένιωθε ότι ήταν πολύ φτηνός. Ο πατέρας σου πιστεύει ότι η Μελίσσα θα μείνει γεροντοκόρη και δεν θα παντρευτεί. Του έλεγα ότι είναι ακόμα ένα νέο και όμορφο κορίτσι και...»

«Δεν είναι τόσο μικρή στα είκοσι επτά της» είπε ο Γρηγόρης. Γύρισε προς τον Τόνι. «Είμαι ένας άρρωστος γέρος, Τόνι. Τα χρόνια μου είναι μετρημένα. Δεν έχω τις αντοχές που είχα πριν».

«Μην ανησυχείς, πατέρα. Όλα θα πάνε καλά» είπε ο Τόνι, χτυπώντας τον στην πλάτη. «Η Μελίσσα είναι η κόρη σου, μια αληθινή Πλακή, και δεν θα σε απογοητεύσει».

*****

Νωρίς το πρωί της Κυριακής, η Υπατία και η θεία της αποφάσισαν να πάνε στην εκκλησία. Η Μαρίκα πήγε μαζί τους. Οι τρεις γυναίκες περπάτησαν πάνω και κάτω σε μια ανηφόρα που τελικά τις οδήγησε στη μεγάλη εκκλησία με τον στρογγυλό τρούλο.

Μετά τη λειτουργία, στάθηκαν έξω, μασουλώντας το αντίδωρο τους, ένα μικρό κομμάτι ευλογημένου ψωμιού.

Η θεία Σοφία μίλησε με μερικές γυναίκες από την εκκλησία. Μια πελάτισσα της, της σύστησε ένα άλλο άτομο που ήθελε να της ράψει κάτι. Κανόνισε ένα ραντεβού μαζί της.

«Γιατί δεν πάμε βόλτα στο Μικρολίμανο;» πρότεινε η θεία Σοφία στην Υπατία και τη Μαρίκα. Συμφώνησαν και οι δύο.

Μπήκαν σε ένα ταξί και κατευθύνθηκαν προς το δημοφιλές λιμανάκι. Ήταν γεμάτο από εργένηδες, ζευγάρια, οικογένειες και τουρίστες. Καθώς πλησίαζαν στα εστιατόρια η Υπατία παρακολουθούσε τα λευκά, γραφικά σκάφη. Έκαναν καλή αντίθεση με τον γαλάζιο καμβά του ήρεμου νερού.

Το δελεαστικό άρωμα από τηγανητό καλαμάρι ερχόταν από ένα κοντινό εστιατόριο. Αποφάσισαν να φάνε εκεί. Τα καλαμάρια ήταν φρέσκα και ζουμερά και τα απόλαυσαν με τηγανητές πατάτες, σαλάτα με φέτα, ντομάτα και αγγουράκι και φρέσκο ψωμί.

Η Υπατία ρώτησε τη Μαρίκα για τη διδασκαλία της και η Μαρίκα, χαρούμενη, της είπε για τα μαθήματά της. Η Υπατία ανάφερε τα δικά της σχέδια για το πανεπιστήμιο.

Η Μαρίκα εμφανίστηκε δύσπιστη. «Το Πανεπιστήμιο του Πειραιά μπορεί να μην έχει το πρόγραμμα που ψάχνεις. Απευθύνεται περισσότερο στη βιομηχανία και όχι στην ιατρική» ενημέρωσε την Υπατία.

«Ω, δεν το ήξερα αυτό» απάντησε εκείνη.

«Φοβάμαι πώς ναι. Γιατί δεν έρχεσαι κάποια στιγμή να σου πω περισσότερα για αυτό» είπε η Μαρίκα. «Έχω κάποιες πληροφορίες που μπορεί να σου είναι χρήσιμες».

Έπειτα συνέχισαν τη βόλτα τους, επιστρέφοντας στο γεμάτο από ζωή λιμανάκι. Η Υπατία παρακολουθούσε ένα μεγάλο πλοίο που είχε δέσει στο λιμάνι και έμοιαζε με το πλοίο του πατέρα της. Αναρωτήθηκε ποιος να ήταν ο καπετάνιος. Αναρωτήθηκε αν τον περίμενε και εκείνον η οικογένεια, όταν επέστρεφε από τα ταξίδια του. Ακριβώς τότε, ένας άντρας βγήκε από το ταξί και προχώρησε προς το πλοίο. Ήταν ψηλός και μελαχρινός. Έμοιαζε στον Τόνι. Η καρδιά της χτυπούσε γρήγορα, καθώς χάθηκε μέσα σ' αυτό το πλοίο.

«Υπατία, Υπατία, όλα καλά;» τη ρώτησε η θεία Σοφία.

Η Υπατία ανοιγόκλεισε τα μάτια στη θεία της. «Τι;»

«Είναι όλα καλά; Μοιάζεις σαν να είδες φάντασμα».

Κάτι εμπόδισε την Υπατία να της πει αυτό που μόλις συνέβη. «Εγώ, εγώ θυμήθηκα, όταν ερχόμουν εδώ συχνά με τους γονείς μου, όταν ήμουν μικρή».

«Πάμε να φάμε λίγο παγωτό στην καφετέρια. Ξέρω ότι θα σε ενθουσιάσει. Έλα» είπε η θεία Σοφία, αγκιστρώνοντας το χέρι της στο μπράτσο της Υπατίας.

Είχε δίκιο. Σύντομα, κουβέντιαζαν και γελούσαν και η υπόλοιπη μέρα κύλησε αρκετά ευχάριστα.

*****

Τρεις μέρες αργότερα, ήταν τα δέκατα όγδοα γενέθλια της Υπατίας. Εκείνο το πρωί κοίταξε στον καθρέφτη και είδε το ίδιο πρόσωπο που έβλεπε σε όλη της τη ζωή. Τα ίδια αμυγδαλωτά, ανοιχτό πράσινα μάτια και η μικρή, ίσια μύτη. Τα χείλη της ήταν πολύ γεμάτα, ειδικά μετά το φαγητό. Τα έσφιξε, προσπαθώντας να τα κάνει πιο αδύνατα. Γέλασε με την εικόνα στον καθρέφτη.

Πήρε τη χτένα και άρχισε να χτενίζει τις χοντρές μπούκλες της. Ο Τόνι είχε πει ότι τα προτιμούσε να είναι μακριά.

Η μέρα πέρασε γρήγορα και η Υπατία είχε επιστρέψει στο σπίτι από το μάθημα των Αγγλικών. Έμεινε έκπληκτη, όταν είδε τη Μαρίκα με την Θεία Σοφία.

«Χρόνια πολλά, Υπατία» είπε η θεία Σοφία, αγκαλιάζοντάς την. «Έχω κάτι για σένα».

Λίγα λεπτά αργότερα, επέστρεψε με μια τούρτα σοκολάτας και αναμμένα κεριά πάνω της.

Συγκινημένη από την χειρονομία της θείας της, η Υπατία έσφιξε τα χέρια της. «Ευχαριστώ, θεία Σοφία» αναφώνησε. «Συνήθως δεν γιορτάζω τα γενέθλιά μου».

«Το ξέρω, Υπατία» είπε η θεία Σοφία. «Αλλά δεν έχεις γιορτή να γιορτάσεις και σκέφτηκα ότι τα γενέθλια θα ήταν κατάλληλα».

«Έχει ονομαστική γιορτή, Σοφία. Είναι ο Άγιος Υπάτιος, και γιορτάζεται στις 31 Μαρτίου» τους ενημέρωσε η Μαρίκα.

«Έχω ονομαστική εορτή;» είπε η Υπατία, νιώθοντας υπέροχα. Πάντα ένιωθε ότι έμενε απ' έξω, όταν άλλοι γιόρταζαν τις ονομαστικές τους εορτές και εκείνη όχι.

Αφού έφυγε η Μαρίκα, η θεία της τής χάρισε ένα τυλιγμένο πακέτο.

Η Υπατία έβγαλε ένα επιφώνημα χαράς, όταν έβγαλε από το πακέτο ένα λευκό, βαμβακερό καλοκαιρινό φόρεμα. Το κράτησε περήφανα στον αέρα. «Είναι όμορφο».

«Χαίρομαι που σου αρέσει» είπε η θεία της, αγκαλιάζοντάς την. «Έπρεπε να με έβλεπες. Κάθε φορά που πήγαινες στο μάθημα, σταματούσα ό,τι έκανα, για να μπορέσω να το ράψω».

Η Υπατία δοκίμασε το φόρεμα. Οι ιμάντες και η ανοικτή λαιμόκοψη έδειχναν τον λεπτό λαιμό της και η κορδέλα γύρω από τη μέση της έδινε καμπύλες. «Φαίνεται υπέροχο» είπε, δείχνοντάς το στη θεία της.

Πέρασαν το υπόλοιπο της βραδιάς με πολύ γέλιο, καθώς η Υπατία μοιράστηκε αστείες ιστορίες από την τάξη των Αγγλικών.

Κάποια στιγμή, η θεία Σοφία άνοιξε τη συζήτηση για τον λογαριασμό της Υπατίας. «Υπατία, στο γράμμα που μου έγραψε ο παππούς σου, ανέφερε ότι, όταν κλείσεις τα δεκαοχτώ, θέλει να φροντίσω να πας στην τράπεζα, για να δεις για το καταπίστευμα σου. Νομίζω ότι σου έστειλα αυτά τα χαρτιά μετά τον θάνατο του πατέρα σου».

«Ναι. Ο παππούς μού τα έδωσε να τα φέρω μαζί μου».

«Καλώς. Ήθελα, επίσης, να ξέρεις ότι ο πατέρας σου σε αγαπούσε και ήθελε το καλύτερο για σένα». Η θεία Σοφία σταμάτησε. «Αυτή η σουίτα στον επάνω όροφο θα είναι η προίκα του γάμου σου, όταν παντρευτείς. Μου είπε».

«Αλήθεια;» ρώτησε η Υπατία, νιώθοντας το αίμα να της τρέχει από τα νέα. «Αλλά δεν έχω σχέδια να παντρευτώ».

«Δεν θα φύγει το σπίτι. Όποτε αποφασίσεις» είπε η Σοφία. «Τι λες να πάμε αύριο το πρωί στην τράπεζα να δούμε για το καταπίστευμα;»

Το επόμενο πρωί, μπήκαν στη μεγάλη τράπεζα, με τα βήματά τους να αντηχούν στα μαρμάρινα δάπεδα.

Παρέδωσαν τα απαραίτητα χαρτιά στον διαχειριστή του καταπιστεύματος κ. Πρασινάκη. Ήταν ένας αδύνατος άντρας, φαλακρός, με μεγάλα γυαλιά. Έφυγε και επέστρεψε σε λίγο με έγγραφα στα χέρια.

Κοίταξε την Υπατία πάνω από τα γυαλιά του. «Δεσποινίς Κουρή, είχατε δίκιο που είπατε ότι ο πατέρας σας άνοιξε αυτό το λογαριασμό και ότι θα έχετε πρόσβαση σε αυτόν μόλις γίνετε δεκαοκτώ χρονών. Είναι σε αμερικανικά δολάρια και το υπόλοιπο του λογαριασμού είναι πενήντα επτά χιλιάδες, επτακόσια είκοσι τρία δολάρια, που περιλαμβάνει τους τόκους που έχει συγκεντρώσει με την πάροδο του χρόνου».

Η Υπατία εξεπλάγη με το ποσό.

«Πότε μπορεί η Υπατία να παραλάβει τα χρήματα;» ρώτησε η θεία Σοφία.

Καθάρισε το λαιμό του. «Νομίζω ότι υπάρχει μια προϋπόθεση που πρέπει να εκπληρωθεί πρώτα» είπε, διαβάζοντας προσεκτικά τα χαρτιά. «Α, να εδώ είναι. Η δεσποινίς Υπατία πρέπει πρώτα να παντρευτεί».

«Τι;» αναφώνησε η Υπατία.

«Αυτά τα χρήματα πρόκειται να χρησιμοποιηθούν για την προίκα σας και απαιτείται η υπογραφή του συζύγου σας, για να μπορέσει να αποδεσμευτεί» εξήγησε.

172

«Ο πατέρας μου το έγραψε αυτό;» ρώτησε δύσπιστα η Υπατία.

Ο διευθυντής της έδειξε το χαρτί με την υπογραφή του πατέρα της. Είχε ημερομηνία δύο χρόνια μετά το άνοιγμα του λογαριασμού. Ο πατέρας της πρέπει να το είχε προσθέσει αυτό στο αρχικό χαρτί. Διάβασε εκεί, όπου έγραφε ότι ο σύζυγός της έπρεπε, επίσης, να υπογράψει, πριν αποδεσμευτούν τα χρήματα.

Η Υπατία του το έδωσε πίσω, δαγκώνοντας τα χείλη της.

Στο δρόμο για το σπίτι, κάθισε ήσυχα δίπλα στη θεία της στο ταξί, σκεπτόμενη.

«Ήμουν εξίσου έκπληκτη που το άκουσα αυτό όσο κι εσύ» παραδέχτηκε η θεία Σοφία. «Νομίζω ότι η απόφαση του πατέρα σου είναι καλή. Αυτό που με εκπλήσσει είναι η προνοητικότητα του να συγκεντρώσει την προίκα σου από τότε που ήσουν μικρή».

«Αν ένας άντρας με αγαπάει, με αγαπάει γι' αυτό που είμαι, για τον εαυτό μου, όχι για τα χρήματά μου» μουρμούρισε η Υπατία. «Τα χρήματα μπορούν να μείνουν εκεί. Δεν ενδιαφέρομαι».

«Υπατία, ο πατέρας σου δούλεψε σκληρά όσο ζούσε. Έκανε αυτό που πίστευε καλύτερο για το μέλλον σου».

«Δεν μπορούν να έρθουν πίσω οι γονείς μου, και δεν θέλω να αγοράσω σύζυγο».

«Κάποια μέρα, όταν εμφανιστεί ο κατάλληλος νεαρός, θα σκεφτείς διαφορετικά» είπε η θεία Σοφία.

Λίγο μετά την επιστροφή τους στο σπίτι, μια πελάτισσα πήγε να πάρει τα ρούχα της και η θεία Σοφία απασχολήθηκε μαζί της.

Η Υπατία δικαιολογήθηκε και αποσύρθηκε στην κρεβατοκάμαρά της. Σκέφτηκε τη θεία της, μόνη και ανύπαντρη, να ράβει για γυναίκες για το υπόλοιπο της ζωής της. Η Υπατία δεν ήθελε να έχει την ίδια τύχη. *Ας το παραδεχτούμε, έχω μπερδευτεί.*

Έκλεισε τα μάτια της, κάνοντας φέρνοντας στο νου της τους γονείς της, προσπαθώντας να επικοινωνήσει μαζί τους. *Πάντα σας αγαπούσα και σας υπάκουα, αλλά δεν ήξερα πόσο πολύ θέλατε να παντρευτώ. Θέλω να ζητήσω συγχώρεση που πήγα ενάντια στις επιθυμίες σας, αλλά θέλω να πάω πρώτα στο πανεπιστήμιο. Έπειτα, υπόσχομαι ότι μια μέρα θα παντρευτώ.*

173

Για κάποιο λόγο, η εικόνα του Τόνι Πλακή ήρθε στο μυαλό της. Η καρδιά της χτύπησε δυνατά. Βρήκε τις σημειώσεις του και τις ξαναδιάβασε. Αναρωτήθηκε τι σχέση είχε με την Μπόνι. Αναρωτήθηκε πώς θα ήταν να παντρευτεί κάποιον σαν τον Τόνι. Κοιμήθηκε κρατώντας το σημείωμα.

*****

Ο Τόνι έτριψε τα μάτια του, νιώθοντας κουρασμένος. Ήταν όλη μέρα στο γραφείο δουλεύοντας ασταμάτητα. Κοίταξε το δωμάτιο, και είδε το τραπεζάκι δίπλα στο παράθυρο. Το αρχαίο δοχείο με τα γεωμετρικά σχέδια από τους Λειψούς ήταν πάνω στο τραπεζάκι, αλλά όχι για πολύ. Έκανε συζητήσεις με ειδικούς για την αντιγραφή του. Το πρωτότυπο επρόκειτο να τοποθετηθεί στο μουσείο της Αθήνας.

Περίεργος για τα ακριβά αντικείμενα από τον πατέρα της Υπατίας, είχε μιλήσει πριν από λίγες μέρες με τον καπετάν Σαρδέλη, έναν από τους μεγαλύτερους καπετάνιους της εταιρείας. «Πόσο εύκολο είναι να αποκτήσεις ένα βάζο ή ένα αντικείμενο αξίας;»

«Ξέρω κάποιον που ασχολείται με αυτά τα πράγματα. Του αρέσει να συλλέγει βάζα και αντικείμενα αξίας. Τα ταξίδια στο εξωτερικό μας δίνουν ευκαιρίες για αγορές και εμπορικές συναλλαγές. Ό,τι είναι φθηνό σε μια χώρα έχει αξία σε μια άλλη. Καταλαβαίνεις».

Κοιτάζοντας ξανά το βάζο, ο Τόνι συνειδητοποίησε ότι ο πατέρας του κοριτσιού είχε κάνει κάποιες καλές επιλογές στα ταξίδια του. Ήρθε στο μυαλό του η εικόνα του βάζου στο καφενείο στους Λειψούς και ακολούθησε η εικόνα μιας φοβισμένης Υπατίας να τρέχει μακριά του με τις μακριές μπούκλες της. Ξαφνιάστηκε και έτριψε τα μάτια του για άλλη μια φορά. Είχε αλλάξει τόσο πολύ από εκείνη την πρώτη συνάντηση.

Ο Τόνι σκέφτηκε την υγεία του πατέρα του. Η διάγνωση ήταν ότι ο κακοήθης όγκος εντοπίστηκε σε μια θέση του εγκεφάλου του που ήταν επικίνδυνη. Ωστόσο, η χειρουργική αφαίρεσή του όγκου θα μπορούσε να κοστίσει τη ζωή του. Υπήρχε ένας ειδικός στο Σικάγο που είχε καλή φήμη για αυτόν

174

τον τύπο όγκου, αλλά ο πατέρας του, πάντα προσεκτικός, είπε ότι ήθελε πρώτα να δει εάν υπήρχαν άλλες διαθέσιμες επιλογές.

ΚΕΦΑΛΑΙΟ 20

Όσο πολύ κι αν προσπαθούμε,
Η καρδιά μας δεν μπορεί να πει ψέματα.

Έφτασε ο Σεπτέμβρης και μια μέρα, καθώς η Υπατία βοηθούσε τη θεία της στη ραπτική, η θεία τής είπε: «Υπατία, θα ήταν καλή ιδέα να δουλέψεις τα ρούχα της μητέρας σου. Είναι κρίμα να τα αφήνεις να χαραμίζονται στην ντουλάπα».

Μια εβδομάδα αργότερα, η περίοδος πένθους της Υπατίας τελείωσε επίσημα, όταν μπήκε στο σαλόνι φορώντας ένα από τα φορέματα της μητέρας της.

Η έκφραση ικανοποίησης της θείας της την αποζημίωσε. «Μου θυμίζεις τόσο πολύ τη μητέρα σου».

Η Υπατία το φόρεσε στο μάθημα εκείνη την ημέρα και δέχτηκε φιλοφρονήσεις από τα παιδιά. Μετά το μάθημα μίλησε με την κυρία Ρόδου για τα όνειρα της για το πανεπιστήμιο. Προς ευχαρίστηση της, βρήκε έναν ένθερμο υποστηρικτή για τις σπουδές της, στο πρόσωπο της κυρίας Ρόδου.

«Βλέπεις, Υπατία, πήρα πτυχίο στις γλώσσες από το Πανεπιστήμιο της Οξφόρδης στην Αγγλία, όπου είχα ειδικευτεί στην ελληνική γλώσσα» είπε η κ. Ρόδου. «Μετά από αυτό, ήρθα στην Ελλάδα, για να επισκεφτώ κάποιους φίλους και να εξασκήσω τα ελληνικά μου. Γνώρισα τον άντρα μου σε ένα εστιατόριο στην Ελλάδα. Ήταν ο μάγειρας εκεί και είχε τη συνήθεια να τραγουδάει δυνατά, ενώ μαγείρευε. Πήγα αρκετές φορές σε εκείνο το εστιατόριο μέχρι να βρω το θάρρος να του πω ότι μου άρεσε το τραγούδι του. Όποτε πήγαινα εκεί, τραγουδούσε ένα ιδιαίτερο, ρομαντικό τραγούδι για μένα. Τα υπόλοιπα είναι ιστορία» είπε η κ. Ρόδου, ονειροπολώντας.

«Αυτό είναι πολύ ρομαντικό» είπε η Υπατία.

«Ναι, αλλά δεν μπορεί κανείς να ζήσει μόνο από την αγάπη. Δεν έβγαζε πολλά χρήματα και δυσκολευτήκαμε τα πρώτα χρόνια» είπε η κ. Ρόδου, κουνώντας το κεφάλι της με θλίψη. «Βοηθούσα με τους λογαριασμούς διδάσκοντας αγγλικά. Στην αρχή, ζούσαμε με τους γονείς του. Μετά από δύο χρόνια γεννήθηκε ο γιος μας και μετακομίσαμε σ' ένα μικρό διαμέρισμα. Ένας φίλος της οικογένειας τού βρήκε δουλειά μάγειρα σε εκείνα τα φορτηγά πλοία που κάνουν μεγάλα ταξίδια. Πλήρωναν καλά, οπότε την πήρε. Όταν ξεκίνησε ο πόλεμος, ένα εχθρικό πλοίο χτύπησε το πλοίο του. Τότε τον έχασα».

«Λυπάμαι που το ακούω» είπε η Υπατία, δαγκώνοντας τα χείλη της.

«Μου λείπει, αλλά ξέρω ότι είναι κάπου εκεί πάνω και με προσέχει. Όλοι θα φύγουμε κάποια μέρα. Μερικοί άνθρωποι φεύγουν νωρίτερα από άλλους. Εν πάση περιπτώσεις, είμαι ευγνώμων για την εκπαίδευσή μου, γιατί στήριξα τον εαυτό μου και τον γιο μου με τη διδασκαλία μου».

«Πού είναι ο γιος σας;»

«Ο Ρόμπερτ είναι στην Αγγλία με την οικογένειά του» είπε η κ. Ρόδου. «Τους επισκέπτομαι στις διακοπές».

«Λοιπόν, τι σας έκανε να μείνετε εδώ στην Ελλάδα;»

«Η Ελλάδα είναι η δεύτερη αγάπη μου, όπως θα έλεγε κανείς» είπε η κ. Ρόδου. «Μελέτησα την ελληνική γλώσσα και τον ελληνικό πολιτισμό και γοητεύτηκα με την αρχαία Ελλάδα. Η Ακρόπολη και ο Παρθενώνας είναι μεγάλα αρχιτεκτονικά θαύματα. Έχω διαβάσει, επίσης, τα έργα Ελλήνων φιλοσόφων όπως του Αριστοτέλη και του Πλάτωνα, με τη σοφία και τη λογική τους. Δεν θα μπορούσα παρά να ερωτευτώ την Ελλάδα».

«Ξέρεις, θα ήθελα πολύ να επισκεφτώ την Ακρόπολη και τον Παρθενώνα» είπε η Υπατία με νοσταλγία.

«Τότε, ας είναι» είπε η κ. Ρόδου. «Μπορούμε να προγραμματίσουμε μια εκδρομή, για να πάμε εκεί σύντομα. Πριν το ξεχάσω, επίτρεψε μου να σου δώσω μερικά χρήσιμα βιβλία για τις εξετάσεις».

Καθώς η Υπατία πήγαινε στο σπίτι, κουβαλώντας τα βιβλία, συλλογίστηκε την ιστορία της κυρίας Ρόδου. Ο άντρας της είχε πεθάνει, κάτι που φοβόταν η Υπατία. Ωστόσο, τα πήγαινε μια χαρά. Η Υπατία άρχισε να σκέφτεται τον Τόνι, να τον φαντάζεται μάγειρα και να της τραγουδά ρομαντικά τραγούδια σε ένα εστιατόριο. Για κάποιο λόγο, δεν μπορούσε να τον δει να το κάνει αυτό.

Ένα αυτοκίνητο κόρναρε. Ο ήλιος είχε δύσει και δεν έβλεπε καλά. Ο γιατρός Χατζής τής έγνεψε από το αυτοκίνητο. Σταμάτησε και τον κοίταξε έκπληκτη, καθώς τραβήχτηκε στο πλάι. *Τι κάνει εδώ;* σκέφτηκε.

«Γεια, γιατρέ Χατζή» είπε η Υπατία. Είχε ανάμεικτα συναισθήματα, καθώς πλησίασε αργά το αυτοκίνητο, θυμόταν την τελευταία φορά που τον είχε δει με τη Μελίσσα έξω από το παράθυρο του υπνοδωματίου της, να μιλάνε για τον Τόνι και την Μπόνι.

«Θες να σε πάω κάπου;» ρώτησε ο γιατρός Χατζής.

«Όχι, ευχαριστώ. Μένω στο παρακάτω τετράγωνο με τη θεία μου».

«Ω, ωραία. Μάλλον σου κάνει εντύπωση που με βλέπεις εδώ» είπε ο γιατρός. «Ένας συνάδελφός μου, ο γιατρός Δημήτριος, συνταξιοδοτήθηκε πρόσφατα και τον αντικατέστησα. Ήρθα σήμερα, για να ρίξω μια ματιά στο γραφείο».

«Λοιπόν, ο γιατρός Δημήτριος συνταξιοδοτήθηκε» είπε η Υπατία, ενθυμούμενη τον ευγενικό, ηλικιωμένο γιατρό. «Τον επισκεφτήκαμε, πριν από μερικές εβδομάδες, γιατί η θεία μου ήθελε να της γράψει μια συνταγή».

«Σχεδιάζω να αναλάβω το γραφείο του και θα ήθελα να συνεχίσετε να έρχεστε εσύ και η οικογένειά σου. Παρεμπιπτόντως, πώς είναι ο αστράγαλος σου;»

«Έχει αναρρώσει μια χαρά, χάρη σε εσάς».

«Καλώς. Βλέπω ότι κουβαλάς βιβλία. Παρακολουθείς μαθήματα;»

«Όχι, βοηθάω στη διδασκαλία αγγλικών σε ένα σχολείο στο τέλος του δρόμου» είπε η Υπατία, «και η κυρία Ρόδου, η καθηγήτρια αγγλικών, με αφήνει να δανειστώ τα βιβλία της. Τα διαβάζω για τις εισαγωγικές εξετάσεις στο πανεπιστήμιο».

«Απ' ότι θυμάμαι είχες δείξει ενδιαφέρον για ιατρικά θέματα εκείνη την ημέρα που ήρθες στο γραφείο μου. Μπορείς να περάσεις ανά πάσα στιγμή. Θα χαρώ να σου δανείσω μερικά ιατρικά περιοδικά».

Μετά από εκείνη την ημέρα, σκεφτόταν να πάει στο γραφείο του, για να πάρει την ιατρική βιβλιογραφία που της ανέφερε, αλλά δεν ένιωθε αρκετά άνετα, για να το κάνει.

*****

Ο Τόνι κάθισε στο αεροπλάνο και κοιτούσε σκεπτικός έξω από το παράθυρο. Ήταν έτοιμοι να προσγειωθούν στην Ελλάδα. Χθες στην Αγγλία, έλαβε ένα τηλεφώνημα από τον πατέρα του. Ακουγόταν αδύναμος και παραπονέθηκε για την επιδείνωση της υγείας του. Αυτό ώθησε τον Τόνι να φύγει αμέσως από την Αγγλία και να επιστρέψει στο σπίτι.

Τα γραφεία του πατέρα του στην Αγγλία και τη Νέα Υόρκη τον έκαναν να ταξιδεύει συχνά εκεί, για να εξασφαλίζει ότι όλα ήταν εντάξει. Είχε αρχίσει να κουράζεται με όλα αυτά τα ταξίδια.

Όταν έφτασε στο σπίτι, συνάντησε τη Μελίσσα και τη Χριστίνα να τον περιμένουν. Εμφανίστηκαν ανήσυχες.

«Πού είναι ο πατέρας;» ρώτησε ο Τόνι, κοιτάζοντας τριγύρω. Παρατήρησε τους μαύρους κύκλους κάτω από τα μάτια της Χριστίνας, σημάδι ότι δεν είχε κοιμηθεί καλά.

«Κοιμάται» είπε κουρασμένα η Χριστίνα. Εξήγησε πως τότε ο πατέρας του γινόταν πιο αδύναμος και τα άκρα του είχαν παραλύσει. «Δεν κατέχει τον έλεγχο των κινήσεών του».

«Πρέπει να κάνουμε τα πάντα εμείς γι' αυτόν τώρα» παραπονέθηκε η Μελίσσα.

«Τότε πρέπει να κάνουμε κάτι, πριν να είναι πολύ αργά» είπε αποφασιστικά ο Τόνι.

«Βρήκαμε έναν ειδικό γιατρό για αυτόν τον τύπο όγκου στον εγκέφαλο στο Σικάγο» είπε αισίως η Μελίσσα. «Ο πατέρας συμφώνησε να τον δει».

Μετά από πολλή συζήτηση, ο Τόνι ήταν πεπεισμένος ότι αυτή ήταν η καλύτερη επιλογή για τον πατέρα του. Το επόμενο πρωί, τηλεφώνησε στο γραφείο του γιατρού στο Σικάγο. Ο γιατρός ήταν διαθέσιμος και κάλυψαν τα υπέρ και τα κατά της χειρουργικής επέμβασης. Ο Τόνι έκλεισε το τηλέφωνο, βυθισμένος σε σκέψεις.

Όταν μπήκε στο σαλόνι, βρήκε τον πατέρα του να κάθεται στον καναπέ, με τα χέρια του να τραντάζονται ανεξέλεγκτα. Η Χριστίνα και η Μελίσσα καθόντουσαν δίπλα του κρατώντας τον.

«Λοιπόν, τι είπε;» ρώτησε ο Γρηγόρης, κάνοντας αδύναμες χειρονομίες και μη μπορώντας να ελέγξει τις κινήσεις του.

«Ο γιατρός μίλησε ειλικρινά. Πρέπει να δει όλες τις εξετάσεις σου και το ιστορικό σου, πριν υποσχεθεί οτιδήποτε».

«Αυτό γίνεται εύκολα» είπε η Μελίσσα.

«Είπε τίποτα άλλο;» ρώτησε ο Γρηγόρης, με το χέρι του να τινάζεται ανεξέλεγκτα.

«Αν σε χειρουργήσει, δεν μπορεί να σου εγγυηθεί ότι θα γίνεις τελείως καλά από την επέμβαση» είπε ο Τόνι αργά, προσπαθώντας να πει όσο πιο ήπια γινόταν στον πατέρα του αυτό που είχε ακούσει από τον γιατρό.

«Αυτό μας είπε και ο γιατρός εδώ. Τι καλύτερο μπορεί να κάνει αυτός ο γιατρός;»

«Όπως ξέρεις, η θέση του όγκου είναι επικίνδυνη. Στο παρελθόν, αυτού του είδους οι επεμβάσεις ήταν επικίνδυνες και εξακολουθούν να είναι. Χρησιμοποιεί υπερσύγχρονη τεχνολογία η οποία βοήθησε αρκετούς ασθενείς να ζήσουν που διαφορετικά θα είχαν πεθάνει. Η επέμβαση μπορεί να σου δώσει την ευκαιρία να ζήσεις μια αξιοπρεπή ζωή. Αν δεν κάνεις τίποτα γι' αυτό, τότε χάνεις αυτή την ευκαιρία».

«Τι γίνεται με τη χημειοθεραπεία και την ακτινοβολία; Δεν είναι και αυτές επιλογές για θεραπεία;» ρώτησε η Μελίσσα.

Ο Τόνι κούνησε το κεφάλι του. «Δεν ξέρω. Ο γιατρός είπε ότι η χειρουργική επέμβαση είναι η καλύτερη επιλογή αυτή τη στιγμή».

«Αποφάσισα. Θα πάω στην Αμερική, για να απαλλαγώ από αυτό το πράγμα μια και για πάντα. Βαρέθηκα να είμαι άρρωστος» γκρίνιαξε ο Γρηγόρης, χτυπώντας με δύναμη το χέρι του στο τραπέζι. Η Χριστίνα και η Μελίσσα πήδηξαν τρομαγμένες.

«Ας είναι. Θα έρθουμε μαζί σου» είπε ο Τόνι.

Δύο εβδομάδες αργότερα, έφυγαν για την Αμερική.

*****

180

Μια γκρίζα, βροχερή Δευτέρα του Οκτωβρίου, η Υπατία πήρε μια ομπρέλα μαζί της στο μάθημα, αλλά την ξέχασε στην τάξη όταν έφυγε, και μέχρι να φτάσει στο σπίτι, ήταν μούσκεμα.

Το επόμενο πρωί, ξύπνησε με πονόλαιμο και ένιωθε κουρασμένη όλη μέρα. Μέχρι το πρωί της Τετάρτης, η Υπατία έβηχε και είχε πόνο στο αυτί. Κοιμόταν όλο το πρωί, ξυπνώντας μόνο για να φάει μια ζεστή σούπα αβγολέμονο που είχε φτιάξει η θεία της. Την πήρε αμέσως πάλι ο ύπνος.

Το μεσημέρι, η θεία Σοφία είπε: «Υπατία, είσαι ζεστή και μπορεί να έχεις πυρετό. Πρέπει να δεις τον γιατρό».

Αργότερα την ίδια μέρα, η Υπατία καθόταν στο γραφείο του γιατρού Χατζή.

«Άνοιξε το στόμα σου διάπλατα. Έτσι» της είπε ο γιατρός Χατζής. «Ο λαιμός σου είναι κόκκινος και πρησμένος».

Στη συνέχεια εξέτασε τα αυτιά της. Τινάχτηκε, όταν εκείνος άγγιξε το αριστερό της αυτί.

«Έχεις μόλυνση στο αυτί» είπε ο γιατρός.

«Ήθελε να πάει στο μάθημα σήμερα το βράδυ, αλλά ένιωσα ότι έπρεπε να σε δει» εξήγησε η θεία Σοφία.

«Έκανες σωστά, κυρία Σοφία. Με τα αντιβιοτικά, σε περίπου μία εβδομάδα θα της έχει περάσει» είπε ο γιατρός, κοιτάζοντας το θερμόμετρο. Έγραψε αντιβίωση και είπε στην Υπατία να πίνει πολλά υγρά και να ξεκουραστεί.

Μια νοσοκόμα ήρθε στην πόρτα και του μίλησε.

«Σας παρακαλώ, περιμένετε εδώ» είπε ο γιατρός, πριν φύγει από το δωμάτιο.

Η Υπατία αναρωτήθηκε αν έπρεπε να τον ρωτήσει για τον Τόνι, αλλά αποφάσισε να μην το κάνει. Θα φαινόταν πολύ τολμηρό.

Ο γιατρός Χατζής επέστρεψε λίγα λεπτά αργότερα, κρατώντας στα χέρια του δύο ιατρικά περιοδικά. «Υπατία, αν εξακολουθείς να ενδιαφέρεσαι για τα ιατρικά θέματα, φύλαξα μερικά, για να σου δώσω».

«Α, ναι, γιατρέ! Θα ήθελα πολύ να τα διαβάσω».

«Όταν τα τελειώσεις, φέρε τα πίσω και θα σου δανείσω μια ολόκληρη σειρά από καινούργια».

«Ευχαριστώ, γιατρέ» είπε η θεία Σοφία, κοιτάζοντας έκπληκτη.

Όταν η Υπατία και η θεία της έφυγαν από το γραφείο του, πέρασαν από το φαρμακείο, για να πάρουν τα φάρμακά της.

«Να θυμηθώ να πω στην κυρία Ρόδου ότι είσαι άρρωστη και δεν θα πας στο μάθημα για αρκετές μέρες» είπε η θεία Σοφία.

Όταν η Υπατία ξύπνησε αργότερα εκείνη την ημέρα, η θεία της την χαιρέτησε, κρατώντας πολλά βιβλία στα χέρια της. «Η κυρία Ρόδου σού στέλνει τις καλύτερες ευχές της. Κοίτα όλα αυτά τα βιβλία που σου στέλνει».

Την επόμενη μέρα, η θεία της εκφράστηκε με ωραία λόγια για τον γιατρό Χατζή. Η Υπατία συμφώνησε και δεν σκέφτηκε τίποτα. Έμεινε μέσα, ξεκουραζόταν και διάβαζε. Λίγες μέρες αργότερα, ένιωσε αρκετά καλά, ώστε να κάθεται και να βλέπει τη θεία της να ράβει.

«Υπατία, δεν σε άκουσα να βήχεις καθόλου σήμερα. Ο γιατρός Χατζής είναι ένας υπέροχος γιατρός. Ήξερε τι να κάνει, για να γίνεις καλά» είπε η θεία Σοφία, δίνοντάς της το φάρμακο της και ένα ποτήρι νερό.

«Θεία Σοφία, δεν περνάει μέρα χωρίς να αναφέρεις το όνομά του» είπε η Υπατία, γελώντας.

«Ω, δεν είχα συνειδητοποιήσει ότι το έκανα αυτό. Ποτέ πριν δεν είχα έναν νεαρό γιατρό να θεραπεύει την ανιψιά μου» χαμογέλασε. «Είναι όμορφος, έτσι δεν είναι;»

«Θεία Σοφία, αλήθεια! Ο γιατρός Χατζής είναι αρραβωνιασμένος με την Μελίσσα!» αναφώνησε η Υπατία. Είχε αρχίσει να ενοχλείται με τη θεία της.

«Αγαπητή μου, μια παρατήρηση έκανα μόνο».

Μετά από εκείνη την ημέρα, η θεία Σοφία απέφυγε να τον αναφέρει.

Πέρασε μια εβδομάδα, για να γίνει αρκετά καλά η Υπατία, για να επιστρέψει στο μάθημα των Αγγλικών. Σταμάτησε στο γραφείο του γιατρού Χατζή στο δρόμο για το μάθημα. Η αίθουσα αναμονής ήταν άδεια, αλλά μπορούσε να ακούσει τον γιατρό στην αίθουσα εξέτασης με έναν ασθενή. Έγραψε ένα σημείωμα και το άφησε με τα περιοδικά που της είχε δανείσει και ένα πιάτο με μπακλαβά. Στο σημείωμα τον ευχαριστούσε, γράφοντας: «Ο σπιτικός μπακλαβάς είναι ένα δείγμα εκτίμησης από τη θεία Σοφία για όλα όσα έκανες».

Την επόμενη μέρα, η θεία Σοφία έλαβε ένα γράμμα από την Αμερική.

«Από ποιον είναι; Τι λέει;» την ρώτησε η Υπατία.

«Είναι από τον Τζον. Θέλει να με επισκεφτεί. Θα έρθει στην Ελλάδα στις διακοπές, για να δει τους γονείς του» απάντησε η θεία Σοφία ονειροπολώντας. «Δεν είναι υπέροχο;»

«Είναι αυτός ο άντρας που γνώρισες στην Αμερική;»

«Ναι, και ξέρεις τι; Κάτι μου λέει ότι είναι σοβαρός άνθρωπος».

ΚΕΦΑΛΑΙΟ 21

Η υγεία του πατέρα μου, μου πήρε χρόνο.
Γύρισα στην Ελλάδα, να βρω την αγάπη μου.

Ο Τόνι και η οικογένειά του επέστρεψαν στην Ελλάδα στις αρχές Νοεμβρίου. Το επόμενο πρωί πήγε αμέσως στη δουλειά στο γραφείο.

Το πρώτο άτομο που χαιρέτησε ήταν η Ρίτα, η ρεσεψιονίστ.

«Καλημέρα, Ρίτα» είπε ο Τόνι, χαμογελώντας. Τα χέρια του ήταν γεμάτα δώρα τα οποία ακούμπησε στο γραφείο της. «Αυτά είναι αναμνηστικά από την Αμερική. Μπορείς, σε παρακαλώ, να τα μοιράσεις σε όλους; Σε παρακαλώ κράτησε ένα και για σένα».

«Καλημέρα, κύριε Τόνι, πώς ήταν το ταξίδι σας;» ρώτησε ο Αριστοτέλης, βγαίνοντας από το γραφείο του.

«Γεια σου, Αριστοτέλη» απάντησε ο Τόνι. Έδωσε το χέρι στον λογιστή. «Το ταξίδι ήταν καλύτερο από το ό,τι περιμέναμε».

Προχώρησαν προς το γραφείο του.

«Κάποια στιγμή σήμερα, θα ήθελα να ενημερωθώ για όλα όσα συνέβησαν όσο έλειπα».

«Σίγουρα, κύριε Τόνι» απάντησε ο Αριστοτέλης. «Θα είμαι ελεύθερος σε μια ώρα, αν μπορείς. Α, έφτασε και το αντίγραφο του αγγείου που παραγγείλατε. Το έβαλα στο γραφείο σας. Το αυθεντικό βάζο βρίσκεται στο αρχαιολογικό μουσείο».

Ο Τόνι έγνεψε καταφατικά, νιώθοντας ευχαριστημένος. Αργότερα, παρατηρούσε το αγγείο στο γραφείο του. Έμοιαζε ακριβώς με το πρωτότυπο. Η εικόνα της Υπατίας ήρθε στο μυαλό του. *Γλυκιά, αθώα Υπατία, αυτό το βάζο σού ανήκει.*

Σκέφτηκε το ταξίδι του στην Αμερική και μελαγχόλησε. Ο χειρούργος δεν μπορούσε να εγγυηθεί τίποτα. Είχε δηλώσει ευθαρσώς ότι ο πατέρας του θα μπορούσε να πεθάνει κατά τη διάρκεια της επέμβασης ή, αν επιζούσε, θα μπορούσε να παραμείνει ανάπηρος για το υπόλοιπο της ζωής του.

Μετά την επέμβαση, ο πατέρας του δεν πέθανε, αλλά το μέλλον θα έδειχνε αν θα περπατούσε ξανά.

*****

Την ίδια στιγμή, η Υπατία και η κυρία Ρόδου επισκέπτονταν το αρχαιολογικό μουσείο της Αθήνας.

Η Υπατία περπάτησε αργά γύρω από τις αίθουσες, σταματώντας να παρατηρήσει κάθε έργο τέχνης, προχωρώντας στο επόμενο αντικείμενο. «Απλά, σκέψου. Οι άνθρωποι πριν από χιλιάδες χρόνια έφτιαχναν αυτά τα αντικείμενα» αναφώνησε, γοητευμένη από τα στολίδια που φορούσαν οι γυναίκες στην αρχαιότητα.

Έφτασαν σε ένα δωμάτιο με διάφορα βάζα. Κάποια στιγμή, πήρε το μάτι της ένα οικείο βάζο. Το έδειξε. «Αυτό μοιάζει με το βάζο που είχε δώσει ο πατέρας μου στον παππού μου. Έχει τις ίδιες γραμμές και φιγούρες».

Πλησίασαν και διάβασαν την επιγραφή κάτω από το αγγείο. Η καρδιά της Υπατίας άρχισε να χτυπά δυνατά. «Δώρο από τον γιατρό Αντώνιο Πλακή. Στη μνήμη του καπετάνιου Μανώλη Κουρή» διάβασε δυνατά. «Θυμήθηκε τον πατέρα μου». Τα μάτια της γέμισαν δάκρυα.

«Ήταν ωραίο εκ μέρους του» είπε η κυρία Ρόδου. «Δεν έχει μόνο καλό μάτι για το όμορφο, αλλά και τη λογική να ξέρει τι να κάνει με αυτό».

*****

Στα τέλη Νοεμβρίου η Υπατία έλαβε ένα γράμμα από τον παππού.

«Τι λέει, Υπατία;» ρώτησε η θεία Σοφία.

«Ο παππούς είναι καλά» άρχισε η Υπατία. Συνέχισε να διαβάζει. «Ζητά συγνώμη που δεν απάντησε στα γράμματα μου, αλλά ήταν απασχολημένος. Ο Θωμάς και ένα άλλο αγόρι μάζεψαν τις ελιές φέτος, και είχε καλή σοδειά. Λέει ότι του λείπω, γιατί μπορούσα να μαζέψω ελιές πιο γρήγορα από τα δύο αγόρια».

Γέλασαν.

Η Υπατία δικαιολογήθηκε και πήγε στο δωμάτιό της. Τελείωσε την ανάγνωση του υπόλοιπου γράμματος. Ο παππούς έγραψε ότι η νονά της του πήγαινε συχνά φαγητό και ότι τα πράγματα ήταν ήσυχα τώρα που η Υπατία δεν ήταν εκεί. Το άλογο που του είχε δώσει ο Τόνι τον βοηθούσε πολύ.

Η Υπατία ξαναδιάβασε το γράμμα αρκετές φορές, νιώθοντας νοσταλγία και αισθανόμενη τη μοναξιά του παππού της. Κάθισε και του έγραψε τα νέα της, ιδιαίτερα τα νέα για το βάζο, ελπίζοντας ότι θα του φτιάξει τη διάθεση.

*****

Η θεία Σοφία έλαβε ένα άλλο γράμμα από το Τζον, που αυτή τη φορά έλεγε ότι θα την επισκεπτόταν την εβδομάδα, πριν από τα Χριστούγεννα. Εκείνη η εβδομάδα ήταν γεμάτη ενθουσιασμό, καθώς η Υπατία βοήθησε τη θεία της να προετοιμαστεί για την άφιξή του. Η Υπατία βοήθησε να καθαρίσει το σπίτι, ενώ η θεία της πήγε στο κομμωτήριο. Αργότερα εκείνη την εβδομάδα, πήγαν για ψώνια και βοήθησε τη θεία της να επιλέξει ένα νέο φόρεμα. Καθώς πλησίαζε η μέρα, γέμισαν καλά το ψυγείο. Η θεία τής είπε ότι σχεδίαζε να μαγειρέψει ένα ειδικό γεύμα για τον Τζον.

Στο δρόμο για το μάθημα μια μέρα, η Υπατία σταμάτησε στο ιατρείο του γιατρού Χατζή, για να επιστρέψει τα ιατρικά του περιοδικά και να του δώσει ένα πακέτο. Τον βρήκε να κλειδώνει την πόρτα.

«Γεια σου, Υπατία» είπε, δείχνοντας έκπληκτος. «Ήρθες πάνω στην ώρα. Κλείνω νωρίς το γραφείο σήμερα».

«Γιατρέ Χατζή, έφερα πίσω τα περιοδικά που μου δανείσατε» είπε λαχανιασμένη, δίνοντάς του τα.

Κοκκινίζοντας στο σταθερό βλέμμα του, του έδωσε το τυλιγμένο πακέτο που κουβαλούσε. «Με τη θεία μου φτιάξαμε λίγη βασιλόπιτα. Μπορείτε να την καταψύξετε μέχρι την Πρωτοχρονιά».

«Αυτό είναι ευγενικό από εσένα και τη θεία σου» είπε, παίρνοντάς το. «Γιατί δεν κρατάς τα περιοδικά ως δώρο μου για τις γιορτές;»

«Ευχαριστώ!» είπε η Υπατία, νιώθοντας ικανοποιημένη, καθώς της τα έδινε πίσω. Γύρισε και κατευθύνθηκε προς τις σκάλες.

«Περίμενε να κατέβουμε μαζί κάτω» είπε ο γιατρός, αγγίζοντας την ελαφρά στο μπράτσο.

Για πρώτη φορά, παρατήρησε ότι ήταν στο ίδιο ύψος με εκείνη, αν όχι λίγο πιο κοντός. Κατέβηκαν τα σκαλιά.

«Πώς πήγε το διάβασμα αυτή τη φορά, Υπατία;» ρώτησε ο γιατρός.

«Ορισμένες τεχνικές λέξεις ήταν δύσκολο να τις καταλάβω» παραδέχτηκε η Υπατία. «Νομίζω ότι η ιατρική έρευνα για τη λευχαιμία και τον καρκίνο είναι καταπληκτική».

«Ναι, έτσι δεν είναι;» ρώτησε. «Υπάρχουν ακόμη πολλά να ανακαλυφθούν σε αυτούς τους τομείς. Μόλις αρχίζουμε να ξύνουμε την επιφάνεια».

Είχαν φτάσει έξω.

«Πριν φύγεις, να σου ευχηθώ τα καλύτερο για τα Χριστούγεννα και το Νέο Έτος. Θα τα περάσεις με τη θεία σου;»

«Ναι, θα περάσετε τις διακοπές σας με τη Μελίσσα;» ρώτησε η Υπατία. Ήταν περίεργη για τη Μελίσσα όλο αυτό το διάστημα, γιατί δεν την είχε αναφέρει.

«Φοβάμαι πώς όχι» είπε ο γιατρός Χατζής, κοιτώντας ελαφρώς δυσαρεστημένος, βάζοντας τα χέρια στις τσέπες του. «Η Μελίσσα και εγώ δεν είμαστε πλέον αρραβωνιασμένοι. Είχαμε πάρα πολλές διαφορές που δεν μπορούσαν να λυθούν».

«Λυπάμαι που το ακούω. Δεν ήξερα».

Την κοιτούσε επίμονα με τον ίδιο αναλυτικό τρόπο που την είχε κοιτάξει την πρώτη φορά στο γιοτ. Ξαφνικά, κατάλαβε γιατί είχε ενδιαφερθεί να της δώσει τα περιοδικά.

Η Υπατία απομακρύνθηκε ανήσυχα από αυτόν, έτοιμη να το σκάσει, μη θέλοντας να αντιμετωπίσει τις πραγματικές του προθέσεις.

«Παρεμπιπτόντως, το γραφείο θα κλείσει για τις γιορτές και θα ανοίξει ξανά σε τρεις εβδομάδες. Εάν υπάρχει κάποιο επείγον περιστατικό, εδώ είναι ο αριθμός τηλεφώνου μου, όπου μπορείς να με βρεις».

Πήρε το χαρτάκι ντροπαλά, φοβούμενη να τον κοιτάξει. «Καλά Χριστούγεννα». Έφυγε γρήγορα πριν προλάβει να πει οτιδήποτε.

Στάθηκε εκεί και την κοίταζε μελαγχολικά.

Λίγες μέρες πριν από την άφιξη του Τζον, η Υπατία βοήθησε στις δουλειές του σπιτιού, ξεσκόνισε τα έπιπλα και έπλενε τα σεντόνια και τα ρούχα, ενώ η θεία της σκούπιζε και σφουγγάριζε τα πατώματα. Αργότερα, πήγαν για ψώνια και βοήθησε τη θεία της να διαλέξει ένα νέο φόρεμα. Η θεία της μάλιστα πήγε στο κομμωτήριο και κουρεύτηκε. Επίσης, γέμισαν το ψυγείο με τρόφιμα. Η θεία της τής είπε ότι σκόπευε να του μαγειρέψει ένα ξεχωριστό γεύμα.

*****

Αφού έκλεισε το φούρνο, η Σοφία φόρεσε το νέο της μεταξωτό φόρεμα, χτένισε τα μαλλιά της και κάθισε στον καναπέ, διαβάζοντας ένα περιοδικό. Ήλπιζε ότι ο Τζον δεν θα αργούσε. Το ψητό αρνί και οι πατάτες ήταν καλά ψημένα και είχε φτιάξει πολύ. Δεν ήθελε να κρυώσουν.

Το κουδούνι χτύπησε και η καρδιά της χτύπησε γρήγορα. Η Σοφία έριξε μια ματιά στο ρολόι. Έδειχνε έξι και μισή, πολύ νωρίς για να είχε επιστρέψει η Υπατία από το μάθημα. Σηκώθηκε ενθουσιασμένη, έριξε μια ματιά στον καθρέφτη, για να δει αν τα μαλλιά της ήταν εντάξει και έσπευσε προς την πόρτα.

Ο Τζον στεκόταν εκεί και τα μάτια του σπινθηροβολούσαν. Ήταν όμορφα ντυμένος με σκούρο ναυτικό κοστούμι, λευκό πουκάμισο και μπλε μεταξωτή γραβάτα.

«Γεια σου, Σοφία» είπε θερμά ο Τζον, παίρνοντας τα χέρια της στα χέρια του και φιλώντας την ελαφρά στο μάγουλό. «Χαίρομαι που σε βλέπω ξανά».

«Τζον, χαίρομαι πολύ που μπόρεσες να έρθεις» είπε η Σοφία εξίσου θερμά. Έπιασε τον εαυτό της να τον κοιτάζει στα μάτια και μετά κοίταξε κάτω, ντροπιασμένη από τα συναισθήματα που βίωνε.

Ο Τζον πήγε στο πλάι, για να αποκαλύψει έναν αδύνατο, νεαρό άντρα που στεκόταν πίσω του. «Αυτός είναι ο ανιψιός μου, ο Στέλιος. Ζει στην Αθήνα».

«Καλώς ήλθες» είπε η Σοφία, σφίγγοντας το αδύνατο χέρι του. Τους κάλεσε μέσα. «Παρακαλώ, περάστε».

Ο Τζον μπήκε στο διαμέρισμα με τον ανιψιό του. «Νόμιζα ότι ζούσες κάτω, αλλά η δεσποινίς Μαρίκα μού είπε το αντίθετο».

«Ναι, της έχω νοικιάσει τον κάτω όροφο» είπε η Σοφία, οδηγώντας τους στο σαλόνι. «Αυτό ανήκε στον αείμνηστο αδελφό μου. Μου αρέσει περισσότερο εδώ. Είναι πιο ευρύχωρο και έχει ωραία θέα από το μπαλκόνι». Έδειξε τον καναπέ. «Παρακαλώ καθίστε. Θα πιείτε καφέ;»

«Όχι, όχι, κάποια άλλη στιγμή» είπε ο Τζον, χαμογελώντας. Της έκανε νόημα να καθίσει. «Απόψε, κερνάω. Θέλω να σε καλέσω εσένα και την ανιψιά σου στο Diamond's. Ο Στέλιος λέει καλά λόγια για αυτό. Σωστά, Στέλιο;»

«Έχουν υπέροχο πρόγραμμα και μια λίμνη στο πίσω μέρος» είπε ο Στέλιος.

«Θα ήταν υπέροχο, αλλά η ανιψιά μου δεν επέστρεψε από το σχολείο και έχω ετοιμάσει δείπνο. Βοηθά σε μαθήματα αγγλικών τρεις φορές την εβδομάδα και την περιμένω να έρθει από στιγμή σε στιγμή».

«Μπορούμε πρώτα να φάμε και μετά να πάμε στο νυχτερινό κέντρο» είπε ο Τζον, χαμογελώντας. «Μάλλον είσαι καλή μαγείρισσα».

*****

Το μάθημα είχε μόλις τελειώσει και η Υπατία με την κ. Ρόδου μοίραζαν βιβλία ως χριστουγεννιάτικα δώρα σε όλα τα παιδιά. Προς έκπληξη της Υπατίας, αρκετά παιδιά, με τα μικρά τους πρόσωπα να λάμπουν, της χάρισαν τα δικά τους μικρά δώρα. Νιώθοντας ευγνωμοσύνη, χαμογέλασε και τους ευχήθηκε «Καλά Χριστούγεννα».

Αφού έφυγαν τα παιδιά, η Υπατία έδωσε στην κ. Ρόδου το δικό της δώρο, ένα ποίημα με κορνίζα που είχε ράψει σε καμβά.

«Ευχαριστώ, Υπατία. Το ποίημα που έγραψες για μένα και η χρήση των Αγγλικών είναι υπέροχα. Θα το κρεμάσω εδώ, σε αυτό το δωμάτιο, για να το διαβάζουν όλοι. Ελπίζω να απολαύσεις το βιβλίο που σου έδωσα» είπε η κ. Ρόδου.

Η Υπατία ευχαρίστησε με τη σειρά της την κ. Ρόδου για το δώρο της. Όταν είδε την ώρα, η Υπατία, δικαιολογήθηκε και έφυγε γρήγορα.

«Θεία Σοφία, συγνώμη που άργησα» είπε η Υπατία, εισβάλοντας στο σπίτι.

«Γεια σου, Υπατία» είπε η θεία Σοφία, διακόπτοντάς την. Έτρεξε βιαστικά κοντά της και της ψιθύρισε στο αυτί. «Έχουμε καλεσμένους».

Με τη λαμπερή συμπεριφορά της θείας της, η Υπατία συνειδητοποίησε αμέσως ποιοι ήταν οι 'καλεσμένοι' τους. Ακούμπησε τα δώρα των παιδιών στην άκρη και ακολούθησε τη θεία της στο σαλόνι.

Η θεία, της τη σύστησε στους δύο επισκέπτες, τον Τζον και τον ανιψιό του, Στέλιο. Ο Τζον της έκανε μια εγκάρδια χειραψία και της άστραψε ένα παιδιάστικο χαμόγελο. Εκείνη χαμογέλασε χαρούμενα, νιώθοντας αμέσως άνετα. Ο Στέλιος, που ήταν αδύνατος και χλωμός, της έδωσε μια κρύα χαλαρή χειραψία.

Η θεία της είχε ήδη στρώσει το τραπέζι και η Υπατία τη βοήθησε να σερβίρει το δείπνο. Ο Τζον έκανε πολλά κομπλιμέντα στη θεία Σοφία για την ωραία μαγειρική της, κάνοντας το πρόσωπό της να κοκκινίσει και τα μάτια της να λάμπουν.

Η Υπατία απολάμβανε το γεύμα της, ενώ άκουγε τη θεία της και τον Τζον να συζητούν για διάφορα πράγματα. Ποτέ δεν είχε δει τη θεία της τόσο χαρούμενη και ζωντανή. Συμπεριφερόταν σαν να ήταν δέκα χρόνια νεότερη.

«Υπατία, σχεδόν ξέχασα να σου πω ότι μετά το δείπνο, ο Τζον μας κάλεσε σε ένα νυχτερινό κέντρο διασκέδασης» την ενημέρωσε συγκινημένη η θεία Σοφία.

Νιώθοντας το αίμα να της ανεβαίνει, η Υπατία κούνησε το κεφάλι της. «Δεν νομίζω ότι ο παππούς θα ενέκρινε να πάω σε νυχτερινό κέντρο».

190

Η θεία Σοφία ταράχτηκε, στράφηκε στον Τζον. «Ο παππούς της ήταν πολύ προστατευτικός μαζί της στο νησί» εξήγησε, υπερασπίζοντάς τον. «Πες της αυτό που μου είπες».

«Κατάλαβα» είπε, κλείνοντας το μάτι του στη Σοφία. «Υπατία, αυτό το μέρος είναι κατάλληλο για οικογένειες, και έχει μια υπέροχη λίμνη. Έτσι δεν είναι, Στέλιο;»

«Ναι, πολλές οικογένειες πηγαίνουν εκεί. Είναι πολλοί που το εκτιμούν» είπε ο Στέλιος.

Της Υπατίας της άρεσε αυτό που άκουσε. «Ακούγεται ωραίο» είπε.

Μετά το δείπνο, οι γυναίκες δικαιολογήθηκαν και η θεία Σοφία ακολούθησε την Υπατία στην κρεβατοκάμαρά της.

«Τι να φορέσω, θεία Σοφία;»

Η θεία Σοφία έβγαλε από την ντουλάπα ένα μαύρο βραδινό φόρεμα με παγιέτες και το έδειξε στην Υπατία.

«Τι λες για αυτό το φόρεμα; Το είχα ράψει για τη μητέρα σου. Πρέπει να σου κάνει» είπε η θεία Σοφία.

Η Υπατία κοίταξε το λαμπερό φόρεμα, με τη χαμηλή λαιμόκοψη και τις λεπτούς τιράντες, προσπαθώντας να φανταστεί τη μητέρα της να το φοράει. «Το κάνω μόνο για σένα, θεία» είπε γελώντας, καθώς η θεία της έβγαινε από το δωμάτιο.

Η Υπατία ένιωθε εκτεθειμένη με τη χαμηλή λαιμόκοψη και τράβηξε τις λεπτές τιράντες, προσπαθώντας να τις ανεβάσει πιο ψηλά. Σήκωσε ψηλά τα μαλλιά της και τα στερέωσε με μερικές φουρκέτες. Φόρεσε τα μακριά διαμαντένια σκουλαρίκια της μητέρας της που άστραφταν.

Η θεία της επέστρεψε φορώντας, επίσης, ένα σκούρο μπλε βραδινό φόρεμα με ένα σάλι στους ώμους της.

«Φαίνεσαι υπέροχη, αγαπητή μου. Αξίζεις ένα εκατομμύριο δραχμές» είπε επιδοκιμαστικά η θεία Σοφία. «Έχει δροσιά έξω, οπότε φόρα και ένα σάλι».

Ευγνώμων για το σάλι, η Υπατία το έβαλε στους γυμνούς ώμους της. «Ευχαριστώ, θεία Σοφία. Φαίνεσαι υπέροχη» είπε η Υπατία, παρατηρώντας πόσο της πήγαινε το κομψό βραδινό φόρεμα της θείας της.

Ο Τζον φάνηκε ευχαριστημένος με τη μεταμόρφωση των δύο γυναικών.

*****

Όταν έφτασαν στο νυχτερινό κέντρο, ο Στέλιος πήγε να παρκάρει το αυτοκίνητο. Η θεία Σοφία συνομιλούσε με τον Τζον, ενώ η Υπατία στεκόταν ήσυχα κοντά, εκτιμώντας τις ήπιες θερμοκρασίες για Δεκέμβριο μήνα. Ψηλοί φοίνικες ήταν αραδιασμένοι στην περίμετρο του ακινήτου. Η πολυτελής αρχιτεκτονική με μυρωδάτα λουλούδια πρόσθεσαν ομορφιά στον χώρο.

Ο Στέλιος έφτασε αμέσως μετά οδηγώντας τους στην είσοδο υποδοχής του κέντρου στρωμένη όλη με χαλί.

«Το πρόγραμμα ξεκινάει αργότερα, αλλά μπορούμε να πάρουμε καλές θέσεις τώρα και να παρακολουθήσουμε την παράσταση από εκεί» είπε ο Στέλιος.

Μπήκαν σε μια μεγάλη αίθουσα χορού. Η σκηνή του κέντρου βρισκόταν στο κέντρο του χώρου με τραπέζια γύρω από αυτή. Στη γωνιά βρισκόταν ένα μπαρ.

Ο Τζον παρήγγειλε ορεκτικά και ποτά για όλους. Η Υπατία παρήγγειλε μια Κόκα Κόλα. Η θεία της προτίμησε κρασί.

Μετά από λίγο ξεκίνησε η παράσταση. Τραγουδιστές, χορευτές και ακροβάτες βγήκαν με τη σειρά τους στη σκηνή. Μεγάλα, περιστρεφόμενα μπαλόνια κρέμονταν από το ταβάνι και έλαμπαν με έντονα χρώματα γύρω τους, κάνοντάς τα να φαίνονται μαγικά. Μετά την παράσταση, η πίστα άνοιξε για το κοινό για χορό. Είχε πολλή φασαρία, έτσι έκαναν μια βόλτα έξω.

Ένας διάδρομος οδηγούσε στη μεγάλη στενόμακρη λίμνη και γύρω από αυτή υπήρχαν απαλά φώτα, που τη φώτιζαν ρομαντικά. Η Υπατία μπορούσε να δει ζευγάρια να στέκονται σε μια γέφυρα που απλωνόταν κατά μήκος της λίμνης. Απαλή ρομαντική μουσική ερχόταν από κάπου πάνω από το κεφάλι τους.

«Ω, κοιτάτε εκεί πέρα» αναφώνησε η θεία Σοφία. Έδειξε τις βάρκες που γλιστρούσαν αργά στη λίμνη.

Ο Τζον έπεισε τη θεία Σοφία να πάει μαζί του σε μια από τις βάρκες.

Ο Στέλιος ρώτησε ευγενικά την Υπατία αν ήθελε να πάει μαζί τους, αλλά εκείνη αρνήθηκε. Νιώθοντας τον δροσερό νυχτερινό αέρα πάνω στα εκτεθειμένα μπράτσα της, η Υπατία τράβηξε το σάλι γύρω της, τρέμοντας ελαφρά, καθώς προχωρούσαν.

Βρήκαν ένα παγκάκι και κάθισαν. Παρακολούθησαν τις βάρκες να κουνιούνται, καθώς η αντανάκλαση των φώτων πάνω από το κεφάλι τους αντανακλούσε λαμπυρίζοντας στο νερό. Ο Στέλιος τής είπε για την επιθυμία του να γίνει μηχανικός και ότι βρίσκεται στην τελευταία του χρονιά στο Πολυτεχνείο.

Η Υπατία παρατήρησε έναν άντρα ντυμένο με χτυπητά ρούχα να στέκεται στη γέφυρα και να συνομιλεί με μια γυναίκα. Κάτι πάνω του ήταν γνωστό. Άνοιξε όσο περισσότερο μπορούσε τα μάτια της, προσπαθώντας δει καλύτερα. Καθώς αυτός που ήταν στη γέφυρα γύρισε και κοίταξε προς το μέρος της, εκείνη κοίταξε επίμονα.

Ο Τόνι Πλακής είχε έρθει στο νυχτερινό κέντρο με την αδελφή του.

*****

«Μελίσσα, είσαι σίγουρη ότι θέλεις να συνεχίσεις να περιμένεις αυτόν τον κύριο Ντάρα; Είμαστε εδώ πάνω από μία ώρα και πρέπει να σηκωθώ αύριο το πρωί για την πτήση μου στην Αγγλία» είπε ο Τόνι, κοιτάζοντας το ρολόι του. Έδειχνε δέκα.

«Είμαι βέβαιη ότι είναι κάπου εδώ. Μην είσαι ξινισμένος τώρα. Είπε ότι θα έρθει, και θα έρθει» είπε η Μελίσσα, χαμογελώντας του. Συνέχισε να ψάχνει για τον Τσακ Ντάρας.

Καθώς τα μάτια του Τόνι χτένιζαν την περιοχή για άλλη μια φορά για τον Ντάρας, παρατήρησε ένα νεαρό ζευγάρι να κάθεται σε ένα παγκάκι απέναντι από τη λίμνη. Αυτό που τράβηξε την προσοχή του ήταν ότι η γυναίκα ήταν ψηλότερη από τον άντρα. Κοιτώντας πιο προσεκτικά, παρατήρησε ότι η νεαρή γυναίκα ήταν εξαιρετικά όμορφη αλλά φαινόταν παράξενα οικεία. Κοίταξε για μια στιγμή και η καρδιά του χτύπησε δυνατά, καθώς συνειδητοποίησε ότι τα χαρακτηριστικά της ήταν παρόμοια με αυτά της Υπατίας. Κούνησε το κεφάλι του. Η Υπατία δεν θα ήταν ντυμένη με ένα τέτοιο εκλεπτυσμένο βραδινό φόρεμα, καθισμένη μόνη σε ένα παγκάκι με έναν νεαρό άντρα. *Όχι, η Υπατία που ξέρω.*

«Ω, εκεί είναι, νάτος» είπε η Μελίσσα ενθουσιασμένη, δείχνοντας με το ένα χέρι και σφίγγοντας το μανίκι του Τόνι με το άλλο.

Ο Τόνι γύρισε και είδε τον Τσακ να τους χαιρετάει.

«Βλέπεις; Στο είπα ότι θα έρθει. Έλα, Τόνι, πάμε να τον συναντήσουμε».

«Εντάξει» είπε ο Τόνι. Χαμογέλασε στην αδελφή του. Δεν την είχε ξαναδεί τόσο ενθουσιασμένη, ούτε καν με τον Μάικλ. Καθώς έφευγαν αργά από τη γέφυρα, ο Τόνι έριξε μια ματιά για άλλη μια φορά στον πάγκο, όπου καθόταν το κορίτσι, αλλά είχε εξαφανιστεί.

ΚΕΦΑΛΑΙΟ 22

Στεκόταν εκεί, ντυμένη κομψά,
Ένα όνειρο που ξεδιπλώνεται, ομολόγησε.

Η Υπατία ενθουσιάστηκε, όταν είδε τον Τόνι να στέκεται στη γέφυρα και να μιλά με την αδελφή του. Σηκώθηκε νευρικά από τον πάγκο, λέγοντας τρεμάμενα στον Στέλιο: «Θα ήθελα να περιμένω τη θεία μου και τον θείο σου στην αποβάθρα του σκάφους, μήπως ψάξουν να μας βρουν».

Καθώς προχωρούσαν προς την αποβάθρα, η Υπατία έριξε μια κλεφτή ματιά πίσω της, ελπίζοντας να δει τον Τόνι. Ένιωσε ελαφρώς απογοητευμένη, όταν είδε ότι είχε εξαφανιστεί.

«Ορίστε, έρχονται» είπε ο Στέλιος, διακόπτοντας τις σκέψεις της Υπατίας.

Η θεία Σοφία και ο Γιάννης έφταναν με τη βάρκα τους.

«Υπατία, έπρεπε να είχες έρθει» είπε η θεία Σοφία, γελώντας, καθώς κατέβηκε από τη βάρκα, κρατώντας το χέρι του Τζον. «Διασκεδάσαμε τόσο πολύ, αν και παραλίγο να πέσουμε στο νερό, όταν μας χτύπησε μια άλλη βάρκα, αλλά ο Τζον με κράτησε και ισορρόπησε τη βάρκα μας. Χάρηκα που το έκανε, γιατί δεν ήθελα να βραχούν τα ρούχα μου».

«Αυτό μας κάνει δύο» είπε έξυπνα ο Τζον.

Όλοι γέλασαν και περπάτησαν για λίγα λεπτά ακόμη. Η θεία Σοφία έριξε μια ματιά στο ρολόι της. «Ήταν ένα υπέροχο βράδυ, αλλά νομίζω ότι πρέπει να φύγουμε. Είναι περασμένες έντεκα και το ταξίδι της επιστροφής είναι κοντά μία ώρα».

Ο Τζον έγνεψε καταφατικά. «Ό, τι σου αρέσει».

Έφτασαν μπροστά στο κλαμπ.

«Εσείς οι δύο κυρίες περιμένετε εδώ, και ο Στέλιος και εγώ θα φέρουμε το αυτοκίνητο. Είναι παρκαρισμένο στο δρόμο» είπε ο Τζον.

Είχαν φύγει πριν προλάβει η Σοφία να διαμαρτυρηθεί.

«Θεία Σοφία, ήθελα να σου πω...» άρχισε η Υπατία, σκοπεύοντας να αναφέρει την παρουσία του Τόνι.

«Συγνώμη, Υπατία. Μπορείς να περιμένεις;» την διέκοψε η Σοφία, αγγίζοντας το μπράτσο της. «Είναι μακρύ το ταξίδι πίσω στο σπίτι και δε νομίζω ότι μπορώ να περιμένω. Θέλεις να έρθεις μαζί μου;»

«Όχι, ευχαριστώ. Θα περιμένω εδώ σε περίπτωση που έρθουν οι άντρες να μας αναζητήσουν» είπε η Υπατία, γελώντας.

Η θεία της έφυγε βιαστικά, και η Υπατία στάθηκε εκεί και ονειρευόταν τον ψηλό, όμορφο νεαρό που την είχε σώσει κάποτε από ένα φίδι. Κατέβηκε στο πεζοδρόμιο, απολαμβάνοντας το βραδινό αεράκι, τους φοίνικες και την ησυχία μετά από όλη τη δυνατή μουσική που είχε μέσα. Βλέποντας την αδελφή του Τόνι εκεί, είχε μειώσει τον ενθουσιασμό της. Η ανάμνηση όσων είχε πει η Μελίσσα στον Μάικλ, σχετικά με την Μπόνι και τον Τόνι, ήταν ακόμα φρέσκια στο μυαλό της Υπατίας.

*****

Ο Τόνι πέρασε από την πόρτα με τα διπλά τζάμια με τα χέρια στις τσέπες και σκεφτόταν το αυριανό του ταξίδι. Άφησε την αδελφή του και τον Τσακ μόνους, για να συζητήσουν. Φαινόταν ότι η σχέση τους γινόταν σοβαρή και ο Τόνι δεν ήθελε να είναι εμπόδιο.

Θα μπορούσα να δω τον Τσακ Ντάρας μόνο ως κουνιάδο; διερωτήθηκε. Όχι. Ήταν και επιχειρηματίας. Ο Τόνι είχε ένα προαίσθημα ότι, αν επιτρεπόταν, ο Τσακ δεν θα έχανε χρόνο να γίνει διαχειριστής της ναυτιλιακής επιχείρησης του πατέρα του. Ήταν τέτοιος τύπος, και θα ήταν ακριβώς όπως η Μελίσσα, να του υποσχεθεί αυτή τη θέση.

Οι σκέψεις του Τόνι περιπλανήθηκαν προς το μέλλον. Τι θα συνέβαινε αν ο Τσακ εντασσόταν στην εταιρία; Θα μπορούσε είτε να μείνει είτε να επιστρέψει στην προηγούμενη θέση του

196

στην Οξφόρδη. Είχε ζητήσει εκπαιδευτική άδεια ενός χρόνου. Μπορούσε πάντα να επιστρέψει εκεί.

Ο Τόνι σταμάτησε, όταν είδε το ίδιο κορίτσι. Είχε γυρισμένη την πλάτη της προς το μέρος του, περπατώντας αργά, σαν να ήταν σε βαθιά σκέψη. Το σάλι της είχε γλιστρήσει στην πλάτη, αποκαλύπτοντας τον λεπτό λαιμό και τους γυμνούς λευκούς ώμους της.

Στάθηκε εκεί, τη μελέτησε και αισθανόταν αβέβαιος στο να την πλησιάσει ή όχι. Αν δεν ήταν η Υπατία, θα μπορούσε να έχει μπελάδες με την οικογένεια του κοριτσιού.

Όταν γύρισε, πήρε την απάντησή του. Καθώς τα βήματά της την έφεραν πιο κοντά, η Υπατία άρχισε να τον αναγνωρίζει.

«Γεια σου, Υπατία» είπε ο Τόνι, περπατώντας προς το μέρος της. Ο πατέρας του είχε δίκιο για την ομορφιά της. Ήταν σαν ένα όνειρο που περπατούσε με αυτό το αστραφτερό μαύρο φόρεμα. Τα μακριά πόδια της, οι αδύνατοι γοφοί, οι κρεμαστοί λευκοί ώμοι και ο χαριτωμένος λαιμός, όλα έδειχναν μια κομψότητα και πολυτέλεια που είχε κρυφτεί από το μαύρο ντύσιμό της στο νησί. Δεν ήταν η επαρχιοπούλα που θυμόταν. Ήταν μια πριγκίπισσα.

*****

Η Υπατία μαγεύτηκε από την ευχάριστα πλούσια φωνή και την όμορφη εμφάνιση του Τόνι. Αυτό το άτομο την κοιτούσε βαθιά στα μάτια, στην ψυχή της.

«Γεια» κατάφερε να πει η Υπατία. Ένιωθε τα μάγουλά της να κοκκινίζουν.

Ο χρόνος σταμάτησε και είχαν μείνει να κοιτάζουν ο ένας τον άλλον, με μια μεγάλη δύναμη που τους τραβούσε να σμίξουν.

«Νόμιζα ότι σε είδα δίπλα στη λίμνη, αλλά, όταν σε έψαξα, είχες εξαφανιστεί. Φαίνεται ότι πάντα εξαφανίζεσαι από μένα, Υπατία» είπε, πιάνοντάς το χέρι της. «Τώρα θα σε κρατήσω από το χέρι, για να μην φύγεις αυτήν τη φορά».

Η κίνηση του Τόνι ξάφνιασε την Υπατία. Έτρεμε ελαφρά από το άγγιγμά του. *Δεν πρέπει να τον αφήσω να πλησιάσει τόσο κοντά.*

197

«Ξέρετε, κύριε Πλακή, εκεί που κατάγομαι δεν θεωρείται σωστό για έναν νεαρό να είναι μόνος του με μια κοπέλα σε ένα νυχτερινό κέντρο διασκέδασης και πολύ περισσότερο να της κρατάει το χέρι» είπε αποφασιστικά.

«Σοβαρά;» ρώτησε ο Τόνι. «Τότε θα σεβαστώ την επιθυμία σας, δεσποινίς Κουρή, με την προϋπόθεση να υποσχεθείτε ότι δεν θα φύγετε μακριά από μένα».

Γέλασαν νευρικά και οι δύο.

«Αλλά τώρα που ασχολούμαστε με το τι είναι σωστό, μπορώ να ρωτήσω πώς κάθισες με έναν νεαρό άντρα ολομόναχη στον πάγκο;»

«Α, τον Στέλιο; Άσε με να σου εξηγήσω. Δεν, δεν είναι αυτό που φαίνεται» είπε η Υπατία, τραυλίζοντας ελαφρά. «Είναι ο ανιψιός του Τζον Σταυράκη, του ανθρώπου που μας κάλεσε να έρθουμε μαζί τους. Η θεία μου και ο Τζον πήγαν μια βόλτα με τη βάρκα και δεν είχα όρεξη να πάω μαζί, γιατί αρρωσταίνω στις βάρκες, οπότε ο Στέλιος έμεινε μαζί μου».

«Και πού είναι όλοι; Γιατί είσαι μόνη;»

«Ο Στέλιος έφυγε με τον Τζον, για να φέρουν το αυτοκίνητο, και η θεία μου πήγε στη τουαλέτα».

«Τι θα έλεγε ο αγαπημένος σου παππούς αν μάθαινε ότι ήσουν εδώ αργά, ολομόναχη, σε ένα νυχτερινό κέντρο;»

«Δεν θα του άρεσε» παραδέχτηκε.

«Σε πειράζω» είπε ο Τόνι, γελώντας. «Πώς αισθάνεσαι από υγεία; Ξέρεις, το σπίτι ήταν άδειο, όταν επέστρεψα από τη Θεσσαλονίκη και όλοι είχαν φύγει. Έλπιζα να σε δω ακόμα εκεί».

Το ζεστό βλέμμα του στάθηκε πάνω της, μιλώντας πολύ.

«Ζητώ συγνώμη για την παρορμητική μου συμπεριφορά. Ο παππούς μου πάντα με επέπληττε γι' αυτή. Δεν ένιωθα άνετα να μένω εκεί, ενώ ο πατέρας σου ήταν στο νοσοκομείο, και εσύ ήσουν έτοιμος να φύγεις».

«Αυτός είναι ο μόνος λόγος;» ρώτησε απαλά.

«Όχι, αλλά αυτός ήταν ο κύριος λόγος» κατάφερε να ξεστομίσει, χωρίς να μπορεί να κουνηθεί.

«Σε συγχωρώ» είπε με σταθερή φωνή, καθώς υποκλίθηκε. «Ελπίζω κάποια μέρα να με εμπιστευτείς αρκετά, για να μου εκμυστηρευτείς ποιος ήταν ο πραγματικός λόγος».

Η Υπατία πάγωσε, μη μπορώντας να πει τι πραγματικά ένιωθε μέσα της. *Είπε κάποια μέρα να του εκμυστηρευτώ. Αυτό σημαίνει ότι θέλει να με ξαναδεί.* Είχε την περίεργη αίσθηση ότι επρόκειτο να τη φιλήσει, αλλά κάποιος έβηξε κι εκείνος οπισθοχώρησε ελαφρά και γύρισε να κοιτάξει.

Η θεία Σοφία στεκόταν στο πλάι όλη αυτή την ώρα. Πήγε κοντά του. «Τόνι, ξέρεις ποια είμαι;» είπε, χαμογελώντας και κουνώντας συγκινημένα το χέρι της.

Αυτός χαμογέλασε. «Φυσικά, είστε η δεσποινίς Σοφία, η ωραία κυρία που μας έραβε, όταν είμασταν παιδιά, και μας έδινε πάντα καραμέλες».

«Πώς είσαι;»

«Είμαι καλά, ευχαριστώ» είπε ο Τόνι. «Φαίνεστε πολύ νεότερη από όσο θυμάμαι».

«Ήσουν πάντα αυτός που λέει τόσο ωραία λόγια» απάντησε η θεία Σοφία, γελώντας. «Τι κάνεις τον τελευταίο καιρό; Έχω μείνει στο ότι ήσουν κάπου στην Αγγλία και δίδασκες σε ένα πανεπιστήμιο».

Η Υπατία έμεινε έκπληκτη από την οικειότητα μεταξύ της θείας της και του Τόνι.

«Προς το παρόν μένω με την οικογένειά μου στην Κηφισιά. Είμαι στη ναυτιλιακή επιχείρηση του πατέρα μου».

«Εργάζεσαι για τον πατέρα σου;» ρώτησε η θεία Σοφία.

«Ναι. Αναρρώνει από μια χειρουργική επέμβαση και τον βοηθάω με την επιχείρηση».

«Λυπάμαι που το ακούω αυτό. Και η αδελφή σου;»

«Είναι κάπου εδώ γύρω με το νέο της αγαπητικό».

Ένα αυτοκίνητο κορνάρισε. Ο Γιάννης και ο Στέλιος είχαν φτάσει.

«Παρακαλώ, δώσε τις καλύτερες ευχές μου στον πατέρα σου και χαιρέτησε μου την αδελφή σου» είπε η θεία Σοφία.

«Θα πρέπει να μιλήσουμε άλλη φορά, βλέπω ότι ο συνοδός σας έχει φτάσει» είπε ο Τόνι, κάπως ξερά. «Να έχετε ένα ευχάριστο βράδυ».

Η Υπατία τον αποχαιρέτησε, απογοητευμένη που έφευγαν. Τον κοίταξε να απομακρύνεται, με τα χέρια στις τσέπες. Δεν ήταν ο συνηθισμένος, ανέμελος εαυτός του. Κάτι είχε αλλάξει.

«Γιατί εσείς οι δύο γυναίκες δεν μοιράζεστε το πίσω κάθισμα;» πρότεινε ο Τζον, ανοίγοντάς τους την πόρτα.

Η Υπατία κάθισε πίσω με τη θεία της και το αυτοκίνητο προχώρησε μέσα στη νύχτα.

«Ο Τόνι έγινε ένας όμορφος νεαρός άντρας» παρατήρησε η θεία Σοφία.

«Αρραβωνιάστηκε» είπε η Υπατία ξερά. Ήξερε τι σκεφτόταν η θεία της. *Πού ήταν η Μπόνι απόψε;*

«Ω, δεν το εννοούσα έτσι, ξέρεις, γνωρίζοντάς τον από, όταν ήταν παιδί και τα λοιπά» εξήγησε η θεία Σοφία, εμφανιζόμενη αμήχανη. «Απλώς παρατήρησα τη διαφορά».

Ακολούθησε μια σιωπή και ο ήχος από τα λάστιχα του αυτοκινήτου που έπεφταν από το πεζοδρόμιο έκανε την Υπατία να νυστάζει. Άρχισε να κοιμάται.

«Υπατία, ο Τόνι είπε ότι η Μελίσσα έχει νέο αγαπητικό;»

«Ναι» μουρμούρισε η Υπατία, μισοκοιμισμένη.

«Ο γιατρός Χατζής δεν ήταν αρραβωνιασμένος με τη Μελίσσα;»

«Α, σωστά, ξέχασα να σου πω» αναφώνησε η Υπατία και βγήκε από τον ύπνο της. Έτριψε τα μάτια της. «Σήμερα, όταν πήγα να αφήσω τη βασιλόπιτα, ο γιατρός έκλεινε το ιατρείο για τις γιορτές. Τον ρώτησα αν επρόκειτο να περάσει τις διακοπές του με τη Μελίσσα, αλλά αυτός είπε ότι δεν ήταν πλέον αρραβωνιασμένος μαζί της».

«Αυτό τον κάνει διαθέσιμο» παρατήρησε η θεία Σοφία.

«Τι εννοείς;» ρώτησε η Υπατία, έτοιμη ξανά για ύπνο, ανίκανη να μείνει ξύπνια.

*****

Μετά από εκείνο το βράδυ, ο Τζον τους επισκεπτόταν σχεδόν καθημερινά, και υπήρχε πολλή χαρά και γέλιο, όταν ήταν εκεί. Είχε καλή αίσθηση του χιούμορ και της Υπατίας της άρεσε η παιδιάστικη γοητεία. Ένιωθε την ευτυχία της θείας της κάθε φορά που την επισκεπτόταν.

Μια μέρα που έφτασε η Υπατία από το μάθημα, βρήκε τη θεία της μόνη στο σαλόνι να ράβει.

«Πώς ήταν η μέρα σου;» ρώτησε η Υπατία, και κάθισε δίπλα στη θεία της στον καναπέ.

«Ω, καλά, καλά. Ο Τζον σταμάτησε νωρίτερα σήμερα το απόγευμα και ήταν πάντα ο ίδιος γοητευτικός εαυτός του» απάντησε η θεία Σοφία, χαμογελώντας. Πέρασε μια κλωστή και μια βελόνα. «Είχε κάτι να κάνει, οπότε δεν μπορούσε να μείνει τόσο πολύ, αλλά μας κάλεσε στο σπίτι των γονιών του για την Πρωτοχρονιά. Ξέρεις τι σημαίνει αυτό;»

«Σημαίνει ότι του αρέσεις».

«Και μένα μου αρέσει, αλλά νομίζω ότι η σχέση γίνεται σοβαρή» είπε η θεία Σοφία, αρχίζοντας να ράβει ένα στρίφωμα σε μια φούστα. «Ελπίζω να αρέσω στους γονείς του».

«Θα τους αρέσεις» αναφώνησε η Υπατία. «Είσαι ένα τόσο όμορφο και ευγενικό άτομο. Είναι τυχεροί που θα έχουν μια νύφη σαν εσένα».

Οι μέρες πέρασαν και η παραμονή της Πρωτοχρονιάς έφτασε. Η θεία Σοφία έδινε σημασία στα μαλλιά και τα ρούχα της όλη μέρα. Η Υπατία τη βοήθησε να ψήσει την παραδοσιακή βασιλόπιτα, ζυμώνοντας τη ζύμη και φροντίζοντας να βάλει μέσα ένα νόμισμα.

Οι γονείς του Τζον αποδείχτηκαν ευχάριστοι άνθρωποι. Αγκάλιασαν τη Σοφία και την Υπατία σαν να ήταν η οικογένεια τους. Η Υπατία και η θεία της πέρασαν τόσο καλά που δεν πήγαν σπίτι μέχρι νωρίς το επόμενο πρωί.

Η Υπατία ξύπνησε αργά την επόμενη μέρα, νιώθοντας κουρασμένη και ζαβλακωμένη. Βρήκε τη θεία της στην κουζίνα να προετοιμάζει το πρωινό και να μουρμουρίζει. Είχε μια ασυνήθιστα χαρούμενη διάθεση.

«Καλημέρα, Υπατία. Ελπίζω να κοιμήθηκες καλά. Δεν κοιμήθηκα καθόλου. Θα σου έλεγα τα υπέροχα νέα χθες το βράδυ, αλλά ήσουν τόσο νυσταγμένη, και σκέφτηκα να περιμένω μέχρι σήμερα, για να σου τα πω» είπε η θεία Σοφία με τα μάτια της να λάμπουν.

«Ναι;»

«Ο Τζον μού έκανε πρόταση γάμου χθες το βράδυ. Η θεία σου θα παντρευτεί».

Η Υπατία πετάχτηκε πάνω από χαρά, αγκαλιάζοντας τη θεία της με όλη της τη δύναμη. «Συγχαρητήρια, θεία Σοφία! Είμαι τόσο χαρούμενη για σένα!».

«Ευχαριστώ» είπε η θεία Σοφία, αγκαλιάζοντάς την κι αυτή. «Ξέρω ότι είναι ξαφνικό και ασυνήθιστο, για την ηλικία μου, αλλά, όταν ο Θεός μου δίνει μια ευκαιρία όπως αυτή, δεν μπορώ να την αρνηθώ».

«Δεν είναι υπέροχο; Λοιπόν, πες μου, αγαπητή θεία, ποια είναι τα σχέδιά σας; Πότε θα παντρευτείτε;» ρώτησε η Υπατία και ξάπλωσε πίσω στην καρέκλα της. Μέσα στην ευτυχία της, μια μικρή αμφιβολία μπήκε στο μυαλό της και άρχισε να την κυριεύει. *Πώς θα ταιριάξω στη ζωή αυτού του νέου ζευγαριού;*

«Χθες το βράδυ, δεν είχαμε πολύ χρόνο να συζητήσουμε όλες τις λεπτομέρειες, αλλά καταφέραμε να συμφωνήσουμε για την ημερομηνία του γάμου που θα είναι τον Φεβρουάριο. Αυτό μου δίνει δύο μήνες να προετοιμαστώ. Πρέπει να παραγγείλω το νυφικό μου, να στείλω προσκλητήρια και να κάνω μια σειρά από άλλα πράγματα που πρέπει να κάνει κάποιος, όταν παντρεύεται».

«Μπορώ να σε φανταστώ να δείχνεις εκθαμβωτικά όμορφη με ένα μακρύ, λευκό νυφικό, να στέκεσαι στο διάδρομο με τον θείο Τζον όμορφα ντυμένο με σμόκιν. Θα είστε το τέλειο ζευγάρι».

«Σ' ευχαριστώ, Υπατία, είναι τόσο συγκινητικό εκ μέρους σου».

«Πού σκοπεύεις να περάσετε το γαμήλιο ταξίδι;»

Η Σοφία καθάρισε το λαιμό της και κοίταξε την Υπατία σχεδόν απολογητικά. «Όπως ξέρεις, ο Τζον ζει σε ένα προάστιο του Σικάγο και το σπίτι του βρίσκεται ακριβώς δίπλα στο σπίτι του Αντώνιου. Μόλις παντρευτούμε, θέλει να πάμε στην Αμερική και να ζήσουμε εκεί».

«Αμερική;» ρώτησε έκπληκτη η Υπατία, κοιτάζοντας τη θεία της. Είχε ανάμεικτα συναισθήματα για την ιδέα. Αν και ήταν χαρούμενη για τον γάμο της θείας της, το να πάει να ζήσει στην Αμερική ήταν μια άλλη ιστορία.

«Ναι, στην Αμερική» απάντησε η θεία Σοφία. «Δεν είναι καταπληκτικό; Θα πάω στην Αμερική να ζήσω. Ήμουν ξύπνια όλο το βράδυ και μόνο αυτό σκεφτόμουν. Τέλος πάντων, ένιωσα ότι ήταν λάθος για μένα να σηκωθώ και να σε αφήσω εδώ. Ως εκ τούτου, θέλω να ξέρεις ότι μπορείς να έρθεις και να μείνεις μαζί μας. Με τα αγγλικά σου, θα τα πήγαινες μια χαρά».

«Τι λέει ο θείος Τζον για αυτό;»

«Δεν το έχω συζητήσει ακόμα μαζί του. Μου ήρθε χθες το βράδυ, καθώς σκεφτόμουν τα πάντα, αλλά είμαι σίγουρη ότι δεν θα πει όχι στην ιδέα.»

«Δεν ξέρω τι να πω» είπε η Υπατία αργά, νιώθοντας συγκλονισμένη. «Είχα σχέδια να δώσω εισαγωγικές εξετάσεις την άνοιξη και να επισκεφτώ τον παππού το καλοκαίρι, αλλά η σκέψη να πάω στην Αμερική είναι συναρπαστική».

«Αφού καταλαβαίνεις αγγλικά, μπορείς να συνεχίσεις τις σπουδές σου στην Αμερική. Υπάρχουν πολλά πανεπιστήμια εκεί για τις σπουδές σου. Μπορείς ακόμα να επισκέπτεσαι τον παππού σου τα καλοκαίρια. Θα είναι απλώς ένα μεγαλύτερο ταξίδι».

«Είναι εντάξει να μιλήσω με τον παππού, για να δω τι έχει να πει;»

Η θεία της συμφώνησε πρόθυμα.

Αργότερα, εκείνη την ημέρα, η Υπατία πήγε στο φαρμακείο και τηλεφώνησε, για να μιλήσει με τον παππού της το επόμενο πρωί. Πέρασε το υπόλοιπο της ημέρας σκεπτόμενη όλα όσα είχε πει η θεία της.

Το επόμενο πρωί, η Υπατία μίλησε στον παππού της και του μετέφερε τα νέα για το γάμο της θείας της και τα σχέδιά της να μετακομίσει στην Αμερική με τον σύζυγό της.

«Η θεία σου παντρεύεται;» Ακούστηκε η φωνή του, έκπληκτος. «Αυτά είναι καλά νέα. Δώσε της τα συγχαρητήρια μου, Υπατία».

«Ναι, θα το κάνω. Εν τω μεταξύ, τι πρέπει να κάνω; Με κάλεσε να ζήσω μαζί τους στην Αμερική, αλλά έχω σχέδια να δώσω εισαγωγικές εξετάσεις την άνοιξη».

«Η ιδέα να πας στην Αμερική αποκλείεται. Πρώτα από όλα, δεν έχεις τα χρήματα για το ταξίδι και μην περιμένεις να ζητάς από φιλανθρωπία όλη σου τη ζωή, Υπατία».

«Έχεις δίκιο, παππού. Θα μείνω εδώ» είπε η Υπατία, αναστενάζοντας.

«Σε καμία περίπτωση, δεν θα σου επιτρέψω να ζήσεις μόνη σου σε αυτό το σπίτι. Είσαι πολύ νέα, για να ζεις μόνη».

«Δεν θα είμαι μόνη μου, γιατί η δεσποινίς Μαρίκα νοικιάζει τον κάτω όροφο».

«Αποκλείεται. Εάν τα ξαδέλφια σου, ο Τζορτζ και η Πόλα, είναι πρόθυμα να σε έχουν κοντά τους, τότε μπορείς να μείνεις μαζί τους. Διαφορετικά, θα γυρίσεις εδώ και θα μείνεις μαζί μου, Υπατία Κουρή».

«Πήγα στα ξαδέλφια πριν λίγο καιρό, θυμάσαι; Δεν ήταν εκεί. Τους αρέσει να ταξιδεύουν».

«Δοκίμασε ξανά. Δεν νομίζω ότι ταξιδεύουν συνέχεια».

Η Υπατία είπε στη θεία Σοφία για τη συνομιλία της με τον παππού. «Ήταν πολύ αναστατωμένος και θέλει να επισκεφτώ τα ξαδέλφια μου».

«Θα κάνουμε ό,τι λέει και θα πάμε να τους δεις σύντομα. Ωστόσο, η πρόσκληση εξακολουθεί να ισχύει, για να έρθεις και να ζήσεις μαζί μας στην Αμερική».

Μετά από εκείνη τη μέρα, η θεία της ήταν σαν έφηβη, ενθουσιασμένη με τα πάντα, λαμπερή και χαρούμενη όλη την ώρα.

Πριν φύγει για Αμερική, Ο Τζον επισκέφθηκε τη θεία Σοφία, φιλώντας την, και της υποσχέθηκε ότι θα έγραφε συχνά. Έπρεπε να πάει και να προετοιμαστεί για τη νέα του νύφη. Έφυγε για την Αμερική λίγες μέρες αργότερα.

ΚΕΦΑΛΑΙΟ 23

Η ιστορία του Μάικλ αρχίζει να ξετυλίγεται.
Η Υπατία τον βλέπει, μου είπαν.

Ένα Σάββατο, στις αρχές Ιανουαρίου, ο Τόνι καθόταν στο γραφείο του, συνομιλώντας και αστειευόμενος με τον φίλο του τον γιατρό Μάικλ Χατζή, ο οποίος πέρασε ξαφνικά από εκεί.

Ο Μάικλ είπε: «Πόσος καιρός πέρασε; Δεν σ' έχω δει για τουλάχιστον τρεις μήνες, από τότε».

«Μάικλ, Μάικλ» είπε ο Τόνι, γελώντας με τα παράπονα του φίλου του. «Ο λόγος για τον οποίο δεν έχω έρθει να σε επισκεφτώ δεν είναι για οτιδήποτε συνέβη ανάμεσα σε σένα και την αδελφή μου, αλλά επειδή ήμουν απασχολημένος με τις δουλειές μας και με την υγεία του πατέρα μου. Ταξίδευα πέρα δώθε στα διάφορα γραφεία μας. Πάντα υπάρχει κάτι που χρειάζεται προσοχή».

«Τώρα λες την αλήθεια» είπε ο Μάικλ μισοαστεία.

«Ναι. Αυτός ο σωρός από χαρτιά είναι από το γραφείο» είπε ο Τόνι, δείχνοντας την στοίβα στο γραφείο του. «Δεν τα έχω διαβάσει ακόμα».

«Ξέρεις, Τόνι, θυμάμαι όταν επέστρεφες από την Αγγλία στις καλοκαιρινές σου διακοπές και πηγαίναμε σε κοινωνικές εκδηλώσεις, για να συναντήσουμε γυναίκες» είπε ο Μάικλ. «Έχεις αλλάξει κάπως».

«Τα πράγματα είναι διαφορετικά» είπε ο Τόνι, κουνώντας το κεφάλι του στην παρατήρηση του φίλου του για αυτόν.

«Όλη αυτή η δουλειά και καθόλου παιχνίδι, δεν είναι υγιές. Σου μιλάω ως γιατρός και φίλος».

«Έχεις δίκιο» παραδέχτηκε ο Τόνι. «Αλλά μην ανησυχείς για μένα, παλιόφιλε. Έχω την αίσθηση ότι τα πράγματα θα αλλάξουν για μένα μετά τον Απρίλη».

«Τι εννοείς;»

«Κοίτα, ήσουν τόσο καλός φίλος για όλα αυτά τα χρόνια και δεν θέλω να υπάρχουν άσχημα συναισθήματα για αυτό που πρόκειται να πω».

Τα φρύδια του Μάικλ ανασηκώθηκαν. «Μπορώ να το ακούσω χωρίς αντίδραση».

«Η Μελίσσα είναι αρραβωνιασμένη με τον Τσακ Ντάρας. Ο γάμος τους έχει προγραμματιστεί για τον Απρίλη».

Ο Μάικλ σοβάρεψε. «Τους εύχομαι όλη την καλή τύχη του κόσμου. Η Μελίσσα είχε αποκτήσει ακριβά γούστα και δεν ήθελε να τα παρατήσει. Δεν μπορούσα να αντέξω οικονομικά αυτόν τον τρόπο ζωής, όχι με τον μισθό που έπαιρνα».

«Καταλαβαίνω».

«Είπες ότι θα αλλάξουν τα πράγματα για σένα;» ρώτησε ο Μάικλ.

«Φαίνεται ότι ο Τσακ Ντάρας δεν ενδιαφέρεται μόνο για την αδελφή μου, αλλά και για τη ναυτιλιακή μας επιχείρηση. Με την ενθάρρυνση της Μελίσσας, άρχισε να διαχειρίζεται την εταιρεία, ενώ εγώ ήμουν μακριά σε αυτό το τελευταίο ταξίδι. Χθες όταν επέστρεψα, τον βρήκα να κάθεται στο γραφείο μου με την αδελφή μου και να εξετάζει διάφορα έγγραφα».

«Μίλησες στον πατέρα σου για αυτό;» ρώτησε ο Μάικλ. «Ο Τσακ δεν χάνει καιρό».

Ο Τόνι έγνεψε καταφατικά, σκεπτόμενος τη συνομιλία που είχε με τον πατέρα του νωρίτερα εκείνη την ημέρα. Τον είχε ρωτήσει για τον Τσακ.

«Τώρα που ο Τσακ θα γίνει μέλος της οικογένειας, νομίζω ότι είναι καλύτερο να ασχοληθεί με την εταιρεία μας» απάντησε ο Γρηγόρης. «Έχει πολυετή πείρα στα ναυτιλιακά. Πιστεύω ότι θα γίνει καλός διευθυντής».

«Έμεινα εδώ, γιατί ήθελες να σε βοηθήσω, αλλά αν ο Τσακ είναι επικεφαλής, τότε φαίνεται ότι δεν θα με χρειάζεσαι άλλο» είπε ο Τόνι στον πατέρα του.

«Όχι, σε παρακαλώ μην το βλέπεις έτσι. Θέλω να μείνεις και να επιβλέπεις τα πράγματα».

«Μόνο για μερικούς μήνες, μέχρι ο Τσακ Ντάρας να είναι έτοιμος να διαχειριστεί την εταιρεία» είπε ο Τόνι, πριν κλείσει το τηλέφωνο.

Ο Τόνι γύρισε στον φίλο του αναστενάζοντας. «Ναι, μίλησα μαζί του στο τηλέφωνο σήμερα το πρωί. Του ξεκαθάρισα ότι θα μείνω μόνο μερικούς μήνες ακόμα μέχρι να αναλάβει ο Τσακ. Η καρδιά μου δεν ήταν ποτέ σε αυτή τη δουλειά, φοβάμαι».

«Ω» είπε ο Μάικλ, σηκώνοντας το ένα φρύδι. «Πού είναι ο πατέρας σου τώρα;»

«Είναι στην Κρήτη με τη Χριστίνα και πιθανότατα θα μείνει εκεί μέχρι να καλυτερέψει. Δεν θέλει οι παλιοί του συνεργάτες να τον βλέπουν τόσο άρρωστο».

«Καλή τύχη σε όλα» είπε ο Μάικλ και σηκώθηκε. «Παρεμπιπτόντως, πέρασα όχι μόνο, για να δω τι κάνεις, αλλά και για να σε ρωτήσω αν θέλεις να έρθεις μαζί μου με κάποια ξαδέλφια μου. Σχεδιάζουμε να πάμε στο Diamond's απόψε, ξέρεις, στο νυχτερινό κέντρο με τη λίμνη».

«Ευχαριστώ για την πρόσκληση, αλλά φοβάμαι ότι θα πρέπει να αρνηθώ. Θα δω το δικηγόρο μας σήμερα το απόγευμα και αυτές οι συνεδριάσεις διαρκούν πολλή ώρα».

«Μην πεις ότι δεν προσπάθησα» είπε ο Μάικλ, γελώντας.

«Παρεμπιπτόντως, πήγα στο Diamond's με την Μελίσσα, τον Δεκέμβριο» είπε ο Τόνι, γέρνοντας πίσω στην καρέκλα του κρατώντας με τα χέρια του πιασμένα πίσω από το κεφάλι του. «Έγινε ένα αστείο πράγμα. Έπεσα πάνω στην Υπατία, το κορίτσι από το νησί και τη θεία της. Έμοιαζε τόσο διαφορετική, τόσο μεγαλύτερη».

«Ποια, η θεία της;» τον πείραξε ο Μάικλ.

«Όχι, εννοούσα την Υπατία» είπε ο Τόνι. Χαμογέλασε, όταν παρατήρησε το πειρακτικό βλέμμα του φίλου του.

«Τόνι, έλειπες τόσο καιρό και δεν είχα την ευκαιρία να σου πω τα τελευταία νέα. Έρχεται στο γραφείο μου εδώ και αρκετές εβδομάδες» είπε ο Μάικλ.

Ο Τόνι έφερε την καρέκλα του σε όρθια θέση. «Πώς προέκυψε αυτό;» ρώτησε προσεκτικά.

Ο Μάικλ επιβεβαίωσε μια υποψία στο μυαλό του. Ο φίλος του ήταν ερωτοχτυπημένος με την Υπατία.

«Με επισκέφτηκε μια φορά με τη θεία της, όταν είχε μόλυνση στο αυτί» είπε, ο Μάικλ αδιάφορα. «Της δάνεισα μερικά ιατρικά περιοδικά και τώρα έρχεται πού και πού για λίγο, για να αφήσει τα παλιά και να πάρει τα νέα».

«Είναι ένα μοναδικό κορίτσι» είπε ο Τόνι, νιώθοντας περίεργα για το όλο θέμα, προσπαθώντας να την φανταστεί να ενδιαφέρεται για ιατρικά περιοδικά.

«Ξέρω, ξέρω» είπε ο Μάικλ, γελώντας. «Αυτό λες για όλες τις γυναίκες που συναντάς».

«Αυτή είναι διαφορετική» είπε ο Τόνι, ανασηκώνοντας τους ώμους.

«Θυμήσου, θα περιμένω να με επισκεφτείς στο νέο μου γραφείο» είπε ο Μάικλ στην πόρτα.

«Εντάξει τότε, τι λες, σε μερικές εβδομάδες, όταν επιστρέψω;» είπε ο Τόνι, αποχαιρετώντας τον φίλο του.

Ο δικηγόρος έφτασε αμέσως μετά και ο Τόνι ασχολήθηκε μαζί του. Τότε η Μελίσσα ήρθε στην πόρτα, για να τον ενημερώσει ότι θα έβγαινε ραντεβού με τον Τσακ.

Αργότερα, ο Τόνι κάθισε μόνος του στο σαλόνι, κοιτάζοντας τις φλόγες στο τζάκι σκεφτικός. Ήταν ερωτευμένος, όταν είδε την Υπατία στο νυχτερινό κέντρο; Αυτός είναι ο λόγος που τον ενόχλησε το γεγονός ότι ο Μάικλ ενδιαφερόταν για την Υπατία; Κι όμως δεν έκανε τίποτα. Ήταν πολύ απασχολημένος με τις επιχειρήσεις του πατέρα του και όλα για το τίποτα, γιατί μετά από όλα όσα ειπώθηκαν και έγιναν, ο Ντάρας επρόκειτο να τον αντικαταστήσει και να είναι υπεύθυνος. Αλλά αυτό δεν ήθελε; Να γυρίσει στην Αγγλία και να διδάξει;

«Σε τι θα επέστρεφα; Στους τοίχους του κολεγίου και στα σκονισμένα βιβλία που θα με κρύβουν από τον κόσμο και θα με κρατούν μακριά από την Υπατία;» μουρμούρισε ο Τόνι. Θυμήθηκε την αρνητική αντίδραση του πατέρα του, όταν έμαθε ότι ο Τόνι είχε περάσει κάποιο χρόνο μαζί της. «Πώς θα μπορούσα να ξεπεράσω το θυμό του αν παντρευόμουν αυτό το κορίτσι;»

Ο πατέρας δεν σκέφτηκε ποτέ τα σχέδιά μου ή τα όνειρά μου. Το μόνο που τον ένοιαζε ήταν ο εαυτός του και η δουλειά του. Γι' αυτό επέλεξε τη Μπόνι, για να φέρει περισσότερα χρήματα στην επιχείρηση. Ο Τόνι συνειδητοποίησε ότι αν συνέχιζε να επιτρέπει

ΠΑΤΤΙ ΑΠΟΣΤΟΛΙΔΕΣ

στον πατέρα του να ελέγχει τη ζωή του, θα έχανε την Υπατία αν δεν έκανε κάτι γι' αυτό.

Τοποθέτησε μερικά ακόμα κούτσουρα στο τζάκι, παρατηρώντας τα να δυναμώνουν τη φωτιά. Έμεινε εκεί, βυθισμένος σε βαθιές σκέψεις, κοιτώντας τις φλόγες.

*****

Δύο εβδομάδες αργότερα, η Υπατία και η θεία της αποφάσισαν να επισκεφτούν τους ξαδέλφους της, Τζορτζ και Πόλα. Το ταξί σταμάτησε μπροστά στο σπίτι τους. Η ίδια ηλικιωμένη γυναίκα σκούπιζε έξω. Αυτή τη φορά, έγνεψε καταφατικά, όταν η Υπατία τη ρώτησε αν η οικογένεια Μαστρογιάννη ήταν σπίτι.

Λίγες στιγμές αργότερα, η Πόλα άνοιξε την πόρτα. Η Υπατία και η θεία της συστήθηκαν και ακολούθησαν αγκαλιές και φιλιά. Η Πόλα τούς συνόδευσε στο άνετο διαμέρισμα.

Στην Υπατία άρεσε αμέσως το ζευγάρι. Ο Τζορτζ ήταν ένας γερός και χαρούμενος άντρας. Γελούσε με τα πάντα, ενώ η Πόλα, αν και γλυκιά, έτεινε να είναι η πιο σοβαρή από τους δύο.

«Η κυρία Μακρούλη από δίπλα ανάφερε ότι μια κοπέλα είχε έρθει και μας ζητούσε, αλλά δεν είχαμε ιδέα ότι ήσουν εσύ, Υπατία. Μας θυμάσαι;» ρώτησε ο Τζορτζ, χαμογελώντας της ιδιότροπα. «Ήσουν κοριτσάκι τότε, όταν εσύ και οι γονείς σου μας επισκεφτήκατε εκείνη τη φορά. Η γιαγιά σου και εγώ είμαστε πρώτα ξαδέλφια. Η μητέρα μου και η προγιαγιά σου ήταν αδελφές».

«Ναι, μου φαίνεσαι οικείος» είπε η Υπατία, κουνώντας ντροπαλά το κεφάλι της. Η μύτη του ήταν μικρή και ίσια, όπως της γιαγιάς της, αλλά αυτό ήταν το μόνο χαρακτηριστικό που είχε εξισορροπητικές ιδιότητες, εκτός από τον καλοσυνάτο εαυτό του. Τα μεγάλα μάτια του προεξείχαν και το στόμα του κουνήθηκε χαλαρά, λες και όλα τα χρόνια του γέλιου να το είχαν χαλαρώσει γύρω από τις ραφές.

«Είχα προβλήματα υγείας που με οδήγησαν να μεγαλώσω αυτές τις άσπρες τρίχες και αυτό το στομάχι» γέλασε ο Τζορτζ, καθώς έτριβε το μεγάλο του στομάχι. «Αφού έφυγε ο γιατρός

209

Χατζής, πηγαίναμε στον γιατρό Σάβας, και από τότε πήρα την κατηφόρα».

«Ο γιατρός Χατζής;» ρώτησε η θεία Σοφία αναστατωμένη. «Μετακόμισε κοντά μας και θεράπευσε την Υπατία πρόσφατα. Είμαι εντυπωσιασμένη με αυτόν τον νεαρό γιατρό. Γνωρίζει τόσα πολλά και είναι τόσο ευγενικός, και δανείζει ιατρικά περιοδικά της Υπατίας».

«Λυπήθηκα που τον είδα να φεύγει» είπε ο Τζορτζ, κουνώντας το κεφάλι του. «Αυτός ο γιατρός Σάβας που έχουμε τώρα, τι να πω;» Έκανε μια παύση και μια γκριμάτσα. «Είναι ένας άπειρος γιατρός που δοκιμάζει διαφορετικά φάρμακα και με αρρωσταίνει».

«Τζορτζ, δώσε του χρόνο. Δεν θυμάσαι, όταν ο γιατρός Χατζής έγινε για πρώτη φορά γιατρός μας, ήταν και αυτός φρέσκος από την ιατρική σχολή;» είπε η Πόλα, μπαίνοντας στο δωμάτιο κουβαλώντας ένα δίσκο γεμάτο αναψυκτικά. «Βλέπετε, έχουμε μια ιδιαίτερη θέση στην καρδιά μας γι' αυτόν, γιατί αυτός και ο γιος μας ο Χρήστος, υπηρέτησαν μαζί στο στρατό, και όταν ο Χρήστος έσπασε το πόδι του κατά τη διάρκεια των ασκήσεων, ο γιατρός Χατζής βοήθησε στη θεραπεία του ποδιού του. Έγιναν καλοί φίλοι».

«Αυτός είναι ο γιος μας» είπε ο Τζορτζ, δείχνοντας μια φωτογραφία με κορνίζα ενός νεαρού άντρα με τη στολή του καπετάνιου. «Ζει στη Θεσσαλονίκη με την οικογένειά του και περνάμε τον μισό χρόνο εκεί, για να είμαστε με τα εγγόνια μας».

«Έχεις και μια κόρη;» ρώτησε η Σοφία.

«Ναι, είναι τέσσερα χρόνια μεγαλύτερη από τον Χρήστο. Η Πόπη ζει στην Αθήνα με τον σύζυγό της και τα δύο παιδιά της» είπε η Πόλα, δείχνοντάς τους μια φωτογραφία. «Ο σύζυγός της έχει ένα κατάστημα ηλεκτρικών συσκευών».

«Πολύ όμορφη οικογένεια» είπε η θεία Σοφία.

«Συγνώμη που ρωτάω, Σοφία, αλλά έχεις οικογένεια;» ρώτησε ο Τζορτζ.

«Όχι ακόμα» είπε η θεία Σοφία, χαμογελώντας. «Βλέπεις, παντρεύομαι σε λίγες εβδομάδες».

Ο Τζορτζ και η Πόλα τής έδωσαν θερμά συγχαρητήρια και στη συνέχεια η Πόλα την ρώτησε πώς γνώρισε τον μελλοντικό σύζυγό της. Η θεία Σοφία συζήτησε το θέμα με ενθουσιασμό, και ολοκλήρωσε καλώντας το ζευγάρι στο γάμο.

«Σας ευχαριστώ για την πρόσκληση. Θα χαρούμε να έρθουμε» είπε ο Τζορτζ, κουνώντας έντονα το κεφάλι του.

«Είπες ότι ο Τζον είναι από την Αμερική. Θα μείνετε εδώ μετά το γάμο;» ρώτησε η Πόλα.

«Χαίρομαι που έκανες αυτή την ερώτηση. Στην πραγματικότητα, σκοπεύουμε να ζήσουμε στο Σικάγο, όπου ο Τζον έχει σπίτι και μια επιχείρηση ακινήτων. Η Υπατία προτιμά να μείνει εδώ και να μπει στο πανεπιστήμιο, αλλά ο παππούς της δεν θέλει να μείνει εδώ μόνη της ή να πάει εκείνη στην Αμερική, και ρώτησε αν θα μπορούσε να μείνει μαζί σας».

«Αχ, ο καλός Χρήστος! Ήταν ο πρώτος για τις αξίες. Δεν υπάρχει κανένας σαν κι αυτόν!» είπε ο Τζορτζ, γουργουρίζοντας και χτυπώντας το γόνατό του με ενθουσιασμό. «Θυμάμαι μια χρονιά που επισκεφτήκαμε τον παππού σου, Υπατία. Η Πόπη μου ήταν δεκαέξι και υπέροχη, θα μπορούσα να προσθέσω. Είχαμε πάει σε ένα πανηγύρι και ένα αγόρι τής ζήτησε να χορέψει βαλς. Με την άδειά μας, χόρεψε μαζί του. Ο παππούς σου δεν ήταν πολύ χαρούμενος για αυτό. Αργότερα μάθαμε ότι επέπληξε τους γονείς του αγοριού στη συνέχεια, επειδή ο γιος τους χόρεψε με την κόρη μας».

«Μπορώ να το δω αυτό να συμβαίνει» είπε η Σοφία, κουνώντας εμφατικά το κεφάλι.

«Θα θέλαμε να έρθει η Υπατία και να μείνει μαζί μας. Υπάρχει αρκετός χώρος» είπε η Πόλα, χαμογελώντας. «Πότε είναι η ημερομηνία του γάμου, γλυκιά μου;»

Η θεία Σοφία τούς είπε την ημερομηνία.

«Δώδεκα Φεβρουαρίου;» είπε ο Τζορτζ, ξύνοντας το κεφάλι του. Κοίταξε την Πόλα. «Δεν είναι η εβδομάδα που θα πάμε στη Θεσσαλονίκη για τη βάπτιση του μωρού;»

Η Πόλα έγνεψε καταφατικά. «Ναι, αλλά ο Χρήστος βαφτίζει τον γιο του στις δεκαέξι Φεβρουαρίου, οπότε ίσως να μπορέσουμε τελικά να πάμε στο γάμο της Σοφίας» είπε. «Ωστόσο, σχεδιάζαμε να μείνουμε στο σπίτι του γιου μου για μερικές εβδομάδες μετά τη βάφτιση».

«Υπατία, θα ήθελες να έρθεις μαζί μας στη Θεσσαλονίκη;» ρώτησε ο Τζορτζ.

«Θα ήθελα να γνωρίσω τα ξαδέλφια μου» παραδέχτηκε η Υπατία.

«Τζορτζ, πρέπει να επικοινωνήσουμε πρώτα με τον Χρήστο και τη γυναίκα του» είπε η Πόλα. «Δεν ξέρουμε αν έχουν κάποιον άλλο να μείνει εκεί για τη βάφτιση εκείνη την εβδομάδα».

«Α, ναι» είπε ο Τζορτζ, χαϊδεύοντας σκεπτικά το σαρκώδες πηγούνι του. «Δεν το είχα σκεφτεί αυτό».

«Είναι εντάξει αν μιλήσουμε πρώτα στον γιο μου, προτού κάνεις συγκεκριμένα σχέδια, Σοφία;» ρώτησε η Πόλα. «Δεν θέλω να δώσω καμία υπόσχεση μέχρι να του μιλήσω πρώτα».

Η θεία Σοφία συμφώνησε πρόθυμα.

Αργότερα το ίδιο βράδυ πίσω στο σπίτι, η Υπατία κάθισε στην τραπεζαρία, γράφοντας στον παππού της τα νέα. Είχε δίκιο. Τα ξαδέλφια την δέχτηκαν πρόθυμα. Καθώς σφράγισε το φάκελο, η θεία της μπήκε στην τραπεζαρία.

«Αφού τελειώσεις, μπορείς να με βοηθήσεις με τα προσκλητήρια του γάμου;» ρώτησε η θεία Σοφία. «Τα έχω αναβάλει για πάρα πολύ καιρό και πρέπει να τα στείλω».

«Θα ήθελα πολύ» είπε η Υπατία.

«Καλώς. Εδώ είναι ο κατάλογος με τα άτομα που θα καλέσω στο γάμο» είπε η θεία Σοφία, δίνοντάς της ένα χαρτί με ονόματα, ένα βιβλίο διευθύνσεων, και ένα σωρό φακέλους. «Γράψε τα ονόματα και τις διευθύνσεις τους στους φακέλους και χρησιμοποίησε τη καλύτερη γραφή σου. Όταν τελειώσεις, δώσε μου τα. Θα κάνω τα υπόλοιπα».

Μια ώρα αργότερα, η Υπατία συνάντησε το όνομα Πλακής. Κοίταξε τη θεία της με περιέργεια. «Καλούμε την οικογένεια Πλακή;»

«Ναι. Ήταν αρκετά ευγενικοί, για να σε φιλοξενήσουν, όταν δεν ήμουν εδώ, και είναι ένας μικρός τρόπος να δείξουμε την ευγνωμοσύνη μας» είπε η θεία Σοφία. «Α, και θέλω να προσκαλέσω τον γιατρό Χατζή, αλλά δεν έχουμε τη διεύθυνση του σπιτιού του. Μπορείς να μου κάνεις τη χάρη, αγαπητή, και να αφήσεις την πρόσκληση στο γραφείο αύριο, όταν θα πας στο μάθημα;»

«Τον καλείς;»

«Γιατί όχι; Έχει κάνει τόσα πολλά για εμάς και αυτό είναι το λιγότερο που μπορούμε να κάνουμε σε αντάλλαγμα» είπε αποφασιστικά η θεία Σοφία.

«Θα προσπαθήσω να το θυμηθώ» είπε η Υπατία, αφήνοντάς τα όλα. Πήρε την πρόσκληση από τη θεία της και την έβαλε μέσα στην τσάντα της. Τον τελευταίο καιρό είχε ανάμεικτα συναισθήματα για τον γιατρό Χατζή. Είχε την αίσθηση ότι ενδιαφερόταν για εκείνη. Ως γιατρός ήταν καλός, αλλά έκανε πίσω κάθε φορά που προσπαθούσε να δει τον εαυτό της να τον πλησιάζει.

ΚΕΦΑΛΑΙΟ 24

Η πρόσκληση σε έφερε κοντά μου
Σε πήγα σπίτι και έμεινα για καφέ

Την επόμενη Τετάρτη, η Σοφία είχε αρκετούς πελάτες που πηγαινοέρχονταν. Η κ. Σαρκίδου έφτασε λίγο μετά το πρωινό και ακολούθησε η κ. Βάρδου, που πέρασε για να πάρει ένα τελειωμένο φόρεμα. Η θεία Σοφία ζήτησε από την Υπατία να καρφιτσώσει το στρίφωμα στο φόρεμα της κυρίας Σαρκίδου, ενώ εκείνη πήγαινε στην κ. Βάρδου.

Καθώς δούλευε η Υπατία, της άρεσε να ακούει την κ. Σαρκίδου να συζητά για τα εγγόνια της.

Η θεία Σοφία έδωσε στην κ. Βάρδου το τυλιγμένο ρούχο και την χαιρέτησε στην πόρτα. «Θα πρέπει να σου ταιριάζει. Ενημέρωσε με αν χρειάζεσαι κάτι άλλο». Η θεία Σοφία επέστρεψε στο σαλόνι.

Η Υπατία σηκώθηκε. «Τελείωσα το στρίφωμα, θεία».

«Καλώς. Κυρία Σαρκίδου, αγαπητή μου, αν μπορείς να βγάλεις σιγά σιγά το φόρεμα, θα το ράψω πολύ γρήγορα. Υπάρχουν κεράσματα στην τραπεζαρία. Παρακαλώ, σερβιριστείτε».

Η Υπατία και η κ. Σαρκίδου ήπιαν τον καφέ τους και έφαγαν το κέικ με την γέμιση κρέμα σοκολάτας που είχε φέρει η κ. Σαρκίδου, ενώ η θεία Σοφία έραψε το στρίφωμα του φορέματος.

«Μμμμ, αυτή είναι απολαυστική σοκολάτα» αναφώνησε η Υπατία, εκτιμώντας την πλούσια γεύση.

«Είναι από τα αγαπημένα μου κέικ» είπε η κ. Σαρκίδου, γνέφοντας καταφατικά.

«Μιλώντας για παρακμή, αγαπητή μου κυρία Σαρκίδου» άρχισε η θεία Σοφία, δένοντας έναν κόμπο. «Μπορείτε να φανταστείτε το σοκ μου, όταν πήγαμε για ψώνια τις προάλλες να αγοράσουμε μια φούστα για την Υπατία, και βρήκαμε τις τιμές πολύ υψηλότερες από ό, τι τις θυμόμουν ποτέ, και τις φούστες πολύ πιο κοντές. Χρησιμοποιούν λιγότερο ύφασμα και χρεώνουν περισσότερο για αυτό. Δεν μπορούσα να φανταστώ την ανιψιά μου να φοράει ένα από αυτά τα πράγματα. Δεν υπάρχει ευπρέπεια στην κοινωνία μας αυτές τις μέρες. Οι γυναίκες τα αποκαλύπτουν όλα».

«Έχω δει γυναίκες να φοράνε αυτές τις κοντές φούστες και είναι αηδιαστικό. Τι γίνεται με εκείνα τα μαγιά μπικίνι, που βλέπει κανείς στην παραλία αυτές τις μέρες. Συνεχίζουν να γίνονται όλο και μικρότερα. Μερικές γυναίκες δεν φορούν καν το σουτιέν. Θυμάμαι, όταν ήμουν μικρή, δεν μπορούσαμε να δείξουμε ούτε τους αστραγάλους μας» είπε η κ. Σαρκίδου, δείχνοντας κωμικά τα παχουλά πόδια της.

«Ξέρετε τι σκέφτομαι;» είπε η Υπατία. «Νομίζω ότι οι άνθρωποι που κάνουν αυτά τα πράγματα έχουν κάτι που τους λείπει στη ζωή τους. Ίσως νιώθουν ότι δεν είναι αρκετά όμορφοι, ή δεν τους προσέχουν αρκετά οι άνθρωποι, οπότε δείχνουν περισσότερη επιδερμίδα, για να τους προσέξει κάποιος».

«Η Υπατία μου, η φιλόσοφος» είπε η θεία Σοφία, γελώντας. «Στην εποχή μου, ακόμα και αν κάποιος είχε αυτή την ιδέα στο ανόητο μυαλό του, δεν θα σκεφτόταν να το κάνει πράξη, επειδή η κοινωνία δεν το δεχόταν. Οι άνθρωποι θα τους απέφευγαν. Ναι, αγαπητή μου, οι εποχές άλλαξαν».

Στη συνέχεια συζήτησαν για τον γάμο της θείας Σοφίας.

«Τα εγγόνια μου θα ήταν ιδανικά για παρανυφάκια: το κορίτσι για να κρατάει τα λουλούδια και το αγόρι για τα δαχτυλίδια. Δε νομίζεις;» είπε η κ. Σαρκίδου, βγάζοντας από την τσάντα της φωτογραφίες των εγγονιών της, και τις έδειξε στη Σοφία. «Η Άννα είναι τεσσάρων και ο Πέτρος πέντε».

Η θεία Σοφία έγνεψε καταφατικά, λέγοντας πόσο υπέροχα ήταν. Την ρώτησε αν πρέπει να το συζητήσουν πρώτα με την κόρη της Τούλα.

«Μην ανησυχείς, η Τούλα μου θα συμφωνήσει» απάντησε η κ. Σαρκίδου. Έριξε μια ματιά στο ρολόι της. «Ω, κοίτα την ώρα, είναι σχεδόν δώδεκα. Πρέπει να επιστρέψω μέχρι τις δύο και μισή. Ελπίζω να προλάβω το λεωφορείο. Μισώ την αναμονή». Σηκώθηκε να φύγει και μάζεψε τα υπάρχοντά της.

«Πώς ήρθατε εδώ;» ρώτησε η Υπατία, με περιέργεια.

«Με το τρένο και το λεωφορείο» απάντησε η κ. Σαρκίδου. «Προσέξτε, μου πήρε πάνω από μια ώρα, αλλά έπρεπε να έρθω, τώρα που φεύγει η Σοφία και αυτό το φόρεμα έπρεπε να τελειώσει».

Η Υπατία ανακάλυψε ότι η κ. Σαρκίδου έμενε στην ίδια περιοχή με τα ξαδέλφια της, Γιώργο και Πόλα.

Στη συνέχεια, η Υπατία συζήτησε με τη θεία της για τη μεγάλη διαδρομή που θα έπρεπε να κάνει από το σπίτι των ξαδέλφων της στα μαθήματα της κυρίας Ρόδου. Συμφώνησαν ότι το ταξίδι μπρος -πίσω τα βράδια θα ήταν πρόβλημα.

Η Υπατία πήγε στο μάθημα αργότερα εκείνη την ημέρα, ανησυχώντας για το πώς θα έλεγε στην κ. Ρόδου ότι δεν θα εργαζόταν πλέον γι' αυτήν, όταν θα μετακόμιζε.

Μετά το μάθημα, η Υπατία καθάρισε το δωμάτιο και πλησίασε την κ. Ρόδου, περιμένοντας να τελειώσει το γράψιμό της.

Η κ. Ρόδου σήκωσε το βλέμμα της. «Ναι;»

«Κυρία Ρόδου, έχω κάποια καλά νέα, και μερικά άλλα όχι και τόσο καλά».

Η κ. Ρόδου χαμογέλασε. «Πες μου πρώτα τα καλά νέα».

«Η θεία μου παντρεύεται, και είστε καλεσμένη στο γάμο» είπε η Υπατία. «Στείλαμε τις προσκλήσεις σήμερα το πρωί».

«Τι υπέροχο!» φώναξε η κ. Ρόδου, σφίγγοντας τα χέρια της. «Οι γάμοι είναι τόσο όμορφοι. Μου αρέσει να πηγαίνω σε αυτούς».

«Τώρα, τα άσχημα νέα» είπε η Υπατία, πιο νηφάλια. «Η θεία μου φεύγει για την Αμερική αμέσως μετά το γάμο, και θα πρέπει να μετακομίσω με κάποια ξαδέλφια που μένουν στην άλλη άκρη της πόλης».

Η κ. Ρόδου έβγαλε τα γυαλιά της και κοίταξε με έκπληξη την Υπατία. «Ω, αυτά είναι άσχημα νέα».

«Στην αρχή, πίστευα ότι θα μπορούσα να συνεχίσω να έρχομαι εδώ στα μαθήματα, αλλά σήμερα ανακάλυψα ότι θα έπρεπε να ταξιδεύω με τρένο και λεωφορείο, για να φτάσω εδώ. Θα επέστρεφα σπίτι αργά εκείνα τα βράδια».

«Δεν θα ήθελα να το κάνεις αυτό» είπε η κ. Ρόδου, κουνώντας το κεφάλι της. «Αν και με βοήθησες άριστα και θα μου λείψεις, πρέπει να κάνεις αυτό που σου ταιριάζει».

«Σας ευχαριστώ».

«Σχεδόν, ξέχασα την αμοιβή σου». Η κ. Ρόδου πήρε ένα φάκελο από το συρτάρι της και τον έδωσε. «Σίγουρα θα λείψεις στα παιδιά».

«Θα μου λείψουν και εμένα. Θα σας επισκέπτομαι όποτε μπορώ».

Χαμογέλασαν και αγκάλιασαν η μία την άλλη.

Καθώς η Υπατία έβαζε τον φάκελο στην τσάντα της, τα δάχτυλά της ακούμπησαν πάνω στον λευκό φάκελο που είχε μέσα. «Ω, Θεέ μου, ξέχασα να περάσω και να δώσω στον γιατρό Χατζή το προσκλητήριο του γάμου! Αντίο, κυρία Ρόδου!»

Η Υπατία κινήθηκε προς το ιατρείο. Το προχωρημένο της ώρας την ανησυχούσε, αλλά μπορούσε εύκολα να βάλει τον φάκελο κάτω από την πόρτα του γραφείου του. Η καλά φωτισμένη πινακίδα του φαρμακείου φαινόταν μπροστά, σημάδι ότι πλησίαζε στον προορισμό της. Τράβηξε το χερούλι της πόρτας και χάρηκε, όταν άνοιξε η πόρτα. Ανέβηκε τρέχοντας τη σκοτεινή σκάλα, σκοντάφτοντας στο τελευταίο σκαλί, καθώς έμπαινε στο διάδρομο. Έτρεξε τρίβοντας το πόδι της και μουρμούρισε απαλά. Αυτό το πόδι ήταν πάντα ευαίσθητο μετά το διάστρεμμα.

Όταν η Υπατία έφτασε στο γραφείο, έκπληκτη είδε το φως αναμμένο και την πόρτα ανοιχτή. Σταμάτησε έτοιμη να φύγει, γιατί μέσα ήταν ο Τόνι και ο γιατρός Χατζής όρθιοι και συνομιλούσαν.

Η καρδιά της Υπατίας ράγισε, όταν είδε το ηλιοκαμένο πρόσωπο του Τόνι. Είχε καλή αντίθεση με το λευκό, σιδερωμένο πουκάμισό του. Το γλυπτό ελληνικό προφίλ του με το σταθερό του πηγούνι αποκάλυπτε μια εκπληκτική ομοιότητα με μια εποχή της ελληνικής ιστορίας, όπου βασίλευαν θεοί και θεές.

Ο γιατρός στάθηκε δίπλα στον Τόνι και εμφανίστηκε πιο κοντός και πιο ελκυστικός απόψε με το καφέ μουστάκι και το μυτερό πηγούνι του. Ίσως ήταν πάντα έτσι, και εκείνη δεν το είχε προσέξει πριν.

«Γεια σου, Υπατία» είπε ο Μάικλ Χατζής, δείχνοντας ευχάριστα έκπληκτος, καθώς της έκανε νόημα να μπει μέσα.

Ο Τόνι χαμογέλασε βεβιασμένα, όταν την είδε.

«Γεια σας, γιατρέ, γεια σας κύριε Τόνι» είπε η Υπατία λαχανιασμένη. «Είχα ξεχάσει να το αφήσω νωρίτερα, οπότε ήρθα τώρα».

Έδωσε στον γιατρό Χατζή το προσκλητήριο γάμου, έχοντας στο νου της τα μάτια του Τόνι που την παρακολουθούσαν.

«Τι είναι αυτό;» ρώτησε ο γιατρός, με τα λεπτά χλωμά δάχτυλά του να ανοίγουν την πρόσκληση και να την διαβάζει.

«Η θεία μου παντρεύεται και θα ήθελε να σε καλέσει στο γάμο της, αλλά δεν είχε τη διεύθυνση του σπιτιού σου, οπότε μου ζήτησε να σας το αφήσω εγώ».

«Ευχαριστώ και χαίρομαι για την πρόσκληση. Τι ευχάριστα νέα» είπε ο Μάικλ, κοιτάζοντάς την πίσω από τα γυαλιά του.

Στη συνέχεια, η Υπατία γύρισε και μίλησε στον Τόνι λέγοντας: «Στείλαμε ταχυδρομικά στην οικογένειά σου μια πρόσκληση σήμερα το πρωί. Η αρραβωνιαστικιά σου η Μπόνι είναι, επίσης, καλεσμένη, κύριε Τόνι».

«Ευχαριστώ» είπε ο Τόνι αργά. «Οι γονείς μου είναι στην Κρήτη και αν ερχόμουν, θα ερχόμουν μόνος μου. Η Μπόνι δεν είναι και δεν ήταν αρραβωνιαστικιά μου. Πότε είναι η μεγάλη μέρα;»

Δεν ήταν μαζί με την Μπόνι, αναρωτήθηκε η Υπατία.

«Είναι στις δώδεκα Φεβρουαρίου» είπε η Υπατία, νιώθοντας να κοκκινίζει ξανά. Ξαφνικά, φάνηκε πιο ωραίος και πιο προσιτός, σαν να μην υπήρχε πια το φράγμα ανάμεσά τους.

«Αχ, λίγες μόνο μέρες από την ημέρα του Αγίου Βαλεντίνου» παρατήρησε ο Τόνι. «Δεν ξέρω αν θα είμαι στην πόλη τότε αλλά, αν είμαι, θα προσπαθήσω να τα καταφέρω. Ευχαριστώ, επίσης, τη θεία σου για την πρόσκληση».

«Πρέπει να πηγαίνω. Είναι αργά και με περιμένει η θεία μου» κατάφερε να πει η Υπατία, αν και τα πόδια της δεν ήθελαν να κουνηθούν για κάποιο λόγο.

«Μάλλον θα θέλεις να το διαβάσεις αυτό» είπε ο γιατρός Χατζής. Πήρε ένα νέο ιατρικό περιοδικό και της το έδωσε. «Υπάρχει ένα τμήμα εκεί για μια νέα θεραπεία για τον καρκίνο».

«Αυτή είναι η θεραπεία που είχες αναφέρει στον πατέρα μου νωρίτερα;» τον ρώτησε ο Τόνι.

«Ναι».

«Ευχαριστώ, γιατρέ Χατζή. Καληνύχτα» είπε η Υπατία, επανακτώντας την δύναμή της. Πήρε το περιοδικό, και αποχαιρετώντας τους δύο άντρες, έφυγε γρήγορα, πριν προλάβουν να πουν οτιδήποτε. Βγήκε βιαστικά στο διάδρομο, έχοντας επίγνωση του χρόνου.

Η Υπατία άκουσε βήματα πίσω της.

Ο Τόνι την πρόλαβε και περπάτησε μαζί της. «Είναι πολύ σκοτάδι, για να περπατάς μόνη σου».

Την πήρε απαλά από το χέρι και η καρδιά της εκτοξεύτηκε στα ύψη με το άγγιγμά του.

Κατέβηκαν αργά τα σκαλιά. Ένιωθε σαν να ζούσε ένα όνειρο, ακόμα, κι όταν οι παλμοί της καρδιάς της της θύμιζαν πόσο ζωντανή ήταν αυτή η στιγμή. Αυτή τη φορά, δεν ήθελε να φύγει. Αντίθετα, ήθελε να λιώσει στην αγκαλιά του.

Όταν έφτασαν στο ισόγειο, της άνοιξε την εξώπορτα. Ο δροσερός αέρας την χτύπησε δυνατά, φέρνοντάς την ξανά στη γη. Ανατρίχιασε.

«Κρυώνεις;» ρώτησε ο Τόνι. «Μπορώ να οδηγήσω».

«Όχι, ευχαριστώ. Θα είμαι εντάξει» μουρμούρισε.

Περπατούσαν αργά στο πεζοδρόμιο. Ένα άλλο ζευγάρι πέρασε δίπλα τους και για πρώτη φορά, η Υπατία ένιωσε σαν ένα από αυτά. Μόνο που ο Τόνι δεν είχε το χέρι του γύρω από τον ώμο της. Αναρωτήθηκε πώς θα το ένιωθε. Τα απαλά φώτα του δρόμου έριξαν μια μαγική λάμψη γύρω τους.

«Πώς ήσουν, Υπατία; Η τελευταία φορά που σε είδα ήταν στο νυχτερινό κέντρο» είπε απαλά ο Τόνι, σπάζοντας τη σιωπή της.

«Ναι» παραδέχτηκε η Υπατία, επιστρέφοντας στην πραγματικότητα. «Είμασταν απασχολημένοι με τις προετοιμασίες για τον γάμο. Την περασμένη εβδομάδα, δεν είχα χρόνο να διαβάσω τα ιατρικά περιοδικά του γιατρού Χατζή και δεν ξέρω αν θα έχω χρόνο να διαβάσω ούτε αυτό που μου έδωσε τώρα».

«Ήμουν περίεργος να μάθω πώς εσύ και εκείνος ξεκινήσατε αυτή τη μικρή ανταλλαγή».

«Μια μέρα, με είδε να πηγαίνω στο σπίτι από το μάθημα των Αγγλικών και σταμάτησε να με χαιρετήσει, και μου είπε για το νέο του γραφείο. Τότε παρατήρησε τα βιβλία που κουβαλούσα και του είπα ότι η κυρία Ρόδου μού τα δάνεισε».

«Συγνώμη που σε διακόπτω, αλλά ποια είναι η κυρία Ρόδου; Έχω ξανακούσει το όνομά της στο παρελθόν» είπε ο Τόνι.

«Η καθηγήτρια μου, των Αγγλικών. Το όνομά της είναι μέσα στο αγγλικό μυθιστόρημα που βρήκες στο νησί, εκείνη την ημέρα που μου έπεσε» είπε η Υπατία, κουνώντας το κεφάλι της. «Έχει φροντιστήριο με μαθήματα Αγγλικών ένα δρόμο πιο πέρα από το γραφείο του γιατρού Χατζή και εργάζομαι για αυτήν τρεις ημέρες την εβδομάδα».

«Α, αυτό είναι ενδιαφέρον» είπε ο Τόνι. «Αλλά να μην σε διακόψω. Τι έλεγες για τον γιατρό Χατζή;»

«Τι έλεγα;» είπε η Υπατία, αρχίζοντας να αναρωτιέται γιατί τον ενδιέφερε τόσο.

«Του είπες για τα βιβλία που σου έδωσε η κυρία Ρόδου» την τσίγκλησε ο Τόνι.

«Ω, ναι, συγνώμη. Τότε είπε ότι μπορώ, επίσης, να δανείζομαι τα ιατρικά του περιοδικά. Δεν αποδέχτηκα την πρόταση, γιατί δεν το θεωρούσα σωστό. Όταν είχα μόλυνση στο αυτί και τον επισκεφθήκαμε, μου έδωσε ένα ιατρικό περιοδικό. Έτσι ξεκίνησε. Έπρεπε να το επιστρέψω και μετά με περίμενε άλλο». Η Υπατία σταμάτησε απότομα, νιώθοντας ότι είχε μιλήσει πάρα πολύ. Χαμήλωσε το βλέμμα, χωρίς να ξέρει τι άλλο να πει.

*****

Ο Τόνι σκέφτηκε αυτό που είπε η Υπατία. Η ιστορία του κοριτσιού φαινόταν αρκετά αληθοφανής. Ο φίλος του ο Μάικλ ήταν πίσω από αυτό, φτιάχνοντας τον ιστό του και τραβώντας το κορίτσι πιο κοντά του. Τώρα, η θεία της ήταν αναμεμειγμένη. Αλλιώς, γιατί θα τον καλούσε στο γάμο της;

«Επισκέπτεσαι συχνά τον γιατρό Χατζή τόσο αργά;» ρώτησε ο Τόνι ήσυχα με το σώμα του να τεντώνεται σε αναμονή. Πόσο μακριά είχε πάει αυτό;

«Ω, όχι» απάντησε η Υπατία, κουνώντας δυνατά το κεφάλι της. «Συνήθως, αφήνω το περιοδικό, πριν από το μάθημα των Αγγλικών, κατά τη διάρκεια της ημέρας. Σήμερα είχα ξεχάσει το προσκλητήριο γάμου στην τσάντα μου και μετά το μάθημα η θεία Σοφία μου ζήτησε να το παραδώσω, γιατί δεν είχε τη διεύθυνση του σπιτιού του. Τέλος πάντων, σκέφτηκα να το αφήσω κάτω από την πόρτα και να έφευγα, αλλά δεν περίμενα ότι ο γιατρός Χατζής ή εσύ θα ήσασταν εκεί».

«Το βρίσκω πολύ ενδιαφέρον που σου αρέσει να διαβάζεις ιατρικά περιοδικά και αγγλικά μυθιστορήματα στον ελεύθερο χρόνο σου. Για κάποιο λόγο, νόμιζα ότι τα κορίτσια της ηλικίας σου δεν ενδιαφέρονται για τέτοια πράγματα» παρατήρησε ο Τόνι. Όταν το είπε, σκεφτόταν τη Μελίσσα και τις φίλες της.

«Τι εννοείς;» ρώτησε η Υπατία, με τα δάχτυλά της να διώχνουν νευρικά τα μαλλιά από το πρόσωπό της.

«Τα κορίτσια της ηλικίας σου συνήθως περνούν το χρόνο τους στα ρούχα και στο να βγαίνουν με τις φίλες τους, ώστε να μπορούν να συναντήσουν νεαρούς άντρες, για να παντρευτούν» απάντησε ο Τόνι χαμηλόφωνα.

«Ναι, είναι περίεργο, έτσι δεν είναι; Πάντα ήμουν διαφορετική από τις φίλες μου» είπε η Υπατία σε έντονα. «Από τότε που ήμουν παιδί, αφιέρωνα πολύ χρόνο διαβάζοντας βιβλία και μαθαίνοντας πράγματα. Καθώς μεγάλωνα, έβλεπα τις φίλες μου να ντύνονται για τα αγόρια και τις πείραζα γι' αυτό. Και ξέρεις τι;»

«Τι;»

«Παντρεύτηκαν όλες».

«Εσύ, λοιπόν, γιατί δεν παντρεύτηκες;» ρώτησε ο Τόνι. «Μου φαίνεται ότι υπάρχουν πολλοί νεαροί άντρες που θα ενδιαφερόντουσαν για σένα αν τους έδινες μια ευκαιρία. Όπως ο γιατρός Χατζής, για παράδειγμα».

«Ο γιατρός Χατζής; Τώρα αρχίζεις να ακούγεσαι σαν τη θεία μου τη Σοφία» απάντησε η Υπατία. «Τον βλέπω ως γιατρό, κάποιον που θεραπεύει ανθρώπους, και όχι κάποιον, για να

221

παντρευτώ». Έμεινε για λίγο σιωπηλή. «Εσύ, γιατί δεν παντρεύτηκες;»

«Τι;» ρώτησε ο Τόνι. *Μου πετάει την μπάλα πίσω.* Σκέφτηκε για μια στιγμή και μετά είπε: «Υποθέτω, γιατί ήμουν πολύ απασχολημένος στο να διασκεδάζω, για να ηρεμήσω. Εξάλλου, μέχρι τώρα, δεν είχε έρθει το κατάλληλο κορίτσι».

«Ω;» έκανε ερωτηματικά η Υπατία, σηκώνοντας τα φρύδια της.

«Λοιπόν, πες μου, ποια είναι η δική σου δικαιολογία, για να μην παντρευτείς;» ρώτησε ο Τόνι, απολαμβάνοντας ιδιαίτερα την συζήτηση. Κοίταξε την όμορφη κοπέλα, με τα ψηλά ζυγωματικά της, τα απαλά γεμάτα χείλη της ανοιχτά και ελκυστικά, και τα ορθάνοιχτα τίμια ανοιχτοπράσινα μάτια της. Σε αυτή τη μαγική στιγμή, αιωρούμενη στο χρόνο, είχε μπει σε έναν άλλο κόσμο, γεμάτο αλήθεια, ομορφιά και αγάπη.

«Αν παντρευτώ τώρα, τότε δεν θα έχω την ευκαιρία να πάω στο πανεπιστήμιο. Ο άντρας μου θα θέλει να μείνω σπίτι και να κάνω παιδιά» είπε αποφασιστικά.

«Είναι κάτι λάθος με αυτό;» ρώτησε ο Τόνι, σχηματίζοντας στο νου του την εικόνα, περιτριγυρισμένη εκείνη από μωρά.

«Όχι, αλλά είμαι διαφορετική» είπε προκλητικά η Υπατία. «Πάντα θα αναρωτιέμαι τι μου έλειψε αν δεν το κάνω τώρα».

«Κατάλαβα» είπε ο Τόνι. «Νομίζεις ότι αν παντρευτείς τώρα, δεν θα μπορούσες να τα κάνεις όλα αυτά. Χμ, λοιπόν, αν ερχόταν ο κατάλληλος νεαρός σήμερα και σου ζητούσε να τον παντρευτείς, θα διάλεγες το πανεπιστήμιο αντί εκείνον;»

«Ξέρω ότι αυτό ακούγεται γελοίο, αλλά ναι, θα το έκανα» είπε η Υπατία κατηγορηματικά. «Αν με αγαπούσε αληθινά, θα περίμενε μέχρι να τελειώσω την σχολή μου. Η αληθινή αγάπη είναι υπομονετική και διαρκεί για πάντα, ακριβώς όπως σε εκείνο το αγγλικό μυθιστόρημα που βρήκες και μου έδωσες πίσω».

«Τα αγγλικά μυθιστορήματα δεν αντιπροσωπεύουν πάντα την πραγματική ζωή» είπε ξερά ο Τόνι, ενθυμούμενος την ιστορία του βιβλίου. Η ηρωίδα είχε ακολουθήσει καριέρα και ακόμα είχε αποκτήσει τον άντρα της μέχρι το τέλος της ιστορίας. «Υποθέτω ότι θα έκανες το ίδιο για εκείνον, αν έπρεπε».

«Αν τον αγαπούσα πραγματικά, υποθέτω ότι θα το έκανα» είπε η Υπατία, κοιτάζοντας κάτω.

Ο Τόνι αποφάσισε να αλλάξει ελαφρώς το θέμα. «Μην με παρεξηγείς, Υπατία. Νομίζω ότι αυτό που κάνεις είναι αξιοθαύμαστο. Υποθέτω ότι ενδιαφέρεσαι για την ιατρική;»

«Σκέφτομαι να γίνω είτε νοσοκόμα είτε γιατρός» είπε με ενθουσιασμό. «Αλλά η θέα του αίματος κάνει να πονάει το στομάχι μου, οπότε θα πάρω πτυχίο στην επιστήμη υγείας, όπως η μικροβιολογία, και θα εργαστώ σε ένα εργαστήριο. Με αυτόν τον τρόπο, μπορώ ακόμα να βοηθάω τους ανθρώπους που είναι άρρωστοι».

«Ναι, η υγεία κάποιου είναι σημαντική» είπε ο Τόνι σκεφτικός. Φάνηκε ότι ήταν αποφασισμένη να συνεχίσει την εκπαίδευσή της. «Χρειαζόμαστε ανθρώπους σαν εσένα να σπουδάζουν μικροβιολογία, για να καταπολεμούν ασθένειες. Δες τον πατέρα μου, για παράδειγμα. Έχει όλα τα χρήματα που θα ήθελε να έχει κανείς, όμως δεν μπορούν να του φέρουν πίσω την υγεία του. Μάλλον, θα εξαρτάται από τους γιατρούς για το υπόλοιπο της ζωής του».

«Πώς τα πάει;» τόλμησε να ρωτήσει η Υπατία.

«Ευχαριστώ που ρωτάς. Έκανε πρόσφατα εγχείρηση και εξακολουθεί να αναρρώνει» είπε ο Τόνι.

«Αν υπάρχει κάτι που μπορώ να κάνω, για να βοηθήσω, παρακαλώ ενημέρωσε με» πετάχτηκε και είπε.

Η ευγενική της προσφορά τον άγγιξε. «Αυτήν τη στιγμή, έχει όλη τη βοήθεια που χρειάζεται».

Έμειναν για λίγο σιωπηλοί.

«Παρεμπιπτόντως, πώς είναι η θεία σου;» ρώτησε ο Τόνι.

«Πολύ απασχολημένη με την προετοιμασία του γάμου. Χθες το βράδυ μείναμε ξύπνιες μέχρι τα μεσάνυχτα, γράφοντας τις προσκλήσεις» απάντησε η Υπατία. «Στη συνέχεια, υπάρχουν τα λουλούδια που πρέπει να παραγγείλουμε για το γάμο και τη δεξίωση, τα φορέματα που θα ραφτούν και ο φωτογράφος που θα επιλεγεί να βγάλει τις φωτογραφίες».

Ο Τόνι έγνεψε καταφατικά, σαν να ήθελε να ακούσει περισσότερα.

«Η θεία Σοφία αποφάσισε να ράψει το νυφικό της, και όλα πρέπει να είναι τέλεια. Τις προάλλες, έραψα τα μαργαριτάρια στο φόρεμα της. Τώρα έχει ακόμα όλα αυτά τα ψώνια να κάνει για το ταξίδι της. Φοβάμαι ότι δεν θα χωρέσουν όλα στις αποσκευές της. Ήδη η βαλίτσα της είναι γεμάτη, και μάλιστα με έβαλε να κάτσω επάνω, ενώ την έκλεινε, προσπαθώντας να τα στριμώξει όλα μέσα. Παραλίγο να πέσω, γιατί χοροπηδούσα τόσο δυνατά πάνω του». Η Υπατία γέλασε.

Ο Τόνι ξέσπασε στα γέλια.

«Εδώ είμαστε» είπε η Υπατία, καθώς πλησίαζαν στο σπίτι.

Η βόλτα τελείωσε πολύ νωρίς, σκέφτηκε ο Τόνι.

Η Υπατία γύρισε ελαφρά προς το μέρος του, έτοιμη να τον αποχαιρετήσει.

«Ήθελα να κάνω μια επίσκεψη στη θεία σου και αυτή τη φορά είναι τόσο καλή όσο όλες» είπε ο Τόνι, σχεδόν ψιθυρίζοντας. Την έπιασε από το χέρι κοιτάζοντάς την με φλογερό βλέμμα. Δυσκολεύτηκε να συγκρατήσει τα συναισθήματά του και να μην την πάρει στην αγκαλιά του. *Της υποσχέθηκα ότι θα κρατούσα αποστάσεις.* Της άφησε το χέρι.

Η Υπατία βρήκε το κλειδί στην τσάντα της και ξεκλείδωσε την πόρτα. Στάθηκε εκεί και παρακολουθούσε τον Τόνι. «Θα έρθεις μέσα, σε παρακαλώ;»

Ένιωθε ο Τόνι ανεξήγητα ευτυχισμένος.

Ανέβηκαν μαζί τη στριφογυριστή σκάλα.

ΚΕΦΑΛΑΙΟ 25

Με πήγες σπίτι να επισκεφθείς τη θεία μου.
Μου πρότεινες δουλειά, τι άλλο θέλω;

Η θεία Σοφία άνοιξε την πόρτα. «Τόνι, τι ευχάριστη έκπληξη» αναφώνησε, όταν είδε τον Τόνι.

«Γεια σας, κυρία Σοφία» είπε ο Τόνι. Την φίλησε ευγενικά στο μάγουλό της. «Επισκεπτόμουν τον φίλο μου, τον γιατρό Χατζή, όταν η Υπατία σταμάτησε στο γραφείο του. Δεν ήθελα να γυρίσει μόνη της στο σπίτι».

«Σωστά, θεία Σοφία. Πήγα στο γραφείο του γιατρού Χατζή μετά το μάθημα, για να παραδώσω το προσκλητήριο του γάμου. Είχα ξεχάσει να το κάνω νωρίτερα. Ο κύριος Τόνι ρώτησε αν μπορούσε να με πάει σπίτι» είπε η Υπατία νευρικά, χωρίς να ήταν σίγουρη πώς θα αντιδρούσε η θεία της, αλλά η θεία της συμφωνούσε με τα όσα έγιναν. Δεν ήταν καθόλου σαν τον παππού της, ο οποίος θα στενοχωριόταν αν την έβλεπε να πηγαίνει στο σπίτι τη νύχτα με έναν νεαρό άντρα.

«Τι ευγενικό εκ μέρους σου» είπε η θεία Σοφία, οδηγώντας τον στο σαλόνι. «Περάστε μέσα να καθίσετε».

«Ευχαριστώ» είπε ο Τόνι, και κάθισε.

«Πώς πίνετε τον καφέ σας;»

«Μην μπαίνετε σε κόπο» είπε ο Τόνι, χαμογελώντας της.

«Κανένα πρόβλημα» είπε η θεία Σοφία. «Είναι η πρώτη σας φορά εδώ, δεν πρέπει να σας προσφέρω τουλάχιστον ένα φλιτζάνι καφέ;»

«Εντάξει τότε, τον θέλω γλυκό» απάντησε ο Τόνι.

Η θεία Σοφία μπήκε στην κουζίνα με την Υπατία ακριβώς πίσω της.

225

«Πώς έγινε αυτό; Ο Τόνι Πλακής εδώ;» ρώτησε η θεία Σοφία με σιγανή φωνή.

Η Υπατία της είπε τα πάντα περιληπτικά. «Ήθελε να έρθει να με επισκεφτεί;» ρώτησε η θεία Σοφία, κοιτώντας την έκπληκτη.

«Ναι» είπε η Υπατία, γνέφοντας καταφατικά.

«Θα μάθω σύντομα. Γίνε τώρα καλό κορίτσι και βοήθησέ με, με τα κεράσματα» είπε η θεία Σοφία. Πήρε τη σοκολατένια τούρτα από το ψυγείο και την έβαλε στον πάγκο.

«Μπορώ να κόψω την τούρτα;» προσφέρθηκε η Υπατία. «Δεν είναι υπέροχο εκ μέρους της που την έφερε σήμερα η κυρία Σακελλαρίου;»

«Ναι, πρέπει να την ευχαριστήσουμε, έτσι δεν είναι; Ω, και να θυμάσαι, οι καλές πορσελάνες και τα ασημικά είναι σε αυτό το ντουλάπι» είπε η θεία Σοφία, δείχνοντας προς εκείνη την κατεύθυνση. «Θέλει τον καφέ του γλυκό, όπως κι εμείς, οπότε φτιάξε τους όλους στο ίδιο μπρίκι. Μπορούμε να σερβίρουμε τον καφέ στο τραπέζι. Ξέρω ότι φαίνομαι νευρική, αλλά επιστρέφω τώρα. Δεν είναι ευγενικό να αφήνουμε τον καλεσμένο μας μόνο του για πολύ».

*****

Η Σοφία βρήκε τον Τόνι στο πιάνο να παίζει μια απαλή ρομαντική μελωδία, ενώ αγνάντευε τη θέα πέρα από το μπαλκόνι. Κάθισε σε μια από τις πολυθρόνες, θαυμάζοντας το παίξιμό του.

Μια αίσθηση υπερηφάνειας την κυρίευσε, σαν να τον έβλεπε μέσα από τα μάτια μιας μητέρας. Ακόμη, και όταν ήταν μικρό αγόρι, είχε μια ξεχωριστή θέση στην καρδιά της. Ίσως επειδή είχε πεθάνει η μητέρα του, είχε νιώσει έτσι. *Όχι, δεν ήταν μόνο αυτός ο λόγος. Η αδελφή του ήταν, επίσης, χωρίς μητέρα και δεν ένιωθα το ίδιο για εκείνη. Της έλειπαν τα ευγενή χαρακτηριστικά που είχε, σκέφτηκε.*

Κάθε φορά που η Σοφία επισκεπτόταν το σπίτι του, το αγόρι χαιρόταν που την έβλεπε, φέρνοντας να της δείξει τα παιχνίδια του. Μετά καθόταν δίπλα της, λέγοντάς της όλα τα νέα της ημέρας, ενώ εκείνη έραβε. Η Μελίσσα από την άλλη πλευρά, δεν ήταν καθόλου φιλόξενη. Όποτε η Σοφία ήθελε να δοκιμάσει ένα νέο φόρεμα πάνω της, η Μελίσσα γκρίνιαζε, θέλοντας να παίξει με τις κούκλες της.

Η μουσική σταμάτησε και ο Τόνι γύρισε και την είδε.

«Εξαιρετικό. Έπαιξες μια αγαπημένη μου μελωδία. Μου έφερε όμορφες αναμνήσεις από τα νιάτα μου» είπε η Σοφία, χειροκροτώντας με θαυμασμό.

Ο Τόνι ήρθε και κάθισε στον καναπέ. «Δεν έχω παίξει αυτό το τραγούδι για χρόνια, αλλά μου φάνηκε κατάλληλο για τα γεγονότα».

«Με την ευκαιρία, πώς είναι ο πατέρας σου;»

«Δυστυχώς, είναι σε αναπηρικό καροτσάκι από την επέμβαση και δεν μπορεί να περπατήσει ή να σηκώσει τα χέρια του. Αν και μιλάει και σκέφτεται καθαρά, χρειάζεται βοήθεια σε όλα. Η Χριστίνα τον ταΐζει και τον βοηθάει να ντυθεί».

«Δεν το ήξερα αυτό» αναφώνησε η Σοφία, νιώθοντας σοκαρισμένη με τα νέα. «Είναι εδώ στην πόλη, για να τον επισκεφτούμε;»

«Όχι, είναι στην Κρήτη με τη Χριστίνα. Ένιωθε καλύτερα να μείνει εκεί. Δεν θέλει οι παλιοί του συνεργάτες να τον δουν στην κατάσταση που βρίσκεται».

«Παρακαλώ, δώσε του τους χαιρετισμούς μου την επόμενη φορά που θα του μιλήσεις».

«Σίγουρα» απάντησε ο Τόνι, γνέφοντας καταφατικά. «Παρεμπιπτόντως, τι είναι αυτά που έμαθα; Σκοπεύεις να παντρευτείς;»

Η Σοφία του εξήγησε πώς γνώρισε τον Τζον και πώς το ένα οδήγησε στο άλλο.

«Συγχαρητήρια λοιπόν. Φαίνεσαι χαρούμενη» είπε ο Τόνι, χαμογελώντας της με αγάπη.

«Ναι, νιώθω χαρούμενη. Όλα κύλησαν ομαλά, σχεδόν σαν να μας βοηθάει κάποια μεγαλύτερη δύναμη. Σου στείλαμε μια πρόσκληση για το γάμο. Ελπίζω εσύ και η αρραβωνιαστικιά σου να τα καταφέρετε να έρθετε».

«Αγαπητή Σοφία, πώς κατέληξες στο συμπέρασμα ότι έχω αρραβωνιαστικιά; Ακόμη και η ανιψιά σου είπε το ίδιο πράγμα νωρίτερα» είπε ο Τόνι, γελώντας.

«Ζητώ συγνώμη για το λάθος, αλλά νομίζω ότι η Υπατία είχε κρυφακούσει κάποιον να το αναφέρει» είπε η θεία Σοφία, φοβούμενη να αποκαλύψει την πηγή.

«Κατάλαβα. Θα μπορούσε αυτός ο κάποιος να είναι μια κοντή ξανθιά, με το όνομα Μελίσσα; Τέλος πάντων, ελπίζω να μην απογοητευτείς αν έρθω μόνος μου» είπε ο Τόνι, σηκώνοντας το φρύδι του.

«Καθόλου» είπε η θεία Σοφία, δείχνοντας ταραγμένη.

Η Υπατία μπήκε στην τραπεζαρία με ένα δίσκο.

«Ας καθίσουμε στην τραπεζαρία για καφέ» είπε η θεία Σοφία, δείχνοντας ανακουφισμένη. «Τόνι, γιατί δεν κάθεσαι εδώ;»

Η Υπατία σερβίρισε τον γλυκό ελληνικό καφέ στα μικρά φλιτζάνια.

«Ευχαριστώ για όλα αυτά» είπε ο Τόνι.

«Παρακαλώ» απάντησε χαρούμενα η Υπατία και του έδωσε τον καφέ.

«Παρεμπιπτόντως, Σοφία, ποια είναι τα σχέδιά σου μετά τον γάμο; Θα μείνεις εδώ;» ρώτησε ο Τόνι.

«Θα φύγουμε για το Σικάγο λίγο μετά το γάμο» είπε η Σοφία. «Ο Τζον έχει μια επιχείρηση ακινήτων και ένα σπίτι εκεί».

Ο Τόνι σήκωσε τα φρύδια, έκπληκτος με τα νέα. «Έχει μια επιχείρηση ακινήτων;»

«Ναι, αγοράζει και πουλάει σπίτια» είπε περήφανα. «Πηγαίνει καλά με την επιχείρησή του. Μου είπε ότι έχει πολλά σπίτια και μερικές πολυκατοικίες. Άλλα τα νοικιάζει και άλλα τα αναδιαμορφώνει και τα πουλάει σε υψηλότερη τιμή».

«Πολύ ενδιαφέρον» είπε ο Τόνι, χαϊδεύοντας το πιγούνι του σκεφτικά. «Και τι σχεδιάζει να κάνει η Υπατία;»

Η Σοφία τον κοίταξε έκπληκτη. *Θέλει να μάθει τι θα γίνει με την Υπατία. Αυτό σημαίνει ότι ενδιαφέρεται για αυτήν*, σκέφτηκε.

«Σκοπεύω να μείνω με τα ξαδέλφια μου, τον Γιώργο και την Πόλα Μαστρογιάννη, που μένουν στην άλλη άκρη της πόλης» απάντησε η Υπατία.

«Α, ναι, τα ξαδέλφια που τους αρέσει να ταξιδεύουν» είπε ο Τόνι κοιτάζοντάς την με θλίψη. «Θα συνεχίσεις να εργάζεσαι για την κυρία Ρόδου;»

«Όχι, είναι πολύ μακριά, για να επιστρέφω τα βράδια» είπε η Υπατία, κουνώντας το κεφάλι της με απορία.

«Μάλλον αναρωτιέσαι, γιατί ρωτάω» είπε ο Τόνι αργά. «Σκέφτομαι να πάρω έναν προσωπικό βοηθό, για να με βοηθήσει με την αλληλογραφία που έχει συσσωρευτεί τους τελευταίους μήνες. Είναι πάρα πολύ για μένα να το χειριστώ και είναι δύσκολο να βρω ανθρώπους που να γνωρίζουν την αγγλική γλώσσα όσο εσύ».

«Τι προτείνεις;» ρώτησε η θεία Σοφία, αφήνοντας κάτω το φλιτζάνι της, ενθουσιασμένη από την πρόταση του νεαρού.

«Προσφέρω στην Υπατία μια ευκαιρία να εξασκήσει τα αγγλικά της και να πληρωθεί για αυτό» είπε. «Θα μπορούσε να έρθει και να δουλέψει για μένα, στο ναυτιλιακό πρακτορείο του πατέρα μου».

«Ευχαριστώ, κύριε Τόνι!» απάντησε η Υπατία, ενθουσιασμένη με το κομπλιμέντο. «Πρέπει να βρω δουλειά, για να καλύψω τα έξοδά μου». Κοίταξε με ανυπομονησία τη Σοφία, που επεξεργαζόταν σιωπηλά τα νέα.

«Πού είναι το ναυτιλιακό γραφείο;» ρώτησε αργά η θεία Σοφία, με μια στοχαστική ματιά στο πρόσωπό της. Είχε ένα προαίσθημα ότι υπήρχε κάτι παραπάνω σε όλα αυτά από όσα φαινόταν.

«Κοντά στο σπίτι των ξαδέλφων μου, οπότε δεν θα χρειαστώ τα μέσα μαζικής μεταφοράς» απάντησε η Υπατία.

«Έτσι είναι, Τόνι;» ρώτησε η θεία Σοφία, σηκώνοντας τα φρύδια της.

«Ναι» είπε ο Τόνι, χαρούμενος.

«Τι θα γίνει με τις σπουδές της Υπατίας στο πανεπιστήμιο;» ρώτησε η θεία Σοφία.

«Πιθανόν, θα είναι μόνο για το καλοκαίρι» είπε ο Τόνι γρήγορα. «Μετά από αυτό, τα πράγματα μπορεί να αλλάξουν».

Η θεία Σοφία έκανε μια παύση. «Αν η Υπατία θέλει να το κάνει, τότε θα συμφωνήσω».

Η απάντηση της Υπατίας ήταν άμεση. «Ναι, θεία Σοφία».

«Πήγαινε στο γραφείο, όταν μπορείς, Υπατία. Θα βάλω τη Ρίτα, τη ρεσεψιονίστ να σου δείξει τι να κάνεις» είπε ο Τόνι δίνοντάς της την επαγγελματική του κάρτα.

«Υπατία, μια ακόμη παράκληση, αν μπορείς» είπε η θεία Σοφία, κάπως νευρικά. Έκανε μια χειρονομία στο πιάνο. «Μπορείς να μας παίξεις λίγη μουσική;»

Ο Τόνι έσκασε το λαμπερό του χαμόγελο, λέγοντας: «Ναι, παίξε μας κάτι. Τι λες για το 'Fur Elise' του Beethoven;»

Η Υπατία εκπλήρωσε την επιθυμία τους. Πήγε στο πιάνο και άρχισε να παίζει.

Μετά από μερικά λεπτά αναμονής, η Σοφία μίλησε χαμηλόφωνα στον Τόνι. «Εκτιμώ αυτό που κάνεις για την ανιψιά μου. Φεύγω όμως για Αμερική σε λίγες βδομάδες και θέλω να φύγω με το κεφάλι μου ήσυχο ότι η Υπατία θα είναι καλά. Ο παππούς της Υπατίας δεν εγκρίνει τους άντρες να κυνηγούν την Υπατία χωρίς σοβαρές προθέσεις, αν καταλαβαίνεις τι εννοώ».

«Το περίμενα αυτό» είπε ο Τόνι. «Μην ανησυχείς, δεν έχεις να φοβηθείς τίποτα από εμένα ή οποιονδήποτε άλλο νεαρό άντρα. Η ανιψιά σου κατέστησε σαφές ότι δεν ενδιαφέρεται για σχέσεις τώρα».

«Είπε ότι θέλει να πάρει πρώτα το πτυχίο της;» ρώτησε η Σοφία, νιώθοντας λίγο μπερδεμένη. Δεν περίμενε αυτή την απάντηση.

Ο Τόνι έγνεψε καταφατικά και είπε σκωπτικά, «Τέσσερα χρόνια είναι πολλά, για να περιμένει κανείς».

«Ναι» είπε η Σοφία, αναρωτώμενη τι εννοούσε με αυτό.

Η Σοφία κοίταξε το λεπτό κορμί της Υπατίας, κινούμενο ρυθμικά με τη μουσική. Ήταν τόσο λεπτή και ταυτόχρονα, τόσο δυνατή, τόσο σταθερή σε αυτό που πίστευε.

«Παίζει καλά και είναι κρίμα να χάνουμε τέτοια ερμηνεία» παρατήρησε ο Τόνι, ρίχνοντας το βλέμμα του στην Υπατία.

Έμειναν σιωπηλοί, ακούγοντας τη μουσική, και όταν τελείωσε, η θεία Σοφία και ο Τόνι χειροκρότησαν εγκάρδια.

Η Υπατία σηκώθηκε και τους χαμογέλασε.

«Μπράβο, Υπατία, μπράβο!» είπε ο Τόνι, χαμογελώντας.

«Κι εγώ απόλαυσα το παίξιμό σου!» είπε η Σοφία θερμά.

«Τώρα φοβάμαι ότι πρέπει να πηγαίνω» είπε ο Τόνι, και σηκώθηκε. «Έχω ραντεβού νωρίς αύριο το πρωί. Ευχαριστώ για τη ζεστή φιλοξενία σου, Σοφία, και το καλό σου παίξιμο, Υπατία».

Στη συνέχεια, καθώς η Υπατία και η θεία της έπαιρναν τα φλυτζάνια, η συνομιλία τους αναπόφευκτα στράφηκε στον Τόνι Πλακή.

Η Σοφία τον αναπόλησε. «Ήταν ένα νεαρό αγόρι με τόσο καλή συμπεριφορά» είπε. «Κοιτάξτε τι καλός, νεαρός άντρας έγινε». Ανέφερε, επίσης, πόσο όμορφος είχε γίνει και πόσο ωραίο ήταν να φέρει την Υπατία στο σπίτι.

«Ο Θωμάς, ο γιος της νονάς μου, με πήγαινε στο σπίτι πολλές φορές» είπε η Υπατία.

«Το αστείο είναι ότι τελικά δεν είναι αρραβωνιασμένος με την Μπόνι» είπε η θεία Σοφία, αγνοώντας τη σύγκριση της ανιψιάς της με τον Θωμά.

«Ναι, σωστά» είπε η Υπατία ζωηρά.

«Δεν θα είναι εργένης για πολύ, όμως, σημείωσε τα λόγια μου» είπε η θεία Σοφία, κουνώντας το κεφάλι της. «Δεν μπορώ να τον φανταστώ να περιμένει κανένα κορίτσι. Υπάρχουν πολλά όμορφα πλούσια κορίτσια έτοιμα να τον αρπάξουν».

*****

Αργότερα στο κρεβάτι, η Υπατία σκεφτόταν τα πάντα στο μυαλό της πολλές φορές. Παραδέχτηκε ότι ένιωσε μια αίσθηση ανακούφισης, όταν έμαθε ότι ο Τόνι δεν ήταν αρραβωνιασμένος με την Μπόνι. Ίσως η Μπόνι να αντιπροσώπευε τον τύπο της γυναίκας που θα ακολουθούσε ένας playboy. Οι σκιές του playboy που συνήθιζε να είναι, είχαν εξαφανιστεί.

Ωστόσο, όταν η θεία της είπε ότι δεν θα ήταν εργένης για πολύ, η Υπατία ένιωσε έναν κόμπο στο στήθος της. Ο Τόνι ήταν όμορφος, έξυπνος, γοητευτικός και ναι, όμορφος για τις άλλες γυναίκες και για εκείνη.

Η Υπατία ήθελε με κάποιο τρόπο να μείνει εργένης για πάντα, να παραμείνει ελεύθερος, για να μπορεί να τον ονειρεύεται. *Η θεία Σοφία είχε δίκιο. Πρέπει να σταματήσω να ζω με όνειρα και να αντιμετωπίσω την πραγματικότητα,* σκέφτηκε.

Ο Τόνι πιθανότατα θα παντρευτεί σύντομα και, επίσης, πρέπει να δεχτεί ότι δεν θα είναι με αυτή. Επίσης, είχε ακόμη τέσσερα χρόνια στο πανεπιστήμιο, πριν καν αρχίσει να σκέφτεται τον γάμο. Χρειαζόταν όντως να πάει στο σχολείο, αν αυτό σήμαινε να τον χάσει; Αλλά δεν είπε καν ότι την αγαπούσε, ούτε καν έκανε πρόταση γάμου. *Αλλά εγώ τον αγαπώ.*

*****

Ο Τζορτζ και η Πόλα έκαναν στη Σοφία μια απρόσμενη επίσκεψη δύο μέρες αργότερα.

«Έτυχε να βρεθούμε στην περιοχή και είχαμε, επίσης, κάποια καλά νέα για την Υπατία» είπε η Πόλα, χαμογελώντας, καθώς της έδινε ένα τυλιγμένο κουτί.

Η Σοφία την ευχαρίστησε και δικαιολογήθηκε να λείψει. Σε λίγα λεπτά, είχε επιστρέψει με καφέ και ένα δίσκο φορτωμένο με αναψυκτικά.

«Είναι η Υπατία εδώ;» ρώτησε ο Τζορτζ, παίρνοντας τον καφέ που του πρόσφερε.

«Μόλις έφυγε. Πήγε στο μάθημά των Αγγλικών. Μάλλον θα επιστρέψει λίγο μετά τις επτά».

«Θέλαμε να σας ενημερώσουμε ότι ο Χρήστος και η Τασούλα ανυπομονούν να έρθει η Υπατία στη Θεσσαλονίκη μαζί μας» είπε ο Γιώργος, πίνοντας ένα φλιτζάνι φρεσκοφτιαγμένου καφέ. Πήρε μια μπουκιά μπακλαβά, απολαμβάνοντας το μελωμένο γλυκό. Σκούπισε προσεκτικά τα χέρια του σε μια χαρτοπετσέτα.

«Η Υπατία σίγουρα θα ενθουσιαστεί με τα νέα» είπε η Σοφία.

«Δυστυχώς, θα χρειαστεί να φύγουμε νωρίς την επόμενη μέρα του γάμου. Η Θεσσαλονίκη είναι μια μέρα ταξίδι με το αυτοκίνητο και η βάπτιση έχει προγραμματιστεί για το επόμενο πρωί» είπε η Πόλα απολογητικά.

«Αυτό δεν είναι πρόβλημα» είπε η Σοφία. «Θα ήταν κόπος για σας να περάσετε στο δρόμο προς την εκκλησία και να μας πάρετε; Με αυτόν τον τρόπο μπορείτε, επίσης, να πάρετε τις αποσκευές της Υπατίας».

«Είναι μια χαρά με μένα» είπε ο Τζορτζ, κουνώντας καταφατικά το κεφάλι. Κοίταξε την Πόλα. Εκείνη έγνεψε, επίσης, καταφατικά.

Συζήτησαν τις λεπτομέρειες του ταξιδιού τους και τις προετοιμασίες της Υπατίας. Τότε η Σοφία τους είπε για τη νέα δουλειά της Υπατίας στην εταιρία Πλακή. Με μια μικρή προτροπή από την περίεργη Πόλα, η Σοφία εκμυστηρεύτηκε ότι ο γιος ήταν ένας όμορφος, νεαρός άντρας.

«Ω» είπε η Πόλα, με τα μάτια της να λαμπυρίζουν. «Ίσως θα ακούσουμε κάποια καλά νέα σύντομα».

«Έχω τις επιφυλάξεις μου» είπε η Σοφία, κουνώντας το κεφάλι της. «Νομίζω ότι επειδή γνωρίζει την οικογένειά μας, ένιωσε άνετα να ζητήσει από την Υπατία να δουλέψει στην εταιρεία του. Ακόμα κι αν υπήρχε ενδιαφέρον από την πλευρά του, η Υπατία θέλει πεισματικά να πάει στο πανεπιστήμιο να πάρει πτυχίο. Είναι πολύ καλός άντρας, και οι γυναίκες τον κυνηγάνε. Δεν ξέρω αν θα την περιμένει όλα αυτά τα χρόνια.

*****

Ο Τζον ήρθε λίγες μέρες αργότερα και όλοι ήταν απασχολημένοι. Τους επισκεπτόταν καθημερινά και σταματούσαν ό,τι έκαναν, για να μπορέσει η θεία Σοφία να περάσει χρόνο μαζί του.

Ένα βράδυ, ζήτησε από τη θεία Σοφία να βγει μαζί του. Η θεία της την κάλεσε μαζί, αλλά η Υπατία ένιωσε άβολα και αρνήθηκε.

«Γιατί δεν επισκέπτεσαι τη Μαρίκα στον κάτω όροφο;» της πρότεινε η θεία Σοφία. «Θα ήθελε πολύ να έχει παρέα και ξέρει τόσα πολλά πράγματα. Νομίζω ότι θα της αρέσεις».

Αποδείχθηκε ότι η θεία της είχε δίκιο. Η Μαρίκα είχε εγκυκλοπαιδική μνήμη και έκαναν συζητήσεις για φιλοσοφία, πολιτική, ελληνική αρχαιολογία και κάθε είδους άλλα θέματα. Η συζήτησή τους συνεχίστηκε μέχρι που άκουσαν ένα χτύπημα στην πόρτα.

«Επιστρέψαμε» είπε η θεία Σοφία στην πόρτα. Ο Τζον στεκόταν πίσω της.

«Θα συνεχίσουμε άλλη φορά» γέλασε η Μαρίκα, καθώς αποχαιρετούσε την Υπατία.

Έτσι ξεκίνησε μια νέα φιλία. Η Υπατία άρχισε να ανυπομονεί για εκείνα τα βράδια που η θεία της έβγαινε με τον Τζον.

ΚΕΦΑΛΑΙΟ 26

Πέρασες να με δεις, αγαπητέ;
Να μοιραστείς μαζί μου ένα χαμόγελο, ένα γέλιο;

Δύο μέρες πριν το γάμο, η Υπατία παρακολούθησε το τελευταίο της μάθημα Αγγλικών. Τα παιδιά πλησίασαν, για να της δώσουν τις καλύτερες ευχές τους. Μερικά από αυτά την αγκάλιασαν, τα μικρά τους σώματα πιέστηκαν σφιχτά πάνω στο δικό της. Η Υπατία τα ευχαρίστησε, νιώθοντας συγκίνηση και έτοιμη να κλάψει.

Η κυρία Ρόδου είπε ότι θα ερχόταν στο γάμο και της ζήτησε να κρατήσει την επαφή μαζί της. Όταν άκουσε ότι η Υπατία θα εργαζόταν για τον Τόνι Πλακή, της έδωσε και ένα αγγλικό λεξικό, λέγοντας ότι μάλλον θα το χρειαζόταν. Η Υπατία την ευχαρίστησε και της υποσχέθηκε ότι θα την επισκεπτόταν στο μέλλον.

Πιο αργά από το συνηθισμένο, η Υπατία κατευθύνθηκε προς το σπίτι, έχοντας επίγνωση του χρόνου. Δεν της άρεσε να περπατά μόνη της τη νύχτα.

Καθώς η Υπατία πλησίασε το κτίριο του γιατρού Χατζή, διέσχισε το δρόμο, κρατώντας τα βιβλία της. Είχε σταματήσει εντελώς να πηγαίνει στο γραφείο του, ύστερα από την επίσκεψη του Τόνι, πριν από μερικές εβδομάδες. Είχε σκεφτεί τις διερευνητικές ερωτήσεις του Τόνι για τον γιατρό και αποφάσισε ότι δεν θα τον ενθάρρυνε να πιστεύει ότι ενδιαφέρεται για εκείνον.

«Γεια σου, Υπατία».

Η Υπατία σήκωσε το βλέμμα, έκπληκτη βλέποντας τον γιατρό Χατζή να περπατάει απέναντι, κατευθυνόμενος προς το μέρος της. Πρέπει να την είδε από το γραφείο του και την ακολούθησε.

«Γεια σας, γιατρέ» είπε εκείνη.

«Άφησέ με να περπατήσω λίγο μαζί σου. Το αυτοκίνητό μου είναι πιο κάτω στο δρόμο» είπε και περπάτησε μαζί της. «Τι κάνεις; Δεν έχεις έρθει στο γραφείο εδώ και εβδομάδες».

Η Υπατία τον ενημέρωσε για τα τελευταία νέα, λέγοντάς του για την επικείμενη μετακόμισή της μετά το γάμο.

«Θα συνεχίσεις να εργάζεσαι στο μάθημα των Αγγλικών;»

«Για να είμαι ειλικρινής, σήμερα ήταν η τελευταία μου μέρα εκεί» είπε, κουνώντας το κεφάλι της. «Θα δουλέψω για τον κύριο Τόνι, εννοώ το Ναυτιλιακό Πρακτορείο Πλακή. Ο κύριος Τόνι θέλει να του μεταφράζω κάποια έγγραφα».

«Λυπάμαι που ακούω ότι φεύγεις από αυτήν την περιοχή». Έκανε μια παύση, σαν να πάλευε να βρει λέξεις. «Αλλά την ίδια στιγμή, είμαι χαρούμενος που θα δουλέψεις για τον Τόνι. Είναι καλός άνθρωπος, για να εργαστεί κάποιος γι' αυτόν».

«Δεν είναι υπέροχος;» αναφώνησε η Υπατία με βλέμμα που έλαμπε. Τότε συνειδητοποίησε πώς πρέπει να ακούστηκε και είπε: «Θέλω να πω, αν και λυπάμαι που φεύγω από αυτήν την περιοχή, ανυπομονώ να εργαστώ στην εταιρεία του».

Σταμάτησαν μπροστά στο αυτοκίνητο του γιατρού Χατζή.

«Θα έρθετε στο γάμο της θείας μου;» ρώτησε η Υπατία, έχοντας ξαναεπιστρέψει στη γη.

Μια σκιά πέρασε από το πρόσωπό του. «Φοβάμαι πώς όχι. Φεύγω αύριο για Ιταλία. Θα παρουσιάσω μια εργασία σε ένα σημαντικό ιατρικό συνέδριο εκεί και δεν θα μπορέσω να ξεφύγω από αυτό» απάντησε σφιχτά. «Σε παρακαλώ, ζήτησε συγνώμη στη θεία σου εκ μέρους μου».

Η Υπατία περίμενε να πάει ο γιατρός στο γάμο και ένιωθε απογοητευμένη που δεν θα ήταν εκεί. «Υποθέτω ότι αυτή είναι η τελευταία φορά που θα σας δω» άρχισε να λέει, νιώθοντας σαν να τελείωνε μια φιλία. «Θα ήθελα να σας ευχαριστήσω για όλα τα ιατρικά περιοδικά που μου δανείσατε και για όλες τις φορές που με περιποιηθήκατε».

«Η ευχαρίστηση ήταν δική μου» είπε ο Μάικλ, παίρνοντας τα χέρια της στα δικά του. «Φώτισες, επίσης, πολλές από τις μέρες μου με τη νεανική σου γοητεία, τις έξυπνες ερωτήσεις και τα χρήσιμα σχόλιά σου».

Χαμογέλασε στο κομπλιμέντο του. «Καλό ταξίδι, γιατρέ» είπε, σφίγγοντάς του το χέρι, πριν φύγει.

*****

Η Υπατία ξύπνησε το πρωί της Κυριακής από τις σταγόνες βροχής που έπεφταν στο περβάζι της. Η βροχή δεν μείωσε τη διάθεσή της, καθώς πετάχτηκε από το κρεβάτι και ντύθηκε. Σήμερα παντρευόταν η θεία της.

Η θεία Σοφία είχε τα ίδια κέφια, κουβέντιαζε για όλα και γελούσε σαν έφηβη. Πέρασαν το υπόλοιπο πρωί, κάνοντας τις προετοιμασίες της τελευταίας στιγμής για το γάμο. Ο Τζορτζ και η Πόλα σταμάτησαν νωρίτερα από το αναμενόμενο, ζητώντας συγνώμη που πήγαν τόσο νωρίς, αλλά ήθελαν να βεβαιωθούν ότι δεν θα υπάρξουν καθυστερήσεις λόγω της βροχής.

Όταν έφτασαν στην εκκλησία, η βροχή είχε σταματήσει και οι ακτίνες του ήλιου άρχισαν να κρυφοκοιτάζουν μέσα από τα σύννεφα. Έμοιαζε σαν να είχε σταματήσει ο χρόνος, σαν να ήταν όλα σε αργή κίνηση.

Μπήκαν στην εκκλησία και λίγο αργότερα προχώρησαν στην τελετή. Η Υπατία πήρε την ουρά του νυφικού της θείας της. Ακολούθησε τη θεία Σοφία που σκόπιμα περπατούσε με μετρημένα βήματα στο διάδρομο προς την Αγία Τράπεζα, προς το πεπρωμένο της. Ο ιερέας στάθηκε εκεί, χαμογελώντας τρυφερά. Ο Τζον στάθηκε στο πλάι και κοίταξε τη θεία Σοφία με προσμονή, σεμνή και όμορφη κι εκείνος με το σμόκιν του.

Η Υπατία είχε υπόψη της τους ανθρώπους που τους κοιτούσαν μαζί και το δικό της μακρύ φόρεμα που φορούσε. Παραλίγο να σκοντάψει δύο φορές. Έμοιαζε ατελείωτο, πριν φτάσουν τον Ιερέα στην Ιερά Πύλη.

Η Υπατία στάθηκε στο πλευρό του ζευγαριού. Στο πλευρό της στάθηκαν το αγόρι με τα δαχτυλίδια και το κορίτσι με τα λουλούδια, τα εγγόνια της κυρίας Σαρκίδου.

Η εκκλησία ήταν κατάμεστη και ο Τόνι δεν φαινόταν πουθενά.

*****

Ο Τόνι έφτασε αργά. Στάθηκε στο πίσω μέρος της εκκλησίας, για να μην τραβήξει την προσοχή. Αμέσως παρατήρησε την Υπατία να στέκεται δίπλα στο ζευγάρι. Ήταν μια οπτασία με αυτό το μακρύ, σατέν ροζ φόρεμα. Κρατούσε ένα μπουκέτο τριαντάφυλλο στα χέρια της, φορώντας λευκά γάντια. Τα μαλλιά της ήταν μαζεμένα και οι ξανθές μπούκλες πλαισίωσαν το λεπτό της πρόσωπο. Ήταν υπερευχαριστημένος με την εικόνα.

Κοίταξε τη νύφη. Η Σοφία δεν μπορούσε ποτέ να συγκριθεί με την ομορφιά της ανιψιάς της, ωστόσο έλαμπε από ευτυχία.

Μετά από λίγα λεπτά, ο κουμπάρος τους, ο ανιψιός του γαμπρού, κινήθηκε προς το μέρος τους και έβαλε δύο στέφανα γάμου, ενωμένα με μια σατέν κορδέλα, στα κεφάλια της Σοφίας και του Τζον. Κατά την ελληνορθόδοξη παράδοση, σταύρωσε τα στεφάνια πάνω από τα κεφάλια τους τρεις φορές, αφήνοντάς τα μετά στα κεφάλια των νεονύμφων, όταν τελείωσε.

Στη συνέχεια ο ιερέας έδωσε στο ζευγάρι ένα ποτήρι κρασί, για να το μοιραστούν. Ακολούθησε πομπή, ο Χορός του Ησαΐα, τρεις φορές γύρω από το τραπέζι, με τον παπά, τον κουμπάρο και τα παιδιά. Οι μελωδικές πινελιές του ψάλτη έδωσαν τον ρυθμό και τα βήματά τους ήταν αργά και σίγουρα. Ο ιερέας ευλόγησε το ζευγάρι λίγο αργότερα και η τελετή του γάμου τελείωσε επίσημα.

*****

Το ζευγάρι φιλήθηκε απαλά, και στη συνέχεια μπήκαν στο διάδρομο, για να χαιρετήσουν τους καλεσμένους του. Η Υπατία τους ακολούθησε και φίλησε τη θεία και τον θείο της δίνοντάς τους συγχαρητήρια.

«Ευχαριστώ Υπατία, τώρα μείνε εδώ δίπλα μας και χαιρέτησε τους καλεσμένους μαζί μας» είπε η θεία Σοφία, δείχνοντας τον χώρο δίπλα της.

«Τι θα λέω;» ρώτησε η Υπατία.

237

«Απλώς, κούνα το κεφάλι σου και χαμογέλα» είπε ο θείος Τζον, γελώντας. «Οι άνθρωποι τείνουν να κινούνται γρήγορα, επομένως δεν υπάρχει χρόνος για συνομιλία με κανέναν».

Καθώς οι καλεσμένοι έβγαιναν από την εκκλησία, ο θείος Τζον και η θεία Σοφία τούς υποδέχτηκαν με χειραψίες και φιλιά, λαμβάνοντας τις ευχές τους. Το ίδιο έκανε με ευχαρίστηση και η Υπατία. Ο κόσμος άφηνε τα δώρα κατά μήκος της αίθουσας. Η κυρία Ρόδου πέρασε επιτέλους και για πρώτη φορά η Υπατία την είδε όχι ντυμένη στα γκρι, αλλά με ένα ωραίο μπεζ κοστούμι.

Η Υπατία ονειρευόταν ότι ο Τόνι ήρθε κοντά της και τη φίλησε στο μάγουλο.

Και μετά συνέβη.

Μύρισε πρώτα την κολόνια του πριν τον δει. Ο Τόνι στάθηκε μπροστά της, με το όμορφο πρόσωπό του να λυγίζει κοντά στο δικό της, με τα χείλη του να βουρτσίζουν απαλά το μάγουλό της, καθώς τον κοίταζε.

«Τις καλύτερες ευχές για τη θεία και τον θείο σου. Φαινόσουν υπέροχη όπως στεκόσουν εκεί» ψιθύρισε, σφίγγοντας το χέρι της, τα μάτια του έλαμπαν έντονα και μετά προχώρησε.

Αναστέναξε και ένιωσε τα γόνατά της να λυγίζουν. Την φίλησε και τον άφησε. *Και λοιπόν; Όλοι φιλιούνται τώρα.*

«Υπατία, έλα αγαπητή, ο φωτογράφος μάς θέλει στην εκκλησία για φωτογραφίες» είπε η θεία Σοφία, διακόπτοντας τις σκέψεις της.

Η δεξίωση έγινε σε κοντινό εστιατόριο, όπου παρευρέθηκε μόνο η στενή οικογένεια. Ζωντανή μουσική με μπουζούκια έπαιζε συνεχώς ψυχαγωγώντας τους καλεσμένους. Μετά το φαγητό κάποιοι σηκώθηκαν να χορέψουν. Το βράδυ πέρασε γρήγορα. Οι άνθρωποι άρχισαν να φεύγουν και τα ξαδέλφια ειδοποίησαν την Υπατία ότι θα έφευγαν και αυτοί.

Η Υπατία πήγε και αγκάλιασε τη θεία της. «Θα σου γράψω» υποσχέθηκε με κλαμένα μάτια.

«Κι εγώ θα το κάνω» είπε η θεία Σοφία, σκουπίζοντας τα μάτια της. «Υπατία, θυμήσου τι είπα για, όταν πας στο σπίτι. Έχεις το κλειδί. Πηγαίνετε με τα ξαδέλφια σου και ελέγχετέ το όποτε μπορείτε. Μπορείς, επίσης, να επισκέπτεσαι τη Μαρίκα και να παίζεις πιάνο αν θέλεις. Επίσης, παρακαλώ στέλνε μου την αλληλογραφία που έρχεται στη διεύθυνσή μου στην

Αμερική. Σκοπεύουμε να επισκεφτούμε την Ελλάδα στα τέλη του καλοκαιριού, οπότε θα σε δούμε τότε. Αλλά να θυμάσαι ότι είσαι πάντα ευπρόσδεκτη να έρθεις και να μείνεις μαζί μας στην Αμερική, εάν το αποφασίσεις ποτέ. Μην ανησυχείς για τα χρήματα, μπορείς να έρθεις νωρίτερα αν θέλεις. Απλώς ενημέρωσε με και θα πληρώσουμε εμείς το εισιτήριό σου».

«Ευχαριστώ, θεία Σοφία. Θα μου λείψεις» απάντησε η Υπατία, αγκαλιάζοντάς την. «Καλό ταξίδι στην Αμερική».

Η Υπατία έσφιξε τα χέρια με τον νέο της θείο, ο οποίος την έκανε μια μεγάλη αγκαλιά.

«Είσαι πάντα ευπρόσδεκτη να έρθεις και να μείνεις μαζί μας» προσφέρθηκε ο θείος Τζον, και έκανε ένα βήμα πίσω.

Αφού τελείωσαν οι αποχαιρετισμοί, η Υπατία ετοιμάστηκε για το ταξίδι της. Αν και ανυπομονούσε να ταξιδέψει στη Θεσσαλονίκη με τα ξαδέλφια της, στενοχωρήθηκε που έχανε δύο ανθρώπους που είχε αγαπήσει, τη θεία Σοφία και τον Τόνι. Και οι δύο θα ήταν πλέον μακριά.

*****

Η Υπατία παρακολούθησε τη βάπτιση στη Θεσσαλονίκη και απόλαυσε την συνάντησή της με τα ξαδέλφια της και την οικογένειά τους, που ήταν όλοι τόσο ευχάριστοι. Το παχουλό μωρό έκλαιγε, όταν ο ιερέας το έβαλε μέσα στην κολυμπήθρα, προκαλώντας αναστάτωση στην εκκλησία. Άλλοι άνθρωποι χαμογελούσαν, άλλοι έκλαιγαν, άλλοι γελούσαν. Μόλις το έβαλαν στις στεγνές πετσέτες, όμως, ησύχασε.

Οι επόμενες δύο εβδομάδες είχαν συναρπαστικές στιγμές για την Υπατία. Μεταξύ του φυσικού χιούμορ του Τζορτζ και της Υπατίας, έκαναν τους πάντες να γελούν με τα αστεία τους. Η Υπατία έγινε η αγαπημένη όλων. Τα ξαδέλφια της την πήγαιναν, επίσης, σε ημερήσιες εκδρομές. Της άρεσε πολύ η περιήγηση στα αξιοθέατα. Τη βοηθούσε να πάρει το μυαλό της από τον Τόνι, αλλά τα βράδια, όταν ξεκουραζόταν στο κρεβάτι, εμφανιζόταν ξανά η όμορφη εικόνα του, κάνοντάς της νεύμα να επιστρέψει βιαστικά. Κάθε βράδυ τον σκεφτόταν, πριν κοιμηθεί.

Ο χρόνος πέρασε γρήγορα, και με δάκρυα στα μάτια είπαν αντίο και έφυγαν από τη Θεσσαλονίκη.

239

Η μεγάλη διαδρομή μέχρι τον Πειραιά ήταν ομαλή εκτός από μια περίπτωση που κάποιος σταμάτησε απότομα μπροστά τους. Ο ξάδελφός της είχε καλά αντανακλαστικά και τον απέφυγε εγκαίρως.

«Γιατί δεν μπορούν να δουν πού πατάνε;» φώναξε ο Τζορτζ, επιδεικνύοντας μια σπάνια έκρηξη θυμού.

Η Υπατία είχε συγκλονιστεί από το περιστατικό.

«Μην ανησυχείς αγαπητέ, ο ξάδελφός σου είναι καλός οδηγός» είπε η Πόλα στην Υπατία.

Όταν έφτασαν στο σπίτι, η Υπατία πήγε κατευθείαν για ύπνο, νιώθοντας εξαντλημένη.

Την επόμενη μέρα, Τρίτη, η Υπατία ξεπακετάρισε τα ρούχα της και εγκαταστάθηκε στη νέα της κρεβατοκάμαρα. Μετά, κάθισε στο γραφείο, στο δωμάτιό της και έγραψε στον παππού της. Έγραψε για τον γάμο, και πόσο διασκέδασε στη Θεσσαλονίκη. Σφράγισε το γράμμα και πήγε να ψάξει για την Πόλα. Την βρήκε στην κουζίνα με τον Τζορτζ.

«Υπάρχει ταχυδρομείο κοντά;» τη ρώτησε. «Πρέπει να στείλω ένα γράμμα στον παππού».

«Ναι, υπάρχει» είπε η Πόλα, σκουπίζοντας τα χέρια της. Είχε ετοιμάσει το βραδινό γεύμα. «Πήγαινε αριστερά σε αυτόν τον δρόμο μέχρι να φτάσεις στη διασταύρωση. Εκεί, κάνε πάλι αριστερά και περπάτησε λίγο μέχρι να το δεις. Α, και ορίστε, επίτρεψέ μου, να σου δώσω μερικά χρήματα, για να αγοράσεις γραμματόσημα και για εμάς».

«Είναι εντάξει αν σταματήσω σε κάποια καταστήματα να χαζέψω; Θέλω να περπατήσω μετά από αυτό το μακρύ χθεσινό ταξίδι».

«Σίγουρα» είπε η Πόλα, βγάζοντας ένα κλειδί από την τσάντα της. «Αυτό είναι ένα επιπλέον κλειδί για το σπίτι. Μπορεί να μην είμαστε εδώ, όταν επιστρέψεις. Έχουμε κάποιες δουλειές να κάνουμε».

Η Υπατία απόλαυσε πάρα πολύ τη βόλτα. Η άνοιξη ήταν παντού στο ευχάριστο πρωινό, γεμάτη ήλιο και απαλό αεράκι, αλλά και μέσα στους βιαστικούς ανθρώπους που έκαναν τις καθημερινές τους δουλειές, τα ψώνια τους, συζητούσαν στη γωνία του δρόμου ή περίμεναν ένα λεωφορείο. Μια αίσθηση προσμονής κρεμόταν στον αέρα, σαν να πρόκειται να συμβεί κάτι καινούργιο.

Έκανε μια βόλτα στο δρόμο προς το εμπορικό κέντρο. Στα δεξιά της, εργάτες με ρούχα εργασίας σφυροκοπούσαν και δούλευαν σκληρά σε ένα νέο κτίριο.

Ένας εργάτης στον δεύτερο όροφο σιγοτραγουδούσε ένα γνώριμο ρομαντικό τραγούδι. Η Υπατία επιβράδυνε το βήμα της, απολαμβάνοντας τη μουσική.

Ο εργάτης σταμάτησε να τραγουδά, όταν είδε την Υπατία, λέγοντας: «Γεια σου, υπέροχο κορίτσι μου!»

Η Υπατία έφυγε βιαστικά έξαλλη κι έχοντας κοκκινίσει. Πίσω της ξέσπασαν γέλια από τους εργάτες, και ο εργάτης συνέχισε το τραγούδι του.

Καθώς η Υπατία πλησίασε το ταχυδρομείο, είδε το ψηλό κτίριο του Πλακή πιο κάτω. Δεν είχε δει τον Τόνι μετά τον γάμο της θείας της τον Φεβρουάριο. Η καρδιά της άρχισε να χτυπά στην ιδέα ότι σύντομα θα εργαζόταν εκεί.

Η Υπατία μπήκε στο ταχυδρομείο. Αρκετοί πελάτες περίμεναν στην ουρά και μπήκε και εκείνη μαζί τους. Αγόρασε τα γραμματόσημα, συν μερικά επιπλέον για τα ξαδέλφια της, και ταχυδρόμησε το γράμμα. Καθώς πήγαινε προς την πόρτα, σκοπεύοντας να κάνει χώρο στην τσάντα της, για να τοποθετήσει τα υπόλοιπα γραμματόσημα, έπεσε πάνω σε έναν άντρα και έριξε κάτω τα γραμματόσημά της.

«Ω, με συγχωρείτε» είπε, νιώθοντας αδέξια, καθώς έσκυψε να τα πάρει. Ο άντρας είχε ήδη σκύψει στο πάτωμα και μάζευε τα γραμματόσημα. Η Υπατία σήκωσε τα μάτια και έπιασε τον εαυτό της να κοιτάζει στα χαμογελαστά μάτια του Τόνι Πλακή.

«Γεια σου», είπε ο Τόνι. Της έδωσε τα γραμματόσημα και τη βοήθησε απαλά να σηκωθεί.

ΚΕΦΑΛΑΙΟ 27

Φόρεσα επαγγελματικό ταγιέρ
Γιατί τώρα θα δουλέψω για σένα.

Η Υπατία δεν περίμενε να δει τον Τόνι στο ταχυδρομείο. «Γεια σας, κύριε Τόνι» είπε με τρεμάμενη φωνή. Προσπάθησε να συγκρατήσει την καρδιά της που χτυπούσε δυνατά. «Μόλις γυρίσαμε από τη Θεσσαλονίκη και έστειλα ένα γράμμα στον παππού μου».

«Το κατάλαβα» είπε ο Τόνι, με τα μάτια του να λάμπουν. «Μπορείς να περιμένεις εδώ μια στιγμή; Πρέπει να ταχυδρομήσω κάτι».

Η Υπατία έγνεψε καταφατικά και τον κοιτούσε να κάνει τη δουλειά του. Φαινόταν εξαιρετικά όμορφος με το ταιριαστό μπεζ κοστούμι και το λευκό πουκάμισο. Κάποια στιγμή γύρισε και της χάρισε ένα ζεστό χαμόγελο, κάνοντάς της ένα νεύμα. Την είχε ξεχωρίσει, βλέποντας την ξαφνικά.

Η Υπατία κοκκίνισε, γνέφοντας ντροπαλά πίσω, παρατηρώντας τις γυναίκες στο ταχυδρομείο να την κοιτάζουν με περιέργεια.

«Πώς ήταν το ταξίδι σου;» ρώτησε ο Τόνι, λίγα λεπτά αργότερα, περπατώντας έξω μαζί της.

Η Υπατία συζήτησε τις λεπτομέρειες της βάπτισης και το ταξίδι της. Μίλησε για το πώς το μωρό άρχισε να κλαίει λίγο, πριν τη βάφτιση και πώς το τάισαν ένα μπουκάλι γάλα, για να σταματήσει το κλάμα του.

«Και όταν ο ιερέας πήρε το μωρό, αυτό έκανε εμετό» ολοκλήρωσε, γελώντας.

Ο Τόνι γέλασε μαζί της.

242

Η Υπατία παρατήρησε ότι είχαν σταματήσει μπροστά στο κτίριο Πλακή.

«Αν έχεις λίγο χρόνο, μπορώ να σου δείξω πού είναι το γραφείο και να σε συστήσω στη Ρίτα, τη ρεσεψιονίστ μας» είπε ο Τόνι, αγγίζοντας ελαφρά το μπράτσο της.

«Εντάξει» είπε η Υπατία δειλά. Τον ακολούθησε στο κτίριο. Πήραν το ασανσέρ στον τρίτο όροφο. Είδε τον εαυτό της μέσα από έναν καθρέφτη που κάλυπτε το πίσω μέρος του ασανσέρ. Την έκανε να κοιτάξει κάτω, φοβούμενη να κοιτάξει τον εαυτό της. Αυτό ήταν κάτι που της είχε ενσταλάξει ο παππούς της από την παιδική της ηλικία. *Η ματαιοδοξία δεν ήταν πολυπόθητη.*

Ωστόσο, η περιέργειά της την κέρδισε. Η Υπατία έριξε κρυφά μια ματιά στον καθρέφτη για άλλη μια φορά και βρήκε τα όμορφα μάτια του Τόνι να την κοιτάζουν σταθερά μέσα από τον καθρέφτη. Τα μάτια τους κλείδωσαν, στέλνοντας ζεστά συναισθήματα να κυματίζουν στο στομάχι της. Κοίταξε ξανά κάτω, κοκκινίζοντας.

Οι πόρτες του ασανσέρ άνοιξαν. Μη μπορώντας να διώξει τη ζαλάδα που ένιωθε, τον ακολούθησε. Πέρασαν από δύο πόρτες με διπλά τζάμια και μπήκαν σε ένα μεγάλο δωμάτιο με μοκέτα.

Μια μεσήλικη, κομψά ντυμένη γυναίκα καθόταν σε ένα μεγάλο γραφείο στο μπροστινό μέρος του δωματίου.

«Γεια σου, Ρίτα. Αυτή είναι η δεσποινίς Υπατία Κουρή, η δεσποινίδα για την οποία σου έλεγα» είπε περήφανα ο Τόνι.

«Χάρηκα που σας γνώρισα» είπε η Ρίτα, χαμογελώντας θερμά, καθώς έσφιξε το χέρι της Υπατίας.

Στην Υπατία άρεσε αμέσως η Ρίτα και το γραφείο. Ήταν ευρύχωρο και διακοσμημένο με γούστο. Επίσης, στον τοίχο υπήρχαν μεγάλες πανέμορφες τοιχογραφίες. Τα ψηλά παράθυρα έριχναν άπλετο ηλιακό φως στο δωμάτιο.

«Ωραίοι πίνακες» είπε η Υπατία.

«Θα σας πω ένα μικρό μυστικό. Δεν είμαι πραγματικά ρεσεψιονίστ» εκμυστηρεύτηκε ξερά η Ρίτα. «Είμαι εδώ, για να προσέχω τους πίνακες και να μην τους κλέψει κανείς».

Γέλασαν.

«Θα ξεκινήσει σήμερα;» ρώτησε η Ρίτα τον Τόνι.

«Όχι σήμερα. Την έφερα εδώ, για να σας τη συστήσω» είπε ο Τόνι. «Πότε μπορείς να ξεκινήσεις δουλειά, Υπατία;»

«Αύριο» είπε η Υπατία ζωηρά.

«Καλά» είπε, χαμογελώντας της. «Θέλουμε τη βοήθειά σου».

«Το γραφείο ανοίγει στις εννιά το πρωί και κλείνουμε γύρω στις δύο. Μετά ανοίγουμε ξανά το απόγευμα στις πέντε και μένουμε ανοιχτά μέχρι τις οκτώ. Δουλεύεις μόνο τα πρωινά;» ρώτησε η Ρίτα.

«Ναι» είπε η Υπατία.

«Αύριο, θα σε ξεναγήσω και θα σε παρουσιάσω σε όλους, και τότε μπορούμε να περάσουμε στα καθήκοντά σου».

«Σας ευχαριστώ. Θα τα πούμε αύριο το πρωί» είπε η Υπατία, κατευθυνόμενη προς την πόρτα.

«Περίμενε λίγο, Υπατία» είπε γρήγορα ο Τόνι. Γύρισε στη Ρίτα και είπε: «Δεν θα μείνω. Υπάρχει κάτι που πρέπει να υπογράψω, πριν φύγω;»

Η Ρίτα ανασήκωσε τα φρύδια της. «Μόνο αυτά τα χαρτιά» είπε, παίρνοντας μια στοίβα έγγραφα και του τα έδωσε. «Αν αυτά δεν υπογραφούν μέχρι αύριο, θα πρέπει να κρυφτώ από τον Σάρκαλο. Με κυνηγάει για αυτές τις εντολές αγοράς».

Ο Τόνι τα διάβασε προσεκτικά, μετά ένευψε καταφατικά και έβγαλε ένα στυλό από το εσωτερικό του σακακιού του και υπέγραψε τα έγγραφα.

«Να έχεις ένα όμορφο βράδυ, και θα σε δω αύριο, Ρίτα» είπε ο Τόνι.

Πήραν το ασανσέρ στο ισόγειο, και όταν έφτασαν στην μπροστινή είσοδο, ο Τόνι γύρισε και ρώτησε την Υπατία, «Θα πας σπίτι με τα πόδια;»

Η Υπατία ένευψε καταφατικά, έχοντας ξεχάσει τα σχέδιά της να κάνει βόλτα στα μαγαζιά.

«Να έρθω μαζί σου;» ρώτησε ο Τόνι χαμηλόφωνα, ανοίγοντας την πόρτα.

Εκείνη ένευψε καταφατικά, νιώθοντας ένα κύμα ευτυχίας με το αίτημά του.

Περπατούσαν στο δρόμο μαζί, συζητώντας διάφορα θέματα. Η Υπατία τον ρώτησε για τη διδακτική του εμπειρία στην Οξφόρδη.

«Υπάρχουν πολλά κολέγια, το καθένα αυτόνομο, όπως το Balliol College, το Hertford College, το Magdalen College, και ούτω καθεξής. Οι μαθητές ανήκουν σε ένα κολέγιο, όπως και οι δάσκαλοι».

Άκουγε τον Τόνι να μιλάει για τα χρόνια του στην Οξφόρδη, πρώτα για τις δικές του σπουδές και αργότερα για τη διδασκαλία οικονομικών και μετά για θέματα της επικαιρότητας. Συνηγορούσε με τις δικές της ιδέες. Στη συνέχεια συζήτησαν για την αρχαία Ελλάδα. Έχοντας πρόσφατες τις συνομιλίες της με την Μαρίκα, μίλησε για τη φιλοσοφική, πολιτική και αρχαιολογική ιστορία της Ελλάδας.

«Πιστεύω ότι υπάρχουν δύο όψεις της Ελλάδας, η σύγχρονη και η αρχαία. Όπου κι αν πας, βλέπεις τη σύγχρονη Ελλάδα με τη μουσική του μπουζουκιού, τα σουβλάκια της, τα αυτοκίνητα και τα λεωφορεία της. Ωστόσο, την ίδια στιγμή, ακριβώς στη γωνία, υπάρχει η αρχαία Ελλάδα που σε κοιτάζει, με την όμορφη αρχιτεκτονική στην Ακρόπολη, όπως ο Παρθενώνας και το Ερεχθείο, αποκορυφώματα αυτής της υψηλής κοινωνίας ανθρώπων» είπε δραματικά η Υπατία.

«Ποιο προτιμάς Υπατία, την αρχαία Ελλάδα ή τη σύγχρονη Ελλάδα;»

«Γιατί; Λίγο και από τα δύο, υποθέτω» είπε η Υπατία, κάνοντας χειρονομίες. «Θαυμάζω αυτό που μας έχει προσφέρει η αρχαία Ελλάδα. Την Δημοκρατία, τους Ολυμπιακούς Αγώνες, τους φιλόσοφους όπως ο Σωκράτης και ο όρκος του Ιπποκράτη που χρησιμοποιούν οι γιατροί μέχρι και σήμερα. Αλλά απολαμβάνω, επίσης, τα θαύματα και τις ανέσεις του ηλεκτρισμού, της σύγχρονης ιατρικής και των μέσων μαζικής μεταφοράς.

«Φαίνεται ότι δεν θα χρειαστεί να πας στο πανεπιστήμιο» σχολίασε ο Τόνι. «Φαίνεται ότι τα ξέρεις όλα ήδη».

Η Υπατία γέλασε, εξηγώντας τις συζητήσεις της με την Μαρίκα. «Ξέρει τόσα πολλά. Έχει πάει στο πανεπιστήμιο. Είπε, επίσης, ότι το φαγητό που τρώμε στη σημερινή Ελλάδα υπάρχει εδώ και αιώνες. Έχει δοκιμαστεί από τον χρόνο. Ακόμη και οι Αμερικάνοι εξετάζουν τη διατροφή μας. Το λένε μεσογειακή διατροφή».

«Μιλώντας για φαγητό, αναρωτιέμαι αν οι λουκουμάδες φτιάχνονταν στην αρχαιότητα;» ρώτησε ο Τόνι με τα μάτια του να λάμπουν.

245

«Μπορεί» είπε η Υπατία

«Θυμάσαι το μαγαζί με λουκουμάδες που πήγαμε;»

«Ναι. Το απόλαυσα» είπε η Υπατία με ενθουσιασμό.

«Αισθάνομαι κάπως πεινασμένος. Γιατί δεν πάμε εκεί; Είναι λίγο πιο κάτω και είναι ακόμα ενωρίς».

«Πρέπει να φας πρώτα ένα γεύμα» τον επέπληξε. «Οι λουκουμάδες μπορεί να έχουν ωραία γεύση, αλλά δεν είναι θρεπτικοί».

«Ναι, έχεις δίκιο» είπε ο Τόνι. «Ξέρω ένα μέρος που φτιάχνουν το καλύτερο σουβλάκι. Είναι στη γωνία. Αλλά πρέπει να πάμε για καφέ και λουκουμάδες μετά».

«Εντάξει» είπε η Υπατία, γελώντας. Όταν της πρόσφερε το χέρι του, ένιωσε σαν να περπατούσε πάνω στα σύννεφα. Έκαναν μια βόλτα στη λεωφόρο αργά, χαζεύοντας τα καταστήματα και τις μπουτίκ, συζητώντας για τα αντικείμενα που εκτίθενται, κατευθυνόμενοι προς το εστιατόριο.

Η υπόλοιπη μέρα ήταν σαν ένα μακρύ όνειρο. Κάθισαν και έφαγαν σουβλάκι με ελληνική σαλάτα και φέτα, μιλώντας για πολλά πράγματα, μέσα στη φασαρία του κόσμου που πηγαινοερχόταν.

Η Υπατία δεν μπορούσε να πάρει το βλέμμα της από το δικό του. Ήταν καλός ομιλητής και της άρεσε να τον ακούει. Έμαθε ότι του άρεσε να παίζει τένις, να παρακολουθεί συναυλίες κλασικής μουσικής, να διαβάζει αρχαιολογία, να πηγαίνει σε μουσεία και να ταξιδεύει.

Μετά έκαναν βόλτα στο μαγαζί με τους λουκουμάδες, γελώντας και κουβεντιάζοντας. Τα μικρά μαγαζιά που περνούσαν δεν ήταν πια σημείο ενδιαφέροντος, γιατί είχαν δραπετεύσει στον δικό τους μικρό κόσμο. Κάθισαν έξω από το μαγαζί με τους λουκουμάδες, πίνοντας παγωμένο καφέ και τσιμπώντας ζεστούς λουκουμάδες, απολαμβάνοντας το τοπίο και το ηλιοβασίλεμα.

Ο Τόνι άρχισε να αναπολεί την Αγγλία και τον τρόπο ζωής εκεί.

Η Υπατία ένευψε καταφατικά, νιώθοντας ενθουσιασμένη από τη συζήτηση, και ταυτόχρονα άνετα, ακούγοντας τον Τόνι να μιλάει.

*****

«Πήγαινα σε ένα εστιατόριο που ανήκει σε Έλληνα, όχι μακριά από την πανεπιστημιούπολη της Οξφόρδης. Εκεί συναντιόμουν με συναδέλφους μου. Αστειευόμασταν και γελούσαμε» είπε ο Τόνι. «Το ελληνικό φαγητό ήταν εξαιρετικά νόστιμο και το μαγαζί ακόμα περισσότερο».

«Σου λείπει η Αγγλία;» ρώτησε ήσυχα η Υπατία.

«Στην αρχή μου έλειπε, αλλά πρόσφατα, όταν πήγα εκεί λόγω της επιχείρησης, ένιωσα ότι δεν ήταν το ίδιο. Ίσως με ενόχλησε ο υγρός, συννεφιασμένος καιρός ή ίσως να ήταν η ευγενική, ψυχρή αδιαφορία των ανθρώπων με τους οποίους συναντήθηκα» είπε με θλίψη.

Ο Τόνι σώπασε, κοιτάζοντας μακριά, βαθιά μέσα σε σκέψεις. Δεν μπορούσε να αγνοήσει το γεγονός ότι τον τελευταίο καιρό σκεφτόταν συνεχώς την Υπατία και ανυπομονούσε να την ξαναδεί. Του είχε λείψει πραγματικά η χαρούμενη παρέα της αυτές τις τελευταίες εβδομάδες. Σήμερα, κατάλαβε πόσα πολλά σήμαινε για αυτόν και πόσο πολύ την αγαπούσε. Δεν ήθελε να μείνει χωρίς αυτήν και δεν ήθελε να περιμένει τέσσερα χρόνια. *Δεν ξέρω πώς να βγω από αυτό το δίλημμα*, σκέφτηκε

«Πρέπει να φύγω» είπε η Υπατία απρόθυμα και σηκώθηκε. «Είπα στα ξαδέλφια μου ότι θα βγω για ψώνια, αλλά είναι μάλλον αργά και θα ανησυχήσουν».

Την άγγιξε στο μπράτσο. «Σε παρακαλώ, μην πας ακόμα. Μάλλον πρόσεξες ότι είμαι λίγο σκεφτικός και ζητώ συγνώμη. Μου άρεσε πραγματικά. Αύριο επιστρέφω στη ρουτίνα του γραφείου και, δυστυχώς, δεν είμαι ενθουσιασμένος για αυτό».

«Ω» είπε η Υπατία, και κάθισε πίσω. «Κι εγώ πέρασα ωραία μαζί σου».

«Λοιπόν, Υπατία, πες μου, πώς πάνε τα σχέδιά σου για το πανεπιστήμιο;» κατάφερε να ρωτήσει.

«Έχω αρχίσει να διαβάζω για τις εξετάσεις, αν και δεν είμαι σίγουρη σε ποιο πανεπιστήμιο θα φοιτήσω ακόμα» είπε.

«Είναι δύσκολο να μπει κάποιος εδώ στο πανεπιστήμιο».

«Το έχω ακούσει» είπε η Υπατία, κουνώντας καταφατικά το κεφάλι της. «Εν τω μεταξύ, η δουλειά θα είναι τέλεια, γιατί μπορώ να δουλεύω τα πρωινά και να μελετάω τα βράδια».

«Χαίρομαι που το ακούω» είπε.

Η βόλτα στο σπίτι ήταν αρκετά ευχάριστη, με την Υπατία να μιλά για τα ξαδέλφια της. Ο Τόνι άκουγε ήσυχα, γλιστρώντας το χέρι του στο δικό της. *Ένιωθε να είναι τέλειο.* Παρέμεινε σιωπηλός, καθώς τα συναισθήματά του ήταν άνω κάτω με την καρδιά και το μυαλό του.

Εκείνη σταμάτησε και τον κοίταξε.

«Φτάσαμε κιόλας;» ρώτησε ο Τόνι, κοιτάζοντας τριγύρω.

«Ναι» απάντησε εκείνη. «Σε ευχαριστώ για την υπέροχη βόλτα».

«Παρακαλώ. Την απόλαυσα κι εγώ» είπε. Κατευάζοντας ελαφρά το κεφάλι του, φίλησε το πάνω μέρος του χεριού της, πριν το αφήσει να φύγει. «Ελπίζω αυτό το μικρό φιλί να μην παραβίασε τη συμφωνία μας».

Κούνησε καταφατικά το κεφάλι της, τα μάτια της έλαμπαν.

«Θα σε δω αύριο λοιπόν, νωρίς νωρίς;»

«Ναι, νωρίς νωρίς» είπε λαχανιασμένη, παίρνοντας το χέρι της από το δικό του και μπαίνοντας γρήγορα στο σπίτι.

Όταν ο Τόνι έφτασε στο σπίτι αργότερα εκείνο το βράδυ, βρήκε την αδελφή του και τον Τσακ στην τραπεζαρία να δειπνούν. Κάθισε μαζί τους και το βράδυ πέρασε συζητώντας για τις ναυτιλιακές επιχειρήσεις. Ο Τόνι βρήκε μια καλή πηγή στον Τσακ, ο οποίος ήξερε για τις λεπτομέρειες της επιχείρησης.

Η συζήτηση οδήγησε στο θέμα των υπολογιστών.

«Με την επιχείρησή σας να φτάνει σε όλα τα μέρη του κόσμου, θα χρειαστείτε έναν καλύτερο τρόπο να παρακολουθείτε τα πάντα. Οι υπολογιστές μπορούν να το κάνουν αυτό, και πολλά άλλα. Είναι το μέλλον» είπε ο Τσακ. «Η επιχείρησή μου λειτουργεί ήδη με αυτούς».

Καθώς κάλυπταν θέματα με υπολογιστές και τεχνικά ζητήματα, η Μελίσσα είπε: «Λυπάμαι που σας διακόπτω, αλλά Τσακ, αγαπητέ, είναι εννιά η ώρα και υποτίθεται ότι θα συναντήσουμε τους φίλους σου στο Club, θυμάσαι;»

«Τόνι, θα ήθελες να έρθεις μαζί μας; Μπορούμε να το συζητήσουμε περαιτέρω στο Club» είπε ο Τσακ.

«Ναι» είπε ο Τόνι, ευχαριστημένος από την πρόσκληση.

Αργότερα, ο Τόνι πήγε στην κρεβατοκάμαρά του κοντά στα μεσάνυχτα, σκεπτόμενος τι είχε συμβεί. Είχε περάσει το βράδυ συζητώντας με τον Τσακ τα υπέρ και τα κατά της μετάβασης από γραφειοκρατία σε σύστημα υπολογιστή. Αφού ο Τόνι άρχισε να του ζητάει συμβουλές, τα κέρδη της εταιρείας είχαν αυξηθεί σημαντικά λόγω των μέτρων μείωσης του κόστους που είχε προτείνει ο Τσακ.

Η προσθήκη υπολογιστών στην επιχείρησή τους θα μπορούσε να είναι μια ακόμη ιδέα που άξιζε να εξετάσει.

*****

Το επόμενο πρωί, Τετάρτη, η Υπατία διάλεξε τα ρούχα της δουλειάς της με προσοχή. Πρέπει να δείξει μια επιχειρηματική εμφάνιση. Φόρεσε μια κρεμ λευκή μπλούζα και ανοιχτό μπεζ σακάκι με ασορτί φούστα που ήταν της μητέρας της, αλλά η θεία Σοφία την μεταποίησε, για να της ταιριάζει. Το σύνολο αναδείκνυε τις ανταύγειες στα ανοιχτοπράσινα μάτια της. Φόρεσε και μαργαριταρένια σκουλαρίκια.

Η Υπατία έφυγε από το σπίτι, κρατώντας το αγγλικό λεξικό. Απόλαυσε το γρήγορο περπάτημα και ανυπομονούσε να ξαναδεί τον Τόνι. Η πρωινή δροσιά ήταν αναζωογονητική. Καθώς περνούσε δίπλα από παιδιά που κουβαλούσαν τα σχολικά τους βιβλία και περπατούσαν προς το σχολείο, θυμόταν με αγάπη τα παιδιά στην τάξη της κυρίας Ρόδου.

Όταν η Υπατία πέρασε τη διπλή γυάλινη πόρτα, η Ρίτα μιλούσε σε δύο άντρες ντυμένους με επαγγελματικά κοστούμια. «Πρέπει να δείτε τον κύριο Ψαρή. Το γραφείο του είναι στον δεύτερο όροφο».

Αφού έφυγαν οι δύο άντρες, η Ρίτα σηκώθηκε και άπλωσε το χέρι της στην Υπατία. «Καλημέρα, δεσποινίς Κουρή. Ελάτε να σας δείξω στο γραφείο σας».

Η Υπατία την ακολούθησε ίσαμε το τέλος του διαδρόμου, όπου άνοιξε την πόρτα που είχε μια ταμπέλα με τίτλο *Γρηγόρης Πλακής*.

Η Υπατία ήταν ευχαριστημένη με το μέγεθος του δωματίου. Το φως του ήλιου προερχόταν από το μεγάλο παράθυρο στην αριστερή πλευρά, ζεσταίνοντας το δωμάτιο. Δύο τροπικά φυτά σε γλάστρες βρίσκονταν σε κάθε πλευρά του παραθύρου. Το δωμάτιο έδινε μια άνετη, αλλά επαγγελματική όψη.

«Αυτό είναι το γραφείο σας» είπε η Ρίτα, δείχνοντας το γραφείο στα δεξιά τους. Ένας μεγάλος σωρός από φακέλους και χαρτιά είχαν στοιβαχτεί πάνω του.

Στο πίσω μέρος του δωματίου υπήρχε μια μεγάλη πόρτα.

«Είναι το γραφείο του κυρίου Πλακή;» ρώτησε η Υπατία δείχνοντάς το.

«Ναι» απάντησε η Ρίτα, πηγαίνοντας και ανοίγοντας τη μεγάλη πόρτα στο πίσω μέρος του δωματίου. «Το χρησιμοποιεί ο κύριος Τόνι τώρα».

Η Υπατία κρυφοκοίταξε στο γραφείο και είδε έκπληκτη το ελληνικό βάζο από το νησί να κάθεται δίπλα στο παράθυρο. Το βάζο, οι πίνακες στον τοίχο και τα εξωτικά αντικείμενα που βρίσκονταν στο ράφι, αποκάλυπταν μια εκτίμηση της τέχνης. Το ίδιο το γραφείο από μαόνι ήταν ένα έργο τέχνης με πόδια σε σχήμα από νύχια αετού.

Η Ρίτα έκλεισε την πόρτα. «Ο κύριος Τόνι συνήθως δεν έρχεται πριν τις δέκα ή έντεκα και σήμερα θα έρθει αργότερα, αφού έχει να πάει σε μια συνάντηση πρώτα. Μόλις έρθει, δουλεύει όλη την ημέρα μέχρι αργά το απόγευμα. Δουλεύει με την αγγλική μέρα εργασίας αντί για την ελληνική, αν καταλαβαίνεις τι εννοώ».

Αφού η Ρίτα ενημέρωσε την Υπατία για τα καθήκοντα, της είπε: «Πριν ξεκινήσετε, επιτρέψτε μου να σας ξεναγήσω στο κτίριο και να σε συστήσω σε όλους».

Η Υπατία την ακολούθησε στο διάδρομο, όπου σταμάτησαν να δουν τον Αριστοτέλη, τον ανώτερο λογιστή, και τον Σταμάτη, έναν κατώτερο λογιστή. Στη συνέχεια, πήγαν στους άλλους δύο ορόφους, όπου η Ρίτα τη σύστησε σε αυτούς. Η Υπατία δεν μπορούσε να συγκρατήσει όλα τα ονόματα.

Βρήκαν τον κ. Σάρκαλο, τον διαχειριστή στόλου, στο γραφείο του να μιλάει σε κάποιον. Αφού η Ρίτα παρουσίασε την Υπατία, ο άλλος γύρισε και κοίταξε επίμονα την Υπατία. Ήταν ένας ηλικιωμένος, βαρύς άντρας με παχύ, γκρι μουστάκι και φορούσε ένα μαύρο καπέλο καπετάνιου.

«Είσαι η κόρη του καπετάν Κουρή;» ρώτησε, δείχνοντας έκπληκτος.

«Ναι» απάντησε δειλά η Υπατία.

«Είμαι ο καπετάν Σαρδέλης» είπε και της έσφιξε το χέρι. «Μάλλον δεν με θυμάστε, αλλά γνώριζα τον πατέρα σας καλά. Ταξιδέψαμε μαζί στις θάλασσες. Ήταν καλός άνθρωπος. Πολλές φορές, καθίσαμε και μοιραστήκαμε ιστορίες με ένα μπουκάλι κρασί».

«Χάρηκα πολύ που σας γνώρισα» του είπε, χαμογελώντας.

«Καλώς ήρθατε στο πλοίο» είπε ο καπετάν Σαρδέλης, κλείνοντάς της το μάτι.

Καθώς έφευγαν, η Υπατία παρατήρησε κόσμο να μπαίνει στο γραφείο του κ. Σάρκαλου. «Ποιοι είναι αυτοί;» ρώτησε τη Ρίτα.

«Δουλεύουν για την εταιρεία» είπε η Ρίτα. «Ο κύριος Σάρκαλος θα τους δώσει την αμοιβή τους». Κοίταξε το ρολόι της. «Ω, Θεέ μου. Είναι έντεκα η ώρα. Έλα, πρέπει να επιστρέψουμε. Έχουμε δουλειά να κάνουμε».

ΚΕΦΑΛΑΙΟ 28

Η καρδιά μου χτυπάει δυνατά, όταν είμαι μαζί σου.
Αυτή η δουλειά που κάνω, μου ταιριάζει.

Αφού επέστρεψε στο γραφείο, η Ρίτα έδειξε στην Υπατία πώς να χρησιμοποιεί το τηλέφωνο και πώς να απαντά στις κλήσεις. Της έδειξε, επίσης, πώς να επικοινωνεί όποτε χρειαζόταν να μιλήσει μαζί της.

«Ο κύριος Τσακ και η κυρία Μελίσσα αναμένεται να έρθουν αργότερα» είπε η Ρίτα, πριν φύγει. «Εάν έρθουν και δεν είμαι εδώ, ενημέρωσε τον κύριο Τόνι, χτυπώντας αυτό το κουμπί. Χτυπάει στο γραφείο του».

Αφού έφυγε η Ρίτα, η Υπατία κοίταξε γύρω για άλλη μια φορά, εκτιμώντας το εργασιακό της περιβάλλον. Η πόρτα του γραφείου του κ. Πλακή ήταν κλειστή. Αναρωτήθηκε τι ώρα θα έφτανε ο Τόνι. Αναρωτήθηκε, επίσης, πώς θα αντιδρούσε η Μελίσσα μόλις την έβλεπε εκεί.

Η Υπατία κάθισε και άρχισε το επίπονο έργο να δουλέψει πάνω στο σωρό με τα γράμματα στο γραφείο της. Διάβασε το πρώτο γράμμα, μεταφράζοντάς το με κόπο από τα αγγλικά στα ελληνικά. Χρησιμοποίησε το αγγλικό λεξικό που είχε μαζί της, γιατί υπήρχαν πολλές άγνωστες λέξεις.

Το τηλέφωνο χτύπησε και η Υπατία πετάχτηκε πάνω στο άκουσμα του ήχου του. Ποτέ δεν είχε χτυπήσει ένα τηλέφωνο τόσο κοντά στο αυτί της πριν.

Σήκωσε το τηλέφωνο. «Plakis Shipping Business, μπορώ να σας βοηθήσω;» ρώτησε με τη φωνή της να τρέμει ελαφρά.

«Γεια σου, Υπατία» αντήχησε μια ευχάριστα πλούσια φωνή.

«Ω, γεια» απάντησε η Υπατία χαρούμενα, έτοιμη να πει 'Τόνι,' αλλά θυμήθηκε ότι ήταν στο γραφείο. *Πρέπει να τον αποκαλέσω κύριο Τόνι αφού εργάζομαι για αυτόν;* σκέφτηκε.

«Είμαι στο γραφείο και θέλω να σου μιλήσω. Μπορείς, σε παρακαλώ, να έρθεις;» ρώτησε ο Τόνι. «Παρακαλώ φέρε χαρτί και ένα στυλό».

Έκπληκτη που ήταν στο γραφείο του, η Υπατία πήγε νευρικά στην πόρτα του και χτύπησε.

«Παρακαλώ κάθισε» είπε ο Τόνι κοιτάζοντάς την με εκτίμηση. «Φαίνεσαι όμορφη σήμερα».

Κοκκίνισε η Υπατία και χαμήλωσε το βλέμμα. «Σας ευχαριστώ».

«Ελπίζω να μην σε πειράζει αν κλείσουμε την πόρτα. Με βοηθάει να συγκεντρωθώ».

Η Υπατία τεντώθηκε, μη γνωρίζοντας τι να απαντήσει σε αυτό. Αυτό ήταν κάτι καινούργιο για εκείνη, το να είναι μόνη σε ένα δωμάτιο με έναν άντρα. Όχι, όχι οποιονδήποτε άντρα, αλλά με τον Τόνι. Κάθισε όρθια και παρέμεινε ακίνητη, σχεδόν χωρίς να αναπνέει, χωρίς να εμπιστεύεται τα συναισθήματά της, που έστελναν κάθε είδους σήματα στο κεφάλι της.

Ο Τόνι έκλεισε αργά την πόρτα. «Μάλλον αναρωτιέσαι, γιατί θέλω να μιλήσω μαζί σου» είπε απαλά, καθώς κάθισε.

Η Υπατία τον κοίταξε με την καρδιά της να χτυπάει δυνατά. Ήταν αυτός ο τρόπος του να σαγηνεύει τις γυναίκες; Ήταν έτοιμη να φύγει.

«Ξέρω ότι αυτό είναι νέο για σένα, αλλά το κάνουμε αυτό σε όλους όσους προσλαμβάνουμε. Η Ρίτα μάλλον σε πήγε σε όλα τα τμήματα σήμερα το πρωί;»

Εκείνη ένγεψε καταφατικά.

«Ωραία, και τώρα θα σου εξηγήσω τις λειτουργίες της επιχείρησης, και πώς λειτουργούν τα διάφορα τμήματα μαζί, και πώς θα συνεργάζεσαι εσύ με αυτά».

«Ω» είπε εκείνη. Ένιωθε καλύτερα.

Ο Τόνι συζήτησε για κάθε τμήμα και την αλληλεπίδρασή του με τα άλλα τμήματα της ναυτιλιακής επιχείρησης. Άκουγε με προσοχή και με τρεμάμενα χέρια κρατούσε σημειώσεις στην πορεία. Γοητεύτηκε από την αλλαγή μέσα του. Μπροστά της δεν ήταν ένας σαγηνευτής, ούτε ο άντρας που της φίλησε το χέρι την προηγούμενη μέρα, αλλά ένας άνθρωπος που ήξερε την επιχείρησή του, σκληροτράχηλος και γνώστης. Εδώ, δεν υπήρχε απαλότητα, αλλά ένας ατσάλινος, ενιαίος σκοπός να διευθύνεις μια επιχείρηση και να το κάνεις καλά.

«Ομολογώ ότι εξακολουθώ να μαθαίνω για αυτήν την επιχείρηση ο ίδιος, καθώς ασχολούμαι με αυτή μόνο λίγους μήνες» είπε ο Τόνι. «Έχεις ερωτήσεις;»

Κοίταξε εν συντομία τις σημειώσεις της, ανακατεύοντας τα χαρτιά. «Μου φαίνεται ότι η προσπάθεια παρακολούθησης όλων των πλοίων, η συντήρησή τους και τα χρονοδιαγράμματα φορτίου είναι ένα πολύ περίπλοκο έργο. Υπάρχει ευκολότερος τρόπος να τα θυμάσαι όλα αυτά; Πώς το κάνουν τα τμήματα;»

«Ο τρόπος που θα το έκανα είναι να κάνω διαγράμματα, όπως αυτό» είπε. Πήρε το χαρτί από τα χέρια της και άρχισε να το σχεδιάζει.

«Θα σχεδίαζα τα τμήματα, τα φορτηγά πλοία, θα τα έβαζα σε κουτιά και μετά θα τα συνέδεα με γραμμές. Εάν το φορτηγό πλοίο χρειάζεται συντήρηση, τότε πηγαίνει σε αυτό το τμήμα, και όταν πρέπει να παραγγελθούν προμήθειες, πηγαίνει εδώ. Όσα έγγραφα χρειάζονται υπογραφή έρχονται σε μένα, εδώ στην κορυφή. Μπορείς πάντα να επιστρέψεις στο διάγραμμα αν το ξεχάσεις».

Η Υπατία παρακολούθησε τα καλλίγραμμα χέρια του να σχεδιάζουν πλατιές πινελιές στο χαρτί της, απολαμβάνοντας τη στιγμή. Αφού τελείωσε, της το έδωσε.

Το κοίταξε, γνέφοντας με εκτίμησή. «Ναι, τώρα είναι λογικό. Τι συμβαίνει, όταν ένα πλοίο χαλάσει στη θάλασσα; Πώς επικοινωνούν, όταν επηρεάζεται το χρονοδιάγραμμα φορτίου;»

«Καλές ερωτήσεις» είπε ο Τόνι, κουνώντας το κεφάλι με εκτίμηση. Απάντησε όσο πιο αναλυτικά μπορούσε. «Θα ρωτήσω τον κύριο Σάρκαλο περισσότερα για αυτό το θέμα». Σημείωσε κάτι σε ένα κομμάτι χαρτί.

«Έχω, επίσης, μερικές ερωτήσεις για τα χαρτιά που μεταφράζω» είπε η Υπατία.

«Φέρτε τες αύριο το πρωί στις έντεκα. Περιμένω σύντομα κάποια τηλεφωνήματα» είπε ο Τόνι, κοιτάζοντας το ρολόι του, ενώ σηκώθηκε, σηματοδοτώντας ότι η συνάντησή τους είχε τελειώσει.

254

«Ευχαριστώ» είπε η Υπατία, σηκώθηκε να φύγει, νιώθοντας ελαφρώς απογοητευμένη. Για κάποιο λόγο, η απρόσωπη διάλεξή του για τη ναυτιλία δεν ήταν αυτό που περίμενε. *Τι περίμενα; Να με φλερτάρει; Θα έπρεπε να βγάλει αυτές τις ανόητες σκέψεις από το μυαλό της.*

«Παρεμπιπτόντως, ήταν όλα καλά χθες το βράδυ, όταν γύρισες σπίτι;» ρώτησε ο Τόνι χαμηλόφωνα.

Ένεψε ναι έντονα , παρατηρώντας αμέσως την αλλαγή μέσα του. *Αυτός είναι ο Τόνι που ξέρω.*

«Ωραία» είπε η Υπατία, χαμογελώντας. «Πριν φύγω, πώς ήθελες να σου μιλάω στο γραφείο; Ως κύριε Τόνι;»

Έμεινε σιωπηλός. «Ναι, αυτό θα ήταν το πιο κατάλληλο».

Αφού η Υπατία επέστρεψε στο γραφείο της, απάντησε σε μια επαγγελματική κλήση και την έστειλε στο γραφείο του. Η Υπατία δυσκολεύτηκε να δουλέψει μετά από αυτό. Κάθισε στο γραφείο της ζαλισμένη. Σκέφτηκε τη συνάντησή της με τον Τόνι και ονειρευόταν.

Κάποια στιγμή, το τηλέφωνο χτύπησε ξανά, βγάζοντάς την από την ονειροπόλησή της.

«Υπατία, η Ρίτα είμαι, βγαίνω για ένα σνακ. Θέλεις κάτι;»

«Όχι, είμαι καλά, ευχαριστώ» είπε η Υπατία. Η μόνη άλλη διακοπή ήταν ένας νεαρός άντρας που μπήκε στο γραφείο, κρατώντας ένα δίσκο που περιείχε ένα φλιτζάνι με καφέ και αρτοσκευάσματα. Του έδειξε το δωμάτιο του Τόνι και το πήγε μέσα.

Η Υπατία άρχισε να εργάζεται μετά από αυτό, διώχνοντας τις σκέψεις που εισέβαλε στο μυαλό της. Λίγα λεπτά αργότερα, άκουσε κόσμο να μιλάει στο διάδρομο και ακολούθησαν γέλια.

Το γέλιο σταμάτησε.

«Υπατία;» άκουσε μια φωνή.

Η Υπατία σήκωσε το βλέμμα της και είδε τη Μελίσσα. «Γεια σας, δεσποινίς Μελίσσα» είπε η Υπατία, χαμογελώντας με το ζόρι, ενώ σηκώθηκε όρθια. Δεν ήξερε πώς να αντιδράσει στην έκπληξη της Μελίσσας.

Ο άντρας που στεκόταν πίσω από την Μελίσσα δεν ήταν πολύ ψηλότερος από αυτήν. Τα σκούρα καστανά μαλλιά, οι γκριζαρισμένοι κρόταφοι και το μικρό μουστάκι τού έδιναν έναν ξεχωριστό αέρα. Παρόλο που υπήρχαν σημάδια υπερβολικού φαγητού, το έκρυβε καλά με το προσαρμοσμένο κοστούμι και τη γραβάτα του. Ο γιατρός Χατζής ήταν πολύ καλύτερος, σκέφτηκε κρυφά η Υπατία. Αναρωτήθηκε τι είδε η Μελίσσα σε αυτόν τον άντρα. Πήρε γρήγορα την απάντησή της.

«Αυτός είναι ο Τσακ Ντάρας, ο αρραβωνιαστικός μου» είπε η Μελίσσα, κάπως απρόθυμα, γαντζώνοντας το χέρι της γύρω από το μπράτσο του Τσακ.

Η Υπατία παρατήρησε ότι την κοιτούσε ασύστολα, και κοίταξε κάτω, σαστισμένη. Ποτέ δεν μπορούσε να συνηθίσει τους άντρες να την κοιτούν επίμονα.

«Χαρά μου» είπε ο Τσακ.

«Θα ενημερώσω τον κύριο Τόνι ότι είστε εδώ» είπε η Υπατία, προσπαθώντας να ενεργήσει ως επαγγελματίας. Το χέρι της έτρεμε, καθώς σήκωσε το τηλέφωνο. Το μυαλό της παρουσίαζε ένα κενό. Δεν μπορούσε να θυμηθεί ποιο κουμπί να πατήσει.

«Μην ανησυχείς, θα του το πούμε μόνοι μας» είπε η Μελίσσα, τραβώντας τον Τσακ προς το γραφείο του Τόνι.

«Γεια και χαρά σας» είπε ο Τόνι, βγαίνοντας από το γραφείο του, για να τους χαιρετήσει. Έσφιξε το χέρι του Τσακ και φίλησε ελαφρά την αδελφή του στο μάγουλο.

«Είμαι έτοιμος να ξεκινήσω όποτε είσαι κι εσύ» είπε ο Τσακ.

«Έλα, ακολουθήστε με, τότε» είπε ο Τόνι. Καθώς άρχισαν να φεύγουν από το δωμάτιο, γύρισε και είπε, «Υπατία, σε παρακαλώ έλα μαζί μας. Θα εξετάσουμε τις διάφορες λειτουργίες του πρακτορείου. Αυτή είναι μια καλή εμπειρία για σένα».

Μου ζήτησε να πάω μαζί τους, σκέφτηκε.

Η Υπατία έλαμψε, καθώς ακολούθησε την ομάδα σιωπηλά στον διάδρομο και κάτω στον δεύτερο όροφο. Πήγαν σε διαφορετικά τμήματα και ο Τόνι και ο Τσακ συζήτησαν διάφορα θέματα, εξετάζοντας τα πλεονεκτήματα και τα μειονεκτήματα της χρήσης ορισμένων μεθόδων έναντι άλλων. Η Μελίσσα φαινόταν γνώστης του θέματος, γιατί είχε πάει πολλές φορές, προσφέροντας τις δικές της συμβουλές.

Η Υπατία θυμήθηκε μερικούς ανθρώπους από την ξενάγηση της νωρίτερα εκείνη την ημέρα και τους χαιρέτησε. Ο χρόνος περνούσε, καθώς εργάζονταν στα διάφορα τμήματα.

Μπήκαν στο γραφείο του κ. Σάρκαλου. Η Υπατία παρατήρησε την αλληλεπίδραση του κ. Σάρκαλου με τους δύο άντρες και την Μελίσσα, καθώς εξέταζαν κάποια χαρτιά, κάνοντάς του ερωτήσεις. Η Υπατία προσπάθησε να αποκρυπτογραφήσει την ορολογία τους αλλά τα παράτησε μετά από λίγα λεπτά. Το στομάχι της γρύλιζε έντονα.

Η Υπατία έριξε μια ματιά στο ρολόι της. Έδειχνε δύο η ώρα που ήταν η ώρα να φύγει. Καθάρισε το λαιμό της, προσπαθώντας να κρύψει το παραπονεμένο στομάχι της στο μικρό δωμάτιο. Οι άλλοι, απασχολημένοι στη συζήτησή τους, δεν το παρατήρησαν, αλλά ο Τόνι το παρατήρησε.

Της χαμογέλασε και είπε: «Αν θέλεις, μπορείς να φύγεις. Αυτά τα στοιχεία δεν είναι τόσο σχετικά με τη δουλειά σου».

Η Υπατία τον ευχαρίστησε και επέστρεψε στο γραφείο της. Ήταν ψυχικά εξαντλημένη από τον τεράστιο όγκο πληροφοριών που συσσωρεύτηκαν σε τόσες λίγες ώρες. Έφυγε γρήγορα και πήγε στο σπίτι της.

Εκεί βρήκε ένα σημείωμα από τα ξαδέλφια της. Θα επέστρεφαν γύρω στις τρεις. Είχαν πάει για ψώνια και περίμεναν κόσμο για δείπνο. Κοιμήθηκε ήσυχα μέχρι που την ξύπνησε ένα χτύπημα στην πόρτα του υπνοδωματίου της.

«Υπατία, είσαι ξύπνια; Είναι έξι η ώρα» είπε η Πόλα.

«Έρχομαι. Η Υπατία πήδηξε από το κρεβάτι και φρεσκαρίστηκε.

Χαιρέτησε την Πόλα και τον Τζορτζ στην κουζίνα και τους είπε για τη νέα της δουλειά, πίνοντας ένα φλιτζάνι καφέ και τρώγοντας ένα σνακ.

«Δεν είναι περίεργο που εξαντλήθηκες, καημένη μου» είπε η Πόλα. «Ελπίζω να νιώθεις έτοιμη για δείπνο απόψε. Ο Τζον και η Σύλβια έρχονται. Βάφτισαν τον γιο μας και είναι ευγενικοί άνθρωποι. Ταξιδεύουμε συχνά μαζί τους. Νομίζω ότι θα σου αρέσουν».

Η Υπατία χαιρόταν τον εαυτό της. Το ζευγάρι αστειεύτηκε με τον Τζορτζ και την Πόλα και η Υπατία συμμετείχε στα γέλια. Τη ρώτησαν αν της άρεσε να ταξιδεύει.

«Ναι» απάντησε εκείνη.

Μίλησαν για τα διάφορα μέρη που είχαν επισκεφτεί με την Πόλα και τον Τζορτζ, περιγράφοντας μερικές αστείες καταστάσεις στις οποίες είχαν περιέλθει.

Αργότερα το ίδιο βράδυ, τα ζευγάρια κάθισαν και άρχισαν να παίζουν ένα παιχνίδι με χαρτιά. Η Υπατία παρακολούθησε για λίγο. Νιώθοντας κουρασμένη, χασμουρήθηκε. Δικαιολογήθηκε και πήγε για ύπνο. Κοιμήθηκε ήσυχα μέσα στη νύχτα, αγνοώντας τα γέλια και τον θόρυβο που ακουγόντουσαν από την τραπεζαρία.

*****

Το επόμενο πρωί αποδείχθηκε εξίσου συναρπαστικό και ενδιαφέρον με το πρώτο. Η Υπατία προσπάθησε να κάνει καλά τη δουλειά της στο ναυτιλιακό γραφείο και η αλληλεπίδρασή της με τον Τόνι και το υπόλοιπο προσωπικό ήταν θετική. Αφού έφτασε, την κάλεσε στο γραφείο του και της ζήτησε να κατέβει στον κάτω όροφο και να του φέρει κάποια έγγραφα.

Η Υπατία, ευσυνείδητα, κατέβηκε στο συγκεκριμένο τμήμα της επιχείρησης και συνάντησε μια γυναίκα που της είπε ότι ο κ. Κάπος, αυτός που είχε τα χαρτιά, δεν ήταν εκεί.

«Θα επιστρέψει σε λίγα λεπτά».

Η Υπατία συνομίλησε με τη γυναίκα που της έπιασε την κουβέντα. Ο κ. Κάπος, ένας μεσήλικας, έφτασε τελικά και η Υπατία τού ζήτησε τα χαρτιά.

«Ναι, τα έχω εδώ» είπε, πιάνοντας μερικά χαρτιά από την άκρη του γραφείου του.

Της έδωσε τα χαρτιά και μετά της είπε για αυτά, εξηγώντας τής το μαρτύριο που πέρασε, ώσπου να τα ετοιμάσει.

Η Υπατία άκουγε ευγενικά, αλλά γρήγορα συνειδητοποίησε ότι του άρεσε να μιλάει. Μιλούσε για αρκετά λεπτά και μετά άλλαξε θέμα και άρχισε να λέει για τον καιρό και τις επιπτώσεις που είχε στις αρθρώσεις του. Μετά από λίγα λεπτά, εκείνη δικαιολογήθηκε, λέγοντας: «Κύριε, ο κύριος Τόνι περιμένει τα χαρτιά».

Όταν η Υπατία χτύπησε την πόρτα του Τόνι και μπήκε, βρήκε τον Τσακ Ντάρα να μιλάει μαζί του. Έδωσε στον Τόνι τα έγγραφα, χαιρέτησε τον κύριο Ντάρα, και μετά επέστρεψε στο γραφείο της. Η Μελίσσα δεν ήρθε εκείνη τη μέρα.

Την υπόλοιπη μέρα, η Υπατία εργαζόταν επιμελώς στις μεταφράσεις της, περιμένοντας να φύγει ο κύριος Ντάρας, για να συζητήσει τη δουλειά της με τον Τόνι.

Ωστόσο, όταν πήγε δύο η ώρα, ώρα που σχόλαγε η Υπατία, ο κ. Ντάρας δεν είχε φύγει ακόμη. Η πόρτα στο γραφείο του Τόνι παρέμενε κλειστή.

Καθώς η Υπατία πήγαινε στο σπίτι, ένιωσε αναστατωμένη. Αν δεν είχε σπαταλήσει το χρόνο, μιλώντας με ανθρώπους στον κάτω όροφο, θα είχε χρόνο να συζητήσει τη δουλειά της με τον Τόνι. Μόλις ήρθε ο κύριος Ντάρας, συνειδητοποίησε ότι η ευκαιρία της είχε χαθεί.

Το επόμενο πρωί, η Υπατία δεν μπορούσε να συγκεντρωθεί στη δουλειά της, καθώς άρχισε να ονειρεύεται τον Τόνι και πόσο ευγενικός, όμορφος και έξυπνος ήταν. Εκείνος, πήγαινε νωρίτερα στο γραφείο εκείνες τις μέρες. Το βλέμμα της έπεσε στο σωρό των γραμμάτων στο γραφείο της. Νιώθοντας ένοχη για την αδράνεια της, απορροφήθηκε στη δουλειά της.

Μερικά λεπτά αργότερα, η Υπατία άκουσε βήματα και σήκωσε το βλέμμα της, με την καρδιά της να χτυπάει δυνατά.

Ο Τόνι μπήκε στο δωμάτιο και χαμογέλασε. «Καλημέρα, Υπατία» είπε χαρούμενα.

Του ανταπέδωσε το χαμόγελο. «Καλημέρα, κύριε Τόνι. Συγνώμη που δεν είχα την ευκαιρία να συζητήσω τα μεταφρασμένα χαρτιά μαζί σας χθες».

«Δεν πειράζει» είπε, περνώντας τα δάκτυλα του χεριού του μέσα στα μαλλιά του, σκεπτόμενος. «Γιατί δεν το κάνουμε τώρα; Περιμένω τον Τσακ ξανά αργότερα σήμερα, οπότε πιθανότατα θα είμαι απασχολημένος μετά με αυτόν».

Η Υπατία τον ακολούθησε στο γραφείο. Ο Τόνι διάβαζε κάθε μεταφρασμένο χαρτί δυνατά. Πολλές φορές, έγνεφε καταφατικά για την έγκρισή του, και μια στο τόσο, προς απογοήτευσή της, ξεσπούσε ο Τόνι στα γέλια σε μερικές από τις μεταφράσεις της. Ζήτησε συγνώμη, λέγοντας ότι η Υπατία είχε έναν δημιουργικό τρόπο να βλέπει τα πράγματα.

«Κάνεις καλή δουλειά με τις μεταφράσεις» είπε ο Τόνι, αφού εξέτασε όλα τα έγγραφα. «Με αυτόν τον ρυθμό, θα τελειώσεις πολύ νωρίτερα από το αναμενόμενο».

«Ευχαριστώ» είπε εκείνη ακτινοβολώντας. «Τι θα γίνει μετά της μεταφράσεις;»

«Διανέμονται στα διάφορα τμήματα και ελέγχονται εκ νέου, ανάλογα με το τι πρέπει να γίνει με αυτά» είπε ο Τόνι.

Τους διέκοψε ένα χτύπημα στην πόρτα. Είχε φτάσει ο κύριος Ντάρας. Η Υπατία δικαιολογήθηκε και πέρασε τον υπόλοιπο χρόνο μεταφράζοντας περισσότερα έγγραφα. Για άλλη μια φορά, η πόρτα του γραφείου του κυρίου Τόνι ήταν κλειστή για το υπόλοιπο της ημέρας.

*****

Οι μέρες πετούσαν και είχαν περάσει δύο εβδομάδες. Η Υπατία εξοικειωνόταν όλο και περισσότερο με τις δραστηριότητες του οργανισμού και με το προσωπικό του. Όταν έφτασε στο γραφείο την Παρασκευή το πρωί, πήρε τα πρώτα της χρήματα από τον Αριστοτέλη. Αργότερα εκείνο το πρωί, κοίταξε μέσα στον φάκελο και έμεινε έκπληκτη, όταν είδε το ποσό. Ποτέ δεν είχε τόσα πολλά χρήματα στα χέρια της, έστω και μία φορά. Θα έπρεπε ίσως να τα βάλει στην τράπεζα.

Η Υπατία πήγε στη δουλειά με ανανεωμένη ενέργεια, νιώθοντας ένα κύμα υπερηφάνειας που κέρδισε τόσα πολλά χρήματα. Σιγά-σιγά, ο σωρός των χαρτιών εξαφανιζόταν.

Η Ρίτα τη φώναξε αργότερα εκείνο το πρωί, λέγοντας: «Ο κύριος Τόνι πρόκειται να έχει μια συνάντηση και πρέπει να ετοιμάσουμε το γραφείο του για αυτή τη συνάντηση. Θα έρθω εκεί με μερικές επιπλέον καρέκλες».

Η Ρίτα εμφανίστηκε λίγο μετά, κρατώντας μία καρέκλα. Η Υπατία την βοήθησε να φέρουν κι άλλες καρέκλες στο δωμάτιο.

Όταν έφτασε ο Τόνι, δεν ήταν μόνος. Μαζί του ήταν και ένας ηλικιωμένος άντρας.

«Καλημέρα, δεσποινίς Υπατία» είπε ο Τόνι. «Κύριε Γλάρο, αυτή είναι η προσωπική μου βοηθός. Δεσποινίς Υπατία, θα κάνουμε τη συνάντησή μας εδώ μέσα και δεν θέλουμε να μας διακόψουν. Απάντησε σε οποιεσδήποτε κλήσεις, πάρε μηνύματα».

Η Υπατία ένεψε καταφατικά, παρατηρώντας πόσο συγκρατημένος ήταν και πόσο απόμακρος εμφανιζόταν, όταν χρησιμοποιούσε την επαγγελματική του συμπεριφορά. Τους παρακολουθούσε σιωπηλή, καθώς έμπαιναν στο γραφείο του. Ήρθαν και άλλοι άνθρωποι στο γραφείο του. Οι τελευταίοι που έφτασαν ήταν η Μελίσσα και ο Τσακ.

Γύρω στις δώδεκα, έφτασε ο νεαρός από το καφενείο, κουβαλώντας πολλά φλιτζάνια καφέ στο δίσκο του και πολλά αρτοσκευάσματα. Η πόρτα του γραφείου άνοιξε και τα παρέδωσε. Στη συνέχεια ο κ. Γλάρος έφυγε, επιστρέφοντας λίγα λεπτά αργότερα κουβαλώντας ένα μεγάλο κουτί. Η πόρτα έκλεισε πίσω του.

Η πόρτα παρέμενε ακόμα κλειστή, όταν η Υπατία έφυγε στις δύο η ώρα.

*****

Ο Γιώργος Γλάρος ξεκίνησε την επίδειξη του υπολογιστή. Στο δωμάτιο κάθονταν ο Αριστοτέλης, ο Σταμάτης, ο Τζίμυ, ο γκουρού των υπολογιστών που είχαν προσλάβει, πριν από μερικές εβδομάδες, ο Τσακ Ντάρας, η Μελίσσα και ο κ. Σάρκαλος.

Αφού τελείωσε ο κ. Γλάρος, ο Τόνι σηκώθηκε και άναψε τα φώτα. «Πολύ καλό, κύριε Γλάρο. Το σχέδιό σας είναι καλά μελετημένο και θα το εξετάσουμε προσεκτικά» είπε ο Τόνι.

«Μπορείτε να προβλέψετε το χρονικό διάστημα μέχρι να αρχίσουμε να λειτουργούμε με αυτά τα μηχανήματα;» ρώτησε ο Τσακ τον κύριο Γλάρο.

Ο κ. Γλάρος έκλεισε τον υπολογιστή. «Όλα εξαρτώνται από το τι θα βρούμε» απάντησε, ανασηκώνοντας τους ώμους. «Απαιτούνται τουλάχιστον δύο μήνες, για να αξιολογηθούν οι ανάγκες της εταιρείας σας. Μετά από αυτό, μπορούμε να συναντηθούμε, για να συζητήσουμε τη φάση εφαρμογής».

«Θα επικοινωνήσω μαζί σας σε λίγες μέρες» υποσχέθηκε ο Τόνι.

Αφού έφυγε ο κ. Γλάρος, ο Τόνι κοίταξε τους πάντες με ανυπομονησία. «Λοιπόν, τι νομίζετε; Μπορεί να γίνει;»

«Οι υπολογιστές είναι κορυφαίοι, κύριε Πλακή» είπε ο Τζίμι, κουνώντας το κεφάλι συμφωνώντας με την έγκριση του. «Μόλις εγκατασταθεί, μπορώ να αρχίσω να εκπαιδεύω το προσωπικό, ώστε να τα χρησιμοποιεί σωστά».

«Ο κύριος Γλάρος είπε ότι θα μπορούμε να επικοινωνούμε μεταξύ μας και τελικά με τον έξω κόσμο. Αυτό με ιντριγκάρει» είπε ο κ. Σάρκαλος.

«Μέχρι το τέλος του έτους, θα δείτε τι εννοεί» είπε ο Τόνι, γνέφοντας καταφατικά. «Κύριοι, αυτό είναι ένα σημαντικό βήμα προς τα εμπρός για την εταιρεία μας. Χάρη στον κύριο Ντάρα, που πρότεινε την ιδέα, θα προχωρήσουμε σε κάτι που δεν έχει ξαναγίνει».

«Για να μπορέσουμε να ανταγωνιστούμε με επιτυχία τον κόσμο, πρέπει να ενσωματώσουμε αυτή τη νέα τεχνολογία στην επιχειρηματική δραστηριότητα. Οι υπολογιστές, όχι μόνο θα βοηθήσουν το λογιστήριο, αλλά θα παρέχουν και ταχύτερη επεξεργασία συναλλαγών και δεδομένων» είπε ο Τσακ.

Αργότερα, ο Τόνι κάθισε στο γραφείο του και σκεφτόταν όλα όσα συνέβησαν στη συνάντηση. Η επικοινωνία μέσω των υπολογιστών σήμαινε λιγότερα επαγγελματικά ταξίδια από την πλευρά του. Ο πατέρας του είχε αρνηθεί την ιδέα της χρήσης υπολογιστών, χωρίς να θέλει να την ακούσει, αλλά αφού ο Τσακ μίλησε μαζί του, ο πατέρας του συμφώνησε απρόθυμα με την ιδέα.

ΚΕΦΑΛΑΙΟ 29

Μου ζήτησες να βγούμε ραντεβού
Για να δοκιμάσεις την αγάπη μου και τη μοίρα μας.

Η Υπατία είχε μπει σε μια ευχάριστη ρουτίνα. Έμπαινε στο γραφείο, δούλευε μερικές ώρες και μετά χαιρετούσε τον Τόνι, καθώς έφτανε στο γραφείο.

Αργότερα μέσα στην ημέρα, ο Τόνι σταματούσε δίπλα στο γραφείο της, χαμογελώντας και δείχνοντας ενδιαφέρον, καθώς συζητούσαν την πρόοδό της και τις μεταφρασμένες της εργασίες. Συχνά, της έδινε κάποιες συμβουλές. Εκείνη απολάμβανε αυτές τις συνεδρίες.

Το πρώτο Σαββατοκύριακο του Απριλίου, η Υπατία και τα ξαδέλφια της ταξίδεψαν στο Λουτράκι, που βρίσκεται μια ώρα μακριά, κοντά στην Κόρινθο. Το γνωστό ελληνικό θέρετρο ήταν δημοφιλές για τα ιαματικά νερά του.

Το πρωί της Δευτέρας, με την επιστροφή της στο γραφείο, η Υπατία μοιράστηκε την εμπειρία της με τη Ρίτα. «Έχεις πάει ποτέ εκεί;» τη ρώτησε.

«Ναι, το Λουτράκι είναι ένα τόσο υπέροχο μέρος» είπε η Ρίτα, χαμογελώντας. «Πήγαινα συχνά εκεί. Αλλά τώρα με τρεις γάτες, δύο καναρίνια και ένα ενυδρείο γεμάτο ψάρια, είναι δύσκολο να ξεφύγεις. Ποιος θα τα φροντίσει; Είναι η οικογένειά μου».

Η Υπατία μπήκε στο γραφείο και πήγε να δουλέψει τις μεταφράσεις της. Το αγγλικό της λεξιλόγιο μεγάλωνε καθημερινά και είχε φτιάξει έναν κατάλογο με λέξεις στις οποίες αναφερόταν συχνά.

Ήθελε, επίσης, να πει στον κύριο Τόνι για το ταξίδι της στο Λουτράκι, αλλά η πόρτα του ήταν ανοιχτή και δεν ήταν μέσα. Μπορεί να ήταν σε μια συνάντηση.

Στις δώδεκα η Ρίτα τής τηλεφώνησε. «Ρίτα εδώ. Θα πάω για ένα σνακ. Θέλεις τίποτα;»

«Όχι, ευχαριστώ» είπε η Υπατία. Δίστασε, αναρωτιόταν αν έπρεπε να ρωτήσει. «Ο κύριος Τόνι είχε συνάντηση σήμερα το πρωί; Δεν τον έχω δει όλο το πρωί».

«Α, δεν σου είπα; Την Παρασκευή, αφού έφυγες από το γραφείο, προέκυψε ένα επαγγελματικό ταξίδι για αυτή την εβδομάδα. Θα επιστρέψει την Πέμπτη».

Η Υπατία συνέχισε τη δουλειά της, αλλά η καρδιά της δεν ήταν εκεί. Την υπόλοιπη μέρα σέρνονταν σαν μελάσα. Γιατί ένιωθε έτσι;

Τα σύννεφα το πρωί της Τρίτης απειλούσαν βροχή, οπότε πήρε μαζί την ομπρέλα της. Δουλεύοντας σιωπηλά στο γραφείο της, η Υπατία δεν είχε όρεξη να μιλήσει σε κανέναν. Οι σκέψεις της για τον Τόνι την διέκοπταν όλη μέρα, δυσκολεύοντας την να συγκεντρωθεί.

Όταν έφτασε στο σπίτι, βρήκε ένα γράμμα από τη θεία Σοφία. Έσκισε τον φάκελο και τον διάβασε με ανυπομονησία.

«Υπατία, πώς είναι η θεία σου;» ρώτησε η Πόλα, ενώ περιφερόταν γύρω της.

Ο Γιώργος ήρθε κοντά τους.

«Είναι καλά, και της λείπουν όλοι» είπε η Υπατία. «Θέλει να μάθει αν επισκέφτηκα το σπίτι και να μην ανησυχεί για τα γράμματα της, γιατί της τα στέλνει η Μαρίκα».

«Ω, Θεέ μου, δεν σκεφτήκαμε να πάμε στο σπίτι! Πρέπει να πάμε να το ελέγξουμε και να επισκεφτούμε τη δεσποινίδα Μαρίκα κάποια στιγμή σύντομα» είπε η Πόλα, στενοχωρημένη.

«Γιατί δεν πάμε αυτό το Σάββατο;» ρώτησε ο Τζορτζ.

«Θα το ήθελα αυτό» είπε η Υπατία.

«Έγραψε κάτι άλλο, αγαπητή;» ρώτησε η Πόλα.

Η Υπατία τούς μίλησε για τη ζωή της θείας Σοφίας, την καθημερινή ρουτίνα, τους ανθρώπους και την δυσκολία της με την αγγλική γλώσσα.

«Στο τέλος της επιστολής» συνέχισε η Υπατία, «γράφει ότι έχει κάποια σημαντικά νέα αλλά θέλει να περιμένει λίγο ακόμα, πριν τα επιβεβαιώσει. Έχει γράψει και τον αριθμό τηλεφώνου της στο γράμμα. Θέλει να της τηλεφωνήσω σε μερικές εβδομάδες».

*****

Η Πέμπτη επιτέλους έφτασε, και η Υπατία ήταν ενθουσιασμένη. *Σήμερα, ο Τόνι επιστρέφει.* Προσέχοντας πολύ την γκαρνταρόμπα της, φόρεσε μια ροδακινί φούστα και ένα ασορτί σακάκι με μια λευκή μεταξωτή μπλούζα. Φόρεσε, επίσης, το μαργαριταρένιο κολιέ της μητέρας της με ασορτί σκουλαρίκια.

Περνώντας τις γυάλινες πόρτες του γραφείου, η καρδιά της Υπατίας άρχισε να χτυπάει γρήγορα, όταν είδε τον Τόνι να στέκεται και να μιλάει με τη Ρίτα. Στο γραφείο της Ρίτας υπήρχαν πολλά πακέτα.

Τους χαιρέτησε και κατευθύνθηκε προς το γραφείο της, έχοντας επίγνωση των ματιών του πάνω της.

Ο Τόνι την ακολούθησε λίγο αργότερα.

«Να κάτι για σένα, Υπατία» είπε ο Τόνι, χαμογελώντας και βγάζοντας ένα μικρό, τυλιγμένο πακέτο από την τσέπη του κοστουμιού του. «Κατευθείαν από την Αγγλία».

Εκείνη δίστασε.

«Τυπικά, φέρνω πίσω δώρα για το προσωπικό» είπε ο Τόνι

«Ευχαριστώ» είπε, έκπληκτη από τη γενναιοδωρία του.

«Και δεν χρειάζεται να με φιλήσεις, γιατί σου έκανα ένα δώρο» την πείραξε.

Γέλασε η Υπατία, νιώθοντας το πρόσωπό της να ζεσταίνεται, καθώς δεχόταν το μικρό πακέτο.

«Πώς πάει η δουλειά;»

Του έδειξε ένα νομικό έγγραφο πάνω στο οποίο εργαζόταν και το οποίο ήταν επιβαρυμένο από άγνωστη ορολογία. «Έφτιαξα μια λίστα με δύσκολες λέξεις και αυτό με βοηθάει. Θα τελειώσω με αυτό σε μια μέρα περίπου».

Ο Τόνι πήρε το μεταφρασμένο έγγραφο και το μελέτησε. Την αντάμειψε με τον θαυμασμό του. «Φροντισμένη εργασία» είπε ο Τόνι.

«Υπάρχει άλλη δουλειά για μένα;» ρώτησε εκείνη.

«Ναι, υπάρχει, στην πραγματικότητα» είπε ο Τόνι κοιτάζοντάς την. «Έχω πολλά πράγματα που πρέπει να κάνω σήμερα, αλλά μπορούμε να βρεθούμε στο γραφείο μου αύριο, γύρω στο μεσημέρι και να τα συζητήσουμε».

*****

Αργότερα, στο υπνοδωμάτιο της, η Υπατία άνοιξε με ανυπομονησία το δώρο του Τόνι. Ήταν ένα λεπτό βιβλίο με ποιήματα από διάσημους Άγγλους ποιητές. Τα δάχτυλά της άγγιξαν με ευλάβεια το όμορφο έργο τέχνης που κοσμούσε το μπροστινό και το πίσω μέρος του δερματόδετου βιβλίου. Έμεινε ξύπνια μέχρι αργά το βράδυ διαβάζοντάς το, εμπνευσμένη από τα ποιήματα.

Την Παρασκευή το μεσημέρι η Υπατία συναντήθηκε με τον Τόνι.

«Υπάρχουν ορισμένα ζητήματα που σχετίζονται με την επιχείρηση που πρέπει να συζητήσω μαζί σου» είπε ο Τόνι. «Αλλά πρώτα απ' όλα, είμαι ευχαριστημένος με την πρόοδό σου και τη γρήγορη κατανόηση των πραγμάτων, Υπατία».

«Ευχαριστώ» είπε, ενώ η σπονδυλική της στήλη μυρμήγκιασε από το κομπλιμέντο.

«Ο λόγος για τον οποίο ήθελα να συναντηθώ μαζί σου είναι ότι θα ήθελα να εμπλακείς στο νέο μας πρότζεκτ» είπε. «Σχεδιάζουμε να φέρουμε υπολογιστές στα γραφεία μας. Είμαστε πίσω από τους ανταγωνιστές μας και πρέπει να προλάβουμε την τεχνολογία τους».

Στην Υπατία άρεσε η ιδέα. «Δεν έχω χρησιμοποιήσει ποτέ πριν υπολογιστή».

«Μην ανησυχείς. Είσαι έξυπνη. Θα μάθεις γρήγορα».

Συνέχισε να της μιλάει, εξηγώντας τη χρησιμότητα των υπολογιστών. Φαινόταν να είναι καλά ενημερωμένος για το θέμα. Όταν τελείωσαν, η Υπατία σηκώθηκε να φύγει.

«Είχες την ευκαιρία να διαβάσεις τα αγγλικά ποιήματα, Υπατία;»

Νάτος πάλι, με ζεσταίνει, σκέφτηκε η Υπατία, κοκκίνισε και έγνεψε καταφατικά. «Ναι. Σε ευχαριστώ πάρα πολύ. Ήταν όμορφα και αξιόλογα ποιήματα».

«Χαίρομαι που σου άρεσαν. Το αγαπημένο μου ποίημα είναι αυτό που έγραψε ο Λόρδος Μπάιρον» είπε εκείνος, με βραχνή φωνή. «Περπατάει με ομορφιά σαν τη νύχτα».

Όταν είπε αυτά τα λόγια, το πρόσωπο της Υπατίας ένιωσε ζεστό και έντονα συναισθήματα διαπέρασαν το σώμα της.

Πώς περπατά κανείς στην ομορφιά σαν τη νύχτα; Γλιστρώντας; σκέφτηκε.

«Ακούγεται υπέροχο. Θα το ψάξω» είπε τρέμοντας. Καθώς γύρισε να φύγει, οι ώμοι της ίσιωσαν και τα βήματά της έγιναν μετρημένα, καθώς προσπαθούσε να 'βαδίσει στην ομορφιά σαν τη νύχτα'.

Τον ένιωσε να αγγίζει το χέρι της.

«Πριν φύγεις, θα ήθελα να σε ρωτήσω κάτι άλλο».

Γύρισε και τον κοίταξε. Το πρόσωπό του ήταν πολύ κοντά, για να είναι άνετη. Η καρδιά της χτυπούσε άγρια. «Ναι;» ανέπνευσε.

«Είσαι ελεύθερη αύριο;» ρώτησε ο Τόνι. «Θα μπορούσαμε να πάμε σε ένα ωραίο μέρος στο βουνό, όπου μπορούμε να κάνουμε πικνίκ».

Απολαμβάνοντας την ιδέα να πάει για πικνίκ μαζί του στο βουνό, χαμογέλασε και έγνεψε καταφατικά. «Ευχαριστώ, θα ήταν υπέροχο. Θέλω να πω, ευχαριστώ για την πρόσκληση, αλλά θα είμαστε μόνο εμείς οι δύο;»

«Καταλαβαίνω. Μπορώ να ζητήσω από τον Τιμ να μας οδηγήσει εκεί» είπε ο Τόνι ξερά. «Θα μπορούσες να είσαι έτοιμη μέχρι τις έντεκα; Θα έρθω, εννοώ θα έρθουμε να σε πάρουμε από το σπίτι σου. Θα φέρω το μεσημεριανό».

«Ευχαριστώ. Αυτό θα ήταν υπέροχο» είπε η Υπατία ντροπαλά, καθώς έφευγε από το δωμάτιο, σχεδόν τρέχοντας.

*****

Εκείνο το βράδυ, η Υπατία μίλησε με την Πόλα και τον Τζορτζ, για την πρόσκληση του Τόνι να πάει για πικνίκ το Σάββατο και κοιτάχτηκαν μεταξύ τους πριν δώσουν την έγκρισή τους.

«Μπορούμε να επισκεφτούμε το σπίτι της θείας σου την Κυριακή» είπε ο Τζορτζ.

267

Στο δωμάτιο της, ξεφύλλισε με ανυπομονησία το βιβλίο ποίησης που της είχε δώσει ο Τόνι, αναζητώντας το ποίημα του Λόρδου Βύρωνα. Όταν το βρήκε, διάβασε δυνατά τον τίτλο, «Περπατάει στην ομορφιά, σαν τη νύχτα».

Συνέχισε με το υπόλοιπο ποίημα μέχρι να φτάσει στο τέλος, όπου έλεγε: «Μια καρδιά της οποίας η αγάπη είναι αθώα». Εκείνη αναστέναξε, κοιτάζοντας προς το δωμάτιο. Ήταν δυνατόν ο Τόνι να προσπαθούσε να της πει κάτι;

Κάποιος χτύπησε την πόρτα. «Υπατία, μπορώ να μιλήσω μαζί σου ένα λεπτό;» ρώτησε η Πόλα.

«Έλα μέσα» είπε η Υπατία, αφήνοντας το βιβλίο στην άκρη.

Η Πόλα κάθισε στην άκρη του κρεβατιού και την κοιτούσε με ένα ευγενικό βλέμμα. «Θέλω να σου μιλήσω σαν να είσαι η κόρη μου. Βλέπεις, ο Τζορτζ και εγώ υποσχεθήκαμε στη θεία και στον παππού σου ότι θα είμαστε εδώ για σένα». Έκανε μια παύση, σαν να προσπαθούσε να βρει τις σωστές λέξεις. «Υπατία, όταν ένας νεαρός ζητά από μια κοπέλα να βγουν ραντεβού, δύο πράγματα συμβαίνουν. Ή είναι σοβαρός μαζί της ή δεν είναι».

«Τι εννοείς;»

«Με απλά λόγια, αυτός ο νεαρός άντρας είπε κάτι για τις προθέσεις του απέναντί σου;»

«Όχι» είπε η Υπατία, κοκκινίζοντας και κουνώντας το κεφάλι της.

«Αν δοκιμάσει κάτι, απλά τον χτυπάς με την τσάντα σου και γυρνάς σπίτι αμέσως».

Η Υπατία γέλασε με την εικόνα.

«Είσαι ερωτευμένη μαζί του;»

Η ερώτηση έπεσε για την Υπατία σαν βόμβα. Έκλεισε τα μάτια της, συλλογιζόμενη τα συναισθήματά της. Μετά από μία ή δύο στιγμές, εκείνη έγνεψε ντροπαλά. «Ναι. Για να είμαι ειλικρινής, είμαι λίγο μπερδεμένη. Εννοώ, στην αρχή, ήθελα να πάω στο πανεπιστήμιο, αλλά τώρα δεν μπορώ να σταματήσω να σκέφτομαι τον Τόνι. Είναι στο μυαλό μου όλη την ώρα».

«Φυσικά. Τον βλέπεις κάθε μέρα τώρα» είπε η Πόλα. «Είσαι σίγουρη ότι δεν είναι απλά ένα ξεμυάλισμα; Νομίζεις ότι νιώθει το ίδιο για σένα;»

«Ειλικρινά, δεν ξέρω. Ο Τόνι μου έκανε αυτό το δώρο, όταν επέστρεψε από την Αγγλία» είπε η Υπατία, σηκώνοντας το βιβλίο. «Τώρα με ζήτησε ραντεβού. Δεν ξέρω, γιατί με γεμίζει με δώρα και όλη αυτή την προσοχή, εκτός από-».

«Ναι;» την τσίγκλησε η Πόλα.

«Έχει βγει με πολλά κορίτσια και ίσως θέλει άλλη κοπέλα. Από την άλλη πλευρά, η θεία Σοφία είπε ότι είναι κατάλληλος άντρας και ότι δεν θα περίμενε πολύ, για να παντρευτεί».

«Επίτρεψε μου να σε βοηθήσω σε αυτό το θέμα. Πριν φύγει η θεία σου για την Αμερική, μου εκμυστηρεύτηκε ότι του είχε μιλήσει, και είπε ότι οι προθέσεις του ήταν τίμιες» είπε η Πόλα ακτινοβολώντας. «Ωστόσο, είχε, επίσης, αναφέρει ότι σε ενδιέφερε περισσότερο να πάρεις πτυχίο παρά να παντρευτείς».

«Αυτός το είπε;» ρώτησε η Υπατία, έκπληκτη από την αποκάλυψη.

Εκείνο το βράδυ, η Υπατία ονειρεύτηκε ότι ήταν με τον Τόνι.

Πιασμένοι χέρι, χέρι, την οδήγησε μέσα από ένα καταπράσινο λιβάδι. Πέρασαν μερικά δέντρα και σταμάτησαν σε ένα γκρεμό. Πέρα από αυτό, μπορούσε να δει μια εκπληκτική θέα στη θάλασσα.

«Είναι όμορφα εδώ, όπως στο νησί των Λειψών» είπε.

Η Υπατία ένιωσε χαρούμενη, καθώς έβαλαν ένα τραπεζομάντιλο στο έδαφος και άρχισαν να ετοιμάζουν το μεσημεριανό γεύμα. Ο Τόνι σφύριζε, καθώς τη βοήθησε να βγάνει το φαγητό από τα καλάθια. Κάποια στιγμή τα δάχτυλά τους αγγίχτηκαν και ένιωσε έναν ηλεκτρισμό να τη διαπερνά. Μετά, σηκώθηκε ο Τόνι, λέγοντας ότι θα επέστρεφε αμέσως.

Ο Τόνι επέστρεψε με ένα μπουκέτο φρέσκα λουλούδια. «Για σένα» είπε, προσφέροντας της τα ευγενικά.

«Πόσο όμορφα». Τα πήρε και τα μύρισε. «Νιώθω τόσο χαρούμενη και ήρεμη σαν να είμαστε στον παράδεισο».

«Ξέρω τι εννοείς» είπε, κοιτάζοντας την στα μάτια με αγάπη. «Πόσος καιρός έχει περάσει από τότε που ήρθες στον Πειραιά, Υπατία;»

«Επτά μήνες και δύο εβδομάδες» είπε.

«Επτά μεγάλοι μήνες και δύο μεγάλες εβδομάδες» είπε ο Τόνι.

«Τι εννοείς;»

«Εννοώ, αγάπη μου, ότι σε αγαπώ και δεν μπορώ να ζήσω άλλη μέρα χωρίς εσένα. Σου ζητάω να με παντρευτείς» είπε ο Τόνι απαλά, παίρνοντάς την στην αγκαλιά του.

«Κι εγώ σε αγαπώ» του ψιθύρισε, λιώνοντας στην αγκαλιά του.

ΚΕΦΑΛΑΙΟ 30

Οδηγήσαμε στον ορεινό δρόμο,
Χωρίς να ξέρουμε για το τι θα φέρει η μέρα.

Το πρωί του Σαββάτου, η Υπατία σηκώθηκε, νιώθοντας λαμπερή και χαρούμενη, θυμούμενη το όνειρο και σκεπτόμενη το ραντεβού της για πικνίκ με τον Τόνι. Άνοιξε το παράθυρό της, αφήνοντας το αεράκι να μπει στο δωμάτιο. Ήταν μια ηλιόλουστη μέρα και αποφάσισε να φορέσει το λευκό βαμβακερό φόρεμά της για την περίσταση.

Η Πόλα μπήκε στο δωμάτιο, κρατώντας ένα λευκό, δαντελένιο σάλι. «Μπορεί να χρειαστείς αυτό» είπε, δίνοντάς της το. «Μπορεί να έχει δροσιά στο βουνό. Μπορείς να το χρησιμοποιήσεις και ως σάλι και ως φουλάρι».

«Ευχαριστώ, είναι όμορφο» είπε η Υπατία, θαυμάζοντάς το και το άφησε πάνω στο κρεβάτι. «Πριν φύγεις, θα μπορούσες να μου πεις αν αυτό φαίνεται πολύ επίσημο;» Τράβηξε τα μακριά μαλλιά της και τα έπιασε κότσο, αποκαλύπτοντας τον μακρύ, λεπτό λαιμό της.

«Φαίνεται λίγο επίσημο για ένα πικνίκ» είπε η Πόλα, κοιτώντας τη. «Γιατί δεν τα αφήνεις κάτω και ίσως απλώς τράβηξε τις αφέλειες σου λίγο πίσω».

«Καλή ιδέα» είπε η Υπατία, χαρούμενη, καθώς η Πόλα έφευγε από το δωμάτιο. Τράβηξε τις αφέλειες πίσω από τα αυτιά της, κοιτώντας τον εαυτό της στον καθρέφτη και παραδέχτηκε ότι ήταν καλύτερα.

Καθώς η Υπατία σιγοτραγουδούσε μια αγαπημένη της μελωδία, σήκωσε το λευκό σάλι, για να φύγει και μετά κατασκόπευσε πάνω του μια μαύρη αράχνη. Έριξε το σάλι κάτω, κάνοντας ένα βήμα πίσω. Η καρδιά της άρχισε να χτυπά γρήγορα. Ποτέ δεν της άρεσαν οι αράχνες, ούτε τα φίδια, ούτε οι σκορπιοί. Η τελευταία φορά που είχε δει σκορπιό ήταν λίγο πριν μάθει ότι ο μικρός Νίκος είχε κόψει το χέρι του. *Μήπως αυτή η αράχνη ήταν ένα ακόμη σημάδι;*

Αποφασισμένη να καταπολεμήσει τον φόβο της, η Υπατία άρπαξε το σάλι, έτρεξε στο παράθυρο και έδιωξε την αράχνη. Παρακολούθησε σιωπηλά, καθώς το πλάσμα έτρεχε έξω.

«Ουφ!» ανατρίχιασε, κλείνοντας το παράθυρο. «Μείνε μακριά».

Το κουδούνι χτύπησε. *Πρέπει να είναι ο Τόνι.*

Ανυπομονώντας να τον δει, η Υπατία τύλιξε βιαστικά το σάλι στους ώμους της και άνοιξε την πόρτα του δωματίου της και μετά δίστασε, θυμούμενη τι είχε συμβεί. Ο φόβος της είχε επιστρέψει.

Ηρέμησε. Ήταν απλώς μια μικρή ανόητη αράχνη, μονολόγησε.

*****

Ο Τζορτζ άνοιξε την εξώπορτα.

Ο Τόνι συστήθηκε. Μίλησε με τα ξαδέλφια της Υπατίας, ζεσταίνοντάς τους. Η Υπατία έφτασε γρήγορα και φαινόταν ελκυστική με το καλοκαιρινό φόρεμα και το δαντελένιο σάλι. Της χαμογέλασε θερμά, κάνοντάς της ένα κομπλιμέντο για το ντύσιμο.

«Μην ξεχάσεις αυτά» είπε η Πόλα, δίνοντας στην Υπατία ένα κουτί με αρτοσκευάσματα, καθώς έφευγαν. «Καλά να περάσετε».

Την ευχαρίστησαν, και ο Τόνι συνόδευσε την Υπατία στο αυτοκίνητό του.

Η Υπατία κοίταξε τριγύρω με προσμονή για τον οδηγό. «Νόμιζα ότι ο Τιμ θα ήταν εδώ» είπε κατηγορηματικά.

«Ζητώ συγνώμη, γλυκιά μου» απάντησε ο Τόνι. «Βλέπεις, η μικρή μου αδελφή δανείστηκε τον Τιμ νωρίς το πρωί, για να κάνει τα ψώνια της τελευταίας στιγμής για τον γάμο της. Φεύγει αύριο για την Κρήτη».

Εμφανίστηκε σκεφτική. «Θυμάμαι πόσο απασχολημένη ήταν η θεία Σοφία για τις προετοιμασίες του γάμου της».

«Αλλά το αυτοκίνητό μου πρέπει κάποιος να το οδηγήσει» είπε ο Τόνι, ανοίγοντάς της την πόρτα.

Η Υπατία χαμογέλασε, μπήκε μέσα, και κάθισε.

Ο Τόνι ένιωσε σαν να πετούσε στον αέρα, όταν εκείνη χαμογέλασε.

Έκαναν βόλτα στις διάφορες γειτονιές της Αθήνας, κάνοντας στάσεις και πηγαίνοντας αργά. «Έχεις πάει εκεί πάνω;» ρώτησε ο Τόνι, δείχνοντας την Ακρόπολη.

«Ναι, με την κυρία Ρόδου» απάντησε η Υπατία. «Είναι εκπληκτικό πώς είναι τοποθετημένες οι στήλες. Σχηματίζουν μια ευθεία γραμμή από πάνω προς τα κάτω. Μου το επεσήμανε η κυρία Ρόδου».

«Ναι. Τα επιτεύγματα των αρχαίων Ελλήνων στην αρχιτεκτονική είναι θαυμάσια. Επισκέφθηκες το αρχαιολογικό μουσείο;»

«Ω, ναι» απάντησε εκείνη ενθουσιασμένη. «Χαίρομαι που το ανέφερες. Είδα το γεωμετρικό βάζο από το νησί, αυτό που έδωσε ο πατέρας στον παππού μου. Εκτιμώ πολύ την ευγενική χειρονομία σου».

«Όπως πιθανότατα πρόσεξες, το αντίγραφό του βρίσκεται στο γραφείο μου» είπε ο Τόνι, χαμογελώντας. «Το αυθεντικό βάζο είναι πιο ασφαλές στο μουσείο και πρέπει να το βλέπει το κοινό».

«Έχεις δίκιο» είπε, κουνώντας καταφατικά το κεφάλι της.

Έμεινε σιωπηλός, καθώς περνούσαν από πολυσύχναστους δρόμους και με τα αυτοκίνητα να κορνάρουν. Λίγα λεπτά αργότερα, βρίσκονταν σε έναν μεγάλο δρόμο, περνώντας με ταχύτητα.

«Αυτό είναι το βουνό Υμηττός;» ρώτησε με περιέργεια η Υπατία, δείχνοντας προς το μεγάλο βουνό που ήταν μπροστά.

«Ναι. Ο χώρος για πικνίκ είναι εκεί».

«Μπορεί κανείς να τα δει όλα από εκεί; Την πόλη και τη θάλασσα;» ρώτησε η Υπατία.

«Ο χώρος για πικνίκ είναι κοντά στους πρόποδες του βουνού στη Μονή Καισαριανής, οπότε η θέα δεν είναι η ίδια. Χτίστηκε

273

γύρω στον ενδέκατο αιώνα, έχει και αξιόλογες τοιχογραφίες μέσα» είπε κοιτάζοντάς την.

«Ω!» έκανε εκείνη.

«Θα προτιμούσες να πάμε πιο ψηλά, για τη θέα;»

«Θα ήταν ωραία» είπε η Υπατία, κουνώντας καταφατικά το κεφάλι.

«Μπορούμε να επισκεφτούμε το μοναστήρι αργότερα. Πάνω από το μοναστήρι υπάρχει μια πηγή που παλιά ήταν η μοναδική πηγή νερού για την Αθήνα».

«Τι ενδιαφέρον» μουρμούρισε η Υπατία.

Καθώς πήγαιναν προς το βουνό, ο Τόνι άνοιξε το ραδιόφωνο. Ο αέρας ήταν πιο δροσερός και το αεράκι τίναξε τα μαλλιά του. Παρατήρησε ότι η Υπατία είχε δέσει χαλαρά το σάλι γύρω από το κεφάλι της.

«Τόνι, ήθελα να σε ρωτήσω κάτι» είπε η Υπατία. «Ποιο είναι το κόστος της ευκαιρίας;»

«Πού το έμαθες αυτό;» ρώτησε έκπληκτος. «Είναι οικονομικός όρος».

«Ξέρω. Η κυρία Μαρίκα το ανέφερε, όταν συζητούσαμε και δεν είχα την ευκαιρία να τη ρωτήσω τι σημαίνει» απάντησε περήφανα.

«Επιλέξαμε αυτή τη διαδρομή, για παράδειγμα» είπε ο Τόνι, «αντί να κάνουμε κάτι άλλο. Χάσαμε άλλες δραστηριότητες για αυτό. Αυτό λέγεται κόστος ευκαιρίας».

«Α, κατάλαβα. Υπάρχει κόστος για όλα».

«Ναι, και ο χρόνος θεωρείται κόστος» είπε ο Τόνι. «Όπως ο χρόνος που χρειάζεται κάποιος, για να σπουδάσει έναντι του γάμου και της δημιουργίας οικογένειας». Της έριξε μια ματιά, προσπαθώντας να μετρήσει την αντίδρασή της.

Ήταν σιωπηλή.

Κατάλαβε, σκέφτηκε ο Τόνι.

«Χρόνος» είπε η Υπατία. «Ο χρόνος ελέγχει τη ζωή μας».

«Ναι, και η αποτελεσματικότητα είναι ένας τρόπος, για να κερδίσεις το πλεονέκτημα εγκαίρως» είπε.

«Γι' αυτό είναι τόσο σημαντικοί οι υπολογιστές;»

«Ναι. Μπορούν να κάνουν τόσα πολλά πράγματα στον ίδιο χρόνο με κάποιον που κάνει μόνο ένα πράγμα».

«Και τι κερδίζεις από αυτό;» ρώτησε εκείνη.

«Γιατί, έχεις περισσότερο χρόνο, για να κάνεις άλλα πράγματα, όπως να πας για πικνίκ».

Γέλασαν και οι δύο.

«Πώς πάει η ιατρική μελέτη αυτές τις μέρες;» ρώτησε ο Τόνι σιγανά.

«Διάβασα κάτι πρόσφατα για τα κύτταρα στο σώμα μας. Οι ερευνητές ανακάλυψαν ότι τα κύτταρα αναπαράγονται τόσες πολλές φορές στη ζωή κάποιου και μετά σταματούν να αναπαράγονται».

«Οι ζωές μας είναι περιορισμένες» παρατήρησε ο Τόνι. «Κάτι που κάνει τον χρόνο τόσο σημαντικό».

«Ναι, αλλά το καλό είναι ότι η ζωή δεν τελειώνει, όταν φεύγουμε από αυτήν τη γη. Όταν πεθαίνουμε, προχωράμε σε μια νέα ζωή, ένα νέο επίπεδο, όπου ο χρόνος δεν είναι πλέον παράγοντας».

«Αν πεθαίναμε, Υπατία, θα ξανασυναντιούνταν κάποια μέρα οι ψυχές μας;» ρώτησε ο Τόνι χαμηλόφωνα.

Τον κοίταξε, με τα μάτια της να λάμπουν από ελπίδα.

Έμειναν σιωπηλοί.

Στο ραδιόφωνο παιζόταν ένα τραγούδι αγάπης. Σε λίγο, ο Τόνι άρχισε να τραγουδά μαζί με τη μουσική κι έμπαινε σε μια μαγική στιγμή που ξεπερνούσε το χρόνο και το χώρο.

Αφού τελείωσε το τραγούδι, η Υπατία είπε: «Ξέρεις, η κυρία Ρόδου, η δασκάλα Αγγλικών γνώρισε τον άντρα της σε ένα εστιατόριο. Ήταν ένας μάγειρας που τραγουδούσε τραγούδια σαν αυτό».

«Αλήθεια;» είπε εκείνος.

Συνέχισε, λέγοντάς του για την κυρία Ρόδου που ερωτεύτηκε τη φωνή του και μετά τον παντρεύτηκε.

«Και παντρεύτηκαν κι έμειναν ευτυχισμένοι μετά από αυτό, σωστά;» είπε ο Τόνι.

«Ναι» απάντησε νωχελικά, γέρνοντας το κεφάλι της πίσω η Υπατία. Γύρισε και τον κοίταξε με αγάπη.

Της έριξε μια ματιά, εντυπωσιασμένος από την ομορφιά της. «Σου άρεσε το τραγούδι μου;» ρώτησε.

Η Υπατία σήκωσε απότομα το κεφάλι της. «Νομίζω ότι έχεις υπέροχη φωνή».

275

«Αυτό σημαίνει ότι θα με παντρευτείς, Υπατία;» ρώτησε ο Τόνι πειράζοντάς την.

Η Υπατία κοκκίνισε και μετά χαμογέλασε. «Δεν ξέρω. Είσαι καλός μάγειρας;»

Ο Τόνι γέλασε.

Είχαν φτάσει στο βουνό και το αυτοκίνητό τους ανέβαινε την κοπιαστική ανηφόρα στον φιδογυριστό δρόμο. Ο δρόμος έγινε στενός και ο Τόνι έπρεπε να είναι προσεκτικός. Δεν υπήρχαν πολλά περιθώρια για λάθη εδώ. Κορνάρισε ακριβώς πριν στρίψει μια στροφή.

«Γιατί κορνάρεις;» ρώτησε με περιέργεια η Υπατία.

«Είναι ένα μέτρο ασφαλείας. Κάποιος μπορεί να κατεβαίνει από την άλλη πλευρά, και θέλω να ξέρει ότι είμαι εδώ» απάντησε.

«Το κάνεις, για να μην σε χτυπήσουν;» ρώτησε εκείνη, σφιγμένα.

«Μην ανησυχείς» είπε ο Τόνι, γελώντας. «Υπατία, πόσο καιρό έχεις έρθει στον Πειραιά;»

Ακριβώς όπως στο όνειρο.

«Επτά μήνες και δύο εβδομάδες» είπε η Υπατία, σχεδόν ψιθυρίζοντας.

«Ναι, έτσι είναι» είπε ο Τόνι. «Τόσον καιρό γνωριζόμαστε. Αλλά στην πραγματικότητα, νιώθω ότι σε γνωρίζω πολύ περισσότερο. Βλέπεις, έκανα ένα ταξίδι μια φορά, με τον πατέρα σου, πριν από χρόνια. Σε εκείνο το ταξίδι, ο πατέρας σου μίλησε για σένα τόσο πολύ που έπρεπε να δω μόνος μου τη λαμπερή, αγαπημένη κόρη του. Έτσι, όταν έδεσε το πλοίο, στάθηκα στο κατάστρωμα, παρακολουθώντας εσένα και τη μητέρα σου να ξανασμίγετε με τον πατέρα σου».

«Δεν θυμάμαι να σε έχω δει».

«Ήσουν πέντε ή έξι τότε. Ήταν η χρονιά που ο πατέρας σου σού αγόρασε πιάνο, έτσι δεν είναι;»

«Ναι» είπε η Υπατία, κουνώντας καταφατικά το κεφάλι. «Πώς το ήξερες;»

«Όταν μου είπε πώς σου άρεσε να τραγουδάς τόσο πολύ, τον έπεισα να σου αγοράσει ένα πιάνο» είπε κοιτάζοντάς την. «Και με ευχαρίστησε για αυτό μετά».

Κάποιος κορνάρισε δυνατά, ξαφνιάζοντας τον Τόνι, ακολουθούμενος από το τρίξιμο των ελαστικών, καθώς ένα αυτοκίνητο έτρεχε προς το μέρος τους.

Ο Τόνι έστριψε απεγνωσμένα προς τα δεξιά, για να αποφύγει μια σύγκρουση, αλλά άργησε πολύ. Ακολούθησε μια δυνατή σύγκρουση, καθώς το άλλο αυτοκίνητο τους χτύπησε. Αυτό ήταν το μόνο που θυμόταν η Υπατία, μετά λιποθύμησε.

*****

«Χριστίνα, πάρε γρήγορα τον πατέρα μου. Είναι επείγον!»

Η Χριστίνα πήγε αμέσως στο δωμάτιο του Γρηγόρη και τον ξύπνησε από τον ύπνο του. «Η Μελίσσα είναι στο τηλέφωνο. Λέει ότι είναι επείγον».

Η Χριστίνα τον βοήθησε να μπει στο αναπηρικό του καροτσάκι και τον έσπρωξε στο τηλέφωνο. Κάθισε εκεί και άκουγε.

«Έλαβα ένα τηλεφώνημα από ένα νοσοκομείο εκτός Αθηνών» του είπε η Μελίσσα. «Ο Τόνι είχε ένα τροχαίο ατύχημα και βρισκόταν στα επείγοντα. Ήταν σε κρίσιμη κατάσταση. Μου είπαν ότι στο νοσοκομείο τους δεν ήταν εξοπλισμένοι, για να χειριστούν έναν τόσο σοβαρό τραυματισμό. Αμέσως κανόνισα να τον μεταφέρουν με ελικόπτερο σε κεντρικό νοσοκομείο της Αθήνας».

Ο Γρηγόρης έπαθε σοκ, όταν άκουσε τα νέα.

«Πατέρα, έλα σε παρακαλώ» είπε λυπημένη η Μελίσσα πριν κλείσει το τηλέφωνο.

Μόλις έφτασε στο νοσοκομείο της Αθήνας, η Μελίσσα οδηγήθηκε στην εντατική, όπου είδε αρκετές νοσοκόμες και γιατρούς να βρίσκονται πάνω από τον αδελφό της. Προχώρησε αργά προς το κρεβάτι, φοβούμενη να κοιτάξει.

Το πρόσωπό του ήταν δεμένο και αγνώριστο. Η Μελίσσα κόντεψε να λιποθυμήσει, όταν τον είδε. Έγειρε στον τοίχο, για να στηριχτεί και να μην πέσει. Παίρνοντας δύναμη, κατάφερε να στριμωχτεί κοντά σε μία από τις νοσοκόμες, για να μπορέσει να πλησιάσει. Υπήρχαν σωληνάκια παντού.

Η Μελίσσα άγγιξε το χέρι του, παρακαλώντας: «Τόνι, Τόνι».

«Καλύτερα να μην τον ξυπνήσετε, δεσποινίς» είπε η νοσοκόμα στα αριστερά της, κοιτώντας την αυστηρά.

Η Μελίσσα πήγε και κάθισε σε μια καρέκλα, μουδιασμένη. Κοίταζε τον αδελφό της σαν να ήταν υπνωτισμένη. Μια νοσοκόμα την έσπρωξε να ξυπνήσει και είπε ότι δεν επιτρεπόταν στους επισκέπτες να κοιμηθούν στη μονάδα εντατικής θεραπείας.

Η Μελίσσα έφτασε στο σπίτι τα μεσάνυχτα. Ξεκλείδωσε την πόρτα και μπήκε μέσα στα σκοτεινά. Κανένας από το προσωπικό δεν τη χαιρέτησε στην πόρτα, επιδεινώνοντας το παράξενο συναίσθημα. Πού ήταν όλοι; Μετά θυμήθηκε. Είχαν φύγει σήμερα το απόγευμα για τις διακοπές του Πάσχα.

Το άδειο σπίτι αντηχούσε τη μοναξιά της Μελίσσας, ενώ τα βήματά της την πήγαν στο διάδρομο και στο γραφείο. Πρέπει να τηλεφωνήσει στον Τσακ. Αύριο δεν θα γινόταν το ταξίδι στην Κρήτη. Τον πήρε τηλέφωνο και του είπε μουδιασμένα τα νέα και μετά ξέσπασε σε κλάματα. Είπε ο Τσακ ότι θα πήγαινε αμέσως κοντά της.

*****

Το ίδιο βράδυ, η Υπατία ονειρεύτηκε ότι περπατούσε σε ένα όμορφο λιβάδι, ντυμένη στα λευκά. Μπροστά της στεκόταν μια πύλη και πίσω της στεκόταν ο Τόνι. Όταν είδε τον Τόνι, η Υπατία άνοιξε την πύλη και έτρεξε προς το μέρος του, χαρούμενη που τον είδε.

«Είσαι εντάξει» του είπε.

Έπιασε το χέρι της και το φίλησε, λέγοντας: «Ναι, αγάπη μου. Δεν μπορείς να μείνεις εδώ όμως, πρέπει να επιστρέψεις».

Η Υπατία ένιωσε θλίψη, λέγοντας: «Δεν θέλω να γυρίσω πίσω, θέλω να είμαι μαζί σου».

«Θα προσπαθήσω να επιστρέψω» υποσχέθηκε εκείνος. Έκανε στροφή και απομακρύνθηκε.

Η Υπατία ξύπνησε από τον ήχο φωνών από πάνω της. Ανοιγόκλεισε τα μάτια της προσπαθώντας να μιλήσει. Το ένα της μάτι δεν άνοιγε. Το στήθος της ήταν βαρύ και είχε δυσκολία στην αναπνοή.

«Έλα, έλα. Υπατία. Θα γίνεις καλά αγαπητή μου» είπε η Πόλα, αγγίζοντας ελαφρά το χέρι της.

«Πού είμαι; Τι έγινε;» ψιθύρισε η Υπατία, κοιτάζοντας γύρω της. Φως έμπαινε στο δωμάτιο από ένα παράθυρο. Αισθάνθηκε το στόμα της στεγνό. Έγλειψε τα σκασμένα χείλη της.

«Ήσουν σε ένα αυτοκινητιστικό ατύχημα και σε έφεραν στο νοσοκομείο κάποιοι ευγενικοί άνθρωποι που σταμάτησαν, για να βοηθήσουν».

«Ωχ» αναφώνησε η Υπατία, καθώς προσπαθούσε να σηκωθεί. «Τι συνέβη στον Τόνι; Είναι καλά;»

«Τώρα, προσπάθησε να μην κουνιέσαι» είπε η Πόλα, βοηθώντας την Υπατία να ξαναπέσει στο κρεβάτι της. «Είπαν ότι έχεις δύο σπασμένα πλευρά».

«Ξέρετε τι έπαθε ο Τόνι;» επανέλαβε η Υπατία, νιώθοντας ανησυχία.

«Ειλικρινά, δεν ξέρουμε» είπε ο Τζορτζ, ανασηκώνοντας τους ώμους απολογητικά στην παράκληση του κοριτσιού. «Όταν ρωτήσαμε για αυτόν, μας είπαν ότι κανένας με αυτό το όνομα δεν έγινε δεκτός εδώ».

«Ελπίζω να μην του συνέβη τίποτα» είπε η Υπατία. Δάκρυα κύλησαν στο πρόσωπό της, καθώς θυμήθηκε το όνειρο. Η σκέψη ότι ο Τόνι δεν επέζησε από τη συντριβή την έκανε να ταραχτεί. *Θεέ μου, ας μην του συμβεί αυτό.* Η αναπνοή της έγινε βαριά και το κεφάλι της βούιζε. Ο πόνος στα πλευρά της ήταν αφόρητος.

«Δεν μπορώ να αναπνεύσω» ψιθύρισε η Υπατία.

Η Πόλα έτρεξε έξω από το δωμάτιο, φέρνοντας τη νοσοκόμα μαζί της.

Η νοσοκόμα βοήθησε την Υπατία, μετακινώντας την σε μια πιο άνετη θέση και στηρίζοντας τα μαξιλάρια της. Έμεινε μαζί της μέχρι που η Υπατία ένιωσε καλύτερα.

«Μην ανησυχείς, όλα είναι εντάξει» είπε ο Τζορτζ, προσπαθώντας να φανεί καθησυχαστικός, αλλά η φωνή του έσπασε στη μέση. «Αν θέλεις, μπορούμε να τηλεφωνήσουμε στο σπίτι του Τόνι, για να μάθουμε νέα».

Η Υπατία το σκέφτηκε, με δάκρυα ανακούφισης να κυλούν στο πρόσωπό της. «Ευχαριστώ, θα ήταν ανακουφιστικό». Γύρισε, προσπαθώντας να θυμηθεί πού έβαλε την τσάντα της. «Ω. Ξέχασα την τσάντα μου στο σπίτι και ο αριθμός τηλεφώνου είναι εκεί».

«Μην ανησυχείς, αγαπητή μου, θα του τηλεφωνήσουμε, όταν φτάσουμε σπίτι» είπε η Πόλα, χαϊδεύοντας το χέρι της.

Η Υπατία χαμογέλασε, αισθάνθηκε ευγνωμοσύνη και μετά σκούπισε τα δάκρυα της, κάνοντας ένα μορφασμό για τη χειρονομία. Άγγιξε απαλά το κλειστό της μάτι, νιώθοντας το εξόγκωμά του. «Τι συνέβη στο μάτι μου;»

«Ο γιατρός είπε ότι υπάρχει πρήξιμο σε αυτό το μάτι και πιθανότατα θα είναι έτσι για μερικές μέρες. Μόλις μειωθεί το πρήξιμο, τότε πιθανότατα θα μπορείς να δεις» είπε η Πόλα.

«Αυτό είναι καλό» είπε η Υπατία, ενθουσιασμένη. «Πώς έμαθες ότι ήμουν εδώ;»

«Όταν ήρθε το βράδυ και δεν είχες επιστρέψει, ανησυχήσαμε για σένα» άρχισε η Πόλα. Έριξε μια ματιά στον Τζορτζ.

«Έχω έναν φίλο αστυνομικό» είπε ο Τζορτζ. «Επικοινωνήσαμε μαζί του γύρω στις δέκα χθες το βράδυ, του είπαμε πού πήγες και άρχισε να ψάχνει».

«Χαίρομαι πολύ που με βρήκες» αναφώνησε η Υπατία. «Πρέπει να ήταν δύσκολο να με βρεις. Δεν είχα την τσάντα μαζί μου ή κάποια ταυτότητα».

«Ναι, αυτό ήταν το δύσκολο μέρος. Με κάποιο τρόπο έμαθε για ένα τροχαίο ατύχημα στην περιοχή που πηγαίνατε. Το κορίτσι στο ατύχημα νοσηλευόταν. Βρήκαμε την ευκαιρία και ήρθαμε εδώ, για να δούμε αν αυτό το κορίτσι ήσουν εσύ» είπε ο Τζορτζ.

«Ανησυχούσαμε για σένα» είπε η Πόλα, κουνώντας το κεφάλι της εμφατικά, με τα μάτια της κόκκινα.

«Σας ευχαριστώ». Η Υπατία άρχισε να αποκοιμιέται, με τα μάτια της να κλείνουν.

«Αγαπητή μου, θα ήθελες να μείνω μαζί σου τη νύχτα, σε περίπτωση που χρειαστείς κάτι;» ρώτησε η Πόλα.

Η Υπατία κατάφερε να ψιθυρίσει: «Θα είμαι καλά, Πόλα. Απλώς νιώθω νυσταγμένη».

«Μη φοβάσαι να καλέσεις τη νοσοκόμα αν χρειαστείς κάτι».

Αυτά ήταν τα τελευταία λόγια που άκουσε η Υπατία, καθώς την πήρε ο ύπνος.

ΚΕΦΑΛΑΙΟ 31

Η ζωή είναι γεμάτη μαθήματα
Άλλα για να τα κρατήσουμε και άλλα, για να τα απορρίψουμε.

Το επόμενο πρωί, μια νοσοκόμα ξύπνησε την Υπατία. Η κουρτίνα είχε τραβηχτεί γύρω από το κρεβάτι της και δεν μπορούσε να δει κανέναν, αλλά άκουγε φασαρία και αναταραχή και ανθρώπους να μιλούν στο βάθος.

«Καλημέρα. Με λένε Μαρία. Είμαι η νοσοκόμα σου για σήμερα. Σε βοηθά καθόλου το φάρμακο για τον πόνο;»

«Ναι, και, επίσης, με κάνει να θέλω κοιμάμαι συνέχεια».

«Ωραία, αυτό θέλουμε. Πρέπει να ξεκουραστείς» είπε η Μαρία, κολλώντας ένα θερμόμετρο στο στόμα της Υπατίας.

«Μπορείς να μου πεις τι συμβαίνει με εμένα;»

«Οι ακτινογραφίες σου έδειξαν δύο σπασμένα πλευρά και μώλωπες στον πνεύμονα. Γι' αυτό δυσκολεύεσαι να αναπνεύσεις».

«Χμ, έχεις ακόμα πυρετό» είπε η Μαρία, ανήσυχη. Το σημείωσε στον πίνακα ασθενών.

«Θα χρειαστώ αντιβιοτικά;» ρώτησε η Υπατία.

«Παίρνεις ήδη. Βλέπεις αυτόν τον σωλήνα που οδηγεί στο χέρι σου;»

Η Υπατία κοίταξε τον λεπτό σωλήνα με τον ορό. Ξαφνιάστηκε, όταν το είδε να μπαίνει στο χέρι της. Ο σωλήνας συνδεόταν με μια μεγάλη, πλαστική σακούλα γεμάτη υγρό, η οποία κρεμόταν σε έναν όρθιο σίδερο. Κυριευμένη από ναυτία, κοίταξε αλλού.

«Παίρνεις την τροφή και τα φάρμακά σου από εδώ. Παρεμπιπτόντως, θα μιλήσω στο γιατρό για τον πυρετό σου. Δεν θέλουμε να πάθεις πνευμονία. Εν τω μεταξύ, κάποιος θα έρθει να σου πάρει αίμα. Μετά, θα πας για ακτινογραφίες».

«Ακτινογραφίες; Για ποιο λόγο;»

«Όταν ήρθες εδώ, οι ακτινογραφίες έδειξαν ένα στίγμα στον πνεύμονά σου, οπότε θέλουν να δουν αν είναι ακόμα εκεί».

Ένα σημείο στον πνεύμονά μου;

«Ευχαριστώ, δεσποινίς Μαρία» κατάφερε να πει η Υπατία. «Θα μπορούσες να τραβήξεις τις κουρτίνες από το κρεβάτι μου, καθώς φεύγεις;»

Η νοσοκόμα τις άνοιξε πρόσχαρα και μετά έφυγε.

Για πρώτη φορά, η Υπατία παρατήρησε ότι το κρεβάτι της βρισκόταν δίπλα σε ένα μεγάλο παράθυρο. Ήταν μια γκρίζα μέρα έξω. Το δωμάτιο ήταν το ίδιο καταθλιπτικό, με το γκρίζο πάτωμά του και τον χαμηλό φωτισμό.

Στο ίδιο δωμάτιο βρίσκονταν άλλες τρεις γυναίκες ασθενείς. Μιλούσαν μεταξύ τους.

Τις παρατήρησε αθόρυβα, προσπαθώντας να αγνοήσει τον πόνο που ακτινοβολούσε από την περιοχή των πλευρών της. Δύο από τις γυναίκες έμοιαζαν μεσήλικες και η μία φαινόταν νεότερη, περίπου στην ηλικία της Υπατίας. Η Υπατία δεν είχε την ευκαιρία να μάθει περισσότερα, γιατί μια νεαρή γυναίκα ντυμένη στα λευκά ήρθε προς το μέρος της, κρατώντας ένα κουτί.

«Ήρθα να σας πάρω αίμα» είπε, τραβώντας τις κουρτίνες ελαφρώς γύρω της και ετοιμάζοντας τους σωλήνες της.

Όταν η Υπατία είδε τη βελόνα, κόντεψε να λιποθυμήσει. Κοιτάζοντας από την άλλη πλευρά, κράτησε την ανάσα της. Τεντώθηκε, όταν ένιωσε το τσίμπημα από τη βελόνα. «Φοβάμαι ότι δεν αντέχω να δω αίμα» είπε, καταπίνοντας με δυσκολία.

«Μην ανησυχείς, σχεδόν τελειώσαμε» είπε η νοσοκόμα. «Μπορείς να κοιτάξεις τώρα».

Η Υπατία χαμογέλασε απολογητικά, καθώς έβλεπε τη νοσοκόμα να φεύγει. Λίγα λεπτά αργότερα, δύο άλλες νοσοκόμες μπήκαν στο δωμάτιο κυλώντας ένα μικρό κρεβάτι μαζί τους. Σήκωσαν την Υπατία από το κρεβάτι και την τοποθέτησαν στο άλλο κρεβάτι, χρησιμοποιώντας το σεντόνι που ήταν κάτω της, για να στηρίξει το βάρος της. Βόγκηξε ελαφρά από τον πόνο.

«Πάμε για τις εξετάσεις σας» είπε μια από τις νοσοκόμες.

Όταν η Υπατία επέστρεψε αργότερα εκείνο το πρωί, την πήρε ο ύπνος. Όταν ξύπνησε, ένιωθε καλύτερα και αποφάσισε να συναντήσει τις συγκατοίκους της.

Η Λούλα, η μεσήλικη, μελαχρινή γυναίκα της οποίας το κρεβάτι ήταν πιο κοντά στην πόρτα, είχε ένα μυστηριώδες εντερικό πρόβλημα. Οι γιατροί δεν μπόρεσαν να βρουν την αιτία. Η Κατίνα, η νεαρή, χλωμή κοπέλα στα αριστερά της, αφαίρεσε τη σκωληκοειδίτιδα. Απέναντι από την Υπατία βρισκόταν η Γεωργία, μια παχουλή γυναίκα που νοσηλευόταν για πνευμονία.

Όταν ρωτήθηκε, γιατί ήταν στο νοσοκομείο, η σύντομη απάντηση της Υπατίας ήταν ότι είχε ένα αυτοκινητιστικό ατύχημα. Δεν προχώρησε σε περισσότερες λεπτομέρειες.

«Ο καλός Θεός λειτουργεί με μυστηριώδεις τρόπους» είπε η Λούλα. «Μερικές φορές μας βάζει σε καταστάσεις, επειδή θέλει να πάρουμε ένα μάθημα ή επειδή μπορούμε να γίνουμε παράδειγμα για κάποιον άλλο».

«Ίσως ήθελε να είμαστε όλες εδώ την ίδια στιγμή, για να γίνουμε φίλες» είπε η Κατίνα, η νεότερη της ομάδας.

«Μπορεί να σε έπιασε το κακό μάτι» είπε η Γεωργία στην Υπατία. «Μερικές φορές, όταν κάποιος έχει ομορφιά και νιάτα, και του συμβαίνουν καλά πράγματα, ο κόσμος μπορεί να το ζηλέψει αυτό. Μπορεί, επίσης, να προέλθει από κάποιον που σας κάνει κομπλιμέντα ή σας θαυμάζει. Μου έχει συμβεί πολλές φορές».

«Και τι έκανες για αυτό;» ρώτησε η Υπατία.

«Ξεμάτιασμα» απάντησε η Γεωργία. «Η μητέρα μου μπορούσε να πει αν το είχα ή όχι. Γέμιζε ένα μικρό μπολ με νερό κι έριχνε λίγο ελαιόλαδο στο νερό. Έπειτα έκανε το σημείο του σταυρού στο λάδι. Αν το λάδι ανακατευόταν με το νερό, είχα το κακό μάτι. Αν έμενε ξεχωριστό, δεν το είχα. Μετά, έλεγε μια ειδική προσευχή, για να φύγει. Μέσα σε λίγες ώρες ένιωθα καλύτερα».

«Ξέρεις την προσευχή;» ρώτησε η Υπατία με περιέργεια.

Η Γεωργία έκανε το σημείο του σταυρού και μετά άρχισε να απαγγέλλει την προσευχή. Στη συνέχεια, μοιράστηκε με τις άλλες τις εμπειρίες της, όταν είχε πληγεί από το κακό μάτι.

Η φιλική συζήτηση διακόπηκε, όταν έφτασε ομάδα ατόμων. Η Υπατία παρακολούθησε τη Λούλα να υποδέχεται τον άντρα

283

της με τα δύο τους παιδιά. Η εκδήλωση στοργής μεταξύ του ζευγαριού τάραξε την Υπατία. Κοίταξε αλλού, ανίκανη να τους παρακολουθήσει. Για κάποιο περίεργο λόγο, αυτή η σκηνή τής προκάλεσε ένα γλυκόπικρο συναίσθημα. Δεν είχε συνειδητοποιήσει πόσο πολύ σήμαινε για εκείνη μέχρι τώρα η απουσία του Τόνι μετά το ατύχημα. *Πού ήταν αυτός;*

Η Υπατία ξεκίνησε μια συζήτηση με την Κατίνα. Έμαθε ότι η Κατίνα ήταν μόλις δεκαπέντε και θα έφευγε αύριο. Η συζήτησή τους δεν κράτησε πολύ, αφού ήρθαν οι γονείς, η γιαγιά και ο μικρότερος αδελφός της Κατίνας.

Το σημείο κοντά στο κρεβάτι της Υπατίας γέμισε κόσμο και ο θόρυβος εκκωφαντικός, καθώς εγκαταστάθηκαν γύρω από το κρεβάτι της Κατίνας. Εκείνη, τους σύστησε την Υπατία η οποία τους χαμογέλασε γλυκά. Άκουσε τη φλυαρία τους και μετά ένιωσε κουρασμένη. Έκλεισε τα μάτια της.

Οι σκέψεις της Υπατίας στράφηκαν αναπόφευκτα στον Τόνι. Σκέφτηκε τα χαμόγελά του, τα λόγια που έλεγαν πριν το ατύχημα, το δώρο του και το φιλί του στη βιβλιοθήκη του σπιτιού του. Οι σκηνές κυλούσαν σαν μια μεγάλη ταινία. Άρχισε να προσεύχεται σιωπηλά. Προσευχήθηκε να ήταν καλά και να έχει γρήγορη ανάρρωση. Αποκοιμήθηκε μέσα στις προσευχές της.

Ένα ελαφρύ χτύπημα στο χέρι της την ξύπνησε. Ο Τζορτζ και η Πόλα είχαν φτάσει. Η Πόλα έφερε μερικά γλυκά, χαμογελώντας της και ο Τζορτζ έκανε τα πάντα να φαίνονται καλά, μοιράζοντας μερικά αστεία μαζί της. Η Υπατία σύστησε τα ξαδέλφια της στην Κατίνα και την οικογένειά της και αντάλλαξαν μερικά ευχάριστα λόγια. Το δωμάτιο είχε γεμίσει.

Η Πόλα είπε, «Επικοινωνήσαμε με τον παππού σου. Ανησυχούσε για σένα, αλλά ήταν ευγνώμων που ήμασταν εδώ, για να σε βοηθήσουμε. Είναι χαρούμενος που είσαι καλά και τα πηγαίνεις καλύτερα».

Η Υπατία την ευχαρίστησε.

«Μιλήσαμε και με τη θεία σου στην Αμερική. Τα καλά νέα είναι ότι είναι έγκυος».

«Είναι έγκυος;» φώναξε η Υπατία, χτυπώντας τα χέρια της από χαρά. «Δεν μπορώ να το πιστέψω!» Ένας οξύς πόνος χτύπησε το στήθος της. Παρασύρθηκε από τον πόνο και ξάπλωσε ξανά στο κρεβάτι.

«Τι έγινε, αγαπητή μου;» ρώτησε η Πόλα.

«Πονάω ακόμα λίγο» είπε η Υπατία με θλίψη. Πιο συγκρατημένη, έκανε ερωτήσεις σχετικά με την επικείμενη γέννα της θείας της.

«Θα της μιλήσεις, αφού βγεις από το νοσοκομείο. Θέλει να ζήσεις μαζί τους στην Αμερική, όταν θα είσαι αρκετά καλά, για να μπορείς να ταξιδέψεις» είπε η Πόλα. «Με το μωρό, θα χρειαστεί τη βοήθειά σου. Τι λες;»

«Θα πρέπει να το σκεφτώ» είπε η Υπατία. «Είχες την ευκαιρία να τηλεφωνήσεις στο σπίτι του Τόνι;»

Ο Γιώργος κούνησε το κεφάλι του με θλίψη. «Κανείς δεν σήκωσε το τηλέφωνο» είπε. «Προσπαθήσαμε δύο φορές».

Συζήτησαν για λίγο ακόμα, μοιραζόμενοι τα τελευταία νέα από τα παιδιά τους στη Θεσσαλονίκη, τις ειδήσεις, τον καιρό και τους φίλους τους.

Τα μάτια της Υπατίας είχαν αρχίσει να κλείνουν. Ένιωθε νυσταγμένη.

«Καλύτερα να πάμε» είπε ο Τζορτζ, κοιτάζοντας την Πόλα. «Η Υπατία χρειάζεται ύπνο».

«Λυπάμαι, αλλά δεν μπορώ να κρατήσω τα μάτια μου ανοιχτά» είπε η Υπατία και αποκοιμήθηκε.

Την επόμενη μέρα, ο γιατρός επισκέφτηκε την Υπατία και την εξέτασε. Της είπε ότι είχε κάποια εσωτερική αιμορραγία και την παρακολουθούσαν. Όταν τον ρώτησε για τα μαύρα και μπλε σημάδια στο σώμα της, εκείνος απάντησε ότι οι μώλωπες προκλήθηκαν από την αιμορραγία και με την πάροδο του χρόνου θα άλλαζαν χρώμα και θα κιτρίνιζαν, κάτι που θα ήταν σημάδι ίασης.

«Όλα τα εσωτερικά σου όργανα είναι άθικτα. Τα δύο σπασμένα πλευρά χρειάζονται αρκετές εβδομάδες, για να επουλωθούν» είπε ο γιατρός. Ολοκλήρωσε την επίσκεψη, λέγοντας ότι εάν όλα συνεχίσουν να βελτιώνονται, θα μπορούσε να φύγει την επόμενη Δευτέρα.

*****

Ο Γρηγόρης κάθισε στο πλευρό του γιου του, κοιτάζοντας με θλίψη το δεμένο με επιδέσμους πρόσωπο του νεαρού και περιμένοντας την επίσκεψη του γιατρού. Έφτασε στο νοσοκομείο της Αθήνας πριν από δύο ημέρες, αργά το απόγευμα και η Χριστίνα τον μετέφερε στην μονάδα εντατικής θεραπείας. Εκεί, συναντήθηκε με τον γιατρό που τον οδήγησε στον γιο του. Είχε κλάψει πολύ, όταν είδε τον Τόνι ξαπλωμένο στο κρεβάτι, με το πρόσωπό του δεμένο και σε κώμα. Δεν είχε κοιμηθεί καλά από τότε.

Ο γιατρός μπήκε στο δωμάτιο. «Καλημέρα, κύριε Πλακή».

Ο Γρηγόρης ρώτησε βαριά: «Γιατρέ, πες μου την αλήθεια. Ποιες είναι οι πιθανότητες του γιου μου να αναρρώσει εντελώς;»

«Δεν είναι καλές» απάντησε ο γιατρός. «Χρειάζεται χειρουργική επέμβαση, αλλά δεν μπορεί να γίνει μέχρι να σταθεροποιηθεί η αρτηριακή του πίεση και δεν υπάρχει καμία εγγύηση ότι θα βγει από το κώμα ακόμη και μετά την επέμβαση».

Ο Γρηγόρης κατέρρευσε ακριβώς εκεί επί τόπου. Οι νοσοκόμες και οι γιατροί έσπευσαν να τον βοηθήσουν. Αφού ξαναζωντάνεψε, απαίτησε με ραγισμένη φωνή: «Βρείτε μου τους καλύτερους γιατρούς. Ο γιος μου δεν πρόκειται να πεθάνει».

Σε κάτι που φαινόταν σαν μια θαυματουργή επίδειξη ανανεωμένης ενέργειας, ο Γρηγόρης άρχισε να ψάχνει για ένα γιατρό να σώσει τον γιο του. Μίλησε με ειδικούς σε άλλα νοσοκομεία. Δυσαρεστημένος με την κακή πρόγνωση, βρήκε ονόματα κορυφαίων χειρουργών εγκεφάλου σε άλλες χώρες.

Τέλος, βρήκε έναν κορυφαίο χειρουργό στην Αγγλία, τον γιατρό Κίλνταρ ο οποίος ήταν γνωστός για το υψηλό ποσοστό επιτυχίας του σε αυτές τις ειδικές περιπτώσεις. Μίλησε με τον γιατρό Κίλνταρ στο τηλέφωνο εκτενώς, ανακτώντας την ελπίδα μετά τη συνομιλία τους. Ο γιατρός Κίλνταρ πρότεινε τη χρήση μιας νέας χειρουργικής τεχνικής που είχε εφεύρει και που ένιωθε ότι θα μπορούσε να βοηθήσει τον Τόνι. Ο Γρηγόρης αποφάσισε να μεταφέρει τον Τόνι στην Αγγλία.

Στην αρχή, οι γιατροί είπαν ότι ο Τόνι μπορεί να μην επιζήσει από το ταξίδι, αλλά ο Γρηγόρης επέμεινε ότι αν ο Τόνι δεν έκανε το ταξίδι, δεν θα επιζούσε ούτως ή άλλως. Με κλήσεις πέρα δώθε από το ιατρείο στην Αγγλία, τελικά μπόρεσαν να μεταφέρουν τον Τόνι.

Μόλις έφτασαν στο νοσοκομείο, οι συνοδοί οδήγησαν τον Τόνι στο χειρουργείο. Χειρουργήθηκε επτά φορές πριν σταθεροποιηθεί.

*****

Ο Γρηγόρης σήκωσε το βλέμμα του, όταν άκουσε φωνές. Οι νοσοκόμες έξω στο διάδρομο μιλούσαν αγγλικά.

Η Χριστίνα και η Μελίσσα μπήκαν στο δωμάτιο.

«Πρέπει να ξεκουραστείς, αγαπητέ, πριν επιτρέψουμε την είσοδο» είπε η Χριστίνα. Τον φίλησε ελαφρά στο μάγουλο. «Γιατί δεν επιστρέφουμε στο ξενοδοχείο; Η Μελίσσα θα μείνει εδώ και θα τον παρακολουθεί».

Ο Γρηγόρης κούνησε το κεφάλι του, μουρμουρίζοντας: «Όχι ακόμα. Έχω την αίσθηση ότι από λεπτό σε λεπτό θα ξυπνήσει. Θέλω να είμαι εδώ, όταν θα γίνει».

«Καταλαβαίνω, αγάπη μου, αλλά έχουν περάσει δύο εβδομάδες από τότε που έκανε τις χειρουργικές επεμβάσεις του. Ο γιατρός είπε ότι μπορεί να περάσουν μήνες ή και χρόνια μέχρι να βγει από το κώμα, αν βγει καθόλου» είπε η Χριστίνα, χαϊδεύοντάς τον στον ώμο.

«Ο Τόνι σημαίνει τα πάντα για μένα» είπε ο Γρηγόρης, τρίβοντας αμήχανα τα υγρά μάτια του. Σπάνια έκλαιγε, αλλά αυτές τις τελευταίες εβδομάδες, ήταν κάτι το συνηθισμένο. «Ο γιατρός Κίλνταρ είχε κάποιο νέο για την κατάστασή του;»

«Έκανε το χειρουργείο και αυτό ήταν το μόνο που μπορούσε να κάνει. Τώρα εναπόκειται στο σώμα του Τόνι να αναρρώσει και να θεραπευτεί».

«Να το πούμε σε κανέναν πίσω στο σπίτι ή στο γραφείο;» ρώτησε η Μελίσσα.

«Όχι, όχι ακόμα» απάντησε ο Γρηγόρης, κουνώντας το κεφάλι του. «Θα τους το πούμε εν ευθέτω χρόνο».

«Τι θα συμβεί αν δεν βγει σύντομα από το κώμα;» ρώτησε η Μελίσσα. «Ξέρω ότι μπορεί να μην είναι η ώρα να το πω, αλλά τι θα γίνει με τα σχέδια του γάμου μου; Και με τα σχέδια για το νέο σπίτι;»

Ο Γρηγόρης δεν απάντησε αμέσως, αλλά αντίθετα κοίταξε σκεφτικά τον Τόνι. Όποτε περνούσε περισσότερο χρόνο μαζί του, παρουσιαζόταν η ζήλια της Μελίσσας, και άρχιζε να έχει απαιτήσεις.

Μετά από ένα διάστημα που φάνηκε πολλή ώρα, κούνησε το κεφάλι του βαριά και είπε: «Κόρη, θα κάνεις το γάμο σου και το σπίτι σου».

*****

Επιτέλους ήρθε η Κυριακή του Πάσχα. Όλοι οι άλλοι ασθενείς είχαν φύγει και το δωμάτιο ήταν πλέον άδειο εκτός από την Υπατία. Ο χρόνος περνούσε αργά χωρίς να έχει κανέναν να μιλήσει.

Η Υπατία πέρασε το πρωί διαβάζοντας την Βίβλο που της είχε αφήσει η Γεωργία. Μπορούσε να χρησιμοποιήσει και τα δύο της μάτια για πρώτη φορά χωρίς να τα καταπονήσει. Διάβαζε αδηφάγα. Η Βίβλος ήταν μια απόδραση από τις σκέψεις που συνέχιζαν να απειλούν να την κατακλύσουν και από την έντονη μοναξιά που την κυρίευε. Της έφερνε ηρεμία.

Η Μαρία, η νοσοκόμα, έφερε ένα δίσκο με φαγητό.

«Τι λες για αυτό; Ένα ωραίο γεύμα για αλλαγή» είπε, τοποθετώντας το δίσκο κάτω. «Επίτρεψε μου να δω τη θερμοκρασία σου πριν ξεκινήσεις να τρως».

Η Υπατία άφησε τη Βίβλο στην άκρη και την άκουσε, παίρνοντας το θερμόμετρο που της έδωσε. Λίγα λεπτά αργότερα, παρακολουθούσε με περιέργεια, καθώς η Μαρία κοίταζε το θερμόμετρο.

«Συγχαρητήρια. Δεν έχεις πια πυρετό» είπε χαρούμενη η Μαρία, καθώς τίναζε το θερμόμετρο.

«Αυτό είναι υπέροχο» είπε η Υπατία. «Μπορώ να πάω σπίτι τότε;»

«Επίτρεψε μου πρώτα να επικοινωνήσω με το γιατρό» είπε η Μαρία.

Επέστρεψε μετά από λίγο και της είπε ότι ο γιατρός ήθελε να βεβαιωθεί ότι ο πυρετός της είχε φύγει για τουλάχιστον είκοσι τέσσερις ώρες, οπότε η Υπατία έπρεπε να περιμένει άλλη μια μέρα.

288

Η Υπατία πήρε την Βίβλο και άρχισε να διαβάζει με μεγαλύτερη θέρμη. *Θεέ μου, σε ευχαριστώ για την ευλογία που μου έδωσες σήμερα.*

Αργότερα εκείνη την ημέρα, τα ξαδέλφια της Υπατίας την επισκέφτηκαν. Έφεραν ένα καλάθι γεμάτο μέχρι πάνω με κόκκινα βαμμένα αυγά, ψωμί τσουρέκι, ψητό αρνί και άλλα καλούδια.

Μετά το γεύμα τους, η Υπατία πήρε ένα κόκκινο αυγό και το κράτησε στην παλάμη του χεριού της, σαν πειραχτήρι, εκθέτοντας τη μία άκρη του αυγού. «Ποιος θα το δοκιμάσει πρώτος;» είπε.

Η Πόλα πήρε το αυγό της και χτύπησε ελαφρά το αυγό της Υπατίας.

«Ωχ. Το δικό μου έσπασε» είπε η Πόλα.

Γέλασαν μαζί. Το αυγό της Υπατίας έσπασε και το αυγό του Τζορτζ.

«Φοβάμαι να το φάω τώρα. Αυτό είναι νικητής» είπε η Υπατία, τοποθετώντας το κάτω. Είχε αρχίσει να νιώθει καλύτερα.

«Ορίστε, πάρε το δικό μου αυγό και λίγο ακόμα ψωμί» είπε η Πόλα.

«Όχι, ευχαριστώ» είπε η Υπατία, τρίβοντας το στομάχι της. «Με έχεις στομώσει με τόσο καλό φαγητό σήμερα, δεν νομίζω ότι θα μπορέσω να περάσω από την πόρτα. Παρεμπιπτόντως, έχουμε νέα από την οικογένεια του Τόνι;»

«Όλα είναι κλειστά για το Πάσχα, οπότε δεν μπορέσαμε να τηλεφωνήσουμε» είπε η Πόλα. «Συγνώμη, Υπατία, αλλά ίσως μπορέσουμε να προσπαθήσουμε αύριο».

Η Υπατία ένιωσε απογοητευμένη. Το ανάλαφρο, χαρούμενο συναίσθημα που είχε πριν από λίγες στιγμές είχε αντικατασταθεί από ένα προαίσθημα που δεν μπορούσε να αποτινάξει. *Κάτι δεν πάει καλά αν ο Τόνι δεν προσπάθησε να επικοινωνήσει μαζί μου.*

«Αφού γίνεις καλά, σκοπεύουμε να επισκεφτούμε τα παιδιά μας στη Θεσσαλονίκη» είπε γρήγορα ο Τζορτζ. «Μπορείς να έρθεις μαζί μας, Υπατία. Μπορεί να σου κάνει καλό».

«Η Μαρία, η νοσοκόμα, μου είπε ότι δεν έχω πια πυρετό και ότι ίσως φύγω αύριο» είπε αισίως η Υπατία.

«Τι ωραία!» αναφώνησε η Πόλα. «Θα φέρω τα ρούχα σου, αύριο το πρωί».

Αφού έφυγαν τα ξαδέλφια της, η Υπατία πήρε έναν υπνάκο και αργότερα το ίδιο απόγευμα, περπάτησε στο δωμάτιό της, ενθυμούμενη τη συνομιλία της με τα ξαδέλφια της και τις συζητήσεις με τους νέους φίλους της. Αναρωτήθηκε τι έκαναν.

Η Υπατία διέσχισε τον διάδρομο, περπατώντας αργά και προσεκτικά. Οι νοσηλευτές και το ιατρικό προσωπικό είχαν φύγει για διακοπές και μόνο λιγοστό προσωπικό είχε απομείνει

Επέστρεψε στο δωμάτιό της.

Το μυαλό της περιπλανήθηκε στον Τόνι, στις συζητήσεις τους πριν από το ατύχημα και σε όλες τις καλές πράξεις που είχε κάνει. *Η αγάπη του φαινόταν αληθινή.* Έκλαψε βουβά, απομακρύνοντας τα δάκρυα, νιώθοντας μια ανεξήγητη θλίψη. Βαθιά μέσα της ένιωθε τον ίδιο πόνο όπως, όταν είχαν πεθάνει οι γονείς της. Ήταν όπως ο πόνος της απώλειας ενός αγαπημένου προσώπου. Πίστευε ότι δεν θα το ξαναζούσε ποτέ. Πίστευε ότι δεν θα αγαπούσε ποτέ ξανά. Ήξερε ότι είχε κάνει λάθος.

Ψιθύρισε απαλά μέσα στη νύχτα, «Τόνι, σε αγαπώ. Πού είσαι; Πώς μπόρεσες να με αφήσεις μόνη;»

Μέσα στην καρδιά της, μια μικρή φωνή τής ψιθύρισε: «*Μην φοβάσαι, αγάπη μου. Δεν θα είσαι ποτέ ξανά μόνη, γιατί θα είμαι πάντα μαζί σου*».

Αποκοιμήθηκε, νιώθοντας γαλήνη.

ΚΕΦΑΛΑΙΟ 32

Δεν αντέχω να σε σκέφτομαι
Στην Κρήτη με την οικογένειά σου.

Η Υπατία ξύπνησε νωρίς την επόμενη μέρα εν αναμονή της αναχώρησής της. Τα ξαδέλφια της έφτασαν αργότερα εκείνο το πρωί. Η Πόλα την βοήθησε να ντυθεί, τραβώντας τα μανίκια πάνω από τα μπράτσα της και κουμπώνοντας το πίσω μέρος του φορέματός της. Αρκετές νοσοκόμες πέρασαν, για να την αποχαιρετήσουν, ευχόμενες ταχεία ανάρρωση.

Μόλις πήγαν στο σπίτι, έφαγαν ένα ευχάριστο γεύμα με σπανακόπιτα, σουβλάκι κοτόπουλου και σαλάτα. Στη συνέχεια, η Υπατία περπάτησε λίγο, απολαμβάνοντας την έξοδο της από το νοσοκομείο. Πονούσε ακόμα λίγο αλλά ανυπομονούσε να επιστρέψει στον υγιή εαυτό της. Από το σπίτι ακουγόταν μουσική από το ραδιόφωνο και κάποια στιγμή έπαιζε ένα θλιβερό τραγούδι που θρηνούσε την απώλεια ενός αγαπημένου προσώπου, προκαλώντας της βαριά συναισθήματα σκεπτόμενη τον Τόνι. Η κούρασή της επέστρεψε και κάθισε, νιώθοντας εξαντλημένη. Προσπάθησε να διαβάσει ένα βιβλίο αλλά άρχισε να αποκοιμιέται.

«Υπατία, γιατί δεν κοιμάσαι; Δεν πρέπει να κουράζεις τον εαυτό σου» είπε η Πόλα.

Η Υπατία ξάπλωσε στο κρεβάτι και σε λίγο, κοιμόταν. Μετά, βρήκε τον Τζορτζ και την Πόλα στην κουζίνα να πίνουν καφέ.

«Τζορτζ, να σου ζητήσω μια χάρη; Πρέπει να πάω στο φαρμακείο, για να πάρω τα φάρμακά μου, και θέλω, επίσης, να τηλεφωνήσω και να μάθω για τον Τόνι» είπε η Υπατία.

«Σίγουρα» είπε ο Τζορτζ, αφήνοντας κάτω το φλιτζάνι με τον καφέ.

«Θα σου φέρω τον αριθμό του Τόνι» είπε η Πόλα, πηγαίνοντας να τον πάρει.

Ο Τζορτζ οδήγησε την Υπατία στο φαρμακείο.

Η Υπατία έβγαλε το χαρτί με τον αριθμό τηλεφώνου και αναρωτιόταν τι θα μάθαινε, όταν τηλεφωνούσε στο σπίτι του Τόνι.

Όταν έφτασαν στο μαγαζί, ο Τζορτζ είπε: «Θα σε αφήσω και θα σε περιμένω έξω, επειδή δεν υπάρχει χώρος στάθμευσης».

Κρατώντας τη συνταγή και το χαρτάκι της, η Υπατία μπήκε αργά στο φαρμακείο, έχοντας κατά νου τα πονεμένα πλευρά της. Έδωσε τη συνταγή της στο φαρμακοποιό και πήγε στο τηλέφωνο. Μόρφαζε από τον πόνο, καθώς σήκωσε το τηλέφωνο. Εξακολουθούσε να πονάει σε εκείνο το σημείο. Καθώς καλούσε την κατοικία του Πλακή, τα χέρια της ήταν ιδρωμένα. Το τηλέφωνο χτύπησε αρκετές φορές. Ένας άντρας το σήκωσε και η καρδιά της χτυπούσε άγρια. Ήταν λάθος νούμερο. Μουρμούρισε συγνώμη και ξαναδιάβασε τον αριθμό. Αυτή τη φορά, δεν απάντησε κανείς. Το άφησε να χτυπάει αρκετές φορές πριν το κλείσει. Ένιωθε απογοητευμένη, καθώς κατευθύνθηκε αργά προς την πόρτα.

«Δεσποινίς».

Γύρισε προς τον φαρμακοποιό, έναν μικροσκοπικό αδύνατο άντρα με μεγάλη μύτη και ακόμα μεγαλύτερα αυτιά. Έδειχνε ταραγμένος.

«Υπάρχει χρέωση για τη χρήση του τηλεφώνου» απαίτησε. «Επίσης, το φάρμακό σας είναι έτοιμο».

«Συγνώμη» είπε, κοκκινίζοντας. Έχωσε το χέρι στην τσάντα της, καθώς έψαχνε να βρει τα χρήματα. «Σκεφτόμουν κάτι άλλο» είπε.

Πλήρωσε γρήγορα κι έφυγε βιαστικά. Σκεφτόταν ακόμα τον Τόνι, κουνώντας το κεφάλι της.

«Τι συμβαίνει;» τη ρώτησε ο Τζορτζ.

«Δεν μπορώ να πιάσω κανέναν στο σπίτι του Πλακή, και ανησυχώ για τον Τόνυ» είπε η Υπατία, καθώς κάθισε στο αυτοκίνητο, νιώθοντας μελαγχολική. «Υπάρχει πάντα κάποιος στο σπίτι, είτε η οικονόμος, είτε ο μάγειρας. Κάτι δεν πάει καλά».

Ο φαρμακοποιός βγήκε τρέχοντας από την πόρτα με το φάρμακο. «Ξεχάσετε αυτό» είπε, δίνοντας της το μικρό πακέτο.

«Συγνώμη» είπε εκείνη. «Μόλις βγήκα από το νοσοκομείο και δεν νιώθω πολύ καλά».

«Κανένα πρόβλημα» απάντησε ο φαρμακοποιός, με το πρόσωπό του να μαλακώνει.

Έφυγαν αργά.

«Πραγματικά, επηρεάστηκες, έτσι δεν είναι;» είπε ο Τζορτζ.

«Υποθέτω ναι» είπε με σοβαρό ύφος. «Είμαι μπερδεμένη με το όλο θέμα και θέλω να μάθω τι συνέβη στον Τόνι».

«Μπορώ να σε πάω στο κτίριο Πλακή και να ρωτήσεις».

Η Υπατία ενθουσιάστηκε με την ιδέα και λίγα λεπτά αργότερα, ο Τζορτζ την πήγε μπροστά στο κτίριο Πλακή.

«Θα σε περιμένω εδώ» είπε ο Τζορτζ.

Για κάποιο λόγο, το κτίριο φαινόταν πολύ μεγαλύτερο σήμερα. Η μετακίνηση την είχε κουράσει και η σκέψη να ανέβει τις σκάλες την κατέβαλε.

Η Υπατία πήρε το ασανσέρ, με την καρδιά της να χτυπά γρήγορα, καθώς σκεφτόταν τι θα έβρισκε και τι θα έλεγε. Πώς θα έπρεπε να ενεργήσει αν έβλεπε τον Τόνι να στέκεται στο γραφείο και να μιλά με τη Ρίτα; Θα έπρεπε να σιωπήσει ή να μιλήσει; Θα ήταν ήσυχη.

Η Υπατία ξέχασε το σχέδιό της, όταν είδε τη Ρίτα να κάθεται μόνη στο γραφείο της. Όλα φαίνονταν κανονικά.

«Χριστός Ανέστη» είπε με χαρά η Ρίτα, χαιρετώντας την Υπατία με τον πασχαλινό χαιρετισμό, που συνηθιζόταν μετά το Πάσχα.

«Αληθώς Ανέστη» απάντησε η Υπατία, χαμογελώντας της στοργικά. Δεν ήταν σίγουρη αν έπρεπε να αναφέρει το ατύχημά της, γιατί θα αποκάλυπτε το γεγονός ότι είχε βγει ραντεβού με τον Τόνι. Ένα δυνατό, ενστικτώδες συναίσθημα της είπε να μην το αναφέρει.

«Πώς ήταν οι διακοπές του Πάσχα;» είπε η Ρίτα.

Η Υπατία σταμάτησε πριν μιλήσει, προσπαθώντας να διαλέξει τα λόγια της προσεκτικά. «Το Πάσχα ήταν ωραίο και ήσυχο. Το πέρασα με τα ξαδέλφια μου. Πέρασες τις διακοπές σου με την οικογένεια σου;» ρώτησε εκείνη.

«Επισκέφθηκα τη μικρότερη αδελφή μου και την οικογένειά της» άρχισε η Ρίτα. «Κάθε χρόνο επισκεπτόμαστε το σπίτι της, γιατί είναι μεγαλύτερο και μπορεί να φιλοξενήσει όλους τους συγγενείς». Η Ρίτα μίλησε για την εμπειρία των διακοπών της. Το τηλέφωνο διέκοψε την εύθυμη κουβέντα της. «Ναι, το γραφείο είναι κλειστό για τις διακοπές».

Αφού η Ρίτα έκλεισε το τηλέφωνο, είπε στην Υπατία: «Ο κύριος Τόνι δεν μου άφησε οδηγίες, για να σου δώσω οποιαδήποτε δουλειά. Βρίσκεται στην Κρήτη για το Πάσχα με τους γονείς του. Η δεσποινίς Μελίσσα και ο κύριος Ντάρας πήγαν και αυτοί στην Κρήτη. Ξέρεις, θα παντρευτούν εκεί. Δεν υπάρχει τίποτα να κάνουμε μέχρι να επιστρέψουν σε λίγες εβδομάδες».

Η Υπατία έμεινε έκπληκτη από την είδηση. Τελικά ο Τόνι ήταν εντάξει. Αυτός και η οικογένειά του ήταν στην Κρήτη. Τώρα συνειδητοποίησε, γιατί τα τηλεφωνήματά της στο σπίτι ήταν αναπάντητα.

Ένα αίσθημα κάψας μαινόταν στο στήθος της και καταστρέφε ολόκληρο το σώμα της. *Πώς μπόρεσε να φύγει για την Κρήτη χωρίς να μάθει αν ήμουν καλά;*

Η Υπατία ένιωσε λιποθυμία και ακούμπησε στο γραφείο. Προσπαθώντας να ανακτήσει την ηρεμία της, κατάφερε να πει: «Ευχαριστώ, Ρίτα. Πρέπει να πηγαίνω. Να έχεις μια όμορφη μέρα».

Η Υπατία μπήκε στο αυτοκίνητο, έχοντας μια θολούρα στα μάτια.

Ο Τζορτζ ρώτησε: «Έχουμε νέα;»

«Ο Τόνι είναι στην Κρήτη με την οικογένειά του».

«Τι;» ψέλλισε ο Τζορτζ. «Δεν μπορώ να το πιστέψω! Αυτοί οι νέοι άντρες στις μέρες μας δεν έχουν αξιοπρέπεια!»

Στο δρόμο για το σπίτι, η Υπατία παρέμεινε ήσυχη, μπερδεμένη για ένα πράγμα. *Γιατί δεν προσπάθησε ο Τόνι να επικοινωνήσει μαζί μου;*

Εξέφρασε τις ανησυχίες της στην Πόλα αργότερα μέσα στην ημέρα.

«Ίσως είχε έναν καλό λόγο να πάει στην Κρήτη» είπε η Πόλα. «Μερικές φορές υπάρχουν πράγματα στη ζωή για τα οποία δεν έχουμε όλες τις πληροφορίες».

«Δεν το καταλαβαίνω» είπε η Υπατία, κουνώντας το κεφάλι της. «Το ένα λεπτό, μου κάνει δώρα και μου ζητάει να βγούμε ραντεβού, και το επόμενο λεπτό, έχει πάει στην Κρήτη με την οικογένειά του για το Πάσχα χωρίς λέξη. Δεν ακούγεται σωστά αυτό».

«Ξέρω, αγαπητή, ακούγεται μπερδεμένο» είπε η Πόλα, κουνώντας το κεφάλι της, κοιτάζοντας σαστισμένη.

Αργότερα, το βράδυ, η Υπατία ξάπλωσε στο κρεβάτι και σκεφτόταν τον Τόνι. Σαν σπασμένος δίσκος, πέρασαν τα πάντα από το μυαλό της για άλλη μια φορά, τις ημέρες πριν από το ραντεβού, την ημέρα του ατυχήματος και τις ημέρες μετά το ατύχημα. Μετά θυμήθηκε το όνειρο που είδε το βράδυ πριν από το ραντεβού. Τώρα συνειδητοποίησε πώς είχαν μεγαλώσει οι προσδοκίες της. Περίμενε ο Τόνι να της δηλώσει την αγάπη του. *Ίσως δεν με αγαπάει. Ίσως απλώς να με βλέπει όπως τις άλλες γυναίκες. Απλά ως ένας φίλος.* Αυτό θα εξηγούσε την έλλειψη ενδιαφέροντος την περασμένη εβδομάδα, και την αναχώρησή του για την Κρήτη χωρίς να της πει τίποτα. Η αράχνη τελικά ήταν κακός οιωνός.

Δάκρυα κύλησαν στο πρόσωπό της, μουσκεύοντας το μαξιλάρι. Τα λόγια του γιατρού Χατζή στον Τόνι στο σαλόνι του πλοίου ήρθαν πάλι να την στοιχειώσουν. Είχε δίκιο τελικά. Ο Τόνι ήταν playboy, κυνηγούσε τη μια γυναίκα και έριχνε την επόμενη. Τώρα είχε γίνει αυτή το επόμενο θύμα, όπως η Μπόνι. Μάλλον ήταν απασχολημένος κυνηγώντας μια άλλη γυναίκα. Μετά, αποφάσισε να μην σκεφτεί ποτέ ξανά τον Τόνι.

*****

Η Μελίσσα κοίταξε το προφίλ του συζύγου της. Κάθισαν στο πίσω μέρος του αυτοκινήτου, ενώ ο Τιμ τους οδήγησε στο σπίτι του πατέρα της στην Κηφισιά.

«Φαίνεσαι κουρασμένη, αγάπη μου» είπε η Μελίσσα. «Γιατί δεν ξεκουράζεσαι πρώτα πριν επιστρέψεις στη δουλειά;»

«Μακάρι να μπορούσα» ψέλλισε ο Τσακ. «Πρέπει να επιστρέψω στο γραφείο και να ασχοληθώ με κάποια θέματα που έμαθα στο ταξίδι. Αν περιμένω μέχρι αύριο, μπορεί να κοστίσει στην εταιρεία πολλά χρήματα».

Σταμάτησαν μπροστά στο σπίτι. Η Μελίσσα φίλησε τον Τσακ πριν βγει από το αυτοκίνητο.

«Θα προσπαθήσω να μην αργήσω πολύ» της υποσχέθηκε, πριν φύγει με ταχύτητα.

Η Μελίσσα τού ένευψε. Ο Τσακ βοηθούσε πολύ τις τελευταίες τρεις εβδομάδες, εργαζόταν σκληρά στο ναυτιλιακό γραφείο και πήγαινε σε επαγγελματικά ταξίδια, εκπροσωπώντας την επιχείρηση. Όλο αυτό το διάστημα, αυτή και η οικογένειά της έδιναν μάχη για την κατάσταση του Τόνι.

Ο σχεδιασμός του γάμου της ήταν δύσκολος, αλλά η επιμονή της απέδωσε καρπούς. Ο πατέρας της δεν ήθελε να φύγει από την Αγγλία και ο Τσακ δεν ήθελε να φύγει από την Ελλάδα. Τελικά, κατάφερε να πείσει τον Τσακ να πετάξει στην Αγγλία, λέγοντας πόσο της έλειπε ο πατέρας της.

Μια βροχερή, ανοιξιάτικη μέρα στην Αγγλία, η Μελίσσα αντάλλαξε όρκους με τον Τσακ. Μετά το σύντομο μήνα του μέλιτος στο Παρίσι, επέστρεψαν στην Αγγλία, για να είναι με τον Τόνι και την οικογένεια. Σύντομα, ο Τσακ ήθελε να φύγει για την Ελλάδα, πιέζοντάς την.

Η Μελίσσα μίλησε με τον πατέρα της. «Πρέπει να είμαι στον άντρα μου στην Ελλάδα και, επιπλέον, τι θα συνέβαινε με την επιχείρησή;»

«Και τι θα γίνει με τον Τόνι; Δεν μπορώ να το κάνω μόνος μου» απάντησε ο Γρηγόρης.

Η Μελίσσα επέμεινε να φέρει ο πατέρας της τον Τόνι πίσω στην Ελλάδα, λέγοντας ότι δεν μπορούσε να παραμείνει στην Αγγλία, τώρα που ήταν παντρεμένη.

Ο πατέρας της τελικά ενέδωσε στις επιθυμίες της και επέστρεψαν στην Ελλάδα στα μέσα Μαΐου με τον Τόνι.

Η Μελίσσα μπήκε στην κρεβατοκάμαρα του Τόνι. Δεν εξεπλάγη που βρήκε τον πατέρα της στο αναπηρικό καροτσάκι του δίπλα στο κρεβάτι, να διαβάζει μια εφημερίδα. Είχε γίνει η σκιά του Τόνι, ακολουθώντας τον παντού.

«Πού ήσουν όλο το πρωί;» τη ρώτησε ο Γρηγόρης. «Η νοσοκόμα ήρθε ήδη και σε έψαχνε. Έπρεπε να σου δείξει πώς να κάνεις κάποιο είδος θεραπείας στον Τόνι. Αντ' αυτού, το έδειξε στην Χριστίνα».

«Δεν πειράζει. Η νοσοκόμα θα μου δείξει αύριο. Ο Τσακ επέστρεψε από το ταξίδι του σήμερα και πήγα στο αεροδρόμιο, για να είμαι μαζί του».

Το μάτι της Μελίσσας τράβηξε μια κίνηση από το κρεβάτι του Τόνι. Έτρεξε ενθουσιασμένη προς το κρεβάτι. «Τόνι! Τόνι!»

Τα βλέφαρά του Τόνι κουνήθηκαν και άνοιξε αργά τα μάτια του.

ΚΕΦΑΛΑΙΟ 33

Φεύγω από την Ελλάδα, για να είμαι με τη θεία μου,
Δεν μπορώ να καταλάβω την σιωπή σου, αγαπητέ.

Οι μέρες περνούσαν και η υγεία της Υπατίας καλυτέρεψε, αλλά η οδυνηρή ανάμνηση μιας προδομένης αγάπης έμελλε να μείνει αποτυπωμένη στην καρδιά της πολύ περισσότερο.

Αποφασισμένη να αφαιρέσει από τη μνήμη της οτιδήποτε θύμιζε τον Τόνι, η Υπατία αποφάσισε να φύγει για την Αμερική.

Τα ξαδέλφια της ήταν απρόθυμα να την αφήσουν να φύγει ακόμα. Ο Τζορτζ ανησυχούσε για την υγεία της. Της πρότεινε να μείνει μαζί τους για λίγο ακόμα, για να αφήσει την πληγή της να επουλωθεί περισσότερο. Αλλά δεν πείσθηκε. Ήθελε να φύγει όσο πιο μακριά μπορούσε από την Ελλάδα.

Η Υπατία τηλεφώνησε στη θεία Σοφία, για να την ενημερώσει για τα σχέδιά της.

«Είμαι πολύ χαρούμενη που έρχεσαι» αναφώνησε η θεία της. Συζήτησαν για το ταξίδι πιο αναλυτικά.

Με χρήματα που είχε εξοικονομήσει από την δουλειά της, η Υπατία αγόρασε τα εισιτήριά της και ετοιμάστηκε για το ταξίδι. Η Πόλα τη βοήθησε, επίσης, να ψωνίσει δώρα και της έδωσε αποσκευές για το ταξίδι.

Η απάντηση του παππού της στα νέα της ήταν η αντίθετη από εκείνη της θείας Σοφίας.

«Γιατί αποφάσισες ξαφνικά να κάνεις αυτό το ταξίδι, όταν σου είπα συγκεκριμένα να μην το κάνεις;» είπε ο παππούς.

«Η θεία Σοφία είναι έγκυος» τον ενημέρωσε. «Ζήτησε να πάω εκεί, για να τη βοηθήσω με την εγκυμοσύνη».

«Και ποιος πλήρωσε τα εισιτήρια;» ρώτησε ο Χρήστος.

«Είχα φυλάξει αρκετά χρήματα, για να πληρώσω τα εισιτήριά μου» του είπε περήφανα.

«Και τι είπαν ο Τζορτζ και η Πόλα για όλα αυτά;»

«Συμφωνούν» είπε. «Η θεία Σοφία το ξέρει ήδη και με περιμένει».

Ακολούθησε μια μεγάλη παύση.

«Αν νιώθεις αρκετά καλά, για να κάνεις ένα τόσο μεγάλο ταξίδι, τότε ας είναι» είπε ο παππούς τελικά.

*****

Η Υπατία κοίταξε έξω από το παράθυρο του αεροπλάνου, σοκαρισμένη βλέποντας τα κτίρια του αεροδρομίου Ο' Χάρα του Σικάγο να καλύπτονται με μια κουβέρτα από λευκό χιόνι. Δεν είχε ξαναδεί ούτε αγγίξει χιόνι. Επίσης, δεν περίμενε να χιονίζει μια ανοιξιάτικη μέρα.

Λίγα λεπτά αργότερα, η Υπατία ένιωσε ανακούφιση, όταν εντόπισε τη θεία της και τον θείο της να την χαιρετούν μέσα από το πλήθος, κοντά στην είσοδο. Η θεία Σοφία ήταν σχεδόν αγνώριστη κάτω από το χοντρό, χειμωνιάτικο παλτό και το μάλλινο μαντίλι γύρω από τα μαλλιά της. Αγκαλιάστηκαν και φιλήθηκαν και όλα φαίνονταν πολύ καλύτερα.

Έφτασαν στο σπίτι περίπου μία ώρα αργότερα και στην Υπατία άρεσε αμέσως το κόκκινο, τούβλινο σπίτι αποικιακού στιλ με δύο, λευκές ελληνικές στήλες μπροστά.

«Έλα, να σου φέρω κάτι να φας» είπε χαρωπά η θεία Σοφία, οδηγώντας την στη μεγάλη κουζίνα της.

«Δεν χρειαζόταν να μπεις σε τόσο κόπο, θεία Σοφία» είπε η Υπατία. «Θα μπορούσα να σε είχα βοηθήσει».

«Μην ανησυχείς για τίποτα» είπε η θεία Σοφία. «Έχουμε την ξαδέλφη Στασούλα να ευχαριστήσουμε. Ήρθε και μας ετοίμασε το ψητό βοδινό κρέας».

Η Υπατία φαινόταν σαστισμένη.

«Ο Αντώνιος και η Στασούλα μένουν δίπλα» εξήγησε ο θείος Τζον. «Έχουν δύο γιους και έχουν επιχείρηση εστιατορίων. Είναι φιλικοί άνθρωποι. Θα σου αρέσουν. Ωστόσο, πρέπει να δεις τους γιους. Είναι πειραχτήρια».

«Μας περιμένουν στο σπίτι τους αύριο για δείπνο» είπε η θεία Σοφία.

Μετά το γεύμα, η Υπατία πήγε στο δωμάτιό της.

Το υπνοδωμάτιο είχε μπεζ μοκέτα, μεγάλες ντουλάπες, δύο παράθυρα με κουρτίνες, και μπάνιο.

Η Υπατία ξάγρυπνη εκείνο το βράδυ, φανταζόταν τον εαυτό της να ζει με τη θεία και τον θείο της και να πηγαίνει στο πανεπιστήμιο. Έδειχναν ευτυχισμένοι σαν ζευγάρι παντρεμένων και το σπίτι ήταν αρκετά μεγάλο, για να ζήσουν όλοι μαζί άνετα.

Η Υπατία αναρωτήθηκε, επίσης, τι έκανε ο Τόνι στην Ελλάδα, επαναλαμβάνοντας κάθε λογής σκηνές στο μυαλό της. Μια θλίψη την κατέκλυσε, καθώς θυμήθηκε ότι άκουσε τα νέα από τη Ρίτα ότι βρισκόταν στην Κρήτη.

Το επόμενο πρωί, η Υπατία βρήκε τη θεία της στην κουζίνα να διαβάζει ένα περιοδικό. Το ρολόι στον τοίχο έδειχνε έντεκα.

«Καλημέρα. Ελπίζω να κοιμήθηκες καλά» είπε η θεία.

«Ναι, ευχαριστώ. Το κρεβάτι ήταν τόσο άνετο που μόλις με πήρε ο ύπνος δυσκολεύτηκα να ξυπνήσω» είπε η Υπατία.

«Πρέπει να κουράστηκες και από το ταξίδι. Παρεμπιπτόντως, υπάρχει τοστ, βραστά αυγά και λουκάνικα. Το γάλα και ο χυμός φρούτων βρίσκονται στο ψυγείο. Σερβιρίσου».

«Ευχαριστώ» είπε η Υπατία. «Θα φάει και ο θείος Τζον μαζί μας;»

«Ο θείος σου μόλις έφυγε. Πήρε ήδη το πρωινό του και μετά έπρεπε να πάει να δει για ένα σπίτι» είπε η θεία Σοφία. «Η επιχείρησή του σε ακίνητα είναι τέτοια που δουλεύει περίεργες ώρες. Ακόμα προσπαθώ να το συνηθίσω».

Η Υπατία κουβέντιαζε με τη θεία της, καθώς έτρωγε το πρωινό της. Στη συνέχεια μίλησε για τις γυναίκες που γνώρισε στο νοσοκομείο και τις ιστορίες τους.

«Είχαν όλα αυτά τα προβλήματα και ήταν ακόμα χαρούμενες» είπε η Υπατία. «Ένιωθα ότι τα προβλήματά μου δεν ήταν τίποτα σε σύγκριση με τα δικά τους».

«Παρεμπιπτόντως, ήθελα να μάθω περισσότερα, για το πώς έγινε το τροχαίο ατύχημα. Ο Τζορτζ και η Πόλα δεν μου είπαν λεπτομέρειες, εκτός από το ότι ήσουν με μερικούς φίλους».

«Είναι μια μεγάλη ιστορία, και θα προτιμούσα να μην την συζητήσω, αν δεν σε πειράζει» είπε βιαστικά η Υπατία. Δεν ένιωθε άνετα να αφηγηθεί την ιστορία και να ξαναζήσει τον πόνο. Ήθελε απλώς να το ξεχάσει.

«Ω, εντάξει» είπε η θεία Σοφία, που φαινόταν σκεφτική.

Η Υπατία συνάντησε τα καλοσυνάτα ξαδέλφια της την επόμενη μέρα. Ο Αντώνιος και η Στασούλα ήταν άνθρωποι ζεστοί και γενναιόδωροι και χάριζαν το χρόνο τους ελεύθερα. Τα αγόρια, ο Νικ και ο Κρις, ήταν μεγαλύτερα από την Υπατία. Ο Νικ, ο οποίος ήταν είκοσι δύο ετών, τελείωνε το τελευταίο έτος του κολλεγίου, ενώ ο Κρις, ο οποίος ήταν είκοσι ετών, είχε αποφασίσει να συνεργαστεί με τους γονείς του στην οικογενειακή επιχείρηση εστίασης.

Τα αγόρια πήραν γρήγορα την Υπατία υπό την προστασία τους και κανόνισαν να την πάνε βόλτα, για να της δείξουν το κέντρο του Σικάγο το επόμενο Σαββατοκύριακο. Επισκέφτηκαν μουσεία και άλλους χώρους ενδιαφέροντος. Με τη βοήθειά τους, η Υπατία άφηνε σιγά, σιγά στην άκρη την οδυνηρή ανάμνηση μιας χαμένης αγάπης και προχωρούσε σε μια νέα αρχή. Σύντομα, τα συνηθισμένα αστεία και το γέλιο της επέστρεψαν.

Οι εβδομάδες πέρασαν γρήγορα, και η Υπατία βυθίστηκε στο νέο της ρόλο, βοηθώντας τη θεία της στις δουλειές και το μαγείρεμα. Μετά από τις πρωινές ναυτίες της, η θεία Σοφία περνούσε ένα μέρος της ημέρας ξαπλωμένη στο κρεβάτι, κουρασμένη. Η Υπατία επισκεπτόταν, επίσης, συχνά το σπίτι των ξαδέλφων της και είχε γίνει καλή φίλη με τον Νικ και τον Κρις.

Μια μέρα, η Υπατία ρώτησε το Νικ για τα πανεπιστήμια της περιοχής και η συζήτηση οδήγησε στο Chicago State University, το πανεπιστήμιο που φοιτούσε. Βλέποντας το έντονο ενδιαφέρον της, την πήγε την επόμενη μέρα στην πανεπιστημιούπολη και την ξενάγησε.

«Αυτό είναι ένα όμορφο μέρος» είπε η Υπατία, περπατώντας δίπλα του. «Τι πρέπει να κάνω, για να γίνω φοιτήτρια εδώ;»

Ο Νικ την πήγε στο γραφείο εγγραφών, όπου έλαβε χρήσιμες πληροφορίες.

«Χρειάζομαι χίλια δολάρια, για να γραφτώ» είπε η Υπατία θλιμμένα, διαβάζοντας το έντυπο της αίτησης.

«Έχω μια ιδέα» είπε ο Νικ. «Γιατί δεν δουλεύεις μαζί μας στην επιχείρηση του πατέρα μου; Έχεις καιρό δύο μήνες. Μπορεί να κερδίσεις τόσα χρήματα, αν όχι περισσότερα».

Η Υπατία συμφώνησε και με την καθοδήγηση του Νικ, έκανε αίτηση στο πανεπιστήμιο.

Η επιχείρηση κέτερινγκ του Αντώνιου άνθιζε. Πάντα υπήρχε χώρος για περισσότερη βοήθεια. Η Υπατία δούλευε κυρίως τα Σαββατοκύριακα και περιστασιακά κατά τη διάρκεια της εβδομάδας. Έβγαζε καλά χρήματα, όταν υπήρχαν πολλές γαμήλιες δεξιώσεις. Η Υπατία βοηθούσε στην προετοιμασία των τραπεζιών, στο σερβίρισμα των γευμάτων, και στην καθαριότητα.

Μερικές εβδομάδες αργότερα η Υπατία έλαβε ένα γράμμα από το πανεπιστήμιο. Το γραφείο εισαγωγής τής ζητούσε τα έγγραφα από το προηγούμενο σχολείο της και, επίσης, έπρεπε να περάσει τις εξετάσεις Αγγλικών. Είχε φέρει όλα τα χαρτιά μαζί της. Με τη βοήθεια του Νικ, μετάφρασε τα αντίγραφά της και στη συνέχεια υπέβαλε τα απαιτούμενα έγγραφα.

Το επόμενο βήμα ήταν η εξέταση στα Αγγλικά. Μετά από αρκετό χρόνο και κόπο, κατάφερε να το περάσει. Κάθε μέρα, έψαχνε με αγωνία στο γραμματοκιβώτιο για την επιστολή αποδοχής από το πανεπιστήμιο. Ήρθε μια μέρα στις αρχές Ιουλίου.

«Θεία Σοφία, έγινα δεκτή στο πανεπιστήμιο!» φώναξε η Υπατία, κουνώντας το γράμμα στη θεία της.

Η θεία Σοφία χάρηκε γι' αυτήν και την αγκάλιασε. «Υπατία, είμαστε περήφανοι για σένα. Ήσουν αποφασισμένη να σπουδάσεις» είπε. «Και θα τα καταφέρεις».

Αφού η Υπατία έλαβε την επιστολή αποδοχής της, εργάστηκε ακόμη περισσότερες ώρες στην επιχείρηση του ξαδέλφου της. Ήταν αποφασισμένη να φυλάξει κάθε δολάριο που κέρδιζε. Η δουλειά ήταν σκληρή, και συχνά γυρνούσε σπίτι πολύ κουρασμένη, για να κάνει οτιδήποτε άλλο εκτός από το να κοιμηθεί. Μετά βοηθούσε τη θεία της στο σπίτι, καθάριζε το σπίτι και έκανε θελήματα.

Η Υπατία θυμήθηκε τη δουλειά που έκανε στο νησί. Είχε πιάσει τον εαυτό της να έχει αρνητικές σκέψεις, ενώ ξεφλούδιζε πατάτες ή ανακάτευε ένα βραστό κρέας. *Για αυτό ήρθα εδώ; Όχι, αλλά αυτό θα με βοηθήσει να αποκτήσω την εκπαίδευσή μου.*

Όταν η Υπατία έλαβε το μισθό της και τον κατέθεσε στην τράπεζα, το υπόλοιπο συνέχισε να αυξάνεται, τροφοδοτώντας τις προσπάθειές της, ωθώντας την μπροστά, πιο κοντά στον στόχο της και πιο μακριά από τη μνήμη μιας ραγισμένης καρδιάς.

Ακόμη και με το βεβαρημένο πρόγραμμά της, μπόρεσε να παραβρεθεί στην τοπική ελληνορθόδοξη εκκλησία με τη θεία και τον θείο της, τις σπάνιες Κυριακές που δεν δούλευε. Την πρώτη φορά που επισκέφτηκε την εκκλησία, παρατήρησε τη βυζαντινή χορωδιακή μουσική να πέφτει από κάπου πάνω από το κεφάλι της. Σήκωσε το βλέμμα της προς το μπαλκόνι.

«Αυτή είναι η χορωδία» απάντησε περήφανα η θεία Σοφία. «Γιατί δεν γίνεσαι μέλος; Ψάχνουν για νέους ανθρώπους».

Η Υπατία συγκινήθηκε από τη χορωδιακή μουσική. Μπήκε στη χορωδία την ίδια μέρα. Αργότερα, έγραψε ένα ποίημα περιγράφοντας την εμπειρία της.

Πλεγμένο μαζί με τον θυμιατισμένο αέρα,
Αυτές οι όμορφες ψυχωμένες μελωδίες
Αντηχούσαν μέσα στους τοίχους της εκκλησίας,
Διεισδύοντας βαθιά στην καρδιά μου.
Εδώ βρήκα την ηρεμία.

*****

Στα δέκατα ένατα γενέθλια της Υπατίας, έπρεπε να δουλέψει για ένα γαμήλιο συμπόσιο. Γύρισε σπίτι αργότερα μέσα στην ημέρα, νιώθοντας κουρασμένη. Όταν πήγε να ξεκουραστεί στον καναπέ, βρήκε ένα όρθιο πιάνο να στέκεται στον τοίχο στο σαλόνι.

«Ένα πιάνο!» αναφώνησε.

«Χρόνια πολλά, Υπατία» είπε η θεία Σοφία, χαμογελώντας περήφανα. «Ο θείος σου το βρήκε σε ένα από τα σπίτια που πουλούσε. Οι πωλητές δεν το ήθελαν. Είπαν ότι θα μπορούσε να το πάρει δωρεάν».

Η Υπατία αγκάλιασε τη θεία της, ευχαριστώντας την. Κάθισε στο κάθισμα και άρχισε να παίζει χαρούμενα ελληνικά τραγούδια στο πιάνο. Την μετέφεραν πίσω στην Ελλάδα, στον παππού της, και στο νησί.

Μετά από λίγα λεπτά, πέρασε στην κλασική μουσική. Κάποια στιγμή, άρχισε να παίζει το *Fur Elise* του Μπετόβεν.

Καθώς τα δάχτυλά της γλιστρούσαν πάνω στα πλήκτρα, η ανάμνηση του Τόνι που έπαιζε αυτό το ίδιο τραγούδι στο γραφείο του πατέρα του εισέβαλε στις σκέψεις της. Η σκηνή που ακολούθησε, όταν τη φίλησε, ήταν δύσκολο να αγνοηθεί.

Η Υπατία σταμάτησε, αδυνατώντας να συνεχίσει, καθώς έντονα συναισθήματα απείλησαν να την κατακλύσουν.

«Σε παρακαλώ, συνέχισε να παίζεις. Είναι τόσο όμορφο» είπε η θεία Σοφία.

Αργότερα το ίδιο βράδυ, τα ξαδέλφια της τους επισκέφτηκαν για δείπνο και γιόρτασαν τα γενέθλια της Υπατίας. Μετά το φαγητό, η θεία της την κάλεσε να τους παίξει στο πιάνο. Έπαιξε τα αγαπημένα της τραγούδια. Την επανέφερε στην πραγματικότητα ο ήχος του χειροκροτήματος.

«Δεν ξέραμε ότι μπορούσες να παίξεις τόσο καλά, Υπατία» είπε η Στασούλα, χειροκροτώντας την. «Πρέπει να δούμε πώς θα σε βάλουμε να παίξεις σε επίσημα δείπνα. Πάντα ψάχνουν για κάποιον».

Σύντομα, η Υπατία έπαιζε πιάνο για ειδικές εκδηλώσεις. Άρχισε να φοράει ένα μακρύ μαύρο φόρεμα για την περίσταση, τραβώντας τα μαλλιά της προς τα πίσω. Η κομψότητα και το χαριτωμένο παίξιμό της δεν πέρασαν απαρατήρητα. Έγινε δημοφιλής και περιζήτητη, και άρχισε να εστιάζει την ενεργητικότητα της στη μουσική της, παίζοντας πιάνο αντί να σερβίρει τα γεύματα.

*****

Το εξάμηνο επιτέλους ξεκίνησε και λόγω του μεγάλου φόρτου εργασίας της τάξης, η Υπατία σταμάτησε εντελώς να εργάζεται. Την πρώτη μέρα του μαθήματος, πήρε ένα λεωφορείο για το πανεπιστήμιο και γρήγορα χάθηκε στην τεράστια πανεπιστημιούπολη. Εκείνη η μέρα ήταν η πιο δύσκολη, καθώς προσπάθησε να εντοπίσει τις τάξεις της. Τα μαθήματά της περιλάμβαναν Βιολογία, Αγγλικά, Μαθηματικά, Φυσική Αγωγή και Εισαγωγή στη Φιλοσοφία.

Τα πιο δύσκολα σημεία των μαθημάτων ήταν οι διαλέξεις των καθηγητών. Η γνώση της αγγλικής γλώσσας δεν την είχε προετοιμάσει για την ορολογία που μιλούσαν στις τάξεις.

Μερικές φορές οι ίδιοι οι καθηγητές δεν μιλούσαν καθαρά ή πολλές φορές μιλούσαν πολύ γρήγορα, για να καταλάβει τι έλεγαν.

Όποτε η Υπατία είχε ελεύθερο χρόνο μεταξύ των μαθημάτων της, πήγαινε στη βιβλιοθήκη και ξαναέγραφε τις σημειώσεις της, προσπαθώντας να αποκρυπτογραφήσει τι είχε πει ο καθηγητής. Πολλές φορές, ερχόταν στο σπίτι απογοητευμένη, ζητώντας βοήθεια από τον θείο Τζον ή τον ξάδερφό της Νικ. Αποδείχτηκαν σπουδαίοι σύμβουλοι.

Πέρασαν μερικές εβδομάδες, και η Υπατία είχε μπει επιτέλους σε μια άνετη ρουτίνα.

*****

Μια μέρα στα τέλη Οκτωβρίου, η Υπατία περπάτησε βιαστικά στην πανεπιστημιούπολη κατευθυνόμενη προς τη στάση του λεωφορείου. Ένα δροσερό αεράκι ανακάτεψε τα μαλλιά της και ο λαμπρός ήλιος πιτσίλισε τα κόκκινα και κίτρινα φύλλα των δέντρων με τις πιο φωτεινές αποχρώσεις.

Ένας άντρας πέρασε από μπροστά της, που έμοιαζε με τον Τόνι. Όταν την κοίταξε, η καρδιά της χτυπούσε δυνατά, αλλά παρατήρησε ότι ήταν πιο αδύνατος και η μύτη του ήταν πιο φαρδιά. Χαμήλωσε τα μάτια της, όταν κατάλαβε το λάθος της. Γρήγορα εξαφανίστηκε ο άντρας, μπαίνοντας σε ένα κτίριο.

Θυμήθηκε ότι ο Τόνι ήταν κάποτε καθηγητής. *Είναι σαν τους καθηγητές εδώ, που διδάσκουν τα μαθήματα μου, με τους μαθητές να τους κοιτάζουν ψηλά, να θαυμάζουν τις γνώσεις, τη δύναμη και το κύρος τους. Είναι ένας από αυτούς.*

Της άρεσε αυτή η νέα εικόνα του Τόνι, που τον ανέβασε από τις χαμηλές τάξεις ενός πλούσιου, κακομαθημένου playboy στη βαθμίδα ενός καθηγητή. Έφερε στην Υπατία μια αίσθηση ικανοποίησης. Τα μάτια της είχαν ανοίξει από τα βιβλία που διάβαζε, από τη γνώση που αποκτούσε, μέρα με τη μέρα, και την έφερνε κοντά στη γνώση που είχε εκείνος κάποτε στα χέρια του. Ξαφνικά ένιωσε πολύ πιο κοντά στον Τόνι, λες και αυτή η διαδικασία της φοιτήτριας τη βοήθησε να αποκτήσει εικόνα για τη δική του ψυχή που διψούσε, επίσης, για γνώση.

Μακάρι να μην με άφηνε, σκέφτηκε

Έτριψε τα υγρά μάτια της και πήγε βιαστικά προς τη στάση του λεωφορείου.

Εκείνο το βράδυ, λίγο πριν κοιμηθεί, πήρε το μικρό βιβλίο με τα ποιήματα που της είχε χαρίσει ο Τόνι και κάθισε στο κρεβάτι της, ξεφυλλίζοντάς το, ενθυμούμενη τα λόγια του, αναζητώντας απεγνωσμένα κάποια ιδέα για τα πραγματικά της συναισθήματα για αυτόν.

Καθώς η Υπατία διάβαζε δυνατά τα λόγια του Μπάιρον, τα έντονα συναισθήματα που πέρασαν από το νου της, της έφεραν δάκρυα στα μάτια. Ήξερε ακριβώς τότε ότι ο Τόνι δεν θα μπορούσε ποτέ να βγει από το μυαλό της. Κοιμήθηκε, κρατώντας το βιβλίο σφιχτά στην αγκαλιά της.

✳✳✳✳✳

«Τόνι, ήρθε η ώρα για τη θεραπεία σου» είπε η Μελίσσα, σκύβοντας και σκουντώντας τον αδελφό της, που κοιμόταν. Σηκώθηκε και ένιωσε λιποθυμία, κάνοντας ένα βήμα πίσω, για να συνθέσει τον εαυτό της. Τρέμοντας, πήγε και άνοιξε το παράθυρο, αφήνοντας το δροσερό αεράκι του χειμώνα να μπει στο δωμάτιο, ανακατεύοντας τις κουρτίνες.

Η Μελίσσα πήρε βαθιές ανάσες, καθώς προσπαθούσε να επανασυνδέσει τον εαυτό της. Είχε επιβεβαιώσει την εγκυμοσύνη της με το γιατρό πριν από μια εβδομάδα και δεν ήταν έκπληξη που είχε αυτή τη ζαλάδα. Άκουσε βήματα στο διάδρομο. Πρέπει να είναι η Σούζι, η οικονόμος. Πήγε στην πόρτα να την φωνάξει.

«Γεια σου, Μελίσσα» είπε η Μπόνι.

«Μπόνι! Τι έκπληξη! Δεν ήσουν στο Παρίσι ή κάτι τέτοιο;» ρώτησε η Μελίσσα, αγκαλιάζοντας την καλύτερή της φίλη.

«Επέστρεψα χθες το βράδυ. Πέρασα από το σπίτι του πατέρα σου, αλλά κανείς δεν ήταν εκεί. Μετά θυμήθηκα ότι είχες μετακομίσει. Αναζήτησα τη νέα σου διεύθυνση σε ένα γράμμα που μου έγραψες πρόσφατα».

«Χαίρομαι πολύ που σε βλέπω».

«Έχω μερικά καλά νέα».

«Τι έγινε; Συναντήθηκες με τον σχεδιαστή που μου έλεγες; Ξέρεις, εκείνον με τον οποίο ήθελες να συνεργαστείς».

«Ναι, και τελικά δεν συνεργάστηκα μαζί του, λόγω της ιδιοσυγκρασίας του. Τέλος πάντων, μου σύστησε έναν άλλο σχεδιαστή, τον Πιερ, και το ένα πράγμα οδήγησε στο άλλο και ερωτευτήκαμε. Μελίσσα θα παντρευτώ» είπε η Μπόνι, σηκώνοντας το χέρι της, για να της αποκαλύψει το δαχτυλίδι των αρραβώνων.

«Τι υπέροχα» αναφώνησε η Μελίσσα. «Τώρα έχω κι εγώ κάποια καλά νέα να σου πω». Της είπε για την εγκυμοσύνη της.

«Δεν είναι σπουδαίο;» αναφώνησε η Μπόνι. «Τώρα μπορούμε να πάμε για ψώνια για τα νέα ρούχα του μωρού».

Μίλησαν για τα σχέδια γάμου της Μπόνι και την εγκυμοσύνη της Μελίσσας. Από μακριά ακουγόταν ένα ρολόι.

«Ξέχασα τα πάντα για τον Τόνι» είπε η Μελίσσα, στενοχωρημένη. «Πρέπει να τον ξυπνήσω. Πρέπει να σηκωθεί για τη φυσικοθεραπεία του και έχει ήδη αργήσει».

Επέστρεψε στο δωμάτιο και έσκυψε πάνω από τον Τόνι, μιλώντας του στην αρχή απαλά, μετά βλέποντας ότι δεν έπιασε, ύψωσε τη φωνή της.

Η Μελίσσα κοίταξε το όμορφο προφίλ του Τόνι. Το ατύχημα δεν είχε αμαυρώσει κανένα από τα όμορφα χαρακτηριστικά του, εκτός από μια ενδεικτική ουλή στην επάνω αριστερή γωνία του μετώπου του, η οποία ήταν κρυμμένη από τα μαλλιά του. *Όμως είχε αλλάξει μέσα του.*

Ο τραυματισμός του στο κεφάλι του είχε προκαλέσει αμνησία και δεν είχε αναγνωρίσει την οικογένειά του, όταν ξύπνησε από το κώμα. Δεν θυμόταν τα ελληνικά του και δεν ήξερε να διαβάζει ή να γράφει ή να παίζει πιάνο. Ο Τόνι έπρεπε να ξαναμάθει τα πάντα.

Ο Γρηγόρης, σοκαρισμένος από την κατάσταση του γιου του, άρχισε να βοηθάει σοβαρά στη φυσική του αποκατάσταση. Ήταν σε μια αποστολή, να αποκαταστήσει τον γιο του. Προσέλαβε φυσιοθεραπευτές, νοσοκόμες και γιατρούς, για να έρθουν να θεραπεύσουν τον Τόνι. Πλήρωσε ακόμη και ιδιωτικούς δασκάλους, για να διδάξουν στον Τόνι πώς να διαβάζει και να γράφει ξανά.

Μόνο τώρα, μήνες αργότερα, ο Τόνι μόλις και άρχισε να καταλαβαίνει τα πράγματα και να επικοινωνεί. Αλλά εξακολουθούσε να χρειάζεται καθοδήγηση στις δραστηριότητές του και να του θυμίζει τα ραντεβού του.

«Γεια σας;» ρώτησε ο Τόνι.

Η Μελίσσα κοίταξε τον Τόνι, προσπαθώντας να κρατήσει την ψυχραιμία της. Το είπε σαν να μην την αναγνώρισε. «Είμαι η Μελίσσα, η αδελφή σου, θυμάσαι; Πρέπει να σηκωθείς, γιατί πρέπει να πας για θεραπεία, για το περπάτημα σου» του είπε.

Τον βοήθησε να καθίσει στο κρεβάτι, προσπαθώντας να υπενθυμίσει στον εαυτό της να κάνει υπομονή.

Η Μπόνι τον κοίταξε με οίκτο.

Ο Τόνι κάθισε στο κρεβάτι. Κοίταξε την Μπόνι με ένα σαστισμένο βλέμμα. Τα μαλλιά του ήταν άτακτα και είχε μια σκιά από γένια στα μάγουλά του.

«Γεια σου, Τόνι» είπε η Μπόνι αμήχανα.

Κούνησε το κεφάλι του σιωπηλά και μετά έστρεψε το βλέμμα του στη Μελίσσα, αγνοώντας την Μπόνι.

«Νομίζω ότι θέλει να είναι μόνος» είπε η Μελίσσα, συνειδητοποιώντας τελικά την απροθυμία του αδελφού της να ντυθεί μπροστά στην Μπόνι.

Έφυγαν από το δωμάτιο.

«Πρέπει να πάω» είπε η Μπόνι αμήχανα. «Έχω ακόμα πολλά πράγματα να κάνω σήμερα».

«Πριν φύγεις, να σε ενημερώσω ότι θα πάμε στην Ελβετία μετά τις διακοπές. Ο πατέρας ένιωσε ότι έχει ανάγκη να φύγει όλη η οικογένεια».

«Πόσο καιρό θα λείπετε;» ρώτησε η Μπόνι.

«Δεν θα μείνω πολύ, γιατί ο Τσακ πρέπει να επιστρέψει στη δουλειά, αλλά ο Τόνι πιθανότατα θα μείνει εκεί πολύ περισσότερο με τον πατέρα» είπε η Μελίσσα.

Πριν φύγει, η Μπόνι κανόνισαν ραντεβού, για να πάνε για ψώνια.

Η Μελίσσα κράτησε τον Τόνι, καθώς σηκώθηκε, σταθεροποιώντας τον. Τον οδήγησε στο μπάνιο, για να πλυθεί και να ξυριστεί, υπενθυμίζοντάς του ότι έπρεπε πρώτα να σαπουνίσει το πρόσωπό του πριν από το ξύρισμα. Στη συνέχεια, άρπαξε το πουκάμισο και το παντελόνι του από την ντουλάπα και τον βοήθησε να ντυθεί. Του φόρεσε το παλτό.

«Τώρα πρέπει να πας στη θεραπεία σου».

Ο Τόνι σηκώθηκε και η Μελίσσα τον οδήγησε στον Τιμ, ο οποίος περίμενε έξω, για να τον πάει στη θεραπεία του.

ΚΕΦΑΛΑΙΟ 34

Θέλω να είμαι ένας ανεξάρτητος άνθρωπος
Να αφεθώ και να φτιάξω οικογένεια.

Μια μέρα του Δεκέμβρη, όταν η Υπατία γύρισε σπίτι από τα μαθήματα, βρήκε τη θεία της να σφίγγει το στομάχι της. Το χρώμα είχε στραγγίσει από το πρόσωπό της, με αποτέλεσμα να φαίνεται αρρωστημένη και χλωμή.

Η Υπατία όρμησε στο πλευρό της. «Είσαι καλά, θεία Σοφία;»

«Νομίζω ότι το μωρό έρχεται» είπε η θεία Σοφία, αναπνέοντας βαριά. «Μπορείς να τηλεφωνήσεις στον θείο σου να έρθει αμέσως;»

Τα δάχτυλα της Υπατίας ψαχούλευαν, καθώς πληκτρολογούσε τον αριθμό του θείου Τζον.

Ο Τζον τα άφησε όλα και ήρθε αμέσως.

Δώδεκα ώρες αργότερα, η θεία Σοφία γέννησε ένα πανέμορφο υγιέστατο αγοράκι που το ονόμασαν Αλέξανδρο.

Λίγες μέρες αργότερα, όταν η θεία Σοφία μπήκε στο σπίτι με το μωρό, όλοι περιφέρονταν γύρω τους, θαυμάζοντας το όμορφο αγοράκι. Έγινε και μια δοκιμασία για όλους. Το μωρό ξυπνούσε συνεχώς τις πρώτες πρωινές ώρες της νύχτας, έκλαιγε και έβγαζε σάλια. Την επόμενη μέρα, κοιμήθηκε όλη τη μέρα, δίνοντας στη μητέρα του την ευκαιρία να κοιμηθεί. Μετά, πάλι, ξύπνησε στη μέση της νύχτας.

Χρειάστηκαν αρκετές εβδομάδες μέχρι να συγχρονιστεί το πρόγραμμα ύπνου του μωρού με όλων των άλλων.

«Μπορώ να τον κρατήσω;» ρώτησε η Υπατία μια μέρα αφού γύρισε σπίτι από το σχολείο.

Η θεία Σοφία της έδωσε το μωρό τυλιγμένο.

Η Υπατία το κράτησε προσεκτικά, μελετώντας τα μικρά χαρακτηριστικά του, τη μοναδικότητά του και την ευαισθησία του. Την εμπιστευόταν απόλυτα. Χαμογέλασε, όταν εκείνη πείραξε τα χείλη του με το μικρό της δάχτυλο. Εκείνο άνοιξε διάπλατα το στόμα του.

«Πώς νιώθεις;» ρώτησε η Σοφία, ακτινοβολώντας περηφάνια.

«Είναι υπέροχο το συναίσθημα» είπε η Υπατία, χαμογελώντας του και γουργουρίζοντας του. Άγγιξε ελαφρά τα μάγουλα του μωρού. Τεντώθηκε ευχάριστα και της χάρισε ένα πλατύ χαμόγελο. «Νάτος, πάλι μου χαμογελάει».

«Ελπίζω να μην υποφέρεις με τα διαβάσματα σου εξαιτίας του μωρού» είπε η θεία Σοφία.

«Μην ανησυχείς» είπε η Υπατία. «Επάνω, είναι ήσυχα, όταν κλείνω την πόρτα, για να διαβάσω».

*****

Τα καθήκοντα της Υπατίας ήταν πλέον διπλά. Όχι μόνο σπούδαζε, αλλά περνούσε και πολύ χρόνο με το μωρό. Ακόμη και με όλο το φόρτο εργασίας της, η Υπατία τα πήγαινε καλά στα μαθήματά της. Πέρασε με υψηλούς βαθμούς, αφήνοντας έκπληκτη τη θεία και τον θείο της.

Το εαρινό εξάμηνο πέρασε γρήγορα και η Υπατία τελείωσε το πρώτο της έτος στο κολέγιο. Το καλοκαίρι έφτασε με όλο του το μεγαλείο, ζεστό και λαμπερό.

Η Υπατία δούλεψε με τα ξαδέλφια της εκείνο το καλοκαίρι και εξοικονόμησε περισσότερα χρήματα για το κολέγιο. Συνέχιζε, επίσης, να παίζει πιάνο στα συμπόσια, όποτε την ζητούσαν.

*****

Τα εικοστά γενέθλια της Υπατίας σηματοδότησαν την έναρξη της επόμενης σχολικής χρονιάς. Ως δευτεροετής φοιτήτρια, ήταν εξοικειωμένη με την πανεπιστημιούπολη και τα αγγλικά της είχαν βελτιωθεί σημαντικά. Εκείνη τη χρονιά, γράφτηκε, επίσης, σε ένα μάθημα υπολογιστών και το απόλαυσε.

Εκτός από την επίσημη εκπαίδευση που λάβαινε από τα μαθήματά της, το πανεπιστήμιο τής δίδαξε, επίσης, ένα άλλο είδος εκπαίδευσης, που δεν χρειαζόταν βιβλία, αλλά προερχόταν από την εμπειρία της ζωής.

Οι φοιτητές στο πανεπιστήμιο προέρχονταν από ετερογενή υπόβαθρα, από Αμερικανούς έως ξένους φοιτητές από άλλες χώρες. Υπήρχαν διάφορες θρησκείες και πολιτισμοί, υπήρχαν φιλελεύθεροι στοχαστές και συντηρητικοί στοχαστές.

Μια μέρα τον Δεκέμβριο μήνα, η Σίλα, συμφοιτήτρια του μαθήματος της φιλοσοφίας, της ζήτησε να πάει μαζί της και μερικούς φίλους της, για να παρευρεθούν σε ένα πάρτι στην πανεπιστημιούπολη.

Η Υπατία δίστασε.

«Έλα, μην είσαι τόσο σφιγμένη και τυπική. Τώρα ζεις στην Αμερική».

Το πάρτι ήταν το βράδυ της Παρασκευής και η Υπατία πήγε περισσότερο από περιέργεια παρά από οτιδήποτε άλλο. Είχε κάνει σχέδια να την πάρει ο θείος της στις εννιά. Η μεγάλη αίθουσα δεξιώσεων ήταν στην πανεπιστημιούπολη και ένα συγκρότημα έπαιζε ροκ εν ρολ μουσική στη σκηνή. Η Υπατία έκανε παρέα με τη Σίλα και τους φίλους της σε ένα τραπέζι, και έπινε αναψυκτικά και άκουγε μουσική.

Τελικά, η Σίλα κάλεσε μερικούς νεαρούς μαθητές στο τραπέζι τους και κάθισαν, συζητώντας μαζί τους.

Η Υπατία χαμογέλασε ευγενικά, όταν της μίλησαν οι νεαροί, προσπαθώντας να την τραβήξουν μέσα στη συζήτηση, αλλά παρατήρησε ότι δεν έλεγαν τίποτα σημαντικό. Ένιωθε διαφορετική από αυτούς σαν να ήταν η συνοδός τους.

Αφού πέρασε αρκετή ώρα, ένας από τους νεαρούς σηκώθηκε. «Πάμε στο διαμέρισμά μου. Υπάρχει καλύτερη δράση εκεί» είπε πονηρά.

Οι φίλοι της συμφώνησαν, αλλά η Υπατία δεν ένιωθε άνετα και δεν πήγε μαζί τους, δίνοντάς τους τη δικαιολογία ότι ο θείος της επρόκειτο να την πάρει ανά πάσα στιγμή.

Μετά από εκείνη την ημέρα, η Υπατία απέφευγε να περνάει κάποιο χρόνο με τα κορίτσια, βρίσκοντας δικαιολογίες ότι είχε πολύ διάβασμα.

Οι κρύες μέρες του χειμώνα κύλησαν και ήρθε το εαρινό εξάμηνο. Μια μέρα του Μαρτίου, ένας νεαρός σπουδαστής ζήτησε ραντεβού από την Υπατία.

«Όχι» είπε εκείνη.

Ένας άλλος σε μια άλλη τάξη τη ρώτησε αν θα ήθελε να πάει στη Φλόριντα για τις ανοιξιάτικες διακοπές, και πάλι εκείνη αρνήθηκε κατηγορηματικά.

Αυτές οι προσεγγίσεις συνέβησαν αρκετές φορές, για να κλονίσουν την αφελή υπόθεση της Υπατίας για τους ανθρώπους. Έμαθε να είναι πιο προσεκτική με τους φοιτητές. Μεγάλωσαν σε διαφορετικό περιβάλλον από εκείνη, όπου δεν υπήρχαν όρια και ο κόσμος έβγαινε αμέριμνος. Αυτός ήταν ένας κόσμος, όπου «όλα συνέβαιναν».

Με την πάροδο του χρόνου, η εύθυμη, εξωστρεφής προσωπικότητα της Υπατίας αντικαταστάθηκε από μια προσεκτική συγκρατημένη άποψη για τους νέους άντρες και τις γυναίκες στην πανεπιστημιούπολη, που περίμενε να δουν τι αποκάλυπτε ο χαρακτήρας τους προτού τους ανοιχτεί.

Ήρθε το ανοιξιάτικο διάλειμμα και η Υπατία το πέρασε ήσυχα με τους συγγενείς της, απολαμβάνοντας το μωρό και παίζοντας πιάνο.

Έγραψε ένα γράμμα στον παππού της και στα ξαδέλφια της, περιγράφοντας τη ζωή της. Έγραψε για τις διάφορες γιορτές και για το πώς διέφεραν από αυτές στην Ελλάδα. Για το Πάσχα δεν έκλειναν όλες οι επιχειρήσεις, όπως στην Ελλάδα. Έπρεπε να παρακολουθήσει μαθήματα τη Μεγάλη Παρασκευή. Στη συνέχεια ακολούθησαν νέες διακοπές, όπως το Thanksgiving και το Labor Day.

*****

Η Υπατία πέρασε το δεύτερο έτος του κολλεγίου της με εξαιρετικούς βαθμούς και σύντομα, έφτασε ο Μάιος, σηματοδοτώντας το τέλος του σχολικού εξαμήνου. Ένα Σαββατοκύριακο, η Υπατία ήταν στο σαλόνι και μελετούσε για

313

τις τελικές της εξετάσεις. Η θεία Σοφία καθόταν εκεί κοντά και έραβε.

«Τία, Τία».

Η Υπατία σήκωσε τα μάτια από τα μαθήματά της. Ο μικρός Αλέξανδρος, λίγο πάνω από ένα χρόνο, λικνιζόταν, κρατώντας σφιχτά το πλάι του καναπέ. Το πρόσωπό του ήταν χαρούμενο και τα μεγάλα καστανά μάτια του την παρακαλούσαν. Έπιασε την άκρη του καναπέ, ταλαντευόμενος, καθώς τα πόδια του έτρεχαν προς το μέρος της. Άπλωσε το χέρι της και το πήρε ο Αλέξανδρος. Περπατούσαν αργά μαζί. Έδειχνε τόσο περήφανος για το επίτευγμά του, γελώντας χαρούμενος.

«Υπατία, θα γίνεις καλή μητέρα» είπε η θεία Σοφία, χαμογελώντας.

ΚΕΦΑΛΑΙΟ 35

Τώρα που είμαι πάλι καλά
Θα ξεκινήσω μια νέα ζωή.

Κάποιος χτύπησε την πόρτα του Τόνι ένα πρωί Παρασκευής τον Μάιο.

«Περάστε» είπε ο Τόνι, κουμπώνοντας το πουκάμισό του.

Η Χριστίνα άνοιξε την πόρτα και κοίταξε μέσα. «Καλημέρα».

«Καλημέρα, Χριστίνα. Ευχαριστώ για την υπενθύμιση, αλλά δεν χρειάζεται να με ξυπνάς πια. Ξέρω ότι ο Τζον είναι εδώ. Ξέρω ότι έχετε ένα ραντεβού με τον πατέρα, και ξέρω, επίσης, ότι σήμερα είναι τα γενέθλιά μου. Γίνομαι τριάντα τριών χρονών σήμερα, έτσι δεν είναι;»

«Ναι, σε όλα» είπε η Χριστίνα. «Είμαι ευχαριστημένη με την πρόοδό σου όπως και ο πατέρας σου». Τον φίλησε ελαφρά στο μάγουλο και είπε: «Χρόνια πολλά, Τόνι».

Όταν έφυγε, ο Τόνι σκέφτηκε για αυτήν και πόσο τον βοήθησε τα τελευταία δύο χρόνια. Είχε γίνει, επίσης, το δεξί χέρι του πατέρα του.

Ο Τόνι περπάτησε στο διάδρομο, σφυρίζοντας. Συνάντησε τον Τζον, τον Ελβετό προπονητή του, στο γυμναστήριο. Χτίστηκε για τον Τόνι και είχε ψηλά παράθυρα τριγύρω, επιτρέποντας στον άφθονο ήλιο να μπαίνει στο δωμάτιο και έδινε εκπληκτική θέα στα ελβετικά βουνά. Το δωμάτιο είχε εξοπλισμό γυμναστικής που τον είχαν βοηθήσει στην ανάρρωσή του. Κάθισε στον πάγκο, ακούγοντας τις υποδείξεις του προπονητή του, και στη συνέχεια ξεκίνησε τις ασκήσεις του.

Μετά από αρκετές ασκήσεις, ο Τόνι σηκώθηκε, νιώθοντας λίγο πόνο, αλλά ικανοποιημένος. Έβγαλε μια πετσέτα από το ράφι και σκούπισε τον ιδρώτα από το πρόσωπο και το σώμα του.

«Είμαι ευχαριστημένος με την πρόοδό σου» είπε ο Τζον, χαμογελώντας, καθώς άφηνε κάτω τον εξοπλισμό.

«Θέλω να σε ευχαριστήσω για τη βοήθειά σου όλη αυτή τη χρονιά. Τώρα μπορώ να κάνω σχεδόν τα πάντα. Σωστά;»

«Είσαι και επίσημα υγιής και νομίζω έτοιμος για τους Ολυμπιακούς Αγώνες. Έχεις δουλέψει σκληρά και έχουμε δει μεγάλη βελτίωση».

«Χάρη σε σένα» είπε ο Τόνι, τρίβοντας τους δικέφαλους του.

«Τι σκοπεύεις να κάνεις;»

«Θα επιστρέψω στην Ελλάδα. Ίσως να ξεκινήσω τη δική μου επιχείρηση».

«Εν τω μεταξύ, συνέχισε να κάνεις τις ασκήσεις μόνος σου» είπε ο Τζον. «Και μην ξεχνάς να κάνεις ζέσταμα πριν και μετά τις ασκήσεις».

Αφού έφυγε ο Τζον, ο Τόνι έκανε ένα ντους και μετά ντύθηκε με άνετα καθημερινά ρούχα. Πριν από ένα χρόνο χρειαζόταν τη βοήθεια μιας νοσοκόμας, για να κάνει αυτές τις δραστηριότητες. Αυτό είχε επηρεάσει την αξιοπρέπεια του και την υπερηφάνεια του. Αντί για τις είκοσι ασκήσεις που έπρεπε να κάνει, θα ανάγκαζε τον εαυτό του να κάνει τριάντα και μετά σαράντα. Πιέζοντας τον εαυτό του μέχρι να πονέσει, έλεγε συνέχεια στον εαυτό του ότι οι καθημερινές ασκήσεις και το καθημερινό πρόγραμμα του ήταν τα εισιτήριά του για την ελευθερία.

Το κίνητρό του να βελτιωθεί και η αποφασιστικότητά του να πετύχει, τον βοήθησαν στην επίπονη διαδικασία της αποκατάστασης του σώματος και του μυαλού του. Διάβασε αμέτρητα βιβλία στα Αγγλικά και Ελληνικά, επαγγελματικά περιοδικά και εφημερίδες. Παρακολούθησε ακόμη και ιατρικές διαλέξεις όποτε του δινόταν η ευκαιρία.

Μπορούσε να απαγγείλει ποιήματα στα Ελληνικά και τα Αγγλικά, να παίζει καλά στο πιάνο, να τραγουδάει ελληνικά τραγούδια και ήξερε πώς να χρησιμοποιεί τον υπολογιστή.

316

Τα εκπληκτικά επιτεύγματά του είχαν εντυπωσιάσει τους γιατρούς, τις νοσοκόμες και την οικογένειά του.

Ο Τόνι σφύριζε, καθώς χτένιζε τα μαλλιά του. Ένιωθε ακόμη πόνο με κάποιες κινήσεις του, αλλά έμαθε να το αγνοεί.

Το απόγευμα, βρήκε τον πατέρα του να κάθεται έξω, στο αναπηρικό του καροτσάκι με μια κουβέρτα στα γόνατά του. Το σαλέ τους ήταν κρυμμένο ψηλά σε ένα βουνό και η θέα ήταν εκπληκτική από εκεί.

«Α, εδώ είσαι» είπε ο Γρηγόρης, σηκώνοντας το βλέμμα από το βιβλίο του.

«Σήμερα ήταν η τελευταία συνεδρίασή μου με τον Τζον, τον θεραπευτή. Πέτυχα παραπάνω από όλους τους στόχους μου».

«Αυτό είναι καλό» είπε ο Γρηγόρης, σηκώνοντας τα φρύδια του. «Τότε θα έρθεις στην Κρήτη μαζί μας την επόμενη εβδομάδα;»

«Δεν σκοπεύω να επιστρέψω στην Κρήτη μαζί σας».

«Τι είναι αυτό τώρα;» είπε ο πατέρας του.

«Εκτιμώ όλα όσα έκανες για μένα από τότε που είχα το ατύχημά και δε νομίζω ότι θα ήμουν εκεί που είμαι χωρίς τη βοήθειά σου» είπε ο Τόνι αποφασιστικά. «Ωστόσο, είχα πολύ χρόνο να κάτσω και να σκεφτώ για τη ζωή και το πού πηγαίνω. Νιώθω σαν να ήμουν βάρος για σένα και τη Χριστίνα. Πρέπει να συνεχίσω τη ζωή μου, όπως πρέπει να συνεχίσετε και εσείς τη δική σας».

«Σκοπεύεις να δουλέψεις με τον Τσακ στην επιχείρηση;» είπε ο Γρηγόρης.

«Ο Τσακ τα πάει καλά με τη ναυτιλιακή εταιρεία. Τα συστήματα με τους υπολογιστές είναι σε λειτουργία και μας εξοικονομούν χρόνο. Δεν θέλω να πάω και να φέρω αναστάτωση» είπε ο Τόνι.

«Θα επιστρέψεις στη διδασκαλία;» ρώτησε ο Γρηγόρης.

«Το σκέφτηκα κι αυτό, αλλά μου φαίνεται πολύ επίπονο αυτή τη στιγμή. Θέλω να μείνω στην Ελλάδα, να επενδύσω τα χρήματά μου, τα χρήματα που κέρδισα από τη διδασκαλία, για να αγοράσω ιδιοκτησία».

«Ιδιοκτησία;» ρώτησε ο Γρηγόρης σαστισμένος.

«Ναι, να αγοράσω μερικές βίλες, ή μερικά εμπορικά κτίρια, να τα επιδιορθώσω και να τα πουλήσω ή ακόμα και να τα νοικιάσω».

Ο Γρηγόρης κοίταξε επίμονα τον γιο του, καθώς του εξηγούσε την ιδέα του. Συζήτησαν τα υπέρ και τα κατά.

«Φαίνεται ότι ξέρεις για τι πράγμα μιλάς. Όλα αυτά όμως μπορείς να τα κάνεις και στην Κρήτη».

«Το ξέρω, αλλά βλέπεις, πατέρα, με θέλεις δίπλα σου όλη την ώρα. Δεν μπορώ να το κάνω πια» είπε ο Τόνι σφιγμένος. «Θέλω να είμαι ανεξάρτητος. Και είναι αδύνατο να το πετύχω, όταν παίρνεις εσύ αποφάσεις για μένα».

*****

Μια εβδομάδα αργότερα, ο Τόνι έφυγε από την Ελβετία, με τα χιονισμένα βουνά και τα σαλέ της και έφτασε στην Ελλάδα, νιώθοντας υπέροχα ζωντανός. Ήταν ένας ολόκληρος άνθρωπος και ήταν ευγνώμων για τη βοήθεια του πατέρα του και για την ανάπαυλα, τη θεραπεία και την αποκατάσταση που του είχαν παρασχεθεί εκεί. Ταυτόχρονα, ήταν ενθουσιασμένος που ήταν δικός του άνθρωπος.

Πήρε ένα ταξί και επισκέφτηκε το νέο σπίτι της Μελίσσας στην Κηφισιά.

Έφτασε αργά το πρωί και βρήκε τη Μελίσσα απασχολημένη να ταΐζει το μωρό της. Ο Τσακ έλειπε σε επαγγελματικό ταξίδι. Ο Τόνι πέρασε λίγο χρόνο μαζί της, συζητώντας διάφορα πράγματα και λέγοντάς της τα σχέδιά του.

«Θέλεις να αγοράσεις βίλες και ακίνητα και να τις νοικιάσεις;» τον ρώτησε, δείχνοντας δυσπιστία. «Δεν είναι καθόλου για σένα αυτό, να ασχολείσαι μόνος σου με τις επιχειρήσεις. Τι λες να συνεργαστείς με τον Τσακ ή να διδάξεις στο πανεπιστήμιο;»

«Πέρασα πολύν καιρό σε σκέψεις τον περασμένο χρόνο και συνειδητοποίησα κάτι σημαντικό». Έκανε μια παύση, προσπαθώντας να συγκεντρώσει τις σκέψεις του. «Όλη μου τη ζωή, βασιζόμουν στον πατέρα, για να με βοηθήσει, ακόμη περισσότερο τα τελευταία χρόνια. Τώρα, αποφάσισα ότι θέλω να μείνω στην Ελλάδα και να είμαι το αφεντικό του εαυτού μου».

«Είναι τόσο κακό που ο πατέρας θέλει να σε βοηθήσει;» ρώτησε η Μελίσσα. «Θα έκανε τα πάντα, για να σε δει να προχωράς».

«Ο πατέρας δεν θα είναι πάντα εδώ, και πρέπει να αποδείξω στον εαυτό μου ότι μπορώ να σταθώ στα πόδια μου».

«Έχεις χρήματα για αυτό που θέλεις να κάνεις;»

«Ναι. Έχω αρκετά, για να ξεκινήσω και πολλά περισσότερα φυλαγμένα σε περίπτωση που τα χρειαστώ».

«Πού σκοπεύεις να ζήσεις;»

«Δεν το έχω σκεφτεί».

«Μπορείς να μείνεις μαζί μας προς το παρόν» είπε η Μελίσσα, σκουπίζοντας το πρόσωπο του μωρού με μια πετσέτα.

«Ευχαριστώ» είπε ο Τόνι, παίζοντας παιχνιδιάρικα με το μάγουλο του μωρού. Του άρεσε να βλέπει τη Μελίσσα να παίζει με τον μικρό Γρηγόρη. Έπαιξε μαζί τους, γελώντας με τα αστεία τους.

Εκείνο το βράδυ, όταν ο Τσακ επέστρεψε από τη δουλειά, πέρασε αρκετό χρόνο με τον Τόνι, συζητώντας διάφορα θέματα. Ο Τόνι ανακάλυψε ότι ο Τσακ είχε, επίσης, περιουσία και είχε σημαντικές γνώσεις για την ακίνητη περιουσία.

«Έτσι ξεκίνησα στη ναυτιλιακή επιχείρηση» είπε ο Τσακ. «Μέσω ακίνητης περιουσίας».

Τις επόμενες μέρες, ωστόσο, το σπίτι δεν παρείχε στον Τόνι ηρεμία. Το μωρό έκλαιγε συχνά, προκαλώντας κάθε είδους ταραχή. Επίσης, η γειτόνισσα της Μελίσσας, η Μαρίνα, και μερικοί άλλοι φίλοι έρχόντουσαν συνέχεια για καφέ. Έπειτα, έφερναν και τις κόρες τους μαζί.

Λίγες μέρες αργότερα, ο Τόνι συνάντησε τη Σάρα, μια φίλη της Μελίσσας που ήρθε για δείπνο. Ήταν ελκυστική και γοητευτική και τον έκανε να χαμογελάσει. Κάτι σε αυτήν, του θύμιζε το παρελθόν του, ίσως το χαμόγελό της ή το παιχνιδιάρικο βλέμμα της. Ωστόσο, ένιωθε ότι δεν ήταν έτοιμος, για να προχωρήσει σε μια σχέση.

Κάθε φορά που ο Τιμ πήγαινε τον Τόνι κάπου με το οικογενειακό αυτοκίνητο, έπιανε τον Τόνι ένας τρομερός κόμπος στο στήθος, ειδικά, όταν ένα αυτοκίνητο τους κόρναρε. Σιγά-σιγά, το αίσθημα τρόμου εξαφανίστηκε, και μια μέρα, ο Τόνι βρήκε αρκετό θάρρος, για να ζητήσει από τον Τιμ τα κλειδιά του αυτοκινήτου. Έκανε εξάσκηση, οδηγώντας με τον Τιμ να κάθεται στη θέση του συνοδηγού. Σε σύντομο χρονικό διάστημα, κατέκτησε την τεχνική και ένιωθε σίγουρος ότι μπορεί να οδηγήσει μόνος του στους δρόμους.

Το επόμενο πράγμα που έπρεπε να κάνει ήταν να αγοράσει ένα καινούργιο αυτοκίνητο.

Το νέο του αυτοκίνητο τού έδωσε ακόμα μεγαλύτερη ελευθερία στο να κυκλοφορεί. Είχε αρχίσει να αισθάνεται περισσότερο ότι έχει τον έλεγχο στη ζωή του, πηγαίνοντας να δει πολλά ακίνητα και αναπτύσσοντας το επιχειρηματικό του σχέδιο.

Η Σάρα άρχισε να έρχεται πιο συχνά και εκείνος είχε αρχίσει να νιώθει άνετα μαζί της. Με την πάροδο του χρόνου, παρατήρησε ότι εκείνη είχε δύο όψεις, την γοητευτική, χαρούμενη και την κυκλοθυμική, ήσυχη πλευρά, σαν να έκρυβε κάτι. Οι διαθέσεις της φάνηκαν, όταν άρχισε να υπαινίσσεται για γάμο. Της είπε ότι χρειαζόταν χρόνο, για να εδραιωθεί πρώτα στην επιχείρησή του, προτού μπορέσει να δεσμευτεί σοβαρά στο γάμο.

*****

Καθώς περνούσαν οι εβδομάδες, ο Τόνι ένιωσε ότι δεν μπορούσε πλέον να μένει στο σπίτι της αδελφής του. Η φασαρία που έκανε το μωρό και οι μητέρες και κόρες που έκαναν επισκέψεις δεν τον άφηναν σε ησυχία. Άρχισε να ψάχνει για ένα νέο σπίτι, προσπαθώντας να βρει πιο ελκυστική την ιδέα του γάμου και της οικογένειας. Αν και δεν είχε γυναίκα, τουλάχιστον αν είχε σπίτι, ίσως να ερχόταν μια γυναίκα αργότερα.

Τελικά αποφάσισε να φτιάξει το δικό του σπίτι. Αγόρασε ένα ακίνητο στα περίχωρα της Γλυφάδας. Το οικόπεδο ήταν σε ένα λόφο, με θέα στη θάλασσα. Προσέλαβε μια κατασκευαστική εταιρεία και είδε μαζί τους τα σχέδια. Μήνα με το μήνα, έβλεπε τη βίλα να παίρνει μορφή.

*****

Στις αρχές Αυγούστου, η Μελίσσα είχε νέα από τον πατέρα της ότι εκείνος και η Χριστίνα επέστρεφαν στην Αθήνα. Ο πατέρας της δεν ένιωθε καλά.

Αρκετές μέρες αργότερα, η Μελίσσα πήγε στο αεροδρόμιο, για να τους πάρει.

«Πατέρα! Χριστίνα! Χαίρομαι πολύ που σας βλέπω ξανά!» αναφώνησε η Μελίσσα, χαιρετώντας τους, καθώς έβγαιναν από το αεροδρόμιο. Είχε φέρει μαζί της τον μικρό Γρηγόρη.

«Πώς είναι ο μικρός μου Γρηγόρης;» ρώτησε ο Γρηγόρης, δίνοντας ένα φιλί στο ροδαλό μάγουλο του μικρού παιδιού. Επιβραβεύτηκε με ένα λαμπερό χαμόγελο.

Αφού πήραν τις αποσκευές τους, πήγαν σπίτι μιλώντας για όλα.

«Πώς είσαι, πατέρα;»

«Όχι καλά» παραδέχτηκε. «Νιώθω σαν να χειροτερεύω. Το δεξί μου χέρι τρέμει συνεχώς. Δεν μπορώ πια να γράψω ή να κρατήσω ένα κουτάλι. Τέλος πάντων, θέλω να μου κλείσεις ένα ραντεβού να πάω στο Σικάγο για εξετάσεις».

«Εντάξει, πατέρα».

«Πώς είναι ο Τόνι;» ρώτησε ο Γρηγόρης.

«Τα πάει καλά με την επιχείρησή του. Φτιάχνει δικό του σπίτι στη Γλυφάδα».

«Είναι μια ωραία περιοχή. Ακούγεται πολλά υποσχόμενο» είπε ο Γρηγόρης, κουνώντας καταφατικά το κεφάλι. «Υπάρχει καμία γυναίκα στη ζωή του;»

«Θυμάσαι που σου είχα αναφέρει τη Σάρα, την κόρη του τραπεζίτη; Ζει δίπλα. Ο Τόνι χασομέρησε μαζί της, όπως έκανε με τη Μπόνι. Εκείνη μιλούσε για γάμο, αλλά εκείνος αργεί, για να φτάσει στα σκαλιά της εκκλησίας. Δεν ξέρω ποια είναι τα σχέδιά του για αυτήν».

«Είναι σαν εμένα» είπε ο Γρηγόρης σκεφτικός. «Ήμουν πεισματάρης όπως εκείνος, όταν επρόκειτο για γάμο, αλλά, όταν ήρθε το κατάλληλο κορίτσι, τίποτα δεν με εμπόδισε».

Έφαγαν μεσημεριανό στο σπίτι της Μελίσσας και μετά έφυγαν για το σπίτι τους, που ήταν μισή ώρα μακριά.

Η Μελίσσα έκλεισε ραντεβού για τον πατέρα της και κανόνισε το ταξίδι του για το νοσοκομείο στο Σικάγο. Δύο εβδομάδες αργότερα, ο Γρηγόρης πήγε εκεί για εξετάσεις. Αν και οι εξετάσεις του ήταν φυσιολογικές, μετά την επιστροφή του στην Αθήνα, δύο εβδομάδες αργότερα, συμβουλεύτηκε τους δικηγόρους του. Το αποτέλεσμα ήταν η σύνταξη μιας διαθήκης. Οι δικηγόροι πρότειναν, επίσης, να δοθούν μερικά από αυτά τα χρήματα σε ένα ίδρυμα. Πρώτα απέκρουσε την ιδέα, αλλά μετά αποφάσισε να μιλήσει με τον γιο του.

Λίγες μέρες αργότερα, ο Γρηγόρης συναντήθηκε με τον Τόνι. «Γιε μου, τι θα έλεγες για την δημιουργία ενός ιδρύματος;» ρώτησε.

«Μου φαίνεται ενδιαφέρουσα. Τι σε έκανε να το αποφασίσεις;»

«Οι δικηγόροι μου το σκέφτηκαν» είπε ο Γρηγόρης, γελώντας. «Είπαν ότι μερικά από τα κέρδη μου πρέπει να διατεθούν για ένα καλό σκοπό».

«Εννοείς, για να έχεις φοροαπαλλαγές;» είπε ο Τόνι.

Γέλασαν και οι δύο.

«Ας αφήσουμε τα αστεία. Είμαι πραγματικά υπέρ του να γίνει αυτό» είπε ο Τόνι.

«Ήξερα ότι θα ήσουν υπέρ, με τη φιλάνθρωπη φύση που έχεις» είπε ο Γρηγόρης. «Ήσουν πάντα ένας, για να βοηθήσεις τους άλλους».

Συζήτησαν περαιτέρω για το ίδρυμα, αποφασίζοντας για την αποστολή του και πού θα διαθέσουν τους πόρους.

Ο Τόνι επικοινώνησε με τους δικηγόρους αργότερα εκείνη την ημέρα και ξεκίνησε τη νομική διαδικασία.

ΚΕΦΑΛΑΙΟ 36

Μια ανάμνηση, τόσο γλυκιά, τόσο καλή,
Ένα μυστήριο ξεδιπλώνεται, τολμώ να πιστέψω;

Ονόμασαν το ίδρυμα 'Ίδρυμα Καρκίνων,' και ο στόχος του ήταν να χρηματοδοτήσει την έρευνα για τον καρκίνο και να βοηθήσει τους καρκινοπαθείς που δεν μπορούσαν να πληρώσουν για τη θεραπεία τους. Μέχρι το τέλος του έτους, το ίδρυμα έγινε και επίσημο.

Με την καθοδήγηση των δικηγόρων, ο Τόνι έγινε επίσημα πρόεδρός του στις δέκα Δεκεμβρίου. Η αδελφή του έγινε ταμίας. Ένας αποθηκευτικός χώρος στο κτίριο των γραφείων τους, που προοριζόταν για το ίδρυμα, έγινε η έδρα του.

Προσέλαβαν γραμματέα και λογιστή, για να βοηθήσουν στη λειτουργία του Ιδρύματος.

Μόλις αυτό επιτεύχθηκε, ο Τόνι τηλεφώνησε στον πατέρα του στην Κρήτη και του είπε: «Το Ίδρυμα Καρκίνων είναι έτοιμο και λειτουργεί. Είμαι επίσημα Πρόεδρος».

«Καλή δουλειά, γιε μου. Το πρώτο μέρος στο οποίο θέλω να κάνω μια δωρεά είναι το νοσοκομείο στο Σικάγο, όπου έκανα την εγχείρησή μου».

Σύντομα, ο Τόνι έλαβε επιστολές από το νοσοκομείο που τον ευχαριστούσαν για τη συνεισφορά τους. Μια μέρα του Φεβρουαρίου, ο Τόνι διάβασε για τα σχέδια του νοσοκομείου να χτίσει ένα νέο κέντρο για τον καρκίνο. Το νοσοκομείο αναζητούσε απεγνωσμένα χρηματοδότηση για το κέντρο. Μίλησε στον πατέρα του για τη δωρεά κεφαλαίων. Πρότεινε ένα ποσό σε δολάρια.

«Τι νομίζεις, δέκα εκατομμύρια δολάρια φυτρώνουν στα δέντρα;» γκρίνιαξε ο Γρηγόρης.

«Προσφέρομαι να πληρώσω τα μισά από αυτά, αν βάλεις τα άλλα μισά. Ξέρω ότι αυτό είναι μια σταγόνα στον ωκεανό για σένα» είπε ο Τόνι.

«Πολύ μεγάλη σταγόνα! Άσε με να το σκεφτώ» είπε ο Γρηγόρης πριν κλείσει το τηλέφωνο.

Του πήρε μερικές εβδομάδες του πατέρα του πριν συμφωνήσει να το κάνει. Μετά από αυτό, η δωρεά στάλθηκε στο νοσοκομείο.

*****

Στα τέλη Μαρτίου, ο Τόνι είχε τελειώσει το χτίσιμο του σπιτιού του.

Η διώροφη ευρύχωρη βίλα βρισκόταν ψηλά σε ένα λόφο. Είχε ελληνικές κολώνες στο μπροστινό μέρος, και στο πίσω μέρος είχε μια μεγάλη πισίνα και μια βεράντα με θέα στη θάλασσα.

Ο Τόνι περπάτησε μέσα στα άδεια δωμάτια, με τα βήματά του να αντηχούν δυνατά στα μαρμάρινα πατώματα. Τα ψηλά ταβάνια και η ανοιχτή κάτοψη του έδιναν μια αίσθηση ανοιχτού χώρου. Σχεδόν, κάθε δωμάτιο είχε τζάκι.

Έπειτα, κάθισε έξω, ατενίζοντας τη θάλασσα, ακούγοντας τον ήχο των κυμάτων να χτυπούν ρυθμικά στα βράχια. Μια μελαγχολία τον τύλιξε, και τον έριξε ψυχολογικά.

Κάτι έλειπε.

Ίσως το σπίτι έπρεπε να επιπλωθεί. Χρειαζόταν χαρακτήρα, μια δική του ζωή. Η Μελίσσα θα μπορούσε να βοηθήσει σε αυτό το σημείο. Ήταν καλή με αυτά τα πράγματα. Τηλεφώνησε στην αδελφή του, αλλά δεν ήταν στο σπίτι.

Ο Τόνι έπρεπε να αποτινάξει αυτό το καταθλιπτικό συναίσθημα. Ένας τρόπος, για να γίνει αυτό ήταν να πάει στο σπίτι του πατέρα του στην Κηφισιά, να μαζέψει τα υπάρχοντά του και να αρχίσει να προετοιμάζεται για τη μετακόμιση στο νέο σπίτι.

Οδήγησε στο σπίτι του πατέρα του. Είχε ξαναπάει μια φορά πριν αλλά δεν είχε ξαναπάει, καθώς συνειδητοποίησε ότι δεν είχε

324

αναμνήσεις από αυτό. Ο πατέρας του είχε αναφέρει ότι θα μπορούσε να ζήσει εκεί, αλλά ο Τόνι ήθελε να κάνει μια νέα αρχή.

Ήταν άδειο, σαν ένα έρημο κέλυφος. Η Μελίσσα είχε μετακομίσει στο νέο της σπίτι στην άλλη άκρη της Κηφισιάς και ο πατέρας του περνούσε τον περισσότερο χρόνο του στην Κρήτη. Η Τζίλντα ερχόταν μόνο, όταν πήγαινε ο πατέρας του, και ο Τιμ τώρα είχε γίνει ο σοφέρ της Μελίσσας.

Ο Τόνι μπήκε στην κρεβατοκάμαρά του και άρχισε να ψαχουλεύει την ντουλάπα του. Βρήκε επαγγελματικά κοστούμια, πουκάμισα σχεδιαστών και ακριβές μεταξωτές γραβάτες. Τα στοίβαξε όλα στο κρεβάτι. Του φαίνονταν ξένα, σαν να τα είχε φορέσει κάποτε ένας άλλος Τόνι.

Η ντουλάπα ήταν άδεια εκτός από μια τσάντα κρυμμένη στο πίσω μέρος. Περίεργος, αφαίρεσε το περιεχόμενό της. Το σκισμένο πουκάμισο μέσα ήταν καλυμμένο με αποξηραμένες κηλίδες αίμα. Το πουκάμισο ήταν κατεστραμμένο. *Πρέπει να το φόραγα την ημέρα του ατυχήματός μου,* σκέφτηκε.

Ένιωθε τα χέρια του να ιδρώνουν και η αναπνοή του έγινε ρηχή, καθώς στεκόταν εκεί, προσπαθώντας να θυμηθεί το τροχαίο ατύχημα. *Δεν θυμάμαι τίποτα.* Το πέταξε στην άκρη, νιώθοντας απογοήτευση.

Στη συνέχεια, είδε το παντελόνι. Ήταν, επίσης, βαμμένο με αίμα και ο Τόνι ήταν έτοιμος να το πετάξει στην άκρη, όταν παρατήρησε κάτι να φουσκώνει σε μια από τις τσέπες του παντελονιού. Τα δάχτυλά του έβγαλαν ένα μικρό κουτί με κοσμήματα. Το άνοιξε. Μέσα υπήρχε ένα χρυσό δαχτυλίδι με έναν υπέροχο, πράσινο πολύτιμο λίθο.

«Ουάου!» αναφώνησε ο Τόνι, κοιτάζοντας με θαυμαστό τρόπο το δαχτυλίδι. Η καρδιά του άρχισε να χτυπάει γρήγορα, καθώς παρατήρησε το μικρό του μέγεθος, κατάλληλο για γυναίκα. Γιατί ήταν στην τσέπη του την ημέρα του ατυχήματος; *Για ποιον ήταν; Ήταν αυτό ένα δαχτυλίδι αρραβώνων;*

Ο Τόνι κούνησε το κεφάλι του, αγγίζοντας το μέτωπό του, νιώθοντας να του έρχεται πονοκέφαλος. Η οικογένειά του δεν είχε αναφέρει τίποτα για αρραβώνα, ούτε εμφανίστηκε κάποια γυναίκα.

Νιώθοντας μπερδεμένος, ο Τόνι δεν μπορούσε ακόμα να θυμηθεί τις λεπτομέρειες που οδήγησαν στο ατύχημα. Ερωτήσεις που δεν μπορούσε να απαντήσει τον στοιχειώνουν τώρα. Γιατί ανέβαινε στο βουνό εκείνη την ημέρα, ακριβώς πριν από το ταξίδι στην Κρήτη, και γιατί δεν το γνώριζε η οικογένειά του;

Κινούμενος από το μυστήριο του δαχτυλιδιού και την περιέργειά του, άνοιξε όλα τα συρτάρια, βγάζοντας τα πάντα από μέσα, ψάχνοντας κάθε ένδειξη που θα μπορούσε να τον βοηθήσει να λύσει αυτό το παζλ. Οι κινήσεις του ήταν σαν κινήσεις ενός διψασμένου που αναζητούσε εκείνο το ποτήρι νερό που θα ικανοποιούσε τη δίψα του. Κάποια στιγμή, ένα κομμάτι χαρτί κουνήθηκε μέσα από μερικά ρούχα. Έσκυψε να το σηκώσει.

Η καρδιά του χτύπησε πιο δυνατά, καθώς διάβασε το σημείωμα, το οποίο υπέγραφε η Υπατία. Το άτομο που το έγραψε είχε υπέροχο, λεπτό γραφικό χαρακτήρα ευχαριστώντας τον για όλα όσα είχε κάνει.

«Υπατία» είπε χαμηλόφωνα.

Ήταν ένα ασυνήθιστο και όμορφο όνομα. Ποια ήταν; Γιατί είπε ότι έπρεπε να φύγει; Γιατί το όνομά της δεν χτύπησε μια χορδή μνήμης στο μυαλό του;

Δεν θυμόταν καμία Υπατία.

Νιώθοντας μπερδεμένος, ο Τόνι δίπλωσε το χαρτί και το έβαλε στην τσέπη του. Αυτό θα πρέπει να περιμένει. Ο πονοκέφαλος του είχε χειροτερέψει.

Ακολούθησαν τα ράφια. Όλα τα είδη βιβλίων, από οικονομικά μέχρι τέχνη και φιλοσοφία ήταν εκεί. Αναρωτήθηκε αν τα είχε διαβάσει όλα. Μόλις τακτοποιόταν, επρόκειτο να τα δει και να τα διαβάσει. Τα στοίβαξε επιμελώς μεταξύ τους και μετά τα μετέφερε στο πορτ μπαγκάζ του αυτοκινήτου.

Δούλευε σταθερά, γεμίζοντας το αυτοκίνητο αργά με βιβλία και ρούχα. Όταν τελείωσε, η κρεβατοκάμαρα φαινόταν σαν ένα άδειο κοχύλι που είχε αδειάσει από τον ένοικο του, μια κούφια υπενθύμιση μιας άλλης εποχής. Δεν του άφηνε αναμνήσεις.

Κάτι τον ώθησε να κοιτάξει κάτω από το κρεβάτι. Βρήκε ένα σωρό γράμματα από παλιούς φίλους, δεμένα με ένα λάστιχο. Δεν αναγνώρισε το όνομα κανενός. Θα πρέπει να τα δει άλλη φορά. Θα τον βοηθήσουν να διαχειριστεί τη μνήμη του.

Οδήγησε πίσω στο σπίτι του στη Γλυφάδα.

*****

Ο Τόνι επέστρεψε στην αδελφή του αργότερα, το βράδυ, για να βρει εκείνη και τον Τσακ να δειπνούν.

«Ήρθες στην ώρα σου» είπε ο Τσακ, σκουπίζοντας το στόμα του. «Πεινάσαμε, οπότε ελπίζω να μην σε πειράζει που ξεκινήσαμε πριν έρθεις».

«Κανένα πρόβλημα» είπε ο Τόνι. «Ομολογώ ότι πεινάω λίγο». Κάθισε μαζί τους.

Το γεύμα αποτελούνταν από ψητό κοτόπουλο και πατάτες, μουσακά, φασόλια φούρνου, ελιές και ψωμί.

«Πώς πάει η βίλα σου;» ρώτησε ο Τσακ.

Ο Τόνι μίλησε για τη βίλα του και η Μελίσσα μπήκε στην κουβέντα, συμβουλεύοντας τον για τα έπιπλα που έπρεπε να αγοράσει.

Στη συνέχεια μίλησε για την ανακάλυψή του, όταν μετέφερε τα υπάρχοντά του από το σπίτι των γονιών τους στη βίλα. «Πες μου, Μέλισσα, ξέρεις κάποια με το όνομα Υπατία;» τη ρώτησε.

«Υπατία;» τον ρώτησε, κοιτώντας τον.

«Βρήκα ένα σημείωμα που μου είχε γράψει μια Υπατία» είπε, ταραγμένος ελαφρώς. Η μικρή του αδελφή δεν τον διευκόλυνε.

«Ω, ναι. Ήταν απλώς ένα κορίτσι από το νησί που συναντήσατε στους Λειψούς ένα καλοκαίρι που κολλήσαμε σε μια καταιγίδα και έπρεπε να μείνουμε εκεί».

«Υπάρχει κάτι άλλο που δεν ανέφερε η αδελφή σου» είπε ο Τσακ ειρωνικά. «Η Υπατία ήξερε αγγλικά και δούλευε στο γραφείο, μεταφράζοντας τα έγγραφά σου στα ελληνικά».

«Έτσι είναι;» ρώτησε ο Τόνι με αγανάκτηση, κουνώντας το κεφάλι του. «Δεν τη θυμάμαι».

Η Μελίσσα του χαμογέλασε γλυκά. «Μάλλον δεν υπήρχαν πολλά να θυμηθείς».

Ο Τόνι είχε μάθει με τον καιρό να διαβάζει τις αντιδράσεις της Μελίσσας και είχε διαπιστώσει ότι δεν ήταν πάντα ειλικρινής μαζί του. Τα λόγια της τον ταρακούνησαν. Ξαφνικά, συνειδητοποίησε τώρα γιατί δεν του είχαν πει για την Υπατία. Έγινε επιφυλακτικός και αποφάσισε να μην αναφέρει το

327

δαχτυλίδι των αρραβώνων. Η διαίσθησή του του είπε ότι δεν θα το ξέρουν. Αντίθετα, άλλαξε θέμα.

«Η Σάρα ήρθε σήμερα;» ρώτησε ο Τόνι.

«Ναι, ήρθε και ρωτούσε για σένα» είπε η Μελίσσα απαλά.

«Η Σάρα είναι καλή περίπτωση. Δεν είναι μόνο όμορφη, αλλά έχει και λεφτά. Ο πατέρας της έχει πολλές τράπεζες».

«Μελίσσα, δε νομίζω ότι πρέπει να παρεμβαίνεις στην προσωπική ζωή του Τόνι» είπε ο Τσακ κάπως αστειευόμενος.

«Δεν πειράζει, Τσακ» είπε ο Τόνι, γελώντας. «Η Μελίσσα μάλλον πιστεύει ότι τα χρήματα θα αγοράσουν την ευτυχία μου. Προς ενημέρωσή σας, πρέπει να μάθω περισσότερα για το τι συνέβη στην Υπατία, προτού συνεχίσω οποιαδήποτε σχέση με τη Σάρα».

*****

Εκείνο το βράδυ, ο Τόνι κάθισε στο δωμάτιό του και σκεφτόταν το προσωπικό σημείωμα της Υπατίας και το δαχτυλίδι από πολύτιμο λίθο. Σε ποιον ανήκε το δαχτυλίδι των αρραβώνων; Θα μπορούσε να είναι για εκείνη; Γιατί δεν μπορούσε να τη θυμηθεί; Τι της συνέβη; Γιατί δεν είχε έρθει όλα αυτά τα χρόνια να τον δει;

Κουρασμένος από όλες τις αναπάντητες ερωτήσεις, ο Τόνι εστίασε τις σκέψεις του στη Σάρα. Συνειδητοποίησε πώς η Μελίσσα τον είχε πιέσει διακριτικά για αυτή τη σχέση και ότι τα πλούτη της Σάρας ήταν πιθανώς ο λόγος που η Μέλισσα την είχε φίλη. Κατά τη διάρκεια αυτών των τελευταίων μηνών, καθώς η σχέση τους άνθιζε και η κατασκευή της βίλας τελείωνε, η Σάρα είχε αφήσει να εννοηθεί ότι η σχέση τους δεν ήταν απλώς φιλία. Είχε σκεφτεί την ιδέα να μοιραστεί το υπόλοιπο της ζωής του μαζί της.

Αλλά πώς θα μπορούσε να της υποσχεθεί, ή σε οποιονδήποτε άλλο, οτιδήποτε, όταν είχε αγοράσει το δαχτυλίδι αρραβώνων για κάποια άλλη; Η καρδιά του δεν είχε αποκαλυφθεί ακόμα. Έπρεπε να βρει απαντήσεις.

Την επόμενη μέρα, η Σάρα επισκέφθηκε την Μελίσσα. Είχε φέρει μαζί της ένα σετ μανικιούρ νυχιών και λιμάριζε τα νύχια της, ενώ μιλούσε με τη Μελίσσα.

Άρχισαν να μιλάνε για τον Τόνι.

«Πρέπει να σου πω κάτι για τον Τόνι» είπε η Μελίσσα. «Ξέρεις ότι είχε αμνησία κάποτε. Λοιπόν, υπάρχει μια παλιά αγάπη στη ζωή του, η Υπατία Κουρή, της οποίας το όνομα βρήκε πρόσφατα. Δεν ξέρω πόσα θυμάται και δεν θέλω να σε δω πληγωμένη».

«Υπατία Κουρή;» ρώτησε η Σάρα. «Κατά κάποιο τρόπο αυτό το όνομα ακούγεται οικείο. Ήταν σοβαρό;»

«Δεν μπορώ να πω, αλλά ενδιαφέρεται να μάθει περισσότερα για αυτήν. Ο πατέρας της, ο καπετάν Μανώλης Κουρής, δούλευε για τον πατέρα μου» είπε χαρακτηριστικά η Μελίσσα.

Εκείνο το βράδυ, η Σάρα ανάφερε το όνομα του Κουρή στον πατέρα της, ρωτώντας τον αν μπορούσε να ελέγξει αν κάποιος από τους λογαριασμούς του ήταν σε κάποια από τις τράπεζές τους.

*****

Λίγες εβδομάδες αργότερα, ο Τόνι μπήκε στο γραφείο του Μάικλ, αναρωτώμενος αν ήταν το σωστό πράγμα να κάνει. Πήρε την απάντησή του γρήγορα.

«Τόνι» αναφώνησε ο Μάικλ, χαιρετώντας τον από καρδιάς. «Πόσος καιρός έχει περάσει; Τρία χρόνια;»

«Λυπάμαι που δεν σε επισκέφτηκα νωρίτερα, Μάικλ, αλλά ήμουν πολύ απασχολημένος με το να ξαναφτιάξω τη ζωή μου» παραδέχτηκε ο Τόνι, κοιτώντας τον. Φαινόταν αρκετά φιλικός.

«Κάτσε, φίλε μου. Θέλεις να πιείς κάτι;»

«Όχι, ευχαριστώ» είπε ο Τόνι, και κάθισε στην καρέκλα.

Ο Μάικλ χαμογέλασε και άρχισε να αναπολεί το παρελθόν, αλλά ο Τόνι τον σταμάτησε.

«Δεν έχει νόημα να μου μιλάς για το παρελθόν» είπε ο Τόνι απολογητικά. «Βλέπεις, είχα αμνησία λόγω ενός τροχαίου ατυχήματος. Δεν θυμάμαι τι συνέβη πριν από το ατύχημα, ούτε εσένα, ούτε οποιονδήποτε άλλο. Συνάντησα το όνομά σου τυχαία τις προάλλες, όταν κοιτούσα ένα σωρό από παλιά γράμματα».

«Ω, λυπάμαι που το ακούω» είπε ο Μάικλ, απογοητευμένος από την είδηση.

«Όταν ρώτησα τη Μελίσσα για σένα, μου είπε πού μπορούσα να σε βρω. Δεν φαινόταν χαρούμενη».

«Είναι κατανοητό. Η αδελφή σου και εγώ ήμασταν κάποτε αρραβωνιασμένοι για να παντρευτούμε. Αλλά αυτό ανήκει πλέον στο παρελθόν. Παντρεύτηκα πριν ένα χρόνο».

«Συγχαρητήρια!»

«Εσύ είχες μια δικαιολογία που δεν ήρθες να με δεις λόγω αμνησίας, αλλά πρέπει κι εγώ να ζητήσω συγνώμη που δεν κράτησα επαφή».

«Γιατί το λες αυτό;»

«Αφού έμαθα ότι η Υπατία ήταν ερωτευμένη μαζί σου, αποφάσισα να μην μπω ανάμεσα σε εσάς τους δύο, γι' αυτό κράτησα απόσταση. Βλέπετε, ενδιαφερόμουν κι εγώ για εκείνη».

«Υπατία;» ρώτησε ο Τόνι, νιώθοντας έκπληκτος. *Γιατί δεν μου είπε η οικογένειά μου για αυτήν;*

«Υπατία, το κορίτσι του νησιού».

«Το κορίτσι του νησιού». Ο Τόνι μάζεψε το μυαλό του, προσπαθώντας να τη θυμηθεί. Κούνησε το κεφάλι του. «Δεν τη θυμάμαι».

«Δεν τη θυμάσαι;» ρώτησε ο Μάικλ, έκπληκτος. «Υποθέτω ότι η αμνησία *ήταν σοβαρή*».

«Μάικλ, πες μου για αυτήν. Πώς τη γνώρισα; Πώς έμοιαζε;» ρώτησε ανυπόμονα ο Τόνι. Τα συναισθήματά του ήταν ανάμεικτα. Ήταν ενθουσιασμένος που άκουσε για αυτήν, αλλά μπερδεμένος, γιατί αποτελούσε ένα αίνιγμα.

«Ήταν ψηλή και αδύνατη, με μακριά, χρυσοκάστανα μαλλιά και μεγάλα, πράσινα φουντούκι μάτια. Ήταν όμορφη και καταγόταν από το νησί των Λειψών, όπου τη γνωρίσαμε. Μετακόμισε εδώ και ζούσε με τη θεία της ακριβώς στη γωνία από εδώ, αλλά τελευταία άκουσα ότι είχε μετακομίσει στην άλλη άκρη της πόλης με τα ξαδέλφια της».

Ο Τόνι σκέφτηκε για μια στιγμή, κλείνοντας τα μάτια του. «Μακάρι να ήξερα νωρίτερα».

«Υποθέτω ότι κανείς στην οικογένειά σου δεν σου είπε» είπε ο Μάικλ ξερά. «Βλέπεις καμία;»

«Ναι» είπε ο Τόνι, κουνώντας το κεφάλι του βαριά. «Η Σάρα μένει δίπλα στο σπίτι της αδελφής μου και με πίεζε για γάμο, αλλά κάτι με έχει κρατήσει πίσω».

«Α, κατάλαβα» είπε ο Μάικλ. «Ίσως δεν είσαι ερωτευμένος μαζί της».

«Μάικλ, ήμουν ερωτευμένος με την Υπατία, έτσι δεν είναι; Μπορώ απλώς να το νιώσω» είπε ο Τόνι, δείχνοντας αβοήθητος. «Το πρόβλημα είναι ότι δεν τη θυμάμαι ούτε ξέρω τι της συνέβη. Απλώς εξαφανίστηκε».

Ο Μάικλ έγνεψε σκεπτικός. «Θυμάμαι ξεκάθαρα ότι μιλούσε συνεχώς, για να πάει στο πανεπιστήμιο» είπε. «Διάβαζε ιατρικά περιοδικά που της έδινα, δείχνοντας ενδιαφέρον για τον ιατρικό τομέα. Καταλαβαίνω, αν μη τι άλλο, ότι μπορεί να είναι σε κάποιο πανεπιστήμιο και να σπουδάζει για το πτυχίο της».

«Κατάλαβα» είπε ο Τόνι, παίζοντας με τη μνήμη του. Η κοπέλα ήταν περισσότερο προσηλωμένη στην εκπαίδευση παρά στο γάμο. Εξακολουθούσε να βλέπει θολά στο μυαλό του για εκείνη, αλλά αυτό που έλεγε ο Μάικλ είχε αρχίσει να έχει νόημα. Το σχέδιο της Υπατίας να μπει στο κολέγιο μπορεί να είναι το κομμάτι που λείπει από το παζλ.

Μια νεαρή, ελκυστική γυναίκα με πράσινα μάτια και καστανά μαλλιά μπήκε στο γραφείο. Ο Τόνι την κοίταξε με περιέργεια. Έμοιαζε με την περιγραφή του Μάικλ για την Υπατία.

Ο Μάικλ πήγε στη γυναίκα και την αγκάλιασε και την σύστησε. «Τόνι, θα ήθελα να γνωρίσεις τη γυναίκα μου, Μπέτσι».

Ο Τόνι αναρωτήθηκε κρυφά αν ο Μάικλ είχε επιλέξει τη γυναίκα του, επειδή έμοιαζε με την Υπατία.

Η συζήτηση μεταφέρθηκε στους νεόνυμφους.

Λίγες ώρες αργότερα, καθώς τους αποχαιρετούσε, ο Τόνι τους κάλεσε να τον επισκεφτούν στη βίλα του την επόμενη Κυριακή.

Εκείνο το βράδυ, ο Τόνι ξεκουράστηκε στον κατάλευκο καναπέ του, στη βίλα του, σκεπτόμενος τη συζήτηση με τον Μάικλ. Απαλή, κλασική μουσική από το στερεοφωνικό σύστημα ακουγόταν σε όλο το σπίτι, ανταγωνιζόταν τον ήχο των κυμάτων έξω, καθώς έψαχνε στο μυαλό του, παρακολουθώντας όλα τα γεγονότα, προσπαθώντας να συνδυάσει το παζλ. Οι νότες που απλώθηκαν στο δωμάτιο χάιδευαν το μυαλό του, το ζύμωσαν, το παρακίνησαν να βγει με τις απαντήσεις.

331

Ο Τόνι σταμάτησε να σκέφτεται για μια στιγμή, ενθουσιασμένος από τη μουσική. Κάτι σε αυτή τη σύνθεση του θύμισε την Υπατία. Αφού τελείωσε, ο εκφωνητής του ραδιοφώνου το ονόμασε 'Beethoven's *Fur Elise*'.

Η καρδιά του Τόνι χτυπούσε δυνατά στο στήθος του, όταν το άκουσε. *Το ξέρω αυτό το κομμάτι. Είναι οικείο.* Σηκώθηκε όρθιος, καθώς η εικόνα του να παίζει αυτό το κομμάτι στο πιάνο καρφώθηκε στο μυαλό του. Το είχε παίξει για την Υπατία. Άρχισε να περπατά στο δωμάτιο ενθουσιασμένος, καθώς εικόνες πάνω σε εικόνες περνούσαν από το μυαλό του: η Υπατία κρεμασμένη από το δέντρο, τα μακριά μαλλιά της να χορεύουν στον άνεμο, καθώς εκείνος έσπρωχνε το φίδι μακριά. Η Υπατία τρέχει να φύγει με το γαϊδουράκι της. Τρώγοντας *λουκουμάδες* με την Υπατία και να γελάμε. Η Υπατία ντυμένη με επαγγελματικά ρούχα, να εργάζεται στο γραφείο.

Μετά σταμάτησε, κοιτάζοντας έξω σαν σε έκσταση, θυμούμενος το δαχτυλίδι που βρήκε στο παντελόνι του. «Σκέψου, Τόνι» είπε δυνατά. Στο μυαλό του ήρθε η εικόνα της Υπατίας να του δίνει τον πολύτιμο λίθο. *Ναι, τώρα θυμάμαι.* Το δώρο της Υπατίας σε αυτόν ήταν ο πολύτιμος λίθος, σε αντάλλαγμα για το βιβλίο που βρήκε. Ο Τόνι είχε μετατρέψει το πανέμορφο διαμάντι σε δαχτυλίδι, με σκοπό να της το δώσει ως δαχτυλίδι αρραβώνων. Το δαχτυλίδι ήταν μια υπόσχεση, μια σφραγίδα της αγάπης του.

Ο Τόνι ένιωσε ένα απίστευτο, χαρούμενο συναίσθημα, ανεβάζοντάς τον στα ύψη. Έπλεε για λίγο σε ένα αιθέριο σύννεφο χαράς, σκεπτόμενος την Υπατία. *Με είχε κάνει ευτυχισμένο. Είμαι σίγουρος για αυτό.*

Τότε μια απογοητευτική ερώτηση έσπασε τη χαρά και ο Τόνι άρχισε να κατεβαίνει από τα σύννεφα. *Τι της συνέβη;*

Εμφανίστηκαν ξανά πιο ανησυχητικές ερωτήσεις, που τον τραβούσαν στην πραγματικότητα. Συνέχισε τον βηματισμό του, προβληματισμένος από ερωτήσεις που έπρεπε ακόμη να απαντηθούν.

*****

Την επόμενη μέρα, σε μια απελπισμένη προσπάθεια να συνδυάσει αυτό το ανησυχητικό παζλ του παρελθόντος του, ο Τόνι οδήγησε στο όρος Υμηττός, το ίδιο βουνό, όπου είχε το ατύχημα. Ίσως ερχόμενος εδώ θα μπορούσε να θυμηθεί τι συνέβη.

Επέλεξε να έρθει κατά στη διάρκεια του απογεύματος, όταν είχε λίγη κίνηση. Πάρκαρε το αυτοκίνητο σε ένα ασφαλές σημείο, πιο κάτω στο δρόμο.

Προχωρώντας προς την άκρη του κυρτού δρόμου, ο Τόνι σταμάτησε και κοίταξε το σκηνικό από ψηλά. Η αστυνομία τού είχε πει ότι είχε στρίψει τον τροχό του, για να αποφύγει την κατά μέτωπο σύγκρουση με το άλλο αυτοκίνητο και είχε κουτρουβαλήσει στην πλαγιά και στο δάσος. Το αυτοκίνητό του προσέκρουσε σε ένα από τα δέντρα στο δάσος, προκαλώντας τον τραυματισμό του.

Κατηφόρισε προσεκτικά την απότομη πλαγιά και μετά κοίταξε γύρω του, ελπίζοντας να θυμηθεί κάτι, οτιδήποτε. Βρήκε το δέντρο που είχε τα σημάδια από τη σύγκρουση του αυτοκινήτου, ακόμη και μερικά κομμάτια γυαλιού κοντά, εμφανή σημάδια του τροχαίου ατυχήματος.

Τα μάτια του χτένισαν απελπισμένα την περιοχή, αναζητώντας στοιχεία για την Υπατία, ίσως μια τσάντα ή ένα πορτοφόλι. Μια ώρα αργότερα, γύρισε πίσω με άδεια χέρια. Έψαξε κι άλλο στο δάσος, συνεχίζοντας την αναζήτησή του, μη θέλοντας να εγκαταλείψει την προσπάθεια.

Καθώς ο ήλιος άρχισε να δύει, ο Τόνι ήξερε ότι έπρεπε να φύγει πριν σκοτεινιάσει. Νιώθοντας απογοητευμένος, γύρισε πίσω. Στην πορεία, πρέπει να επέλεξε μια λάθος στροφή, γιατί χάθηκε.

Προχώρησε και αναγνώρισε την περιοχή. Προχωρώντας μπροστά, έβλεπε μια λάμψη χρώματος ανάμεσα στους θάμνους στα αριστερά του και μετά εξαφανίστηκε ξανά. Πλησίασε, για να ρίξει μια ματιά.

Αποδείχθηκε ότι ήταν ένα γυναικείο δαντελένιο σάλι πιασμένο ανάμεσα στα κλαδιά του θάμνου. *Ήταν δυνατόν αυτό το σάλι να ανήκει στην Υπατία;* Η καρδιά του χτύπησε δυνατά, καθώς τα τρεμάμενα δάχτυλά του κατάφεραν να ξεμπλέξουν το κουρελιασμένο σάλι από τον θάμνο.

Καθώς το χάιδευε, απορώντας πώς πιάστηκε στον θάμνο, η απάντηση εμφανίστηκε αστραπιαία. Στο μυαλό του, μπορούσε να δει μια γυναίκα να φορά αυτό το σάλι και να κάθεται στο αυτοκίνητο μαζί του. Το πρόσωπο της γυναίκας δεν ήταν καθαρό. *Πρέπει να ήταν η Υπατία που φορούσε το σάλι και ήταν μαζί μου στο αυτοκίνητο. Μετά το ατύχημα πρέπει να το παρέσυρε ο άνεμος. Τι της συνέβη όμως;*

Ένας έντονος φόβος ότι η Υπατία μπορεί να μην είχε επιβιώσει από το ατύχημα τον κυρίευσε. Βαθιά συναισθήματα για αυτήν, θαμμένα όλο αυτό το διάστημα, όρμησαν στην επιφάνεια. *Αγαπημένη μου, γλυκιά Υπατία. Πώς μπορώ να ζήσω με τον εαυτό μου, γνωρίζοντας ότι προκάλεσα τον θάνατό σου;* Βγάζοντας μια αγωνιώδη κραυγή, έθαψε το πρόσωπό του στο σάλι, με τα δάκρυά του να κυλούν ανεξέλεγκτα.

Με βαριά καρδιά, γύρισε στο αυτοκίνητο.

ΚΕΦΑΛΑΙΟ 37

Η αγάπη μου για σένα, μια πόρτα που έκλεισε,
Η αλήθεια ξεκλειδώνει την πόρτα για άλλη μια φορά.

Την επόμενη μέρα, ακόμα προβληματισμένος για το σάλι της Υπατίας και την εξαφάνισή της, ο Τόνι αποφάσισε ότι έπρεπε να μάθει τι της συνέβη. Είχε δουλέψει στο γραφείο. Κάποιος εκεί μπορεί να ξέρει τι συνέβη στο κορίτσι. Είχε αποφύγει να πάει εκεί μετά το ατύχημα, νιώθοντας άβολα που δεν μπορούσε να θυμηθεί κανέναν.

Με έναν μοναδικό σκοπό, ο Τόνι διέλυσε τους φόβους του, αποφασισμένος να μάθει τι είχε συμβεί στο κορίτσι.

Θυμήθηκε πού ήταν το γραφείο. Ο Τιμ του το έδειχνε όποτε περνούσαν.

Η Ρίτα χαιρέτησε τον Τόνι θερμά, μιλώντας σαν να ήταν οι καλύτεροι φίλοι.

«Ξέρω ότι αυτό μπορεί να είναι άβολο για εσένα» είπε ο Τόνι, διακόπτοντάς την, «αλλά είχα αμνησία από το τροχαίο ατύχημα και δεν σε θυμάμαι καθόλου, ή κανέναν από τους ανθρώπους για τους οποίους μου λες».

Η Ρίτα έγνεψε με κατανόηση. «Η αδελφή σας είχε αναφέρει κάτι. Είμαι η Ρίτα». Του είπε ποια ήταν η δουλειά της. «Μας λείψατε, κύριε Τόνι, και ελπίζουμε να τα πηγαίνετε καλύτερα».

«Σε ευχαριστώ. Ο πραγματικός λόγος που ήρθα ήταν να μάθω τι απέγινε η Υπατία. Καταλαβαίνω ότι δούλευε εδώ. Έχεις ακούσει νέα της;»

Τα μάτια της Ρίτας άνοιξαν διάπλατα. «Η τελευταία φορά που την είδα ήταν πριν από τέσσερα χρόνια, την επομένη της Κυριακής του Πάσχα, την περίοδο μετά το ατύχημα σας» είπε, κουνώντας το κεφάλι της απολογητικά.

Η καρδιά του Τόνι χτύπησε από χαρά. «Είσαι σίγουρη;»

«Ναι» είπε κατηγορηματικά η Ρίτα. «Ήρθε στο γραφείο, και θυμάμαι ότι μιλήσαμε για το πώς περάσαμε το Πάσχα μας. Ανάφερε ότι το πέρασε ήσυχα με τα ξαδέλφια της. Υπέθεσα ότι είχε επιστρέψει εκείνη τη μέρα στη δουλειά και της είπα ότι είχατε πάει στην Κρήτη, οπότε δεν υπήρχε άλλη δουλειά για αυτήν. Της είπα να επιστρέψει σε λίγες βδομάδες, όταν όλοι θα είχαν γυρίσει από την Κρήτη. Με ευχαρίστησε και έφυγε και δεν επέστρεψε».

«Δεν ήξερες για το ατύχημά μου;»

«Όχι, φοβάμαι πώς όχι» είπε η Ρίτα αναστενάζοντας. «Το έμαθα μετά. Ο κύριος Γρηγόρης δεν ήθελε να μάθουμε αμέσως».

«Και κάτι ακόμη. Πώς σου φάνηκε;» ρώτησε ο Τόνι. Είχε μια αίσθηση ότι επρόκειτο να μάθει την αλήθεια.

«Τι εννοείτε;»

«Μήπως κούτσαινε, ή φαινόταν άρρωστη με οποιονδήποτε τρόπο, ίσως με μια μελανιά εδώ ή εκεί;» ρώτησε.

Η Ρίτα φάνηκε σκεφτική. «Ξέρετε, τώρα που με ρωτάτε, θυμάμαι ότι σκέφτηκα για μια στιγμή ότι θα λιποθυμούσε πάνω μου. Επίσης, η μία πλευρά του προσώπου της, γύρω από το μάτι, ήταν λίγο πρησμένη».

Ζαλισμένο από την αποκάλυψη, το μυαλό του Τόνι ένωσε όλα τα κομμάτια. Στεκόταν εκεί, με βαθιές σκέψεις. *Η Υπατία ζούσε.* Ήταν σίγουρος γι' αυτό. Τα τραύματά της δεν ήταν τόσο σοβαρά όσο ήταν τα δικά του, οπότε είχε μεταφερθεί σε ένα νοσοκομείο, ενώ εκείνος είχε μεταφερθεί σε άλλο. Όταν η Υπατία επέστρεψε στη δουλειά και έμαθε από τη Ρίτα ότι ήταν στην Κρήτη, και δεν υπήρχε δουλειά για εκείνη, έφυγε.

Σκέφτηκε ότι η Υπατία είχε στεναχωρηθεί αρκετά, ώστε να φύγει και να μην προσπαθήσει να επικοινωνήσει μαζί του όλα αυτά τα χρόνια. Και όλα αυτά επειδή ο πατέρας του δεν ήθελε να μάθει κανείς για το ατύχημα.

«Είσαστε καλά; Λυπάμαι αν είπα κάτι λάθος» είπε η Ρίτα αγχωμένη, διακόπτοντας τις σκέψεις του.

Ο Τόνι την κοίταξε επίμονα, επιστρέφοντας στην πραγματικότητα. Παρατήρησε το ανήσυχο βλέμμα της και χαμογέλασε. «Όχι, μην αισθάνεσαι άσχημα. Με βοήθησες περισσότερο από όσο νομίζεις» είπε καθησυχαστικά.

Η Ρίτα χαμογέλασε. «Επιστρέφετε στη δουλειά;» τόλμησε να ρωτήσει. «Όλοι ρωτούν για σας».

«Σε ευχαριστώ για το ενδιαφέρον σου» είπε. «Αλλά ο Τσακ κάνει κουμάντο τώρα. Εγώ έχω τώρα τη δική μου επιχείρηση».

Σφύριζε, καθώς πετούσε κατεβαίνοντας τις σκάλες.

*****

«Σου λέω, είναι αλήθεια, πατέρα» είπε η Μελίσσα, περπατώντας στην κουζίνα και μιλώντας στο τηλέφωνο. «Ο καπετάν Κουρής συγκέντρωσε ένα σημαντικό χρηματικό ποσό. Είχε φτιάξει προίκα με καταπίστευμα, αξίας άνω των εξήντα χιλιάδων αμερικανικών δολαρίων στο όνομα της Υπατίας, για ανάληψη μόνο σε περίπτωση γάμου. Μου το είπε ο ίδιος ο πατέρας της Σάρας».

«Γιατί είναι τόσο σημαντικά τα χρήματα για σένα;» ρώτησε ο Γρηγόρης.

«Πατέρα, εσύ είσαι αυτός που εξυμνούσε τις αρετές του χρήματος».

«Ναι, τα χρήματα είναι σημαντικά, αλλά δεν είναι τα πάντα».

«Τώρα που η Υπατία έχει χρήματα, ο Τόνι μπορεί να σκεφτεί να την παντρευτεί».

«Άκου εδώ, Μελίσσα. Ο Τόνι ξέρει τι κάνει και ήρθε η ώρα να σταματήσεις να ανακατεύεσαι στις υποθέσεις του. Αν είναι ερωτευμένος με το κορίτσι, είτε έχει ένα δολάριο είτε εξήντα χιλιάδες δολάρια, δεν θα υπάρχει διαφορά για αυτόν. Παντρεύτηκα τη μητέρα σου, γιατί την αγαπούσα, όχι για τα χρήματά της, και αν δεν την είχα παντρευτεί, δεν θα ήσουν καν εδώ σήμερα. Μην το ξεχνάς ποτέ αυτό!»

*****

Η επόμενη Κυριακή σηματοδότησε την αρχή του Απριλίου. Ο Τόνι περίμενε να φτάσουν ο Μάικλ και η Μπέτσι, έχοντας προετοιμαστεί για την περίσταση προσλαμβάνοντας έναν μάγειρα. Οι μυρωδιές από την κουζίνα είχαν απλωθεί σε όλο το σπίτι, δίνοντάς του μια ζεστή, πολύ ζεστή αίσθηση.

337

Το κουδούνι χτύπησε και ο Τόνι πήγε με ανυπομονησία να τους χαιρετήσει. «Μάικλ, Μπέτσι» είπε ο Τόνι χαρούμενος που τους είδε.

Κάθισαν και απόλαυσαν ένα ευχάριστο δείπνο. Μετά το γεύμα, το ζευγάρι μοιράστηκε τα ευχάριστα νέα του με τον Τόνι.

«Συγχαρητήρια. Πότε περιμένεις να γεννήσεις;» ρώτησε ο Τόνι.

«Κάποια στιγμή το Νοέμβριο» είπε η Μπέτσι, χαμογελώντας.

«Μόλις το μάθαμε σήμερα το πρωί, οπότε είσαι ο πρώτος που το ξέρεις, παλιόφιλε» είπε ο Μάικλ. «Θα θέλαμε να είσαι ο νονός του μωρού».

Ο Τόνι έμεινε άναυδος, συνειδητοποιώντας τι καλοί φίλοι πρέπει να ήταν στο παρελθόν, για να του κάνει ο Μάικλ αυτή την τιμή. «Σας ευχαριστώ. Είναι πραγματικά τιμή μου» είπε. «Θα ήμουν περισσότερο από χαρούμενος να το κάνω».

Η συζήτηση συνεχίστηκε για λίγο και μετά η Μπέτσι χλόμιασε και άγγιξε το στομάχι της.

«Είσαι καλά;» ρώτησε ο Τόνι.

Η Μπέτσι έγνεψε καταφατικά.

«Είναι καλά» είπε ο Μάικλ, αγγίζοντας καθησυχαστικά το χέρι της. «Έχει αυτές τις ζαλάδες. Είναι μια φάση της εγκυμοσύνης».

Η Μπέτσι χαμογέλασε στον Μάικλ και μετά κοίταξε τον Τόνι. «Με συγχωρείτε, θα ήθελα να ξεκουραστώ λίγο».

Ο Τόνι της έδειξε το σαλόνι, όπου ξάπλωσε στον καναπέ. Αφού επέστρεψε στην τραπεζαρία, συνομίλησε με τον Μάικλ, ενώνοντας μαζί του τα κομμάτια του παρελθόντος του.

«Έχεις ακούσει τίποτα για την Υπατία πρόσφατα;» ρώτησε τον Μάικλ.

«Τώρα που μου το θύμισες, ο Γιώργος και η Πόλα Μαστρογιάννη με επισκέφτηκαν πρόσφατα» είπε ο Μάικλ.

«Ποιοι είναι αυτοί;»

«Είναι τα ξαδέλφια της Υπατίας και ασθενείς μου. Τυπικά, πριν από τα ταξίδια, ερχόντουσαν και έπαιρναν συνταγές από εμένα. Αυτή τη φορά ήταν καθ' οδόν για την Ισπανία».

«Είπαν τίποτα για την Υπατία, που μένει;

338

«Ναι, να σου πω την αλήθεια, ανέφεραν ότι ζει στην Αμερική, σε ένα προάστιο του Σικάγο, με τη θεία και τον θείο της, τον Τζον και τη Σοφία Σταυράκη.

«Σικάγο;» ρώτησε ο Τόνι. Ήταν μοιραίο ή σύμπτωση που ήταν εκεί; Ο πατέρας του είχε πάει στο Σικάγο για θεραπεία και το ίδρυμα Καρκίνων είχε δώσει χρήματα στο νοσοκομείο εκεί.

Ο Μάικλ έγνεψε θλιμμένα. «Φοβάμαι πως ναι».

«Μήπως ανέφεραν κάποια διεύθυνση ή έναν αριθμό τηλεφώνου;»

«Για να είμαι ειλικρινής, δεν το σκέφτηκα αυτό, τώρα που είμαι παντρεμένος» είπε ο Μάικλ απολογητικά. «Είπαν ότι τελειώνει σύντομα ένα πανεπιστήμιο στο Σικάγο, με πτυχίο μικροβιολογίας».

«Α, ναι, το περιβόητο πτυχίο που επέλεξε αντί του γάμου» είπε ο Τόνι, αναστενάζοντας.

«Η κυρία Ρόδου, η καθηγήτρια αγγλικών, ίσως ξέρει περισσότερα για την Υπατία. Ζει ακριβώς στον ίδιο δρόμο με το γραφείο μου».

Λίγες μέρες αργότερα, ο Τόνι έλαβε ένα γράμμα από το νοσοκομείο στο Σικάγο. Το διάβασε δυνατά, «Είμαστε ευγνώμονες για τη δωρεά των δέκα εκατομμυρίων δολαρίων και σας προσκαλούμε σε ένα συμπόσιο που θα γίνει προς τιμήν του Ιδρύματος Καρκίνων, στις 26 Ιουνίου, 1993. Θα είναι παρόντες και επίσημοι».

Αυτό ήταν ότι ακριβώς χρειαζόμουν, σκέφτηκε ο Τόνι.

Ο Τόνι είχε μιλήσει στην κυρία Ρόδου και ανακάλυψε πού ζούσε η Υπατία. Είχε σχεδιάσει να πάει στο σπίτι της και να χτυπήσει την πόρτα. Ήταν τόσο απλό; Πώς θα αντιδρούσε μετά από τόσα χρόνια; Θα την αναγνώριζε, όταν την έβλεπε;

*****

Μια ηλιόλουστη μέρα του Ιουνίου, η Υπατία περπατούσε στη εξέδρα του πανεπιστημίου. Ντυμένη με τη μαύρη στολή και το καπέλο της, πήρε με ανυπομονησία το πτυχίο της στη μικροβιολογία. Η θεία και ο θείος της μαζί με τον μικρό Άλεξ παρευρέθηκαν με περηφάνια στην τελετή αποφοίτησης. Ο ομιλητής, ένας κριτής που είχε αποφοιτήσει από το πανεπιστήμιο πριν από χρόνια, έδωσε μια εμπνευσμένη ομιλία.

Την υπόλοιπη μέρα ήταν ενθουσιασμένη, απολαμβάνοντας την προσοχή που έλαβε από τους συγγενείς της. Η θεία Σοφία έκανε ένα μικρό πάρτι αποφοίτησης για αυτήν και η Υπατία έπαιξε ευγενικά το ρόλο της ως οικοδέσποινα. Σέρβιρε τα ποτά και μίλησε με τον κόσμο, απαντώντας στις ερωτήσεις τους και κάνοντας αστεία μαζί τους. Τα ξαδέλφια της ήταν εκεί, για να τη συγχαρούν μαζί με τους φίλους της από την εκκλησία και μερικούς φίλους της οικογένειας. Ο θείος της κάλεσε μάλιστα και μερικούς νεαρούς που εργάζονταν στην κτηματομεσιτική του επιχείρηση.

Αφού είχαν φύγει όλοι οι καλεσμένοι, και η Υπατία είχε τελειώσει με το καθάρισμα, δικαιολογήθηκε αποσυρόμενη, νιώθοντας εξαντλημένη. Ωστόσο, εκείνο το βράδυ, όταν αποσύρθηκε στο δωμάτιό της, δεν μπορούσε να κοιμηθεί. Ξάπλωσε στο κρεβάτι και σκεφτόταν τη ζωή της και το πρόσφατο επίτευγμά της. Παραδέχτηκε ότι είχε επικεντρώσει όλες της τις δυνάμεις τα τελευταία τέσσερα χρόνια στο να πάρει το πτυχίο της και δεν είχε μυαλό για τίποτα άλλο.

Θυμήθηκε τις ερωτήσεις που της έκαναν σήμερα οι καλεσμένοι. Τι θα έκανε από εδώ και πέρα; Θα συνέχιζε την εκπαίδευσή της και θα έπαιρνε κι άλλο πτυχίο ή θα έκανε αίτηση για δουλειά; Παραδέχτηκε ότι είχε διστάσει να τους απαντήσει. Δεν ήταν σίγουρη τι θα έκανε στη συνέχεια. Προσπάθησε να σκεφτεί το μέλλον, αλλά δεν ένιωθε ευτυχισμένη, όταν φανταζόταν τον εαυτό της να κάνει κάτι από αυτά τα πράγματα. Γιατί όχι; Γιατί ένιωθε τόσο λυπημένη; Ήθελε ο Τόνι να είναι εκεί, να είναι παρών στις στιγμές της ευτυχίας της, όπως οι υπόλοιποι; Ήθελε να την κοιτάζει με αγάπη, όπως η θεία και ο θείος της κοιτούσαν ο ένας τον άλλον στα μάτια;

Η Υπατία έχωσε το πρόσωπό της στο μαξιλάρι, κλαίγοντας.

Μετά από μερικές στιγμές, σκούπισε τα δάκρυά της. Αυτό δεν έπρεπε να συμβαίνει. Πέτυχε αυτό που ήθελε, αλλά παρόλα αυτά δεν ήταν ευτυχισμένη. Οι άνθρωποι που έβλεπε σε καθημερινή βάση, η θεία και ο θείος της, τα ξαδέλφια της, και τώρα ο Νικ και η γυναίκα του, έδειχναν όλοι ευτυχισμένοι με τη ζωή τους, και ήταν όλοι παντρεμένοι.

Παραδόξως, κανείς δεν τη ρώτησε αν είχε σχέδια να παντρευτεί. Πώς θα μπορούσαν, άλλωστε αφού είχε αποφύγει ακόμα και την αναφορά του γάμου όλα αυτά τα χρόνια;

*****

Το πρωί της Κυριακής παρακολούθησαν την λειτουργία και αργότερα πήγαν στην κοινωνική ώρα στην αίθουσα της εκκλησίας. Επέστρεψαν σπίτι γύρω στη μία και μισή. Μετά το γεύμα, η θεία Σοφία κάθισε στο σαλόνι, τελειώνοντας ένα φόρεμα που έραβε, ενώ ο θείος Τζον διάβαζε την κυριακάτικη εφημερίδα.

Η Υπατία κάθισε στο πάτωμα, παίζοντας με τον Άλεξ, βοηθώντας τον να στήσει το νέο του σετ τρένου που του είχε αγοράσει πρόσφατα ο πατέρας του. «Κάτσε να σου δείξω πώς συναρμολογείται» είπε η Υπατία, ενώνοντας τα κομμάτια.

Σύντομα, ο Άλεξ έσπρωχνε το τρένο του, λέγοντας: «*Τσουουου τσουουου*».

Αργότερα, δύο φίλοι του Άλεξ που έμεναν κοντά, χτύπησαν την πόρτα και βγήκε έξω, για να παίξει μαζί τους. Η Υπατία έμεινε για λίγο ακόμα, κουβεντιάζοντας με τη θεία της και μετά δικαιολογήθηκε και ανέβηκε στο δωμάτιό της.

Ξαναδιάβασε το γράμμα του παππού. Ο Θωμάς Τσάτσικας αρραβωνιάστηκε μια κοπέλα από το νησί και έκανε τις προετοιμασίες για τον γάμο. Ο παππούς ανυπομονούσε για την επίσκεψη της Υπατίας αυτό το καλοκαίρι, λέγοντας της πως θα ήταν στην ώρα της για γάμο. Αν δεν είχε βρει ακόμα έναν νεαρό άντρα, είχε διαλέξει εκείνος μερικούς για εκείνη.

Χαμογέλασε με τις προσπάθειες του παππού της να της βρει ταίρι. Το να παντρευτεί τώρα, αφού πέτυχε τους στόχους της, δεν ήταν τόσο τρομερό. Ωστόσο, πώς θα μπορούσε ποτέ να αγαπήσει τόσο βαθιά οποιονδήποτε άλλο άντρα όπως είχε αγαπήσει τον Τόνι;

Άρχισε να γράφει το γράμμα στον παππού της. Το φως του ήλιου έμπαινε από το μισάνοιχτο παράθυρο, λούζοντάς την με την απογευματινή του λάμψη. Ο ήχος των γέλιων των παιδιών έξω διέκοψε το γράψιμο της Υπατίας. Κοίταξε έξω από το παράθυρο. Ο Άλεξ έπαιζε με τους φίλους του στην πίσω αυλή.

Συνέχισε να γράφει το γράμμα της. Ενημέρωσε τον παππού ποια μέρα σχεδίαζε να φτάσει στο νησί. Αφού το έκλεισε και του έβαλε μια σφραγίδα, σηκώθηκε και τεντώθηκε νωχελικά. Ένιωθε καλά που δεν χρειαζόταν να μελετήσει άλλο για τις εξετάσεις.

Η Υπατία χασμουρήθηκε, μετά είδε την εικόνα της στον ολόσωμο καθρέφτη και χαμογέλασε. Δεν ήταν πια κοκαλιάρα. Το μπούστο και οι γοφοί της είχαν γεμίσει, δίνοντάς της καμπύλες. Με τη λεπτή μέση και τα μακριά πόδια της, το ηδονικό της σώμα τραβούσε πάντα την προσοχή, ιδιαίτερα από το αντίθετο φύλο.

Πήρε τη χτένα και άρχισε να χτενίζει αργά τα πλούσια μαλλιά της, κοιτώντας τον εαυτό της στον καθρέφτη. Αν και τα μαλλιά της ήταν κάποτε χρυσά, με κίτρινες ανταύγειες από τον ήλιο, είχαν μετατραπεί σε ένα πλούσιο χρυσοκάστανο χρώμα. Όταν τελείωσε, η γυαλιστερή χαίτη των μαλλιών της έπεσε με χάρη κάτω από τους ώμους της, φτάνοντας σχεδόν στη μέση της. Είχε αρνηθεί να τα κόψει από τότε που η Όλγα της τα είχε κόψει κοντά, θυμούμενη πώς ο Τόνι τα προτιμούσε μακριά. Ωστόσο δημοσίως τα έπιανε αλογοουρά, ή έκανε πλεξούδα, είτε κότσο.

Τα γυαλιά είχαν βοηθήσει με το διάβασμα που είχε κάνει τα τελευταία χρόνια και πρόσθεταν μια επιστημονική πινελιά στα χαρακτηριστικά της. Μερικές φορές τα φορούσε, για να κρατήσει μακριά τους νεαρούς. Χαμογέλασε και τα έβαλε στο κεφάλι της.

Μουρμουρίζοντας μια μελωδία, η Υπατία βγήκε από την κρεβατοκάμαρά της, κατεβαίνοντας τις σκάλες στο σαλόνι. Εκεί, βρήκε τη θεία της να κάθεται στον καναπέ, να διαβάζει την κυριακάτικη εφημερίδα. Ο θείος της είχε πάει να δείξει ένα σπίτι.

«Υπατία, αγαπητή μου, μπορείς να διαβάσεις αυτή την ενότητα;» ρώτησε η θεία Σοφία, παραδίδοντας την εφημερίδα. «Τα αγγλικά μου δεν είναι τόσο καλά όσο τα δικά σου».

Η Υπατία διάβασε το άρθρο. «Στις 26 Ιουνίου, το Πανεπιστημιακό Νοσοκομείο διοργανώνει δεξίωση. Φαίνεται ότι κάποιο ίδρυμα έχει δώσει δέκα εκατομμύρια δολάρια για ένα νέο κέντρο καρκίνου που πρόκειται να κατασκευαστεί εκεί. Το συμπόσιο είναι προς τιμήν τους».

Έδωσε την εφημερίδα πίσω στη θεία της.

«Η Στασούλα δεν είπε κάτι για μια δεξίωση που έπρεπε να παίξεις εκείνο τον καιρό;»

«Ναι, έτσι νομίζω» είπε η Υπατία. «Με τόσα μαθήματα, το είχα ξεχάσει τελείως».

«Πότε είναι το ταξίδι σου στην Ελλάδα;» ρώτησε η θεία Σοφία.

«27 Ιουνίου. Είναι μια μέρα μετά τη δεξίωση» είπε η Υπατία, σκεπτόμενη τις προετοιμασίες της για το ταξίδι. Η δεξίωση θα της έδινε επιπλέον χρήματα για το ταξίδι».

«Πιστεύεις ότι μπορείς να παίξεις; Είναι μόνο για μερικές ώρες».

«Γιατί όχι; Το υπόλοιπο βράδυ είμαι ελεύθερη» είπε η Υπατία, ανασηκώνοντας τους ώμους της. «Θα έχω πακετάρει την βαλίτσα μου νωρίτερα ούτως ή άλλως».

«Παρεμπιπτόντως, πρέπει να φοράς αυτά τα γυαλιά, όταν παίζεις;» ρώτησε η θεία Σοφία. «Για κάποιο λόγο, σε κάνουν να φαίνεσαι διαφορετική, πολύ μεγαλύτερη από την ηλικία σου».

«Ξέρω, ξέρω. Μου το είπες πολλές φορές, αγαπητή θεία» είπε η Υπατία, στριφογυρίζοντας και κάνοντας κωμικές γκριμάτσες φορώντας τα γυαλιά της. «Να είμαι χαρούμενη μόνο που δεν έχω μουστάκι και μεγάλη μύτη».

Γέλασαν και οι δύο.

Αργότερα το ίδιο βράδυ, στο δείπνο, η Υπατία ρώτησε τη Στασούλα για την δεξίωση στις 26 Ιουνίου.

«Ω, ναι, αγάπη μου, θα κάνουμε διανομή φαγητού για αυτή τη δεξίωση, οπότε φυσικά θα σε χρειαστούμε να παίξεις» είπε η Στασούλα λαχανιασμένη, με το κοντό, παχουλό της σώμα να κινείται, καθώς μιλούσε. «Γιατί δεν παίζεις την ίδια μουσική που έπαιξες στην τελευταία δεξίωση;»

*****

«Οι θέσεις μία έως είκοσι επιβιβάζονται τώρα».

«Ορίστε, δώσε μου τον» είπε η Μελίσσα. «Δεν πρέπει να αργήσεις για την πτήση σου».

«Αντίο, γλυκέ μου» είπε ο Τόνι, φυτεύοντας ένα φιλί στο παχουλό μάγουλο του ανιψιού του πριν τον παραδώσει στην αδελφή του.

«Αντίο» είπε ο μικρός Γρηγόρης, μαζεύοντας τα χείλη του και φιλώντας τον Τόνι με ένα υγρό φιλί.

343

«Τόνι, υπάρχει κάτι που ήθελα να σου πω. Αισθάνομαι σαν να καταπιέζομαι που δεν σου ανέφερα την Υπατία νωρίτερα» είπε η Μελίσσα, τραυλίζοντας ελαφρώς. «Συγνώμη. Ελπίζω να με συχωρέσεις».

«Μην ανησυχείς, αδελφή» χαμογέλασε ο Τόνι, χτυπώντας την στην πλάτη. «Με βοήθησες με τον τρόπο σου».

«Τι εννοείς;»

«Δεν με πίεσες με την Υπατία όπως έκανες με τις άλλες φίλες σου» χαμογέλασε ο Τόνι. «Ίσως αυτό ήταν το μόνο που χρειαζόμουν».

«Τόνι!»

«Αντίο, αδελφή» είπε ο Τόνι, αγκαλιάζοντάς την. «Ξέρεις ότι σε αγαπάω».

«Κι εγώ σε αγαπώ» είπε η Μελίσσα, με τα μάτια της υγρά. Σκούπισε ένα δάκρυ. «Θα σε δούμε στο Ηράκλειο σε λίγες μέρες;»

ΚΕΦΑΛΑΙΟ 38

Η δεξίωση είχε τεράστια επιτυχία,
Έπαιξα πιάνο με το μαύρο μου φόρεμα.

Νωρίς το απόγευμα της Κυριακής, την ημέρα της δεξίωσης, η Υπατία βοήθησε να ξεφορτώσει το βαν και μετά ακολούθησε τη Στασούλα στη μεγάλη τραπεζαρία. Πέντε σερβιτόροι έφτασαν κι έβαλαν τα ποτήρια στο τραπέζι μαζί με τα πιάτα και τα ασημικά.

«Θα μπορούσες να τοποθετήσεις τα λουλούδια στα βάζα;» Η Στασούλα ρώτησε την Υπατία, δείχνοντας μπουκέτα από κόκκινα γαρύφαλλα.

Αφού τελείωσε η Υπατία, θαύμασε τα γαρίφαλα που έδιναν χρώμα στο λευκό τραπεζομάντιλο. Ένας σερβιτόρος έφερε μπουκάλια λευκό και κόκκινο κρασί και τα έβαλε στα τραπέζια.

Η Υπατία πήγε στο πιάνο που ήταν στη γωνία και εξασκήθηκε σε μερικά κομμάτια που επρόκειτο να παίξει εκείνο το βράδυ. Το παίξιμό της, της χάρισε χαμόγελα από τους εργαζόμενους.

Η επιτροπή του νοσοκομείου άρχισε να καταφτάνει. Μια γυναίκα από την επιτροπή άρχισε να μοιράζει φυλλάδια με το πρόγραμμα. Έδωσε ένα στην Υπατία, η οποία την ευχαρίστησε και μετά το έβαλε στην τσάντα της. Δεν είχε χρόνο να το δει. Η δεξίωση θα ξεκινούσε σύντομα, και χρειαζόταν ακόμα να ολοκληρώσει μια σειρά από ετοιμασίες της τελευταίας στιγμής.

Αργότερα, η Υπατία μπήκε μέσα στην κουζίνα, όπου τα ξαδέλφια της Αντώνιος και ο Κρις ήταν απασχολημένοι με την προετοιμασία του γεύματος. Υπήρχαν ζουμερά κεφτεδάκια, ψητές γαρίδες, γεμιστά ντολμαδάκια και μικρά κοχύλια γεμάτα με γεμίσεις τυριών. Ένας άλλος δίσκος είχε μαύρες ελιές, φέτα, χούμους, και ντιπ μελιτζάνας.

Η Υπατία είχε αρχίσει να πεινάει.

«Ορίστε, φάε λίγο από αυτό, λεπτούλα» είπε ο Κρις. Της έδωσε ένα πιάτο με ορεκτικά.

«Ευχαριστώ, πατάτα» είπε η Υπατία, πειράζοντάς τον με το παρατσούκλι του. Πάντα την πρόσεχε και την πείραζε ότι ήταν πολύ αδύνατη.

Η Υπατία κάθισε σε μια γωνιά να φάει το φαγητό. Παρακολουθούσε τον Αντώνιο να φοράει τα γάντια του και να βγάζει το γεμιστό στήθος κοτόπουλου από το φούρνο.

Η Στασούλα μπήκε βιαστικά στην κουζίνα με σακουλάκια φρέσκα ψωμάκια.

«Υπατία, αγάπη μου, αφού τελειώσεις το φαγητό, ετοιμάσου να παίξεις, γιατί ο κόσμος έρχεται ήδη» είπε η Στασούλα, κάπως ταραγμένη. Τότε είπε στον Αντώνιο: «Είμαστε έτοιμοι να σερβίρουμε τους μεζέδες».

Η Υπατία τελείωσε γρήγορα το γεύμα της. Πήρε τα μαύρα ρούχα της που ήταν κρεμασμένα στο ράφι της πόρτας και κατέβηκε βιαστικά στο διάδρομο, κατευθυνόμενη προς την τουαλέτα.

*****

Ο Τόνι μπήκε στην αίθουσα δεξιώσεων και τον συνόδεψε στο τραπέζι του μπροστά, μία από τις γυναίκες της επιτροπής του νοσοκομείου. Του είπε ότι ήταν χαρούμενη που μπορούσε να έρθει. Την ευχαρίστησε ευγενικά και μετά κάθισε στο τραπέζι του. Εκεί κάθονταν όλοι οι αξιωματούχοι, ο δήμαρχος, ο πρόεδρος του πανεπιστημιακού νοσοκομείου και μέλη της νοσοκομειακής επιτροπής.

Μετά τις εισαγωγές, ο Τόνι μίλησε με τον δήμαρχο, ο οποίος ενδιαφέρθηκε να συνεισφέρει στην πολιτική του εκστρατεία. Στη συνέχεια, ο πρόεδρος του πανεπιστημιακού νοσοκομείου μίλησε μαζί του για χρηματοδότηση.

Ο Τόνι τούς κάλεσε να τον επισκεφτούν στην Ελλάδα. «Είναι μια διαφορετική εμπειρία» είπε, περιγράφοντας την Ελλάδα, με τα μάτια του να λάμπουν. «Μόλις επισκεφτείτε τη χώρα μου, θα θέλετε πάντα να έρχεστε».

*****

Η Υπατία φόρεσε γρήγορα τη μακριά μαύρη φούστα και την μπλούζα της. Το φόρεμά της θύμιζε τις μέρες της στο νησί, όταν φορούσε μαύρα. Τράβηξε τα μαλλιά της προς τα πίσω, σχηματίζοντας έναν μικρό κότσο στο πίσω μέρος του κεφαλιού της. Τον κάρφωσε επιδέξια με καρφίτσες. Κάποιες τούφες λύθηκαν, κουλουριάστηκαν περίεργα και τις έβρεξε, προσπαθώντας να τις ισιώσει.

Αποφάσισε να φορέσει τα γυαλιά απόψε, μη θέλοντας να ενθαρρύνει κάποιον ένθερμο αγαπητικό. Το δαχτυλίδι ήταν στο δάχτυλό της. Ήταν έτοιμη.

Η Υπατία μπήκε στην αίθουσα. Αρκετοί καλοντυμένοι άνθρωποι στέκονταν τριγύρω, μιλούσαν και έπιναν. Στη μέση του δωματίου, υπήρχε μια μεγάλη σειρά από τραπέζια σκεπασμένα με λευκά τραπεζομάντιλα και από πάνω υπήρχαν δίσκοι με αχνιστά ορεκτικά. Βάζα γεμάτα με κόκκινα γαρίφαλα υπήρχαν στο κέντρο κάθε τραπεζιού.

Η Υπατία περπάτησε αργά προς το πιάνο, εστιάζοντας τη σκέψη της στο παίξιμο. Είχε μάθει εδώ και πολύ καιρό να μην κοιτάζει το κοινό, για να μη χάνει τη αυτοσυγκέντρωσή της. Το πιάνο βρισκόταν στα αριστερά της, στη μακρινή γωνία του δωματίου, μακριά από τα τραπέζια.

Όταν η Υπατία κάθισε στο πιάνο, άρχισε να παίζει απαλά, προσπαθώντας να συμβαδίσει με τους ήχους του χώρου. Καθώς έπαιζε, τα πάντα γύρω της εξαφανίστηκαν. Αγνοούσε τον κόσμο που έφτανε με τα σμόκιν και τα μακριά φορέματα με παγιέτες, ώσπου κάποια στιγμή ο θόρυβος στο δωμάτιο αυξήθηκε αρκετά, ώστε να ανταγωνιστεί τη μουσική της. Προσάρμοσε ανάλογα το παίξιμο της.

Ο θόρυβος των ποτηριών και των ασημικών ειδοποίησε την Υπατία ότι το δείπνο σερβίρεται. Έπρεπε να παραμείνει συγκεντρωμένη και να αλλάξει με δεξιοτεχνία τη μουσική, έχοντας συνεχώς επίγνωση του ανερχόμενου ρεύματος των φωνών. Αυτό συνέβαινε συνήθως αυτή την στιγμή.

Καθώς οι σερβιτόροι σέρβιραν πιάτα με μπακλαβά και φλιτζάνια καφέ στους ανθρώπους, η Στασούλα έγνεψε στην Υπατία από το πίσω μέρος του δωματίου.

347

Η Υπατία αναγνώρισε το σήμα να τελειώνει. Ένεψε καταφατικά στην απάντησή της και ξεφύλλισε το φύλλο μουσικής. Σε λίγο, άρχισε να παίζει το τελευταίο τραγούδι, το *Fur Elise* του Μπετόβεν.

*****

Αν και ο Τόνι άκουσε τον πρόεδρο της επιτροπής να μιλάει, το μυαλό του ήταν στην πιανίστα. Την είχε προσέξει τη στιγμή που έμπαινε στο δωμάτιο, με την ελκυστική της φιγούρα ντυμένη με μαύρα ρούχα, καθώς κατευθυνόταν προς το πιάνο. Κάτι σε αυτήν ήταν οικείο, αλλά δεν μπορούσε να το προσδιορίσει. Είχε τραβήξει την προσοχή του. Διασκέδασε με την ιδέα ότι μπορεί να ήταν η Υπατία, αλλά γρήγορα έσβησε αυτή τη σκέψη. Οι πιθανότητες να συναντούσε την Υπατία ήταν μία στο εκατομμύριο. *Δεν ξέρω καν πώς φαίνεται.*

«Τι πιστεύεις για αυτό, Δόκτωρ Πλακή;» τον ρώτησε ο πρόεδρος.

«Τι; Μπορείτε να το επαναλάβετε;» απάντησε ο Τόνι, και ξαναμπήκε αναγκαστικά στη συζήτηση.

*****

Η Υπατία τελείωσε το τελευταίο τραγούδι. Καθώς τα δάχτυλά της ακουμπούσαν στα πλήκτρα, ένιωσε κάποιον να την κοιτάζει επίμονα. Σήκωσε το βλέμμα της και είδε έναν ψηλό, όμορφο άντρα να κάθεται με τους επίσημους και να συνομιλεί μαζί τους. Φορούσε ένα μαύρο σμόκιν με ένα λευκό πουκάμισο που έκανε καλή αντίθεση με τη σκούρα, όμορφη εμφάνισή του.

Καθώς τον κοιτούσε περισσότερο, η καρδιά της Υπατίας άρχισε να χτυπά δυνατά. Όποτε έβλεπε κάποιον που έμοιαζε με τον Τόνι, έτρεμε από ενθουσιασμό. Η μνήμη του Τόνι δεν θα μπορούσε ποτέ να διαγραφεί από τη σκέψη της. Ο όμορφος άντρας της έριξε μια ματιά μερικές φορές, αλλά δεν φαινόταν να την αναγνωρίζει. *Δεν πρέπει να είναι αυτός.*

Η Στασούλα την χτύπησε στον ώμο. «Οι ομιλητές ετοιμάζονται να ανέβουν στη σκηνή» ψιθύρισε.

Η Υπατία σταμάτησε να παίζει και την ακολούθησε ήσυχα στο πίσω μέρος της αίθουσας.

Άνοιξε την πόρτα της κουζίνας για τους σερβιτόρους, καθώς μετέφεραν τα καροτσάκια φορτωμένα με βρώμικα πιάτα στην κουζίνα.

Ένας-ένας οι ομιλητές ανέβαιναν στη σκηνή και η Υπατία στεκόταν σιωπηλή στην πόρτα της κουζίνας και άκουγε. Περιστασιακά, άνοιγε την πόρτα για τους σερβιτόρους.

Οι ομιλητές μίλησαν για τη δωρεά των δέκα εκατομμυρίων δολαρίων από το Ίδρυμα Καρκίνων. Μίλησαν για το πώς τα χρήματα θα βοηθούσαν στην κατασκευή του νέου κέντρου καρκίνου. Στη συνέχεια ακολούθησε παρουσίαση με διαφάνειες της μακέτας του κτιρίου. Παρουσίασαν μια εικόνα του οικοπέδου, όπου επρόκειτο να κτιστεί το κτίριο, ακολουθούμενη από διαγράμματα των εγκαταστάσεων. Οι εικόνες ήταν εντυπωσιακές.

Ένας άλλος ομιλητής σηκώθηκε και μίλησε για το πώς τα χρήματα θα μπορούσαν να βοηθήσουν τους καρκινοπαθείς άμεσα. Παρουσίασε ένα ζευγάρι καρκινοπαθών που θα βοηθιούνταν από το ίδρυμα. Ένας ασθενής με καρκίνο ήταν η Μπρέντα, ένα δεκάχρονο κορίτσι, καθισμένο σε αναπηρικό καροτσάκι. Τα μαλλιά της είχαν εξαφανιστεί και φαινόταν χλωμή. Μίλησε για την ασθένειά της, απλά, αλλά χαριτωμένα. Ήταν ασθενής με λευχαιμία που υποβαλλόταν σε χημειοθεραπεία και ήταν ευγνώμων για τη δωρεά.

Τα μάτια της Υπατίας γέμισαν δάκρυα για την κατάσταση του κοριτσιού. Χειροκρότησε εγκάρδια με τους υπόλοιπους ανθρώπους, όταν το κοριτσάκι τελείωσε την ομιλία του. Οι γονείς της Μπρέντα, μιλώντας και αυτοί, εξέφρασαν την εκτίμησή τους και στη συνέχεια ο πατέρας της την κατέβασε από τη σκηνή.

Η άλλη ασθενής ήταν η Τζιν, μια ηλικιωμένη γυναίκα γύρω στα εξήντα που είχε καρκίνο του μαστού. Ήταν, επίσης, ευγνώμων για τη δωρεά και μίλησε για τη δική της κατάσταση.

«Τώρα, θα θέλαμε να ζητήσουμε από τον πρόεδρο του ιδρύματος να μιλήσει στη συνέχεια» είπε ο πρόεδρος.

Η Υπατία βρισκόταν σε εγρήγορση, γιατί ο άντρας που σηκώθηκε και ανέβηκε με σιγουριά στη σκηνή ήταν εκείνος ο ψηλός και όμορφος άντρας που καθόταν με τους επισήμους. Καθώς ήταν έτοιμος να μιλήσει, η πόρτα της κουζίνας άνοιξε πίσω από την Υπατία και κάποιος την έσπρωξε από πίσω. Για να τους αποφύγει, απομακρύνθηκε και έπεσε κατά λάθος σε ένα από τα επιτραπέζια καρότσια. Ο ήχος από τα βρώμικα πιάτα που έπεφταν στο πάτωμα ήταν τόσο δυνατός, που ο κόσμος γύρισε και κοιτούσε με ενοχλημένα βλέμματα.

Νιώθοντας κόκκινη από αυτό το ατύχημα, η Υπατία μάζεψε βιαστικά τα σπασμένα κομμάτια, τοποθετώντας τα τυφλά στο καρότσι. Άλλοι εργαζόμενοι ήρθαν να βοηθήσουν, αλλά τα βρώμικα πιάτα συνέχιζαν να πέφτουν στο πάτωμα. Μπορούσε να ακούσει τα γέλια από τον κόσμο στην αίθουσα.

Κάποιος τα είχε τοποθετήσει επικίνδυνα πάνω στο καρότσι. Η Υπατία, νιώθοντας ανησυχία, έσπευσε να μαζέψει τα σπασμένα κομμάτια. Η Στασούλα τη χτύπησε στον ώμο. «Θα τα φροντίσουμε εμείς. Πήγαινε στην τουαλέτα να καθαριστείς».

Η Υπατία σηκώθηκε και παρατήρησε τη λερωμένη φούστα της. Έφυγε για την τουαλέτα ντροπιασμένη.

*****

Καθώς ο Τόνι ανέβαινε στη σκηνή, κάτι έγινε στο πίσω μέρος της αίθουσας. Έριξε μια ματιά προς αυτή την κατεύθυνση. Φάνηκε ότι η πιανίστα είχε πέσει πάνω σε ένα καρότσι και είχε ρίξει τα πάντα στο πάτωμα και οι εργαζόμενοι έσπευσαν να τη βοηθήσουν να το καθαρίσει.

Γέλια ξέσπασαν στο δωμάτιο, καθώς προσπαθούσαν να καθαρίσουν το χάος και τα βρώμικα πιάτα έπεφταν συνέχεια από το καρότσι.

Ο Τόνι ένιωσε να γελάσει δυνατά με τους άλλους στην κωμική σκηνή. Αντίθετα, όμως, γέλασε από μέσα του.

Αφού έγινε πάλι ησυχία, μίλησε ο πρόεδρος.

«Θα ήθελα να σας συστήσω τον Δόκτωρ Αντώνιο Πλακή, Πρόεδρο του Ιδρύματος Καρκίνων» είπε ο πρόεδρος, σφίγγοντας το χέρι του.

Ο Τόνι ξεκίνησε την ομιλία του, ευχαριστώντας τον πρόεδρο και εστιάζοντας στα κύρια σημεία. Μίλησε και για τον πατέρα του. «Για όσους από εσάς δεν γνωρίζετε την ιστορία, ο πατέρας μου, ο Γρηγόρης Πλακής, διαγνώστηκε με επιθετικό όγκο στον εγκέφαλο πριν από σχεδόν πέντε χρόνια. Αυτό επηρέασε τη ζωή του σε σημείο να εξαρτάται από τους άλλους. Δεν μπορούσε να ελέγξει τις κινήσεις του και χρειαζόταν βοήθεια στις καθημερινές του δραστηριότητες, όπως το φαγητό και το ντύσιμο».

Από το κοινό ακούστηκαν θαυμαστικά, και ο κόσμος μουρμούριζε.

«Οι γιατροί στην Ευρώπη ήταν απαισιόδοξοι για το μέλλον του, δίνοντάς του μόνο λίγους μήνες ζωής. Ακούσαμε για τον γιατρό Μπέρναρντ και ήρθαμε εδώ στο Σικάγο, όπου ο πατέρας μου είχε μια επιτυχημένη επέμβαση στο πανεπιστημιακό νοσοκομείο. Χάρη στον γιατρό Μπέρναρντ, ο πατέρας μου ζει πέντε χρόνια περισσότερο και ζει κανονικά. Και έτσι που πηγαίνει, σχεδιάζει να ζήσει περισσότερο από όλους μας».

Ακολούθησαν γέλια και πολλά χειροκροτήματα.

Ο Τόνι σταμάτησε, περιμένοντας να σταματήσουν τα χειροκροτήματα.

«Λόγω του καρκίνου του πατέρα μου, δεν μπορούσε να είναι εδώ μαζί σας σήμερα, αλλά θέλω να ξέρετε ότι αυτός ήταν η έμπνευση πίσω από το ίδρυμα».

Περίμενε να σταματήσουν τα χειροκροτήματα.

«Το Ίδρυμα Καρκίνων όχι μόνο θα βοηθήσει στην οικοδόμηση του κέντρου, για να βοηθήσει στην έρευνα για τον καρκίνο, αλλά θα επικεντρώσει τις προσπάθειές του στην πληρωμή για το κόστος της υγειονομικής περίθαλψης για άτομα με καρκίνο που δεν έχουν ασφάλιση υγείας ή που έχουν ξεμείνει από πόρους».

Ακολούθησαν περισσότερα χειροκροτήματα.

«Κλείνοντας, θα ήθελα να προσθέσω ότι οι δωρεές από το ίδρυμα θα συνεχιστούν στο μέλλον. Ελπίζουμε ότι θα συμμετάσχετε μαζί μας σε αυτόν τον αγώνα ενάντια στον καρκίνο, τη μάστιγα του εικοστού αιώνα».

Όλοι σηκώθηκαν, χειροκροτώντας με ενθουσιασμό.

Ο πρόεδρος ήρθε μαζί του στη σκηνή, χαμογελώντας και χειροκροτώντας. Τα χειροκροτήματα σταμάτησαν.

Ο πρόεδρος έσφιξε το χέρι του Τόνι και του έδωσε μια πλακέτα. «Εκ μέρους του πανεπιστημιακού νοσοκομείου, σας δωρίζουμε αυτή την πλακέτα για τη γενναιόδωρη δωρεά των δέκα εκατομμυρίων δολαρίων που το Ίδρυμα Καρκίνων έχει δώσει στο κέντρο καρκίνου και στους ασθενείς του».

«Σας ευχαριστώ. Εκ μέρους του Ιδρύματος Καρκίνων, νιώθω μεγάλη τιμή για αυτό το βραβείο» είπε ο Τόνι, παίρνοντας τη χαραγμένη πλακέτα. Την κράτησε περήφανα μπροστά του, για να τη δει ο κόσμος.

Χειροκροτήματα ξέσπασαν για άλλη μια φορά, και ο κόσμος σηκώθηκε και χειροκρότησε, ενώ κάποιοι έβγαλαν φωτογραφίες, με τις κάμερές τους να εκπέμπουν εκλάμψεις. Ο Τόνι έσκυψε το κεφάλι και πήγε αργά πίσω στο τραπέζι του, μέσα στο χειροκρότημα, νιώθοντας ικανοποιημένος με την ανταπόκριση.

Ο δήμαρχος τον πλησίασε και του έσφιξε το χέρι εγκάρδια, όπως και οι άλλοι στο τραπέζι του.

Σιγά-σιγά, οι άνθρωποι κάθισαν ξανά στις θέσεις τους και ο θόρυβος στο δωμάτιο επέστρεψε σε ένα χαμηλό βουητό.

«Θα θέλαμε να σας ευχαριστήσουμε που ήρθατε απόψε εδώ, και επίσης, ευχαριστώ πολύ την επιτροπή του νοσοκομείου για τη βοήθειά του, για να πετύχει αυτή η δεξίωση. Όλα τα έσοδα θα διατεθούν για το νέο κέντρο καρκίνου. Καλό σας βράδυ» ανακοίνωσε ο πρόεδρος της επιτροπής.

Το δείπνο ολοκληρώθηκε επίσημα.

Μέσα σε λίγα λεπτά, ο κόσμος σηκώθηκε και άρχισε να φεύγει. Ο Τόνι μίλησε και έδωσε τα χέρια με αρκετούς ανθρώπους που τον συνεχάρη προσωπικά. Έριξε μια ματιά μερικές φορές προς το πίσω μέρος του δωματίου, ελπίζοντας να δει την πιανίστα. Ένιωσε ελαφρώς απογοητευμένος που είχε φύγει. Αναρωτήθηκε τι της συνέβη.

Ο δήμαρχος ρώτησε ευγενικά τον Τόνι αν θα έμενε.

«Ναι, για λίγες μέρες» είπε ο Τόνι. «Υπάρχει κάποια δουλειά με την οποία πρέπει να ασχοληθώ».

«Θα θέλαμε να σας καλέσουμε απόψε στο σπίτι μου» είπε ο δήμαρχος. «Προσκαλέσαμε μερικούς σημαντικούς καλεσμένους για ένα μικρό πάρτι και θα ήταν τιμή μας να έχουμε την παρουσία σας».

«Σας ευχαριστώ για την πρόσκληση. Αισθάνομαι πολύ ευχαριστημένος» απάντησε ο Τόνι, κουνώντας καταφατικά το κεφάλι του.

*****

Την επόμενη μέρα, ο Τόνι ξύπνησε αργά. Έτριψε το μέτωπό του. Είχε πάει στην ανακτορική έπαυλη του δημάρχου και είχε γνωρίσει πολλούς επιφανείς ανθρώπους. Δεν είχε επιστρέψει στο ξενοδοχείο μέχρι τις τέσσερις η ώρα το πρωί, και τώρα είχε αρχίσει να νιώθει ένα ελαφρύ πονοκέφαλο. Ξάπλωσε ξανά στο κρεβάτι, σκεπτόμενος τι θα έκανε σήμερα.

Είχε αποφασίσει ότι θα τηλεφωνούσε στο σπίτι της Υπατίας και θα συστηνόταν. Έτσι ακριβώς. Μετά, θα ζητούσε να της μιλήσει. *Θα αναγνώριζα τη φωνή της;* Αν τον καλούσε στο σπίτι της, τότε θα την επισκεπτόταν και θα μάθαινε μόνος του αν εκείνη διατηρούσε ακόμα συναισθήματα για αυτόν μετά από τόσα χρόνια. Ναι, αλλά τι θα γινόταν αν είχε ήδη κάποιον; *Σύντομα θα το μάθω.*

Ο Τόνι σηκώθηκε και πλύθηκε. Αφού ξυρίστηκε και ντύθηκε, βρήκε τον αριθμό τηλεφώνου της θείας και του θείου της Υπατίας που του είχε δώσει η κυρία Ρόδου. Θα έπρεπε να βρει έναν τρόπο, για να φτάσει εκεί, αλλά πρώτα, έπρεπε να τους τηλεφωνήσει.

Πήρε τον αριθμό, με τα δάχτυλά του να τρέμουν. Έτρεφε ακόμα βαθιά συναισθήματα για την Υπατία, μετά από τόσα χρόνια.

«Εμπρός;»

Η φωνή της γυναίκας ακούστηκε οικεία. Η καρδιά του Τόνι χτυπούσε δυνατά στο στήθος του, καθώς ο γνωστός φόβος του άγνωστου σηκώθηκε, για να τον πνίξει. «Γεια σας, είμαι ο Τόνι Πλακής» είπε και μετά σταμάτησε, όταν άκουσε τη γυναίκα να τον διακόπτει ενθουσιασμένη.

«Τόνι Πλακή! Είμαι η Σοφία! Πώς και τηλεφώνησες μετά από τόσα χρόνια;» αναφώνησε η θεία Σοφία.

Η εικόνα της Σοφίας, όταν ήταν παιδί, πέρασε από το μυαλό του και αναστέναξε με ανακούφιση. «Είναι μεγάλη ιστορία» είπε γελώντας. «Είμαι στην πόλη. Ήρθα για μια δεξίωση που είχε το νοσοκομείο».

«Μια δεξίωση; Ω, εννοείς αυτή που έγινε για κάποιο ίδρυμα» είπε η Σοφία, ευχάριστα έκπληκτη.

«Ναι, το Ίδρυμα Καρκίνων» είπε ο Τόνι. «Ο πατέρας μου και εγώ το δημιουργήσαμε πριν από περίπου ένα χρόνο».

«Ω, αυτό είναι υπέροχο. Εκπλήσσομαι που η Υπατία δεν μου είπε ότι ήσουν εκεί».

«Υπατία; Γιατί, ήταν εκεί;» ρώτησε ο Τόνι με τη φωνή του να κολλάει στο λαιμό του. Αμέσως του ήρθε η εικόνα της νεαρής γυναίκας, ντυμένη στα μαύρα, που φορούσε εκείνα τα γυαλιά και έπαιζε πιάνο. *Μόνο αν το ήξερα.*

«Ναι, έπαιξε πιάνο στη δεξίωση» είπε η Σοφία, με τη φωνή της σαστισμένη. «Δεν την είδες;»

Ήταν ακριβώς μπροστά μου, έπαιζε πιάνο χθες το βράδυ, και δεν την είχα αναγνωρίσει. Έχασα την ευκαιρία να μιλήσω μαζί της.

«Φοβάμαι ότι δεν την αναγνώρισα».

Επικράτησε σιωπή.

«Τι εννοείς;» των ρώτησε.

«Είχα ένα τροχαίο ατύχημα πριν από χρόνια και ήμουν σε κώμα με αποτέλεσμα να πάθω αμνησία και να ξεχάσω τους πάντες και τα πάντα, συμπεριλαμβανομένης της οικογένειας και των φίλων μου. Μου πήρε χρόνια, για να επιστρέψω στα φυσιολογικά».

«Λυπάμαι που το ακούω αυτό».

«Πάει, πέρασε αυτό τώρα. Είμαι καλά. Είναι διαθέσιμη η Υπατία να μιλήσει;» ρώτησε ο Τόνι. «Ξέρω ότι αυτό είναι απροσδόκητο μετά από τόσα χρόνια, αλλά πρέπει να της μιλήσω. Είναι σημαντικό».

«Ω, αγαπητέ. Φοβάμαι ότι είναι αδύνατο».

«Τι εννοείτε; Είναι παντρεμένη;» ρώτησε ο Τόνι φοβούμενος τα χειρότερα.

«Όχι, δεν είναι αυτό» γέλασε νευρικά η Σοφία. «Βλέπεις, έφυγε για την Ελλάδα πριν από δύο ώρες. Θα επισκεφθεί τα ξαδέλφια της, Γιώργο και Πόλα Μαστρογιάννη στον Πειραιά, και μετά, σκοπεύει να επισκεφτεί τον παππού της στους Λειψούς».

«Έφυγε για Ελλάδα;» ρώτησε ο Τόνι, προσπαθώντας να επεξεργαστεί τα νέα.

«Θα μείνεις; Θα θέλαμε να έρθεις και να μας επισκεφθείς».

354

«Θα ήθελα, αλλά έχω ένα αεροπλάνο να προλάβω. Χάρηκα που μίλησα μαζί σου, Σοφία».

ΚΕΦΑΛΑΙΟ 39

Η αγάπη μας ξεκίνησε πριν από πέντε χρόνια
Τώρα σου χαρίζω αυτό το δαχτυλίδι

Η πτήση της Υπατίας καθυστέρησε μία ώρα λόγω σφοδρής καταιγίδας. Η βροχή άρχισε μετά την άφιξή της στο αεροδρόμιο Ο' Χάρα. Κάθισε περιφερόμενη τον χώρο αναμονής και περιμένοντας την ανακοίνωση της πτήσης της. Κοίταζε έξω από τα παράθυρα τη γκρίζα και θυελλώδη μέρα.

Έψαξε την τσάντα της, αναζητώντας το διαβατήριό της και την κάρτα επιβίβασής της. Τα κοίταξε προσεκτικά. Όλα ήταν σε τάξη. Τα ξαναέβαλε στην τσάντα της. Το χέρι της ακούμπησε το φυλλάδιο από τη χθεσινοβραδινή εκδήλωση. Το είχε ξεχάσει.

Η Υπατία ξεφύλλιζε τις σελίδες του φυλλαδίου χωρίς να σκέφτεται, διαβάζοντας τα διάφορα έργα που γίνονται στο νοσοκομείο και τις διαφημίσεις. Ήταν στενοχωρημένη που δεν είχαν βάλει το όνομά της στο φυλλάδιο ως πιανίστα. Τότε συνάντησε το όνομα του Ιδρύματος και τη γενναιόδωρη δωρεά του. Καθώς διάβαζε πιο προσεκτικά, τα μάτια της άνοιξαν με απορία και τα χέρια της ίδρωσαν. *Δεν θα μπορούσε, αλλά ο Τόνι Πλακής ήταν στη δεξίωση χθες το βράδυ.* Ήταν πρόεδρος του ιδρύματος. *Πώς δεν τον είδα;*

Η Υπατία πέρασε από το μυαλό της όλα τα γεγονότα της βραδιάς. Μετά θυμήθηκε ότι είδε τον ψηλό, όμορφο άντρα που της θύμιζε τον Τόνι. *Είχα δίκιο.* Ωστόσο, όταν ο Τόνι τής έριξε μια ματιά, δεν φάνηκε να την αναγνωρίζει.

Δεν είχε μείνει λόγω του μικρού ατυχήματος με το καρότσι. Έχοντας λερώσει τη φούστα της, είχε παραμείνει στην τουαλέτα, προσπαθώντας να την καθαρίσει. Η Στασούλα είχε φτάσει λίγο μετά να τη βοηθήσει.

«Δεν μπορώ να βγάλω αυτούς τους λεκέδες από αυτή τη φούστα» βόγκηξε η Υπατία, δείχνοντάς της τη βρώμικη φούστα της.

«Ορίστε, μην ανησυχείς για αυτό. Η δεξίωση έχει σχεδόν τελειώσει και έχουμε αρκετή βοήθεια» είπε η Στασούλα. «Ο Κρις μπορεί να σε πάει σπίτι. Ξέρω ότι πρέπει να τελειώσεις με τα πράγματα για το ταξίδι σου αύριο».

Η Υπατία από εκεί είχε πάει κατευθείαν στο σπίτι. Ήταν απασχολημένη με την προετοιμασία των αποσκευών της για το ταξίδι. Είχε πέσει στο κρεβάτι, νιώθοντας εξαντλημένη.

Τις σκέψεις της Υπατίας διέκοψε η ανακοίνωση από τα μεγάφωνα.

«Τώρα επιβιβάζουμε τους επιβάτες στις θέσεις 20 έως 30».

Έβγαλε την κάρτα επιβίβασής της από την τσάντα της, σηκώθηκε και πήγε να σταθεί στην ουρά.

*****

Οκτώ ώρες αργότερα, η Υπατία προσγειώθηκε στο αεροδρόμιο της Αθήνας. Το ηλιόλουστο πρωινό ήταν μια έντονη αντίθεση με τον θυελλώδη καιρό που άφησε πίσω της στο Σικάγο. Την περίμεναν τα ξαδέλφια της και η θερμή υποδοχή τους ήταν ενθαρρυντική.

Παρέλαβαν την Υπατία από το αεροδρόμιο και την πήγαν στο σπίτι τους. Στο δρόμο κουβέντιασαν αρκετά.

Όταν έφτασαν στο σπίτι, συζήτησαν λίγο ακόμα κατά το μεσημεριανό γεύμα, και μετά η Υπατία πήγε στην κρεβατοκάμαρά της, για να κοιμηθεί. Έπεσε σε βαθύ ύπνο.

Ονειρευόταν ότι ήταν ντυμένη στα λευκά και ο Τόνι εμφανίστηκε δίπλα της. Ήταν ευγενικός και ήρεμος, και τη φίλησε. Ένιωθε χαρούμενη. Μετά πήγε και κάθισε έξω στη βεράντα, πίνοντας καφέ. Όταν βγήκε έξω να κάτσει μαζί του, είχε εξαφανιστεί. Ένιωθε απογοητευμένη και λυπημένη. Στη συνέχεια, εμφανίστηκε ξανά, καθισμένος σε ένα καινούργιο αυτοκίνητο και την πήγε σε ένα παλάτι, λέγοντάς της: «Αυτό είναι το νέο σου σπίτι».

Όταν ξύπνησε η Υπατία, έμεινε ξαπλωμένη και σκεφτόταν τον Τόνι. Κάτι ζεστό και υπέροχο ανακατευόταν μέσα της, όταν διάβασε το φυλλάδιο με το όνομά του. Ήλπιζε ότι θα επέστρεφε στη ζωή της και θα συνέχιζε από εκεί που είχαν σταματήσει; *Σταμάτα να φαντασιώνεσαι. Μετά από τόσα χρόνια, μάλλον θα είναι παντρεμένος.*

Βρήκε την Πόλα στο σαλόνι. «Γεια σου Πόλα, πού είναι ο Τζορτζ;»

«Πήγε να μου πάρει κάτι από το μαγαζί» είπε η Πόλα. «Θα γυρίσει σύντομα».

Μίλησαν για αρκετή ώρα.

Το κουδούνι χτύπησε και η Πόλα πήγε να ανοίξει. Επέστρεψε λίγα λεπτά αργότερα, αναστατωμένη.

«Ο Τζορτζ ήταν» είπε. «Ξέχασε τα χρήματα. Θα επιστρέψει σύντομα. Τέλος πάντων, είχες την ευκαιρία να κοιμηθείς;»

«Ναι, ευχαριστώ» είπε η Υπατία. «Είδα ένα παράξενο όνειρο. Ο Τόνι Πλακής ήταν μέσα».

«Ήθελα να σου πω κάτι. Επισκεφθήκαμε πρόσφατα το γραφείο του γιατρού Χατζή και μάθαμε ότι ο Τόνι ρωτούσε για σένα.»

Τα μάτια της Υπατίας άνοιξαν διάπλατα. «Τι εννοείς;»

«Ο Τόνι ζήτησε τη διεύθυνσή σου» είπε η Πόλα προσεκτικά. «Μιλήσαμε, επίσης, με τη θεία σου στο τηλέφωνο, όταν κοιμόσουν. Είπε ότι ο Τόνι της τηλεφώνησε σήμερα το πρωί. Ήταν στο Σικάγο, στη δεξίωση. Σε ζήτησε και εκείνη του είπε ότι θα ερχόσουν εδώ».

Η καρδιά της Υπατίας άρχισε να χτυπά δυνατά. «*Του το είπε;*» *Ζήτησε να μιλήσουμε.*

«Ποια είναι τα συναισθήματά σου για τον Τόνι;» ρώτησε η Πόλα.

«Τι εννοείς;»

«Αν σου ζητούσε να τον παντρευτείς, θα το έκανες;»

Η Υπατία έμεινε άναυδη. Τον είχε αποκλείσει τόσα χρόνια από το μυαλό της, και ξαφνικά ήταν πάλι εκεί, προσπαθώντας να επιστρέψει στη ζωή της.

Περπατούσε στο δωμάτιο ανήσυχη. «Δεν είναι τόσο εύκολο να αρχίσεις να τον αγαπάς ξανά από την αρχή. Δηλαδή, μετά από αυτό που έκανε».

«Τον αγαπάς ακόμα;» ρώτησε απαλά η Πόλα.

Η Υπατία σταμάτησε, προσπαθώντας να χωνέψει σιωπηλά τα πάντα. Ο Τόνι σήμαινε τόσα πολλά για αυτήν, ακόμη και μετά από τόσα χρόνια. Ένιωθε σαν μια ακτίνα φωτός να έλαμπε πάνω της. Εκείνη έγνεψε μουδιασμένα. «Ναι, με όλη μου την καρδιά». Τα δάκρυα κύλισαν στα μάτια της.

Η Πόλα σηκώθηκε γρήγορα, εμφανιζόμενη ενθουσιασμένη. «Συγνώμη για ένα λεπτό, αγαπητή. Νομίζω ότι ακούω τον Τζορτζ στην πόρτα».

Η Υπατία καθόταν ακίνητη, σαν σε έκσταση. Δεν μπορούσε πια να αγνοήσει τη βαθιά ριζωμένη αγάπη που είχε για αυτόν τον άντρα.

«Υπατία».

Η Υπατία πήδηξε, ακούγοντας τη βαθιά φωνή. Μπορούσε να αναγνωρίσει τη φωνή του οπουδήποτε. Η ίδια φωνή που τραγουδούσε τα ωραία τραγούδια ήταν τώρα εδώ, στο δωμάτιο. Γύρισε, για να δει τον Τόνι. Τον ωραίο Τόνι. *Ονειρεύομαι;*

Η Υπατία ένιωσε τα γόνατά της να λυγίζουν, καθώς παρασύρθηκε στο σκοτάδι. Κάποιος την κράτησε, της μιλούσε απαλά, της χάιδευε το μπράτσο και της φίλησε το μάγουλο, λέγοντας ότι την αγαπούσε.

Εκείνη απάντησε λέγοντας: «Τόνι» και στριμώχτηκε στη ζεστή του αγκαλιά. Ένιωθε τόσο καλά.

Η Υπατία άνοιξε αργά τα μάτια της και βρέθηκε να κοιτάζει τα όμορφα μάτια του Τόνι. Εκείνη ανοιγόκλεισε τα μάτια της, καθώς οι αναμνήσεις του πόνου επέστρεφαν ζητώντας εκδίκηση.

«Τόνι Πλακή, πώς τολμάς να έρχεσαι εδώ και να με κοροϊδεύεις, μετά από τόσα χρόνια;» αναφώνησε θυμωμένη, τρέμοντας ολόκληρη. Τράβηξε πίσω τις τούφες των μαλλιών από το πρόσωπό της και σταύρωσε τα χέρια της. Δάκρυα αξίας τεσσάρων ετών κύλησαν στα μάτια της.

Ο Τόνι την πήρε στην αγκαλιά του και της είπε απαλά: «Σε αγαπώ».

«Πώς μπορείς να το λες αυτό μετά από ότι έκανες;» επέμενε εκείνη. Αυτή τη φορά δεν αντιστάθηκε.

Την αγκάλιασε σφιχτά. «Τι έκανα γλυκιά μου;» ρώτησε ο Τόνι, κρατώντας την ακόμα κοντά του.

Της χάιδεψε το μάγουλο, κάνοντάς την να νιώθει ζεστή.

«Με άφησες εκεί στο νοσοκομείο και πήγες στην Κρήτη» ψιθύρισε η Υπατία, φοβούμενη να τον κοιτάξει, φοβούμενη να αποκαλύψει τα αληθινά της αισθήματα.

«Πριν σου εξηγήσω, κάνε μου τη χάρη» είπε ο Τόνι, σηκώνοντας το πηγούνι της, για να μπορέσει να την κοιτάξει βαθιά στα μάτια.

«Τι;» ψιθύρισε εκείνη. Πήρε την απάντησή της, καθώς τη φίλησε αργά, θερμά. Δεν το πάλεψε, αλλά του έδωσε την καρδιά και την ψυχή της. Όλες οι ψευδαισθήσεις της γκρεμίστηκαν σε εκείνο το φιλί. Ήξερε ό,τι κι αν συνέβαινε στη συνέχεια, ότι τον αγαπούσε και θα τον αγαπούσε για πάντα.

«Πες μου, Υπατία, τι ακριβώς συνέβη λίγο πριν το ατύχημα; Είναι σημαντικό».

Του είπε, και όταν έφτασε στο σημείο, όπου άκουσε ένα κορνάρισμα και το μπλακάουτ, σταμάτησε.

«Λιποθύμησες;» ρώτησε ο Τόνι να μάθει.

«Ναι. Θυμάμαι ότι ξύπνησα την επόμενη μέρα στο νοσοκομείο» παραδέχτηκε. «Είχα δύο σπασμένα πλευρά και έμεινα εκεί μέχρι το Πάσχα. Ζήτησα από τα ξαδέλφια μου να τηλεφωνούν στο σπίτι σου κάθε μέρα, αλλά κανείς δεν απαντούσε».

Ο Τόνι συνοφρυώθηκε. «Συγνώμη γλυκιά μου, αν μπορούσα, θα ήμουν εκεί δίπλα σου» είπε, γκρινιάζοντας ελαφρά. «Δεν ξύπνησα παρά ένα μήνα αργότερα».

Η αναπνοή της Υπατίας έμεινε, σχεδόν κόπηκε. «Τι θέλεις να πεις;»

«Ήμουν σε κώμα από το ατύχημα και σχεδόν δεν επέζησα. Όταν τελικά ξύπνησα, δεν θυμόμουν κανέναν, ούτε καν την οικογένειά μου».

Η Υπατία έμεινε άναυδη. «Μα πώς; Νόμιζα ότι είχες πάει στην Κρήτη για τις διακοπές του Πάσχα. Έτσι μου είπε η Ρίτα».

«Φοβάμαι ότι η Ρίτα δεν ήξερε τι συνέβη» είπε ο Τόνι θλιμμένα. «Ο πατέρας δεν ήθελε να το μάθει κανείς. Οι γιατροί στην Ελλάδα είπαν ότι δεν είχα πολλές ελπίδες να ζήσω, οπότε η οικογένειά μου με πήγε στην Αγγλία, όπου χειρουργήθηκα πολλές φορές».

Η καρδιά της Υπατίας φούσκωσε από συμπόνοια. Άγγιξε το πρόσωπό του με αγάπη. «Είναι όλα καλά, εννοώ, είσαι καλά τώρα;»

«Ναι, αγάπη μου. Τώρα που είμαι κοντά σου, όλα είναι καλά» είπε με βραχνή φωνή.

«Πόσο χαίρομαι» είπε η Υπατία, αγκαλιάζοντάς τον με δύναμη.

Ο Τόνι πήρε την Υπατία στην αγκαλιά του και τη φίλησε για άλλη μια φορά, μουρμουρίζοντας γλυκά λόγια στο αυτί της.

Χρόνια συγκράτησης των συναισθημάτων τους διαλύθηκαν σε μια διαχρονική στιγμή πάθους.

Μετά από κάτι που έμοιαζε με αιωνιότητα, χωρίστηκαν.

Της είπε τι είχε συμβεί με τα ξαδέλφια της. «Όταν κοιμόσουν, ήρθα και συστήθηκα. Τους είπα ότι ήρθα για σένα, αλλά δεν ήμουν σίγουρος αν θα με ήθελες ακόμα μετά από τόσα χρόνια. Η Πόλα μου ζήτησε να περιμένω στην κουζίνα μέχρι να σου μιλήσει πρώτα».

«Γι' αυτό έκανε όλες αυτές τις ερωτήσεις».

«Πριν συνεχίσω, πρέπει να ξέρεις κάτι άλλο για μένα» είπε ο Τόνι με σοβαρό ύφος. «Δεν εργάζομαι πλέον για την επιχείρηση του πατέρα μου. Έχω τη δική μου επιχείρηση».

«Αλήθεια;» ρώτησε δειλά.

«Ναι» είπε. «Και δεν έχω τόσα χρήματα. Χρεώθηκα, προσπαθώντας να ξεκινήσω την επιχείρηση».

«Δεν πειράζει. Κατά τη γνώμη μου, τα χρήματα δεν κάνουν τον άνθρωπο ευγενή, αλλά ο χαρακτήρας του. Είμαι περήφανη για σένα που προσπαθείς να κάνεις κάτι μόνος σου, ακόμα κι αν αυτό σημαίνει ότι χρωστάς».

Τη φίλησε τρυφερά, νιώθοντας χαρούμενος με την απάντησή της.

Έβγαλε ένα μικρό κουτί από την τσέπη του και έβγαλε ένα δαχτυλίδι. «Το βλέπεις αυτό, αγάπη μου;»

Το κοίταξε έκπληκτη. «Ναί. Μοιάζει με την πέτρα του ματιού της γάτας που σου είχα δώσει. Είναι όμορφο».

«Το βρήκα στο παντελόνι που φορούσα την ημέρα του πικνίκ. Είχα φτιάξει το δαχτυλίδι για σένα».

«Την ημέρα του πικνίκ;» ρώτησε τρέμοντας με το υπονοούμενο. *Είχε σκοπό να μου κάνει πρόταση γάμου, ακριβώς όπως στο όνειρό μου.*

«Ναι. Μου αρέσει να τελειώνω αυτό που ξεκινάω». Αφαίρεσε το δαχτυλίδι από το κουτί και το πέρασε στο δάχτυλό της.

«Δεν το άξιζα» είπε η Υπατία δακρυσμένη, κοιτάζοντάς το. «Εννοώ, νιώθω τόσο ένοχη. Εκείνη την ημέρα του ατυχήματος, ήθελες να κάνεις το πικνίκ στους πρόποδες του βουνού, και εγώ εγωιστικά ήθελα να πάω στην κορυφή. Μάλλον δεν θα είχαμε πάθει το ατύχημα, αν δεν ήμουν εγώ. Ίσως ο Θεός να μην ήθελε να είμαστε μαζί τότε, γι' αυτό μας χώρισε».

«Όχι, αγάπη μου. Είναι η μοίρα μας» είπε αποφασιστικά, διακόπτοντάς τη με ένα παθιασμένο φιλί. Έλιωσε στην αγκαλιά του. Δεν ήθελε να τελειώσει αυτή η στιγμή. «Ήταν γραφτό να είμαστε μαζί».

Τα αισθήματα ενοχής της Υπατίας εξαφανίστηκαν και αντικαταστάθηκαν από ένα ζεστό συναίσθημα που διαπότισε όλο το σώμα της.

«Ναι» είπε η Υπατία, σαν σε όνειρο, ακουμπώντας πάνω του, νιώθοντας ασφάλεια. Του είπε για το όνειρο που είχε, όπου ήθελε να είναι μαζί του και εκείνος της είπε να μην πάει μαζί του.

«Μη φοβάσαι, αγάπη μου. Δεν θα είσαι ποτέ μόνη, γιατί θα είμαι πάντα μαζί σου» είπε ήσυχα ο Τόνι. «Μοιάζει σαν χθες που σε είδα για τελευταία φορά. Όλα έρχονται στο μυαλό μου τώρα, το πρόσωπό σου, τα μαλλιά σου, τα μάτια σου, ακόμα και το πείσμα σου».

Γέλασε με ευχαρίστηση, καθώς τα μάτια, το μυαλό, η καρδιά και η ψυχή της ενώθηκαν με τα δικά του. Φιλήθηκαν για άλλη μια φορά, ανεβάζοντας τον έρωτά τους σε ένα άλλο επίπεδο, ένα άλλο μέρος, όπου δεν υπήρχε χρόνος. Ήξερε στα βάθη της καρδιάς της ότι τον αγαπούσε άνευ όρων.

«Θα με παντρευτείς;» τη ρώτησε χαριτωμένα, κοιτάζοντάς την έντονα στα μάτια.

Εκείνη έγνεψε καταφατικά, με τα μάτια της να καθρεφτίζονται έντονα στα δικά του. «Ω, ναι!»

Την σήκωσε, στροβιλίζοντάς τη. Γέλασαν μαζί. «Η πέτρα από το δαχτυλίδι ταιριάζει με τα μάτια σου» είπε επαινετικά.

«Χαίρομαι που το έκανες δαχτυλίδι» παραδέχτηκε εκείνη.

«Η ευτυχία σου είναι διπλά δική μου» είπε. Το πρόσωπό του σοβάρεψε «Τώρα έχω να κάνω μια εξομολόγηση».

«Ναι;»

«Δεν είμαι τόσο φτωχός όσο σου είπα προηγουμένως» είπε πειρακτικά. «Τα πάω πολύ καλά στην επιχείρησή μου. Έφτιαξα μια βίλα σε ένα προάστιο της Αθήνας. Βρίσκεται ψηλά σε ένα λόφο και έχει όμορφη θέα στη θάλασσα. Σε περιμένει».

«Τόνι, πώς θα μπόρεσες να μου πεις ψέματα;»

«Συγνώμη, αλλά ήθελα να δω την αντίδρασή σου» είπε, γελώντας. «Η καρδιά σου είναι πιο πλούσια από όλα τα χρήματα που έχω. Μου το απέδειξες».

Η Υπατία μαλάκωσε. «Ελπίζω ότι η οικογένειά σου θα με συμπαθήσει».

«Αγαπητό μου κορίτσι, η αγάπη μου για σένα θα ξεπεράσει κάθε επιφύλαξη που έχει κάποιος για σένα» είπε. «Μόλις δουν αυτή που είσαι, δεν μπορούν παρά να σε ερωτευτούν».

«Σε αγαπώ τόσο πολύ» είπε η Υπατία, πριν λιώσει στην αγκαλιά του.

Η ευτυχία της είχε ολοκληρωθεί, φτάνοντας στο κορύφωμά της.

ΤΕΛΟΣ

www.ingramcontent.com/pod-product-compliance
Lightning Source LLC
Chambersburg PA
CBHW030249270626
47156CB00021B/264